Im Central Park wird ein Mädchen aufgegriffen. Rote Haare, blaue Augen, blasses Gesicht. Wie eine Porzellanpuppe. Wären da nicht die Blutspuren auf ihren Schultern. Vom Himmel sei das Blut gekommen, erklärt sie den Polizisten. Als sie nach ihrem Onkel Red gesucht habe. Armes verwirrtes Kind! Doch dann entdeckt man sie: die Leiche, die im Baum hängt. Detective Mallory, die sich des Falles annimmt, erkennt eine verletzte Seele, wenn sie einer begegnet. Und das seltsame Mädchen scheint mehr erlebt zu haben, als alle vermuten. Bald ermittelt die toughe Mallory in einem Dickicht aus Gewalt, Geheimnissen und psychischer Abhängigkeit, in das nur jemand wie sie vordringen kann.

Carol O'Connell, geboren 1947, lebt in New York. Sie ist die Autorin mehrerer Bestseller und schuf mit Kathleen Mallory eine der originellsten und bestechendsten Detektivfiguren. Nach ihrem Kunststudium stellte Carol O'Connell jahrelang surrealistische Gemälde in Cafés aus und finanzierte ihren Unterhalt mit Gelegenheitsjobs, bevor sie sich mit ihrer Serie um Kathleen Mallory in die Spitzenriege der Krimiautorinnen schrieb.

Carol O'Connell bei btb

Ein Ort zum Sterben. Thriller (74333) · Der Mann, der die Frauen belog. Thriller (74071) · Such mich! Thriller (74244) · Tödliche Geschenke. Thriller (74394)

CAROL O'CONNELL

KREIDEMÄDCHEN

Thriller

Deutsch
von Judith Schwaab

btb

Die amerikanische Originalausgabe erschien 2012 unter dem Titel
»Chalk Girl« bei Putnam, Penguin, New York.

MIX
Papier aus verantwortungsvollen Quellen
FSC® C083411

Verlagsgruppe Random House FSC® N001967
Das für dieses Buch verwendete FSC®-zertifizierte
Papier *Lux Cream* liefert Stora Enso, Finnland.

1. Auflage
Deutsche Erstveröffentlichung Februar 2015

This edition published by arrangement with G.P. Putnam's Sons,
a member of Penguin Group (USA) Inc.

Umschlaggestaltung: semper smile, München
Umschlagmotive: plainpicture/Laura Petermann
Satz: Uhl + Massopust, Aalen
Druck und Einband: CPI – Clausen & Bosse, Leck
UB · Herstellung: sc
Printed in Germany
ISBN 978-3-442-74741-2

www.btb-verlag.de
www.facebook.com/btbverlag
Besuchen Sie auch unseren LiteraturBlog www.transatlantik.de

Dieses Buch ist meinem Cousin John, einem Veteranen aus dem Vietnamkrieg, gewidmet. Er war ein zurückhaltender Zeitgenosse mit verschrammten Stiefeln, einem 63er Chevy und trockenem Humor, mochte Ballspiele und seine selbstgedrehten Zigaretten. Er schuftete sein Leben lang und freute sich jede Woche auf den nächsten Samstagabend.

Und er war ein Mann der Geheimnisse.

Meine schönste Erinnerung an ihn ist eine Bootsfahrt an einem warmen Sommertag, als wir in einem alten Holzkahn voller Cousins und Cousinen sowie jeder Menge kaltem Bier vor der Küste von Massachusetts herumschipperten. Wir gingen in einem Hafen vor Anker, in dem hauptsächlich Boote lagen, die ein wenig größer waren als unseres. Direkt neben uns legte ein Luxusschiff an. Es war *riesig*. Die Besatzung bestand aus lauter gut gekleideten, lächelnden Menschen – so viele schöne weiße Zähne! –, die sich über die Reling beugten und uns zuwinkten, und das war verwirrend. Wir kannten keine Leute, die eine Yacht hatten, und von *denen* kannten wir erst recht niemanden. Warum also …

Dann stand John, der in seinen zerrissenen Jeans und dem nicht mehr ganz sauberen weißen T-Shirt am lässigsten von uns gekleidet war, auf, und die da drüben jubelten. Die hatten *ihm* zugewinkt. Er zerdrückte seine Bierdose in einer Hand, winkte zurück, kehrte ihnen dann wieder den Rücken zu. Offenbar *kannte* John Leute, die Yachten besaßen; bloß konnte er nicht viel mit ihnen anfangen. Und wir anderen sollten nie erfahren, was es damit auf sich hatte. Das war John Herland, Mann der Geheimnisse, und als er starb, vermisste man ihn bestimmt auf Yachten überall auf der Welt, doch am allermeisten vermisste ich ihn.

EINS

Am Tag meiner Geburt kam ich bereits schreiend aus dem Mutterleib. Das erzählt mir mein Vater gerne, wenn ich eine Geschichte über die Driscol School nach Hause bringe.

ERNEST NADLER

Der erste Schrei des Morgens verlor sich in den typischen Geräuschen Manhattans: Sirenengeheul, Hundegebell, laute Musik aus einem Auto, das am Park vorbeifuhr. Der mittsommerliche Himmel zeigte das tiefe Blau von Kitschpostkarten.

Keine Wolken. Keine Vorboten der Angst.

Ein Grüppchen Kinder betrat im Gänsemarsch die große Wiese. Angeführt wurde es von einer weißhaarigen Frau mit einem Schlapphut aus Stroh und einem lila Kleid, unter dem ihre blaugeäderten Knöchel hervorblitzten, als sie den Rasen überquerte. Sie ging am Stock und kam nur langsam vorwärts. Ihre jungen Picknickgefährten mussten sich zurückhalten, um sich ihrem gemachlichen Tempo anzupassen. Viel lieber wären sie schreiend durch den Central Park gerannt und getobt – alle Kinder bis auf eins, das beim Gehen die Beine zusammenkniff: frühes Warnzeichen einer Blase, die bald zu platzen drohte.

Mrs. Lanyard las ihnen aus einem Reiseführer vor. »Seit 1934 grasen auf der Sheep Meadow keine Schafe mehr.« Das wurde mit enttäuschtem Stöhnen und einem einzelnen, schüchternen Jammern quittiert: »Ich muss aufs Klo.«

»Natürlich musst du das.« Es musste immer eins aufs Klo. Das konnte gar nicht anders sein. Mit einem etwas mokanten Lächeln beschattete Mrs. Lanyard ihre Augen und spähte über die Fläche von sechs Hektar, die voller Leute mit Fahrrädern und Handtüchern, Kinderwagen und fliegenden Frisbees war. Sie hoffte, ihre Assistentin zu entdecken, die die Gegend bereits nach einer öffentlichen Toilette absuchte. »Gleich«, sagte sie zu dem Kind in Not, wobei sie sehr wohl wusste, dass sie nie und nimmer rechtzeitig ein Klo finden würden. Solche Ausflüge waren einfach nicht vollständig ohne die Duftmarke von Urin auf der Busfahrt nach Hause.

Mrs. Lanyard pferchte ihre Schäflein in ein Grüppchen zusammen und zählte zum dritten Mal an diesem Morgen durch. Kein Kind war abhandengekommen – aber es war eins zu viel. Ganz hinten in der Gruppe leuchtete ein roter Haarschopf, der ihr nicht bekannt vorkam. Nein, dieses kleine Mädchen war definitiv keine Teilnehmerin des »Lanyard Day Camp für begabte Kinder« – wobei selbst Mrs. Lanyard sie allesamt für ganz gewöhnliche Kinder hielt. Doch die Eltern hatten eine beträchtliche Summe für diese wohlklingende Zeile im Lebenslauf ihrer sechsjährigen Sprösslinge springen lassen, und das überzählige Kind konnte wohl nichts anderes sein als ein kleiner Schmarotzer.

Was für ein seltsames Gesichtchen: schön und drollig zugleich, die Haut größtenteils weiß und ansonsten schmutzig. Das Lächeln des kleinen Mädchens war außerordentlich breit, und zwischen der Himmelfahrtsnase und den vollen Lippen hatte die Natur besonders viel Platz gelassen. Das spitze Kinn machte das Bild einer Elfe perfekt. Doch Elfe oder nicht, sie gehörte nicht hierher.

»Kleines Mädchen, du heißt wie?« Das war nicht als Frage formuliert, sondern als Aufforderung.

»Coco«, sagte die Kleine. »So ähnlich wie Kakao.«

Absurd. Das passte ja wohl überhaupt nicht zu einem rothaarigen, blauäugigen und hellhäutigen kleinen Mädchen.

»Wo bist du denn …« Mrs. Lanyard unterbrach sich für

einen kurzen Schrei, weil ihr fast eine Ratte über die Zehen gehuscht wäre. Unmöglich. *Undenkbar.* In ihrem Ausflugsführer war von Ratten keine Rede gewesen – nur von Vögeln und Eichhörnchen und Schafen, die nicht mehr hier weideten. Mrs. Lanyard beschloss, postwendend an den Verlag zu schreiben, und ihre Kritik würde geharnischt sein.

»Stadtratten sind Wesen der Nacht«, sagte Coco, der eingeschlichene Picknickgast, als zitierte sie selbst aus einem Führer. »Bei Tageslicht kommen sie höchst selten zum Vorschein.«

Das war keine typische Wortwahl für ihr Alter. Vielleicht war das kleine Kuckuckskind ja das einzig wirklich begabte in der Gruppe. »Also, und was ist dann mit *dieser* Ratte?« Mrs. Lanyard zeigte auf das Nagetier, das über die weite Wiese davonhuschte. »Handelt es sich vielleicht um eine geistig zurückgebliebene Vertreterin?«

»Das ist eine norwegische Ratte«, sagte Coco. »Man nennt sie auch braune oder Kanalratte. Die sind blitzgescheit. Vor hundert Jahren haben sie den Rattenkrieg gewonnen … als sie alle schwarzen Ratten *aufgefressen* haben.« Diese wissenswerte Kleinigkeit wurde mit allerlei »Ohs« von den anderen Kindern quittiert, und die Kleine fuhr ermutigt fort: »Die waren früher Schiffsratten. Jetzt leben sie meistens auf festem Boden. Manche von ihnen wohnen aber auch im Himmel, und dann *regnet* es manchmal Ratten.«

Wie auf Kommando blickten die kleinen Picknicker nach oben, gen Himmel, doch dort waren keine Nager in Sicht. Auf dem Landweg kam jetzt allerdings ein weiterer pelziger Schädling direkt auf sie zu. Dreiundzwanzig Augenpaare wurden rund und groß. Und ein kleiner Junge machte sich in die Hose – das war's dann. Unvermeidlich.

Und da – noch eine Ratte. Und noch eine. Abscheuliche Geschöpfe.

Auf einem breiten Streifen quer über die Wiese sprangen Sonnenanbeter von ihren Handtüchern hoch und ergriffen die Flucht, und ihre Schreie waren auch noch aus größerer Entfernung zu hören. Hunde bellten, und Eltern bugsierten Kinderwagen in wilder Hast über den Rasen.

Mrs. Lanyard versammelte ihre Schäfchen in engem Kreis um sich. Die kleine rothaarige Rattenkennerin trat nach vorne. Sie streckte die dünnen Ärmchen aus, bettelte stumm um Trost. Offenbar wollte das Kind in den Arm genommen werden.

Herrje, war die Kleine *dreckig.*

Das ehemals weiße T-Shirt des Kindes starrte vor Schmutz, Grasflecken und Flecken von Essensresten, manche rot wie Blut. Natürlich war hier – wie bei allen ungewaschenen Bälgern – auch mit den allseits gefürchteten Läusen zu rechnen. »Stopp!« Mrs. Lanyard machte einen Schritt zurück und hob die Hände, um das Gör davon abzuhalten, sich weiter zu nähern.

Enttäuschung trat in die großen blauen Augen des Kindes. Langsam ließ es die Ärmchen sinken, und Coco wandte sich den anderen Kindern zu, die es der alten Dame nachtaten und auch vor ihr zurückwichen. Jetzt brach das Lächeln des Mädchens ganz zusammen, und es faltete die Hände vor dem Bauch, als wäre dieses Ausgestoßensein wie ein Schlag in die Magengrube.

Ein Junge schrie. »Schaut nur! Schaut!« Er fuchtelte wild mit dem Zeigefinger. »Noch mehr Ratten!«

Mein Gott, es waren Dutzende.

Mrs. Lanyard hob den Stock, bereit, ihre Schützlinge gegen diesen wuselnden braunen Teppich von zuckenden, schnuppernden Nagern zu verteidigen, die direkt auf sie zurannten. Die Kinder jedoch – sehr wohl überlebensfähig – ließen die alte Dame einfach stehen und liefen in alle Himmelsrichtungen davon. Die seltsame Kleine folgte ihnen. Ihre Hände flatterten vor Panik wie kleine weiße Flügel.

Es war ein eher unpassender Moment, um einen Schlaganfall zu erleiden, doch dank Gottes Gnade erwies er sich für Mrs. Lanyard als sofort tödlich.

Die Ratten waren *so nah.*

Die alte Dame sank auf die Knie. Der Wind fuhr in ihren Strohhut und trug ihn mit sich fort. Nun sah man die rosa Kopfhaut unter ihrem schütteren weißen Haar.

Die Ratten quiekten und rannten weiter auf sie zu. Fast waren sie schon da.

Mrs. Lanyards Augen rollten in die Höhlen zurück, und es gab nun keine Angst mehr, obwohl die Nager jetzt überall waren und sich vor dem Hindernis der knienden alten Dame teilten wie ein Fluss vor einem Stein. Die Ratten wollten nur an ihr vorbei. Mausetot kippte die alte Dame nach vorne um und fiel auf die Stirn, wo sie sich die Haut an einer gezackten Glasscherbe von einer Flasche aufschnitt. Es blutete nur ein winziges bisschen, denn ihr Herz hatte bereits zu schlagen aufgehört und pumpte nicht mehr.

Einige aus der zuckenden Armee der Rattensoldaten – die Nachhut – blieben stehen, um zu schauen, zu schnüffeln, zu kosten.

Mrs. Ortega hörte die schrillen Schreie der Kinder, während sie ihren Einkaufswagen in Richtung Spielplatz schob. Ihre kleine Gestalt wirkte schmächtig, doch der Schein trog, denn sie war überaus kräftig – eine Folge harter körperlicher Arbeit. Sie hatte das rabenschwarze Haar einer gebürtigen Latina und die milchweiße Haut ihrer irischstämmigen Mutter. An normalen Tagen wurde sie auf ihrem Weg durch den Park manchmal von Frauen auf ihren Wagen voller Putzutensilien angesprochen. Diese unbekannten Damen näherten sich stets mit einem bittenden, ja fast verzweifelten Blick, denn eine gute Putzfrau war in New York schwer zu finden. Und immer winkte Mrs. Ortega ab und sagte: »Fragen Sie erst gar nicht. Ich bin komplett ausgebucht.«

Heute gab es jedoch eine deutliche Abweichung von ihrer Routine, denn eine junge Frau rannte sie über den Haufen, die ständig über ihre Schulter blickte statt nach vorn.

Als waschechte New Yorkerin hatte Mrs. Ortega für solche Fälle ein ganzes Repertoire von Flüchen parat, die selbst eine Rockerbande in die Flucht geschlagen hätten. Sie hob zur Einstimmung die Faust und sah erst dann die Angst in den Augen der anderen Frau, die kurz stehen blieb, »Ratten!« schrie und dann weiterlief.

Offenbar war sie nicht von hier.

Die Entrüstung der Putzfrau legte sich, und sie senkte die Faust wieder. Einer Touristin durfte man im Grunde keinen Vorwurf machen, doch wer ansonsten beim Anblick einer Ratte die Flucht ergriff, konnte nicht ganz hell in der Birne sein. Schließlich war New York City die Rattenhauptstadt der Welt. Die Gegend, in der Mrs. Ortega wohnte, hatte sich einst mit der höchsten Schädlingskonzentration von ganz Manhattan gebrüstet, doch die Upper West Side, wo die meisten ihrer Kunden wohnten, mauserte sich mittlerweile zu einer ernsthaften Konkurrenz.

Mrs. Ortega betrat einen lärmenden Spielplatz, der in konzentrischen Kreisen von einer langen runden Bank, einem Zaun sowie einem äußeren Schutzwall aus hohen Bäumen umgeben war. Sie machte das Eisengatter hinter sich zu und steuerte ihren gewohnten Platz neben dem Trinkbrunnen an. Die Putzfrau nickte einigen Kindermädchen und ihren Schützlingen zu, die sie mit Namen kannte, und legte dann eine Tüte vom Delikatessenladen auf ihren Schoß, denn sie wollte sich ein ausgiebiges zweites Frühstück gönnen, bevor sie die U-Bahn nach SoHo nehmen würde. Vor Jahren war einer ihrer Stammkunden dorthin gezogen, womit die Sache für sie eigentlich erledigt gewesen wäre, doch Charles Butler bezahlte Mrs. Ortega so fürstlich, dass sich die Extratour nach Downtown lohnte. Sie schaute auf ihre Armbanduhr.

Jede Menge Zeit.

Es war auch Zeit genug, einen Mann zu bemerken, der direkt außerhalb des Zaunes stand. Eine Bekannte von Mrs. Ortega war bei der Polizei und nannte diese Sorte Männer »Short Eyes«, weil sie immer so angestrengt vor sich hin schauten, als wären sie kurzsichtig. Diesen Mann hier faszinierte das Kletterparadies, ein leuchtend buntes Gestell, auf dem massenhaft Kinder herumturnten oder von den Streben herabbaumelten. Einige sausten eine Metallrutsche hinunter, schreiende, kreischende, glückliche Kinder – ahnungslos, furchtlos. Nur ein paar von ihnen hatten einen guten Instinkt, und sie würden überleben und selbst Kinder in die Welt setzen; schließlich waren die New Yorker auch mit den finstersten Aspekten des Darwinismus vertraut. Jetzt erregte der Mann die Aufmerksamkeit eines kleinen Mädchens. Er lächelte – wie *unheimlich!* –, und das Kind wandte sich rasch ab und rümpfte die Nase, als läge plötzlich ein übler Gestank in der Luft.

Selbst ein Kind konnte erkennen, was das alles zu bedeuten hatte, doch die Aufsichtspersonen waren wie blind, quasselten in ihre Handys oder schwatzten miteinander. Heute waren keine Mütter auf dem Spielplatz, nur Kindermädchen oder Babysitter. Mütter waren gut im Ausspähen von Bösewichten, doch Mrs. Ortega war noch besser. Sie hatten ihren Radar für Kinderschänder bereits ausgefahren, doch als Short Eyes anfing, mit seinem Handy heimlich die Kids zu fotografieren, läuteten bei ihr endgültig die Alarmglocken.

Da sie nicht vorhatte, die Babysitter zu warnen – allesamt

hirnlose Teenager –, lehnte sich die Putzfrau unauffällig nach vorne und tastete mit einer Hand nach dem Baseballschläger, der in den Tiefen ihres Putzwagens lag. Ein Erbstück ihres Vaters, der sein Lebtag lang ein Fan der Yankees gewesen war. Mrs. Ortega trug ihn überall mit sich herum, jedoch nicht aus sentimentalen Gründen. Er war einfach eine erstklassige Waffe. Sie ließ den Mann nicht aus den Augen – der die Kinder nicht aus den Augen ließ.

In diesem Moment wurde sie von einem schmutzigen kleinen Gesicht inmitten eines lockigen roten Haarschopfes abgelenkt. Das Kind spähte hinter dem Stamm eines Baumes hervor, der im Zementboden des Spielplatzes Wurzeln geschlagen hatte. Das Lächeln der Kleinen war zu breit, zu großzügig für ein New Yorker Kind. Ein seltsames Mädchen – und doch kam es ihr bekannt vor.

Die Putzfrau holte tief Luft. Obwohl das Kind keine Flügelchen hatte, sah es ansonsten haargenau so aus wie die Miniatur auf ihrem Kaminsims zu Hause. Mrs. Ortega sammelte Feenfiguren, ein Vermächtnis ihrer Mutter, einer Frau, deren Familie erst vor einer Generation aus Irland eingewandert war und die Licht und Schatten dieses kleinen Zaubervolkes noch gekannt hatte: Feen sangen und tanzten, sie lächelten immer, aber alle trieben gerne Unfug. Eine Fee in Fleisch und Blut zu sehen, verhieß folglich nichts Gutes.

Der gesunde Menschenverstand sagte Mrs. Ortega durchaus, dass dieses Mädchen ein menschliches und verletzliches Wesen war, doch seine Ähnlichkeit mit einem Zauberwesen war dennoch unheimlich und beunruhigend. Mrs. Ortega wandte den Kopf und erwischte Short Eyes dabei, wie er am Zaun entlangschlich und ebenfalls das Kind anstarrte. Der kleine Rotschopf war das ideale Opfer, da das Kind offenbar zu niemandem gehörte. Leichte Beute. Langsam schritt der Mann am Zaun entlang, näherte sich dem Tor, heimlich, grinsend; so würde eine Küchenschabe lächeln, wenn sie es denn könnte.

Mrs. Ortegas Finger schlossen sich um den Griff ihres Baseballschlägers, als das kleine Mädchen auf eine der Babysitterinnen zuging, eine etwas dümmliche Teenagerin namens Nancy, die es sogleich mit der Angst bekam. Was interessant war, weil Nancy ein so breites Kreuz hatte wie ein Footballspieler. Die Kleine näherte sich dem älteren Mädchen mit ausgestreckten Händen, als wollte es in den Arm genommen werden.

Von einem wildfremden Menschen? Nun, das war *wirklich* unheimlich.

Nancy ergriff panisch die Flucht von der Parkbank, so eilig hatte es die Babysitterin, von dem bedrohlichen kleinen Ding wegzukommen. Sie sammelte ihre Schützlinge, ein Zwillingspärchen, ein, schob sie durch das Türchen und ging mit energischen Schritten auf den Parkausgang West 68th Street zu. Enttäuscht ließ das Feenkind den Kopf hängen und schlang die Arme um sich, als wollte es sich selbst umarmen.

Was war das eigentlich auf dem T-Shirt des Kindes? Oh, *verdammt.*

Mrs. Ortega hatte einen Blick für Flecken und kannte sich damit aus. Ein Cop konnte vielleicht mit Ketchup getäuscht werden, aber sie nicht. Das war Blut.

Plötzlich lachelte das Kind und tänzelte auf Zehenspitzen zum Rand des Spielplatzes, wo der Kinderschänder am Tor wartete – am *offenen* Tor. Er lächelte, streckte ihr die Arme entgegen, und sie lief zu ihm hin, so glücklich und so begierig darauf, Liebe zu schenken und zu empfangen.

Mrs. Ortega zog den Baseballschläger aus dem Wagen.

Drei Männer in Uniform standen im Schatten einer alten Eiche und sahen zu, wie die Ratten über den blutigen Haufen hinwegwuselten, zu dem die verstorbene Mrs. Lanyard geworden war.

Einer von ihnen löste sich von der Gruppe und wollte sich dem Gemetzel auf der Wiese nähern.

»Nein, das wirst du nicht tun.« Officer Maccaro, seit zwanzig Jahren bei der New Yorker Polizei, packte seinen Juniorpartner am Arm und hielt ihn zurück. »Glaub mir, Junge, sie ist tot – *mausetot.*« Ach, diese Frischlinge. Die waren wie Kleinkinder: Man konnte sie keine Minute aus den Augen lassen. »Die Kollegen von der Schädlingsbekämpfung sind unterwegs. Wir warten hier einfach nur.« Er wandte sich an den anderen jungen Mann, der die Uniform der US-Forstverwaltung trug. »Jimmy, so viele Ratten habe ich am helllichten Tag noch nie gesehen.«

»Tja, Mac, die Nagerpopulation steigt rapide.« Trotz seines starken Mittelwesten-Akzents hätte der Ranger locker als waschechter New Yorker durchgehen können – wenn man bedachte, mit welcher Gleichgültigkeit er dabei zusah, wie die Ratten eine alte Lady verspeisten. »Die Giftköder wirken nicht mehr. Unsere pelzigen Freunde haben wohl Geschmack daran gefunden. Deshalb hat die Parkverwaltung die Nagerbekämpfung neu ausgeschrieben, und hier kommt dieser Idiot Dizzy Hollaren ins Spiel. Er führt ein kleines Familienunternehmen und hat sich bisher hauptsächlich um Termiten und Schaben gekümmert. Dizzy kriegt zur Probe also das Rattennest in dem Gebäude da drüben zugeteilt.« Der Ranger zeigte auf ein Backsteinhaus am Rande der Wiese. »Bevor er das Nest verschließt, wirft er eine Rauchbombe. Denn unser Dizzy weiß: Das funktioniert bei Küchenschaben ganz prima.«

Könnte dieser Mann noch sarkastischer sein? Vermutlich nicht, dachte Officer Maccaro. »Schätze, die Ratten hatten ein Hintertürchen, richtig?«

Der Ranger nickte. »Das haben sie immer. Und jetzt sind sie ausgeschwärmt.« Er wandte sich wieder den Nagern zu, die noch damit beschäftigt waren, sich an Mrs. Lanyard gütlich zu tun. »Normalerweise würde man so was nie sehen. Ratten laufen eigentlich vor Menschen weg. Ich glaube, diese Viecher hier sind high von Dizzys Cocktail.« Er zuckte mit den Achseln. »Tut mir leid, Jungs. Von der Leiche wird nicht viel übrig bleiben.«

»Ist schon okay«, sagte der jüngere Polizist. »Ein paar Kinder haben uns den Namen des Opfers verraten.«

»Yeah«, sagte Officer Maccaro und seufzte. »Sind ja bloß zwanzig Kids mehr, nach denen wir suchen müssen.« Er blickte zum äußersten Ende der Sheep Meadow, wo Polizisten und Parkangestellte in Reihen das umliegende Gelände nach ausgebüxten Kindern aus einem Tagescamp im Nachbarstaat New Jersey durchkämmten.

Der Ranger zeigte gen Himmel. Über ihnen kreiste ein Raubvogel über der großen Wiese. »Behaltet den Falken im Blick. Dieser Vogel da ist der Grund, warum ihr auf so einer offenen Fläche sonst *nie* Ratten seht.«

Mit ausgebreiteten Schwingen ging der Falke in den Sturzflug. Nur wenige Zentimeter vom Boden entfernt fuhr er die Krallen aus, segelte über die wuselnde, fressende Masse von Ratten hinweg, schnappte sich eine und trug das sich windende Tier davon. Es schrie wie ein menschliches Wesen. Der Rest der Nager setzte unbeirrt seinen Festschmaus fort.

Der Ranger nickte weise. »Oh ja, die sind vollkommen bedröhnt.« Wieder legte er den Kopf in den Nacken, und diesmal schaute er in die dicken Blätter der stattlichen Eiche empor. »Ich hoffe bloß, keins von den Kindern hat sich da oben im Baum versteckt.«

Officer Maccaro folgte seinem Blick und sah eine Ratte, die

den untersten Ast entlanghuschte. »Meine Güte, wo haben die *das* denn gelernt?«

Mrs. Ortega zog eine gewisse Befriedigung aus dem Geräusch von brechenden Knochen. Der Kinderschänder sank zu Boden und blieb schreiend liegen. Sie schulterte den Baseballschläger wie ein Gewehr und schaute sich nach allen Richtungen um.

Wo war das seltsame kleine Mädchen geblieben?

Es gab niemanden, den sie fragen konnte. Der Spielplatz war leer.

Zwei Polizeibeamte rannten auf sie zu, und sie winkte ihnen mit der freien Hand und schrie: »Ihr müsst ein kleines Mädchen finden!«

Der jüngere Cop betrat den Spielplatz als Erster durch das Eisengatter. Er blickte auf den Mann am Boden nieder, der gekrümmt wie ein Baby im Mutterleib dalag und nicht mehr schrie, sondern nur noch leise wimmerte. Der Beamte wandte sich an die Putzfrau. »Waren Sie das?«

Blöde Frage. Hielt sie nicht den verdammten Baseballschläger in der Hand?

Mrs. Ortega stupste den wimmernden Perversen mit dem Fuß an. »Macht euch keine Gedanken um dieses Stück Dreck. Er wird's überleben. Aber das Kind müsst ihr schnell finden. Das ist wie ein Magnet für solche Typen. Ihr werdet schon wissen, wenn ihr sie seht. Sie hat rote Haare und erinnert ein bisschen an eine kleine Fee.«

»Ach, die«, sagte der ältere Polizist und lächelte, als er durch das Türchen trat. »Ich glaube, die hab ich über den Park fliegen sehen.«

»Verarschen Sie mich nicht.«

»Okay.« Der Beamte zog seine Waffe und hielt sie auf Kopfhöhe von Mrs. Ortega. »Los, Lady, lassen Sie den Schläger fallen! Und zwar *sofort*!«

»Ich mein's ernst«, sagte Mrs. Ortega.

»Ja, das sehe ich.« Der Mann starrte auf das blutige Ende des Schlägers.

Nun, das war neu.

Detective Sergeant Riker stand vor einem roten Fertigbau, in dem vorübergehend die Polizeiwache des Central Park untergebracht war. Ihr altes Quartier nebenan, das dringend renoviert werden musste, war teilweise hinter Planen verborgen, und Handwerker arbeiteten auf dem Dach.

Mit dieser verdammten Stadt ging es einfach bergab.

Riker, der Mann im zerknitterten Anzug mit dem Wochen alten Senffleck, war weit von seinem Revier in SoHo entfernt, doch er brauchte nie seine Dienstmarke zu zeigen. Uniformierte Cops standen in Grüppchen rund um den Eingang und machten ihm Platz, weil sie seinen höheren Rang an der Selbstverständlichkeit erkannten, mit der er eine Schusswaffe und seine goldene Polizeidienstmarke trug. Für Zivilisten war er einfach nur ein Mann mittleren Alters mit schlechter Haltung, einem liebenswürdigen, zurückhaltenden Lächeln und verhangenen Augen, die jedem, dem er begegnete, sagten: *Ich weiß, dass du lügst, aber es ist mir egal.*

Mrs. Ortega hatte ihr Recht auf einen Telefonanruf genutzt und Riker um einen Gefallen gebeten. Der hatte schon befürchtet, er müsse seine Mittagspause damit zubringen, sich vom Verantwortlichen der Wache am Central Park über ihren Fall in Kenntnis setzen zu lassen, doch nach wenigen Minuten Gespräch hatte der Commander ihm einfach den Schlüssel der Verwahrzelle gegeben, und Riker wurde die Ehre zuteil, die gefährlichste Putzfrau der Upper West Side aus ihrem Verlies zu entlassen.

Obwohl die kleine Dame ihn durch die Gitterstäbe finster anschaute, grinste der Detective, als er den Schlüssel ins Schloss steckte. »Ich bin beeindruckt.« Er öffnete die Tür und machte einen tiefen Bückling vor ihr. »Es heißt, Sie hätten dem Knaben den rechten Arm und drei Rippen gebrochen.«

Riker begleitete sie ins Erdgeschoss, wo sie ein Wiedersehen mit ihrem Putzwagen feiern durfte. Mrs. Ortega überprüfte sorgfältig seinen Inhalt, weil sie es der Polizei offenbar zutraute, ihr die Putzlappen oder die harten Bürsten stibitzt zu haben, die sie gerne zur Reinigung von Fugen im Badezimmer nahm. »Wo ist mein Schläger?«

»Treiben Sie's nicht zu weit«, sagte Riker. »Ich sorge dafür, dass Sie den wiederkriegen, okay? Aber heute noch nicht.«

»Sie haben ganz schön lange gebraucht, mich hier rauszuhauen.«

»Ich habe Sie nicht rausgehauen«, sagte er. »Die Anklage wurde fallengelassen. Ich würde mir das gerne selber auf die Fahnen schreiben, aber der Anruf kam aus dem Büro des Bürgermeisters. Er hat Ihnen eine Limousine geschickt, um Sie abzuholen.«

»Was ist mit dem kleinen Mädchen? Das ist immer noch da draußen.«

»Im Moment sind fünfzig Cops im Park unterwegs. Die suchen nach Ausreißern von einem Tagescamp aus New Jersey. Sie haben gesagt, dass die Kleine nicht auf den Spielplatz gehörte, richtig? Dann ist es wahrscheinlich eine von denen aus New Jersey.«

»Nein, das Kind hatte schon ein paar Tage nicht gebadet. Es hat sich entweder verirrt, oder es hat kein Dach über dem Kopf. Und das hab ich denen auch *gesagt!*«

»Wenn die Park-Cops sie nicht finden, dann werde ich es tun. Okay?« Als das die Putzfrau ein wenig zu beschwichtigen schien, fragte Riker: »Wollen Sie denn gar nicht wissen, warum Ihnen der Bürgermeister eine Limousine geschickt hat?«

Sie gab ihm mit einer Handbewegung zu verstehen, dass ihr das schnuppe war.

Ganz Gentleman, hielt Riker ihr die Tür auf, als sie ihren Putzwagen nach draußen manövrierte, hinein in den Staub und das Dröhnen der Presslufthämmer und das Rauschen des Verkehrs von der Straße, die quer durch den Park verlief. Er führte sie zu einem breiten, gepflasterten Streifen, wo VIPs illegal parkten. Neben der wartenden Luxuskarosse stand der persönliche Chauffeur des Bürgermeisters, ein Mann in einem besseren Anzug, als ihn sich ein Cop je leisten könnte, und starrte ungläubig seinem sich nähernden Fahrgast entgegen. Ein Nicken von Riker bestätigte ihm, dass es sich dabei tatsächlich um die neue Busenfreundin des Bürgermeisters handelte. »He, Kumpel, mach mal den Kofferraum auf. Ohne den Wagen fährt sie nirgendwohin.«

Während der Chauffeur ihre Putzutensilien verstaute, ließ sich Mrs. Ortega mit der größten Selbstverständlichkeit auf dem Rücksitz nieder, als wäre es für sie an der Tagesordnung, in einem solchen Schlitten durch die Gegend chauffiert zu werden. Als der Fahrer seinen Platz einnahm und den Motor anließ, beugte sie sich vor und rief ihm quer durch die Stretch-Limousine zu: »Lassen Sie mich in Brooklyn raus!«

»Nichts da, City Hall!«, schrie Riker und sagte in seinem verschwörerischsten Ton zu der Putzfrau: »Der Bürgermeister will Ihnen nur die Hand schütteln. Vielleicht lassen Sie ein paar Fotos von sich machen, reden mit ein paar Reportern.«

»Ja, ja.« Sie wandte das Gesicht in Richtung Beifahrerfenster, offensichtlich gelangweilt von dieser Vorstellung.

»Hören Sie zu«, sage Riker. »Das hier ist eine richtig *große* Sache. Der Scheißkerl, den Sie zusammengeschlagen haben, war in Florida auf Kaution draußen und ist abgehauen. Während er auf der Flucht war, haben die Cops in Miami unter den Dielen in seinem Haus mehrere Leichen gefunden.« Der Detective hatte den Eindruck, als hätte er immer noch nicht Mrs. Ortegas volle Aufmerksamkeit. »He, Sie haben einen Kindermörder zur Strecke gebracht! Gut gemacht.«

»Riker, Sie müssen das kleine Mädchen finden. Irgendwas stimmt mit der Kleinen nicht. Oder vielleicht hat sie niemand richtig erzogen. Sie geht einfach auf Fremde zu. Und Sie wissen ja, der Typ ist nicht der einzige Perverse im Park. Wo steckt eigentlich *Mallory*? Warum ist die nicht gekommen?«

»Lieutenant Coffey hat ihre Hände an den Schreibtisch genagelt.« Im Zuge ihrer Rehabilitierung durfte Rikers Juniorpartnerin eine Weile das Revier von SoHo während der Dienstzeiten nicht verlassen, nicht einmal, um sich nördlich der Houston, ihrer Demarkationslinie, etwas zu essen zu holen.

Das müde Kind stand im Schutz von dicht belaubten Bäumen in einem Wäldchen und beobachtete das hektische Treiben auf der Sheep Meadow. Ein Mann im Overall steckte das Ende eines dicken Schlauchs in eine Öffnung im Boden und trat dann auf die Wiese, wobei sich hinter ihm der schwere Schlauch entrollte. Die Düse des Schlauchs richtete sich auf die Ratten, als er einem anderen Mann zuwinkte, dann spritzte ein gewaltiger Wasserstrahl aus der Öffnung, und die Schädlinge ergriffen die Flucht, stoben in alle Himmelsrichtungen davon. Dunkelblau uniformierte Polizisten gingen auf die blutige Masse im Gras zu und knieten daneben nieder, während ein paar andere mit einer Bahre herbeiliefen.

Coco war durch reinen Zufall hierhergelangt, nachdem sie die weiten Kreise eines Kindes gezogen hatte, das sich verirrt hatte. Doch ihre Odyssee war noch nicht zu Ende.

Nach Minuten oder Stunden – Coco kannte kein Zeitgefühl – kam sie wieder zum See, wenn auch nicht mit Absicht, weil sie die geographischen Gegebenheiten des Parks nur vage im Kopf hatte. Sie stand an einem Geländer und spähte durch das Laubwerk auf das ihr wohlbekannte leuchtende Orange eines breiten Bauzauns, der um das Gewässer verlief. Ziellos folgte sie ihrem Weg, immer an einer niedrigen Steinmauer entlang, die sie zu einem weiteren wichtigen Punkt des Parks führte. Es gab viele Trinkbrunnen im Park, und sie sahen alle gleich aus, doch diesen hier erkannte Coco an dem toten Vogel wieder, der im Becken lag. Der kleine braungefiederte Kadaver hatte begonnen, Fliegen anzulocken; ihr Summen war laut und hässlich. Die Hände an die Ohren gepresst – *hört auf damit, hört auf!* – verließ sie den gepflasterten Weg und rannte einen Pfad entlang in den Wald, die dünnen Arme ausgebreitet, wie ein Flugzeug. In Windeseile huschten ihre Füße über den Waldboden. Als sie dem Pfad folgte, stieß sie in ihrer Panik wie durch Zufall auf einen weiteren Hinweis auf roten Regen.

Nicht schreien, nicht schreien, nicht schreien.

Coco wurde langsamer, rang nach Luft. Sie stieg über eine niedergetrampelte Stelle im Zaun und betrat das dichte Gebüsch. Zweige streckten die Krallen nach ihr aus und machten ein kratzendes Geräusch an den Beinen ihrer Bluejeans. Vor einem breiten Baumstamm blieb sie stehen und legte die Arme um seine raue Rinde. Auf der Suche nach Liebe und Trost blickte sie in sein Laubwerk empor und nannte ihn beim Namen.

Der Baum schwieg. Das Kind ließ sich zu Boden gleiten und rollte sich zu einem Ball zusammen.

ZWEI

Sie sind nicht gerade monstergroß, aber Erwachsene fürchten sich vor ihnen. Dad natürlich nicht. Mein Dad glaubt nicht an Monster. Und an mich glaubt er auch nicht.

ERNEST NADLER

Der Detective machte die Tür zum Büro des Lieutenants hinter sich zu, weil er wohl ahnte, dass sich die Stimme seines Bosses gleich um mehrere Oktaven anheben würde – ein guter Instinkt.

»Mallory aus ihrem Käfig lassen? Sind Sie *wahnsinnig*?« Der Chef der Special Crimes Unit fuhr sich mit der Hand durch das hellbraune Haar. Mit nicht einmal vierzig hatte Lieutenant Coffey bereits eine kahle Stelle am Hinterkopf. Sie war sein hervorstechendstes Merkmal und zeigte, was Stress einem Mann antun kann. »Sie wird es wieder und wieder tun.«

»Aber sie war nicht gerade der erste Cop, der sich von seiner Truppe abseilt, ohne sich zu verabschieden«, sagte Detective Sergeant Riker.

Immerhin hatte die Partnerin des Mannes es als Einzige geschafft, sich ihren Platz vom Schreibtischdienst, diesem Friedhof für angeschlagene Cops, zurückzuerobern.

Doch das war *letztes* Mal gewesen.

»Dieses Mal läuft es *anders*!« Wow. *Tief durchatmen.* Mit leiserer Stimme, die man nicht unter der Tür hindurch hören würde, antwortete Jack Coffey: »Sie war drei Monate weg, und ich weiß immer noch nicht, warum.«

Riker zuckte die Achseln. »Seit wann muss ausgerechnet ein Cop eine Auszeit erklären?«

Auszeit. Für die meisten Cops bedeutete das, dass sie eine Runde um den Block gingen, um den Kopf frei zu bekommen, wenn es auf dem Revier mal wieder drunter und drüber ging. Doch Mallorys Runde hatte in einer Fahrt quer durch die südlicheren Bundesstaaten der USA bestanden – ein Gebiet von circa sechs Millionen Quadratmeilen –, und das war *nicht ganz* das Gleiche wie eine Auszeit.

»Der Seelenklempner des Dezernats ist nicht bereit, sie wieder in den aktiven Dienst zu lassen.« Lieutenant Coffey fischte den Bericht eines Psychologen aus seinem Papierkorb und reichte ihn Riker. »Gehen Sie auf Seite drei, wo Dr. Kane schreibt, sie sei gefährlich instabil. Ich sag Ihnen, warum das meine Aufmerksamkeit geweckt hat. Denn eigentlich ist Ihre Partnerin doch *verdammt gut* darin, Psychotests auszuhebeln.«

»Und ich bin mir sicher, den hier fand sie besonders leicht.« Riker schmiss den Test auf den Tisch. »Dr. Kane hat Schiss vor Frauen – besonders vor Frauen mit Knarren. Wahrscheinlich macht sich der Quacksalber jedes Mal in die Hose, wenn er sie sieht.«

»Sie haben vor mir gewusst, was in dem Bericht steht. Sie hat es Ihnen *gesagt,* richtig?« Jack Coffey hielt die Hand hoch, um Riker zu signalisieren, dass Leugnen zwecklos war. Mallory konnte sich in jede Datenbank hacken, und ihre legendären Computerkenntnisse waren im Dezernat schmerzlich vermisst worden. Während ihrer Abwesenheit hatten seine Detectives sich damit begnügen müssen, die Staatsanwaltschaft um Haftbefehle anzuflehen.

Geschlossene Jalousien hingen vor einem Fenster, das die ganze obere Hälfte einer Wand seines Privatbüros einnahm. Der Lieutenant hob eine der Metalllamellen an, um unbemerkt einen Blick in den Dienstraum des Dezernats und auf seine jüngste Trägerin der goldenen Polizeimarke zu werfen. Er war nicht der einzige Beobachter. Auch andere Cops riskierten verstohlen einen Blick. Fragten die Männer sich, ob sie je wieder mit Mallory arbeiten konnten? Derzeit brachte die junge Frau die Anspannung in einem Raum allein dadurch zum Ansteigen, dass sie ihn betrat, und das musste ein Ende haben.

Wenn man nur nach dem Äußeren ging, war sie unverändert: Sie trug immer noch Seiden-T-Shirts und maßgeschneiderte Blazer. Selbst ihre Jeans waren extra angefertigt, und ihre Laufschuhe kosteten mehr als die Monatsrate für Rikers Auto. Wäre es möglich, hätte Mallory Geld *getragen*, weil sie mit dem Verdacht kokettierte, sie sei bestechlich, obwohl Coffey selbst den Verdacht hatte, dass sie nicht ganz ehrlich war. Ihre blonden Locken waren so gestylt wie immer und umrahmten ein Porzellangesichtchen mit den hohen Wangenknochen einer Katze. So hübsch. So gruselig. Und was kostete bloß dieser verdammte Haarschnitt?

Und warum wehrte sie sich nicht?

Als Bedingung für die Rückkehr auf ihren Posten hatte Coffey Mallory gedemütigt, indem er sie zur Handlangerin des Dezernats machte. Während des letzten Monats ihrer Probezeit hatte sie klaglos den gesamten Papierkram erledigt, hatte Berichte geschrieben und sie abgeheftet, Telefonate geführt und anderen Detectives bei den Ermittlungen geholfen, wobei sie die ganze Zeit an ihren PC gefesselt war. Diese Strafe nahm sie Tag für Tag hin, ohne Murren, ohne auch nur einmal mit der Wimper zu zucken.

Und was plante sie, um mit ihm abzurechnen?

Und wann würde das sein?

Der Lieutenant beobachtete, wie sie irgendwelche Papiere sortierte – eine Sisyphusarbeit –, und wusste, diese säuberlichen Stapel würden exakt zweieinhalb Zentimeter von der Tischkante entfernt liegen. Man nannte Mallory auch »die Maschine«, was hervorragend zur unnatürlich giftgrünen Farbe ihrer Augen passte. Sobald sie mit dem Sortieren fertig wäre, würde sie einfach nur dasitzen. So still. So reglos. Trotzdem hatte Coffey immer den Eindruck, dass sie bis zum Zerreißen gespannt war.

Jack Coffey befand sich permanent in Wartestellung.

Sie drehte sich zu ihm und ertappte ihn beim Beobachten. Wie einen ganz gewöhnlichen Spanner.

Die Lamelle schnalzte zu, als Coffey vom Fenster zurücktrat. »Ich habe die Regeln nicht gemacht. Kein Außendienst, bevor der Doktor nicht grünes Licht gegeben hat.«

»Darum habe ich mich gekümmert.« Detective Riker langte in seine Tasche und zog ein in der Mitte gefaltetes Bündel Papiere hervor. »Charles Butler hat ein Gutachten über sie abgegeben. Offiziell ist sie psychisch gesund.«

Als wäre es damit getan, bloß weil Butler mehr Uniabschlüsse hatte als Gott persönlich. »Weiß Charles, warum sie den Dienst quittiert hat?«

»Das müsste irgendwo hier drinstehen.« Riker klappte das neue psychologische Gutachten auf und überflog es, obwohl ihm sein Inhalt zur Genüge bekannt war.

Genau.

Jack Coffey schnappte sich die Papiere, warf aber keinen Blick darauf. Er wusste, alles würde in Ordnung sein, und diese neue psychologische Einschätzung würde Dr. Kanes negatives Gutachten außer Kraft setzen. Mallorys persönlicher Psychologe hatte ein besseres Renommee als jeder Seelenklempner der Polizei, doch unglücklicherweise hatte der arme Tropf auch eine Schwäche: Kathy Mallory. Würde sie den Mond anbellen, ginge Charles Butler einfach davon aus, dass sie einen schlechten Tag hatte. »So läuft das nicht, Riker. Sie kann nicht einfach wieder hier reinspazieren, als wäre nichts geschehen.«

Coffey redete Unsinn und hätte seine Worte am liebsten zurückgenommen, denn genau das hatte sie getan: Vor vier Wochen war Mallory einfach im Dezernat aufgetaucht und hatte sich wie eine Spukgestalt in der Nähe des Treppenhauses herumgedrückt. Und dann, unter den Blicken aller anderen, hatte sie sich einfach wieder an ihrem alten Schreibtisch am Fenster häuslich eingerichtet, einem begehrten Platz, den jedoch niemand sich getraut hatte zu besetzen. Während dieser Monate der Auszeit hatten die anderen Detectives es sogar vermieden, an ihrem Schreibtisch vorbeizugehen, als würde es dort spuken, und manche hatten sogar behauptet, die Luft in seiner Umgebung sei merklich kühler. Am Morgen ihrer Rückkehr war es im Dezernat mucksmäuschenstill geworden; fünfzehn bewaffnete Männer saßen wie hilflose Geiseln da und warteten darauf, dass die Bombe hochging. Riker, dessen Schreibtisch gegenüber von ihrem stand, hatte schließlich das Wort ergriffen und gesagt: »Der Kaffee war scheiße, solange du weg warst.« Nur Mallory hatte daran gedacht, die Kanne ab und zu zu spülen.

Heute sagte Riker zu seinem Boss, munter wie immer: »Sie wollen, dass sie geht?«

»Vorerst bleibt sie im Schreibtischdienst.« Der Lieutenant hob erneut eine der Lamellen hoch und nahm seine Beobachtung des Dienstraumes wieder auf, wo gerade Mrs. Ortega eingetroffen war. Die Putzfrau zog sich einen Stuhl zu Mallory heran und machte es sich für einen Plausch gemütlich. Was ziemlich normal war, denn die beiden hatten eine gemeinsame Schwäche für Reinigungsmittel. Als sein Blick auf den säuberlich aufgeräumten Schreibtisch der Polizistin fiel, sah er, dass ihre gesamte Arbeit schon getan war. Wie lange hatte er damit zugebracht, sich neue Aufgaben für sie auszudenken? Fast hatte Coffey erwogen, ihr einen Besen und eine Kehrschaufel in die Hand zu drücken. Vielleicht hätte sie das sogar amüsiert?

Riker ließ sich auf einen Stuhl fallen. Das einzige Zugeständnis, das dieser Mann jemals an den höheren Rang seines Chefs gemacht hatte, war, dass er die Zigarette nicht angezündet hatte, die aus seinem Mundwinkel hing. Der abgewiesene Detective starrte auf den Fernseher in der Ecke des Büros, auf dem stummgeschaltet neue Berichte über Ratten und rennende Menschen zu sehen waren. »Warum schicken wir nicht Mallory für den Rest des Tages in den Central Park? Welchen Schaden sollte sie da schon anrichten? Schlimmstenfalls findet sie ein vermisstes Kind.«

Jack Coffeys Lächeln sagte: *Das kannst du in der Pfeife rauchen.* »Ich hab gerade mit den Cops im Park gesprochen. Alle Kinder aus dem Tagescamp sind wieder aufgetaucht.«

»Und das, von dem Mrs. Ortega gesprochen hat?«

»Nein, *das* nicht.« Charles Butlers Putzfrau hatte die einzige Vermisstenanzeige aufgegeben, in der nach einem verdammten Feenkind gesucht wurde. »Schätze, Mrs. Ortega will auf unzurechnungsfähig plädieren, nachdem sie diesen Kinderschänder vermöbelt hat!«

»He, das hab ich *gehört*!« Die Putzfrau stand in der Tür, das Kinn kämpferisch nach vorn gerichtet. Das wollte sie sich offenbar nicht bieten lassen. »Ich habe nur gesagt, das Kind *sah aus* wie eine Fee.« Sie griff in eine tiefe Tasche ihres Kleides und zog eine Feenfigur hervor. »So wie die hier.« Das kleine Keramikwesen lächelte breit. Es hatte lockiges rotes Haar und die Flügel einer riesigen Stubenfliege. »Der Fahrer des Bürgermeisters hat mich nach Hause gebracht, damit ich die hier für Sie holen konnte.« Die Putzfrau trat ganz ins Büro und stellte die kleine Fee auf die Ecke seines Schreibtischs. »Machen Sie ein Foto. Die sieht genau aus wie das kleine Mädchen.«

»Dann hatte die Kleine also Flügel?« Coffey wandte sich an seinen Detective. »Riker, das haben Sie in Ihrem Bericht aber nicht erwähnt. Und was ist das für ein Quatsch mit der Limousine des Bürgermeisters?«

»Keine Flügel«, korrigierte die Putzfrau. »Sie ist einfach nur ein kleines Mädchen, und sie hat sich verirrt. Auf ihrem T-Shirt war Blut. Stand das denn in Rikers Bericht?«

»Blut?« Der Lieutenant lächelte. »Vielleicht ein Spritzer von Ihrem treuen Baseballschläger?«

»Nein!« Mrs. Ortega hielt die Luft an und zählte bis zehn. Dann ließ sie sowohl ihre finstere Miene als auch ihre taffe New Yorker Art fallen; diese Angelegenheit war ihr zu wichtig. Fast klang die kleine Dame flehentlich: »An dem Kind war Blut, *bevor* ich dem Perversling Saures gegeben hab.«

»Dann ist es wahrscheinlich doch eins von den Kinder aus New Jersey«, sagte Coffey. »Haben Ihnen die Cops aus dem Park von dem Rattenangriff auf der Sheep Meadow erzählt, als man Sie festgenommen hatte?«

»Die Ratten liefen über den Boden. Aber das Blut hatte sie an den Schultern ihres T-Shirts – und nirgendwo sonst.« Mrs. Ortega verschränkte die Arme auf der Brust. »Na ja, guter Versuch.«

Das Telefon klingelte, und Riker beugte sich vor, um den Hörer abzunehmen, als erwartete er einen Anruf auf dem privaten Anschluss seines Vorgesetzten. »Ja? … Oh, *ja,* natürlich.« Der Detective lauschte einen Moment und hielt dann dem Lieutenant das Telefon hin. »Boss, es ist der Bürgermeister. Er will Sie sprechen.«

Eine Ratte fiel unter lautem Gequieke zu Boden und landete mit einem dumpfen Geräusch zu Cocos Füßen. Dieses Wunder hatte sie schon einmal erlebt. Leblos lag das Tier vor ihr, den blassgelben Bauch nach oben, und starrte mit schimmernden Augen zu dem Himmel empor, aus dem es gefallen war.

Rote Tropfen regneten herab und versickerten in der Erde am Stamm des Baumes. Die Ratte zuckte, und Coco war es eiskalt. Sie fühlte sich flattrig.

Sie hörte ihr eigenes Herz schlagen.

Der Körper des Nagers zuckte. Auf wundersame Weise wiederbelebt, huschte die Ratte ins Unterholz davon, wobei sie Zweige abbrach und kleine, gehetzte Laute, ein Quieken und Piepsen, von sich gab. Das kleine Mädchen stand reglos da wie eine Statue, als wollte es sich unsichtbar machen, doch Cocos Herz schlug lauter und schneller als vorher: *da dum, da dum, da dum.*

Lieutenant Coffey ließ sich auf den Stuhl hinter seinem Schreibtisch sinken. Er hatte seinen Telefonanruf von der City Hall beendet und schenkte jetzt der Putzfrau sein diplomatischstes Lächeln. »Der Bürgermeister liebt Sie, Mrs. Ortega.«

In der Tat war der oberste Politiker der Stadt ihr größter Fan, so glücklich machte es ihn, dass kein Cop, sondern eine Zivilistin dem Pädophilen im Beisein von etwa einem Dutzend Zeugen – die meisten unter sechs Jahre alt – die Knochen gebrochen hatte. Der Bürgermeister erlag auch der Täuschung, Mrs. Ortegas Heldentat könne ein Gegengewicht zu der schlechten Presse bilden, die die Stadt wegen des Verzehrs eines Parkbesuchers durch Ratten bekommen würde.

Was für ein Depp.

»Der Bürgermeister sagt, sein Fahrer hätte Sie eigentlich in die City Hall bringen sollen – nicht nach Brooklyn. Man wartet dort sehnsüchtig auf Sie, damit Fotos gemacht werden und eine Pressekonferenz abgehalten wird.«

»Ich hab's Ihnen doch gesagt«, erwiderte Mrs. Ortega. »Ich musste nach Hause und meine Fee holen.«

»Natürlich, und dafür danke ich Ihnen auch.« Jack Coffey

blickte auf das geflügelte Wesen in der Ecke seines Schreibtischs und wählte seine folgenden Worte mit Sorgfalt, weil er nicht sagen mochte, dass das vermisste Feenkind erst eine Menge Leute um die Ecke bringen musste, bevor die Special Crimes Unit sich dafür interessieren würde. Einfühlsam hob er die Hände und spreizte die Finger, die typische Geste eines New Yorkers, der zeigen will, dass er nichts Böses im Schilde führt und unbewaffnet ist. »Die Limousine wartet unten auf Sie … der Bürgermeister wartet … und die Fernsehkameras.«

»Kommt nicht in Frage«, sagte Mrs. Ortega. »Ich gehe hier nicht weg, ehe Sie nicht …«

»Ich gebe dem Revier im Park Bescheid, dass immer noch ein Kind fehlt.« Coffey nahm die Feenfigur zur Hand. »Und ich schicke ihnen ein Bild von der hier, okay?«

»Und *wie* Sie das werden!« Die kleine Frau lehnte sich in ihren Stuhl zurück, um ihm zu verstehen zu geben, dass sie vorhatte, noch eine Weile zu bleiben. *Scheiß auf den Bürgermeister.*

Der Lieutenant hatte nur einen Moment lang den Kopf abgewandt, und plötzlich stand Detective Mallory neben ihm, als wäre die Polizistin einfach von einem anderen Planeten heruntergebeamt worden. Coffey wusste, dass sie diesen Trick gern anwandte, damit er einen Herzkasper bekam, und wollte sie gerade wieder an ihren Schreibtisch zurückschicken, da sah er sie lächeln – und das war nie ein gutes Zeichen.

»Ich frage mich«, sagte Mallory so beiläufig, als würde sie bloß die Uhrzeit verkünden, »wie *dringend* der Bürgermeister Mrs. Ortega eigentlich sehen will.«

Jack Coffey konnte sie nur fasziniert anstarren, obwohl er wusste, was als Nächstes passieren würde. Das Spiel nannte sich Erpressung. Die junge Detektivin wollte aus ihrem Käfig heraus. Und sie baute fest auf das zweite psychiatrische Gutachten.

»Das kleine Mädchen ist behindert«, sagte Mallory. »Sie leidet unter dem Williams-Syndrom.«

»Das stimmt«, sagte Mrs. Ortega. »Charles Butler meint, sie wird nie mehr nach Hause finden. Sie können es nicht zulassen, dass sie weiter dort herumläuft…«

»Jetzt aber Moment mal«, sagte Coffey. »Charles hat sie auch gesehen?«

»Nein«, antwortete Mrs. Ortega. »Ich hab ihn auf dem Weg nach Brooklyn angerufen. Er hat eine telefonische Ferndiagnose gestellt – über das Telefon des *Bürgermeisters.*«

Für den Lieutenant roch das alles nach einem abgekarteten Spiel.

»Sicher wollen Sie das Mädchen finden.« Mallory klang ausgesprochen beiläufig. »Pädophile lieben den Central Park. Wenn die Kleine vergewaltigt wird, versaut das dem Bürgermeister den ganzen Tag.« Es war unnötig zu erwähnen, dass diese Polizistin durch Mrs. Ortega einen direkten Draht zum Bürgermeister hatte. Und auch das Wort *Rache* hing unausgesprochen im Raum.

In der finstersten Region von Jack Coffeys Gehirn sprang ein winziger Kobold auf und ab und schrie: »*Erschieß* Mallory! Erschieß sie sofort!« Doch stattdessen wandte sich der Lieutenant an die Putzfrau und zwang sich ein Lächeln auf die Lippen. »Okay, das hier ist mein bestes Angebot. Ich lasse die Kollegen im Park zehn Beamte dafür abstellen, dass sie das verirrte Mädchen finden. Abgemacht?«

Mrs. Ortega stand auf und beugte sich über den Schreibtisch. Mit einem Daumen wies sie auf die Detectives hinter ihr. »Packen Sie die beiden noch dazu, und ich bin einverstanden.«

Mallory setzte sich auf den Stuhl neben Riker und streckte ihre langen Beine aus. Sie klappte ihre Taschenuhr auf, ein altes Stück, das ihr Lou Markowitz, der verstorbene Supercop, vermacht hatte. Gewöhnlich benutzte sie diese Requisite, um auf die lange Ahnenreihe von Polizisten hinzuweisen, die ihr Ziehvater gehabt hatte – und um einen Gefallen zu erbitten, dem man diesem guten alten Mann schuldig geblieben war. Am Tag ihrer Rückkehr hatte sie die Uhr als Symbol ihrer Bitte und ihres Anspruchs, sie wieder in Dienst zu nehmen, auf ihren Schreibtisch gelegt. Heute jedoch holte sie sie aus der Tasche, um zu zeigen, dass in diesem Moment buchstäblich eine Uhr tickte. Der Bürgermeister würde warten, er würde kochen vor Wut, und es würde nicht viel fehlen, dass er explodierte.

Jack Coffey zuckte mit den Achseln, und das bedeutete, er hisste die weiße Fahne. Manchmal war es eine gute Idee, zu verlieren. Scheitern konnte auch etwas sehr Beruhigendes sein. Seine Spannungskopfschmerzen waren wie weggeblasen, noch bevor er seine beiden Detectives nach Uptown in den Central Park beorderte. Mrs. Ortega wurde in die andere Richtung zur City Hall geschickt – so löste er ein weiteres Problem –, und damit hielten sich Gewinne und Verluste an diesem Tag ja vielleicht doch die Waage.

Der Lieutenant gab sich noch eine halbe Stunde Zeit, ehe er die Lautstärke des Fernsehers wieder aufdrehte. Eingeschaltet war der Kabelkanal der Stadt New York, und Coffey rechnete fest damit, gleich die Putzfrau und den Bürgermeister in einer Pressekonferenz zu Gesicht zu bekommen. Stattdessen sah er jedoch den Columbus Circle, um den der Verkehr aus mehreren breiten Boulevards floss. Die Kamera fuhr heran und wanderte zu der sonnenbeschienenen Plaza von Merchants' Gate, dem südwestlichen Eingang zum Central Park. Sie zoomte auf ein Denkmal, auf dessen hohem Sockel die goldene Statue der Columbia Triumphant stand, die ihren von drei Seepferden gezogenen Muschel-Streitwagen lenkte. Hier schwenkte die Kamera herunter und zeigte schließlich die Nahaufnahme eines kleinen Jungen, dessen Gesicht ein Wald von Mikrofonen umgab.

Und der Lieutenant hörte von der zweiten Feenbegegnung an diesem Tag.

Der Junge auf dem Bildschirm beschwor eine ganz andere legendäre Fee aus dem Märchen herauf, um das Kind zu beschreiben, das immer noch irgendwo im Park herumirrte. »Aber sie war nicht blond wie Tinker Bell. Das Mädchen hatte *rote* Haare.« Jetzt wurde das Lächeln des Jungen verschlagen, denn das Beste hatte er sich bis zum Schluss aufgehoben. Genüsslich und mit Gruselstimme verkündete er: »Und sie war voller Blut.«

Na toll. Na supertoll.

»Vermutlich fragst du dich, woher ich weiß, dass du lügst.« Mallory sagte das nicht unfreundlich, doch ihr Partner fand, dass sie den Jungen dabei so anschaute, wie eine Katze ihr Futter betrachtet. Riker fragte sich, ob das Kind in Mallorys Augen nicht vielleicht tatsächlich eine Art saftiges Steak mit einer kleinen Baseballkappe auf dem Kopf war.

Dem Jungen aus dem Tagescamp schien es erst jetzt allmählich zu dämmern, dass er sich nicht mehr in der Gesellschaft lächelnder, besorgter Reporter befand. Diese große blonde Frau war ein ganz anderes Kaliber – und er saß tief in der Tinte. Der Mund blieb ihm offen stehen, als er zu ihr emporblickte, als wäre sie noch viel, viel größer als die goldene Statue.

Mallory nahm den kleinen Jungen an der Hand und marschierte mit ihm hinter das Denkmal. Riker folgte ihnen dicht auf den Fersen, um diese kleine Entführung vor den Kameras abzuschirmen, die am anderen Ende der Plaza aufgebaut waren, wo Reporter die Kinder aus New Jersey interviewten und Straßenmusiker versuchten, gegen das wilde Gehupe der im Stau stehenden Autofahrer anzuspielen. Rund um den Columbus Circle ging nichts mehr vor oder zurück, Uniformierte liefen am Rand der Plaza herum und drohten all denen mit Strafzetteln, die so wahnsinnig waren, hier in zweiter Reihe zu parken. Mittlerweile hatte sich ein Publikum aus Fußgängern angesammelt, die das verrückte Spektakel verfolgen wollten, und Essensverkäufer tauchten wie aus dem Nichts auf, damit auch keiner hungern musste.

Niemand bemerkte, dass die Polizisten den kleinen Jungen mitnahmen.

»Das Mädchen hatte *wirklich* überall Blut.« Jetzt klang die Stimme des Sechsjährigen weinerlich, doch er heulte nicht, was Riker ihm zugutehielt. Dafür schaute der Knirps auf seine Schuhe hinab – ein untrügliches Zeichen für ein schlechtes Gewissen.

»Letzte Chance«, sagte Mallory, als wäre sie diejenige, die darüber zu richten hatte, wann man ihn zur Hölle schicken würde. »Sag mir, was …«

»Er hat gelogen«, meldete sich in diesem Moment ein zweites Kind aus dem Tagescamp zu Wort. Es war ein kleines Mädchen mit Pferdeschwanz, das aus Rikers Schatten hervortrat und sich an Mallory wandte. »Das Mädchen war nicht *voller* Blut.« Die Kleine legte die Hände wie zwei Schalen vor den Mund und flüsterte Mallory verschwörerisch ins Ohr: »Es war nur ein *bisschen* Blut.« Sie wies auf ihr eigenes T-Shirt und beschrieb die kleinen roten Flecken auf der Schulter und auf einem Ärmel des vermissten Mädchens. »Hier, und hier auch. Oh, und sie heißt Coco.«

Riker klappte sein Notizbuch auf. »Aha. Coco.« Nachdem er sich dies notiert hatte, schwebte sein Kuli noch kurz über dem Papier. »So … was dieses Blut betrifft: Hast du denn irgendwo eine Wunde oder einen Schnitt gesehen?«

»Nein, sie hatte einfach nur diese Flecken, und sie sah so aus.« Die Kleine hielt zwei Finger vor ihre Zähne und verzog den Mund zu einem Halloween-Grinsen mit Kinderzahnlücken.

»Na gut, das passt ja.« Riker hielt ein Foto von Mrs. Ortegas Feenfigur hoch und zeigte es dieser anscheinend verlässlicheren Zeugin. »Hat Coco etwa so ausgesehen?«

»Das *ist* sie!«, quietschte das kleine Mädchen und sprang auf und ab, offenbar so aufgeregt, dass es kaum auszuhalten war. »Die Flügel hatte ich ganz vergessen!«

Riker seufzte.

Und der Junge, *der überführte Lügner,* nickte. »Yep, sie hatte Flügel, richtig.« Kleine Hände bohrten sich in Hosentaschen, und er schaute mit neu erwachter Lässigkeit gen Himmel. »Wahrscheinlich ist die schon längst in Mexiko.«

Mallory ging in die Hocke, hielt ihr Gesicht nur ein paar Zentimeter von dem des Jungen entfernt. Kein Ausweg, keine Gnade. Riker ahnte nichts Gutes.

»Noch was«, sagte sie. »Diese Flecken auf Cocos T-Shirt – hast du das Blut gesehen, *bevor* die Ratten Mrs. Lanyard gefressen haben?«

Der Knirps erschrak sichtlich und riss die Augen auf, als wäre gerade ein Luftballon geplatzt. Offenbar hatte dieser kleine Ausreißer nie zurückgeschaut und den eigentlichen Rattenangriff gar nicht gesehen. Und die Reporter – diese Schakale! – waren zu einfühlsam gewesen, um ihm zu sagen, dass die alte Dame tot war. Das alles stand ins Gesicht des Kindes geschrieben, über das jetzt Tränen liefen. Große, viele.

Für die Polizisten war das Antwort genug, und sie setzten ihren Weg in den Central Park fort.

Hätte man sie gefragt, hätte Coco geantwortet, sie sei in der vergangenen Stunde zweihundertdreiundachtzig Meilen gelaufen, um eine Parkfläche zu überqueren, die etwa vier Häuserblocks entsprach. Für sie waren Raum und Zeit willkürliche Begriffe, doch wenn es um Zahlen ging, gab sie sich redlich Mühe, genau zu sein.

Das Kind folgte in vier Schritten Entfernung einer Frau, deren Gesicht sie noch gar nicht gesehen hatte. Coco plante, die Fremde zu fragen, ob sie nicht bitte ihre Hand halten könne. Sie brauchte dringend jemanden, der sie in den Arm nahm, *ganz egal, wer.* Das hier war ein Flattertag, der keine Anker in einer wirklichen Welt hatte, und jeden Moment würden ihr die Tränen kommen. Ihre Aufmerksamkeit wandte sich einem Mann in blauem Hemd und grauer Hose zu. So war auch Onkel Red immer angezogen gewesen. Aber das konnte er nicht sein.

Onkel Red hatte sich vor kurzem in einen Baum verwandelt.

Die Dame vor ihr blieb stehen und blickte auf. Während Cocos Wanderungen durch den Park, von Nacht zu Tag, hatte sie festgestellt, dass die anderen Besucher nie den Blick hoben – nur diese Frau. Vielleicht hatte die Fremde ja einen Baum schreien hören. Manchmal taten Bäume das. Der hier jedoch nicht. Oh, und jetzt fiel auch noch dieser rote Regen, aber nur ein paar Tropfen, die auf dem Rücken des Kleides der Dame landeten.

»Sie haben da Flecken«, sagte Coco. »Rote Flecken, so wie meine.«

Die Frau fuhr herum, und eine Ratte fiel vom Baum und landete auf ihrem Kopf. Die Dame schrie wie am Spieß und schlug nach der Ratte, doch die hatte sich in ihrem langen Haar verfangen und schrie jetzt auch wie am Spieß. Zitternd erhob sich Coco auf die Zehenspitzen, bereit zur Flucht, und dann sprintete sie los. Ihre Füße berührten den Boden kaum, während sie davonrannte, weg von diesem Geräusch, um es aus ihrem Gehirn zu verscheuchen. Jetzt folgten ihr Schritte – viel zu schwer für Rattenfüße, selbst wenn alle Ratten der Welt sich aufgetürmt hätten, um hinter ihr herzulaufen. Doch sie schaute nie über ihre Schulter, um zu sehen, was da hinter ihr war. Nach langer, langer Zeit, einer halben Ewigkeit, war sie endlich in Sicherheit bei den Löwen.

DREI

Ich bin zwei Klassen weiter als meine Altersgruppe.
Deshalb besuche ich den Unterricht mit allen dreien.
In Geschichte sitzt Aggy die Beißerin neben mir und
macht klackende Geräusche mit ihren Zähnen.
Ab und zu streckt sie den Arm über den Gang zwischen
unseren Pulten und zwickt mich. Prüft sie das Fleisch?

ERNEST NADLER

In einem normalen Wagen wäre es als Beifahrer mit seiner Partnerin am Steuer aufregender gewesen. Mallory schaltete nur selten die Sirene ein, weil sie gerne andere Fahrer erschreckte, indem sie dicht auffuhr und damit Blechschäden und kaputte Rücklichter riskierte. Heute jedoch musste sie sich mit der ziemlich geringen Höchstgeschwindigkeit eines kleinen Parkfahrzeugs begnügen, einer Art frisiertem Golfwagen, dessen Motor ungefähr erdnussgroß war.

Riker spielte den Navigator und studierte eine Karte mit den schmalen Straßen, den mäandernden Pfaden und den Highways des Central Park. Während sie auf dem West Drive nach Norden unterwegs waren, markierte er die allerneueste Sehenswürdigkeit der Stadt, den Punkt, wo Ratten einen Menschen gefressen hatten, der nicht aus der Stadt kam, mit einem Kreuz. Sie näherten sich dem Spielplatz bei der West 68th Street, dort hatte Mrs. Ortega das vermisste Kind gesehen. Riker schaute auf seine Uhr. Stunden waren seit dem Angriff der Ratten vergangen. »Hier in der Umgebung finden wir sie nie. Kinder kommen ziemlich weit, wenn sie rennen.« Die Vorstellung, auf einem Parkgelände, das mehrere Meilen lang, eine halbe Meile breit und mit einer Million Bäume bestanden war, hinter denen es sich verstecken konnte, nach einem einzigen kleinen Mädchen zu suchen, weckte eine gewisse Verzweiflung in ihm. Seine Partnerin jedoch lenkte das Wägelchen voller Zuversicht, als wäre sie sich ihrer Sache völlig sicher. »Was weißt du, das ich nicht weiß?«, fragte er Mallory.

»Coco versteckt sich nicht«, erwiderte seine Partnerin. »Sie sucht den Kontakt zu Menschen. Deshalb wird sie auf dieser Straße bleiben.«

Riker wusste, dass seine Partnerin eine innere Verbindung zu verirrten Kindern hatte. Sie war selbst eins gewesen – sofern man überhaupt sagen konnte, dass sie jemals ein *richtiges* Kind gewesen war. Als sie mit zehn oder elf auf der Schwelle des Ehepaars Markowitz aufgetaucht war, hatte sie bereits über ein vollständiges Repertoire von Überlebenstechniken verfügt. Ihr wahres Alter hatten ihre Zieheltern, Lou und Helen, nie herausgefunden, denn schon die kleine Kathy Mallory war mit allen Wassern gewaschen, was Täuschung und Verstellung anging. Und im Stehlen, erinnerte sich Riker, konnte ihr bereits in jungen Jahren keiner etwas vormachen.

Jemanden einzuschüchtern, war ein Talent, das sie erst später entwickelt hatte.

Nachdem sie am Parkausgang zur 77th Street vorbeigerollt waren, ging Mallory voll aufs Gas und machte einen Satz über den Bordstein, um vor zwei Jungs mit Skateboards in den Händen zum Stehen zu kommen. Die beiden trugen Knie- und Handgelenkschoner sowie Helme, also alle Schutzschichten, mit denen Eltern dafür sorgen konnten, dass ihre Sprösslinge in New York keinen Schaden nahmen. Sicher, diese Kids waren Teenager, doch *irgendjemand* liebte sie. Als der Wagen stoppte, befanden sich seine Vorderräder nur wenige Zentimeter von ihren Kniescheiben entfernt – und die Jungs lachten. Kein Erschrecken, kein ehrfürchtiges Staunen, denn dies war ein *Spielzeugauto.* Dann war der Spaß zu Ende: Ihre Blicke hatten sich mit dem von Mallory gekreuzt.

Oh, *Scheiße.*

Worte waren unnötig. Mallory musste nur nicken, um ihnen zu vermitteln: *Ja, ich bin ein Cop, und ich trage eine Waffe – eine große.* Sie legte den Kopf auf die Seite und stellte ihnen die stumme Frage, ob sie denn ein bisschen Dope in ihren Taschen hätten, das für sie von Interesse wäre.

Teenager waren *so* easy.

Riker hielt seine Dienstmarke hoch und winkte sie zu seiner Seite des Golfwagens herüber. Er griff in die Tasche und zog das Foto von Mrs. Ortegas Feenfigur hervor. »Okay, Jungs, ich sag euch, wie das hier läuft. Eine blöde Bemerkung, und mein Partner erschießt euch. Wir suchen nach einem vermissten Kind. Das Mädchen sieht etwa so aus.« Er zeigte ihnen das Foto und erriet, was in dem Kopf des einen Jungen vorging, als er sein freches Grinsen sah. »Vergiss einfach, dass du die Flügel gesehen hast.« Er nickte in Richtung Mallory. »Sie *wird* euch wehtun.«

»Ja, wir haben das Mädchen gesehen«, sagte der größere Junge. »Sie sind richtig hier.« Er zeigte in die Richtung, aus der er mit seinem Freund gekommen war. »Nehmen Sie den ersten Weg rechts. Sie war nach Osten unterwegs.«

»Zum Ramble?« Riker beschattete seine Augen und spähte in dieses dicht bewaldete Gebiet, in dem einst Junkies und Straßenräuber mit Messern und Schusswaffen ihr Unwesen getrieben hatten und es Gelegenheitsvergewaltiger gab, die ihre Opfer mit Felsbrocken zur Strecke brachten. Mittlerweile jedoch hatten Vogelbeobachter, Jogger und Omas das Areal für sich erobert. »Wie lange ist das her?«

»Vielleicht eine Stunde … halbe Stunde.«

»Red mit mir.« Mallory zoomte sich das schuldbewusste Gesicht des anderen Jungen heran. »Was ist passiert?«

Der Bursche schaute verlegen ins Gras und dann hoch zum Himmel. »Sie wollte von mir in den Arm genommen werden.«

»Aber sie war schmutzig.« Mallory stieg aus dem Wägelchen. »Wahrscheinlich ein Kind, das kein Zuhause hat.« Ihre Stimme wurde monoton. »Du dachtest, du könntest dir bei ihr irgendwas holen – Wanzen oder Läuse.« Sie umkreiste den Jungen, schnappte sich sein Skateboard und warf es unter den Boden des Wagens. Trotzdem schaute er sie nicht an. »Dieses kleine Mädchen hatte Blut am T-Shirt, und es hatte Angst, stimmt's? Aber ihr beiden hattet schon was vor, wart unterwegs – da blieb keine Zeit, die Bullen anzurufen.« Mallory öffnete ihre Hand und zeigte dem Jungen sein eigenes, teures Handy. Er starrte ungläubig darauf und klopfte rasch die leere Gesäßtasche seiner Jeans ab.

»Na, was denkst du – treff ich bis ins Wasser da drüben?« Mallory blickte zu dem langgestreckten Gewässer, das von einem breiten, orangeroten Bauzaun umgeben war, und wog das Handy in ihrer Hand. »Red mit mir.«

Der Junge schaute besorgt Riker an, der nur die Achseln zuckte, als wollte er sagen: *Ich hab dich ja vor ihr gewarnt.*

Es war der andere Junge, der zuerst sprach, vielleicht weil er Angst um sein eigenes Handy hatte. »Das Mädchen war ein bisschen seltsam … ich dachte, sie fängt gleich an zu heulen, als …«

»Als dein Freund sie abblitzen ließ?« Das Manöver von Mallory hatte genügt, und die beiden redeten auf einmal. Jetzt – urplötzlich und sehr passend – fiel ihnen ein, dass Coco zu einem anderen Parkbesucher gelaufen war.

»Wir dachten, *er* würde die Cops rufen.«

»Ja«, meinte Riker. »*Klar* habt ihr das.« *Dreckiger kleiner Lügner.*

Der Teenager schenkte ihm ein abfälliges Grinsen. *Na und? Respektlos.*

Freche Lügen einem Polizisten gegenüber mussten eigentlich Konsequenzen haben, doch statt den unverschämten Knaben ein bisschen zu schütteln, bis ihm seine perfekten Beißerchen aus der Kinnlade fielen, wandte sich Riker ab und kletterte in den Wagen. Hinter ihm hörte er jetzt ein Platschen, gefolgt vom »Oh, Scheiße, mein Handy!« des Jungen. Dann saß auch Mallory wieder auf dem Fahrersitz, und der Wagen rollte unter genüsslichem Knirschen mit einem Reifen über das Skateboard.

Die Cops fuhren eine schmale Straße entlang und rumpelten in schneckenhafter Langsamkeit durchs Unterholz. Der Ramble hatte eine Grundfläche von guten fünfzehn Hektar, ein dichter Wald voller Bäume und üppigem Laubwerk, schön und entmutigend zugleich. Auf Rikers Karte war ein erschreckend verschlungenes Labyrinth aus Pfaden zu sehen. »Hier drinnen finden wir sie nie.«

»Klar finden wir sie. Das Kind ist völlig verängstigt. Folglich macht es beim Laufen immer das Naheliegendste.« Mallory fuhr an allen Abzweigungen vorbei und blieb stattdessen auf dem breitesten Weg. Nur einmal wurde sie langsamer, um sich einen flachen, ziemlich lädierten Drahtzaun anzuschauen, der an einer Stelle heruntergetreten war. Sie hatte ihre Lektion vom verstorbenen Lou Markowitz gelernt – immer auf das zu achten, was ungewöhnlich ist. Dann fuhr sie weiter.

Als sie aus dem Ramble wieder herausrollten und in der Nähe des Boathouse-Café am Ostufer des Sees auf offenes Gelände kamen, klingelte Rikers Handy, und er ging ran. »Ja?« Er wandte sich seiner Partnerin zu. »Offenbar sind wir hier richtig. Auf der Mall wurde eine Fee gesichtet.«

Jenseits des Sees mit seinen Ruderbooten und Enten, hinter Bethesda Terrace, fuhren sie auf die Central Park Mall und folgten den weichen Klängen eines Saxofons in der Nähe der alten Konzertmuschel. Vier Leute liefen verängstigt direkt auf sie zu. Die Detectives rumpelten an ihnen vorbei und bogen auf den breiten Spazierweg ein, der von hohen Bäumen, Sitzbänken und Straßenlaternen gesäumt war, Relikten aus der Zeit des Gaslichts. Über ihren Köpfen wölbte sich ein dichter Baldachin aus Blättern, vor ihnen dudelte eine Dixieland-Band die perfekte Untermalung für flüchtende Parkbesucher. Als Riker den Musikern seine Dienstmarke zeigte, verstummte die Musik.

»Falscher Alarm«, sagte der Mann am Banjo und hielt sein Handy in die Höhe. »Wir dachten, das Kind habe sich verirrt, aber dann schloss es sich einer Touristengruppe an.«

Und der Trompeter fügte hinzu: »Ich hab sie in Richtung Zoo geschickt.«

Der Wagen rollte weiter, mit durchgedrücktem Gaspedal.

»Stopp!«, schrie Riker. Sie kamen abrupt zum Stehen, als direkt vor ihnen eine ganze Truppe von Ratten über den Weg huschte. »Was ist denn das?« Unten in SoHo, wo er wohnte, waren diese Nager alles feige Dilettanten, die sich nie vor zehn Uhr abends auf die Straßen trauten und Menschen mieden. Man bekam sie nur selten zu Gesicht, höchstens wenn sie aus dunklen Gassen oder Mülltonnen hervorschauten und sich das Straßenlicht auf ihren glänzenden Knopfaugen spiegelte. Manchmal sah Riker eine, die an einer Wand entlanghuschte, aber so etwas hatte er noch nie erlebt: *galoppierende Ratten,* deren Rücken sich beim Rennen krümmten und streckten, krümmten und streckten. Zweifellos waren das die Menschenfresser, die auf der Sheep Meadow ausgebüxt waren. Die meisten der verfressenen Tierchen waren bereits weg, als ein dreistes Vieh unmittelbar vor ihrem Wägelchen stehen blieb. Der Einzelgänger richtete sich auf den Hinterläufen auf und schaute sie direkt an, absolut furchtlos und – fast bewundernswert.

Mallory fuhr einfach drüber.

Als die Detectives zu Fuß den Zoo betraten, beschlossen sie, das Feenfoto nicht herumzuzeigen. Stattdessen arbeiteten sie mit der Version eines vermissten rothaarigen kleinen Mädchens mit blutigem T-Shirt. Hier, wo die Parkbesucher noch von schreienden Flüchtigen und angriffslustigen Nagern verschont geblieben waren, gab es keine Anzeichen von Panik. Ein vollkommen gelassener Zoobesucher half ihnen weiter und zeigte auf ein Gehege mitten in einem Rondell, ein erhöhtes Zementbecken, in dem sich Seelöwen auf Felsplatten aalten, dösten oder sich den Pelz von der mittäglichen Sonne bescheinen ließen. Und da stand es, das kleine Mädchen, auf den Stufen, die das Gehege umgaben. Ein Zooangestellter versuchte ihm aus sicherer Entfernung das Eishörnchen zu reichen, mit dem man hier traditionellerweise verirrte Kinder anlockte.

Mallory schrie: »Coco!«

Das kleine Mädchen ließ sein Eis sausen und lief auf sie zu, lachend und weinend zugleich, die dünnen Ärmchen hungrig nach einer Umarmung ausgestreckt. Die Verzweiflung auf dem schmutzigen kleinen Gesicht machte Riker traurig. Vielleicht war ja eine Umarmung so etwas wie Sauerstoff für Coco, lebenswichtig. Sie *brauchte* das. Mrs. Ortega hatte recht – Coco besaß keinerlei Überlebensinstinkt, denn das ahnungslose kleine Ding hatte sich ausgerechnet Rikers Partnerin ausgesucht, damit sie ihm Wärme und Trost spendete.

Coco schlang die Arme um die große blonde Polizistin, die die Umarmung nicht nur über sich ergehen ließ, sondern freundlich auf dieses arme, blutbefleckte kleine Wesen herablächelte, das Mallorys Freilassung auf die Straße bedeutete.

Endlich kein Schreibtischdienst mehr. Ein verirrtes Kind war gefunden worden, und diese wundersame Fügung würde zu einer Presseerklärung führen, die die Schädigung des New Yorker Tourismus durch blutrünstige Ratten mildern konnte. Der Bürgermeister würde *sooo* dankbar sein.

Backsteinwände, Bäume und Blumen umschlossen den Innenhof des Zoo-Cafés. Die Nerven der Lunchgäste des Cafés wurden von schreienden Gangs von Krabbelkindern und umherflitzenden Kids strapaziert, die vor ihren entnervten Nannys flohen. Einige Spätgebärende hockten still auf ihren Stühlen und warteten einfach ab, bis die Batterien ihrer Sprösslinge leer waren. Tauben umlagerten jeden Tisch im Außenbereich.

Coco, eine geborene Geschichtenerzählerin, mampfte an einem Hotdog und gab den Cops in allen Details ihre Odyssee durch den Central Park zum Besten. Deren Fragen wurden nicht etwa schlicht beantwortet, sondern höchst blumig ausgeschmückt. Was die Flecken auf ihrem T-Shirt anging, sagte sie: »Das Blut kommt von da, wo auch die Ratten herkommen«, und zeigte nach oben. »Es gibt Ratten, die am Himmel leben.« Als sie Skepsis in den Augen der beiden Polizisten entdeckte, schaute Coco von Riker zu Mallory und fügte mit großer Würde und Bestimmtheit hinzu: »Wirklich, einige schon. Manchmal regnet es Ratten, und manchmal regnet es Blut.« Coco hob eine knochige Schulter, um ihnen zu zeigen, dass dieses Wetterphänomen eine ziemlich zufällige Angelegenheit war.

Langsam war Mallory mit ihrer Nachsicht am Ende. »Du hast gesehen, wie diese Frau von den Ratten …«

Riker hob rasch die Hand, um einer Schilderung der gruseligen Details von Mrs. Lanyards Ableben vorzubeugen. »Dann hast du also all die Ratten auf der Wiese gesehen, oder?«

»Klar. Dann sind alle weggelaufen. Ich auch.« In der Version des Kindes waren aus ein paar Dutzend Ratten ganze Heerscharen geworden, und alle waren so groß wie Häuser und hatten Zähne so lang wie ihre Arme. »Ratten sind sehr gebärfreudig.«

Riker fragte sich, ob es viele Sechsjährige gab, die die Vokabel *gebärfreudig* in ihrem begrenzten Wortschatz hatten.

»Wessen Blut ist das?« Mallory mochte Geschichten von Himmelsratten und Blutregen nicht besonders.

»Das ist Gottes Blut«, antwortete Coco.

Riker starrte auf die roten Flecken. Tatsächlich sahen die länglichen Umrisse aus, als hätte es von oben getropft, aber der größte Teil der Welt befand sich sowieso über dem Kopf des Kindes. »Wo warst du, als das Blut auf deinem T-Shirt gelandet ist?«

»Im Park. Im Park gibt es jede Mengen Ratten. Die meisten Leute sehen sie nie. Normalerweise sind sie nachtaktiv.«

»Nachtaktiv? Das ist aber ein komplizierter Ausdruck für ein kleines Mädchen«, sagte Riker. »Wie alt bist du denn?«

»Ich bin acht.« Das sagte Coco voller Stolz. Und es konnte ja stimmen. Coco war kleiner als Gleichaltrige, doch ihre Worte waren größer.

Mallory legte ihren eigenen Hotdog auf Cocos Teller, und die Kleine fiel darüber her, als hätte sie seit Tagen nichts zu essen bekommen. »Du warst nachts im Park? Daher weißt du also, dass Ratten nachtaktiv sind?«

»Das hab ich in einem Buch gelesen.« Das kleine Mädchen verputzte seinen zweiten Hotdog. »Meine Granny hat jeden Tag mit mir gelesen. Das war, bevor ich bei Onkel Red wohnte. Als die Dunkelheit hereinbrach, wurde er in den Park geliefert, und ich hab nach ihm gesucht, aber er hatte sich in einen Baum verwandelt.«

»Dann warst du die ganze Nacht hier?« Jetzt klang auch Riker ungläubig. »Ganz allein?«

»Ja. Ich hab die ganze Nacht dem Baum zugehört – jede Nacht. Du weißt ja, wie Bäume weinen. Sie haben keine Münder, und deshalb klingt es etwa so.« Sie legte sich beide Hände über den Mund und machte einen erstickten Klagelaut.

Auf einmal hatte Riker das beunruhigende Gefühl, Coco könnte die Wahrheit sagen. Er starrte auf das Blut am T-Shirt des Kindes.

Wessen Blut war das?

Mallory wischte mit ihrer Serviette sanft den Senf von Cocos Kinn, als würde sie sie mit diesem kleinen Akt der Zärtlichkeit belohnen – so wie man einen Welpen belohnt, wenn man ihm etwas beibringen will. »Dann gehen wir jetzt mal deinen Onkel Red suchen.«

Eigentlich hatte der selbstständige Fotograf heute frei von seiner Verzweiflung, nie eine Festanstellung bekommen zu haben, und folglich auch nur dieses bescheuerte Handy zum Fotografieren dabei. Und obwohl er es mit eigenen Augen gesehen hatte, würde ihm kein Fotoredakteur glauben, dass die Ratte wirklich vom Himmel gefallen war. Er hatte das Foto ein paar Sekunden zu spät geknipst, und so erkannte man bloß einen Nager, der auf dem Rücken einer Frau saß. Er war der schreienden Dame auf ihrer Flucht über verschlungene Pfade eine Weile gefolgt und hatte sie dann aus den Augen verloren.

Der Mann war an diesem Tag zum ersten Mal im Ramble, in dem es keinerlei hilfreiche Schilder mit drolligen Namen für die Wege gab, und so war er fast eine Stunde lang im Kreis gelaufen. Beim Gehen schaute er immer wieder auf das Foto auf seinem Handy, um Hinweise zu entdecken, wo genau die von der Ratte berittene Dame ihre wilde Flucht begonnen hatte. Dann endlich war er auf der richtigen Spur. Ja, hier hatte er die Ratte vom Himmel fallen gesehen. Als er zu den zusammengewachsenen Ästen hochschaute, musste er sich eingestehen, dass der Nager wahrscheinlich nur im Blattwerk gesessen hatte, doch es war trotzdem ein Wahnsinnsbild.

Aber seit wann kletterten Ratten auf Bäume?

Er starrte das Foto auf dem kleinen Display seines Handys an. Die Frau mit einer Ratte in den Haaren. Im Hintergrund war eine kleine Gestalt zu erkennen – ein rothaariges Kind mit zurückgelegtem Kopf, das Ausschau hielt – wonach eigentlich? Nach mehr Baumratten? Er stand jetzt genau an der Stelle, wo das seltsame Mädchen vor einer Stunde gestanden hatte. Als er hochblickte, entdeckte er etwas Grünes, das jedoch kein Blatt war. Oben in einem Ast hing eine ausgebeulte Tasche, und – *verflucht noch mal!* – sie bewegte sich. Eine Ratte fiel aus einem Riss in der Tasche, purzelte durch das Laubwerk, prallte an einem Ast ab und landete weiter unten im Baum. Eine Ratte mit akrobatischen Fähigkeiten? Das Tier blieb auf dem niedrigsten Ast sitzen und ließ sich fotografieren. *Klick.* Fett und unansehnlich, konnte sich der Nager mit seinen kleinen ekligen Händchen kaum auf dem Ast halten. War die Ratte betrunken? Ihr Fell lag glatt an, als wäre es nass, und jetzt schüttelte das Vieh sich, wie ein nasser Hund, und bespritzte das weiße Hemd des Fotografen – *oh, mein Gott!* – mit Blutstropfen.

Mallory führte einen kleinen Konvoi von Fahrzeugen an. Hinter den Detectives fuhren zwei Streifenbeamte, am Steuer des dritten Wägelchens saß ein Park Ranger. Das kleine Mädchen hockte auf Rikers Schoß und blickte nach rechts und links. Es suche einen toten Vogel, sagte es. Sie fuhren in Richtung Norden, wieder zum Ramble, indem sie der etwas kryptischen Angabe des Kindes von Wasser, das mit einem breiten orangeroten Band eingefasst war, folgten. Bestimmt meinte es den Bauzaun an einem Ausläufer des Sees, wo die Ranger mit der Säuberung des Gewässers beschäftigt waren – dem See, in den Mallory das Handy eines Teenagers geworfen hatte. Während die drei den West Drive entlangrumpelten, erfuhren die Detectives, dass »Granny« der offizielle Name von Cocos Oma war. Auch Onkel Red hieß so und nicht anders.

Und dieses Kind hatte mehrere Nächte im Park überlebt.

»Stopp!« Als die Wägelchen an den Bordstein fuhren, sprang Coco heraus und betrachtete einen weiteren Trinkbrunnen, den dritten auf ihrer Route. »Das ist er«, sagte sie und zeigte auf den augenlosen toten Vogel im Becken. Erschrocken floh sie vor den Schmeißfliegen, die um den Kadaver surrten, und lief bis zum Ende einer geschwungenen Steinwand, beide Hände an die Ohren gepresst.

Mallory rief das kleine Mädchen in den Golfwagen zurück, und der Suchtrupp setzte seinen Weg durch den Ramble fort, rollte über Wege, die für größere Fahrzeuge zu schmal gewesen wären. Hier konnte ihnen Coco keine Anhaltspunkte mehr geben, doch Mallory schien auch keine zu brauchen, und Riker hatte eine vage Idee, wohin sie fuhr. Sie bremste an der Stelle, wo sie vorher stehen geblieben waren, um sie genauer zu betrachten, und die Mallory für den Schauplatz einer mutwilligen Zerstörung gehalten hatte. Jetzt zeigte sie auf den heruntergetretenen Maschendraht. »Coco, hast du das schon mal gesehen?«

»Ich war's nicht«, sagte das kleine Mädchen. Riker musste lächeln, denn das war eigentlich der Standardsatz seiner Partnerin. Coco sprang von seinem Schoß auf den Pfad. »Wir sind da.«

Der Park Ranger kletterte aus seinem Wagen. »Das Kind soll wieder einsteigen. Wir haben eine Rattenplage im Ramble. Deshalb sind hier keine Leute. Die sind auch ausgeschwärmt.«

»Wir befinden uns eine halbe Meile von der Sheep Meadow entfernt«, sagte Mallory. »Sind Ratten nicht territoriale Tiere?«

»Ja, Ma'am, aber es sind nicht dieselben Tiere.« Der Ranger zeigte nach Osten. »Unser neuer Kammerjäger hat noch einen Schwarm Ratten aus einem Gebäude auf der anderen Seite des Ramble ausgeräuchert. Eigentlich sollte er sie damit töten, aber die wurden nur high von den Chemikalien.«

»Er hat Ratten *ausgeräuchert* … in einem *Park*?«

»Ja, Ma'am«, sagte der Ranger mit ungerührter Miene und vollkommen emotionsloser Stimme. »Und jetzt sind sie alle so herrlich ungehemmt.«

»Na ja, das erklärt einiges.« Riker setzte das Kind auf den Beifahrersitz des Wagens des Rangers. »Okay, Liebes, du bleibst hier und redest mit dem lustigen Mann.«

Als Riker sich zu seiner Partnerin gesellt hatte, die an der Stelle mit dem heruntergetretenen Zaun stand, rief der Ranger ihnen zu: »Passen Sie auf! Die Ratten sind aggressiver geworden, und sie beißen. Wenn Sie eine sehen, nicht davonlaufen. Das ermutigt sie nur noch. Ich glaube, die *mögen* das, wenn man rennt.«

Mallory zeigte auf den Boden, wo sich zwei parallele Furchen mit flacheren Spuren überlappten. »Da, die Reifenspur eines zweirädrigen Fahrzeugs. Das passt zu etwas Kleinem, wie einer Sackkarre.«

»Vielleicht von einem Lieferservice. Coco hat doch gesagt, ihr Onkel sei in den Park geliefert worden oder so was.« Rikers Schuhe hinterließen keine Spuren im trockenen Staub. »Dann kam die Karre also nach dem Regen hier durch, als der Boden noch weich war.«

»Aber es hat schon seit Tagen nicht mehr geregnet.« Mallory bückte sich, um den freigelegten Boden und die wenigen Gräser genauer zu untersuchen, die von den Rädern niedergedrückt worden waren. »Die Ladung der Sackkarre war schwer beim Reinfahren und viel leichter, als sie wieder herauskam.«

Um eine Leiche leichter? Und konnte diese Leiche die von Cocos Onkel sein?

Mallory, die auf einmal doch wieder an Himmelsratten und Blutregen glaubte, schaute aufwärts, während sie das Dickicht der Bäume betrat. Es war Riker, der die Fetzen menschlichen Fleisches sah, die im unteren Laubwerk hingen ... dann ein menschliches Gesicht im Profil ... schließlich wurden die Blätter eines Farns beiseitegeschoben und gaben den Blick auf einen nackten Mann frei, der im Gebüsch lag. Er war an Händen und Füßen mit einem Seil gefesselt, und der Körper war nach hinten gekrümmt, wie ein gespannter Bogen. Riker bückte sich und berührte das Fleisch. Es war kalt und steif. Fortgeschrittene Leichenstarre? Das eine sichtbare Auge lag tief in seiner Höhle, und die bläulich verfärbte Haut war fleckig.

»Mausetot, wie aus dem Bilderbuch«, rief Riker dem babysittenden Ranger zu. »Bringen Sie die Kleine hier weg!«

Während der Ranger mit Coco davonfuhr, befahl Mallory den beiden Uniformierten: »An euch kommt keiner vorbei! Ist das klar?«

Die Streifenpolizisten standen beim niedergedrückten Zaun Wache, während die Detectives die nackte Leiche näher untersuchten. »Dunkelbraunes Haar«, sagte Riker. »Schätze, das ist nicht Cocos Onkel Red. Vielleicht gibt es ja noch eine andere Leiche.«

Er hörte die Ratten, bevor er sie sah, wie sie blitzschnell durchs Gebüsch huschten und dann mit zuckenden Leibern in Sicht kamen. Es waren Dutzende. Die erste, die auf den Toten sprang, machte sich sogleich schnüffelnd über die weiche Köstlichkeit des Augapfels her. Riker, ein bis an die Zähne bewaffneter Mann, den normalerweise nichts so leicht erschütterte, war vor Angst ganz von Sinnen, doch weglaufen kam für ihn nicht in Frage. Wie Mallory blieb auch er tapfer stehen, während die Ratten um sie herum zur Leiche wuselten. »He!«, schrie er und wedelte mit den Armen. Das hätte sie eigentlich verscheuchen sollen, doch die Viecher schienen es gar nicht zu bemerken. Heute waren alle Regeln, die die Schädlinge betrafen, außer Kraft gesetzt, und die einzig verlässliche Aussage über Ratten schien die Tatsache zu sein, dass die Drecksviecher Träger von Zecken und Flöhen waren und im Mittelalter Seuchen verbreitet hatten. Und dass ihre Zähne schrecklich, schrecklich scharf waren.

Seine Partnerin hob einen handgroßen Stein hoch, holte aus und plättete eine der Ratten mit einem preisverdächtigen Pitch. Oh, gesegnet sei Lou Markowitz, dafür, dass er dieses Mädchen das uramerikanische Spiel Baseball gelehrt hatte – und man konnte Gift darauf nehmen, dass Mallory es dann auf ihre Art zur Perfektion gebracht hatte. Ganz ruhig und gefasst zog seine Partnerin sich einen Latexhandschuh über, hob die blutige Ratte am Schwanz hoch und ließ sie baumeln. Die anderen reckten die Schnauzen und schnüffelten. Dann schleuderte Mallory die Ratte mit einem gezielten Wurf weit von der Leiche weg, und der Nager segelte an den verblüfften Streifenpolizisten vorbei und landete auf dem Weg, direkt bei den Golfwagen.

Ob das der Horde eine Warnung war? Von wegen.

Die Schädlinge wurden wie magisch von dem Geruch des frischen, fließenden Blutes angezogen und stürzten sich auf ihren noch nicht ganz toten Rattenbruder. Es war ein wahres Gemetzel aus gefletschten Zähnen, umherfliegenden Blutstropfen und peitschenden Rattenschwänzen, das dort auf dem Weg stattfand. Mallorys frühe Kindheit auf den Straßen New Yorks hatte sie offenbar mit den fiesesten Tricks ausgestattet, wie man der Schädlinge Herr wurde.

Einer der Streifenpolizisten rief, mit einem hoffnungsvollen Unterton: »Dürfen wir sie erschießen?«

Ohne einen direkten Befehl eines Vorgesetzten würden diese

Streifenpolizisten in Teufels Küche kommen, wenn sie ihre Dienstwaffen abfeuerten – selbst wenn es berechtigterweise darum ging, einen Tatort zu sichern.

Riker hob den Daumen, und die beiden Polizisten feuerten ihre Magazine auf die wuselnde Rattenmasse ab. *Peng!*, ballerten sie. *Peng! Peng!* In der ganzen Umgebung ergriffen Vögel zeternd die Flucht. Die Ratten, die es überlebt hatten, blieben, wo sie waren. Sie hatten immer noch Hunger.

Riker und Mallory knieten neben dem nackten Opfer nieder. Riker schätzte, dass die Leichenstarre schon vor Stunden eingesetzt hatte. Der gefesselte Leichnam war in seiner gekrümmten Haltung erstarrt.

Peng! Peng! Peng!

Strangulierungsspuren an Hand- und Fußgelenken waren mit Blut verkrustet – Hinweis darauf, dass der Mann versucht hatte, sich zu befreien. Dieses Blut hatte vermutlich die Ratten angelockt, obwohl sich an den Abschürfungen auch Spuren erster Heilung zeigten. Wie lange hatte die Leiche hier schon gelegen? Ein Stück silberfarbenes Textilband baumelte vom Kinn des Toten. Ein weiteres klebte seitlich an seinem Gesicht, und zwischen seinen Lippen hingen Fetzen eines grünlichen Gewebes, das nach Sackleinen aussah.

Peng! Peng! Peng! Peng!

Mallory schaute auf, und Riker folgte ihrem Blick. Seine Augen waren nicht mehr die jüngsten, und er musste sie zusammenkneifen, um die schlaffe Masse eines grünen Materials zu erkennen, das von einem hohen Ast herabhing: eine offenbar leere Tasche, die unten ein Loch hatte. Riker setzte sich über die einzige Eitelkeit eines Mannes im mittleren Alter hinweg und zog eine Gleitsichtbrille auf, um sich die abgeknickten und gebrochenen Zweige und Äste anzuschauen, die den Sturz eines fallenden Körpers gedämpft hatten.

Seine Partnerin beugte sich über den starren Leichnam zu ihren Füßen. Mit einer behandschuhten Hand berührte sie leicht die geraden Klebespuren des Textilbandes, das die Augen und den Mund bedeckt hatte. Hier war die Haut aufgescheuert. »Er hat sich mit dem Gesicht am Sackleinen gerieben, um das Klebeband abzukriegen.«

Auch Fetzen ausgetrockneter Haut hatten sich gelöst. Wie lange hatte dieser arme Teufel hier gehangen und ohne Wasser oder Nahrung aushalten müssen?

»Okay, das hier ist eine ziemlich perverse Angelegenheit«, sagte Riker. »Schau dir das an.« Er zeigte auf einen Wachspfropfen, der in einer der Ohrmuscheln steckte. »Unser Täter stand auf sensorische Deprivation. Nichts sehen, nichts hören, nur langsames Verhungern.«

Die Detectives hörten das Summen, bevor sie die Insekten sahen, die immer kamen, um ihre Eier im verwesenden Fleisch abzulegen. Die erste Fliege landete auf dem Gesicht des Mannes und kroch über seinen Augapfel.

Die Leiche blinzelte – und dann fing sie zu schreien an.

VIER

Bevor sie mich packen können, warne ich die drei davor, dass ich übermenschliche Kräfte habe. Ich kann rennen wie ein Hase, zittern wie ein Windhund, und ich kann schreien wie ein kleines Mädchen. Die drei schauen mich an – wie bitte? Dadurch erkaufe ich mir ein paar Sekunden und tauche blitzschnell im Windschatten eines vorbeigehenden Lehrers unter. Um die Mittagszeit kommen die alle paar Minuten vorbei, wie Taxis.

ERNEST NADLER

Das Opfer am Fuße des Hinrichtungsbaumes hatte das Bewusstsein bereits wieder verloren.

Ein Schlauch führte von dem nackten Mann zu einem Beutel mit Flüssigkeit, den ein Sanitäter mit der einen Hand hochhielt, während er mit der anderen Fliegen verscheuchte. Sein Patient befand sich in einem Zustand zwischen Leiche und einem lebenden Statisten bei einer Gefechtsübung. »Das Verhungern ist nicht das Problem«, sagte der Sanitäter zu Detective Mallory, »und an den Rattenbissen wird er auch nicht sterben, aber die Dehydrierung macht mir Sorgen.«

»Was schätzen Sie«, fragte sie, »wie lange ist er ohne Wasser ausgekommen?«

Der Sanitäter zuckte mit den Achseln. »Ich würde sagen, drei Tage. Noch ein bisschen länger, und er wäre tot.«

Obwohl sie das Opfer losgebunden hatten, verharrte der Körper des Mannes, seit man ihn auf eine Bahre gehoben und durch den Wald zu einem wartenden Krankenwagen getragen hatte, immer noch in der Fesselhaltung.

Zwei Streifenpolizisten rollten in einem groben Kreis gelbes Absperrband zwischen den Bäumen ab. Einer blieb stehen und schrie einem Gaffer zu: »Wir verkaufen hier keine Eintrittskarten! Hau ab!«

Und der Zivilist schrie zurück: »Ich bin von der *Times*!«, was ihn in den Augen der New Yorker Polizei zum Reporter machte und damit zum Abschuss freigab.

Mallory wandte den Blick ab und schaute in die Äste empor, zu den Überresten des leeren Sackes, den die Sanitäter noch nicht bemerkt hatten. Sie interessierte sich nicht die Bohne für den Reporter, solange sich Absperrband zwischen ihm und dem Schauplatz des Verbrechens befand. Bis auf den Störenfried von der *Times* hatte sich der Ramble von Besuchern geleert, und Mallory hegte immer noch die Hoffnung, den Sack auf dem Baum geheimhalten zu können.

Doch dann schrie der *Times*-Mann: »Sie müssen mitkommen! Da oben im Baum hängt ein Sack, und in dem wimmelt es nur so vor Ratten – *blutigen Ratten*!«

»Ach, jetzt klettern Ratten schon auf Bäume?« Der Streifenpolizist lachte.

Die Detectives nicht. Gemeinsam gingen sie auf den Weg zu, und Riker sagte: »Schau dir mal die Blutflecken auf dem Hemd des Typen an.«

Der Mann mit den roten Punkten auf den Schultern kreischte: »Ich bin Fotograf!« Er hielt den näherkommenden Cops sein Handy hin und zeigte auf das Bild auf dem Display. »Sehen Sie?« Es dauerte nur einen winzigen Augenblick, und sein Handy war verschwunden.

Der Zivilist starrte auf seine leere Hand, während Mallory, die Meisterdiebin, sich durch seine Bilder klickte, darunter auch eine Porträtaufnahme von Coco, und sie zu ihrem eigenen Handy weiterschickte. Während der Mann, dem sie das Handy weggeschnappt hatte, versuchte, seine Stimme wiederzufinden und seiner Empörung Ausdruck zu verleihen, sagte sie: »Das ist eine *idiotensichere* Kamera. Wie haben Sie es geschafft, damit die Bilder so zu versauen?« Hoppla, und jetzt waren sie alle weg – gelöscht. Ups, das konnte immer mal passieren … Die Lippen des Mannes begannen, ein Wort zu bilden.

Bevor der Zivilist losschimpfen und Mallory eine Schlampe nennen konnte, trat ihr Partner nach vorne und sagte: »Vorsicht, Mann.« Riker streckte eine Hand aus. »So, dann wollen wir jetzt mal Ihren Presseausweis sehen.«

»Er hat keinen.« Mallory wandte sich dem Zivilisten zu. »Sie sind kein Fotograf, zumindest kein Profi. Und ich *weiß*, dass Sie nicht für die *Times* arbeiten.« Er wich mit jedem Schritt, den sie auf ihn zumachte, einen zurück. »Dann sind Sie also ein Möchtegern-Reporter.« Sie drängte ihn gegen einen Baum. »Nur ein armseliger freier Mitarbeiter ohne regelmäßige Einkünfte, stimmt's?« Sie lächelte und tippte ihm mit einem langen rotlackierten Fingernagel an die Brust. »Das kann ich ändern.«

Sein Grinsen wurde breit. Alles war vergeben und vergessen.

Er führte sie zwischen den Bäumen hindurch und über eine kleine Lichtung, wo jemand eine Staffelei im Gras hatte liegen lassen. Das hier könnte die Wiese mit dem dreistämmigen Tupelobaum sein, doch Mallory war sich nicht ganz sicher. In ihrer Kindheit war der Ramble ein gefährliches Pflaster gewesen, in dem sich allerlei Gesindel herumtrieb und man auf Schritt und Tritt menschlichen Abfall jeglicher Art und weggeworfene Spritzen fand, an denen noch Heroin und Blut klebte. Nach dem Immobilienboom an der Upper West Side waren die Behausungen der Kleinkriminellen als Eigentumswohnungen und teure Ladenlokale verkauft worden, deren Preise die Junkies aus der Gegend vertrieben hatten. Dieser Tage, an einem *normalen* Sommertag, wären hier überall Touristen und Leute aus dem

Viertel gewesen, die sich sonnten oder Eichhörnchen und Vögel fütterten. Jetzt jedoch war hier nur das zu sehen, was sie auf der Flucht hatten fallen lassen: Getränkedosen und Sonnenbrillen, eine Sandale, ein Kinderspielzeug. Allein der Anblick dieses leeren Feldes bestätigte das, was der angebliche Fotograf behauptete – hier wimmelte es vor Ratten. *Vielen Ratten.*

Der angehende Reporter kam aus dem Nicken gar nicht mehr heraus, während Mallory ihm die güldenen Regeln des Journalismus erklärte: Wahrheit wurde überbewertet; Information war die Währung, mit der gezahlt wurde; und er würde alles nehmen, was sie ihm geben konnte, Wort für Wort, aber kein bisschen mehr.

Sie betraten den Wald am anderen Ende der Lichtung und blieben unter dem Baum stehen, von dem es Blut auf sein Hemd geregnet hatte. Jetzt wurde der vermeintliche Zeitungsfritze zu Mallorys Kammerdiener befördert. Sie inspizierte seine Hände, um festzustellen, ob sie sauber waren, und erlaubte ihm, ihren Leinenblazer zu halten. Dann sprang sie mit einem Satz zu einen niedrigen Ast hoch und hievte sich empor. Höher und höher kletterte sie auf den Baum, immer näher an den Leinensack heran. Er hing mindestens sechs Meter über dem Boden an einem Seil, das mit einem Laufknoten an einem etwas tieferen Ast befestigt war. Das andere, lange Ende des Seils ruhte zusammengerollt in einer Astgabel. Sie zog es heraus und ließ es auf den Boden fallen, wo sich das lose Ende erneut zusammenringelte.

Lang genug.

Der Gestank aus dem Leinensack sagte ihr, dass es sich bei diesem zweiten Opfer nicht um einen Todesfall aus jüngster Zeit handelte. Der Stoff hatte ein durchgekautes Loch, wie ein gezacktes Fenster, durch das jetzt grünlich verfärbtes, ebenfalls angekautes Fleisch zu sehen war. Es war kein Blut an der

Wunde. Es musste sich folglich um einen Schaden *post mortem* handeln, obwohl überall frische rote Spritzer auf der Haut zu sehen waren. Die Ratten hatten beim Kauen vermutlich eine Arterie erwischt, in der das Blut länger flüssig geblieben war.

Mallory rief den Streifenpolizisten zu: »Nehmt das Seil und zieht!« Was sie taten. Mit einem Ruck von unten löste sich der Laufknoten an dem unteren Ast, der Sack fiel und blieb erst wenige Zentimeter vor ihnen hängen, als der Officer das Seil straffzog.

»Haltet den Sack einfach da, wo er ist!« Mallory im Baum hörte ein Quieken, das fast mechanisch klang. Aber nur fast. Als sie den Kopf ein winziges Stückchen drehte, schaute sie direkt in die glänzenden Augen einer Ratte. Der Nager zeigte keine Spur von Angst. Seine Schnauze war nur eine Handbreit von Mallorys Gesicht entfernt. *Großmutter, was hast du für lange Zähne …* Die Ratte zischte. Dann verlor sie den Halt, fiel unter großem Zucken und Quieken direkt vor den beiden Streifenbeamten zu Boden, die sich sehr zu freuen schienen, sie zu sehen.

War das eine kranke Ratte oder einfach nur eine ungeschickte?

Peng!

Eine tote Ratte.

Mit einer besseren Körperspannung als der Nager ließ sich Mallory von ihrem Ast fallen, landete katzengleich auf einem niedrigeren, turnte so langsam den hohen Baum hinab und schwang sich schließlich vom niedrigsten Ast direkt neben die Cops. »Holt den Sack erst runter, wenn ich den Knaben da losgeworden bin.« Sie nickte in Richtung des Möchtegern-Reporters, der mit Riker auf dem Feld stand und wie wild in ein Notizbuch kritzelte. Was auch immer ihr Partner dem Mann zuflüsterte – Mallory wusste, dass er es nicht würde verwerten können.

Die zweite Sirene eines Krankenwagens an diesem Tag war jetzt in der Ferne zu hören, während sie sich dem Schreiberling näherte. Eine Hand mit langen roten Fingernägeln – *nennt sie ruhig Krallen* – legte sich fest um den Arm des Mannes, und Mallory lenkte ihn vom Tatort weg. Beim Gehen diktierte sie ihm, was er schreiben sollte.

Morgen früh, sobald die *Times* in den Kiosken gelandet war, würde ihr Status als führende Ermittlungsbeamtin öffentlich bekannt sein – und nicht mehr von den Anordnungen ihres Vorgesetzten, des Lieutenants, abhängen. Der Bürgermeister glaubte tendenziell alles, was er in der Zeitung las, selbst wenn die Hälfte der Lügen aus seinem eigenen Büro kamen, und es war Aufgabe des Polizeipräsidenten, dem Blödmann die Füße zu küssen und diese Zeitungsmeldung Wahrheit werden zu lassen.

»Niemand sonst hat diese Geschichte. Und ich kann dafür sorgen, dass das bis morgen früh auch so bleibt.« Mallory nahm dem Zivilisten Stift und Block ab, schrieb ihm eine entsprechende Notiz an den zuständigen Redakteur der Stadtausgabe, einen Mann, der ihrem Ziehvater einiges schuldig war, und unterzeichnete mit *Lou Markowitz' Tochter.* Dann schoss sie mit der Handykamera des Schreiberlings ein Foto für die Titelseite der morgigen Ausgabe, auf dem der Hinrichtungsbaum und die uniformierten Polizisten deutlich zu erkennen waren. *Klick.* »Okay, Sie können jetzt gehen.« Sie gab ihm sein Handy zurück. »Hauen Sie ab!« Und das tat er. Er rannte.

Auf der Lichtung betrieb Riker Schadensbegrenzung. Er winkte die Besatzung des Krankenwagens zu einer Stelle, die weit genug vom Baum entfernt war, und bat telefonisch um den Abtransport einer Leiche. An die Streifenbeamten gewandt, sagte er: »Lasst den Sack herunter. Wir müssen den Körper rausholen und dieses Seil losbinden, bevor der Fleischwagen kommt.«

Mallory nickte zustimmend. Die größten Informationslecks

gab es unter den schlechtbezahlten Angestellten der Gerichtsmedizin. Jetzt hatten sie also einen Kandidaten fürs Krankenhaus und einen fürs Leichenschauhaus – zwei, wenn man Mrs. Lanyard mitrechnete. Ein ganz normaler Tag in New York City. Doch vorerst würde keine Rede sein von Bäumen, von Leinensäcken oder Seilen, und es würde auch niemand den Fernsehsendern einen Tipp geben.

Als der Sack zu Boden gelassen und geöffnet wurde, sah man, dass von der Frauenleiche so wenig Fleisch übrig war, dass eine Identifikation schwierig sein würde. Insekten und Ratten hatten dem Körper schwer zugesetzt. Fingerabdrücke würde es wohl kaum geben, die Hände waren bis auf den Knochen abgekaut. Auch hier waren Spuren von silbernem Textilband im Gesicht zu sehen. Es bedeckte Augen und Mund. Und noch etwas hatte die Frau mit dem überlebenden Opfer gemeinsam: Sie war mit einem Seil gefesselt, hatte beide Ohren mit Wachs versiegelt, und sie war nackt.

Mallory interessierte sich immer für finanzielle Motive einer Tat und suchte nach Hinweisen darauf, während ihre Kollegen nur Anzeichen für abnorme Grausamkeit sahen. Deshalb enttäuschte sie diese Leiche auch. Das blonde Haar war pflegeintensiv, doch die braunen Ansätze hätten schon ewig nachgefärbt werden müssen. Nein, diese Kundin wurde in keinem teuren Frisiersalon vermisst.

Um sie herum herrschte das übliche Tohuwabohu der Notaufnahme, ein Gewirr aus Fremdsprachen und Schreien, die keinen Dolmetscher benötigten. Zu dieser Hintergrundmusik kamen die Geruchsschichten: Kotze und ein Hauch aus dem Darm, medizinische Dünste und das Katzenpissearoma des Desinfektionsmittels an Wischmopp und Eimer eines Putzmanns.

Als die Spurensicherung das Krankenhaus betrat, war das Opfer aus dem ersten Hinrichtungsbaum ins Koma gefallen und wartete auf seinen liegenden Transport zur Intensivstation. Rasch wurden die Fingerspitzen des Mannes mit Tinte geschwärzt und über weiße Kärtchen abgerollt. Ein Techniker der CSI fuhr mit einem Wattestäbchen in den offenen Mund des Mannes, um eine DNA-Probe zu nehmen, ein anderer kratzte Spuren aus seinen Fingernägeln. Schließlich zog ein Mann mit einer Kamera das Laken beiseite und legte die Rattenbisse und das vom Seil aufgescheuerte Fleisch frei.

Man hatte den Notarzt angewiesen, seine Arbeit zu unterbrechen und sich ruhig zu verhalten. Keine Beschwerden, kein Jammern. Er konnte nur zusehen und ungläubig den Kopf schütteln; erst als Detective Mallory Haare aus der Kopfhaut seines Patienten zupfte, schnappte er entrüstet nach Luft.

Die Techniker hielten in ihrer Arbeit inne, und alle drehten die Köpfe, als noch jemand den Raum betrat. Ein wütender Bär von Mann, der Chef der Spurensicherung, stand am Fuße der Krankenliege. Hellers langsamen braunen Augen entging nichts, weder die unsanfte Behandlung des Patienten noch der aufbegehrende Arzt, der hilflos mit dem Rücken zur Wand stand, und er sah natürlich die Polizistin, die ihren Leuten befohlen hatte, ohne ihn anzufangen – offenbar auch gegen medizinischen Rat.

Mallory trat vom Krankenbett zurück, eine Geste der Unterwerfung, die sie bewusst einsetzte, denn ihr war bekannt, wie sie solche Kämpfe auszufechten hatte. Morgen würde Heller das mit den Seilen und den Säcken herausfinden, die im Kofferraum von Mallorys Wagen lagen. Auf *diesen* Kampf musste sie sich wirklich gefasst machen.

Heller wies mit einem energischen Stoß des Daumens auf die Tür der Notaufnahme. Seine Untergebenen packten ihr Handwerkszeug zusammen und gingen leise hinaus. Er nickte dem Mann mit dem Stethoskop zu, und der Arzt nahm wieder seinen Platz an der Seite des Patienten ein. An Mallory gewandt, sagte Heller: »So, das war Nummer eins.« Die beiden fingen bei jedem neuen Fall an, auch Mallorys Fehltritte neu zu zählen. Wenn Heller erst entdeckte, dass man seine Spurensicherung noch gar nicht an die zwei Tatorte gerufen hatte, würde er kurz vor einem Wutausbruch stehen, doch Mallorys Plan war, bis dahin längst weg zu sein.

Sie reichte Heller die Tüte mit den ausgerupften Haaren und ging, bevor er sie hinauswerfen konnte. Sie hatte das, wofür sie gekommen war. Ein näherer Blick auf die Haarwurzeln hatte ihren Verdacht bestätigt, dass der Mann etwa Mitte zwanzig war und eine verpfuschte Tönung hinter sich hatte. Wenn man von der ursprünglichen Haarfarbe ausging, handelte es sich sehr wahrscheinlich doch um Cocos vermissten Onkel Red.

Bücher standen in ordentlichen Reihen auf den Regalen, und jeder Papierschnipsel hatte seinen Platz, war in flache Schachteln mit der Aufschrift EINGANG und AUSGANG sortiert. Es war das Büro eines sehr effizienten Mannes. Nur an der Wand hinter der Anrichte herrschte eine gewisse Unordnung, denn hier hingen mehrere Plaketten und gerahmte Auszeichnungen, mit denen Dr. Edward Slope geehrt worden war. Sein Name erschien sogar auf einer Namensliste, die illustrer war als jede Aufzählung von Präsidenten der Vereinigten Staaten, denn in den vergangenen hundert Jahren hatte es vor ihm nur ganze sieben Männer auf dem Posten des Chefpathologen der USA gegeben. Allerdings erinnerte Slope ohne seinen weißen Laborkittel durch seine Haltung, die stets militärisch straff war, selbst im Sitzen eher an einen Soldaten; seine Miene war meistens versteinert, Lächeln eine Seltenheit, und sein Humor so trocken wie Schießpulver. Als herausragender Pathologe hatte er sich international profiliert, in seiner Heimat jedoch kannte man ihn vor allem als einen Mann, der gerne Cops zum Frühstück verspeiste.

Dr. Slope hob die Augen von den Unterlagen, die auf dem Tisch lagen. »Hallo, Riker.« Erst jetzt entdeckte er auch den zweiten Detective, der sein Privatreich betrat. »*Kathy.*« Es machte ihm einfach höllischen Spaß, sie zu foppen, indem er sie beim Vornamen nannte, was ansonsten streng verboten war.

»*Mallory*«, korrigierte sie ihn, so wie sie es immer tat.

Mallory bevorzugte die eisige Formalität ihres Nachnamens, und sie versuchte den Doktor schon seit ihrer Absolvierung der Polizeiakademie dazu zu bringen, ihn als Anrede zu benutzen. Doch damals wie heute wollte es ihr nicht gelingen, ihn dergestalt auf Distanz zu halten. Als eingetragenes Mitglied des Floating Poker Game, des Poker-Clubs ihres Ziehvaters Louis Markowitz, hatte er sie als das Kind Kathy kennengelernt, und Kathy würde sie für ihn bleiben, bis einer von ihnen das Zeitliche segnete.

»Diese Frauenleiche ist gerade erst reingekommen«, sagte er. »Was könnt ihr denn jetzt schon von mir wollen?« Slopes leicht irritierter Unterton ließ darauf schließen, dass Mallory wohl besser wirklich gewichtige Gründe haben sollte, sich an ihn zu wenden.

Ein kleines Mädchen trat hinter Detective Riker hervor. Die blauen Augen der Kleinen waren riesengroß und ihr Lächeln fast so breit wie das ganze Gesicht. Sie und Slope waren sich nie begegnet, doch der Doktor hatte sofort das Gefühl, die Kleine zu kennen. Kinder dieses Schlages ähnelten sich oft, obwohl sie so selten waren, dass niemals zwei von ihnen in der gleichen Familie vorkamen.

»Ich möchte, dass Sie sich zuerst um das Kind kümmern.«

Mallory strich der Kleinen sanft übers Haar. »Bevor Sie sich die Leiche vornehmen.« Und sie hatte auch noch etwas anderes in petto. »Halten Sie es aus den Papieren heraus. Ich brauche ein Blutbild, weil ich wissen will, ob sie behandelt werden muss.«

Riker, der große Beschwichtiger, trat nach vorn. »Coco erinnert sich, dass sie jeden Tag eine Pille nimmt, aber das könnten auch irgendwelche Vitamine sein. Charles Butler meint, sie gehört zu den …«

»Ich weiß. Er tippt auf Williams.« Obwohl Slope dafür die Starre seines Gesichts durchbrechen musste, lächelte der Pathologe, bezaubert von Kopf bis Fuß. Er stand von seinem Stuhl auf und ging vor der Kleinen aufs Knie, denn er wollte das sternförmige Muster in der Iris des Mädchens genauer betrachten, das er bislang nur auf Dias gesehen hatte. »Du hast Sterne in den Augen«, sagte er ihr. »Das ist etwas ganz Besonderes und wunderschön.« Coco legte ihm die Arme um den Hals und bestätigte seine Diagnose des Williams-Syndroms, einer Anomalie, die mit einer drastischen Sehnsucht nach menschlichem Kontakt und manchmal auch anderen Erkrankungen des Herzens einherging. Oft bereiteten Nieren und Leber Probleme. Slope blickte zu den Detectives hoch. »Ihre Blutwerte sollten in einem Krankenhaus mit pädiatrischer Betreuung untersucht werden …«

»Das können wir nicht machen«, sagte Mallory. »Dann nimmt das Jugendamt sie uns weg. Und was glauben Sie wohl, wie gut sie in irgendeinem Heim zurechtkommen würde?«

Dr. Slope bekundete mit einem Nicken, dass er die Meinung der Polizistin teilte. Bürokratische Vorgänge waren Kindern nie zuträglich, und dieses kleine Mädchen würde erst recht eingehen wie eine Primel. Mallory reichte ihm eine handschriftliche Notiz, und er las eine weitere Bitte von ihr, die so akkurat in Blockschrift verfasst war, dass es aussah wie mit der Maschine getippt: VERGEWALTIGUNG PRÜFEN.

Und der Doktor starb einen kleinen Tod.

Es gab keinen Gott.

Das kleine Mädchen und der Chefpathologe, ein Mann, der bereits so manches ermordete Kind aufgeschnitten hatte, gingen aus dem Raum, um sich einen Ort zu suchen, wo sie für das ungestört sein würden, was doch auch nur eine sanftere Form des Übergriffs darstellte. Als ein Untersuchungszimmer gefunden war und Coco auf der Kante eines Tisches saß, streckte sie die Hand aus und berührte sein Gesicht – um ihn zu trösten. »Auch Ratten weinen«, sagte sie. »Das wissen die meisten Leute nicht.«

FÜNF

Es gibt hier eine ziemlich coole Schultradition. Jedes Jahr am ersten Frühlingstag und ganz früh am Morgen schleicht sich jemand in den Garten und zeichnet mit Kreide den Umriss eines Mädchens auf das Pflaster. Niemand tritt darauf, und die Zeichnung hält fast den ganzen Tag, bis der Hausmeister angewiesen wird, sie zu entfernen. Meine Freundin Phoebe nennt das Kreidemädchen »arme Allison«. Die ist vor ein paar Jahren vom Schuldach gesprungen. Das war vor meiner Zeit. Wenn ich frage, warum Allison das gemacht hat, sagt Phoebe: »Na ja, warum machen es denn die anderen?« Und ich frage: »Was?«

ERNEST NADLER

Coco hielt Rikers Hand, als sie den stillen Flur eines Apartment-Hauses in SoHo entlanggingen. Das Kind war von Kopf bis Fuß in Papier gehüllt, wie man es benutzt, um Leichen abzudecken. Ihre Schuhe hatte Coco behalten dürfen, doch der Rest ihrer Kleidung steckte in einer Plastiktüte, die von der freien Hand des Detectives herunterbaumelte.

»Das ganze Gebäude gehört einem Freund«, sagte Riker.

»Ist auch eine Dame dabei?«, fragte sie, als sie vor der Tür der einzigen Wohnung im vierten Stock standen. »Ich höre zwei Menschen da drin.«

»Ach, ja?« Riker hörte gar nichts. Er hätte die Wohnung für leer gehalten. Mallory war immer noch in der Pathologie, doch vielleicht war die Putzfrau nach der Pressekonferenz des Bürgermeisters hierhergekommen. Er fragte sich, wie das kleine

Mädchen reagieren würde, wenn es Mrs. Ortega wiedersah, die Frau, die mit ihrem Baseballschläger Kinderschänder zur Strecke brachte.

Die Tür ging auf. Coco blickte nach oben … höher und höher … zu einem gut gekleideten Mann in einem dreiteiligen Anzug, der selbst auf Strümpfen über eins neunzig groß war. Seine Krawatte saß locker, was bei Charles Butler bedeutete, dass er es sich gemütlich gemacht hatte. Mallory hatte vorher angerufen, und die kleine Besucherin wurde erwartet, dennoch wirkte Butler verblüfft. Aber das war nur ein Effekt seiner ganz besonderen Augen, deren Lider über der kleinen blauen Iris und den hervorstehenden weißen Augäpfeln stets verhangen waren. Wo er ging und stand, hatte Charles dieses Aussehen eines überrumpelten Frosches mit seiner großen Nase und dem etwas törichten Lächeln. Sein Gesicht war einfach so, von Geburt an, doch dahinter verbarg sich ein brillanter Kopf, der es zu mehreren Universitätsabschlüssen, darunter einem in Psychologie, gebracht hatte.

Coco rannte über die Schwelle und schlang zur Begrüßung die Arme um die Beine des Hünen, der vor ihr in die Knie ging und sagte: »Na, ich hab gehört, du hattest heute einen vollen Tag.«

»Voller Ratten.« Coco lächelte. »Ratten kommen in den Himmel. Wusstest du das? Und manchmal kommen sie zurück.« Das Kind machte sich los und lief durch die Diele, um das große Wohnzimmer mit seinen Antiquitäten und der zeitgenössischen Kunst zu inspizieren.

Riker liebte diese Wohnung. Die Architektur stammte aus einer Zeit mit hohen Bogenfenstern, wie man sie oft in Schwarzweißfilmen aus den Vierzigern gesehen hatte. Er setzte sich auf ein reich geschnitztes Sofa, das an andere Kultstreifen erinnerte, an diese Jane-Austen-Schmachtfetzen, die er immer nur unter

Zwang angeschaut hatte. Die jahrhundertealten Möbel hätten eigentlich nicht zu der modernen Klecks-Malerei an der gegenüberliegenden Wand gepasst, taten es aber doch.

Von der Putzfrau war weit und breit nichts zu sehen, bis auf den Geruch nach Möbelpolitur, der noch in der Luft hing.

»Mrs. Ortega meinte, du hättest bei ihr eine Ferndiagnose übers Telefon gestellt«, sagte Riker.

»Nein«, erwiderte Charles. »Ich habe ihr gesagt, es *könnte* das Williams-Syndrom sein, und zwar wegen des elfenhaften Aussehens und des seltsamen Verhaltens – dass sie physischen Kontakt zu Fremden sucht.« Er drehte sich zu dem Kind um, das gerade den angrenzenden Raum betrat. »Und dann wegen ihrer Schuhe.«

Schuhe? Bevor Riker es laut sagen konnte, hörte er die ersten Akkorde von *Melancholy Baby*, fehlerfrei gespielt. Coco hatte das kleine Klavier aus frühen Südstaatenzeiten entdeckt. Charles hatte es wegen seiner Herkunft gekauft, sagte er, weil es im achtzehnten Jahrhundert nachweislich legendären Riverboat-Zockern gehört hatte. Der Mann liebte Poker über alles, obwohl er selbst ein grottenschlechter Spieler war. Er verriet sich jedes Mal, egal ob er nun ein gutes oder schlechtes Blatt hatte, weil er so rot wurde, dass er nicht mehr bluffen konnte. Er hatte einfach kein Pokerface.

Drüben klimperte es immer noch.

»Es sind musikalische Wesen«, sagte Charles. »Definitiv Williams-Syndrom. Es spricht alles dafür – die Gesichtszüge, dieses anziehende Lächeln. Und hast du jemals so leuchtende Augen gesehen? Sie haben eine Art Sternmuster …«

»Ich weiß. Sterne in den Augen«, sagte Riker. »Dr. Slope war hin und weg.«

»Es könnte eine Weile dauern, sie zu beurteilen. Wegen des emotionalen Traumas, das sie erlitten hat. Ich werde behutsam vorgehen müssen.« Charles, ein ehemaliger Headhunter, hatte früher Leute darauf getestet, ob sie für eine Arbeit bei Projekten geeignet waren, die besondere Fähigkeiten erforderten. Mittlerweile war er mit einundvierzig in eine Art Vorruhestand gegangen und arbeitete beratend für die Polizei, wenn man dem Psychologen des Dezernats nicht trauen konnte, was meistens der Fall war. »Aber ich kann euch jetzt schon sagen, dass sie intelligent und sehr begabt ist.«

»Das freut mich.« Das kleine Klavierkonzert war beendet, und Riker senkte die Stimme fast zu einem Flüstern. »Wir hätten nicht sagen können, ob sie begabt oder zurückgeblieben ist.«

Das Kind kam aus dem Musikzimmer gelaufen, blieb vor dem Detective stehen und zeigte vorwurfsvoll mit dem Finger auf ihn: »Das war *sehr* unhöflich.«

»Vielleicht«, fügte Charles hinzu, »hätte ich erwähnen sollen, dass die meisten Williams-Leute ausgezeichnet hören können.«

Das hätte auch erklärt, warum das Kind als einziger Mensch die erstickten Schreie aus einem Leinensack in einer Baumkrone vernommen hatte.

Das kleine Mädchen schaute gekränkt auf den Teppich hinab, was Riker, der schon immer eine Schwäche für Rotschöpfe gehabt hatte, schier das Herz brach. Er hob zerknirscht die Hände. »Coco? Du hast recht. Tut mir furchtbar leid.« Er stieß sich mit einem Zeigefinger in die Brust. »Ich bin ein Idiot. Ich wünschte, ich könnte so toll Klavier spielen. Du spielst großartig, mein Liebes.«

Coco lächelte. Ihre Augen schienen von innen zu leuchten, während sie das Gesichtchen zu Riker emporhob. Wie eine Blume, die nach Licht und Wärme lechzt, dachte er – womit bereits das gesamte bildhafte Repertoire des Polizisten ausgeschöpft war. »Außerdem erzählst du tolle Geschichten. Erzähl Charles von deinem Onkel Red.«

»Er hat sich in einen Baum verwandelt.« Coco schien an dem Thema jegliches Interesse verloren zu haben, und Riker sah buchstäblich die Tür vor sich, die in ihrem Kopf ins Schloss fiel. Als Coco zu dem Klavier nebenan zurückgekehrt war, warteten die beiden Männer, bis sie wieder spielte, damit die Musik ihr Gespräch übertönte. Diesmal spielte Coco etwas Klassisches, doch Riker war insgeheim stolz darauf, den Titel dieser Warmduschermusik nicht zu kennen.

»Ein normaler IQ-Test wird euch nicht weiterhelfen«, sagte Charles. »Nach Mallorys Informationen gehe ich davon aus, dass Coco sowohl schneller als auch langsamer als der Durchschnitt ist. Sie hat die verbalen Fähigkeiten eines älteren Kindes, doch die Aufmerksamkeitsspanne eines wesentlich jüngeren. Und ich bin mir sicher, du hast das Klettband bemerkt. Ganz normales Klettband, das an ganz normalen Schuhen angebracht ist. Offenbar kann sie keine Schnürsenkel binden.« Er blickte zu der Plastiktüte, die neben dem Stuhl des Detective auf dem Boden stand. »Ihr habt ihre Klamotten mitgebracht?«

Riker nickte. Auch bei der Kleidung handelte es sich um Beweisstücke, die sie nicht an die Spurensicherung weitergegeben hatten, und er sah dem unvermeidlichen Showdown, den es geben würde, wenn Heller die Köpfe der beiden Detectives für seine Trophäensammlung forderte, mit großem Unbehagen entgegen.

Charles öffnete die Plastiktüte und zog ein kleines fleckiges T-Shirt heraus. Kurz schaute er es an und untersuchte dann die winzige Jeans. »Wieder Klettband. Knöpfe bereiten ihr also auch Probleme. Das heißt … mit Feinmotorik hat es Coco nicht so.« Er nickte in Richtung Musikzimmer. »Trotzdem kann sie ein kompliziertes Stück von Mozart spielen – aus dem Gedächtnis. Andererseits: Wenn sie in diesem Moment aus der Tür geht, glaube ich nicht, dass sie den Weg zurückfindet. Siehst du, wo das Problem liegt? Ein Williams-Kind ist ein wandelndes Paradox.«

»Wie würdest du sie als Zeugin einschätzen?«

»Na ja, sie tendiert dazu, ihre Sätze auszuschmücken. Sie ist die geborene Geschichtenerzählerin. Zum Beispiel … ihr Onkel hat sich in einen Baum verwandelt?«

»Aber sie glaubt das«, sagte Riker. »Der Typ lag in einem Sack, den jemand hoch oben in einen Baum gehängt hatte. Sie hörte ihn schreien. So hat sie ihn im Ramble gefunden. Ein paar hundert Leute sind unter dem Baum vorbeigelaufen, aber sie war die Einzige, die ihn gehört hat.«

»Hyperakusis – Geräuschempfindlichkeit.«

»Wir kriegen keine klaren Aussagen von dem Kind.«

»Durchaus verständlich. Eine weitere typische Eigenschaft der Williams-Patienten ist ihre gesteigerte Empathie, und das Opfer war ein Verwandter. Vermutlich hat sie grundsätzlich Probleme mit einem Wechsel ihrer Umgebung. Wahrscheinlich steht sie schon den ganzen Tag unter Hochspannung.«

»Noch länger. Coco kann oder will nichts dazu sagen, aber sie muss dem Kerl, der ihren Onkel gekidnappt hat, schon länger auf den Fersen gewesen sein. Der Central Park ist viel zu groß, als dass sie einfach zufällig auf den richtigen Weg und den richtigen Baum gestoßen sein könnte. Der Onkel wurde vor etwa drei Tagen aufgehängt. Folglich ist sie die ganze Zeit im Park herumgelaufen, hat sich aus Abfalltonnen ernährt und weite Bögen um die Ratten gemacht.« Riker legte die Hand vor seine Augen, als wollte er dieses Bild in seinem Kopf verscheuchen, denn er liebte Kinder.

»Dann wird es eine Weile dauern, bis wir uns durch den emotionalen Schaden durchgearbeitet haben.« Charles wandte sich in Richtung des Musikzimmers und schaute der kleinen

Pianistin zu. »Sie ist sehr klein für ihr Alter. Was hat denn Edward Slope gesagt? Ist sie körperlich gesund?«

»Der Doc meint, sie braucht keine Medikamente. Ihr Herz ist in einer ausgezeichneten Verfassung. Und sie wurde nicht missbraucht. Könntest du ein Gutachten über Cocos Zustand schreiben – etwas für den Richter? Die Vormundschaft muss geklärt werden.« Riker reichte ihm ein zusammengefaltetes Papier. »Und hier brauche ich deine Unterschrift.«

Coco unterbrach ihr Klavierspiel und tauchte wieder im Wohnzimmer auf. Sie zeigte den Flur entlang. »Das ist ein Eureka-Bodenstaubsauger. Das brandneue Modell.«

Riker lauschte so angestrengt, als könnte man Ohren zukneifen. Erst jetzt hörte er das leise Brummen eines Staubsaugers hinter einer Tür am anderen Ende der großen Wohnung. Die Putzfrau war also tatsächlich hier; es war *ihre* Frauenstimme gewesen, die Coco vor der Wohnungstür gehört hatte. Er lächelte. »Ein Eureka, ja? Du hast den Staubsauger auf dem Spielplatz gesehen, stimmt's? Der war in dem Putzwagen der Dame.«

Coco kicherte, als wollte sie sagen: *Pustekuchen.*

Charles schüttelte den Kopf. »Mrs. Ortega schleppt keinen Staubsauger mit sich herum. Das ist meiner, und Coco hat recht, was die Marke angeht. Sie hat ein ausgezeichnetes akustisches Gedächtnis.« Er wandte sich ihr zu. »Dann hast du also den Motor erkannt.«

Sie nickte. »Unsere Nachbarin ein Stockwerk drüber hatte so einen. Der von meiner Granny war älter und lauter – ein gruseliger Hoover.« Coco mimte ein kurzes Schütteln, um zu zeigen, dass das nicht gerade ihr Lieblingsgeräusch war. »Mit dem hätte man die ganze Welt einsaugen können. Im Haus gab es jede Menge Staubsauger, und sie hatten alle verschiedene Namen und Klänge.«

»Dann wohnt deine Granny also in einem Mietshaus«, sagte Riker. »Das ist doch schon mal was.«

»Sie konnte sich nicht mehr um mich kümmern. Deshalb bin ich zu Onkel Red gezogen. Ich hab sie nie wiedergesehen.«

»Das muss erst kürzlich passiert sein«, sagte Charles. »Die Nachbarin der Großmutter hat den neuesten Bodenstaubsauger, aber der ist erst seit ein paar Wochen auf dem Markt.« Er hatte Rikers Unterlagen zu Ende gelesen. »Moment mal. Hier wird darum gebeten, dass *ich* die Vormundschaft übernehme.«

Beide Männer schauten auf, als Mrs. Ortega mit einem Federwisch in der Hand vorbeiging. Die Frau blieb überrascht stehen und machte große Augen. Hätte Riker nicht gewusst, wie taff diese Dame war, hätte er gesagt, sie habe Angst. Rasch wandte sich die Putzfrau von dem kleinen Mädchen ab und bekreuzigte sich. In Rikers Augen war das jedoch kein Zeichen von Frömmigkeit, sondern von Aberglauben. Er hatte sie diese Geste bereits einmal machen sehen, um das Böse abzuwenden, als sie auf einer Straße in SoHo einer dreibeinigen Katze begegnet war. Offenbar verhießen solche Katzen in Mrs. Ortegas Heimat jenseits des East River – einem Wohnklotz in Brooklyn, in dem ihre ganze Familie hauste – Unheil, und genau das Gleiche galt auch für Coco.

Stunden waren verstrichen, seit Riker gegangen war, um sich wieder der Suche nach weiteren Opfern im Park anzuschließen. Während dieser Zeit hatte Charles Butler ein ganzes Notizbuch mit den fantasievollen Aussagen des Kindes gefüllt, die es zu enträtseln galt. Er war zu einigen düsteren Schlüssen gekommen, was die Lücken in Cocos Gedächtnis betraf – Orte in ihrem Denken, die sie nicht betreten wollte oder konnte.

Ein faszinierender kleiner Mensch.

Mrs. Ortega kehrte rechtzeitig für Cocos Bad aus Brooklyn

zurück. Sie brachte eine Auswahl von Kleidung mit, die sie sich bei Verwandten mit kleinen Kindern besorgt hatte. Die Frau wirkte beunruhigt, doch die Kleine schien es nicht zu bemerken und klammerte sich an sie, als die beiden aus dem Bad kamen. Rosa geschrubbt, sauber und in ihrem geliehenen Pyjama sang Coco für Mrs. Ortega ein Lied, und dann tanzte sie, wobei sie die ganze Zeit lächelte. Schließlich wurde sie wie jedes Kind am Ende eines langen Tages müde, rollte sich zu Füßen der Putzfrau auf dem Boden zusammen, schloss die Augen und – schnarchte.

»Soll das so sein?«, fragte Charles. Wäre es nicht einfacher, wenn Kinder eine Gebrauchsanweisung dabeihätten? »Ich meine, das Schnarchen.«

Mrs. Ortega nickte. »Das Kind ist erkältet. Deshalb hab ich der Kleinen Hühnerbrühe gemacht.« Sie wackelte tadelnd mit dem Finger. »Und dass Sie ihr ja keinen Mist aus der Apotheke geben.«

»Natürlich nicht.« Es wäre Charles nicht im Traum eingefallen, das anzuzweifeln, was diese Frau mit ihrer weit verzweigten Familie sagte.

Er hob das schlafende Kind hoch und trug es ins Gästezimmer, wo er es ins Bett steckte. Mrs. Ortega blieb auf der Schwelle stehen, vermied offenbar lieber weiteren Kontakt mit dem kleinen Mädchen. Es war Charles, der Coco zudeckte und dafür sorgte, dass sie es warm hatte. Leise schloss er die Tür und flüsterte seiner Putzfrau, die er auch als Freundin betrachtete, zu: »Verraten Sie mir, was Sie beschäftigt.«

Mrs. Ortega sagte eine Weile nichts, bis sie im Wohnzimmer saßen und sie ihre zweite Runde Sherry getrunken hatte. Die Putzfrau stellte das leere Glas auf den Tisch und starrte den kantigen Schliff des jahrhundertealten Kristalls an. »Meine Mutter, Gott hab sie selig – ach, sie und ihre Geschichten.« Mrs.

Ortega hob in einer Geste der Verzweiflung die Hände, verstummte, begann dann von neuem. »Als ich ein Kind war, hab ich schlecht geschlafen, weil mir meine Mutter immer erzählt hat, Feen würden Kinder stehlen und an ihrer Stelle Wechselbälger ins Bettchen legen.« *Und wenn das auch bei Coco der Fall war* – diese Frage stand in ihren Augen. Den Gedanken hätte Mrs. Ortega jedoch nie in Worte fassen können, denn sie war auf ihren gesunden Menschenverstand stolz.

»Ich kann Ihnen versichern«, sagte Charles, »Williams-Kinder sind immer mit ihren Eltern blutsverwandt. Ihnen fehlen eben zwei Chromosomen, das ist der ganze Zauber. Sie ist nur ein kleines Mädchen, und wenn es Sie nicht gäbe, hätte man sie nie gefunden. Ich habe gehört, Sie haben Coco auch vor einem Pädophilen gerettet.« Er beugte sich vor und legte eine Hand auf die ihre. »Sie haben heute etwas Wundervolles getan.«

Das Lob trug jedoch nicht dazu bei, Mrs. Ortegas Stimmung zu heben. Sie drehte sich in die Richtung des Zimmers am Ende des Flurs, wo das Kind schlief, als könnte sie sehen, was dort hinter mehreren Wänden und einer Holztür verborgen war. »Man fragt sich, ob Märchen mit Kindern wie diesem ihren Anfang nahmen.«

»Ein interessanter Gedanke.« Charles Butler brannte auf einmal vor Neugier auf alles, was Feen anging – doch vielleicht war das auch nur seine Ausrede dafür, dass er Mrs. Ortega bat, noch zu bleiben, bis für sie mit der Welt wieder alles in Ordnung war. Durchschaute sie diese List? Natürlich tat sie das – doch sie blieb.

Es war schon spät, als sie ihm das letzte Feenmärchen erzählte, das man auf der irischen Seite ihrer Familie von Generation zu Generation weitergab. Dann wurde ein Taxi gerufen, das Mrs. Ortega nach Hause brachte.

Charles hatte nicht gehört, wie die Tür aufging und sich wieder schloss. Durst hatte ihn in den frühen Morgenstunden geweckt. Als er das Ende des Flurs erreichte, wurde er schlagartig wach, als er sah, dass ein Ohrensessel mitten in den Eingangsbereich geschoben worden war, wo er nun den einzigen Zugang zu seiner Wohnung überwachte. Beim schummrigen Licht im Flur kam er näher und sah, dass Mallory in dem Sessel saß. Sie schlief.

Obwohl er sie schon seit Jahren kannte, schaffte er es immer noch nicht, sie anzusehen, ohne dass ein ganzer Schwarm wildgewordener Schmetterlinge in seiner Brust zu flattern begann. Doch dieses kurze Gefühl des Glücks war jedes Mal gepaart mit Schmerz, so wie es immer ist, wenn eine Liebe unerwidert bleibt. Charles Butler war hier ganz Realist. In Erinnerung an Mrs. Ortegas abendliche Märchenstunde rief er sich eine der Geschichten aus seiner eigenen Kinderstube ins Gedächtnis und ersetzte das Biest der jungen Schönen durch sich selbst, einen glücklosen Mann mit dem Gesicht eines Clowns.

Er griff nach der Kette einer Stehlampe in der Nähe. Das Licht fiel durch das bunte Tiffany-Glas und warf farbige Flecken auf den Boden. Erst jetzt sah er den Revolver, der auf Mallorys Schoß lag. Laut Riker trugen alle anderen Polizisten des Dezernats Glocks, die mit Magazinen geladen wurden, und der Detective vertrat die Theorie, seine Partnerin bevorzuge deshalb die alte .357 Smith & Wesson, weil sie auf eine Weise Furcht einflößte, wie es eine Halbautomatik nie schaffte. Jedenfalls sei das Ding eine ziemliche Kanone, meinte Riker, und Charles war seiner Meinung.

Mallorys Finger schlossen sich locker um die Pistole, sodass sie jederzeit auf eine Person schießen konnte, die zur Tür hereinkam. Er lauschte ihrem ruhigen Atem, der sich nach Tiefschlaf anhörte, und überlegte, ob er ihr die Waffe behutsam aus der Hand nehmen sollte – sozusagen als Vorsichtsmaßnahme. Doch ihr Griff wurde fester, und er verwarf die Idee gleich wieder, so sehr verblüffte es ihn, in die Mündung einer Waffe zu schauen.

Erst dann öffneten sich ihre Augen.

Mallory ließ den Revolver sinken und schlief weiter. Jetzt wagte Charles wieder zu atmen.

Wenige Meilen entfernt wachte eine andere Frau auf, doch sie konnte die Augen nicht öffnen. Sie waren mit Textilband zugeklebt, ebenso wie ihr Mund. Wilhelmina Fallon hörte nichts, weder das Knurren ihres leeren Magens noch andere Geräusche, die ihr vielleicht dabei geholfen hätten, sich zu orientieren. Und wie lange hatte sie geschlafen? War es Tag oder Nacht? Sie versuchte vergeblich ihre gefesselten Hände und Füße zu bewegen. Das einzige andere taktile Gefühl war die Berührung durch einen Stoff an ihrer nackten Haut. Um sie herum war nichts Hartes zu spüren, und auf einmal kam ihr der Gedanke, ob sie vielleicht in der Luft schwebte und jeden Moment zu Boden fallen könnte – ein Gedanke, bei dem eine uralte Erinnerung an Ernest Nadler in ihr wachwurde.

Oh nein. Oh nein, bitte nicht.

Wäre sie in der Lage dazu gewesen, hätte sie geschrien.

Das ist der Ramble! Der Ramble! Der Ramble!

SECHS

Auf dem Heimweg von der Schule zitiere ich Phoebe etwas aus einem Comic: »Wenn ich meine Dämonen besiegen kann, werde ich der Held meines eigenen Lebens sein.«
Und mein Vater wird mich wieder lieben.
Phoebe findet, an dieser Comic-Philosophie werde ich noch zugrunde gehen. Sie sagt: »Denk nur an die arme Allison.«
»Die Springerin?«
Und Phoebe sagt: »Vielleicht eher das Mädchen, das dachte, es könne fliegen.«

ERNEST NADLER

Privilegierte New Yorker hatten hohe Fenster in Wohnungen mit Aussicht auf den Central Park. Wer immer noch wach war, konnte jetzt einen wandernden Lichtstreifen sehen, der die Bäume von unten erleuchtete, wie ein Wurm, der langsam durch den Ramble kroch, während Polizisten das Gehölz in geschlossener Formation durchkämmten und mit ihren Taschenlampen ins Laubwerk leuchteten. Für Leichen in der Luft hatten sich die Spürhunde als nutzlos erwiesen. Ein Sergeant trommelte seine Leute zusammen und sagte ihnen, man würde auf die Wache zurückkehren, um auf das Morgenlicht zu warten.

Hoch über den Suchmannschaften, die sich zurückzogen, erwachte Wilhelmina Fallon. Sie war zwar noch nicht ganz eine Leiche, doch sie war stockblind und durstig, so durstig, und Hunger hatte sie auch. Bereits am Rande des Wahnsinns spitzte sie die Ohren, um zu lauschen.

Nur Stille.

Langsam wurden ihre Muskeln schwach, und sie hörte auf, gegen ihre Fesseln anzukämpfen. Allmählich ebbte die Panik in ihr ab, ebenso wie die Krämpfe in ihrem Bauch. Dehydriert und orientierungslos gab sie sich der Täuschung hin und verfiel in eine Art Wachtraum, in dem sie ganze Kübel eiskalten Wassers trank. Tatsächlich verbrauchte ihr Körper gerade seine letzten Kräfte in dem schonungslosen Bemühen zu überleben. Das Leben war alles. Alles, was sie hatte.

In ihr war es Morgen, ein Morgen, an dem sie vor einem gedeckten Tisch saß, gedeckt mit dem herrlichsten Essen.

Der Duft von frisch gebrühtem Kaffee war betörend. Auf der vorderen Platte blubberte eine altmodische Filtermaschine, Pfannkuchenteig brutzelte in der Pfanne.

Mallory gab ein sonderbares Bild häuslichen Idylls ab, während sie mit dem Revolver im Schulterholster am Herd stand und Pfannkuchen wendete. Sie hatte das Kochen von ihrer Ziehmutter Helen Markowitz gelernt und hielt sich am allerliebsten in der Küche auf. Diese hier war groß, hatte Wände in warmem Ockergelb und eine hohe Decke. Charles Butlers Kochutensilien sahen nur uralt aus; in Wirklichkeit waren sie brandneu und auf alt gemacht, damit sie zu der übrigen Wohnung passten, die jeden Maschinenstürmer entzückt hätte. Die Küche war ein friedliches Plätzchen, in dem sogar die New Yorker ihre misstrauische Art ablegten; genau deshalb waren Küchen Mallory auch lieber als Verhörräume.

Die Tür im Flur fiel ins Schloss. Charles Butler war weg. Endlich konnte die Polizistin beginnen.

Coco hatte zu Ende gefrühstückt und fuhr gedankenverloren mit dem Finger rund um ihren leeren Teller. »Ratten mögen Obst und Gemüse, Pfannkuchen jedoch … nicht so sehr.« Dann begann sie zu erklären, warum hungrige Ratten sich von den Gesichtern schlafender Kinder angezogen fühlten. »Babys riechen nach Milch, und die Haut rund um ihre Münder *schmeckt* nach Milch. Wenn du ein Baby wäschst, bevor du es in die Wiege legst, wird es auch nicht gefressen.«

»Gut zu wissen«, sagte Riker, den das alles nicht im Geringsten beim Essen störte. Zwischen zwei Bissen lächelte er das kleine Mädchen an. »Erzähl uns von deinem Onkel Red.«

Das Kind zog die Beine hoch, schlang die Arme um seine Knie und schaukelte vor und zurück. »Er hatte rotes Haar wie ich. Er sagte, das liegt in der Familie.« Dann stand sie schon zum dritten Mal an diesem Morgen auf und drehte eine Runde um den Tisch.

Wäre Charles Butler da gewesen, wäre dies das Signal gewesen, die Befragung abzubrechen. Er hätte keine Fragen erlaubt, die Coco in solche Unruhe versetzten. Und so hatte man den Psychologen unter dem Vorwand weggeschickt, er solle Zeitungen kaufen – Informationen, die Mallory ebensogut von ihrem Computer hätte abrufen können.

Der Detective füllte erneut das Glas des Kindes mit Orangensaft, um es an den Tisch zurückzulocken. Als Coco wieder auf den Stuhl kletterte, setzte sie sich nur an den Rand – als wäre sie auf dem Sprung.

»Dann hat sich also Onkel Reds Haar von Rot zu Braun verwandelt«, sagte Mallory. »Wann war das?« Sie formulierte die Frage für ein Kind mit verdrehtem Zeitgefühl bewusst noch einmal neu. »Nachdem du in Onkel Reds Auto gestiegen bist, habt ihr da auf dem Weg zu ihm nach Hause irgendwo angehalten?«

»Wir hielten, um etwas zu essen.« Coco beschrieb die riesige Clownsfigur, die die Besucher eines Fastfood-Restaurants am Straßenrand begrüßte. Der Spaßmacher sei so groß wie ein Berg gewesen, erzählte sie, und schmückte ihre Erzählung mit ein paar Sätzen aus, die der Clown gesagt haben könnte. Als sie Mallory ungeduldig werden sah, unterbrach sie sich mitten im Satz.

»Dann erzähl mir doch«, meinte Riker, dessen Geduld bei Kindern unerschöpflich war, »hat sich Onkel Red dort die Haare gefärbt? Im Restaurant? Vielleicht hat er es auf der Toilette gemacht?«

»Nein, seine Haare waren immer noch rot, als wir am Drugstore gehalten haben. Ich bin im Auto eingeschlafen und bei Onkel Red zu Hause aufgewacht. Draußen war es dunkel, und seine Haare waren braun. Und dann hat er sich in den Park liefern lassen.« Coco entschuldigte sich, sie wolle sich die Hände waschen – ihre höfliche Umschreibung dafür, dass sie aufs Klo musste.

Am Ende des Flurs fiel die Badezimmertür ins Schloss. Im selben Moment öffnete sich die Wohnungstür, und Charles Butler kam in sein Apartment zurück, mit drei Zeitungen unter dem Arm. Er betrat die Küche gerade rechtzeitig, um zu hören, wie Mallory zu ihrem Partner sagte: »Er hat sich das Kind geschnappt.«

»Wie kommst du darauf?« Riker legte seine Gabel hin. »Perverse färben *dem Kind* das Haar. Dieser Typ hat sich sein eigenes gefärbt. Scheint eher so, als wäre Onkel Red auf der Flucht vor jemandem gewesen, den er kannte. Das passt auch dazu, dass er im Ramble aufgehängt wurde.«

Mallory ließ einen Pfannkuchen auf Rikers Teller gleiten und reichte Charles die Kaffeekanne, ohne ansonsten weiter auf ihn zu achten, während sie mit ihrem Partner redete. »Zwei Leute mit rotem Haar, das ist ein Problem – klingt stark nach einem Fall von Kindesentführung. Aber er hat es nicht über sich gebracht, auch Coco die Haare zu färben. Ich behaupte, der Fiesling hatte eine Schwäche für kleine Rotschöpfe. *Deshalb* hat er sie entführt.« Sie zog einen Zwanziger aus ihrer Jeanstasche und zeigte ihm den Schein. »Ich setze diesen hier darauf, dass Onkel Red nicht mit Coco verwandt ist.«

»Bin dabei.« Mit einem breiten Lächeln wandte sich Riker ihrem Gastgeber zu. »Was ist mit dir?«

»Ich wette nicht. Ich kenne bereits die Antwort.« Charles goss drei Tassen Filterkaffee ein. Er zog seine altmodische Filtermaschine dem computergesteuerten Apparat vor, den ihm Mallory einmal zu Weihnachten geschenkt hatte. Ihr Geschenk war nur einer von vielen vergeblichen Versuchen gewesen, diesem Mann den Weg in ein neues Jahrhundert zu weisen.

Riker nippte an seinem Gebräu und erklärte es für köstlich. Dabei schaute er sich die Schlagzeilen der Zeitungen an, die Mallory neben seinem Teller auf den Tisch gelegt hatte, und lieferte ihnen Kurzfassungen dessen, was die Gazetten über ihren Fall geschrieben hatten: »Verfressene Ratten in der *Post,* noch mehr Ratten in der *Daily«,* und dann: »Au, Scheiße.« Er meinte die *Times,* die auf der ersten Seite das Bild eines zweiten Hinrichtungsbaumes samt zwei Polizisten zeigte.

»Alles da«, sagte Mallory. »Die Leichen, die Säcke, die Seile – alles außer Coco.« Sie warf einen Blick zur Wanduhr. Der Chef der Spurensicherung würde in genau diesem Moment selbst die Zeitung lesen, ebenso wie ihr Boss, Lieutenant Coffey.

Riker nahm die restlichen Pfannkuchen in Angriff, die bestimmt seine Henkersmahlzeit sein würden, bevor der Krieg um die unterschlagenen Beweismittel begann. Kauend und schluckend führte er weiter seine Theorie über Onkel Red als Blutsverwandten statt Kindesentführer aus. »Doktor Slope hat kein Anzeichen für Missbrauch entdeckt, als er Coco untersucht hat.«

»Der Perversling und das Kind waren noch in der Kennenlernphase.« Mallory setzte sich mit einer weiteren Tasse Kaffee an den Tisch. »Ich wette, Onkel Red hatte nicht die blasseste Ahnung vom Williams-Syndrom.«

»Aber Coco auch nicht«, sagte Charles. »Sie hat mir gesagt, sie sei von ihrer Granny zu Hause unterrichtet worden. Vermutlich hat die alte Dame – Coco behauptet, sie sei hunderteinundneunzig – gemerkt, dass mit ihrer Enkelin etwas nicht stimmt, aber sie hatte keine Diagnose. Und ich sage euch auch, warum ich das weiß.«

An jedem anderen Tag wäre einer der beiden Detectives jetzt auf Charles losgegangen und hätte ihm die Pistole auf die Brust gesetzt, es kurz zu machen; doch Mallory schlürfte genüsslich ihren Kaffee, und Riker mampfte sich immer noch durch den Pfannkuchenberg.

»Coco hat noch nie von dem Syndrom gehört«, sagte Charles. »Wenn ihre Großmutter die richtige Diagnose bekommen hätte, wären diesbezüglich bestimmt irgendwelche Broschüren bei ihr in der Wohnung gewesen, und die hätte das Kind bemerkt. Sie ist ziemlich weit fortgeschritten im Lesen und war schon bei Dickens. Ist das nicht toll? Und Coco hat mir erzählt, über Ratten habe ihre Großmutter jede Menge Bücher und anderes Infomaterial besessen. Ihre Großmutter muss sich brennend für unsere Nager interessiert haben …«

»Na gut.« Rikers Gabel landete klirrend auf seinem Teller. Er hatte alles verputzt und hob ungeduldig die Hand, weil er die Geschichte zu Ende hören wollte. »Komm jetzt zu dem Teil, wo Coco Onkel Red trifft.«

Und eine Kinderstimme sagte: »Das war an dem Tag, als ich meine Granny nicht wachgekriegt habe.« Coco stand in der Tür. »Granny war ganz steif und kalt.« Das kleine Mädchen trug die Hose mit der Knopfleiste von Mrs. Ortegas jüngster Nichte. Den Latz hielt sie mit beiden Händen hoch. Knöpfe waren ein Problem.

Mallory erhob sich, um ihr zu helfen. »Und was ist dann passiert?«

»Ich bin rausgelaufen. Das sollte ich eigentlich nicht, aber ich hatte Angst … Verratet mich nicht.«

»Du gingst nach draußen, um Hilfe zu holen. Das war sehr schlau.« Wie leicht es doch fiel, ein Kind zu manipulieren, das nach Zustimmung lechzte. Selbst das geringste Lob genügte. »Und was ist dann passiert?«

»Ich lief eine Million Stufen hinunter, bevor ich draußen war. Und da hielt Onkel Red mit seinem Auto an.«

»Hast du ihn erkannt?«

Darüber dachte sie kurz nach. »Er hatte rotes Haar wie ich. Ich hab ihm das von Granny erzählt. Er sagte, sie könne sich nicht mehr um mich kümmern, und ich würde bei ihm wohnen.«

Als die Hose endlich zugeknöpft war, stopfte Mallory dem Kind das T-Shirt hinein. »Hat er dich zu deiner Granny zurückgebracht, damit du deine Sachen packst?«

»Nein. Ich bin einfach nur zu ihm ins Auto gestiegen, und dann sind wir gefahren und gefahren und gefahren.«

Riker, der mitleidige Mann, der Kinder liebte, stellte langsam seine Tasse ab.

»Sag ihnen, wie du deinen Namen gekriegt hast«, warf Charles ein.

»Onkel Red meinte, wir müssten meinen Namen ändern. Es musste was sein, das ich mir merken kann. Er fragte mich, was ich auf der ganzen Welt am allerliebsten hätte, und ich sagte, Flanellschlafanzüge und heißen Kakao. Das klingt so ähnlich wie Coco.«

Mallory streckte die Hand aus und nahm einen Zwanzigdollarschein aus Rikers Hand. »Und welchen Namen hattest du vorher?«

Coco verzog den Mund und lief aus der Küche. Einen Moment später hörten sie, wie auf dem Klavier im Musikzimmer ein schmissiger Ragtime gespielt wurde.

»Ihre Großmutter nannte sie Baby Doll«, sagte Charles. »Ich bin mir sicher, dass sie noch einen anderen Namen hatte, aber Coco will ihn nicht sagen, und ich habe nicht vor, ihn aus ihr rauszukriegen. Schätze, wir müssen bei Coco bleiben. Den Namen mag sie.«

Mallory räumte das schmutzige Geschirr vom Tisch. »Hast du denn herausgefunden, *wann* er sie mitgenommen hat?«

»Maximal vor vier Tagen.« Charles nickte in Richtung Küchentresen, wo die Tüte mit Beweismitteln lag, die Riker gestern Abend dort gelassen hatte. »Das ist Mrs. Ortegas Schätzung, wann die Klamotten des Kindes noch frisch waren. Ich glaube, es war frühmorgens, als Coco nach draußen lief, um Hilfe für ihre Großmutter zu holen.«

»Ihre *tote* Großmutter«, sagte Mallory. »Dann war sie einen ganzen Tag mit Onkel Red unterwegs. In der Dunkelheit kamen sie in die Stadt. Und er hat sich unterwegs die Haare gefärbt. Das heißt, er hat dem Kind nicht aufgelauert. Es war keine geplante Entführung.«

»Ein Gelegenheitsverbrechen«, sagte Riker. »Der Perverse sah sie auf dem Gehsteig… ganz allein.« Er stieß sich vom Tisch ab. »Also… eine Tagesfahrt von hier entfernt vergammelt Granny in ihrer Wohnung. Stinken tut sie noch nicht, jedenfalls nicht so stark, dass die Nachbarn bei der Polizei anrufen.«

»Und niemand weiß, dass dieses Kind vermisst wird«, sagte Mallory. »Das ist ein Vorteil.«

SIEBEN

Auf dem Weg in den Speisesaal müssen wir an der gruseligen Bildergalerie ehemaliger Schüler vorbei, und die Augen auf den Gemälden verfolgen uns. Ich kenne einige der Familiennamen auf den Schildern unten am Rahmen. Sie stammen von den Gummibaronen an der Wall Street ab – ehrenhafte vorgestrige Psychopathen. Einer von ihnen ist Phoebes Vorfahr. Er hat einen grausamen Mund, der sagt: »Komm her, mein Kleiner.«

ERNEST NADLER

Jack Coffey knüllte seine Ausgabe der *Times* vom Morgen zusammen und wollte sie in den Papierkorb pfeffern, doch sie prallte vom Rand ab. Die große alte Dame der New Yorker Zeitungswelt gebärdete sich wie eine Gazettenschlampe. Nachdem sie auch die letzten Details des Doppelmordes im Central Park ausgeschlachtet hatte, durfte die Zeitung nun dem Mörder sogar den ersten literarischen Spitznamen der Stadt verpassen: *Der Hungerkünstler* – frei nach Kafka.

Riker ließ sich gegen die Wand im Büro des Lieutenants sinken, als stünde er vor einem Erschießungskommando. Mallory war noch nicht erschienen und überließ es ihrem Partner, zu erklären, warum die Titelstory Informationen enthielt, die ihr Chef nicht hatte.

Und auch der Boss der CSI, der Spurensicherung, hatte nicht über diese Einzelheiten verfügt. Heller saß auf einem Stuhl neben dem Schreibtisch und hielt seine eigene, bereits schwer massakrierte Ausgabe der Zeitung in Händen. »Ich kann euch Detectives dafür zur Rechenschaft ziehen – oder ihr packt aus, warum mir diese Beweismittel vom Tatort vorenthalten wurden.« Er schaute auf die *Times* hinab und las etwas Kleingedrucktes. »Mir fehlen da ein paar Leinensäcke und einige Taue. Ach, und … ein paar Bäume auch.«

Jetzt kam Leben in Jack Coffey, der aufsprang und den wütenden Chef spielte. »Ihre Leute *waren* doch gestern an beiden Tatorten.«

»Ja«, sagte Heller. »*Irgendwann.* Mallory hat sie zuerst ins Krankenhaus geschickt. Zwei Stunden später fällt ihr ein, wo der Tatort genau war. *Dann* gehen meine Leute in den Park, aber keiner hat ihnen gegenüber irgendwelche Bäume erwähnt oder …«

»Und genau da hat einer was von den Säcken und den Seilen gehört … und dieser *Scheißkerl* hat dann die Details an die Presse durchsickern lassen.« Coffey blickte zu seinem erschlafften Detective. Ein Wink mit dem Zaunpfahl, dass dieser in Aktion treten sollte.

Riker wagte einen Schritt nach vorn. »Nicht die Cops aus dem Park waren das Leck. Die würden für einen Reporter nichts riskieren. Wenn ich Uniformierten sage, wo's langgeht, dann bleiben sie auch in der Spur.« Er bückte sich und klopfte auf Hellers Zeitung. »Selbst der Vorgesetzte der Parkpolizei kannte diese Einzelheiten nicht. Aber sie hätten sehr wohl die Fragen von einem Ihrer Leute beantwortet.«

»Keine Chance.« Eigentlich geriet Heller nie aus der Fassung, sondern bewahrte immer eine tödliche Ruhe. Dass er sich jetzt sogar ganz langsam aus seinem Stuhl aufrichtete, war bei ihm ein deutliches Zeichen dafür, dass ihm gleich der Kragen platzen würde. Er hielt seine zerknüllte Zeitung hoch. »Niemand in meiner Abteilung hat das getan.«

»Nein, *klar*«, sagte Riker und übertrieb seine Rolle möglicherweise ein wenig. »Die Jungs mit dem Fleischwagen waren es nicht. Die haben nur den Toten gesehen – sonst nichts. Dann wollen Sie also Mallory für das Durchsickern verantwortlich machen? Vergessen Sie's. Es ist *ihr* Fall.« Er wandte sich seinem Boss zu, um zu sehen, ob dieser letzte Satz der Wahrheit entsprach.

»Ganz genau«, sagte der Lieutenant. »Es bleibt nur Ihr Team übrig, Heller. Und von Drohungen gegenüber meinen Leuten will ich jetzt nichts mehr wissen.« Etwas besänftigt, zeigte der Chef der CSI sogar ein Lächeln. »Wenn Sie mögen, können wir im Dezernat eine Anhörung machen – uns sozusagen unter dem Hinrichtungsbaum versammeln. Und ich werde von Detective Mallory eine Erklärung verlangen, warum sie *Ihren* Leuten Beweismittel nicht anvertrauen wollte.« Er beugte sich vor, legte die Hände flach auf den Tisch, lächelte aber immer noch. »Denn Sie wissen ja, jemand wird danach fragen. Und Sie stellen sich selbst auch diese Frage, stimmt's?«

Ohne ein weiteres Wort zu äußern, gab der Chef der CSI deutlich zu erkennen, dass für ihn die Sache bei weitem nicht erledigt war. Er verließ das Büro des Lieutenants und schlenderte aufreizend langsam zwischen den Schreibtischen im Dienstraum des Reviers entlang, wo alle beim Klang der schweren Schritte die Köpfe drehten. Als sich die Tür zum Treppenhaus hinter Heller geschlossen hatte, hob der Lieutenant seine Zeitung vom Boden auf. *Ganz behutsam* setzte er sich wieder, um darin zu lesen, während Riker vor ihm stand, unschlüssig, ob er gerade eben seinen Kopf aus der Schlinge gezogen hatte oder die kalte Dusche erst noch kommen würde.

Jack Coffey schob die Zeitung beiseite, legte die Füße auf den Tisch und verschränkte die Hände hinter dem Kopf. »Ihr solltet hoffen, dass Heller nie beim diensthabenden Kollegen im Central Park anruft.« Das Lächeln des Lieutenants war aufrichtig. Er genoss es, den besorgten Blick auf Rikers Gesicht zu sehen.

»Diese Cops im Park sind Klatschtanten. Von denen weiß ich auch, dass es an beiden Tatorten einen Reporter gab. Und dass er Mallorys Schützling war.«

Riker schüttelte den Kopf. »Nur ein Freiberufler, irgendein Typ, der ein paar Bilder geschossen hatte.«

»Und heute ist er der Neuzugang bei der *Times* – ein *Reporter.*« Der Lieutenant zerknüllte ein zweites Mal seine Zeitung, und diesmal landete sie tatsächlich im Papierkorb. Er schaute zu seinem Untergebenen hoch. »Sonst noch was, das Sie vergessen haben zu erwähnen?«

Riker schien nach den rechten Worten zu suchen, natürlich nicht nach der Wahrheit, sondern nach etwas, das als solche durchgehen könnte.

»Auch egal.« Coffey winkte ihn zur Tür. »Ich will's nicht wissen.«

Detective Riker bog in eine schmale Straße mit Kopfsteinpflaster aus SoHos frühen, industriellen Tagen. Dieses Viertel war immer beliebter unter jungen Leuten geworden, die in farbverschmierten Jeans ein möglichst billiges Leben führen wollten, doch als die Kids von der Wall Street und die fondsgestützte *jeunesse dorée* sich hier niedergelassen hatten, waren die Jeans-Kids in billigere Quartiere ausgewichen. Mittlerweile mussten auch die schicken Antiquitätenläden und trendigen Boutiquen eine nach der anderen schließen. New York war ein Verwandlungskünstler, und die guten alten Zeiten lagen immer schon sechs Minuten zurück.

Mitten im Viertel stand das Apartmenthaus, das Charles Butler gehörte. Mit den Schlüsseln in der Hand stand der Mann neben seinem Mercedes und winkte dem Detective, der auf ihn zuschlenderte.

»He«, rief Riker, »fährst du irgendwohin?«

»Ich fahre Robin nach Brooklyn zurück.« Charles drehte sich um, als sich seine Haustür öffnete.

Coco trat auf den Gehweg hinaus, mit Mallory an der Hand. Ihnen folgte der grauhaarige Robin Duffy, ein alter Anwalt, der zu Louis Markowitz' Floating Poker Game gehörte. Riker mochte diesen kleinen Mann mit den Säbelbeinen. Duffy hatte immer ein strahlendes Lächeln parat, das über seinen Bulldoggenhängebacken dämmerte und tausend Fältchen um seine Augen zauberte – Zeichen dafür, dass er sich einfach freute, da zu sein, wo auch immer das sein mochte.

Nach der allgemeinen Begrüßung nahm der alte Mann Mallory in den Arm und drückte sie so fest an sich, als befürchtete er, sie nie wiederzusehen. Doch das lag nicht etwa daran, dass sie kürzlich für drei Monate eine Auszeit genommen hatte und einfach von der Bildfläche verschwunden war; Duffy tat es *immer.*

Als der Mercedes davonrollte, verkündete Coco, Mr. Duffy sei jetzt ihr Anwalt. Riker, der daran gewöhnt war, diese Worte aus den Mündern von irgendwelchen Ganoven zu hören, lächelte ihr betrübt zu und wandte sich dann an seine Partnerin. »Ernsthaft? Das Kind hat sich einen Anwalt genommen?«

»Robin kümmert sich um ihre Vormundschaft.« Mallory führte die Kleine den Gehweg entlang zu einem zivilen Crown Victoria, der am Bordstein geparkt war.

Nachdem Coco angeschnallt auf der Rückbank verstaut war, nahm Riker auf dem Beifahrersitz Platz und wappnete sich gegen das Schlimmste, obwohl seine Befürchtungen an diesem Morgen unnötig waren, denn heute fuhr seine Partnerin auf dem Weg nach Uptown bemerkenswert gesetzeskonform, vielleicht wegen ihres jungen Fahrgastes.

Mallory stellte den Rückspiegel so ein, dass sie dem kleinen Mädchen in die Augen schauen konnte. »Coco, sag Riker, womit deine Granny ihren Lebensunterhalt verdient hat.«

»Sie tötete Ratten!«

Riker lächelte. Das würde Cocos gesteigertes Interesse an allem, was mit den Schädlingen zu tun hatte, erklären. »Dann war deine Granny also Kammerjägerin. Weißt du, wo?«

Mallory nickte. »Die Firma hatte einen richtig eingängigen Namen – Chicago Killers.«

Auf ihrem Weg durch die Stadt unterhielt Coco sie mit einem eindrucksvollen Monolog über die pelzigen Tierchen. Und so erfuhren die Detectives, dass Ratten kitzlig waren, dass sie niesen konnten und träumten.

Während der Mercedes gen Süden in Richtung Brooklyn Bridge fuhr, sagte Charles' Beifahrer: »Kathy sieht gut aus.« Robin Duffy durfte Kathy immer noch mit ihrem Vornamen anreden, weil er sie sozusagen als Erbstück seines verstorbenen besten Freundes betrachtete. Während sie beim Ehepaar Markowitz gelebt hatte, hatte er im Haus gegenüber von ihr gewohnt.

Robin schaute seinen Freund eine Weile an und fügte dann betont hinzu, als wollte er ihn zu einem Geständnis animieren: »Kathy sieht *sehr gut* aus.«

»Ja.« Charles hatte beschlossen, sich nur zu einer Äußerung bezüglich ihres Aussehens hinreißen zu lassen, nicht jedoch zu ihrem Gemütszustand oder ihrer Auszeit. Und Robin würde ihm auch keine direkten Fragen stellen. Außerdem hatte sich der alte Rechtsanwalt zu Verschwiegenheit verpflichtet; schließlich war er es gewesen, der die junge Polizistin juristisch vertreten hatte, als es darum ging, ihren Job zurückzubekommen.

Bei einer ihrer Auszeiten von der New Yorker Polizei hatte es Mallory bis nach L.A. verschlagen, bei einer anderen war sie der legendären Route 66 gefolgt, doch dieses Mal war es anders gewesen. Das bereitete Charles Sorgen, doch aus Berufsethos musste er diese Sorge für sich behalten. Nach ihrer Rückkehr hatte ihnen Mallory kaum mehr über ihre Reise mitgeteilt als die Eckdaten, obwohl sie immerhin zugab, Mount Rushmore sei riesig und der Mississippi gewaltig. Nur eines konnte man sicher festhalten: Sie war auf einer langen Reise ins Nirgendwo gewesen. Wann immer er sich ihren mäandernden Reiseverlauf, die weiten Kreise und die ständigen Kurswechsel ins Gedächtnis rief, sah Charles Mallory als Menschen vor sich, der kreiselnd und taumelnd im Fall begriffen war – einem Sturz durch Amerika.

Auf der anderen Seite der Brücke rollte der Wagen durch ein Viertel von Brooklyn, in dem es lauter Einfamilienhäuser mit kleinen Auffahrten und Hunden im Garten gab. Im Wagen war es unangenehm still geworden.

»Ich fand Coco absolut charmant«, sagte Robin, um das Thema zu wechseln und sich auf sicheres Terrain zu begeben. »Sie redet überhaupt nicht wie andere kleine Mädchen.«

»Nein, sie hat das, was man eine Cocktailparty-Persönlichkeit nennt«, sagte Charles. »Dieses spezielle Geplauder ist eine Fähigkeit, die Williams-Kinder entwickeln, um Beziehungen zu Menschen aufzubauen.« Die traurige Ironie an der Sache war jedoch die Oberflächlichkeit von Cocos bestem Trick – dass sie genau dadurch bedeutsame Beziehungen zu anderen Menschen verhinderte.

»Was wird denn aus ihr, falls ich keine Familienangehörigen finde, die sie bei sich aufnehmen können?«

»Dann kommt Coco in eine Pflegefamilie«, sagte Charles. »Wenn sie das überlebt, wird sie irgendwann erwachsen, sie wird sich eine Arbeit suchen … und sie wird allein leben.« Klang das nicht ganz nach jemandem, den sie beide kannten?

Sein Beifahrer verfiel wieder in Schweigen, machte sich vielleicht Gedanken über die Gemeinsamkeiten zwischen einem gebrochenen Kind und dem anderen. Obwohl Mallory, im Gegensatz zu Coco, keineswegs Liebe oder die Wärme menschlichen Kontakts suchte; sie mochte es nur, Menschen zu *jagen*, und wenn sie redete, hatte sie ein einziges Thema: den Tod.

Charles schaute auf die Uhr am Armaturenbrett. Mittlerweile hatten ihn die Detectives wohl gefunden – den ausgebüxten Mond, der sich laut Coco in einem Glaskasten verkrochen hatte.

ACHT

Die Regel ist klar. Kein Rennen auf den Fluren.
Mich ermahnen die Lehrer allerdings nie. Ich glaube,
sie wissen alle, dass ich immer auf der Flucht bin:
vor jemandem, der mich verprügeln, beißen oder meinen
Kopf in die Kloschüssel stecken will – was auch immer
der Tag für mich bereithält.

ERNEST NADLER

Kinder aus der Sommerschule strömten aus gelben Bussen, ihr Geschrei und Gelächter mischte sich unter das Gemurmel anderer Touristen, die darauf warteten, dass die Eingangstüren sich öffneten.

Coco ließ die Schultern hängen. Sie schlug die Hände auf die Ohren, kniff die Augen zusammen, um sich vor dem Lärm und dem Gedrängel der Leute abzuschotten. Rasch zogen sich die beiden Detectives und das Mädchen vor dem Getümmel auf höheres Gelände zurück, wo sich inmitten des kleinen Parks aus Blumen und Bäumen, der das Museum für Naturgeschichte umgab, ein Pfad zu einer Bank emporwand. Hier nahm das Trio Platz und betrachtete den gigantischen Kubus aus Glas und Stahl, der das gesamte Sonnensystem beherbergte. Das majestätische Konstrukt erhob sich sieben Stockwerke über dem Erdgeschoss des Planetariums, das zum Museum gehörte.

»Ich weiß, dass es bei Tageslicht anders aussieht«, sagte Mallory. Das Kind neben ihr hatte diesen Bau nur einmal im Vorbeilaufen erfasst, flüchtig, während einer Nacht der Angst, wodurch seine Erinnerung beeinträchtigt war. »War es das, was du aus Onkel Reds Fenster gesehen hast?«

Das kleine Mädchen nickte. Im Morgenlicht hatte Coco zerknirscht erkennen müssen, dass es nicht der Mond war, der den gigantischen Glaswürfel ausfüllte, sondern nur eine bleiche, weiße Nachbildung der Sonne. Sie ließ die Planeten, die in starren Umlaufbahnen an Drähten hingen, durch die perfekten Größenverhältnisse winzig aussehen. Außerdem schwebte diese Monstersonne nicht einmal; sie war fest am Boden verankert.

Riker tätschelte Cocos Hand. »Was für ein Beschiss, hm?«

Mallory erhob sich von der Bank und drehte sich in Richtung West 81st Street, einer Ansammlung von gewaltigen Gebäuden aus grauem Stein, braunem Backstein und, weiter hinten, auch roten Gemäuern, einigen davon mit üppig verzierten Fassaden. Das hier war das Reich des Geldes, ein Land der livrierten Türsteher und Vordächer, die die Bewohner auf ihren kurzen Wegen zum Bordstein und zu ihren wartenden Limousinen schützen sollten. Hunderte von Fenstern schauten hier zum Planetarium, und eine der Wohnungen gehörte dem komatösen Opfer aus dem Ramble.

Offenbar war Charles Butler noch nicht aus Brooklyn zurückgekehrt und hatte folglich auch nicht den Zettel gefunden, den ihm ein Streifenpolizist unter der Tür hindurchgeschoben hatte und auf dem er höflich gebeten wurde, sich in Uptown zu seinen Diensten als Psychologe zurückzumelden. Riker wandte sich seiner Partnerin zu. »Wir sollten ihm ein Handy besorgen.«

Mallory verzog den Mund zu einem ironischen Grinsen. »Ja, *klar.*«

Riker beneidete den technologisch zurückgebliebenen Psychologen, der zwar einen Anrufbeantworter besaß – ein weiteres Geschenk von Mallory –, ihn jedoch nie einschaltete. Der Mann durfte gemütlich durch seinen Alltag schlendern, ohne störende SMS zu empfangen oder zu dringenden Terminen bestellt zu werden. Als ein Mensch, der das Fernsehen ignorierte, wurde er nie von aufgeregten Nachrichtensprechern nervös gemacht, die über Bombenalarme und drohende terroristische Anschläge redeten, denn Butler zog es vor, Zeitung zu lesen und sich also mit dem zu begnügen, was bereits geschehen war. Selbst der schrille Lärm von den Straßen, den die wuselnden Bewohner der Millionenstadt verursachten, brachte ihn nicht aus dem Konzept, weil er nur selten durch die geschlossenen Fenster seines Mercedes drang. Und so schipperte Charles Butler wie ein behäbiger Frachter durch die nervenaufreibendste Stadt der Welt.

»Da kommen sie.« Mallory zeigte auf den Streifenwagen, der gerade an der Ecke 81st und Central Park West in zweiter Reihe auf dem Gehsteig parkte. Mehrere Uniformierte stiegen aus dem Wagen. »Es sind bloß drei.«

»Das ist alles, was sie an der West Side erübrigen konnten«, sagte Riker. »Die anderen sind immer noch im Park und helfen bei der Suche nach weiteren Opfern.«

Die versammelten Polizisten bekamen die Anweisung, einen ganzen Block sechzehnstöckiger Gebäude nach der Wohnung eines namenlosen Mannes abzusuchen. »Leider werden diese Bilder hier nicht besonders weiterhelfen«, sagte Mallory und drückte jedem von ihnen ein Foto des ins Koma gefallenen Verbrechensopfers in die Hand. »Von den Türstehern wusste keiner, wer das ist. Und er hat seine Haarfarbe verändert.« Auch der Hunger und die Dehydrierung hatten ihre Spuren an Onkel Red hinterlassen. »So erkennen ihn die Nachbarn vermutlich auch nicht.«

»Ihr macht wohl Scherze.« Der älteste der Streifenpolizisten verschränkte die Arme. »Wie zum Teufel sollen wir erkennen, dass wir richtig sind? Die Hälfte der Wohnungen ist jetzt leer – die Leute sind zum Mittagessen oder bei der Arbeit.«

»Kein Problem«, sagte Riker. Er zählte auf die Wahrscheinlichkeit, dass Coco als Letzte Onkel Reds Wohnung verlassen hatte. »Ihr sucht nach der einzigen unverriegelten Wohnungstür in ganz New York City.«

Gesegnet sei die sprichwörtliche Paranoia einer Stadt, in der jeder mindestens drei Schlösser an der Tür hatte.

Bis auf den Affen waren alle Einrichtungsgegenstände der Wohnung weiß – die Couch, die Teppiche, die Vorhänge. Die Kleidung des entführten Opfers lag in einem lockeren Haufen auf dem Boden in der Nähe des Eingangs. Laut dem Ausweis, den sie aus einer Hosentasche gezogen hatten, handelte es sich hier um das Zuhause von Humphrey Bledsoe, alias Onkel Red, und Coco bestätigte es anhand der einzigen Lampe im spärlich eingerichteten Wohnzimmer, die als Fuß einen Affen aus blauer Keramik hatte. »Das Licht war an.« Sie fuhr mit der Hand über das Gesicht des Tieres. »Daran erinnere ich mich.«

Mallory schaute zur Deckenbeleuchtung hoch: eine leere, bloße Fassung. Die Birne in der Tischlampe hatte nur eine geringe Wattzahl. Der Raum war folglich spärlich beleuchtet gewesen, als der Fremde gekommen war, um Onkel Red, gefesselt und nackt, mitzunehmen.

Das Kind wich Mallory nie von der Seite und folgte der Polizistin während der Durchsuchung wie ein Hündchen einen Flur mit sieben Türen entlang. Für New Yorker Verhältnisse war diese Wohnung ein Palast. »Welches Zimmer war deins?«

»Das dunkle.« Mehr wollte Coco dazu nicht sagen, und Mallory drang nicht weiter in sie.

Charles Butler hatte Mallory davor gewarnt, das Kind zu bedrängen, sondern die Informationen zu nehmen, die Coco ihr von selbst gab. Das Kind sei sehr labil; das hatte er *drei Mal* gesagt. Und doch hatte dieses verstörte kleine Mädchen tagelang im Central Park überlebt. Da Coco trotz ihrer hellen Haut keinen Sonnenbrand bekommen hatte, vermutete Charles, die Kleine habe irgendwann einen Zusammenbruch erlitten und sich am sichersten Plätzchen, das sie finden konnte, wie ein Ball eingerollt. Mallory pflichtete ihm bei; an solche Tage konnte sie sich noch aus den wilden Jahren ihrer eigenen Kindheit erinnern.

Die Polizistin und ihr rothaariger Schatten traten zu Riker ins Wohnzimmer. »Riecht nach Renovierung«, sagte er.

Tatsächlich hing der Geruch von Gips, Farbe und Sägemehl in der Luft. Couch und Sessel waren neu, trugen noch ihre Plastikhüllen und Preisschilder, und der Hartholzboden sah aus wie frisch abgeschliffen. Der große Raum war in zwei Bereiche auf unterschiedlicher Höhe geteilt, ein paar Stufen führten zu einer Art Podest an der Rückwand.

»Der Typ hat vor einer Woche die Möbel umgestellt.« Der Polizist, der die Wohnung gefunden hatte, stand im großzügigen Eingangsbereich, eine Hand auf dem Türknauf. »Davor waren offenbar monatelang jeden Tag die Handwerker hier. Die haben gesägt und geklopft und überall Holzstaub und Dreck verteilt. Die Nachbarn auf dem Stockwerk haben den neuen Besitzer nie getroffen, aber sie sind alle nicht gut auf ihn zu sprechen.«

Als der Polizist gegangen war, betrachtete Mallory den Kleiderhaufen auf dem Boden. »Dann standen also Onkel Red und der andere Mann hier.« Laut Coco hatte der Fremde, der ihren Onkel mitgenommen hatte, einen Overall getragen; sie nannte ihn den Liefermann, weil er eine zweirädrige Sackkarre dabeigehabt hatte – genau wie die, auf der Männer ihrer Großmutter manchmal schwere Kisten gebracht hatten. »Coco, wo warst du, als der Liefermann Onkel Red gefesselt hat?«

»Hab ich dir doch gesagt. Hinter der Tür. Onkel Red meinte, ich soll nicht rauskommen. Und keinen Mucks machen.«

Mallory zeigte auf einen Durchgang ohne Tür, einen Bogen, der auf eine leere Wand im Flur hinausführte. »Standest du hier? Hast du dich vielleicht hinter einer Wand versteckt?«

Das Kind schüttelte verwirrt den Kopf. Die Frage hatte es schließlich schon beantwortet.

Riker drehte sich wieder in Richtung Diele. »Die Wohnungstür ist die einzige Tür, die man von hier aus sehen kann. Du weißt, dass sich die Kleine nicht dahinter versteckt hat.«

Mallory schaute das Mädchen an. »Sag mir die Wahrheit.«

Coco vollführte mal wieder ihr kleines Stresstänzchen – sie wackelte mit den Händen und trat von einem Fuß auf den anderen. Dann schlang sie die dünnen Ärmchen um die Polizistin und presste sich an sie. Als sie das Gesicht hob, zeigte sie Mallory ein etwas gezwungenes, breites Lächeln. Verzweiflung stand in ihren Augen, und sie flehte stumm: *Hab mich lieb, hab mich lieb, hab mich lieb … bitte, bitte, bitte.*

»Keine Geschichten mehr«, sagte Mallory. »Ich brauche die Wahrheit.«

Das Kind schüttelte verständnislos den Kopf. Ein Ausdruck tiefer Verletztheit stand in Cocos Augen, und gleich würde sie anfangen zu weinen.

»Ich muss es wissen, wo du dich versteckt hast«, sagte Mallory. »Das ist wichtig.«

»*Genug!*«, dröhnte eine gebieterische Stimme aus dem Eingangsbereich. »Kein Wort mehr!«

Beide Detectives drehten sich überrascht zur Wohnungstür um, denn diesen Ton kannten sie nicht von ihrem stets höflichen Freund Charles Butler, der auf sie zustürmte und den Raum mit langen Schritten durchmaß. Er hob das kleine Mädchen hoch und wiegte Coco in seinen Armen, jetzt der sanfteste aller Riesen, lächelte mit seinem Clownsgesicht auf sie herab. Und Coco lächelte auch. Alles war gut. Sie legte den Kopf an Charles' Schulter und sah deshalb nicht, wie hart sein Blick wurde, als er Mallory anschaute.

Er reichte das Kind an Riker weiter und sagte: »Bring sie runter. Ich hole sie ab, wenn ich hier fertig bin.«

Riker, der sonst von niemandem Anweisungen entgegennahm, gehorchte – und bezog damit Stellung gegen seine Partnerin. Mallory beschloss, dass er ihr das büßen würde.

Charles schob die Hände tief in die Taschen, ballte die Fäuste und verbarg so höflich dieses Zeichen seiner Wut. Auch seine Stimme senkte sich auf das ruhige Niveau einer beiläufigen Bemerkung. »Nun, was kommt als Nächstes für Coco? Waterboarding? Daumenschrauben?«

NEUN

Auf dem Nachhauseweg von der Schule machen wir halt, um ein Stück Pizza zu essen – Phoebe lädt mich ein. Sie sagt, es gebe auch einen Vorteil an dem, was sie heute mit mir gemacht haben. Ich sei in die Annalen der Schule eingegangen, meint sie. »Diesen Blutfleck kriegen die nie mehr weg.«

ERNEST NADLER

Es war der kleine Scherz eines diensthabenden Polizisten gewesen, ausgerechnet einen starken Hypochonder ins Krankenhaus an der Upper West Side abzuordnen, wo das Opfer eines Verbrechens rund um die Uhr überwacht werden musste.

Der junge Officer Wycoff mit der Bazillenphobie saß auf einem Metallstuhl in der Intensivstation, einem großen Raum mit blassgrünen Wänden und medizinischen Gerüchen. Eine komplette Gefechtsstation aus blinkenden Lichtern und piepsenden Monitoren. Sie wurde von Ärzten in grüner und Krankenschwestern in weißer Kluft bemannt, die permanent ein Auge auf ihre Gerätschaften hatten, wenn sie nicht hin und her wuselten. Überall um sie herum standen Betten, die mit Vorhängen in Pastelltönen diskret abgeteilt waren. Hinter dem rosa Vorhang, vor dem der Polizist saß, verbarg sich der komatöse Mann aus dem Ramble.

Officer Wycoff hatte sich einen dicken Stapel von Computerausdrucken mitgebracht, um sich die Zeit mit Lesen zu vertreiben. Mittlerweile, am zweiten Tag seiner Wachtätigkeit, war er zum Internet-Spezialisten für alles geworden, was mit Koma und Dehydrierung zusammenhing. Außerdem war

Wycoff extrem wachsam; aus dem Netz kannte er alle Horrorstorys über Krankenhäuser, alle Methoden, wie medizinisches Personal Patienten umbringen konnte, ob nun willentlich oder aus Dummheit. An ihm jedenfalls kam *niemand* vorbei; weder Ärzte noch Pfleger durften den Vorhang auch nur berühren, ohne sich auszuweisen und damit den Namen auf ihrer Dienstplakette zu bestätigen. Und Wycoff machte sich *Notizen*, bei Gott. Er kannte *all* ihre Namen und Adressen.

Wenn das Pflegepersonal die Prüfung dieses Zerberus bestanden hatte, überwachte der Polizist persönlich jede Behandlung, jeden Wechsel eines Infusionsbeutels und des Katheters. Und er ließ auch die Monitore mit den Vitalwerten eines schwachen Herzens und versagender Nieren nie aus den Augen. Das medizinische Personal fand es nervig, dass seine Entscheidungen von einem Mann mit einer Waffe hinterfragt wurden. Dennoch musste man dem Officer zugutehalten, dass er während einer seiner Prüfungen der Krankenakte des Komapatienten bereits auf eine widersprüchliche Medikation gestoßen war.

So… wenn also nun diese Zivilistin, die da in Straßenkleidung vor ihm stand, meinte, sie könne hier einfach hereinrauschen und hinter den Vorhang schlüpfen, um *seinen* Patienten zu sehen, dann hatte sie sich schwer geschnitten.

»Wie heißen Sie?«

Es war eine einfache Frage, doch offenbar hatte er der Frau damit bereits den Wind aus den Segeln genommen.

Detective Mallory zog alle Vorhänge auf, um Licht in das Wohnzimmer des Apartments hereinzulassen, das Humphrey Bledsoe alias Onkel Red gehörte. »Dieses Kind kann mir sagen, was hier vorgefallen ist, aber es will nicht. Und ich *weiß*, dass Coco nicht zurückgeblieben ist.«

»Sehr richtig«, sagte Charles. »Coco ist *sehr klug*… und kreativ. Sie glaubt nicht, dass sich Onkel Red in einen Baum verwandelt hat. Aber eine schöne Geschichte ist so viel besser als die beängstigende Realität, mit der sie *nicht* umgehen kann. Sie ist erst acht Jahre alt.«

Großer Fehler. Mallory hasste es, wenn man sie auf Dinge hinwies, die auch ihr klar waren.

»Du wirst dich nicht zwischen mich und einen Fall stellen! Ich brauche …«

»Mallory, halt die Klappe! Hör mir einfach zu.«

Und die Polizistin hielt die Klappe, viel zu überrascht, dass diese drastischen Worte ausgerechnet aus seinem Mund gekommen waren. Auf diese Weise hatte sich Charles einen Moment erkauft, um seine Fassung wiederzuerlangen, und ging zu einem Fenster hinüber, von dem aus man das Planetarium auf der anderen Straßenseite sehen konnte. Schließlich kannte er die Einschränkungen des Kindes ebenso wie die Mallorys. »Du in ihrem Alter hast Schlimmeres durchgemacht, das weiß ich. Aber Coco *ist nicht wie du.«* Als er sich zu ihr umdrehte, sah er Wut in Mallorys Augen. Vielleicht hatte sie ja angenommen, das zeichne das kleine Mädchen aus – diese mangelnde Ähnlichkeit mit ihr selbst. Um diese Ansicht zurechtzurücken, sagte Charles: »Coco hat nicht deine Überlebensqualitäten. Ich wünschte, die hätte sie.«

Dadurch riskierte er ein weiteres Vergehen gegenüber Mallory, nämlich die *Wiederholung* von Tatsachen, die bereits auf der Hand lagen, doch mittlerweile war es ihm gleichgültig, was sie gegen ihn aufbringen könnte. »Coco wurde gekidnappt und aus der einzigen Welt herausgerissen, die sie kannte. Außerdem wurde sie Zeugin eines Gewaltverbrechens und musste zusehen, wie ein Mann nackt ausgezogen, gefesselt und weggebracht wurde. *Dann* wagte sie sich allein in die Dunkelheit hinaus und stellte sich einer völlig fremden Stadt, in der sie nichts und niemanden hatte. Und sie folgte einem sadistischen Mörder in den Ramble – dieses kleine Mädchen, dem schon Schnürsenkel und Knöpfe Probleme bereiten. Sie stand kurz davor, die Fassung zu verlieren, zusammenzubrechen, *dichtzumachen.* Und dann kamst du daher, Mallory. *Endlich* hatte Coco jemanden. Dieses Kind lebt dafür, dir zu gefallen.« Er wies in Richtung Fenster und die Aussicht aufs Planetarium. »Sie hat dir diesen verdammten Mond im Glaskasten geschenkt.« Den kleinen technischen Unterschied, dass es sich in Wirklichkeit um die Sonne handelte, einmal außer Acht gelassen. »Was für ein Geschenk. Und wie undankbar du bist.«

Hörte Mallory ihm überhaupt zu? Nein, sie schaute zu Boden und fand einen Haufen abgelegter Kleidung viel interessanter.

»Genau hier hat der Täter Humphrey Bledsoe überwältigt und wehrlos gemacht«, sagte sie. »Ich muss wissen, wo Coco sich versteckt hat, als das geschah. Wenn sie den Täter gesehen hat, dann hat er sie umgekehrt vielleicht auch gesehen. Ein Sadist könnte irgendwo nach diesem Kind suchen.« Mallory lächelte, und er wünschte, sie hätte es nicht getan, denn es war kein frohes Lächeln und erst recht kein freundliches. »Aber du hast vollkommen recht, sie von mir fernzuhalten, Charles.« Mallorys sarkastischer Ton ließ keinen Zweifel daran, dass sie genau das Gegenteil meinte. »Ich wollte nur dieses Kind am Leben erhalten. Was dachte ich mir bloß dabei? Ich muss eine *Soziopathin* sein.«

Kaum war es ausgesprochen, hing dieses Wort zwischen ihnen wie eine Herausforderung. Genau so hatte Dr. Kane Mallory in seinem psychiatrischen Gutachten für die New Yorker Polizei charakterisiert. Doch Charles hatte sich in dieser Sache für sie eingesetzt und war ihr Fürsprecher, bis heute, bis zu diesem Moment. »Das würde ich nie von dir glauben.« Und das war auch so – selbst wenn er wüsste, dass es stimmte.

Mallory trat näher, um ihm ins Gesicht zu sehen. Wartete sie auf die verräterische Röte auf seinen Wangen, die ihm jegliche Verstellung unmöglich machte und jede Chance nahm, beim Poker zu gewinnen? Nun, sie würde ihn nicht erröten sehen, jedenfalls heute nicht. Er sagte die Wahrheit. Und er hätte sein eigenes Herz gegeben in der Hoffnung, dass sie auch eines hatte.

Lieutenant Coffey hörte zu, als ein diensthabender Polizist aus dem Norden Manhattans ihm am Telefon sagte: »Der Koma-Typ hat Besuch.« Die junge Dame würde von dem Kollegen, der den Komatösen im Krankenhaus bewache, festgehalten. »Und ihr habt *noch* eine undichte Stelle in eurem Fall.«

Nachdem der Lieutenant dem Mann für diesen brandneuen Schlag in seinen ohnehin empfindlichen Magen gedankt hatte, beendete er das Gespräch, indem er den Hörer aufknallte. Ohne auch nur die Tür seines Büros zu öffnen, schrie er so laut, dass es das gesamte Revier hörte: »Wer hat eine Ausgabe der *Daily*?« Als er sich zu der Trennscheibe zum Dienstraum umdrehte, sah er, dass mehr als nur ein paar Hände hochgingen; dort draußen hatte das *Wall Street Journal* offenbar nicht viele Fans.

Janos erhob sich mit einer Zeitung in der Hand von seinem Schreibtisch. Der Mann war wie ein Kühlschrank gebaut, der gehen und reden konnte; bei ihm sprossen bereits um neun Uhr morgens die Stoppeln, die man bei anderen Kollegen erst am Nachmittag sah; und er hatte das brutalste Gesicht, das Gott jemals einem Polizisten geschenkt hatte – was ihn vor allem bei Verhören unbezahlbar machte. Er betrat Coffeys Büro auf leisen Sohlen und legte seinem Chef behutsam die Ausgabe der *Daily News* vor.

Jack Coffey blätterte zur Seite neun, wie es ihm der Kollege von der Wache an der Upper West Side gesagt hatte, und fand dort ein Foto des überlebenden Opfers aus dem Central Park. Der Mann lag mit geschlossenen Augen in einem Krankenhausbett unter der Schlagzeile: *Wer kennt diesen Mann?*

»Und von euch hat keiner das hier gesehen?« Coffey schaute zu seinem Untergebenen hoch. »Lest ihr hier eigentlich noch was anderes als die Sportseiten?«

Janos wog seine Antworten stets diplomatisch ab und äußerte sie in gemessener Lautstärke. »Mir gefallen die Kinorezensionen.«

Obwohl die *Times* mit ihrer Titelstory heute die Nase vorn gehabt hatte, gab es auch in dieser Zeitung eine Nachricht über den Central Park. Doch es war nur eine kurze Erwähnung des Ortes, an dem ein dehydrierter, nackter Mann gefunden worden sei. Wenigstens war das Foto in den inneren Seiten versteckt worden, vermutlich durch einen Textredakteur, der von Ratten aufgefressene alte Damen wie Mrs. Lanyard einfach interessanter fand als unidentifizierte Komapatienten.

»Jetzt weiß unser Täter, dass der Typ noch am Leben ist«, sagte Coffey.

Oh, und die Zeitung hatte sogar so weit mitgedacht, gleich den Namen und die Adresse des Krankenhauses abzudrucken – sodass sich ein Mörder postwendend dorthin begeben konnte, wenn er mit dieser kleinen Unvorhersehbarkeit eines lebenden Zeugen kurzen Prozess machen wollte.

»Also versteckte sich Coco hinter einer Tür.« Charles Butler war an seinen rechtmäßigen Platz im Universum zurückversetzt worden, und Mallory hatte das Zepter wieder in der Hand. Sie gewann immer.

»Nein«, sagte sie. »Das Kind hat gelogen, was die Tür betrifft.«

»Das bezweifle ich. Cocos Geschichten dienen der Unterhaltung, nicht der Täuschung. Coco fehlt jegliche Heimtücke.« Charles starrte plötzlich wie gebannt auf den erhöhten Bereich des Bodens auf der anderen Seite des großen Raumes. »Sieh mal einer an.« Er ging zu den wenigen Stufen, die auf die höhere Ebene führten. »Ich wusste doch, dass hier etwas nicht stimmt. Meine Eltern hatten Freunde, die in diesem Haus wohnten. An dieser Wand gäbe es eigentlich einen Kamin. Man muss sich fragen ... warum lässt jemand einen Kamin entfernen?« In Manhattan wäre das eine echte Immobiliensünde gewesen. Charles stieg die Stufen hoch und stand jetzt auf dem erhöhten Bereich. Mallory trat zu ihm.

»Coco hat sich hier versteckt«, sagte er, auf einmal vollkommen überzeugt von dem, was er finden würde, als er den Teppich über der Stelle hochhob. Im Holz darunter kam ein eingelassener Griff zum Vorschein. »Und sie war tatsächlich hinter einer Tür – einer Tür im Boden.«

Mallory bückte sich und zog an dem Griff, hob die rechteckige Holzplatte an. Ein dunkles Loch. »Hier hat der Scheißkerl sie untergebracht.« Sie fuhr mit der Hand über die raue Oberfläche an der Innenseite der Falltür. »Und er hat den Raum schalldicht gemacht.«

»Diese Wohnung ist ein Traum für einen Pädophilen«, sagte Charles. Hier musste man weder Angst vor einer Rettung des Kindes haben, noch würde es zufällig durch einen Handwerker entdeckt, der sich selbst in die Wohnung hereinließ, um ein kaputtes Rohr zu reparieren. »In einem der kleineren Zimmer wäre ein solcher Umbau nicht möglich gewesen. Und auch nicht drüben bei den Fenstern, dort hätte der angehobene Boden über den Fenstersims geragt. Deshalb sollte der Kamin weg. Die monatelangen Arbeiten ...«

Charles stieg eine kurze Leiter hinab in den geheimen Raum unter dem Holzboden und musste in die Hocke gehen, um sich umschauen zu können. »Kein Lichtschalter. In Cocos Alter haben viele Kinder Angst vor der Dunkelheit, und Angst ist ein gutes Kontrollmittel. Du wirst es ihr also verzeihen, wenn sie diese beängstigende Örtlichkeit aus ihrer Erzählung von einem Mann, der sich in einen Baum verwandelte, herausgelassen hat.« Bei dem Licht, das von oben durch die Öffnung hineinfiel, konnte er ein paar Stofftiere und ein Bett erkennen, das offensichtlich unbenutzt geblieben war. *Gott sei Dank.* Etwas knirschte unter seinen Füßen, als die Falltür sich langsam schloss.

»Gib mir eine Minute«, sagte Mallory. »Und dann mach sie noch mal auf – nur einen Spalt.«

Nachdem Charles seine Minute heruntergezählt hatte, hob er die Abdeckung um ein paar Zentimeter an und schaute durch die Fransen des Teppichs hindurch, der sein Versteck wieder bedeckte. Die Polizistin hatte inzwischen die Vorhänge zugezogen und die einzige Lampe im Zimmer eingeschaltet. Seine Seite des Raumes lag im Dunkeln.

Mallory ging zu dem Kleiderhaufen und stand etwa dort, wo der Täter gestanden haben musste, die Augen auf die Falltür gerichtet. »Zu dunkel. Der Kerl hat Coco nicht gesehen.«

»Wahrscheinlich hat sie ihn auch nicht gesehen, wenigstens nicht genau.« Charles stieg aus dem Verlies heraus und ging zum Fenster. In der Hand hatte er eine winzige Brille mit einem zerbrochenen Glas. »Die hier hab ich auf dem Boden gefunden – nachdem ich draufgetreten bin.« Er zog einen der Vorhänge ein Stück zurück, damit Licht hereinfiel und er die Aufschrift auf dem Brillenbügel lesen konnte. »Wenn die Brille Coco gehört, dann ist sie kurzsichtig.« Durch die Öffnung zwischen den Vorhängen schaute Charles zum Planetarium auf der anderen Straßenseite hinüber. Dass Coco schlecht sah, könnte auch erklären, warum sie die künstliche Sonne für einen Mond gehalten hatte. Die Planeten auf ihren Umlaufbahnen waren ihr entgangen – folglich konnte sie auch einen Sack aus grünem Leinen nicht von den Blättern des Baumes unterscheiden. Er blickte auf die Brille in seiner Hand hinab – eine weitere Wunde, die ein kleines Mädchen erdulden musste. »Deshalb konnte euch Coco nur das mit dem Overall und der Sackkarre sagen und nichts über das Gesicht des Hungerkünstlers.«

»Aber wir sind die Einzigen, die das wissen.«

Und der einzige Beweis war jetzt auch weg: Die zerbrochene Brille war aus seiner Hand verschwunden und in der Tasche von Mallorys Blazer gelandet. Der verstorbene Louis Markowitz hatte seine Ziehtochter einmal als Meisterdiebin bezeichnet, als einen Menschen, der zum Stehlen *geboren* war. Er hatte es damals mit einem gewissen Stolz gesagt und bewundernd hinzugefügt: »Was für ein Kind.«

Mallory nahm den im Dunkeln liegenden Teil des Raumes unter die Lupe, wo die kleine Öffnung im Boden ganz sicher unbemerkt geblieben war. »Dann weiß der Täter also nicht, dass ich eine Zeugin habe.«

»Nun … die hast *du* sowieso nicht.« Charles lächelte. »*Ich* habe sie. Vormundschaft, du weißt schon. Deshalb hat euer Mann vom Vermisstendezernat auch bei *mir* angerufen. Die Polizei von Chicago hat vor einer Stunde die Leiche der Großmutter gefunden. Natürliche Todesursache. Coco hat keine weitere Familie mehr. Aber sie hat mich.«

Er wartete einen Moment, damit Mallory diese Nachricht auf sich wirken lassen konnte. Und dann legte er den ganzen Einfluss, den er jemals haben würde, in die Waagschale und erklärte Mallory die neuen Regeln des Umgangs mit seinem jungen Mündel.

Mallory gefielen diese Regeln nicht. Charles war das egal.

Der Chef der Special Crimes Unit stand hinter dem rosa Vorhang, der das Bett des Komapatienten umgab. In direkter Konfrontation mit Dr. Kemper, dem Verwaltungschef des Krankenhauses, hielt er die *Daily* hoch, die Seite neun mit dem Foto des Opfers. »Jemand hat dieses Bild hier einem Reporter verkauft.«

Kemper, ein frettchenhafter Mann, spielte den persönlich Beleidigten, legte theatralisch eine Hand an seine Brust und sagte: »Von *meinen Leuten* war es keiner.«

Der Lieutenant wies auf den Patienten. »Der Typ trägt auf dem Bild ein Krankenhaushemd – die Besatzung des Krankenwagens können wir somit ausschließen. Die haben ihn nur nackt gesehen.«

»Ich werde der Sache nachgehen.«

Was Jack Coffey an dem Mann am meisten hasste, war die aalglatt lächelnde Art, mit der er log. Der Lieutenant wandte sich an eine Krankenschwester, die dem Verwaltungschef wie eine Hofdame nicht von der Seite wich. »Gehen Sie bitte auf den Flur und sagen Sie Officer Wycoff, er soll diese Frau reinbringen.«

Während die Schwester seinen Auftrag ausführte, schenkte Jack Coffey dem Oberarschloch, das ihn so ärgerte, einen kurzen Blick und sagte: »Sie brauche ich nicht mehr. Abflug.«

Das Lächeln des Verwaltungschefs wurde breiter, als er das Feld räumte. Auf der anderen Seite des zurückgezogenen Vorganges stand jetzt Officer Wycoff mit der Besucherin, die er für so verdächtig gehalten hatte. Die Frau war jung, vielleicht Ende zwanzig, und groß. Kein Ehering. Obwohl sie das faltenlose Gesicht und den geschlechtslosen Körper eines dicklichen Kindes hatte, kam einem bei ihrem Anblick sofort das gestrige Wort *alte Jungfer* in den Sinn, vielleicht weil sie das mausbraune Haar in einem schulmamsellartigen Knoten zusammengefasst hatte. Das nächste Wort, das Coffey einfiel, war *Mauerblümchen.* Sie trug ein schlichtes graues Kleid, genau das Richtige, um sich in einer Stadt aus Beton unsichtbar zu machen. Nur eine herausragende Äußerlichkeit gab es zu bemerken: dichte Wimpern, die wie falsch aussahen, jedoch echt sein mussten, denn die Frau trug nicht mal einen Hauch von Make-up.

Sie drehte sich zur Seite und versuchte an ihm vorbei einen Blick auf den mysteriösen Patienten zu werfen. Coffey ließ ihr ihren Willen, und die Frau starrte den Mann auf dem Bett an. Dann schloss sich ihre Hand einen Moment lang fester um den Tragegurt ihrer Handtasche, und sie schüttelte den Kopf. »Ich kenne ihn nicht.«

Glaubte er das? Nein.

Die Mausgraue drehte sich um und wollte gehen. Coffey nickte dem Officer zu, der sie am Arm nahm und festhielt. Mit argwöhnischem Blick wandte sie sich wieder dem Lieutenant zu. »Ich muss weg.«

Jack Coffey schaute in Officer Wycoffs kleines Notizbuch. »Sie heißen Mary Harper, sagten Sie?« Er hielt es hoch, sodass sie die aufgeschlagene Seite lesen konnte. »Und das ist Ihre Adresse?«

»Ja. Ich wohne in der Lower East Side.«

»Nein, tun Sie nicht. Wenn man nach dieser Adresse geht, wohnen Sie mitten im East River.« Coffey streckte die Hand aus und nahm ihr die Handtasche von der Schulter. »Sie haben also bei der Polizei falsche Angaben gemacht. Und ich werde jetzt diese Handtasche auf Waffen untersuchen, bevor wir Sie mitnehmen.«

Eine Krankenschwester kam durch den Vorhang, als der Inhalt der Handtasche auf dem Bett landete. »Können Sie das woanders machen?«

»Ach, den Koma-Burschen stört das nicht.« Der Lieutenant betrachtete die Gegenstände, die sich auf der weißen Bettdecke verteilten. Zigaretten waren nicht dabei, wohl aber ein Feuerzeug. Er hob es hoch. Nichts schimmerte so wie echtes Gold, und das Ding war schwer – folglich massiv und nicht nur vergoldet. Das elegante Teil passte so gar nicht zu den hässlichen Gesundheitsschuhen der Dame, denn in dieser Stadt trugen reiche Frauen halsbrecherische Stilettos. Auf der goldenen Oberfläche des Feuerzeugs prangten tiefe Kratzer. Vielleicht war es ja ein Souvenir aus besseren Zeiten. Oder auch nicht.

Coffey deckte eine weitere Lüge auf. »Miss Harper, ich glaube, Sie haben Officer Wycoff gesagt, Sie könnten sich gerade nicht ausweisen.« Er hob eine Geldbörse aus Schlangenleder hoch. Sie war schön. Als er sie sich unter die Nase hielt, roch sie auch gut – nach Geld. Am liebsten hätte er sie gar nicht mehr hergegeben. In einem Fach mit Klarsichtfenster steckte der Führerschein der Dame, und sie hieß nicht Mary Harper. *Was für eine Überraschung.* »Meine Kollegen haben kürzlich unser Opfer hier identifiziert.« Er wies auf den bewusstlosen Patienten. »Phoebe Bledsoe, darf ich vorstellen? Humphrey Bledsoe.«

ZEHN

Sie tun Phoebe nur etwas, wenn sie mit mir zusammen ist, und viel tun sie ihr auch nicht. Manchmal wird sie gegen einen Spind geschubst. Eine kleine Gemeinheit im Vorübergehen. Sieht fast aus wie zufällig.
Ich glaube, die sehen sie gar nicht.
Phoebe weiß ihre Fähigkeit, sich unsichtbar zu machen, gar nicht zu schätzen. Vielleicht, weil sie so auch für Toby Wilder unsichtbar ist. Toby ist einfach zu cool, um zu ahnen, dass einer von uns existiert.

ERNEST NADLER

Lieutenant Coffey nahm auf der abgedunkelten Seite der verspiegelten Glasscheibe Platz, durch die er in den erleuchteten Verhörraum schauen konnte. Auf anderen Polizeirevieren musste sich der Beobachtende mit einem kargen Raum und vielleicht ein oder zwei Klappstühlen begnügen, dieses Zimmer jedoch war wie ein kleines Privatkino ausgestattet und hatte sogar ansteigende, gepolsterte Sitzreihen, auf denen es sich auch VIPs gemütlich machen konnten. Der Lieutenant war der einzige Beobachter, und Phoebe Bledsoe war die einzige Person im erleuchteten Raum. Über dem Kopf der Frau hingen lange Leuchtstoffröhren, die ihr Gesicht vollkommen entfärbten. Sie klopfte mit den Füßen auf den Boden, während sie auf ihrer Unterlippe herumkaute. Sie kaute außerdem an den Fingernägeln, und nachdem sie eine Stunde alleine hier gesessen hatte, waren sie bis auf die Nagelhaut heruntergebissen.

Die Tür ging auf. Zwei Detectives betraten den Verhörraum und setzten sich.

Die Show begann.

Während Riker freundlich alle miteinander bekannt machte, legte seine Partnerin die Hände flach auf den Tisch. Die roten Spitzen von zehn langen, lackierten Fingernägeln zeigten wie Pfeile auf Miss Bledsoe. Dann beugte sich Mallory vor und schaute sich die Frau genauer an. *So ein hungriger Blick. So intensiv.* Manche sagten, Mallory könne das eine ganze Stunde lang, ohne mit der Wimper zu zucken, doch das gehörte ins Reich der Bullenmythologie von Mallory der Maschine.

Jack Coffey lächelte. Seine beiden Detectives gaben eine neue Version des *Good-cop-bad-cop*-Spielchens zum Besten.

Gesunder Cop. Verrückter Cop.

Der Lieutenant hatte keine Probleme damit, Phoebe Bledsoes Gedanken zu lesen, während sie Mallory anstarrte. *Was für faszinierende grüne Augen. Sind die echt?*

Die Frau wandte rasch den Blick ab. Dem New Yorker wurde schon im Mutterleib eingetrichtert, mit Wahnsinnigen niemals Augenkontakt zu halten. Phoebe fragte den *gesunden* Detective: »Bin ich festgenommen?«

»Nein«, sagte Riker. »Wir brauchen nur ein paar Informationen.« Er schaute kurz auf ein Blatt Papier und schenkte ihr dann ein blitzendes, freundliches Lächeln. »Ich sehe, Sie sind Schulschwester an der Driscol School. Dann haben Sie also Sommerferien?«

Miss Bledsoe beugte sich vor. »Lieutenant Coffey hat mir gesagt, er würde mich dafür belangen, dass ich dem Polizisten eine falsche Angabe gemacht habe. Und wegen Behinderung von Ermittlungen – das war der andere Anklagepunkt.«

»Lassen wir das erst mal beiseite.« Riker winkte ab. »Wir sind nicht hier, um es Ihnen schwerzumachen.« Er wandte sich seiner Partnerin zu. »Oder?«

Mallory starrte weiterhin Phoebe Bledsoe an, als wollte sie

die Frau zum Mittagessen verspeisen. Sie fuhr sich mit der Zunge über die Lippen.

Auf der anderen Seite des Spiegels lächelte Jack Coffey. *Guter Versuch.* Für ihn bestand kein Zweifel daran, warum sein Detective heute den verrückten Cop spielte; Mallory wusste, dass Coffey sie beobachtete und sich fragte: *Wie verrückt bist du nun wirklich?*

Riker zog ein Foto aus einem großen braunen Umschlag. »Wir haben ein weiteres Mordopfer im Ramble gefunden. Die Frau hatte man in einen Sack gesteckt und in einen Baum gehängt – genau wie Ihren Bruder. Aber die Frau haben wir nicht rechtzeitig gefunden. Sie ist tot. Wir vermuten, dass es eine Verbindung zu Humphrey gibt. Könnten Sie sich bitte das Foto anschauen? Sagen Sie uns, ob Sie die Frau erkennen.« Er legte das Foto einer weiblichen Leiche mit von Ratten angeknabberter Nase und Wangen auf den Tisch. Ihre Augen und Mund waren mit Textilband verklebt, und die Fingerspitzen bestanden nur noch aus Knochen. Zu erkennen war auf dem Bild niemand – es diente nur dazu zu schockieren.

Phoebe Bledsoe rollte mit den Augen zur Decke. »Ich habe keine Ahnung, wer das ist.«

»Das haben Sie auch über Ihren Bruder im Krankenhaus gesagt.« Riker hob die Hände, als wollte er sagen: *Aber na ja, Schwamm drüber.* »Und dann haben Sie dem Kollegen einen falschen Namen angegeben …«

»Meine Mutter hat mir gesagt, ich soll möglichst keine Aufmerksamkeit auf mich ziehen.«

»Ihre Mutter hat Sie ins Krankenhaus geschickt?«

»Das Bild in der Zeitung war nicht sehr gut. Sie konnte nicht sicher sein, ob es mein Bruder ist. Humphrey war erst sechzehn Jahre alt, als wir ihn das letzte Mal gesehen haben. Damals hatte er Pausbacken – und sein Haar war rot, nicht dunkelbraun. Der Mann in dem Bett dort …« Sie senkte die Augen und verkrampfte die Hände.

Jack Coffey konnte den Gedanken für sie zu Ende führen: Humphrey Bledsoes Bild in der Zeitung war schwarzweiß gewesen. Im grellen Blitzlicht hatten seine tiefliegenden Augen und Wangen ihre Konturen verloren. Das bessere Foto auf dem brandneuen Führerschein, den sie in Humphreys Wohnung gefunden hatten, zeigte sogar noch weniger Ähnlichkeit mit dem Komapatienten, der heute eindeutig nicht mehr derselbe war wie früher.

»Ich werde meinem Vorgesetzten berichten, dass Sie kooperativ waren«, sagte Riker. »Dann sehen wir, ob wir die Anklage nicht fallenlassen können.« Noch einmal hielt er ihr das Foto der weiblichen Leiche hin. »Ich weiß, dass sie in wirklich schlechtem Zustand ist, aber die Frau war etwa so alt wie Ihr Bruder. Er war achtundzwanzig, richtig? Wenn Sie uns vielleicht eine Liste seiner Freunde geben könnten …«

»Ich kenne seine Freunde nicht.« Phoebe schaute auf ihre abgeknabberten Fingernägel hinab und versteckte sie dann unter dem Tisch. »Ich habe es Ihnen doch *gesagt* – ich habe Humphrey schon Jahre nicht mehr gesehen.«

Riker griff in den Umschlag und zog eine Klarsichthülle heraus, in der eine blonde Haarsträhne mit langen, herausgewachsenen Ansätzen lag. »Vielleicht hilft das hier. Schauen Sie sich das Haar der Toten an … Miss Bledsoe? Könnten Sie bitte die Augen wieder aufmachen?«

Mallory ballte eine Hand zur Faust und ließ sie mit der Wucht eines Hammers auf den Tisch herabsausen.

Phoebe Bledsoes Augen standen sperrangelweit offen, als sie ihren Stuhl ein paar Zentimeter zurückschob. Unsanft in einen Zustand größerer Hilfsbereitschaft versetzt, betrachtete sie die Haarprobe. »Ich weiß immer noch nicht, wer das ist.«

Mallory schlug wieder auf den Tisch, diesmal mehrfach hintereinander und im Rhythmus eines Trommlers – oder auch Schützen: *Bäng, Bäng, Bäng.* Dabei ließ sie die Verdächtige keine Sekunde aus den Augen. Deren Finger verkrampften sich unter dem Tisch wie im stummen Gebet.

Wahnsinn machte eben jeden nervös. Es war ein interessanter Moment für den Beobachter im abgedunkelten Raum: Seine Untergebene, die erst kürzlich als labil beurteilt worden war, gab selbst vor, labil zu sein.

Riker beugte sich zu Phoebe Bledsoe vor. Auf seinem Gesicht stand ein beruhigender Ausdruck der Nüchternheit. »Sie müssen wirklich mit uns kooperieren. Meine Partnerin hier möchte Sie wegen Beihilfe zur Entführung vor Gericht bringen.«

»*Ich* soll Humphrey gekidnappt haben? Das ist doch verrückt!« Die Frau hielt inne, um Mallory einen verstohlenen Blick zuzuwerfen, wahrscheinlich aus Sorge, mit dem Wort *verrückt* die wahnsinnige Polizistin beleidigt zu haben.

»Nein«, sagte Riker. »Nicht Ihren Bruder. Ich meine das kleine Kind, das er gekidnappt hatte.«

Ihr Mund wiederholte stumm seine Worte. *Oh nein.* Der Schock war echt. Sie schüttelte den Kopf. »Ich will einen Anwalt.«

Riker ließ sich auf seinen Stuhl sinken. »Wie ich bereits sagte, Miss Bledsoe, sind Sie nur hier, um ein paar Fragen zu beantworten. Wenn wir Sie eines Verbrechens beschuldigen, bekommen Sie einen Anwalt.« Während er seinen Umschlag verstaute, erhob sich die Verdächtige von ihrem Stuhl.

Mallorys Hand schoss nach vorne und schloss sich um das Handgelenk der jungen Frau. »Setzen Sie sich«, sagte sie tonlos, und in ihrer Stimme gab es kein Auf und Ab, keine menschlichen Qualitäten. »Sie gehen nirgendwohin.«

»Ich glaube, ich weiß, was meine Partnerin Ihnen sagen

will.« Riker stand auf. »Sie möchte noch ein paar schöne Momente mit Ihnen verbringen.«

Die verängstigte Frau drehte den Kopf zu einem leeren Stuhl an ihrer Seite des Tisches, als lauschte sie intensiv jemandem, der dort gar nicht saß. Miss Bledsoe lächelte, ließ sich offenbar von ihrem unsichtbaren Gefährten trösten. Und Lieutenant Coffey sah sich mit einer neuen Situation konfrontiert, was den Grad des Wahnsinns unter den Anwesenden im anderen Zimmer betraf.

Oh, bitte, keine Bekloppte, die Stimmen hört.

Schizophrene waren praktisch nutzlos vor Gericht.

Riker setzte sich wieder. *Ganz langsam.* Keine plötzlichen Bewegungen. »Also ... Phoebe, wer ist Ihr Freund?« Er wies wie beiläufig auf den leeren Platz, der all ihre Aufmerksamkeit beanspruchte.

Offenbar spielten die Verrückten am Tisch die Reise nach Jerusalem, denn jetzt schaute die Frau Riker an, als hätte er nicht alle Tassen im Schrank.

Eine Stretchlimousine war kein ungewöhnlicher Anblick an der Driscol School, während der Sommerferien allerdings schon. Auf dem Rücksitz von dieser hier mahnte ein Anwalt seine Mandantin zur Vorsicht. »Miss Bledsoe, wenn Ihnen irgendeiner noch mal einen Dienstausweis zeigt, geben Sie ihm einfach meine Karte.« Es war die zweite Visitenkarte, die er ihr in der vergangenen halben Stunde gegeben hatte. Vielleicht spürte der junge Mann, dass Phoebe seinen Namen bereits vergessen hatte. In nur wenigen Minuten würde sie sich auch an kein Detail mehr erinnern, das ihn von all den anderen Laufburschen der Anwaltskanzlei, allesamt Yale- oder Harvard-Absolventen, hätte unterscheiden können.

Ein Chauffeur öffnete die hintere Tür. Sie stieg aus, trat auf das Pflaster vor der Schule, und der Wagen rollte davon. Phoebe schaute zu dem großen Gebäude empor, das noch aus einer Zeit stammte, in der Schmuckelemente aus Stein und Wasserspeier Mode waren. Zwei solcher Ungeheuer hockten über dem Türsturz und schienen nur darauf zu warten, sich auf jeden zu stürzen, der sich der wuchtigen Eingangstür näherte. Auch die weniger eindrucksvollen Nachbarhäuser, ausnahmslos Brownstones, hatten sich seit dem neunzehnten Jahrhundert nicht verändert. Was Renovierungsarbeiten anging, war das Amt für Denkmalschutz ziemlich rabiat, und so war es gelungen, in dieser Straße an der Upper West Side, abgesehen von den unschönen fluoreszierenden Straßenlampen anstelle der Gaslaternen, äußerlich die Zeit stillstehen zu lassen.

Der Gründer der Schule war ein Mann gewesen, der eine Schwäche dafür hatte, überall in der Stadt seinen Namen in Stein meißeln zu lassen. Vielerorts war diese Besessenheit, den Namen Driscol für den Blick der Öffentlichkeit zu bewahren, den Städteplanern zum Opfer gefallen, die die meisten seiner Bauten längst abgerissen hatten. Hier jedoch stand sein Name noch so tief in die Fassade des Hauses eingemeißelt, dass selbst Jahrhunderte von Wind und Regen ihm nichts hatten anhaben können.

Ein schmaler Durchgang zwischen der Driscol School und dem Gebäude daneben war mit einem hohen, schmiedeeisernen Tor verschlossen. Phoebe kramte in ihrer Tasche nach dem Schlüssel und öffnete es. Auf der anderen Seite der Gitterstäbe ging sie ein Gässchen entlang, das in einen großzügigen Garten mündete. Hier waren Stühle und Tische zu kleinen Gruppen versammelt, Bänke luden einzelne Lehrer oder Schüler zum Verweilen ein, wenn sie gerade Pause hatten. Üppiger grüner Efeu überwucherte die rückwärtige Wand, und kunterbunte Blumen sprossen zwischen den alten Bäumen.

Ein Plattenweg führte zu einem Häuschen, das zu Zeiten der

Pferdegespanne einmal als Kutschhaus gedient hatte. Es stand auf einem angrenzenden kleinen Grundstück, das nicht zur Schule gehörte, eine Seltenheit inmitten einer Stadt voller Wolkenkratzer. Bevor die Preise für Immobilien in schwindelerregende Höhen gestiegen waren, hatten in dieser Kate Familienmitglieder Zuflucht genommen, denen das Geld ausgegangen war oder die sich auf andere Weise blamiert hatten.

Es war ein Versteck.

Phoebe bewohnte das Häuschen mit dem zähneknirschenden Einverständnis ihrer Mutter, der Letzten in der Linie der Driscols. Was den monetären Fundus der Familie betraf, zählte Phoebe nicht, weil sie den Namen ihres Vaters trug. Sie war nur eine Bledsoe, einzig dieser Name stand auf ihrer Geburtsurkunde.

Ein kleiner Junge ging neben ihr auf dem Gartenweg. Er hatte blondes Haar und spindeldürre Beine. Die gesamten elf Jahre seines bisherigen Lebens hatte man ihn Ernie genannt. Erst in späteren Jahren hatte Phoebe ihm den Spitznamen *Dead Ernest* gegeben, was nur ein müder Witz und ein schwaches Wortspielchen war, denn gerade die Tatsache, dass ihr Freund todernst gewesen war, hatte ihn in den Tod getrieben. Seine Inkarnation, die jetzt neben ihr herlief, war viel dünner als der Junge früher. Das T-Shirt und die Jeans waren schmutzig, und Laub hing in seinem Haar. Er hatte einen Schuh und eine Socke verloren – ebenso wie sein Leben.

Die Füße des kleinen Jungen bewegten sich lautlos über den Plattenweg. Schritte hatte sie für ihren alten Klassenkameraden nie heraufbeschwören können, und sie hatte es auch nie versucht, denn keiner wusste besser als sie, dass er nicht da war. Und so hatte sie die Bemerkung des Polizisten – »Wer ist Ihr Freund?« – durchaus nervös gemacht.

»Ich dachte schon, die würden uns gar nicht mehr nach

Hause gehen lassen«, sagte Dead Ernest. Er äußerte nie etwas, auf das er von ihr eine Antwort erwartet hätte, denn ihre Gespräche verliefen immer nur in einer Richtung. Nur Verrückte redeten mit den Toten.

Der Junge, der nicht da war, hatte seinen Ursprung in den Sitzungen bei einem Kinderpsychiater genommen – nach dem *Vorfall.* Damals hatte Dr. Fyfe, ein Anhänger der Konfrontationstherapie, zu Phoebe gesagt: »Stell dir die Ängste vor, die dich quälen. Lass sie die Gestalt eines Menschen annehmen. Rede mit diesem Menschen, schrei sogar, wenn du willst, aber lass alles raus.« Das hatte einen Pferdefuß: Phoebe war nie ein Kind gewesen, das die Konfrontation suchte, und so hatte sie in sich zwar ein Faksimile der Angst geschaffen – Dead Ernest –, doch niemals dagegen gewettert. Sie hatte ihm bloß zugehört, Stunde um Stunde. Nach einer Reihe von stillen Sitzungen war die Therapie der jungen Lauscherin dann beendet gewesen.

Dead Ernest hatte weitergelebt.

Phoebe öffnete die Tür zur Kate und trat in einen großen Raum mit hoher Decke und einer Schlafnische. Abgesehen von der kleinen Einbauküche war jeder Zoll Wand mit Büchern bedeckt. Bücher, die von all den Generationen der Driscols, die sich hier versteckt gehalten hatten, angesammelt worden waren. Und es waren ausschließlich Romane – weil diese den besten Ausstieg aus der Wirklichkeit garantierten.

Phoebe zog ihr graues Kleid aus und legte es über eine Stuhllehne. Dead Ernest nannte es ihr Tarngewand. Im Schrank hing eine ganze Armada von Baumwollkleidern in bunten Farben und gewagten Mustern.

»Du bist spät dran«, sagte der Junge mit dem einen Schuh.

Das stimmte. Jetzt blieben ihr ganze zwanzig Minuten, um nach Downtown in die Bleecker Street zu gelangen. Phoebe löste ihren Haarknoten, und braune Flechten fielen ihr in Wellen über die Schultern. Nachdem sie einen der Kittel und Sandalen angezogen hatte, fuhr sie sich rasch mit dem Kamm durchs Haar. Als Nächstes kamen ein Spritzer Parfüm und leuchtend roter Lippenstift. *Fertig.*

Phoebe ging aus der Tür, den kleinen Weg entlang und auf die Straße, um sich ein Taxi zu rufen. Dead Ernests Beine waren kürzer; er musste rennen, um mitzuhalten, und kletterte neben ihr auf den Rücksitz des gelben Wagens. Und es begann eine wilde Fahrt mit einem Taxifahrer, der zur Kategorie *Oh-Mist-war-das-eben-eine-rote-Ampel?* gehörte. Kaum hatten sie das erste rote Verkehrszeichen überfahren, folgte die Tirade des Fahrers auf die diebischen Elstern bei der Stadtverwaltung von New York City. »Sie machen die gelbe Phase immer kürzer. Haben Sie das vielleicht mal bemerkt, Miss? Wenn Sie zu Fuß unterwegs sind, gehen Sie bei Grün los, sind auf der Mitte bei Gelb, und dann wird es so schnell rot, dass Sie schon tot sind, bevor Sie drüben ankommen. Ich *liebe* diese Stadt.« Nach drei Geschichten aus dem Gericht, von Strafzetteln, die er erfolgreich niedergeschmettert hatte, blieb das Taxi an der Ecke Bleecker Street und MacDougal stehen.

»Du hast es geschafft«, sagte Dead Ernest.

Und sie hatte sogar noch ein paar Minuten.

Phoebe Bledsoe war immer die Erste, die in dem mexikanischen Restaurant ankam. Über die Jahre hatte sie das Lokal als Café oder Coffeeshop unter den verschiedensten Pächtern erlebt, mit wechselnder Einrichtung und Menüangeboten. Nur das Lokal selbst blieb unverändert – ebenso wie die Uhrzeit ihres Rendezvous. Phoebe nahm an einem Tisch Platz, der möglichst weit vom Fenster und vom hellen Sonnenschein entfernt war. Sie zog das alte goldene Feuerzeug aus ihrer Tasche und rieb es mit den Fingern, als wäre es Aladins Wunderlampe. Und prompt ging, wie durch Zauber, die Tür auf, und ein junger Mann mit langem, dunklem Haar trat ein. Er war schlank wie immer und mittlerweile fast dünn, doch immer noch gutaussehend – und wahrscheinlich vollgedröhnt. Es war schwer zu sagen, denn der junge Mann bewegte sich mit der tiefen, wie angeborenen Grazie eines Tieres und wäre vermutlich selbst mit einer Überdosis niemals gestolpert, gestrauchelt oder gar gestürzt. Er nahm seinen Stammplatz auf der anderen Seite des Raumes ein. Es musste genau ein Uhr sein. Er kam nie zu spät.

»Er ist zwei Jahre älter als du«, sagte Dead Ernest, als spielte das nach der Kinderzeit noch eine Rolle. »Du hattest keine Chance.«

Tatsächlich war Toby Wilder damals ebenso unerreichbar für sie gewesen wie heute. Und doch war dies ihr Höhepunkt eines jeden Tages – mit Toby Mittag zu essen, an verschiedenen Tischen. Sie legte das goldene Feuerzeug beiseite. Eines Tages würde sie es ihm zurückgeben, obwohl der Gedanke, sich von diesem Souvenir zu trennen, schrecklich war – und vielleicht würde er sich daran erinnern, dass er es vor all den Jahren im Ramble hatte fallenlassen.

»Er sieht aus wie ein Schlafwandler«, sagte der tote Junge.

Sie starrte auf den durchaus wirklichen und quicklebendigen jungen Mann. Waren Toby Wilders Augen weniger blau, weniger leuchtend? Nein, sie hatten nur Probleme mit dem Fokussieren. Wenn er aus dem Fenster schaute, war er blind für das Geschiebe der Touristen auf dem Gehsteig – blind auch für die Kellnerin, die ihm die Speisekarte reichte, und taub für ihre Frage, was er zum Lunch haben wollte. Und noch einen Unterschied gab es zwischen dem Kind Toby und seiner erwachsenen Ausgabe: Er hatte einen Weg gefunden stillzusitzen. Seine Füße klopften nicht auf den Boden, und er trommelte auch nicht mit den Fingerspitzen auf die Tischplatte.

Er hatte seine Musik verloren.

ELF

Phoebe findet, Willy Fallons Körper erinnere an das Hautskelett einer Ameise. Und Willy sei flink wie ein Käfer, doch das finde ich nicht. Für mich ist sie Spider Girl. Ich sehe Willy in meinen Träumen, ein Stecknadelkopf auf acht langen Beinen, wie sie in der Dunkelheit der Nacht über den Boden meines Schlafzimmers huscht. Und dieses Bild von ihr begleitet mich durch den Tag. Jeden Tag.

ERNEST NADLER

Ermittler der CSI arbeiteten im dunkelgrünen Schatten des Ramble und untersuchten den Boden unter den Hinrichtungsbäumen. Sie stellten kleine gelbe Hütchen neben jedes gefundene Kaugummipapier und jede Zigarettenkippe. Einen ganzen Haufen Ratten, die von Polizisten erschossen worden waren, hatte man bereits entfernt. Jede verbrauchte Kugel zog einen ballistischen Test und Papierkram nach sich.

»Verdammte Cops«, sagte einer der Forensiker, der sich auf die Löcher in der Rinde eines Baumes konzentrierte, die einzigen Löcher, die nicht von wild herumballernden Rambos verursacht worden waren.

Sie alle schauten von ihrer Arbeit auf, als ein Park Ranger ihnen zurief: »Wir haben noch einen gefunden!« Die Truppe aus Männern und Frauen folgte ihm über die Wiese mit dem Tupelobaum und ins Gehölz hinein. Hier blieb der Ranger stehen und blickte nach oben. »Wartet nur, bestimmt kommt gleich der nächste Windstoß.« In diesem Moment wurden die Blätter beiseitegeweht und gaben den Blick auf einen grünen Sack frei, der hoch oben im Baum an einem Ast hing, kaum zu entdecken für die Taschenlampen der Suchtrupps der vergangenen Nacht. Es geschah selten genug, dass die Spurensicherung vor der Polizei und dem Rettungsdienst, die alles zertrampelten, an einem Tatort war.

Alle Augen richteten sich auf das neueste Mitglied der Gruppe, John Pollard, einen kleinen, muskelbepackten jungen Mann, der in seiner Freizeit gerne klettern ging, weshalb ein Baum für ihn eine leichte Übung sein dürfte. Innerhalb weniger Minuten war Pollard durch die dicht belaubten Äste und Wolken von Stechmücken nach oben zu dem Leinensack und seinem bauschigen Inhalt geklettert. Unten auf dem Boden versammelten sich weitere Leute von der CSI um den Baum und warteten darauf, dass er das Opfer befreite und sie es in die Hände bekamen. Zuerst jedoch schoss Pollard – der ansonsten gerne Naturfotos machte – ein Bild des Astes – *Klick!* –, der noch unberührt von den Pranken der Polizei war. Seine Finger ertasteten die Außenseite des Sacks. Der Inhalt fühlte sich steif und unnachgiebig an.

Kein Lebenszeichen. Kein Grund zur Eile.

Pollard schob einen Schraubenzieher unter das Seil auf dem Ast, um es etwa drei Zentimeter anzuheben und von dieser Stelle ein Foto zu schießen. *Klick.* Da es weder Kerben noch Brandspuren auf der Baumrinde gab, war der Sack mit dem Opfer offenbar nicht an diesem Seil hochgezogen worden. Das lose Ende des Taus lag säuberlich aufgerollt in einer Astgabel. Bevor er es hinunter zu seinen Kollegen warf, machte er – *Klick* – auch noch ein Foto von dem Laufknoten, der den Sack an seinem Platz hielt.

Das Seil fiel zu Boden, und zwei CSI-Leute zogen daran. Der Knoten löste sich, und langsam wurde der Sack durch die Äste herabgelassen. Als John Pollard hinunterkletterte, die Augen

gen Boden gerichtet, wo seine Teamkollegen einen Schlitz in den Sack schnitten, um den Knoten, mit dem er verschlossen war, unversehrt zu lassen, sah er auf rabenschwarzes Haar und nacktes Fleisch – eine Frau.

Wilhelmina Fallon regte sich, als Pollards Hände sie berührten. Jedes Glied ihres Körpers tat ihr weh, als sie langsam erwachte. Dann kam das Gefühl, immer weiter nach unten zu sinken, wie in einem Fahrstuhl. Schließlich lag sie auf dem Boden, der raue Stoff wurde von ihr weggezogen, und sie spürte einen Luftzug über ihren nackten Körper streichen. Hände machten sich an dem Seil zu schaffen, mit dem man ihr die Handgelenke und Füße gefesselt hatte, dann zog ihr jemand die Stöpsel aus den Ohren, und die Stimme eines Fremden sagte: »Sieht aus wie Wachs.« Eine weitere Stimme sagte: »Eintüten.«

Ach, jetzt konnte sie wieder *hören* – doch weder sehen noch sprechen.

Eine einzelne Hand berührte sie an der Kehle, und Finger drückten zu. Eine Frau schrie: »Ich hab einen Puls!«

»Nein, nicht das Klebeband berühren«, sagte ein Mann. »Wenn sie so dehydriert ist wie die anderen, dann reißt ihr ihr die Haut vom Gesicht.«

Die anderen?

»Wartet auf den Rettungswagen!«

»Da kommen sie!«

Sirenen. Sie hörte Sirenen, Menschen, die liefen, und eine neue Stimme, die sagte: »Oh mein Gott.«

Jemand stach ihr eine Nadel in den Arm.

»Nicken Sie, wenn Sie mich hören können«, sagte eine Frau gleich neben ihr.

Und Willy Fallon nickte.

»Lady, ich werde jetzt ein kleines Loch in das Band schneiden, das Sie über dem Mund haben. Dann kann ich einen Schlauch mit Wasser einführen. Ist das okay?«

Willy nickte noch einmal. O ja. *Ja!* Ihr Mund füllte sich mit köstlichem, kühlem Wasser, und sie trank gierig, verschluckte sich fast. Sie *lebte.*

Heller hatte sich über seine Ernennung zum Chef der Spurensicherung immer geärgert – ein verdammter Schreibtischjob! –, und so war er ein durchaus gewohnter Anblick draußen auf dem Feld, wenn er seine Leute bei der Arbeit beobachtete. Nun stand er unter dem gerade erst entdeckten Hinrichtungsbaum und freute sich – nicht etwa, weil das letzte Opfer überlebt hatte, sondern weil es sich um den ersten unberührten Tatort des Hungerkünstlers handelte.

Heller wandte sich an den Mann neben ihm. »Habt ihr Mallory und Riker benachrichtigt?«

»Ja«, sagte der Park Ranger. »Sie wollten nicht einmal wissen, wo der Baum ist. Nur den Namen des Krankenhauses.«

»Bestens.« Somit würden Hellers Techniker genügend Zeit zum Arbeiten haben, ohne dass die beiden Cops ihnen zwischen den Füßen herumliefen. Dabei hätten die Detectives eigentlich gar nichts tun können, um seine gute Laune zu ruinieren. Im Gegenteil – Heller hatte vor, *ihnen* den Tag zu versauen. Wenn er ihnen erklären würde, wie das Verbrechen vonstatten gegangen war, würde sie das maßlos ärgern, und allein dieser Gedanke versetzte Heller in Hochstimmung.

Auch bei diesem Hinrichtungsbaum waren zwei Löcher direkt über den Wurzeln in den Stamm gebohrt worden. Heller schaute in das dichte Laubwerk empor, während er mit einer Veteranin der CSI sprach. »Was ist mit den Spuren am Ast?«

»Keine Reibungsspuren durch Seil an diesem Baum hier«, sagte die Frau. »John hat Fotos gemacht.«

»Okay«, sagte Heller. »Dann sägt die Bohrlöcher heraus.«

Ein erschütterter Park Ranger sah dabei zu, wie das CSI-Team eine kreisrunde Probe aus dem Stamm fräste. »Warum so ein großes Stück? Das ist ein *Riesenschaden.*«

Heller hätte ihm erklären können, dass sie beide Bohrlöcher in einem Stück Holz brauchten, um Tests zu machen und es später als Beweismittel vor Gericht vorzulegen. Stattdessen strich er sich nur übers Gesicht, als wäre dort ein lästiger Käfer gelandet, und der Ranger hatte verstanden. Als das Team beschloss, auch noch einen ganzen Ast abzusägen, kamen keine Proteste vom Baumliebhaber mehr.

Innerhalb der nächsten Stunde traf noch mehr Equipment ein. Heller nickte den Technikern zu, die den Boden rund um den Baum absuchten, und ging quer über eine Lichtung zu einer Stelle, wo sie eine Versuchsanordnung aufgebaut hatten. Dort trat er neben seinen neuen CSI-Mann, John Pollard, einen Burschen aus Ohio, dem man seine Herkunft aus der Kornkammer des Landes ansah und der jede Menge Erfahrung und naturwissenschaftliche Kenntnisse hatte. Der einzige Makel im Lebenslauf des Greenhorns war sein Status als Zivilist; er war ein Tourist im Land der Cops. Pollard hatte die letzten drei Testdurchläufe beendet und lud jetzt seine Ausrüstung auf eine Sackkarre; sie war mit geländegängigen Gummireifen ausgestattet, deren Profil genau zu den Spuren passte, die sie gestern gefunden hatten – eines der wenigen Beweisstücke, über die in der *Times* noch nicht zu lesen gewesen war.

»Wie ist es gelaufen, John?«

»Ziemlich glatt, Sir. Aber es gibt weiß Gott einfachere Methoden, jemanden ins Jenseits zu befördern.«

Ein Augenlid wurde zurückgezogen, und Wilhelmina schaute in grelles weißes Licht. Sie hörte ein kleines mechanisches Klicken, dann wurde es wieder dunkel. Während sie in einem Dämmerzustand zwischen Wachen und Schlafen schwebte, verstand sie zuerst nur Bruchstücke von dem, was gesprochen wurde, dann ganze Sätze, die man über ihrem Bett wechselte. Und sie erkannte die Stimme des Doktors, als er sagte: »Das Beruhigungsmittel lässt nach. Erwarten Sie nicht zu viel. Sie hat einen Schlag auf den Hinterkopf bekommen. Durch die Gehirnerschütterung sind vermutlich zehn bis fünfzehn Minuten Erinnerung weg.«

»Es waren drei kurze«, sagte die Frauenstimme.

Und der Doktor erwiderte: »Wie bitte?«

Noch ein Fremder, diesmal ein Mann, sagte: »Drei kurze Schläge auf den Hinterkopf.«

»Ich muss los. Bleiben Sie nicht zu lange, okay?« Eine Tür schloss sich.

Die Stimmen der Fremden blieben im Raum. Wieder ging die Tür auf, Schritte näherten sich. Diesmal bestand kein Anlass, die Augen zu öffnen. Schon an der Art, wie sie miteinander redeten, begriff Willy, dass alle drei Bullen waren. Aus der Ehrerbietung, mit der der neue den anderen begegnete, konnte sie sogar auf ihre Ränge schließen. Während sie sich nur noch auf das Erwachen konzentrierte, wurde sie von einem ganzen Repertoire an Wundschmerzen und einem tiefen Bohren in den Gelenken, von den Schultern bis zu den Knöcheln, willkommen geheißen.

Jetzt erkannte sie die neue Stimme. Nachdem man ihr das Klebeband von Augen und Mund entfernt hatte, hatte dieser Polizist in der Notaufnahme ihre Aussage aufgenommen. Gerade beantwortete er eine Frage von den anderen beiden Cops, indem er sagte: »Nein, es geht ihr gut. Durch den Schlauch in ihrem Arm kriegt sie keine Medikamente. Das sind nur Vitamine.«

»Meine Güte«, sagte der andere Mann. »Sieht so aus, als hätte sie seit einer Woche gehungert.«

Das musste ein Detective sein.

»Nein, Sir«, erwiderte der Mann mit dem niedrigeren Rang. »Eher vierundzwanzig Stunden, plus minus. Sie konnte sich an eine Fernsehsendung von gestern erinnern. Sie muss eh schon auf der mageren Seite gewesen sein, bevor sie im Ramble aufgehängt wurde. *Ein Hungerhaken.* So hat es der Doc in der Notaufnahme genannt. Sie war nackt, als sie sie abgeschnitten haben. Noch keine Angaben zur Identität.«

Und die Polizistin sagte: »Sie haben keinen Namen von ihr bekommen, als sie bei Bewusstsein war?«

»Nein, Ma'am. Sie fing an zu schreien. Das ging dann eine Weile so, bevor sie sediert wurde.«

»Dann hatte die Lady also große Schmerzen?«, fragte der andere Polizist.

»Nein, Sir. Ich glaube, der Doc hat sie aus dem Verkehr gezogen, weil sie ausgerastet ist. Es war *diese* Art von Schreien.«

Willy unterdrückte ein Lächeln. Direkt über ihr konnte sie den Geruch von Tabak riechen, der in der Kleidung festhing, als der männliche Detective sich über sie beugte. Er sagte: »He, Mallory, war diese Frau nicht mal irgendwer?«

Du Scheißkerl.

»In der Boulevardpresse«, sagte die, die Mallory hieß, und kam näher. Von der anderen Seite des Bettes kämpfte ein Hauch sehr guten Parfüms gegen den Tabakgeruch an. »Aber hauptsächlich Klatsch.«

»Ja, richtig«, meinte der andere Detective. »Willy Fallon, It-Girl und Königin des Drogenentzugs. Sieht jetzt nicht mehr so doll aus, oder?«

Ach, wirklich? Willy öffnete die Augen einen Schlitz breit, und eine Hand von ihr schoss unter dem Laken hervor und packte den Mann am Gemächt. Mit seinen Weichteilen in der Hand übte sie einen leichten, aber bedrohlichen Druck aus. Ihre Stimme war heiser, als sie fragte: »Und wie heißen *Sie*?«

Sie hatte den Bullen ziemlich überrascht. Das war immer so. Dieser hatte das klassische erstarrte Gesicht eines Mannes, dessen Eier im Schraubstock stecken. »Lady, tun Sie das nicht.«

»Er ist ein Cop«, sagte die Frau. »Lassen Sie ihn los. Und zwar *sofort*!«

Willy drehte den Kopf auf ihrem Kissen und erblickte eine große Blondine mit grünen Augen. Sie starrte den Leinenblazer der Frau an. »Entweder haben Sie den aus meinem Schrank geklaut … oder wir haben denselben Schneider.« *Oh, Scheiße,* der Fetzen sah an der Bullette sogar besser aus als an ihr.

Und dann – noch eine Überraschung.

Die Blondine packte Willys freie Hand und bog die Finger zurück, was sofort saumäßig wehtat. Es war die Sorte Schmerz, bei der man Sternchen sieht, gefolgt von einem gewaltigen Schreck, ehrfürchtiger Verblüffung und dem gequälten Schrei der Patientin: »Du verdammte *Schlampe*!« Dann verstand sie die stumm vorgebrachte Bedingung der Blondine für die Beendigung ihrer Qual, und sie ließ die Eier des Mannes los. Doch Willy fluchte immer noch laut vor sich hin, als ihre verletzte Hand längst wieder freigegeben war.

Der Cop, der Mallory hieß, zog ein Notizbuch aus der Gesäßtasche ihrer erstklassigen, maßgefertigten Designer-Jeans. Ihr Stift schwebte über der aufgeschlagenen Seite, als sie frostig fragte: »Nun, Miss Fallon, jetzt wo Sie wach sind …«

»Du *Schlampe*! Du *verfickte Schlampe*!«

»… fällt Ihnen da irgendjemand ein, der Ihnen den Tod wünschen könnte?«

»Ich werde dafür sorgen, dass Sie wünschten, Sie wären nie geboren worden!«

Der Mann lüpfte Mallorys Blazer ein wenig, sodass ein Revolver in einem Schulterholster sichtbar wurde. »Meine Partnerin kann Sie *erschießen*«, sagte er. »Sie gewinnt immer. Und jetzt beantworten Sie ihre verdammte Frage.«

Die Blondine wirkte fast gelangweilt, als sie noch einmal fragte: »Wer würde Sie gerne tot sehen?«

»Nicht ganz einfach, was?« Der Mann lächelte. »Uns reichen erst mal zehn Namen.«

Die Patientin spulte die automatische Antwort herunter, die sie offenbar schon öfters gegeben hatte, wenn sie betrunken Auto gefahren war oder man sie wegen Besitzes von Partydrogen festgenommen hatte. Als sie damit fertig war, konnten die beiden Detectives sie nur anstarren, und der Bulle in Uniform machte: »Hä?« Zum allerersten Mal hatten diese Worte bei der Polizei überhaupt für Überraschung gesorgt.

Willy stützte sich auf einen Ellbogen auf. »Habt ihr mich nicht gehört, ihr Vollpfosten? Ich berufe mich auf mein Schweigerecht. Keine weiteren Fragen, bis mein Anwalt auftaucht.«

Der Mann ging an sein klingelndes Handy, sagte: »Ja?« und wandte sich dann an seine Partnerin. »Heller hat was.«

Die beiden Detectives verließen den Raum, gefolgt von dem Bullen in Uniform.

Na, das war leicht gewesen.

Willy streckte die Hand nach dem Ding aus, das von ihrem Bettgestell herabhing. So etwas war ihr seit ihrer Zeit in diversen Entzugskliniken bekannt, und sie wusste, dass man damit die Krankenschwestern springen lassen konnte, bis sie zusammenbrachen. Doch zuerst musste sie einen Anwalt anrufen. Ja, das war Regel Nummer eins, die hatte man ihr schon in ihrer Kindheit eingetrichtert – damals, als es ihren Eltern noch nicht vollkommen schnuppe gewesen war, ob Willy lebte oder nicht.

Wie zum Henker hatte doch gleich dieser bescheuerte stellvertretende Bezirksstaatsanwalt geheißen? Hatte sie ihn überhaupt je bei seinem richtigen Namen genannt? Nein. Als Willy dreizehn gewesen war, hatte sie zwischen *Mein Schnuckelchen mit der Fliege* und *Du Depp* geschwankt.

ZWÖLF

Phoebe und ich sind immer die Ersten im Speisesaal. Wenn die Türen aufgehen, laufen wir wie verrückt hinein und schnappen uns die Stühle am hinteren Ende eines Ecktisches, eines sicheren Platzes mit zwei Wänden in unserem Rücken. Wir nennen ihn den Fuchsbau. Alle anderen nennen ihn den Tisch der Verlierer. Selbst Verlierer, die ganz neu an der Schule sind, brauchen nicht lange, um ihn zu entdecken. Sie sehen Kinder mit Brillen oder Zahnspangen, die Pummeligen, die Unförmigen und die Spindeldürren, die Uncoolen, und jeder Verlierer sagt sich: Das sind meine Leute. Toby Wilder kommt herein. Phoebes Augen glänzen. Und da sind auch noch andere Mädchen mit glänzenden Augen, hier und da, überall im Saal. Er hat wirklich Macht über Frauen – aber es ist ihm egal. Toby setzt sich, um in seiner Festung des Schweigens zu Mittag zu essen. Jeder will mit diesem Jungen zusammen sein, aber niemand wagt es, ihn zu stören. Phoebe und ich beobachten ihn vom Fuchsbau aus. Wir alle kennen unseren Platz.

ERNEST NADLER

Das Büro des Mannes, der die CSI leitete, war ein vollgestopftes Sammelsurium aus allen möglichen toten Dingen in Einweckgläsern und jeder Menge Kataloge obskuren Wissens. Man hatte Riker und Mallory warten lassen, und sie hatten sich gefragt, wie tief sie in der Tinte saßen und wie sie wieder herauskommen würden.

Heller schlenderte in sein Büro und bedachte jeden der Detectives mit einem finsteren Blick. Maß er bereits ihre Hälse für den Galgenstrick? Keine Begrüßung. Stattdessen zog er eine Schreibtischschublade auf und holte ein Foto der beiden Löcher im Baumstamm heraus. »Mit dem hier haben wir angefangen. Schraubenlöcher in Bäumen … nachdem wir in der Zeitung über die Bäume gelesen hatten.«

Offenbar war noch nicht alles verziehen. Riker drehte den Kopf, als sich das Quietschen von Rädern näherte. Der Neuzugang bei der CSI, John Pollard, betrat den Raum und schob eine Sackkarre herein, die genau auf Cocos vage Beschreibung der Sackkarre eines Lieferanten passte. Lange Holme ragten aus einer quadratischen Metallplatte zwischen zwei Rädern heraus. Auf dieser niedrigen Plattform stand ein großer Pappkarton, mit Spanngurten festgeschnallt.

»In diesem Karton befindet sich eine Simulation der Mordausrüstung«, sagte Heller. »Mein Mitarbeiter ist genauso schwer wie das schwerste Opfer. John, setzen Sie sich hier auf den Karton.« Pollard hockte sich im Schneidersitz auf den Karton, und sein Boss schnallte ihn mit den Gurten fest. »Jetzt haben wir ein rollendes Gewicht von knapp zweihundert Pfund.«

Riker betrachtete die Sackkarre mit ihrer Ladung im Karton plus Mann. »Könnte eine Frau das Ding bewegen?«

»Das werden wir gleich herausfinden.« Heller wandte sich an Mallory. »Versuchen Sie's mal.« Dann ging er einfach aus dem Zimmer, offenbar war es ihm egal, ob Mallory sich einen Bruch heben würde.

Mallory kippte die Karre nach hinten und rollte den Karton mitsamt dem darauf sitzenden Forensiker aus dem Büro und den Flur entlang, und selbst wenn es sie in irgendeiner Form anstrengte, ließ sie sich nichts anmerken. Zusammen betraten Riker und Mallory ein Zimmer mit kahlen Wänden und einem sauberen Stahltisch. Das war das Labor eines Mannes, der ohne visuelle Ablenkungen nachdenken wollte – und ohne Geräusche. Hier könnte Heller Detectives wie sie den ganzen Tag in ihre Einzelteile zerlegen – und keiner würde ihre Schreie hören.

John Pollard war aus dem Gurt befreit worden und begann jetzt, den Karton auszupacken. Riker schüttelte heftig den Kopf – *Nein! Nein! Nein!* –, während Pollard allerlei grausige Utensilien auf dem Tisch ausbreitete: eine Tüte mit langen Holzschrauben, einen Akkuschrauber, eine Metallplatte, ein Steckschlüssel-Bit, einen Flaschenzug und – *eine Winde*? Am Drahtseil der Winde hing ein schwerer Haken, wie man ihn beim Abschleppen von Autos und Wohnwagen benutzte. Zwei Batterieanschlüsse ragten hinten heraus, und jetzt wurde auch noch – *heilige Muttergottes!* – eine Autobatterie auf den Tisch gehievt. »Was soll dieser ganze Kram? Unser Täter hat ein *Seil* benutzt, um seine Säcke aufzuhängen. Wir haben es euch gegeben. Sogar die Knoten haben wir euch aufgehoben.«

Pollard bückte sich, um ein verpacktes Seil aus dem Karton zu ziehen. »Das hier ist eines der Seile vom Tatort. Doch um seine Opfer in die Bäume hochzuziehen, hat der Hungerkünstler ein Drahtseil benutzt.«

Heller legte ein Foto auf den Tisch. Es war die Nahaufnahme eines Astes. »Sehen Sie diese Markierungen? Das sind Einkerbungen von einer Kette, an der das hier hing.« Er hob einen Flaschenzug mit offenen Rollen hoch. »Ihr Täter hat hier ein Drahtseil durchgezogen.«

John Pollard legte eine Hand auf die Winde. »Dieses Modell kann ein rollendes Gewicht von fünftausend Pfund ziehen – also Autos, Boote und dergleichen. Es wurde eigentlich nicht dazu entwickelt, um etwas *hoch*zuziehen, aber wir haben es im Park ausprobiert.« Er berührte die beiden roten Batteriekabel. »Die passen an jede Zwölf-Volt-Batterie.« Er nickte in

Richtung des Ladegeräts am anderen Tischende. »Schätze, der Hungerkünstler hat die leichteste Ausführung genommen. Die hier wiegt fünfunddreißig Pfund.«

Mallory verschränkte die Arme. Offenbar überzeugte sie das alles gar nicht. »Es besteht keinerlei Grund, warum der Täter das alles so kompliziert machen sollte.«

»Mir ist das *Warum* vollkommen egal«, sagte Heller. »Wir sagen euch nur, *wie* er es getan hat.« Er beugte sich über den Karton und zog ein etwa vierzig Zentimeter langes Aststück in einer durchsichtigen Plastikhülle heraus. »Hier ist Ihr verdammter *Baum,* Mallory. *Schauen Sie.* Eindrücke von Kettengliedern – genau das, womit man rechnen würde, wenn totes Gewicht daran hängt. Keinerlei Anzeichen von Reibung oder Zug. Der Körper wurde mit einem Flaschenzug und einer Winde hochgezogen. Die Beweislage lässt keinen anderen Schluss zu.«

»Der Hungerkünstler hat sich das sehr gut überlegt«, sagte Pollard. »Genauer gesagt, er hat es durchdacht und jedes mögliche Problem berücksichtigt. Bei allen drei Bäumen wurden die Säcke an einen hohen Ast gebunden. Hätte der Typ seine Opfer mit einem Seil hochgezogen und seinen eigenen Körper als Gegengewicht benutzt, dann wäre er nicht mal bis …«

»Dann kommt hier also die Winde ins Spiel«, sagte Riker. Ein zweites Seil hätte das Problem ebenso gut gelöst, aber er wollte nur die luftigen Lektionen der CSI-Klugscheißer beenden – bevor es Mallory tat.

»*Ganz genau*«, sagte Pollard in einem Ton, den er offenbar für das Lob von Kleinkindern und für die Abkanzelung von Kriminalbeamten reserviert hatte.

»Nein«, sagte Mallory. »Hätte er das getan, dann wäre der Täter die ganze Nacht im Wald beschäftigt gewesen.«

»Falsch.« Mit einem selbstgefälligen Lächeln hielt Pollard den Akkuschrauber hoch und setzte das Steckschlüssel-Bit auf.

»Ich habe nur zehn Sekunden gebraucht, um die Trägerplatte für eine Winde an einen Baum zu schrauben. Dann habe ich die Batterie an die Winde angeschlossen, einen beladenen Sack in die Höhe gezogen, bin hochgeklettert und habe ihn am Seil festgebunden.« Pollard deutete auf die Fernbedienung. »Hiermit habe ich von oben das Kabel gelöst. Dann habe ich die Kette abgenommen, und der Flaschenzug fiel zu Boden. Innerhalb genau einer Minute war ich wieder heruntergeklettert, und weitere zehn Sekunden hat es gedauert, bis ich die Trägerplatte für die Winde vom Baumstamm abgeschraubt hatte. Summa summarum waren sieben Minuten meine beste Zeit. Es sieht nur so aus, als hätte sich der Hungerkünstler das Leben besonders schwergemacht. In Wirklichkeit ist das hier die schnellste *und* leichteste Methode.«

Mallory starrte auf die Ansammlung von Werkzeug. »Und das alles habt ihr aus ein paar Bohrlöchern in Bäumen geschlossen? Die waren doch euer einziger richtiger Beweis, oder?«

Heller war viel zu ruhig, als er ihr das Gesicht zuwandte.

Dafür plapperte Pollard weiter. »Der Abstand der Löcher passt genau zu einer Standardträgerplatte.« Er hob die kleine Plastiktüte mit langen Schrauben hoch, die achteckige Köpfe hatten. »Diese Schlüsselschrauben passen in die Löcher. Eine hätte schon genügt, aber er hat bei jedem Baum zwei benutzt. Es sind sehr saubere Löcher, nicht welche, wie man sie per Hand machen könnte. Daher weiß ich, dass euer Täter einen Akkuschrauber mit Steckschlüssel-Bit benutzt hat.«

Wer hatte geahnt, dass Mord so nervtötend sein konnte? Riker wandte sich seiner Partnerin zu, um zu sehen, ob sie der gleichen Meinung war, doch Mallory schien zu lethargisch zu sein, um ihre scharfe Zunge an John Pollard zu wetzen.

Sie starrte auf die zweirädrige Sackkarre. »Wenigstens ergibt das einen Sinn.«

Riker stimmte ihr zu. Die patrouillierenden Polizisten hätten jeden angehalten, den sie nach Einbruch der Dunkelheit im Park angetroffen hätten, doch ein Verfolgungsrennen zu Fuß durch den dunklen Park bot bessere Erfolgschancen als eine im Auto, und eine stehen gelassene Sackkarre war wesentlich schwerer aufzufinden als ein Fahrzeug mit Kennzeichen. Und sie bewegte sich viel leiser vorwärts. Tatsächlich war dies die sicherste Methode, ein bewusstloses Opfer durch den Central Park zu transportieren.

Pollard nahm den leeren Karton von der Transportplatte der Karre. »Schaut euch die Reifen an. Sie passen zu den Reifenspuren vom ersten Tatort. Es sind aufblasbare aus Gummi – genau richtig, um eine schwere Last über unbefestigten Boden zu transportieren.« Und mit einem besonderen Lächeln für die *hübsche* Polizistin fügte er hinzu: »Ich hab's euch ja gesagt, der Kerl hat an *alles* gedacht.« Er wippte auf seinen Füßen – als könnte ihn das groß genug machen, um auf Mallorys Radar zu erscheinen.

Oh, und jetzt bemerkte sie ihn *tatsächlich.* Der Ärmste.

Mallory schaute über Pollards Kopf hinweg in Rikers besorgtes Gesicht, in dem eine stumme Bitte stand: *Mach den Kleinen nicht zur Sau.* Einen weiteren Zwist mit Hellers Leuten konnten sie sich nicht leisten. Mallory nickte, und beide Detectives kehrten John Pollard den Rücken zu, um seinem Boss den Flur entlang und zurück in sein Büro zu folgen, wo noch ein weiterer Karton auf dem Schreibtisch stand.

»Den da könnt ihr mitnehmen.« Heller öffnete den Deckel und zeigte auf einen dicken Haufen Papier, genug, um darauf ein Dutzend Telefonbücher zu drucken. »Das ist aus unserer Datenbank – Listen aller Produkte, die zu der Mordausrüstung gehören. Ihr habt hier Seriennummern aus den vergangenen zehn Jahren, Hersteller, Läden. Einige dieser Geschäfte haben zugemacht, deshalb haben wir weltweit auch Insolvenzverwalter eingeschaltet. Fehlanzeige. Tut mir leid. Schätze, ihr müsst das Seite für Seite durchgehen. Wird euch vermutlich ein paar tausend Stunden Arbeit kosten.« Er lächelte, vielleicht zum ersten Mal seit zehn Jahren. »Noch einen schönen Tag, Detectives.«

Mallory und Riker tauschten einen Blick: Heller wusste sehr genau, wie er einem eins auswischen konnte – und sie saßen metertief in der Scheiße.

Nachdem sie den nutzlosen Karton bei Special Crimes abgeliefert hatten, fuhren die beiden Polizisten in Richtung Midtown, wo das letzte Opfer des Hungerkünstlers zu Hause war.

Obwohl ein Bitte-nicht-stören-Schild am Türknauf hing, schloss ihnen der Geschäftsführer des Hotels die Tür zu Willy Fallons Zimmer auf. »Sie wohnt jetzt seit etwas mehr als sechs Wochen bei uns. Ihre vorherige Adresse war ein Hotel in Los Angeles.« Viel mehr konnte er den Polizisten über diesen Gast nicht sagen, und die gewiss passendere Bezeichnung »anmaßende Zimtzicke« wurde mit den höflichen Worten »Sie kann manchmal etwas schwierig sein« verbrämt. Bei der Überprüfung des Telefonanschlusses ergaben sich keine Gespräche nach draußen. »Ist nicht so ungewöhnlich. Heutzutage hat doch jeder ein Handy.«

Oder das It-Girl von vorvorgestern hatte keine Freunde.

Mallory öffnete die Tür einen Spaltbreit und sah neben einem Häuflein Klamotten ein Handy auf dem Boden liegen. Der Geschäftsführer hatte seine Schuldigkeit getan, und die beiden Detectives betraten einen sauberen und zweckmäßigen Raum, nicht gerade ein Palast, doch die Art von Unterkunft, in der sich Führungskräfte des mittleren Managements auf einer ausgedehnten Geschäftsreise einfinden – wohl kaum das Luxusnest der Alleinerbin von Fallon Industries. »Sieht so aus, als hätte Willys Familie ihr den Geldhahn zugedreht.«

»Na ja«, sagte Riker, »die Rezession hat auch Millionäre betroffen.«

»Die Fallons sind Milliardäre.« Mallory überprüfte das Badezimmer, in dem Handtücher auf dem Badewannenrand hingen und ein ausgewickeltes Stück Seife zum ungemachten Bett passte. Offenbar war hier nach der Entführung kein Zimmermädchen gewesen. Als Nächstes öffnete sie die Tür zum Schrank. Die Kleidungsstücke auf der Stange waren sehr teuer – und schon lange nicht mehr der letzte Schrei. Mallory leerte den Inhalt einer Handtasche auf den Toilettentisch. Keine Fläschchen, Joints oder Pillendöschen, aber ein Hauch von weißem Puder auf dem Boden der Tasche. Sie benetzte einen Finger und zog ihn über das Satinfutter, um zu probieren. »Billiges Zeug. Willys Kokain ist mit Kornblumen gestreckt.«

»Das passt zur Geldhahn-Theorie.« Riker beugte sich über das Häuflein Klamotten und Schuhe. »Dann hat der Täter sie also hier zu Fall gebracht und ausgezogen. Willy hat dem Kerl den Rücken zugedreht und sich in Sicherheit gewähnt. Und dann …« Er schwenkte die Hand. »Rums, fällt sie um. So könnte man jemanden töten. Die andere Frau, die Tote, war ziemlich nah davor. Muss das erste Opfer gewesen sein – sozusagen der Probelauf. Vielleicht war unsere Unbekannte ja schon tot, bevor sie in den Sack kam.«

»Nein«, sagte Mallory. »Slope meint, unser Mörder hat noch nicht mal genügend Kraft angewandt, um sie bewusstlos zu machen – nur genug, um sie zu überwältigen und aus dem Gleichgewicht zu bringen. Ich hab ihm Humphrey Bledsoes Röntgenaufnahmen aus dem Krankenhaus gezeigt. Das Gleiche. Ich glaube, unser Typ hat sich bei Willy Fallon hinreißen lassen. Er hat sie zu hart geschlagen. Deshalb kann sie sich an nichts mehr erinnern.«

Riker lehnte sich mit dem Rücken an die Tür und starrte auf den Wandschmuck, eine billige Stuckimitation aus Plastik. »Was macht unsere Tussi hier? Die Bude könnte sogar ich mir leisten.«

Mallory fischte das Handy aus dem Kleiderhaufen am Boden und schaute sich die Liste der gespeicherten Nummern an. »Eine davon gehört vermutlich den Eltern. Hat eine Vorwahl aus Connecticut.«

Doch zu dieser Uhrzeit waren Mr. und Mrs. Fallon für die Polizei bedauerlicherweise nicht zu sprechen, und was einen zukünftigen Termin anging, so habe die Dame von der Polizei laut dem Sekretär der Familie wohl eher die Chance, bei hellichtem Tage dreimal vom Blitz getroffen zu werden. »Aber die Hoffnung stirbt zuletzt«, sagte er. Dann war die Leitung tot.

Wilhelmina Fallon war schmerzfrei und beschwingt von den vielen Medikamenten, während sie von ihrem Krankenhausbett gleich mehreren Tätigkeiten gleichzeitig nachging, sich durchs Fernsehprogramm zappte und in Zeitungen blätterte, ehe sie auf das Foto eines Komapatienten stieß, den man nackt im Central Park gefunden hatte. Es dauerte etwas, bis sie telefonisch zu dem Reporter durchgestellt wurde, der die Story geschrieben hatte. Zweimal musste sie sich von irgendwelchen subalternen Schnarchsäcken ein beleidigendes »Willy – wer?« anhören und sich daran erinnern lassen, dass sie als It-Girl schon eine Weile zum alten Eisen gehörte.

Doch das würde sich jetzt ändern.

Nachdem sie den Komapatienten als Humphrey Bledsoe identifiziert hatte, tätigte Willy einen weiteren Anruf, diesmal bei einem Fernsehsender. Sie war einfach zu ungeduldig, um auf die morgige Zeitung zu warten, damit sie endlich wieder zu Ruhm und Ehren kam.

Bei ihrem dritten Anruf versicherte ihr ein Hotelportier, ja, er habe noch vor dem Eintreffen der Polizei die Drogen aus ihrem Zimmer entsorgt. Und, ja, er würde sich liebend gern aus ihrem kleinen Vorrat bedienen, sozusagen als Trinkgeld und Ersatz für Bares.

Willy hatte nichts Bares.

Der letzte Anruf galt ihren Eltern, auch genannt die Mom-und-Dad-Bank, doch Mr. und Mrs. Fallon waren für ihre Tochter nicht zu Hause. Dieses Mal leitete der schnippische Society-Sekretär den Anruf gleich an die alte Birdy weiter, ein Hausmädchen aus den unteren Etagen.

Ein Hausmädchen!

Willy hatte gerade eine herbe Degradierung erfahren. »Birdy, sagen Sie meinen Eltern, ich möchte nach Hause kommen.« Woraufhin sie von der rangniedrigsten Angestellten zu hören bekam, ein Erscheinen ihrerseits auf dem Landsitz der Familie sei derzeit nicht angeraten. Was die alte Spinatwachtel sagte, klang fast auswendig gelernt, und Willy sah sie vor sich, wie sie den Text aus einer ganzen Liste von Optionen für jede Gelegenheit ablas.

»Birdy, ich liege im Krankenhaus. Ich bin fast *gestorben.* Wissen Sie, dass jemand versucht hat, mich umzubringen?«

Offenbar gab es in der Liste der Mamsell keine passende Erwiderung auf eine solche Frage, und Birdy stammelte nur: »Ich … ich habe jetzt zu tun, Miss Willy.«

Oh, ja, natürlich, es galt jede Menge Möbel abzustauben und Böden zu wischen. Diese kläglichst bezahlte Bedienstete war eine vielbeschäftigte Person – keine Zeit für müßiges Geplauder mit Damen der Society.

Willy überlegte kurz, ob sie der alten Schachtel eine lautstarke Lektion in Sachen Klassenetikette erteilen sollte, denn ein gebrüllter Schwall von deftigen Flüchen würde das zarte

Pflänzchen am anderen Ende der Leitung mit Sicherheit zum Welken bringen. Doch dann packte sie den Hörer nur ein wenig fester, und ihre Stimme senkte sich zu einem flehentlichen Flüstern: »Birdy, *bitte,* hängen Sie nicht auf.«

Zu spät. Ihre einzige Verbindung zu Heim und Familie war das Rufzeichen.

Nachdem sie das Telefon aus der Wand gerissen und die Kissen kreuz und quer durchs Zimmer geschleudert hatte, stürzte eine Krankenschwester in den Raum und fand eine weinende Willy vor, die die Zeitung zerfetzte. Es wurde Hilfe angefordert. Die Worte *Mommy, Daddy, Mommy, Daddy,* gefolgt von einer Litanei derber Beschimpfungen, wurde als Anfall gewertet, wenngleich der Arzt weder besonders besorgt noch mitleidig wirkte, während er Willy die Nadel in den Arm rammte.

Von der anderen Seite des Zimmers vernahm die Gepikste aus dem Fernseher ihren eigenen Namen. Und der Nachrichtensprecher nannte Humphrey Bledsoe als weiteres Opfer des Hungerkünstlers. »Ein drittes Opfer ist noch nicht identifiziert.«

Ein *drittes* Opfer?

»Oh«, sagte Willy. »Ich weiß, wer das ist…«

»So, das hätten wir«, sagte der Doktor und zog die Nadel aus ihrem Arm. Es waren die letzten Worte, die Willy hörte, bevor der Raum sich um sie zu drehen begann und ihre Augen sich vor dem Wirbelsturm aus Wänden und Möbeln und Zeitungskonfetti schlossen.

DREIZEHN

Ich kann die Schultoiletten nicht mehr benutzen. Denn wer weiß, ob Humphrey und die Mädchen sich in einem der Abteile verstecken. Aber manchmal muss ich pinkeln, sonst sterbe ich, weshalb ich dazu in den Garten hinter der Schule hinausgehe. Ab und zu sehen mich die Lehrer, wie ich mir die Hose rauf- oder runterziehe, aber sie sagen nie etwas. Und das beweist, dass sie Bescheid wissen. Mich nicht dafür zu tadeln, dass ich an eine Wand pinkle, ist ihre Methode, ihre Unterstützung zu zeigen. Ich pisse auf sie.

ERNEST NADLER

Der Obduktionssaal war ein kühler Raum mit gleißend hellem Licht, viel rostfreiem Stahl und weißen Fliesen. Die medizinischen Instrumente konnte man nur als grausam bezeichnen, und die Benennung »sterbliche *Überreste*« passte durchaus, denn der von Ratten abgenagte Leichnam aus dem Ramble von gestern war heute nur noch eine Ansammlung von Körperteilen, von abgewogenen, etikettierten und verpackten Organen; Gewebeproben waren für Untersuchungen ins Labor gegangen. Der Toten fehlte ein Teil des Kiefers, ebenso das Gehirn und die abgesägte Schädeldecke. Übrig blieb ein ausgeschlachteter Torso mit bereits in Fäulnis übergehenden Gliedmaßen und ein Gesicht, das halb verdeckt war durch eine lockere Anordnung von Chirurgengaze über dem blutigen Loch, das dort klaffte, wo sich früher das Kinn befunden hatte.

»Wenn Sie eine Prüfung auf Chloroform haben wollen, dann dauert eine Breitband-Analyse mindestens fünf Tage.« Der

Chefpathologe stand neben dem Tisch und schaute auf die Leiche hinab, die Ursache für den Gestank im Raum.

Detective Riker zog sich an die Wand mit den Waschbecken und Schränken zurück; auf das Gemetzel, das zu seinem Beruf auch gehörte, war er nicht besonders scharf.

Mallory stand am Fußende des Tisches, drückte die Starttaste ihres Recorders und sagte: »Weibliche Unbekannte. Sack Nummer zwei aus dem Ramble.«

»Sie mag das zweite Opfer sein, das gefunden wurde«, sagte Dr. Slope, »doch diese Frau ist das erste Opfer des Hungerkünstlers. Ich habe ihr Blut abgenommen, das noch flüssig war. Damit liegt der Todeszeitpunkt etwa sieben Tage zurück. Sie war drei, höchstens vier Tage tot, als sie hierherkam. Heller grenzt das für Sie vielleicht genauer ein. Die machen wundervolle Sachen mit Fliegenlarven.«

Mallory trat näher an den Doktor heran. »Ich kann nicht darauf warten, bis Heller irgendwelche Fliegenlarven zum Schlüpfen bringt. Ich brauche Genaueres, und zwar jetzt.«

»Na, na, na, immer diese Eile.« Der Doktor nahm ein Klemmbrett von dem kleinen Beistelltisch und blätterte in seinen handgeschriebenen Notizen. »Was sie durchlitten hat, verursachte große Schäden an den Organen. Es war ein *langsamer* Tod.« Slope überflog das Geschriebene, blätterte weiter, schaute manchmal in Mallorys Richtung, um zu sehen, ob sie bereits genügend irritiert war. Offenbar nicht. Noch mehr Blättern. »Wie Sie vermutlich schon erwartet haben – kein Mageninhalt. Das hätte geholfen.«

Er lächelte. Mallory schaute ihn finster an.

Er hielt eine Röntgenaufnahme hoch. »Im hinteren Schädelbereich befindet sich ein Haarriss.« Dr. Slope wartete einen winzigen Moment lang, und dann, bevor Mallory ihn daran erinnern konnte, dass sie diese Röntgenaufnahme bereits gesehen hatte, sagte er: »Nun, das hat sie ja nicht getötet. Aus dem Stegreif würde ich sagen, sie ist an Dehydrierung gestorben. Aber dann habe ich etwas noch viel Interessanteres gefunden.«

Riker rollte mit den Augen. Alles, was er jetzt wissen wollte, war ein herausragendes Detail, das auf eine Vermisstenanzeige passte. Und das *wusste* Slope. Die Durchforstung des Stapels Berichte aus drei Bundesstaaten bedeutete einen gewaltigen Einsatz von Zeit und personellem Aufwand. Doch jetzt sollten sich die Detectives erst einmal eine Vorlesung anhören. Und das war die Schuld von Rikers Partnerin. Mallory und der Doktor spielten ein Spielchen, das schon seit Jahren andauerte. Und es würde nie enden.

»Na gut, fangen wir noch mal von vorne an«, sagte Mallory, leicht genervt. »Das Einfachste zuerst. Alter, Größe, Gewicht...«

»Mitte bis Ende zwanzig. Größe: eins siebenundsechzig. Gewicht: knapp fünfzig Kilo. Hilft das?«

Nein. Das deckte ziemlich viele vermisste Frauen aus New York, New Jersey und Connecticut ab, doch Mallory antwortete nie auf rhetorische Fragen. »Was ist mit Tattoos?«, fragte sie. »Spuren von Injektionsnadeln? Muttermale? Irgendwas Brauchbares?«

»Es gibt eine wirklich seltene Eigenheit.« Slope machte eine lange Kunstpause, die zum Wahnsinnigwerden war, doch Mallory blieb cool. Etwas enttäuscht ging der Doktor zur Arbeitstheke hinüber und hob eine Flasche mit einem Präparat hoch. »Das ist es.«

Riker sah etwas Weißes, Wurmähnliches, das in der Flüssigkeit schwamm. »Unser Opfer hatte ein Alien geboren?«

»Oh nein«, erwiderte Slope. »Die bemerkenswerteste Besonderheit der Frau war in ihrem Gehirn.«

Und Mallory erschoss ihn nicht.

»Ich fand diesen Tumor in ihrer Hirnanhangsdrüse. Es ist kein Krebs, aber er hat mit Sicherheit andere Probleme hervorgerufen. Und er war schon ein paar Jahre da. Die Symptome wären ihrem Hausarzt bestimmt aufgefallen. Der Tumor befand sich an einer schwer zugänglichen Stelle, doch machbar wäre eine Operation schon gewesen. Es ist seltsam, dass sie ihn nie entfernen ließ.«

»Schlechte gesundheitliche Versorgung«, sagte Riker.

»Das glaube ich nicht, aber dazu komme ich später. Ein Tumor an dieser besonderen Stelle bringt eine Reihe von Symptomen mit sich, und nicht immer, aber *manchmal* eine drastische Persönlichkeitsveränderung. Ich weiß, dass das bei unserer Unbekannten der Fall war.«

»Warten Sie.« Mallory schaltete ihren Recorder aus, verschränkte die Arme und sah den Doktor aufmüpfig an. Das nahm sie ihm nicht ab. »Sie haben eine Veränderung der Persönlichkeit diagnostiziert … bei einer Toten?«

»Sie sind skeptisch. Das merke ich immer.« Dr. Slope schenkte ihr ein boshaftes Lächeln und hob eine Haarsträhne der Toten hoch, die halb braun und halb blond war. »Ich kann den Tumor auf ihren letzten Friseurbesuch zurückdatieren. Meine Frau ist blond. Ich weiß, was das Haarefärben kostet. Man braucht drei verschiedene Farbtöne für diese Strähnchen, die sie natürlich aussehen lassen … so wie Ihr Haar, *Kathy.*«

»*Mallory*«, korrigierte ihn die Naturblonde – wie so oft.

»Es hat die Unbekannte eine Stange Geld gekostet, das immer wieder so hinzubekommen. Und sie hatte noch eine weitere teure Angewohnheit – Kokain. Ich habe alte Operationsnarben an der Nase gefunden. Sie hat sich die Löcher in den Nasenscheidewänden stopfen lassen.«

Enttäuscht ließ Riker das Kinn sinken. Die Beschreibungen

von vermissten Personen erwähnten Narben im Inneren der Nase wohl eher selten.

»Dann hatte sie also jede Menge Kohle, bevor der Tumor auftauchte«, sagte Mallory. »Und?«

»Nun, vor etwa zwei Jahren hat sie nicht nur aufgehört, sich die Haare färben zu lassen – sie hörte auch auf, sich die Zähne zu putzen. Die Frau hatte in Zeiten von Fluor massive Karies. Ich habe die Zahnschäden einem forensischen Zahnarzt gezeigt, und seine Einschätzung trifft sich voll mit meinem Zeitplan. Und was Ihre Frage nach Einstichspuren von Nadeln angeht – es gibt keine, und auch kein neues Narbengewebe in der Nase. Der Drogentest hat ergeben, dass sie in letzter Zeit keine Rauschmittel konsumiert hat. Und auch *das* ist eine Verhaltensänderung.«

»Okay«, sagte Riker. »Wir arbeiten jetzt folglich mit der Beschreibung einer Blondine mit braunen Haaransätzen und Löchern in Zähnen und Nase. *Vielen Dank*. Haben Sie denn ein Foto von ihr, wie sie ausgesehen hat, bevor Sie sie verschandelt haben?« Riker hoffte auf etwas, das wirklich hilfreich sein konnte. Bislang hatten sie gar nichts, nicht einmal ihre Augenfarbe. Als die Detectives diese Leiche zum letzten Mal gesehen hatten, waren Mund und Nase mit silberfarbenem Textilband verklebt gewesen.

Dr. Slope wies auf den Arbeitstisch. »Dort in dem Umschlag sind ein paar Fotos. Aber Sie werden sie nicht brauchen. Etwa morgen um diese Zeit habe ich ihren Namen.«

Rikers Kopf fiel ruckartig nach hinten, und er schaute zur Decke. Zielte Mallory mit ihrer Knarre nach dem Doc? Und war es ihm etwa nicht egal?

»Das bringt uns zur plastischen Chirurgie zurück«, sagte Slope. »Die Frau hatte ein Kinnimplantat.«

Das erklärte die klaffende Wunde an der Stelle, an der sich

früher das Kinn befunden hatte. Die Seriennummer auf der Prothese würde sie direkt zu dem Chirurgen führen, der die Operation gemacht hatte. Riker schaute auf seine Uhr. Eine solche Suche konnte in mehr oder weniger einer Stunde abgeschlossen werden. Warum bis morgen warten?

»Und sie hatte sich die Brust vergrößern lassen.« Dr. Slope hielt einen Beutel mit zwei Brustimplantaten hoch, die aussahen wie kleine weiße Kissen. Riker wusste, sie würden sich ganz weich anfühlen: Ihre perfekte Form war das Einzige, das er aus seiner Teenagerzeit von dem ersten Mädchen in Erinnerung hatte, mit dem er auf dem Rücksitz des Autos seines Vaters gefummelt hatte. Ach, die guten alten Zeiten.

Der Doktor missverstand sein Lächeln als Interesse, und die Vorlesung wurde fortgeführt. »Alle Implantate stammen von einer europäischen Firma. Wegen der Zeitverschiebung werde ich vor morgen früh keinen Rückruf bekommen. Dann benutzen wir die Codes zur Rückverfolgung des Chirurgen, *et voilà.*«

Sie würden für die Identifizierung also einen Tag verlieren. Nun, trotz der Schäden, die die Ratten an dem zerbissenen Gesicht hinterlassen hatten, konnten sie anhand des Fotos wenigstens einige der Vermisstenanzeigen aussortieren, denen Fotos beilagen. Riker öffnete den Umschlag des Pathologen und starrte auf das erste Foto vom Gesicht des Opfers. »Was zum Teufel ist *das* denn?« Das war keine Frage, sondern ein Vorwurf.

»Ach, der Leberfleck«, sagte Dr. Slope. »Hatte ich den nicht erwähnt?«

Sarkastisches Arschloch.

Riker vergaß einen Moment, dass er es schlecht vertrug, Autopsieschäden anzuschauen, ging zum Kopfende des Tisches und benutzte seinen Stift, um die Gaze vom Gesicht der Toten anzuheben, oder von dem, was davon übrig war. Das Klebeband war weg, und jetzt konnte er die freigelegte Oberlippe sehen – und einen Leberfleck mitsamt zwei unglaublich langen, dicken Haaren, die aussahen wie die Schnurrhaare einer Katze.

Riker war bereits auf dem Weg zur Tür, und Mallory direkt hinter ihm, als Slope seinen allerletzten Trumpf ausspielte. »Ach … Sie meinen also, der Leberfleck könnte hilfreich sein?«

Riker musterte die Autopsiefotos, die auf seinem Schreibtisch ausgebreitet waren, und hob dann den Blick zu seiner Partnerin. »Bei Heller rechne ich mit nichts anderen, aber was hast du eigentlich mit Slope gemacht? Ich meine, in letzter Zeit?«

Sein Genörgel wurde von unangekündigten Besuchern unterbrochen, die das Dezernat betraten. Charles Butler kam mit Coco durch die Tür zum Treppenhaus herein, gefolgt von Robin Duffy, Mallorys größtem Fan. Es war also schwer zu sagen, wer sich am allermeisten freute, sie zu sehen. Coco gewann mit dem breitesten Grinsen, während sie mit ausgestreckten Armen den Mittelgang zwischen den Schreibtischen entlanglief, und stach den alten Anwalt im Rennen zu ihrer beider Lieblingspolizistin locker aus. Dann schlossen sich auch Duffys Arme fest um sie, und er drückte sie an sich. Irgendwo im Raum hoben zwei Detectives den Kopf und betrachteten dieses Spektakel: Es gab doch tatsächlich zwei Menschen, die Mallory so sehr mochten, dass sie etwas Derartiges riskierten.

Charles nahm Coco an der Hand und führte sie zum Pausenraum, in dem ein riesiger, zwölfstöckiger Süßigkeitenautomat stand. »Das wird ein Spaß«, sagte er und klimperte mit dem Kleingeld in seiner Tasche. »Wir werden deine Feinmotorik üben – an Münzschlitzen.« Als das Kind zögerte, weil es Mallory nicht von der Seite weichen wollte, sagte er: »Komm, nur ein paar Minuten.«

Während sie auf dem Flur verschwanden, legte Robin Duffy seine Aktentasche auf den Schreibtisch und öffnete sie. »Kathy, bitte unterschreibe mir hier ein paar Sachen.« Er schaute auf seine Uhr. »Ich muss einen Flieger nach Chicago kriegen. Der Nachlassverwalter von Cocos Großmutter möchte, dass Coco zurück nach Illinois kommt.«

»Klar will er das«, sagte Riker. »Wenn er das Sorgerecht kriegt, kann er sie leichter ausrauben.«

»Coco geht nirgendwohin«, meinte Mallory.

»Das hat Charles auch gesagt.« Robin hielt eine eidesstattliche Erklärung mit der Unterschrift des Psychologen hoch. »Hier steht, dass sie nirgendwohin darf, ehe er nicht eine permanente Unterbringung für sie gefunden hat. Ich fahre zu einer Anhörung vor einem Richter in Chicago.« Der alte Mann reichte ihr ein weiteres Dokument. »Ich habe mir die Freiheit genommen, eine Erklärung für dich aufzusetzen, Kathy. Summa summarum steht hier auch, dass Coco nirgendwohin geht. Bitte unterzeichne sie, gib mir eine Kopie der gerichtlichen Anordnung, dass Coco eine wichtige Zeugin ist, und ich kann los zum Flughafen.«

Nachdem der Papierkram erledigt war, kehrte Charles Butler mit einem schokoladeverschmierten Kind zurück. Mallory ging vor Coco in die Hocke und wischte dem Mädchen mit einem Papiertaschentuch Gesicht und Hände sauber. Es war ein reiner Reflex; sie machte einfach *alles* sauber. Coco schenkte der Polizistin einen Schokoriegel und noch eine Umarmung, die Mallorys Seiden-T-Shirt deutlich in Mitleidenschaft zog, was normalerweise die Todesstrafe bedeutete. Doch Coco ließ Mallory es durchgehen, und gleich war die Kleine wieder entschwunden, Hand in Hand mit Charles, die Elfe und der Riese.

Riker ging beim ersten Klingeln an sein Telefon, sagte: »Ja?« Er lauschte dem diensthabenden Polizisten einen Moment lang, dann sagte er zu seiner Partnerin: »Der Leberfleckmann ist unten.«

Es war ein Mann mittleren Alters, der die Polizeiwache in SoHo besuchte. Er hatte ein freundliches Lächeln und roch vage nach Penner, obwohl er glattrasiert war und frisch gewaschene Klamotten trug. Viele Jahre lang hatte Mr. Alpert eine Suppenküche geleitet, in der die Ärmsten der Armen verköstigt wurden, und jetzt roch er selbst wie sie. Er war ein gläubiger Mensch und reichte Mallory ein religiöses Heftchen, weil er sogleich beschlossen hatte, dass sie den Heiland noch nicht gefunden hatte.

Er folgte ihr die Treppe zum Dienstraum hoch. »Ich dachte, ich müsste ins Leichenschauhaus, um sie zu identifizieren.«

»Das wird nicht nötig sein«, sagte Mallory. In lediglich einer einzigen Vermisstenanzeige war die Rede von einem Leberfleck mit Schnurrhaaren gewesen.

Sie betraten den Dienstraum des Reviers mit den hohen Fenstern und leeren Schreibtischen. Ein Mann stand da. »Hallo«, sagte Detective Riker und reichte Mr. Alpert die Hand. »Danke, dass Sie hergekommen sind. Wir halten Sie auch nur kurz auf.«

»Das weiß ich zu schätzen«, sagte Mr. Alpert. »Wir sind in der Mission nicht gut besetzt.« Er nahm auf einem Stuhl neben Mallorys Schreibtisch Platz. »Wie ist Aggy gestorben? War es ein Unfall?«

»Wir kriegen den Autopsiebericht erst nächste Woche«, sagte Mallory – nicht etwa, um dieser sanften Seele die Details eines Todes nach langem Leiden zu ersparen, sondern um den Fragen vorzubeugen, die immer der Aussage folgten, dass es sich um Mord handelte.

Riker klappte sein Notizbuch auf. »Sie können uns wohl nicht mit Aggys Nachnamen weiterhelfen? Hat sie nie irgendwelche Verwandten erwähnt?«

»Nein, tut mir leid. Sie hat nicht viel geredet. Ich kann Ihnen aber sagen, dass sie psychische Probleme hatte. Arme Frau.

Eine Art Zwangsstörung. Das hier.« Mr. Alpert drehte den Kopf hin und her und machte klackende Bewegungen mit den Zähnen, wie ein Hund, der nach Fliegen schnappt. »So.«

Riker brach die Spitze seines Bleistifts ab. »Okay, sie hatte also psychische Probleme. Und Sie haben ihr geholfen.«

»Oh, nein. Aggy half *mir*. Sie arbeitete sechs Tage die Woche in der Suppenküche der Mission. Kam nie zu spät, kein einziges Mal in fast zwei Jahren. Als sie eines Tages nicht erschien, habe ich mir Sorgen gemacht. Am nächsten Tag bin ich zur Polizei gegangen und habe eine Vermisstenanzeige aufgegeben.«

»Dann hat sie also eine Woche gefehlt«, sagte Mallory. »Sind Sie zu ihrer Wohnung gegangen? In Ihrer Vermisstenanzeige war keine Adresse angegeben.«

»Ich hatte keine Ahnung, wo sie wohnte, aber ich weiß, dass sie nicht obdachlos war. Die trug immer saubere Kleidung, und sie hatte Geld zur Verfügung.« Er zog ein Foto aus seiner Hosentasche. Es war ein Schnappschuss. »Das hier wurde bei unserer letzten Weihnachtsfeier aufgenommen. Sie ist die in der Mitte.«

Riker studierte das Bild von Aggy, so vollbusig, bevor Dr. Slope ihr die Brustimplantate herausgenommen hatte. »Wissen Sie, ob sie Freunde hatte?«

»*Ich* bin ihr Freund.« Mr. Alpert fügte achselzuckend hinzu, sonst könne er sich an niemanden erinnern. »Sie schreckte die Leute ein bisschen ab – dieses ständige Beten und diese komische Sache, die sie mit ihren Zähnen machte. Wenn sie nicht in der Suppenküche arbeitete, verteilte sie körbeweise Sandwiches an Bettler. Manche Leute auf der Straße nennen sie die heilige Aggy.«

Die beiden Partner stießen als Letzte zu ihren Kollegen, die sich in der Einsatzzentrale versammelt hatten, wo alle Wände mit

Kork verkleidet waren, von den Fußleisten bis zur Decke. An der vorderen Wand hing Rikers etwas wirres Mosaik von Obduktionsfotos und Bildern vom Tatort. Auf dem Boden stand der Karton mit den Listen von Seriennummern für die Gegenstände aus der Mordausrüstung, doch dieser Kasten der Spurensicherung war und blieb zugeklebt, denn der Vorgesetzte der Special Crimes Unit verpasste ihr gerade einen wütenden Tritt und nannte ihn »Nutzloser Krempel!«.

Langsam stieg der Energiepegel im Raum. Auf etwa der Hälfte der Stühle saßen Polizisten und warteten mit gezückten Notizbüchern und Stiften darauf, dass ihr Chef endlich mit der Show begann. Andere Männer schlenderten im Raum umher, einige hatten sich vor dem Kartenmaterial zum Ramble versammelt. Dieser Teil der Korkwand war Mallorys Werk. Jedes Papier hing in genau dem gleichen Abstand zu den anderen ringsum, und selbst die Art, wie sie die Pins gesetzt hatte, erinnerte an die Präzision einer Maschine. Mallory saß allein hinten im Raum.

Jack Coffey nahm seinen Platz hinter dem Pult ein. »Alle mal herhören!«

Die meisten Männer setzten sich, doch einige blieben stehen. Mallory war umgeben von leeren Stühlen – als hätte sie sich während ihrer Auszeit auf den Landstraßen Amerikas irgendeine ansteckende Krankheit eingefangen.

»Das hier war keine Mordserie, die *zackzack* ablief«, sagte der Lieutenant. »Zwischen allen Hinrichtungen im Ramble vergingen drei bis vier Tage.« Er zeigte auf den Karton an der Rückwand. »Verschwendet keine Zeit mit Hellers armseligen Hinweisen. Wenn wir einen Verdächtigen kriegen, der mit Flaschenzügen und Winden hantiert – großartig. Ansonsten vergesst es. Die Ergebnisse der Spurensicherung sind eine Sackgasse. Wir konzentrieren uns auf die Opfer.«

Jetzt war Riker an der Reihe, zu den Kollegen zu sprechen. Er hatte ihnen immer noch den Rücken zugekehrt, als er die Bilder von den überlebenden Opfern des Hungerkünstlers, Humphrey Bledsoe und Wilhelmina Fallon, aufhängte. Dann fügte er das Foto der Toten hinzu, die nur unter dem Namen Aggy bekannt war. »Also, Leute.« Alle Köpfe drehten sich zu ihm. »So weit sind wir jetzt. Wir haben einen komatösen Pädophilen, ein durchgeknalltes Partygirl und eine tote Heilige mit aufgeblasenen Möpsen. Hat jemand eine Theorie?«

VIERZEHN

Zweimal die Woche, wenn Humphrey Therapie hat, gehe ich nach der Schule rüber zu Phoebe. Wenn ihre Mutter nicht da ist, hüpfen wir vom Bett und der Couch, als könnten wir fliegen – wie Superhelden auf Mission. Wenn Phoebes Mutter zu Hause ist, gehen wir überall auf Zehenspitzen. Wir sind Mäuse.

ERNEST NADLER

Die Organe des komatösen Humphrey Bledsoe versagten, eines nach dem anderen.

Der Patient schwebte in Lebensgefahr. Schläuche führten in ihn hinein und wieder hinaus, Maschinen atmeten für ihn, und die nächsten vierundzwanzig Stunden würden kritisch werden. Das war die Meinung des jungen Polizisten, der den Dienst an seinem Krankenhausbett versah. Officer Wycoff überprüfte immer noch jeden, der sich dem abschirmenden rosa Vorhang näherte. Jetzt standen drei Leute vor ihm und baten um Audienz.

Sie waren mit dem Segen des Bürgermeisters in der Intensivstation aufgetaucht, zumindest sagte das der persönliche Assistent des Stadtoberhaupts, der keinen polizeilichen Rang hatte. Folglich war der junge Officer auch nicht besonders beeindruckt. Einer der drei Besucher war eine sauertöpfisch dreinblickende Frau mit groben, hässlichen Schuhen und einem strengen schwarzen Hosenanzug, der wie die Faust aufs Auge zu ihrem Meckischnitt passte.

Der Assistent wies auf die andere Frau in seiner Begleitung, eine großgewachsene Rothaarige, die mit ihren Perlen und der Seide und den schwindelerregenden Highheels meilenweit nach Geld roch. Sie sah aus, als wäre sie höchstens zehn Jahre älter als Wycoffs Patient, doch der Mann aus dem Büro des Bürgermeisters beharrte darauf: »Die Dame *ist* Mr. Bledsoes Mutter.«

Die Hände in die Hüften gestemmt, versperrte der Polizist ihr den Weg und sagte: »Beweisen Sie's mir, Lady.«

Die Frau schien das amüsant zu finden und reichte ihm fröhlich ihre Geldbörse, alles andere als der Inbegriff eines besorgten Familienmitglieds. Wycoff kniff die Augen zusammen. Könnte diese Frau sich noch verdächtiger machen? Laut ihrem Führerschein war sie zweiundfünfzig Jahre alt, und nur die Hälfte ihres Nachnamens entsprach dem des Patienten.

Officer Wycoff gewährte Mrs. Grace Driscol-Bledsoe einen halbstündigen Besuch. Im Vorübergehen tätschelte sie seinen Arm und sagte: »Das wird keine Minute dauern, mein Lieber.« Und sie hielt Wort, denn nur wenige Sekunden vergingen, während sie sich über das Krankenhausbett beugte und ihrem komatösen Sohn ein einzelnes Wort ins Ohr flüsterte.

»*Stirb*«, sagte sie.

Und gehorsam, wie er war, tat er es.

Während die Society-Dame jenseits des Vorhangs abdampfte, schlugen die Monitore Alarm, und der Officer rief: »Herzstillstand!« Eine Phalanx von Krankenschwestern rückte mit einem Defibrillator ans Krankenbett vor. Die mit leitendem Gel bestrichenen Kontaktflächen wurden kurz hochgehalten, jemand rief »Achtung, Schock eins!«, bevor die elektrische Ladung abgegeben wurde, doch den toten Mann konnte man nicht mehr zurückholen.

Momente später wurde die Rabenmutter am Fahrstuhl festgenommen und von dem jungen Polizisten in Handschellen gelegt. Nein, so durfte mit *seinem* Patienten niemand umgehen. Und warum lachte sie? Der Officer griff in seine Hemdtasche und zog die Karte mit der Handynummer eines ermittelnden Detectives hervor.

»Wycoff ist mein neuer Lieblingscop«, sagte Riker.

Die Detectives traten aus dem Fahrstuhl und schlenderten den Flur entlang. Vor der Tür zur Intensivstation wartete der junge Officer mit seiner Gefangenen auf sie. Die lächelnde Rothaarige in Perlen und Handschellen passte genau zu Officer Wycoffs Beschreibung des trauernden Muttertiers. Ebenso zutreffend war Wycoffs Vergleich des Bürgermeisterassistenten als japsendes Schoßhündchen in Uniform. Doch Mallory konzentrierte sich auf die dunkelhaarige Frau, die nirgendwo besonders aufgefallen wäre – es sei denn wegen ihrer kleinen Tasche aus schwarzem Leder, die ihr von der Schulter hing: die Miniaturausgabe einer Gladstone-Doktortasche.

Officer Wycoff erriet Mallorys Gedanken und sagte: »Die war nicht mal in der Nähe meines Patienten.« Er konsultierte sein Notizbuch und trug die Angaben aus den Führerscheinen vor. »Alice Hoffman, fünfundvierzig Jahre – selbe Adresse wie meine Gefangene.« Dann wandte er sich zur eleganten Rothaarigen. »Und das ist Grace Driscol-Bledsoe, Alter zweiundfünfzig.«

Die Mutter ihres verstorbenen Tatopfers war folglich etwa in Rikers Alter, doch während seine Haut ziemlich zerknittert war, hatte bei ihr ein erstklassiger Schönheitschirurg die Fältchen ausgebügelt. Und es gab noch andere Indikatoren dafür, dass sie Geld wie Heu hatte. Ihre perfekt gezupften Augenbrauen schienen zu fragen: *Selbst wenn ich wüsste, wer Sie sind, glauben Sie etwa, es wäre mir nicht egal?* Riker bleckte die Zähne zu einem Lächeln, als wollte er sagen: *Darauf kannst du einen lassen, Lady.*

»Sie steht nicht unter Verdacht«, sagte der Assistent des Bürgermeisters und zerknautschte sein Gesicht. »Hach, das ist einfach zu viel!« Er listete die guten Werke der Dame als Direktorin des Driscol Institute, einer wohltätigen Stiftung, auf und verlangte, dass man ihr sofort die Handfesseln abnehme. »Und zwar *sofort*!« Als dies nicht fruchtete, blies er sich zu seinem ganzen Volumen auf und konstatierte, Tod durch Suggestion sei kein Mord. »Wohl kaum das Verbrechen des Jahrhunderts.«

Auch wenn der Assistent ein unangenehmer Zeitgenosse war, mussten die beiden Detectives zähneknirschend seiner juristischen Einschätzung recht geben, und die Handschellen wurden abgenommen. Grace Driscol-Bledsoe winkte den Mann mit einer wischenden Handbewegung beiseite, und er zog sich an die Wand zurück, neben ihre andere Untergebene, Miss Hoffman.

Mallory trat auf die Mutter zu, um die Honneurs zu machen, denn diesmal war sie an der Reihe, die Worte zu sagen, die in Momenten wie diesem angebracht waren. »Unser herzliches Beileid.«

Die Lady lachte schallend, was Riker seltsam erfrischend fand.

»Ihr Sohn hatte ein kleines Mädchen gekidnappt.« Mallory wartete einen Herzschlag lang ab und fügte dann hinzu: »Aber das überrascht Sie nicht, oder?«

»Wenn ich ehrlich bin … nein.« Mrs. Driscol-Bledsoe öffnete ihre Handtasche und zog eine Visitenkarte heraus. »Sagen Sie einfach meinem Anwalt, wohin er das Geld schicken soll – was auch immer die Kleine braucht.« Ihr Ton war abschätzig, und sie hielt Mallory die Karte vor die Nase, als wollte sie sagen: *Steck das Ding ein, und dann husch husch.*

Mallory nahm die Karte nicht entgegen. Sie warf nicht einmal einen Blick darauf. Stattdessen wanderte die linke Hand der Polizistin kurz zu ihrer Hüfte, eine Bewegung, durch die sich der Blazer zurückschob und einen winzigen Moment lang ihren Revolver aufblitzen ließ – eine subtile Mahnung, wer hier eigentlich das Sagen hatte. »Ach, regeln Sie das immer so mit den Opfern Ihres Sohnes? Sie zahlen sie einfach aus?«

»Die Sache mit dem schlechten Gewissen funktioniert bei mir nicht, Detective.« Die Tür zur Intensivstation öffnete sich und gestattete der Frau einen kurzen Blick auf den rosa Vorhang rund um das Bett ihres toten Sohnes.

»Monster gebären Monster.« Das Lächeln der Frau war verschwunden, als sie ihr Gesicht wieder Mallory zuwandte. »Sie täten gut daran, das nicht zu vergessen.«

Der Assistent des Bürgermeisters schlich sich hinter der Society-Dame heran und nickte den Detectives verstohlen zu, als wollte er ihnen dringend raten, ihr zu glauben.

Charles Butler blies die Backen auf und hielt in gespielter Spannung die Luft an, während Coco langsam ihre Baumwollbluse zuknöpfte. Dieses leuchtend rosa Kleidungsstück war nichts Abgelegtes. Die Bluse war funkelnagelneu, ein Geschenk und Anreiz von Mrs. Ortega, der eingefleischten Gegnerin von Klettband. Die Putzfrau stand hinter der Kleinen und arbeitete sich selbst konzentriert an einer imaginären Knopfleiste ab, als wollte sie Coco mit schwarzer Magie ermutigen.

Dann schloss sich der letzte Knopf der Bluse, es gab Applaus, und das Kind blickte fragend von seinen erfolgreichen Bemühungen auf. »Wird das immer so lange dauern, jeden Tag?«

»Nein«, sagte Charles. »Aber mit deiner Feinmotorik wird es immer ein bisschen schwierig sein.«

»Wegen meines Williams-Syndroms.« Coco hatte die gesamte Literatur gelesen, die Charles zu dem Thema finden konnte, und er hatte ihr viele Fragen beantwortet, doch die Gespräche des Kindes endeten trotzdem immer wieder bei Ratten und deren Eigenarten.

»Deine Fortschritte bei den Knöpfen sind erstaunlich.« Charles schenkte ihr bewusst sein dümmlichstes Lächeln, weil er wusste, dass es garantiert erwidert würde. Kinder liebten Clowns.

»Als Nächstes«, sagte Mrs. Ortega, »üben wir Schnürsenkel.«

Vielleicht aber auch nicht.

Coco floh vor dieser Ankündigung ins Musikzimmer. Offenbar war das Zubinden von Schuhen für sie gleichbedeutend mit einem weit entfernten Berg, den man heute sowieso nicht mehr erklimmen konnte. *Viel zu tun. Erst mal ein Lied. Sorry.* Einen Moment später wehte ihnen eine zarte Sonate entgegen.

»Ich sehe ihre kleinen Finger über diese Tasten huschen«, sagte Mrs. Ortega, »und kapier's einfach nicht.« Müde und erledigt ließ sich die Putzfrau in einen Armsessel fallen und wandte den Blick zum angrenzenden Zimmer. »Wie schafft das Kind das nur – wenn es sich noch nicht mal die Schuhe zubinden kann?«

»Ihr Gehirn ist anders verdrahtet. Ein Rätsel. Fragen Sie mal einen Neurologen. Aber ich glaube, man kann den Mangel an solchen Fähigkeiten wie Schuhezubinden ihrer Großmutter anlasten. Soweit ich gehört habe, wusste die Frau, dass sie unheilbar krank ist. Deshalb wurden Probleme mit Knöpfen und Schnürsenkeln mit Klettband gelöst, und sie verwandte die Zeit, die ihr noch blieb, auf Cocos Stärken – Musik und Lesen.« Charles fand, dass die Großmutter hier eine ausgezeichnete Wahl getroffen hatte.

Trotzdem war seine Putzfrau nicht allzu beeindruckt.

»Auch Schnürsenkel sind wichtig«, sagte sie. »Wenn man acht Jahre alt ist.«

»Da haben Sie recht. Aber das ist ein Job für einen Physiotherapeuten.« Aufgrund seiner Einschätzung von Cocos motorischen Fähigkeiten war Butler klar, dass das Problem des Schuhezubindens nicht in wenigen Stunden gelöst werden konnte. Es würde Wochen oder gar Monate dauern, bis Coco es beherrschte. Und vielleicht würde sie es nie lernen.

Charles bekam nicht mit, wie sich seine Wohnungstür öffnete und Mallory aus dem Flur »Hallo« rief, weil alles in den Klängen von Cocos Klavierspiel unterging. Doch Coco selbst hörte es. Sie zischte aus dem Musikzimmer wie eine kleine, exakt gezielte Kanonenkugel und schloss mit einer Heftigkeit die Arme um die junge Polizistin, als wollte sie sie nie mehr loslassen. Zerstreut strich Mallory dem Mädchen über den Kopf, als würde sie einen Hund streicheln.

Auch Mallorys Gehirn war anders verdrahtet, und ihre grauen Zellen waren ein Mysterium. Trotzdem verblüffte sie Charles immer wieder. Jetzt zum Beispiel hob sie Coco hoch in die Luft und rief: »Knöpfe! Hast du die selber zugemacht?«

»Ja!« Die Kleine grinste breit, so glücklich war sie, mit dem Menschen zusammen zu sein, den sie am allerliebsten hatte.

Bei Charles Butler läuteten die Alarmglocken, als er Mallorys betont sanfte Stimme hörte, doch was ihm schlaflose Nächte bescheren würde, war die Art, wie sie dieses Kind anlächelte, denn die junge Kriminalbeamtin hatte nur ein begrenztes Repertoire solcher Gesichtsausdrücke. Ein Lächeln besagte: *Dafür krieg ich dich,* aber das hier war noch schlimmer. Dieses Lächeln hieß: *Jetzt hab ich dich.*

Phoebe Bledsoe eilte durch den Garten der Schule und den Gartenweg entlang und betrat ihr Cottage beim letzten Klingelton des Telefons. Während der Anrufbeantworter sich einschaltete, stellte sie ihre Einkauftüten auf den Schreibtisch.

Und eine Frauenstimme sagte: »Hier ist Willy Fallon. Deine Mutter weigert sich, meine Anrufe entgegenzunehmen. Sag du ihr, dass ich sie bald besuche.«

Phoebe streckte die Hand nach dem Anrufbeantworter aus und löschte die Nachricht. Ihre Hand zitterte, als hätte sich das Blut in ihren Venen von einem Moment zum nächsten in Eiswasser verwandelt. Diese Wirkung hatte Willy schon als Kind auf sie gehabt. In mancher Hinsicht war ihre Schulzeit nie zu Ende gegangen. Dead Ernest erschien – ein treuer Begleiter, sobald es Stress gab –, doch er konnte nicht sprechen; wenn Phoebe im Schock erstarrte, dann ging es ihm ebenso.

Bevor ihr beide Beine den Dienst versagten, setzte sich Phoebe auf einen Stuhl am Fenster, von dem aus man den Garten gut sehen konnte. Waren die Schattenbäume gewachsen? Nein. Diese großen Eichen und Ulmen waren schon alt gewesen, als Phoebe noch sehr jung war. Selbst die Blumen blieben unverändert, behielten von einer Pflanzsaison zur nächsten die gleiche Farbe. Ohne das Spielen von Kindern oder einen Wind, der die Blätter und Blüten in Bewegung versetzte, war Phoebes Blick auf die Schule und ihren Garten so erstarrt wie ein Schnappschuss, den jemand vor fünfzehn Jahren gemacht hatte.

Natürlich gab es heute an der Wand keine Spur mehr von Ernie Nadlers Blut. *Das* war anders.

FÜNFZEHN

Phoebe möchte Lehrerin werden, wenn sie erwachsen ist. Ich kann es nicht glauben. Lehrer sehen keine blauen Flecken und kein Blut. Sie hören nicht die Schreie. Warum, Phoebe, warum? Und ihre Antwort? Sie sagt: »Genau deshalb.«

ERNEST NADLER

Die schwülwarme Luft war stickig, und am Himmel war es zu abendlicher Stunde noch hell. Detective Mallory schaltete den Motor des kleinen Parkfahrzeugs aus und sagte: »Das hier ist der beste Punkt. Jede Menge Glühwürmchen.«

Coco trug eine neue Brille und grinste zu ihr hoch. »Ich kann die Blätter an den Bäumen sehen!« Vorher war das gesamte Grünzeug der Natur für das kurzsichtige Mädchen zu einer einzigen grünen Fläche verschmolzen. Sie kletterte von Charles Butlers Schoß und trat auf den Pfad. Als sie die winzigen fliegenden Lichter sah, lief die Kleine auf dem Trampelpfad los, wollte Glühwürmchen jagen. Ein ums andere Mal schnappte sie in die Luft, um eins zu fangen – vergeblich –, dann versuchte sie es wieder.

»Ich glaube nicht, dass sie eins kriegen wird.« Charles lächelte, während er dem Wagen entstieg und seinen großen Körper auseinanderfaltete. »Schließlich hat sie es noch nie probiert. Aber es war eine wundervolle Idee, um ihre motorischen Fähigkeiten zu trainieren.« Dabei wusste er, dass Mallory dies nur vorgeschlagen hatte, um das Kind noch einmal an den Schauplatz dreier schrecklicher Verbrechen zu locken, indem sie behauptete, der Ramble sei der beste Glühwürmchen-

Jagdgrund der Welt. Das Gute daran war, dass die Kleine ein bewaldetes Gelände vermutlich nicht vom anderen unterscheiden konnte.

Mallory ging um den Golfwagen herum, stand neben Charles und beobachtete Cocos vergebliche Versuche, einen der Leuchtkäfer zu erwischen. »Ich sage dir, sie kriegt einen. Das Kind ist hartnäckig.«

»In der Tat.« Und hartnäckig war auch Charles' Putzfrau, die Lehrmeisterin in Sachen Knöpfe. Eines Tages würde Coco wirklich lernen, sich die Schuhe zuzubinden, doch wahrscheinlich nicht sehr bald. Selbst das Fangen von Glühwürmchen schien ihre Fähigkeiten momentan noch zu überschreiten.

Charles und Mallory folgten der Kleinen einen Pfad entlang, über dem sich ein Baldachin aus üppigem Grün wölbte. Hie und da standen Laternen aus der Zeit des Gaslichts, doch sie waren noch nicht eingeschaltet. Nur die Insekten mit dem kleinen, blinkenden Zauberlämpchen am Hinterteil erhellten den Weg. Coco lief vor ihnen her, die Hände ausgestreckt, um endlich einen der leuchtenden Flattermänner zu packen. Als ihr das nicht gelang, änderte sie ihre Laufrichtung, um sich einen anderen zu schnappen, der näher am Boden war. Ein langsam fliegendes Glühwürmchen schwebte in der Luft, und sie klatschte in die Hände.

Oh. Ein *totes* Glühwürmchen.

Ungerührt wischte sich die Kleine einfach die Hände an der Jeans ab und lief weiter.

Weil er wusste, dass das kleine Mädchen über ein ausgezeichnetes Gehör verfügte, sagte Charles mit gesenkter Stimme: »Ich habe mich mit einem befreundeten Kollegen getroffen, einem Psychologen, der Kinder mit besonderen Bedürfnissen behandelt. Er hat Beziehungen zu dem Bundesstaat, aus dem Coco stammt, und wird mir helfen, eine Familie zu finden, die ...«

»Eine Pflegefamilie? Kommt nicht in Frage«, sagte Mallory. »Das Prozedere würde sie nicht überleben.«

Charles hob kapitulierend beide Hände. In dieser Hinsicht hatte Mallory absolut recht, obwohl ihre eigenen Pflegeeltern die gloriose Ausnahme gewesen waren. Die meisten Kinder wurden von einer Pflegefamilie zur nächsten weitergereicht, wie kleine Paradiesvögel, die der Legende nach pausenlos fliegen müssen, weil sie keine Füße besitzen, mit denen sie auf festem Boden landen können. Und nein – Coco würde das nicht überleben.

»Mir schwebt eine permanentere Lösung vor«, sagte Charles. »Ich habe das Gutachten über sie fertig. Abgesehen von den typischen blinden Flecken durch das Williams-Syndrom ist Coco begabt – intellektuell wie musikalisch. Das könnte für Adoptiveltern äußerst attraktiv sein. Und es gibt jede Menge Menschen auf langen Wartelisten, die durch ihr Vorwissen für die Adoption von Kindern mit speziellen Bedürfnissen qualifiziert sind. Oh, und noch ein günstiger Faktor: Cocos Großmutter hat ihr so viel Geld hinterlassen, dass für eine sehr gute Ausbildung gesorgt ist.«

»Geld, das die Adoptiveltern erben, wenn Coco etwas zustößt. Kein Kind sollte tot mehr wert sein als lebendig. Darüber muss ich eine Weile nachdenken.«

»Mallory, das ist nicht deine Aufgabe. *Ich* bin verantwortlich für sie.«

»Sie ist eine wichtige Zeugin, und es gibt jetzt einen Haufen Papier, der besagt, dass ich sehr wohl auch für sie verantwortlich bin. Sie geht nirgendwohin.«

Charles' Augen waren auf das Kind gerichtet, das sich gerade an eines der flimmernden Insekten heranschlich. »Ich sehe sie in einem kleinen Haus vor mir, an einer Straße mit vielen Schattenbäumen … mit zwei liebenden Eltern … und einem ganzen Garten voller Glühwürmchen. Meine Ansprüche sind also ziemlich hoch. Die von Coco nicht. Sie glaubt, wenn sie dich dazu kriegt, sie zu lieben, wirst du ihr jeden Morgen Frühstück machen. Und wenn sie einen Alptraum hat und im Dunkeln aufwacht, wirst du immer da sein. Das ist ihr kleiner Traum. Sie weiß nicht, dass dein Interesse ein Ende haben wird, sobald der Fall gelöst ist.« Charles verstummte, als die Kleine auf sie zugelaufen kam, die Hände zur Schale geformt und glücklich – nein, mehr als das, *triumphierend.*

Coco hielt Mallory ihre Beute hin. »Willst du mein Käferchen mal halten? Ich hol mir noch eins.«

»Klar.« Mallory nahm das Insekt von ihr entgegen, und jetzt schimmerte das kleine blinkende Licht zwischen ihren Fingern hindurch. Als das Kind sicher außer Hörweite war, sagte Mallory: »Coco bleibt so lange in New York, bis ich ein paar Verdächtige für eine Gegenüberstellung zusammenhabe.«

»Du weißt, dass sie den Hungerkünstler nicht identifizieren kann.«

»Aber das weiß mein Mörder nicht. Und Coco weiß mehr, als du denkst. Es kommt darauf an, ihr die richtigen Fragen zu stellen.«

»Es wird keine Vernehmung geben. Mallory, du hast dich mit den Regeln einverstanden erklärt. Du darfst nur das nehmen, was sie dir geben kann.«

»Ich weiß, dass sie in der Nacht, als Humphrey Bledsoe aufgehängt wurde, einem Mörder in den Ramble gefolgt ist.« Mallory betrachtete das Kind, das auf dem Parkweg stehen geblieben war, um mit einer kleinen Familie zu plaudern. »Schau dir das an. Sie geht einfach zu irgendwelchen Fremden, ganz egal, wer das ist. Aber du weißt, dass sie nie Kontakt zum Hungerkünstler aufgenommen hat. Sie behielt ihn in Sichtweite, aber sie *wusste,* dass er gefährlich ist.«

»Ich bin mir sicher, sie hatte Angst.«

»Du begreifst nicht, worum es mir geht, Charles. Sie wusste ganz genau, was in jener Nacht passierte.«

»Und dann verbrämte sie die Gewalt durch ein Märchen. Das war ihre einzige Möglichkeit, das emotionale Trauma zu verarbeiten.« Er wandte sich Mallory zu. »Ich werde es nicht zulassen, dass du sie einem Mörder gegenüberstellst. Lass dir das ein für alle Mal gesagt sein.«

Die Polizistin suchte in seinem allzu offenen, verräterischen Gesicht nach Zeichen der Schwäche, fand jedoch keine, was an der Enttäuschung, die kurz in ihrem Gesicht aufblitzte, zu erkennen war. Mallory schaute auf ihre geschlossene Hand hinab, in der immer noch ein zartes Glühwürmchen blinkte. »Wie weit reicht Cocos Sehkraft ohne Brille? Zwei oder drei Meter? Schätze, sie hat den Typen doch aus der Nähe sehen können, oder?«

»Aber würde sie ihn denn deutlich gesehen haben – im Dunkeln?«

»Es war Vollmond.«

Charles wies mit der Hand in Richtung des dichten Blätterdachs über ihren Köpfen, das den gesamten Himmel abschirmte. »So viel zum Thema Mondlicht.«

Mallory konterte diese Geste, indem sie den Mast einer Laterne berührte – und in genau dem Moment schalteten sich auf dem Waldweg alle Lichter ein. Als hätte sie es vorher gewusst. Jetzt wurde ihm klar, dass genau das der Fall war: Mallory hatte bei diesem Gespräch das Heft in der Hand gehabt, hatte jede seiner Reaktionen vorausgeahnt und ihn mit einem kleinen Zaubertrick verblüfft. Den Alptraum eines Kindes bis auf die Sekunde genau in Szene zu setzen – das konnte nur dem teuflischen Uhrwerk von Mallorys Gehirn entspringen.

Es hätte schlimmer kommen können. Charles war bloß einen

Augenblick lang sprachlos und ein wenig aus der Fassung gebracht. Doch wenn Mallory wollte, war er Wachs in ihren Händen.

»Also … sagen wir, das Kind hatte eine gute Sicht auf den Mörder«, sagte Mallory. »Coco könnte Angaben für einen Phantombildzeichner machen.«

»Nein, könnte sie nicht«, sagte Charles. »Der Zeichner würde ihr Suggestivfragen stellen müssen. Nach Cocos Beschreibung könnte der Mörder einen Meter groß sein oder so groß wie ein Haus. Ebenso unzuverlässig wären auch andere Charakteristika. Der Mann könnte drei Augen haben. Zwei rote Schwänze hatte sie ihm ja schon angedichtet.«

Mallory lächelte. »Das waren die Anschlusskabel für die Batterie. Wahrscheinlich trug der Täter seine Winde in einem Rucksack mit sich herum, und die Kabel hingen heraus.«

»Und voilà – schon haben wir ein Monster mit zwei roten Schwänzen.«

»Dann erinnert sich Coco also noch an mehr Einzelheiten aus jener Nacht.«

»Sicher.« Charles zog ein Blatt Papier aus seiner Tasche. »Das hier hat sie heute gezeichnet. Es ist ihre Vorstellung von der Sackkarre des Mannes.« Er klappte das Bild auf, eine kryptische Zeichnung verschiedener, nicht zusammenhängender Elemente. In einer Ecke befand sich ein Kreis inmitten eines Kreises, was wahrscheinlich ein Rad sein sollte. Auf der anderen Seite des Blattes sah man ein langgezogenes U. »Das dürfte der Griff sein.« In der Mitte der Kinderzeichnung war schließlich ein frei schwebendes Quadrat zu erkennen, mit schwarzem Stift vollkommen ausgemalt. »Ich denke, das soll die Transportplatte der Karre sein.« War es überhaupt nötig, darauf hinzuweisen, dass Coco offenbar Schwierigkeiten mit räumlichen Relationen hatte? »Hier haben wir also die frei schwebenden Einzelteile der

Sackkarre, aber wenn man nicht schon wüsste, was es ist – oh, Mann.«

Die kleine Jägerin war mit einem weiteren Glühwürmchen in der Hand zurückgekehrt. Dieses nahm Charles in seine Obhut. Mallory wies mit ihrer freien Hand auf die Zeichnung. »Coco, kann ich das haben?«

»Klar. Gefällt dir das *wirklich*?«

»Sehr. Und das hier ist mein Lieblingsteil.« Mallory zeigte auf das ausgemalte Rechteck.

»Das ist die schwarze Kiste.« Schon war Coco wieder weg, in Windeseile entwischt, mit nur einem kurzen Blick zurück, der heißen sollte: *Tschüss, tut mir leid, hab noch ein paar Käfer zu fangen.*

Als es Zeit war zu gehen, hatten Charles und Mallory keine Fäuste mehr frei, um die erbeuteten Glühwürmchen darin unterzubringen. Mit einem Kartenspielertrick gelang es Charles, alle Glühwürmchen, ohne ein einziges zu verlieren, in einem verknoteten Taschentuch einzusperren, das jetzt aussah wie eine erleuchtete Glühbirne. Als Charles Coco fragte, wie viele Glühwürmchen sie denn an diesem Abend gefangen hatte, wurde aus den fünf Exemplaren im Taschentuch eine Legion von einhundertundsechs.

Coco war immer bemüht, selbst die falschesten Zahlen korrekt anzugeben.

Die beiden Fahrgäste des Golfwagens wurden am Ausgang 81st Street herausgelassen, wo ein Polizeiwagen bereits darauf wartete, Charles und Coco nach Hause zu bringen. Dann bog Mallory mit dem kleinen Gefährt auf einen gepflasterten Weg ein, der sich südwärts in Richtung Yard schlängelte, einem Betriebshof für die Parkpflege, wo sie ihr eigenes Auto hatte stehenlassen. Als sie um das abgezäunte, etwa einen halben Hektar große, bewaldete Gelände des Betriebshofes herumfuhr, war jeder Schlauch und jedes Rohr, das man dort deponiert hatte, von der Straße aus sichtbar. Die Schaufeln von Schneepflügen standen hier ebenso wie ein kleiner Traktor und eine winzige Dampfwalze – Ausrüstung, die nur teilweise hinter Bäumen und Gestrüpp verborgen und nur durch einen Zaun geschützt war, den selbst ein Vierjähriger hätte überwinden können.

Sicherheitsstufe null.

Die Polizistin rollte durch das Tor und auf einen Parkplatz vor dem Gebäude, das zum Betriebshof gehörte. Hier sah sie den Mann, der ihr den Golfwagen geliehen hatte. Er hatte jetzt sein T-Shirt und die Jeans gegen einen dunkelbraunen Overall eingetauscht, der genau auf Cocos Beschreibung des Hungerkünstlers gepasst hätte. Mit einem vollen Müllsack in der Hand schlenderte er zu Mallory herüber.

»Sie arbeiten spät«, sagte Mallory.

»Ich bin ehrenamtlich hier und kann es mir einteilen.« Der Mann stellte den Müllsack neben dem Wägelchen ab. »Und für schwere Arbeit sind mir die kühlen Abendstunden lieber.«

»Der Overall sieht aber nicht nach Park-Kleidung aus.«

»Ist er auch nicht«, sagte er. »Vor ein paar Jahren habe ich den vom Klempner des Parks gekriegt, dem ich bei einem üblen Rohrschaden geholfen hatte. Ich trage ihn nur, wenn ich wie heute einen Job habe, bei dem ich richtig dreckig werde.« Der Mann zog einen seiner Handschuhe aus und nahm ihr die Schlüssel des Gefährts aus der Hand.

Mallory blickte zu den Bäumen hinüber, zwischen denen sich Maschinenteile und schwerere Ausrüstung verbargen. »Sie haben hier eine Sackkarre, um leichte Lasten zu transportieren – würden Sie die über Nacht draußen lassen?«

»Kleineres Zeug wie das hier wird eigentlich immer eingesperrt. Wenn Sie mich das gestern gefragt hätten, hätte ich Nein gesagt.« Er führte Mallory vom Gebäude weg über einen Pfad auf höher gelegenes Gelände, wo sie an einem Gabelstapler vorbeikamen, an dem einige Teile fehlten. Ein Lichtmast beleuchtete einen kleinen Friedhof für Maschinenteile, dessen Boden mit Motoren und rostigen Metallteilen übersät war.

Hier lehnte eine Sackkarre an einer Birke. Sie sah genauso aus wie Hellers Demonstrationsmodell, mitsamt Spanngurten, hatte jedoch eine zusätzliche Eigenheit: Eine metallene Halterung war zwischen die beiden langen Holme geschweißt worden. An ihr war eine Autobatterie angebracht – Cocos schwarzer Kasten.

»Die Karre gehört nicht hierher«, sagte der Parkarbeiter. »Keine Ahnung, wie lange die schon da steht. Ich hab sie gefunden, als ich heute aufgeräumt habe.« Er zeigte auf eine Stelle, die mit Gestrüpp dicht überwuchert war. »Sie lag dort drüben unter den Farnen.« Er trat gegen eines von den Rädern. »Die Reifen sind ein bisschen abgefahren, aber immer noch gut.«

»Die sind aufpumpbar«, sagte Mallory.

»Richtig.«

Sie sahen genau so aus wie die Reifen an Hellers Karre. Und Mallory wusste, sie würden genau zu den Abdrücken passen, die sie am ersten Tatort gefunden hatten. Sie starrte auf die schweren Handschuhe des Parkarbeiters. »Haben Sie die getragen, als Sie dieses Ding bewegt haben?«

»Oh ja.« Er schaute auf die ausgeschlachteten Maschinenteile zu seinen Füßen hinab. »Hier kann man sich überall Tetanus holen. Ich wäre blöd, wenn ich die nicht tragen würde.«

Als Mallory bei der Spurensicherung anrief, um zu sagen, man könne die Karre abholen, war es keine Überraschung, dass auch Heller noch so spät arbeitete. »Ich glaube nicht, dass Sie Fingerabdrücke finden werden«, sagte sie zu ihm. »Das Metall ist zu sauber.« Ganz im Gegensatz zu allem anderen, was in diesem Teil des Betriebshofes zu sehen war. Mit großer Genugtuung teilte sie ihm dann noch mit, es sei ihr gelungen, den Hersteller der Autobatterie zu identifizieren – ohne Hellers Karton voller sinnloser Listen auch nur anzufassen. »Ein Kinderspiel«, sagte sie.

»Nein, sie ist nicht im Park drübergestolpert«, sagte Heller zu dem aufstrebenden jungen Star in seiner Abteilung. »Und jetzt holen Sie diese verdammte Sackkarre.«

Pollard war schon halb aus der Tür, als Heller einfiel, es wäre fair, den Mann zu warnen – aber nur ein einziges Mal, denn eigentlich fand der alte Forensiker es besser, wenn jemand aus Schaden klug wurde. »Sichern Sie *alle* Beweismittel, John.«

»Hab ich denn etwas übersehen, Sir?« Pollard klang selbstgefällig, als wäre er sich vollkommen sicher, nichts übersehen zu haben.

Doch es gab tatsächlich einen Makel in der Arbeit dieses jungen Mannes. Er hatte sich in eine bestimmte Theorie zu dem Verbrechen verliebt und beschlossen, sich von der Wissenschaft abzuwenden und Detektiv zu spielen. Und dabei hatte er tatsächlich etwas übersehen. »Wenn Sie Mist bauen, frisst Mallory Sie bei lebendigem Leibe.«

John Pollard lachte, während er nach draußen ging. Offenbar hatte er also auch seine eigene Theorie über langbeinige Blondinen mit Knarren. Wahrscheinlich fand er Mallory … *niedlich.*

SECHZEHN

Heute Morgen sind meine Eltern total ausgerastet.
Sie suchen mich, laufen durch die Zimmer, schreien
meinen Namen. Dann findet mich mein Vater, wie ich
auf dem Boden des Schlafzimmerschranks erwache.
Ich weiß nicht, wie ich da hingekommen bin. Vielleicht
habe ich mich vor den Träumen von Aggy der Beißerin
oder Spider Girl hierhergeflüchtet. Humphrey erscheint
nie in meinen Alpträumen. Der Widerling kichert und
schlägt wie ein kleines Mädchen.
Doch da sitze ich nun in meinem Schlafanzug –
im Kleiderschrank. Mein Vater schüttelt den Kopf:
»Was zum Teufel ist los mit dir?«
Na ja, jetzt habe ich sowieso seinen Respekt verloren,
und so sage ich: »Ich habe ein furchtbares Leben.«
Und Dad geht einfach davon.

ERNEST NADLER

Nachdem er Coco zu Bett gebracht hatte, beschäftigte sich Charles Butler den Rest des Abends damit, den gebrochenen Rücken eines seltenen Buches zu restaurieren. Er saß an einem überladenen Tisch in der Werkstatt neben seiner Bibliothek. Es war ein kleiner Raum voller Leimtöpfe, Garnspulen und anderem Werkzeug, wie es sich ein Bibliophiler nur wünschen konnte – und einem herrlichen Frieden. Das einzige Fenster bestand aus dreifachem Lärmschutzglas und hielt die Geräusche von draußen fern, auch die Wände waren ziemlich dick. Allerdings hatte Charles als Zugeständnis an seinen kleinen Hausgast die Tür einen Spaltbreit offen gelassen.

Hierher kam er, um die Zwickmühlen seines Lebens aufzuarbeiten – zum Beispiel die Tatsache, dass Coco dabei war, eine Bindung einzugehen, die ihr schaden würde, wenn sie zerbrach. Er selbst versuchte wie immer, eine professionelle Distanz zu ihr zu wahren, und das Kind begriff sehr wohl die Art der Beziehungen von Ärzten, Zahnärzten und dergleichen zu ihren Patienten. Nein, das war nicht die Bindung, die ihm Sorgen bereitete. Jetzt hatte er in seiner kleinen Buchbinderwerkstatt zwar das Buch repariert und neu gebunden, doch für das Problem, wie er die Verbindung zwischen Coco und Mallory durchtrennen sollte, fand Charles keine Lösung.

In diesem Moment hörte er den Schrei.

Das Herz klopfte ihm bis zum Hals, während er aus seiner Werkstatt, durch die Bibliothek und den Flur entlang bis zu seinem Gästezimmer rannte. Mit ausgestreckter Hand schob er die Tür auf und trat ein. Ein Griff zum Lichtschalter, und die Lampe, die sich den Platz auf dem Nachttisch mit dem großen Weckglas voll gefangener Glühwürmchen vom Ramble teilte, wurde hell.

Coco war verängstigt und hob ihm die dünnen Ärmchen entgegen.

»Dann hast du also schlecht geträumt.« Er hielt die Kleine im Arm und wiegte sie. »Weißt du denn noch, was dir solche Angst gemacht hat?«

»Ja.« Coco wand sich aus seinen Armen und zog unter dem Kissen einen Gegenstand hervor, der so ähnlich aussah wie ein Handy.

Doch so eins hatte Charles noch nie gesehen.

Dieses winzige Telefon hatte kein Nummernfeld, weil Coco mit dessen Bedienung Schwierigkeiten gehabt hätte. Statt dessen befand sich darauf nur ein einzelner großer Knopf, der leuchtete, wenn das Kind ihn drückte. Die Abdeckung des Knopfes war etwas heller als ihre Umgebung aus Plastik, dennoch fügte sich diese Veränderung wie nahtlos in das kleine Gerät ein, als wäre sie maschinell hergestellt – und es war durchaus möglich, dass Mallory den Apparat selbst entwickelt hatte. Tatsächlich hatte sie ihn sogar *signiert*, denn der leuchtende Knopf hatte in der Mitte ein großes M in genau dem Rot des Nagellacks der jungen Polizistin.

Coco lächelte, denn nun war sie mit dem Menschen verbunden, den sie auf der Welt am allerliebsten hatte. »Ich hab schlecht geträumt«, sagte sie ins Telefon und lauschte einen Moment. »Es war was mit Ratten und Rädern … die quietschen beide … Ja, die Räder von dem Liefermann … ja, den ganzen Weg bis zum Baum.«

Charles nickte, obwohl sie diese Worte nicht an ihn gerichtet hatte. Geräusche waren für Menschen mit dem Williams-Syndrom ein Problem. Blitz und Donner konnten sie in Angst und Schrecken versetzen, während Staubsauger sie nur nervös machten. Der Liefermann und seine Geräusche waren jedenfalls die Geräusche eines Alptraums gewesen. Doch was auch immer Mallory zu dem Kind sagte, es hatte eine beruhigende Wirkung. Coco legte sich aufs Bett zurück, lächelte und schloss die Augen zu müden kleinen Schlitzen.

Charles streckte die Hand aus und fragte: »Darf ich?« Coco reichte ihm das umgebaute Handy und ließ sich dann tief in ihr Kissen fallen. Charles hielt sich das kleine Telefon ans Ohr. »Mallory? So war das nicht ausgemacht.« Seine Regeln hatten beinhaltet, dass es keine unbegleiteten Besuche durch die Polizei geben würde, *egal von welchem* Polizisten. »Dazu gehören auch heimliche Telefongespräche …«

»Leg das Handy wieder unter ihr Kissen«, sagte Mallory statt einer Antwort, und es war ein Befehl. »Wenn du das nicht tust, weint sie.« Nach diesem kurzen Akt emotionaler Erpressung war die Verbindung unterbrochen.

Die Kleine streckte die Händchen aus, um das Telefon zu nehmen, und Charles gab es ihr zurück, weil er diese neue Verbindung zu Mallory nicht kappen konnte, ohne noch mehr Traumata zu verursachen – und Tränen.

Der Schaden ging einfach weiter und weiter.

Und wann – genau *wann* – hatte Coco eigentlich dieses Handy mit dem einzelnen Knopf bekommen?

Seit dem Moment ihrer Ankunft und bis zu ihrer Abfahrt vom Ramble hatte Charles die Polizistin nicht aus den Augen gelassen. Doch was war später, lange nach Einbruch der Dunkelheit: Hatte Mallory sie vielleicht von der Straße aus beobachtet? Hatte sie das Licht in seinem Werkstattfenster gesehen? Ja. Genau das wäre die Gelegenheit für sie gewesen, in seine Wohnung einzudringen und dem kleinen Mädchen einen Besuch abzustatten.

Es gab kein Schloss der Welt, das Mallory aufhalten konnte.

Charles ging zur Schlafzimmertür, streckte die Hand nach dem Lichtschalter und knipste die Lampe aus – doch das Licht erlosch nicht. *Wie bitte?* Er starrte das Weckglas mit den eingesperrten Insekten auf dem Nachttischchen an. Leuchtete es nicht noch heller als vorher? Tatsächlich. Seit er das Kind zu Bett gebracht hatte, war die Zahl der Glühwürmchen um ein Vielfaches gestiegen – und nachgeholfen hatte niemand anderes als Mallory, die verstohlenste aller Diebinnen, eine Meisterin auch im Fangen von Leuchtkäfern.

Es war das schönste Nachttischlämpchen, das ein Kind sich wünschen konnte.

Im Revier brannte nur ein schummriges Licht, doch der Computerraum weiter hinten am Flur, Mallorys Domäne, war hell erleuchtet. Während ihrer dreimonatigen Abwesenheit hatten sich die anderen Cops, die sich nur mit ihren eigenen Laptops auskannten, in diesem kleinen Refugium voller Elektronik, Kabeln und Computerteilen, die zu aberwitzigen Konstrukten zusammengestöpselt waren, verloren gefühlt. Jetzt bemerkte Riker, dass seit der Heimkehr seiner Partnerin vor vier Wochen noch deutlich mehr technisches Spielzeug hinzugekommen war.

Früher hatte sie das hier nach der Schule einmal zu ihrem Spielplatz gemacht. Damals, als sie noch um einiges kleiner und erst zwölf oder dreizehn Jahre alt gewesen war, hatte es sich bei den Computern der Special Crimes Unit um ausgediente Veteranen aus anderen Abteilungen gehandelt, die immer wieder abstürzten und völlig nutzlos waren. Dann hatte Lou Markowitz' Ziehtochter eine natürliche Affinität zu diesen Maschinen gezeigt, und eines Nachmittags ließ Lou sie auf diese elektronische Spielwiese los.

Soweit sich Riker erinnerte, war höchstens eine Stunde vergangen, als das Gör sich in Lous Büro geschlichen und gesagt hatte: »Mit den richtigen Ersatzteilen kriege ich die Computer hin wie neu.«

Der ehemalige Leiter des Dezernats war damals mit einem Mordfall beschäftigt gewesen, und so hatte Lou diesen Beginn einer ganz neuen Serie von Gesetzesverstößen glatt verpasst – obwohl er höchstselbst ihr Vorschub geleistet und Mallory die Formulare gegeben hatte, die sie brauchte, um sich ihre Computerteile zu besorgen. Dann begannen die Kartons im Dezernat einzutreffen – keine *kleinen* Schachteln mit Ersatzteilen, sondern große, *riesengroße* Kartons, *neue* Computer. Bei der ersten Lieferung war Lou noch verblüfft gewesen. Was sollte das? Es gab nichts Schriftliches, um diese Bestellungen zurückzuverfolgen, und niemand hatte ihn auch nur gebeten, die Lieferung abzuzeichnen. Dann hatte er bemerkt, wie Kathy ihre Beute den Flur entlang zum Computerraum schleppte, und er hatte weggeschaut – *jahrelang.* Vielleicht hatte der alte Mann das ja als eine Art Fortschritt betrachtet: Seine kleine Gaunerin stahl nun für einen höheren Zweck.

Die erwachsene Kathy Mallory würde sagen: ja, *genau.*

In gewisser Weise war es dem Mädchen immer darum gegangen, es Lou heimzuzahlen, dass er ihrer kindlichen Karriere als Straßendiebin ein Ende bereitet hatte. Doch kaum waren Kathys Bedürfnisse nach gestohlener Hardware befriedigt, entdeckte sie eine ganz andere, neue Welt von Dingen, die man auf dem Superhighway der Information klauen konnte. Das Kind legte sein Diebesgut auf Lous Schreibtisch: Seiten um Seiten entwendeter Informationen von Datenbanken, bundeseigenen und privaten. Wie oft hatte sie es geschafft, dass dem alten Mann einen Moment lang vor Schreck das Herz stehenblieb? Jedes Mal, wenn sie sich in Lous Büro geschlichen hatte, um ihm eines ihrer Beutestücke … *darzubringen* wie ein Geschenk, trug Kathy dieses *Siehst-du*-Lächeln auf dem Gesicht.

Mysteriöses Balg. Das war Rikers Gedanke bei diesen seltsamen Momenten gewesen, obwohl er sonst nie solch komplizierte Worte in den Mund nahm. Dieses kleine, verhaltene Lächeln von ihr machte ihn wahnsinnig. Und dann, eines regnerischen Abends, nachdem in einer Stammkneipe der Cops um die Ecke schon drei Runden geflossen waren, hatte Lou Markowitz dieses Rätsel aufgeklärt, indem er sagte: »Kathy glaubt, sie stiehlt mir die Seele … und das stimmt.« Dann hatte der alte Mann sein Glas gehoben und einen Trinkspruch auf sie ausgebracht: »Das ist mein Mädchen.«

An diesem Abend räumte Riker einen kleinen Tisch ab und deckte ihn mit Servietten aus dem Deli und Sandwiches ein. Das köstliche Aroma von heißem Pastrami erfüllte den Computerraum. »Der Parkarbeiter ist sauber, kein Eintrag im Vorstrafenregister. Als der CSI-Typ die Sackkarre abgeholt hat, hat er auch den Overall mitgenommen. Pollard sagt, die kann man an jeder Ecke kaufen.« Hörte Mallory ihm überhaupt zu? Nein, sie kommunizierte mit ihren Computern, wandte sich von einem Bildschirm zum nächsten.

Riker gab ihr eine Dose mit eiskaltem Bier in die Hand – *Ladys first* – und drückte bei seiner eigenen Büchse die Blechlasche nach innen. »Coffey hat übrigens nie unseren Computer-Support angerufen, als du weg warst.« Riker ließ sich in dem Stuhl neben ihr nieder. »Er war sich nicht sicher, ob dieses Zeug hier legal ist.«

Mallory tippte auf ihrer Tastatur, die Augen auf den Monitor gerichtet, wo das Logo des Violent Criminal Apprehension Program, abgekürzt ViCAP, zu sehen war. Vor einigen Tagen hatte der finstere Detective Janos dieses Zugriffsprogramm der Bundesbehörde dazu benutzt, eine bundesweite Suche nach alten Kriminalfällen zu starten, die zum Profil des Hungerkünstlers passen könnten. Janos hatte jedes Protokoll des FBI eingesehen, hatte unendlich viele nervige Fragen beantwortet, Anhänge geschrieben und für jedes Opfer eine eigene Akte angelegt. Trotzdem stand er nach all der Arbeit mit leeren Händen da.

Heute Abend besuchte Mallory dieselbe Website der Bundesbehörde, wobei sie jedoch weder mit einem Passwort höflich anklopfte noch eine Dienstnummer eintippte oder sonst Spuren hinterließ. *Zugang durch die Hintertür* war ihre Bezeichnung dafür, dass sie das FBI vorführte. »Es gab bessere Orte als den Ramble, um diese Leute aufzuhängen«, sagte sie. »Es ist nicht mehr wie früher, wo man dort einen Elefanten verstecken konnte.«

»Ja«, meinte Riker. »Heutzutage hätte irgendein Ornithologe jederzeit die Säcke entdecken können.« Obwohl Säcke in Bäumen nicht unbedingt gleich der Polizei gemeldet wurden. »Vielleicht suchen wir nach einem Täter, der das Risiko liebt.«

»Nein«, erwiderte Mallory. »Ich glaube, er hat aus der Vergangenheit irgendeinen Bezug zum Tatort.«

Riker sah seiner Partnerin dabei zu, wie sie sich an dem langen Fragebogen des FBI sauber vorbeimogelte, weil sie keine Einmischung durch einen Verbrechensanalytiker der Behörde wollte. Sie schob eine CD ein und ließ ihr kleines Haustier auf den Rechner los: einen Virus namens Good Dog, ein virtuelles Hundetier, das vollkommen außer Rand und Band geraten, Sicherheitszäune überspringen, sich durch jede Datei buddeln und durchaus einen Knochen mit nach Hause bringen konnte. Mallory vermied bewusst die Erwähnung von Winden, Säcken oder Flaschenzügen, auch von Batterien oder Bohrern. Stattdessen tippte sie nur wenige karge Worte als Beschreibung für den Knochen ihres Hundes ein. Central Park, NYC, Entführung, Aufhängen.

Einfach. Elegant. Riker gefiel es. Die wenigen Worte garantierten eine kurze Liste von Ergebnissen, denn ob man am Hals aufgehängt wurde oder in einem Sack – jede Form des Hängens war ein seltenes Verbrechen.

»Ich hab einen Treffer.« Mallory tippte auf eine Taste, um die Seiten auszudrucken. »Keine Übereinstimmung – nur ein Fragebogen aus einer anderen Suchanfrage.«

»Und es war nicht Janos.« Riker überflog die Seiten, die aus der Luke des Druckers kamen. »Das ist ein uralter Fall – hundertachtundvierzig Fragen.« Diese frühere Suchanfrage stammte noch aus einer Zeit, bevor die Formulare des ViCAP verschlankt worden waren. Vor ganzen fünfzehn Jahren hatte ein Detective aus New York diese Beschreibung eingegeben, um in der Datenbank nach einem ähnlichen Verbrechen zu suchen. Damals hatte das FBI keine Übereinstimmungen gefunden.

Eine Stunde später, als die Detectives mit ihrem späten Abendessen fertig waren und alles durchgelesen hatten, sagte Mallory: »Du *weißt*, dass da was nicht stimmt.«

Riker nickte. Dieser alte Fall hätte damals Schlagzeilen machen müssen. »Das ist die Art Verbrechen, die man nicht vergisst.« Trotzdem hatte er noch nie von einem Kind gehört, das im Ramble aufgehängt worden und gestorben war. Wie konnte das sein?

Mallory zeigte ihrem Partner mit einem langen roten Fingernagel eine Stelle, die den Urheber dieser frühen Suche benannte.

»Du meine Güte«, sagte Riker. »Der Kollege war Rocket Mann?«

Der Spitzname weckte alles andere als gute Erinnerungen. Eigentlich Rolland Mann, hatte dieser frühere Detective, in jeder Hinsicht ein durchschnittlicher Polizist, einen raketenhaft schnellen Aufstieg in der Polizeihierarchie hingelegt, und das aus keinem klaren Grund außer dem, was man allgemein mit *schmutzig* bezeichnete. Heute stand der Mann nur noch einen Rang unterhalb von Police Commissioner Beale, dem Polizeipräsidenten.

»Das ist schlecht.« Riker nahm seine Ausgabe der *Post* zur Hand, um ihr einen Artikel zu zeigen. »Schau mal, hier.« Die Überschrift in großen Lettern lautete: TOP COP – HERZSTILLSTAND. Der alte Beale wartete im Krankenhaus auf seine Bypass-Operation.

»Dadurch rückt Rocket Mann nach und wird amtierender Polizeipräsident.« Mallory klapperte auf der Tastatur, bis sie in einem Archiv der New Yorker Polizei gelandet war. Langsam scrollte sie sich durch die Inhalte. »Mann hat nie offiziell in dem Fall des Jungen ermittelt. Niemand hat das. In jenem Jahr gab es im Ramble nur typische Überfälle und Morde.«

Riker schaute ihr über die Schulter und las die für die Website spezifische Liste toter Junkies und Penner. Ein Tourist war erschossen, ein weiterer erstochen worden.

»*Keine* Kinder«, sagte Mallory. »Nichts, was zu Rocket Manns Anfrage passen würde. Der Fall wurde auf Eis gelegt … und jetzt müssen wir ihn fragen, warum.«

Der amtierende Polizeipräsident durfte offiziell keine Befragung verweigern, doch Rolland Mann konnte dem Cop, der sie beantragte, durchaus die Hölle heißmachen. Wenn man das Protokoll befolgte und die Hierarchie beachtete, bei der ein Rang dem nächsthöheren unterstellt war, würde folglich der erste Mann in der Schusslinie ihr eigener Vorgesetzter Jack Coffey sein, der Chef der Special Crimes Unit.

Riker hob seine Bierdose und prostete seiner Partnerin zu. »Na ja, meine Kleine, so kriegst du deine Rache für einen Monat Schreibtischdienst. Wenn du Coffey sagst, dass wir Rocket Mann befragen müssen, platzt dem Lieutenant der Schädel.«

Mallory stupste ihre Bierdose an seine. »Prost! Auf die guten Zeiten!«

SIEBZEHN

Diesmal ist die Haut verletzt, und ich blute durch meine Socke. Um die Mittagszeit schaut sich Phoebe meinen blutigen Knöchel an und sagt, es sei zu schade, dass Aggy wegen ihrer Familie nicht von der Schule fliegen kann. Sonst würde man sie wie einen tollwütigen Hund, der Menschen beißt, einschläfern lassen.

ERNEST NADLER

Mrs. Buford, eine ältere Dame, ging in ihren rosa Flauschpantoffeln unruhig auf und ab, denn sie wartete auf die Zeitungslieferung. Gestern war ihr die *Times* geklaut worden, und sie verdächtigte einen Nachbarn am Ende des Flurs. Dieser Mensch konnte nicht die geringste Ahnung haben von der schrecklichen Wichtigkeit, die Mrs. Buford ihrer Morgenzeitung beimaß. Das Kreuzworträtsel war für sie wie eine Landkarte mit den Wahrzeichen ihrer Alzheimer-Erkrankung, denn jedes Feld, das sie nicht ausfüllen konnte, gemahnte sie an ihr schwindendes Repertoire von Wörtern und Namen. Alt werden war einfach ein Desaster.

Sie schaute auf die Wanduhr. Wo blieb denn nur dieser verdammte Zeitungsjunge?

Sie hielt die Luft an. Ah, da war es, das leise *Plopp*, mit dem die *Times* auf ihre Fußmatte vor der Wohnungstür fiel. Mrs. Buford öffnete die Tür und hörte, wie weitere Zeitungen vor den Türen der Nachbarn landeten. Sie wartete darauf, dass die Frau von gegenüber ihre Zeitung holte, denn ihr »Guten Morgen!« war ein weiteres Highlight in ihrer morgendlichen Routine.

Oh, nein. Diesmal öffnete deren Ehemann die Tür, ein überaus beunruhigender Zeitgenosse. Rolland Mann war ein Mensch, bei dem sich Mrs. Buford aus unerfindlichen Gründen fühlte, als würden ihr tausend Ameisen unter der Haut krabbeln. Er arbeitete beim Staat, wenn sie sich recht erinnerte, was kaum zu einer Wohnung in einem Luxuswolkenkratzer passte. Na ja, wahrscheinlich war er irgendein hohes Tier in der Politik, jedoch ganz gewiss nicht in ein Amt gewählt worden, nicht mit diesem schwachen Kinn, diesem teigigen Fleisch. Auch sein Haar war an einigen Stellen schon ziemlich spärlich, was Mrs. Buford an einen nervösen Cousin von ihr erinnerte, der sich das Haar immer büschelweise ausgerissen hatte. Als Mann sich jetzt bückte, um seine *Times* aufzuheben, fiel ihr Blick auf seine langen, spinnenartigen Finger. In diesem Moment schaute er mit Reptilienaugen zu ihr empor und ersetzte das Bild der Spinne durch ein anderes, das nicht minder beunruhigend war.

Kaltblütige *Schlange.*

Nein, warte – nicht etwas so Erhabenes.

Kaltblütiger *Wurm.*

»Guten Morgen!«, rief sie ihm zu. Herzlich wie immer, verbot sich Mrs. Buford auch heute die Frage, ob er denn schon seine Frau ermordet habe. Denn Mrs. Buford hatte seit langem den Eindruck, dass die Ärmste nur unter Druck bei ihrem Angetrauten blieb, und solche Ehen mussten schlecht enden.

Er nahm keine Notiz von ihr.

Unhöflicher Kerl.

Rolland Manns Augen ruhten auf der Titelseite. Ein Bericht hatte ihn gebannt, seine Finger lagen leicht verkrampft auf den Kanten der Zeitung. Und sein Gesicht war noch leichenblasser als sonst.

Die ältere Frau schaute auf ihre eigene Ausgabe der *Times* hinab. Die Schlagzeile erwähnte einen Titel, der ihr bekannt vorkam. Etwas, das sie in der Schule gelesen hatte. Dinge, die weiter zurücklagen, waren in ihrem Gedächtnis immer noch am besten präsent. Ja, es war der Titel einer Kurzgeschichte von irgendeinem Russen – oder vielleicht auch einem Deutschen. Jedenfalls ein Klassiker. Der Artikel bezog sich auf eine Geschichte aus der gestrigen, leider gestohlenen Ausgabe. Die Polizei hatte eines der Opfer des »Hungerkünstlers« als Humphrey Bledsoe identifiziert.

Ihr Nachbar von gegenüber schlich in seine Wohnung zurück und schloss die Tür hinter sich – leise wie ein Dieb.

Obwohl es an Pathologen heute keinen Mangel mehr gab, galt dies ebenso auch für Leichen, und so musste der Chefpathologe höchstpersönlich ans Werk und hatte sich einen Sichtschutz aus Plexiglas sowie Latexhandschuhe übergezogen.

Detective Mallory blickte auf den Leichnam auf dem Obduktionstisch hinab. Der tote Mann war nackt und gewaschen, alles war für den ersten Schnitt an diesem Morgen bereit. »Der kann noch warten.«

Dr. Edward Slope nickte zustimmend. Natürlich. Dieses Opfer einer Schusswunde, ein Mann mittleren Alters, war ja auch nicht *ihre* Leiche, oder? Nein, der gehörte in ein ganz anderes Revier. »Hauen Sie ab, Kathy.«

Mallory war schon den ganzen Tag die Artigkeit in Person gewesen und hatte ihm sogar durchgehen lassen, dass er sie mit Vornamen ansprach, doch jetzt stützte sie beide Hände in die Hüften, untrügliches Zeichen dafür, dass sie gleich alle Geschütze auffahren würde. »Schneiden Sie Humphrey Bledsoe zuerst auf.«

»Das hier ist *mein* Laden. Hier entscheide ich, wer – he!« Der Doktor schaffte es gerade noch, nach einem Skalpell zu greifen, bevor sie den Tisch mit seinen Instrumenten beiseiteschob. »Für die Bledsoe-Obduktion besteht keine Eile. Ich warte immer noch auf die Identifizierung durch ein Familienmitglied.«

»Schon erledigt«, sagte Mallory. »Mrs. Driscol-Bledsoe hat ihren Sohn im Krankenhaus identifiziert.«

»Das habe ich von Grace aber anders gehört. Sie hat sich auf die Identifizierung durch die Polizei verlassen, als sie …«

»*Grace?* Sie *kennen* die?«

»Ja.« Und was hatte er jetzt schon wieder verbrochen? »Natürlich kenne ich sie. Das Driscol Institute finanziert die Hälfte der laufenden Kosten für meine Entzugsklinik – dank Grace.«

Viele Ärzte hatten ein Haus auf dem Land; Edward Slope hatte auf dem Land eine Klinik für Drogenabhängige. Slopes Hang zu Überstunden an lebendigen Patienten – die zu allem Übel auch noch unbezahlt waren – hatte Mallory nie verstanden. In ihrer Welt war nur ein toter Junkie ein guter Junkie.

»Wenn Sie das nächste Mal in meine Klinik kommen, lesen Sie mal die Stiftungstafel in der Lobby. Sie werden Grace Driscol-Bledsoes Namen an oberster Stelle eingraviert finden. Eine sehr großzügige Person. Sie ist Vorsitzende des Kuratoriums für die …«

»Wie viel Geld hat sie eigentlich?«

»Mindestens eine Milliarde, wahrscheinlich mehr.« Slope legte sein Skalpell auf dem Obduktionstisch ab – die Versuchung war zu groß … »Sagen Sie bloß nicht, dass Sie hinter den Ramble-Morden ein finanzielles Motiv vermuten.«

»Diese Frau hat ihren Sohn im Krankenhaus erkannt – ohne Zögern. Das ist eine *Tatsache.* Ich frage mich also, warum sie sich noch einmal hierherbemühen muss, um ihn zu identifizieren.« Die junge Polizistin verschränkte die Arme und schaute ihn mit ernstem Argwohn an. »Und was für *andere* städtische Beamte gehören ihr noch?«

»Das war jetzt unter der Gürtellinie, Kathy. Aber ich habe einen Vorschlag: Fragen Sie sie doch selbst.«

»Wir kommen an ihren Anwälten nicht vorbei – und am Bürgermeister.« Mallory starrte finster zu dem toten Körper auf dem Tisch, der einen Platz *vor* ihrer Leiche dran war. »Dann räumen Sie also einer Freundin besondere Privilegien ein?«

Biss er bei diesem Köder etwa an? Nein. »Grace bekommt nur das, was ihr zusteht. Sie sagte, sie würde irgendwann heute vorbeischauen. Ich werde die Autopsie ihres Sohnes persönlich vornehmen, okay? *Morgen.*«

»Sie muss jetzt vorgenommen werden.« Mallory stand unverrückbar zwischen dem Doktor und dem Tisch mit seinen Instrumenten. »Ich habe mit dem Bestattungsinstitut ausgemacht, dass sie den Leichnam in drei Stunden abholen. So viel Zeit haben Sie.«

»*Sie* haben das ausgemacht?« Edward Slope nahm das Plexiglasvisier ab. Wurde er nicht langsam zu alt für diese Revierkämpfe? *Verdammt, nein.* »Ihnen ist diese Autopsie doch scheißegal. Sie wird Ihnen nichts bringen, was Sie nicht schon wissen.« Klang er ausreichend genervt? Hoffentlich. »Es geht hier um das Begräbnis, stimmt's? Ich verstehe ja Ihr Interesse an Opferbegräbnissen, aber seit wann bestimmt die Polizei, wann sie stattfinden? Haben Sie der Familie überhaupt gesagt, *was* Sie ausgemacht haben?«

»Nein, Edward, hat sie nicht.« Die Stimme von Grace Driscol-Bledsoe hallte an den gefliesten Wänden wider. In Begleitung eines Bediensteten des Leichenschauhauses stöckelte die elegante Rothaarige auf hohen Absätzen durch den großen Raum. Eine weitere Frau, ein Mauerblümchen ganz in Schwarz, trat auf Gummisohlen ein paar Schritte hinter ihr ein. Sie wurde Slope nicht vorgestellt.

Die Society-Dame ergriff beide Hände des Doktors, zog ihn

zu sich heran und küsste die Luft zwischen seinen Händen, um ihren Lippenstift nicht zu verschmieren. »Der Direktor des Bestattungsinstituts hat mir vor zwanzig Minuten Bescheid gesagt. Seine Leute bestatten meine Leute schon seit langer, langer Zeit. Das Begräbnis meines Sohnes war bereits an dem Tag geplant, als er auf die Welt kam.« Sie schenkte Mallory ein hinterhältiges Lächeln. »Aber üblicherweise setzt die *Familie* das Datum fest. Stellen Sie sich also meine Überraschung vor, als der Direktor mich anrief – aus heiterem Himmel –, um mich nach meinen Wünschen bezüglich Musik und Blumenschmuck zu befragen … für die *morgige Bestattung.*«

Als die Polizistin sich ihr näherte, reichte ihr Grace Driscol-Bledsoe eine Visitenkarte und sagte: »Rufen Sie meinen Anwalt an.«

Übersetzung? *Abflug.*

Der Chefpathologe amüsierte sich köstlich. Er reichte der Dame einen Arm und eskortierte sie persönlich zu dem Kühlraum, wo Humphrey Bledsoes sterbliche Überreste auf ihre amtliche Identifizierung warteten. Die junge Polizistin blieb zurück und überlegte, was sie wohl falsch gemacht hatte.

Oder richtig.

Als der Chefpathologe und seine großzügigste Förderin vor dem Guckfenster der Kühlzelle standen, öffnete sich ein Vorhang und gab den Blick auf eine Leiche frei, die weit jenseits des Fensters aufgebahrt war. »Das ist mein Sohn«, sagte Grace. Ohne Zögern. Genau deshalb kam in Dr. Slope zum ersten Mal das Gefühl auf, dass etwas … *daneben* war.

»Kein Wunder, dass meine Tochter ihn nicht erkannt hat. Edward, mein Lieber, bitte versuchen Sie, ihn nicht allzu schlimm zuzurichten. Man hat mir gesagt, Detective Mallory habe eine Zeremonie mit offenem Sarg angeordnet.«

Die Frau reichte ihm einen kleinen, rechteckigen Umschlag,

auf den ihr Name und ihre Adresse eingeprägt waren. Sein eigener Name stand in schwungvoller Handschrift vorne drauf – wie bei der Einladung zu einer Party. Er öffnete das Kuvert. Ja – eine Party, ein rein gesellschaftliches Ereignis. Sein Blick wanderte von lächelnder Mutter zu ermordetem Sohn. Offenbar waren die Reichen *wirklich* anders.

Die Korkwände der Einsatzzentrale sahen durch die neuen Leichenfotos, die kürzlich aus der Pathologie gekommen waren, noch blutrünstiger aus als sonst. Aus unerklärten Gründen hatte Dr. Slope es sich anders überlegt und die Obduktion von Humphrey Bledsoe beschleunigt.

Sechzehn Detectives saßen wie Zuschauer auf Metallklappstühlen. In Vorbereitung auf das heutige Briefing war ein langer Tisch nach vorne gerückt worden, auf dem ein Mann von der Spurensicherung alle Beweismittel und Requisiten ausgelegt hatte, die benötigt wurden, um die Funktionsweise der Mordausrüstung des Hungerkünstlers zu simulieren. Lieutenant Coffey musterte das Arrangement von Textilband, Seil und Sack, gefolgt von einem Flaschenzug, einem Akkuschrauber, langen Schrauben und einer Metallplatte hinab. *O Herr, lass Abend werden.* Als Nächstes kamen eine Winde und eine Fernbedienung – alles da, außer den Bäumen. *Ach du Scheiße, nein:* Die CSI hatte sogar die Bäume mitgebracht. Eine kreisrund ausgesägte Holzscheibe, mit Rinde bedeckt, wurde neben ein Stück Ast drapiert.

Der Vortrag hatte noch nicht begonnen, doch die Cops waren schon jetzt zu Tode gelangweilt. Zu allem Überfluss lehnte Jack Coffey an der Tür und schnitt ihnen ihren einzigen Fluchtweg ab.

»Schätze, ihr seid nie den Inhalt des Kartons durchgegangen.« John Pollard lächelte über seinen eigenen, mittlerweile etwas lahmen Running Gag über den Papierberg nutzloser Spuren.

Keiner der Detectives lachte, doch es zog auch keiner die Waffe. Vielleicht waren ja doch alle bereit, das Kriegsbeil mit der CSI endlich zu begraben.

»Euer Täter hat die Ausrüstung für die Morde sehr umsichtig und vor langer Zeit besorgt.« John Pollard hielt einen Beweismittelbeutel mit einem zusammengerollten Seil in die Höhe. »Diese Marke hier ist seit fünf Jahren nicht mehr im Handel. Sie wurde in der Länge von zweiundvierzig Metern verkauft. An jedem Tatort wurden vierzehn Meter gefunden.« Und dann, als könnten die Cops nicht rechnen, fügte er erklärend hinzu: »Der Täter hat also das ganze Seil aufgebraucht.« Er hob einen grünen Sack in die Höhe. »Diese Dinger hier wurden nur in einer einzigen Auflage hergestellt und überall in der Stadt getestet – auf Docks, in Lagerhäusern. Das war vor vier Jahren. An die Öffentlichkeit wurden sie nie verkauft. Folglich hat der Hungerkünstler sie entweder gefunden oder gestohlen.« Pollard ließ den Blick über die etwas gewöhnlicheren Gegenstände auf dem Tisch schweifen. »Nichts von dem hier würde mehr als ein paar hundert Dollar kosten. Der Täter hat bar gezahlt. Darauf könnt ihr Gift nehmen«, sagte er, offenbar in der Annahme, ein ganzer Raum voll alter Hasen bräuchte seine Hilfe, um zu diesem Schluss zu kommen.

Sie alle schauten ihn mit Augen an, in denen nur zwei Worte standen: *Verpiss dich.*

Nun rollte Pollard die Karre heran, die Mallory im Park gefunden hatte. »Keine Fingerabdrücke. Sie war sauber abgewischt, aber ich habe die Seriennummer zurückverfolgt. Sie wurde an einen Landschaftsgärtner aus Queens verkauft. Der Typ hat vor ein paar Jahren das Zeitliche gesegnet. Ich habe mit seiner Witwe gesprochen. Sie sagt, ihr Mann habe diese aufblasbaren Reifen vom Gokart ihres Jungen abmontiert.«

Überall im Raum hoben sich die Köpfe. *Jetzt* hatte Pollard

ihre ganze Aufmerksamkeit, denn er hatte mit der Befragung dieser Frau eine Grenze überschritten. Anders als andere in Hellers Truppe war das hier schließlich ein Zivilist – kein Cop, keiner von ihnen.

Pollard klatschte mit der Hand auf die schwarze Autobatterie, die zwischen den langen Holmen der Karre befestigt war. »Diese Batterie hier versorgte einen Unterzug, mit dem man große Gewichte auf Dächer oder Terrassen hochhieven kann. Billiger, als einen Kran zu mieten. Der Landschaftsgärtner hat nämlich schwarzgearbeitet – keine Zahlungsbuchungen, keine Kundendatei. Diese Karre wurde vor sieben Jahren an einer Stelle, wo er gearbeitet hat, gestohlen. Die Witwe weiß nicht mehr, bei welcher. Sie erinnert sich nur noch daran, dass ihr Mann an dem Tag in Manhattan gearbeitet hat.«

Und an was hätte sich die Witwe erinnert, wenn ein richtiger Detective diese Befragung durchgeführt hätte? Jack Coffey konnte den ersten Fluch, der ihm in den Sinn kam, gerade noch unterdrücken.

Pollard kehrte an den Tisch zurück und schloss mit einer ausladenden Geste alles ein, was darauf lag. »Wir haben jedes Detail herausgefunden.« Gegenstand um Gegenstand begann er ihnen die sterbenslangweilige Geschichte zu erzählen, wie sie all diese Indizien aus den Bohrlöchern in der Baumrinde geschlossen hatten. Dann endlich – *endlich!* – hob der Winzling beide Hände, um ihnen zu sagen, seine Zaubershow sei beendet. Vielleicht erwartete er ja sogar Applaus.

Auf den konnte er warten, bis er schwarz war.

»Sie haben ein paar Sachen ausgelassen«, sagte Mallory aus der letzten Stuhlreihe. Und Pollard tat, als hätte er es nicht gehört.

Jack Coffey schüttelte warnend den Kopf, doch vergeblich, wie schon so oft. Mallory stand von ihrem Platz auf und ging nach vorne. *Verdammt noch eins!* Gerade wenn alles so gut lief – und sie den tollsten Versöhnungssex mit der CSI hatten – musste Mallory sich diesen Knaben vorknöpfen!

Sie stellte ein Fläschchen auf den Tisch. »Das hier ist Chloroform. Es gehört in die Mordausrüstung.«

»Nein, glaube ich nicht.« John Pollard schenkte ihr ein gönnerhaftes Lächeln. »Ich kann Ihnen die Röntgenaufnahmen des Schädels aus der Pathologie zeigen. Die Opfer wurden durch einen Schlag auf den Hinterkopf …«

»Zwei von ihnen wurden *betäubt*«, sagte Mallory. »Nur Willy Fallon wurde so hart geschlagen, dass sie das Bewusstsein verlor. Der Täter musste seine Opfer ruhigstellen.« Sie hob das Textilband hoch. »Und das reicht dafür nicht.« Sie riss ein Stück Band ab und klebte damit Pollards Mund zu. »Wenn Sie Krach machen wollen, können Sie das so immer noch. Versuchen Sie's mal.«

Und ob er Krach machte! Das Geräusch, das er verursachte, klang wie das Brummen einer aufgeregten Mücke mit Verstärker. Als Pollard die Hände hob, um das Band abzureißen, gab sie ihm einen Klaps auf die Hände. »Nein, nicht schummeln.« Sie benutzte noch mehr Band, um ihm die Hände auf dem Rücken zu fesseln.

Der Lieutenant wusste, dass es an der Zeit war einzuschreiten, doch ein Blick rundum sagte ihm, dass das gesamte Dezernat hinter Mallorys schlechtem Benehmen stand. Sie fanden es *toll.* Kathy war wieder eine von ihnen, und das um den geringen Preis der Würde eines Fatzkes.

Jack Coffey lächelte. Damit konnte er leben.

Jetzt hingen alle an Mallorys Lippen. »Wir haben einen Zeugen, der unseren Täter in einem Overall als Lieferanten posieren sieht. So bekommt er die Leute dazu, ihm die Tür zu öffnen. Dann streckt er das Opfer mit einem Schlag auf den Hinterkopf nieder.« Sie schaute auf den Tisch voller Gegenstände und wandte sich dann dem gefesselten Pollard zu. »Ihr habt euch so von euren kleinen Bohrlöchern mitreißen lassen, dass ihr nie Beweismittel für die Angriffe selber gesammelt habt.«

Mittlerweile machte Pollard jede Menge Krach – trotz des Klebebandes auf seinem Mund. Vielleicht war er ja wirklich das beste Demonstrationsobjekt, das sie je bei einem Briefing gehabt hatten.

»Selbst wenn der Täter alle drei Opfer bewusstlos geschlagen hätte – konnte er sich denn darauf verlassen, dass sie das auch blieben? Nein«, sagte Mallory. »Nicht sein Stil. Er denkt alles penibel durch – Zeichen für einen Amateur. Keine Einstichstellen an den Körpern der Opfer – daher weiß ich, dass er sie *so* betäubt hat.« Sie hob das Fläschchen mit einer Hand und ein kleines Tuch mit der anderen und setzte die Unterrichtung des CSI-Fatzkes fort. »Chloroform kann man im Internet kaufen. Man kann es sogar zu Hause selber herstellen. Genau das hat er benutzt, damit sie ruhig waren, wenn er sie mit der Karre durch die Straßen und den Park transportierte – weil *das* der riskante Teil der Aktion war. Und das Fläschchen hier ist der einzige Gegenstand auf diesem Tisch, der uns in diesem Fall einen Durchbruch bringen kann.« Sie wandte sich ihrem begeisterten Publikum zu. »Die Breitbandsuche der Pathologie nach Chloroform wird noch drei Tage in Anspruch nehmen, bis sie bestätigt wird. Pollard hat sie nicht einmal angefordert. Das war *ich*. Und er hat kein Massenspektrometer benutzt, um die Säcke nach Spuren von Chemikalien zu untersuchen. Das sind schon zwei Fehler. Drei, wenn wir seine Befragung der Witwe des Landschaftsgärtners hinzurechnen.«

Überall im Raum wurde genugtuend gegrinst.

»Und dann macht der Täter das.« Jetzt lag endgültig Rache in der Luft, als Mallory mit einer knappen Karatebewegung den

CSI-Mann zu Boden beförderte und ihn wie Schlachtvieh mit den Armen und Beinen am Rücken fesselte. Nachdem sie den Sack über seinen Körper gezogen hatte, rollte sie ihn seitwärts und schnürte den Sack oben mit dem Seil zu. Sie schob den breiten Fuß der Sackkarre unter den wehrlosen Pollard, stützte die Karre an der Wand ab und hievte den Sack mitsamt seinem zappelnden Inhalt aufrecht auf die metallene Plattform der Karre. Fertig zum Abtransport.

An diesem Punkt hätte sonst irgendjemand vielleicht gesagt, *selbst eine Frau* wäre dazu fähig gewesen. Doch niemand sagte es.

ACHTZEHN

Die verrückte Driscol lebt in dem alten Kutschenhaus hinter der Schule. Phoebe sagt, ihre Großtante habe den Großteil ihrer grauen Zellen bei einem Schlaganfall verloren. Vor Jahren ist die alte Dame ihrer Pflegerin ausgebüxt und nackt in den Garten gelaufen, der voller Schüler war. Alle Mädchen seien entsetzt über ihre schlaffen Brüste und den faltigen alten Bauch gewesen, sagt Phoebe. Vom Standpunkt der Jungs aus jedoch war es einfach eine nackte Frau.

Jetzt habe ich endlich eine weitere Schultradition begriffen.

In jedem Klassenzimmer, das auf den Garten hinausgeht, beginnen und beenden die Jungs die Stunden, indem sie sich ans Fenster stellen und hoffen, die nackte, verrückte Driscol zu sehen.

ERNEST NADLER

»Den Mann in den Sack zu stecken, ging einen Tick zu weit.« Es gehörte zu Jack Coffeys Prinzipien, seine Detectives in der Abgeschiedenheit seines Büros abzukanzeln.

Mallory klappte ihre Taschenuhr auf, ein stillschweigender Hinweis darauf, dass sie noch jede Menge Wichtiges zu tun hatte.

Der Lieutenant beschloss, seine Bemerkung über die essentielle Wichtigkeit einer guten Arbeitsbeziehung zur CSI steckenzulassen. Vielleicht war es ja am besten, diese kleine Lehrstunde gleich mit gezogener Waffe zu beginnen. »Sie *glauben* nur, dass ich Sie nicht suspendieren würde.«

»Ich bin auf einen alten Fall gestoßen, bei dem auch jemand im Ramble aufgehängt wurde.« Mallory legte einen ViCAP-Fragebogen vor ihn auf den Tisch.

Coffey überflog die FBI-Fragen, Seite um Seite. In den Antworten wurde von einem kleinen Jungen berichtet, der drei Tage lang in einem Baum aufgehängt worden war. »Wann ist das passiert?« Er blätterte zu dem datierten Deckblatt zurück. Der Vorfall hatte sich vor fünfzehn Jahren ereignet, in seinen jungen Jahren als Frischling bei der Polizei. »Wie kommt es, dass ich von dem Fall noch nie gehört habe?«

»Es hat nie einen Fall gegeben – keine Ermittlungen, kein Papierkram.« Mallory streckte die Hand aus und tippte auf den Namen und den Dienstrang des Antragstellers.

»Scheiße!« Der damalige Detective, um den es hier ging, war während des Krankenhausaufenthalts von Polizeipräsident Beale zum Posten des Chefs der New Yorker Polizei aufgerückt, und möglicherweise war Rolland Mann nur Stunden davon entfernt, endgültig die Macht an sich zu reißen. »Also Mallory … haben Sie noch ein paar Bömbchen auf Lager?«

»Ich weiß, warum ihn alle Rocket Mann nennen. Vor fünfzehn Jahren hätte er sich mit einem solchen Fall seine Sporen verdient, doch das ist nicht geschehen. Na ja, es ist schon geschehen, aber nicht in der üblichen Weise.« Ein langer roter Fingernagel wies auf das Datum. »Zehn Tage später bekam Mann seine goldene Dienstmarke. Nichts an seiner Laufbahn bis dato konnte das erklären. Vor seiner Beförderung war er ein unbeschriebenes Blatt.«

»Ein Würstchen mit Stützrädern.« Coffey starrte auf den alten Fragebogen. »Es muss doch eine Akte zu dem Fall geben. Vielleicht wurde sie versiegelt oder aus dem Verkehr gezogen. Das könnte dann sein, wenn der Täter minderjährig war.« Er suchte nach Mallorys Bestätigung seiner Theorie durch ein

Nicken oder – besser – durch ein Achselzucken, das besagt hätte, dass sie sich noch nicht illegal in jede Akte über minderjährige Straftäter jenes Jahres gehackt hatte.

Doch die Polizistin schüttelte den Kopf. »Die ViCAP-Suche von Rocket Mann ist der einzige Beweis, dass es überhaupt passiert ist.«

Durch das Datum fiel dieser Schlamassel in die frühen, schmutzigen Jahre einer dezentralisierten New Yorker Polizei, als es keinem Cop gestattet war, die Kriminalitätsraten des Nachbardezernats zu erfahren. Zeitungsreporter mussten sich damals ihre neuen-und-*verbesserten* Kriminalitätsstatistiken aus dem Büro des Bürgermeisters holen. Trotz seines sensationsträchtigen Charakters wäre es folglich leicht gewesen, diesen alten Fall aus den Medien herauszuhalten – geringes Risiko durch undichte Stellen, weniger Cops, die man zum Schweigen bringen musste. Der Central Park war zu der Zeit das einzige unbewohnte Revier in ganz Manhattan gewesen.

Mallory legte eine Karte des Ramble vor ihn auf den Tisch. Darauf eingezeichnet waren die Tatorte des Hungerkünstlers, alle drei dicht beieinander in einem kleinen Areal des Parks. Das Epizentrum, die Wiese mit dem Tupelobaum, war durch ein X markiert. »Das hier muss die Lichtung sein, die Mann bei ViCAP beschreibt. Hier wurde also der Junge im Baum aufgehängt vorgefunden. Wir müssen mit Rocket Mann reden.«

War das der Beginn von Spannungskopfschmerz, den Jack Coffey da spürte? Der Lieutenant blickte dem Tod ins Auge und ließ sich zur One Police Plaza, dem Hauptquartier der New Yorker Polizei, durchstellen. Mallorys Anfrage wurde zunächst an den Chief of Detectives Joe Goddard, den Vorgesetzten aller Reviere und Spezialeinheiten, weitergeleitet. Der würde ihre Bitte dann die Dienstleiter hochreichen – oder sie einfach zerknüllen und in den Papierkorb schmeißen, ganz wie er wollte.

Doch mit Vergeltung war in jedem Fall zu rechnen. Rocket Mann stand kurz vor seiner endgültigen Ernennung zum Polizeipräsidenten und würde sicher nicht wollen, dass dieser alte Fall ans Licht geholt wurde – nicht, nachdem er sich solche Mühe gegeben hatte, ihn zu begraben.

Der Kopf sah aus wie eine Gewehrkugel mit Meckischnitt. Alle Detectives starrten den Mann an, dessen Schultern fast den ganzen Rahmen der Tür zum Treppenhaus ausfüllten. Während der Chief den Dienstraum des Reviers durchschritt, glaubte jeder von ihnen, seine Fingerknöchel über den Boden schleifen zu hören, als hätte er gestern erst den aufrechten Gang gelernt.

Joe Goddard, alias God, war aus seiner Neandertaler-Höhle in One Police Plaza auf ihr Revier gekommen, um ihnen einen persönlichen Besuch abzustatten, und das verhieß nichts Gutes. Der Mann trug einen Anzug aus Seide, doch wie ein Politiker sah er trotzdem nicht aus. Der Chef aller Bullen war brutal und direkt, und jedes Wort verriet seine Herkunft: aufgewachsen auf den Straßen dieser Stadt. Er lächelte nie, versuchte nie die Tatsache zu verbergen, dass er gefährlich war. Als er an den Schreibtischen von Mallory und Riker vorbeikam, sagte er nur leise: »Ihr kommt mit.«

Die Detectives standen auf und folgten ihm nach vorne durch den Raum, wo Jack Coffey aus seinem Büro trat, um dem Boss aller Bosse die Hand zu schütteln.

»Ich brauche ein Zimmer für eine Unterredung«, sagte der Boss. Und es war klar, dass die Teilnahme des Lieutenants an dem Gespräch nicht erwünscht war: »Jack, ich habe kein Problem mit Ihnen.« Er wandte sich an Mallory und Riker. »Und die beiden hier sind nicht in Schwierigkeiten … noch nicht.«

Lieutenant Coffey nickte und trat beiseite, als die drei an ihm vorbei in sein Büro gingen. Dann schloss er die Bürotür hinter ihnen und entfernte sich.

Chief Goddard setzte sich an den Schreibtisch. Die Detectives blieben stehen, denn so lautete das ungeschriebene Protokoll für den Umgang mit diesem Mann: Zeige Respekt, oder du wirst zertreten.

Der große Mann hielt ein Fax in der Hand und wedelte damit wie mit einer Flagge. »Ich habe den Abteilungschef umgangen und eure Anfrage *persönlich* Rolland Mann übergeben. Und ich habe ihm eure Kopie von seiner alten Anfrage bei der ViCAP gezeigt. Er möchte euch heute Nachmittag in Polizeipräsident Beales Büro sehen. Vorgestern hat er seine ganzen Sachen dorthin bringen lassen – fünf Minuten, nachdem sie den alten Mann ins Krankenhaus gekarrt hatten. Falls Beale auf dem OP-Tisch stirbt, dann wird sein erster Stellvertreter nicht nur der *amtierende* Polizeipräsident sein. Das höre ich aus der City Hall. Eine permanente Ernennung ist in der Pipeline… und das werde ich nicht zulassen.«

Er schaute von einem Detective zum anderen und stellte ihnen die stumme Frage, ob sie verstanden hatten.

Oh ja. Klar und deutlich. Im Hauptquartier der Polizei tobte ein Krieg. Und Riker und Mallory waren soeben zu Fußsoldaten rekrutiert worden.

»Als ich ihm sagte, ihr wollt mit ihm sprechen, hat ihn das nervös gemacht. Und der alte Knabe hat viel zu schnell zugesagt. Schien irgendwie bereits gewusst zu haben, dass ihr auf ihn zukommt. Euer Boss hier ist zu dem Treffen nicht zugelassen. Ich auch nicht. Also habt ihr irgendwas gegen den kleinen Scheißer in der Hand. Und er wird gehen – ob mit oder ohne eure Hilfe. Der amtierende Polizeipräsident kann euch so gut wie nichts versprechen… ich will, dass ihr das nicht vergesst.«

Demnach waren die Schützengräben bereits ausgehoben, und jeder Soldat auf Rocket Manns Seite war so gut wie tot.

»Der Scheißer kann euch keine kugelsichere Weste geben … aber ich.« Ganz zu schweigen von all den anderen Dingen, die der Chief für sie tun konnte.

Joe Goddard stand für Polizeipräsident Beales Job nicht auf der Warteliste, denn dazu hätte er zuerst den Abteilungschef und vielleicht auch noch ein paar der vierzehn Detectives umbringen müssen, die einen Rang unter Rolland Mann dienten. Und so glaubte Riker dem Chief, als er sich in seinem Stuhl zurücklehnte und sagte: »Ich möchte bei mir im Haus alles sauber haben.«

Riker warf seiner Partnerin einen verstohlenen Blick zu. Wenn Goddard sie bat, über Mann schmutzige Wäsche zu waschen, waren sie beide tot. Die Detectives hatten ihm nichts zu geben – noch nicht –, aber man würde ihnen nicht glauben. Nein, man würde sie zu Kleinholz machen. Und zwar gleich.

Mallory trug das Pokerface einer Weltklassezockerin zur Schau, als sie sagte: »Wir brauchen Rolland Mann, um unseren Fall abzuschließen. *Dann* können Sie ihn haben … und alles, was wir über ihn wissen.«

Es war ein guter Bluff und ein erstklassiges Spiel, doch wie sie ihre Karten ausgespielt hatte, war respektlos; es fehlte ihr das Kriecherische. Das stand deutlich in Goddards Gesicht geschrieben. Konnte dieser Mann noch verärgerter sein? Das mochte Riker bezweifeln.

»Die Bedingungen stellt nicht ihr, sondern ich«, sagte der Chief. »Ich hab Ihren alten Herrn gemocht, Mallory, aber ich habe Lou Markowitz nie einen Gefallen geschuldet. Deshalb fragt sich Ihr Partner jetzt auch gerade, warum Sie immer noch in der Vertikalen sind.« Seine wütenden Augen richteten sich auf Riker, und aus seiner Stimme sprach offene Drohung: »Ich bin heute Morgen richtig guter Laune. Die Kleine schliddert also knapp an der Missachtung eines Vorgesetzten vorbei.« Wieder an die ungezogene Mallory gerichtet, sagte er: »Detective, Sie sind jung, und vielleicht muss man Ihnen das einmal klar und deutlich sagen.« Er verlieh seinen Worten mit einigen Faustschlägen auf den Tisch Nachdruck. »Tanzen Sie mir NICHT auf der Nase rum! Erstens schließen Sie diesen Fall ab. Wenn das drei Tage dauert, sind Sie überbezahlt. *Und dann* bringen Sie mir Rolland Manns Kopf.«

Nach außen hin trug Riker eine unbewegte Miene zur Schau, doch innerlich grinste er. Der Chief hatte es als seine eigene Idee formuliert, und jetzt war es auf einmal ein Befehl. Unter dem Strich aber hieß es: Sie würden es so machen, wie Mallory wollte.

Chief Goddard zog ein Bündel Papiere aus seiner Brusttasche. Er gab Riker die Handvoll kleiner, vergilbter Seiten, die eng mit der Hand beschrieben waren. »Das hier sind persönliche Notizen eines pensionierten Polizisten. Officer Kayhill ging vor fünfzehn Jahren Streife im Park.«

Riker überflog die Schriftstücke, wobei es ihm Mühe bereitete, ohne seine Lesebrille zurechtzukommen. Den Teufel würde er tun, das Ding vor dem Chief aufzuziehen! Nach zwei Seiten wandte er sich an Mallory. »Das hier stützt die Informationen aus dem ViCAP-Fragebogen. Kayhill war dort, als das Kind in dem Baum gefunden wurde.«

»Genau«, sagte der Chief. »Und ich bin mir sicher, er hat hinterher einen Bericht darüber verfasst. Der scheint verschwunden zu sein. Sollte Rolland Mann fragen – sagt ihm, diese Notizen habt ihr heute Morgen in Kayhills Pflegeheim von ihm gekriegt. Der alte Knabe ist senil, erwartet also keine Unterstützung. In Kayhills Notizen steht, das Opfer war am Leben, als es abgeschnitten wurde. Aber der Junge konnte nicht reden – deshalb auch keine Identität.«

Riker, der immer noch auf die Seiten aus dem Notizbuch

spähte, war gerade bei dem Punkt angelangt, der erklärte, warum der Junge stumm war. »Und dann wurde das Kind mit einem Krankenwagen weggebracht.« Goddard legte ihm ein Dokument mit erhabenem Siegel vor. Das Wort *Sterbeurkunde* stand in großen Lettern darauf.

»Der Junge hier passt wie die Faust aufs Auge«, sagte der Chief. »Er stammt aus der Upper West Side, und seine Eltern hatten ihn drei Tage vor dem Aufhängen im Baum vermisst gemeldet. Es *muss* dasselbe Kind sein.«

Einen schrecklichen Moment lang fürchtete Riker, seine Partnerin würde Goddard an diesem Punkt widersprechen; sie hatte nämlich die Vermisstenanzeigen aus der Zeit durchforstet und nichts gefunden. Doch Mallory nahm nur die Sterbeurkunde in die Hand und sagte: »Dieser Junge ist einen Monat *nach* dem Aufhängen gestorben.« Sie reichte Riker das Dokument. »Prüf mal das Datum.«

Er hielt sich das Schriftstück auf Armeslänge vors Gesicht und nickte. »An genau dem Tag hat Rolland Mann die ViCAP-Suche gestartet.« Wenn dieser Tod eine Folge des Verbrechens im Park gewesen war, dann gab es nur eine Möglichkeit: Der amtierende Polizeipräsident hatte den Mord an einem Kind vertuscht.

Der kleine Junge, der nicht da war, fuchtelte mit beiden Händen herum und hauchte wieder und wieder die Worte: *Nein! Tu's nicht!*

Gegen den Rat von Dead Ernest ging Phoebe Bledsoe ans Telefon.

»Mein herzliches Beileid wegen Humphrey«, sagte die Stimme von Willy Fallon. »Habe gerade im Fernsehen die Ankündigung der Trauerfeier gesehen. Ziemlich billig. Andere Leute stellen einen Nachruf in die Zeitung …«

»Ich habe meiner Mutter deine Nachricht ausgerichtet.« Phoebe wandte sich Dead Ernest zu, der die Worte hauchte: *Leg auf. Leg auf.*

»Sie geht immer noch nicht ans Telefon«, sagte Willy. »Richte es ihr also wieder aus, sei diesmal hartnäckig! Sag ihr, das dritte Opfer ist Aggy Sutton. Die kam nicht in den Nachrichten – und nicht in die Zeitung. Aber das hast du sicher schon längst selber rausgefunden, oder? Und wenn du mit deiner Mutter redest, sag ihr, dass du die Nächste bist.«

Phoebe schüttelte den Kopf.

Willy lachte, als könnte sie diese Geste des Verneinens durchs Telefon hindurch sehen. »Du warst damals da. Weiß deine Mutter das, Phoebe? Meinst du, damit kriegst du ihre Aufmerksamkeit? Werden bei der Beerdigung morgen Cops da sein? Ich könnte ja mit *ihnen* reden.«

NEUNZEHN

Es sind vier Häuserblocks in der falschen Richtung, aber manchmal folgen Phoebe und ich Toby Wilder nach der Schule bis nach Hause. Bei ihm ist man sicher. Es ist nie etwas passiert, wenn er in der Nähe war.
Phoebe möchte ihn heiraten. Und ich möchte so sein wie er. Toby ist ansteckend cool. Er geht im Takt zu der Musik in seinem Kopf, nickt, schnippt mit den Fingern. So cool. Und diese Musik – fast kann ich sie hören, wenn sie in seinem Kopf zu einem Crescendo ansteigt, wenn er nicht mehr anders kann, als stehen zu bleiben und auf dem Gehweg zu tanzen. Passanten lächeln über den tanzenden Jungen und wippen mit dem Kopf, als könnten auch sie die Musik hören.

ERNEST NADLER

Man ließ sie dreißig Minuten im Vorzimmer warten. Mallory und Riker hatten die Zeit genutzt, um mit Rolland Manns Bodyguard zu plaudern, einem Detective, der früher einmal im Dezernat von SoHo gearbeitet hatte und ihrem Lieutenant einen Gefallen schuldete. So erfuhren sie, dass Detective Monahan seinen neuen Chef hasste. Und dass der amtierende Polizeipräsident seinem Bodyguard mindestens ein Mal pro Tag, seit er Beales Büro übernommen hatte, ausgebüxt war. Doch Monahan war ein schlauer Bulle und hatte an diesem Tag das Problem gelöst, indem er unten einen Officer postiert hatte, der Mann beschatten sollte, falls er das Gebäude ohne Begleitung verließ.

Mallory reichte Monahan ihr Handy. »Heute nicht. Pfeifen Sie ihn zurück.«

»Detectives?« Auf der anderen Seite des Zimmers hielt die Sekretärin die Hand über die Telefonmuschel. »Es dauert nicht mehr lang. Sie sind fast fertig.«

Die Tür ging auf, und zwei Zivilisten traten aus dem Büro. Die Männer durchquerten das Vorzimmer. Sie hatten Werkzeugkästen in den Händen und Dienstausweise des TechSupport an ihren Hemden.

»Jetzt können Sie rein«, sagte Miss Scott.

Die Sekretärin drückte auf einen Knopf, und für Mallory und Riker öffnete sich die Tür zum Allerheiligsten, einem großen Büro, das immer schon spartanisch eingerichtet gewesen war, denn Polizeipräsident Beale hatte die Seele eines Buchhalters, und Sparsamkeit war seine Religion. Allerdings verfügte sein Stellvertreter, Rolland Mann, offenbar über Insiderinformationen, was die Herzoperation des alten Kauzes anging: Auf einer Seite des Schreibtisches stapelten sich ganze Ballen von Stoffproben für Vorhänge und Polster – nur für den Fall, dass der Polizeipräsident auf dem OP-Tisch blieb. Ein riesiger Plasma-Fernseher erklärte den Besuch der Haustechniker. Sollte Beale überleben und noch einmal an seinen Arbeitsplatz zurückkehren, würde ihn vermutlich allein der Anblick der Rechnung für die Glotze endgültig ins Jenseits befördern. Das Ding hing bereits an der Wand, doch alles deutete auf eine hastige Montage hin. Frei baumelnde Kabel führten an dem modernen Equipment auf dem Regalbrett darunter vorbei und waren stattdessen mit einem altmodischen Videorecorder verbunden.

Für Mallory wirkte der Mann hinter dem Schreibtisch deshalb so seltsam, weil er absolut gewöhnlich aussah. Sie konnte durchaus verstehen, warum der Polizeipräsident ihn zu seinem Stellvertreter auserkoren hatte: Rolland Mann war eine jüngere Ausgabe von Beale, ein blutleerer Klon der Schreibtischhengste, die es überall auf der Welt gab. Kaum zu glauben, dass der Mann jemals ein Cop gewesen war. Er war einfach zu … *weich.* Mann hatte ein teigiges Gesicht, und die langen, weißen Finger schienen irgendwie keine Knochen zu haben. In Mallorys Augen war dieser amtierende Polizeipräsident ein anmaßender Wurm. Gerade tat er so, als hätte er das Eintreten seiner Untertanen nicht bemerkt, weil er so eifrig mit dem Studium seiner Zeitung beschäftigt war.

Ganz im Sinne eines Kamikaze-Einsatzes für seine Karriere folgte Riker dem Beispiel seiner Partnerin und nahm Platz, ohne dazu aufgefordert worden zu sein. Mallory streckte ihre langen Beine aus und sagte: »He.«

Der amtierende Polizeipräsident schaute auf, zuerst unmutig und dann … verwirrt. Mallory ließ ihre Taschenuhr baumeln, um ihm zu zeigen, dass sie weiß Gott nicht den ganzen Tag zu verplempern hatte. Viel fehlte nicht, und ihre Unverschämtheit wäre dem Abfeuern einer Waffe gleichgekommen – als wäre sie dabei, seelenruhig ihren Revolver zu laden, zu zielen –, und dann schaute sie einfach nur in die Unterlagen auf ihrem Schoß, überflog noch einmal das Geschriebene … und ließ ihn warten.

Einen Versuch war es wert. Das war der Moment für den Gegentreffer, zumindest für eine scharfe Zurechtweisung. Missachtung eines Vorgesetzten bedeutete auf dieser Ebene Majestätsbeleidigung. Doch Rolland Mann räusperte sich nur – und das sagte alles. Er faltete seine Zeitung zusammen und legte sie beiseite. »Man hat mir gesagt, Sie schauen sich alte Fälle aus dem Ramble an.«

»Nein«, erwiderte Mallory, ohne von ihrer Kopie des ViCAP-Fragebogens aufzublicken. »Nur Ihren.«

Jetzt ging das Spielchen los.

»Dann sind Sie umsonst gekommen, Detective.« Mann hielt

seine Zeitung mit der Hungerkünstler-Schlagzeile hoch. »Es gibt keine Verbindung zwischen diesem Fall hier und ...«

»Ihrem Fall«, sagte Mallory und ließ das obligatorische »Sir« weg. »Sie waren der einzige Polizist, der an diesem Fall dran war. Kein Partner.« Sie wagte einen Schuss ins Blaue und landete einen Volltreffer. Mann war überrascht und musste sich fragen, woher sie diese Information hatte – da doch keine Akten vorlagen, die man konsultieren könnte. Sie hielt die vergilbten Seiten hoch, die ihr der Chief gegeben hatte. »Das hier sind Officer Kayhills persönliche Notizen. Sie erinnern sich an ihn? Er war der Kollege, der das aufgehängte Kind im Ramble damals gefunden hat.« Sie ließ die Notizbuchseiten zwischen ihren Händen hin- und hergleiten wie Spielkarten. »Er erwähnt Ihren Namen.« Mallory hob den Blick. »Sie waren in jener Nacht dort.«

Wirkte er erleichtert? Ja. Und jetzt lächelte er. »Das hat damals zu meiner ersten Pleite als junger Detective geführt.«

Rolland Manns alter ViCAP-Fragebogen nannte weder Namen noch Alter des Opfers, sondern erwähnte nur einen vorpubertären Knaben. Mallory blätterte weiter in ihren Unterlagen, bis sie auf Chief Goddards Kopie der Sterbeurkunde stieß und die Daten las, die den Beginn und das Ende eines kurzen Kinderlebens bezeichneten. »Wie alt war der Junge, den Sie im Ramble gefunden haben?«

»Ich kann mich nicht erinnern. Ein dünnes, kleines Kerlchen. Das weiß ich noch. Er wog vielleicht siebzig Pfund mit allem Drum und Dran. Oh, und er war voll bekleidet.« Der amtierende Polizeipräsident schaute auf die Titelseite der *Times* hinab. »Eure drei Opfer waren nackte Erwachsene. Und meiner wurde nicht in einem Sack gefunden. Das Kind wurde an den Handgelenken aufgehängt. Auch kein Klebeband.«

»Laut Ihrem ViCAP-Fragebogen«, warf Riker ein, »gab es

aber durchaus eine Einschränkung der sinnlichen Wahrnehmung.«

»Richtig«, sagte Mallory scheinbar hilfsbereit. »Ihr Täter versiegelte dem Opfer Augen und Mund – auch die Ohren –, genau wie in unserem Fall. War das vielleicht ein Detail, das Sie vor der Presse zurückgehalten haben?«

Als wollte er seine Partnerin korrigieren, beugte sich Riker vor, um sein Sprüchlein loszuwerden. »Die Reporter haben *nie* irgendwelche Einzelheiten bekommen. Es war nichts in der Presse.«

»Nichts? Du machst wohl Witze«, sagte Mallory zu Riker und wandte sich in gespielter Überraschung wieder Mann zu. »Wie konnten Sie etwas Derartiges aus den Medien heraushalten? Oh, und noch etwas. In Ihrem ViCAP-Eintrag stand nichts davon, womit der Täter dem Kind Mund und Nase verschlossen hat ...«

»Moment.« Riker nahm ihr die Notizen des Streifenpolizisten aus der Hand. »Ich glaube, hier wird es erwähnt«, sagte er, als könnte Mallory das ganz neu sein. »Ja, hier ist es.« Er hielt eine Seite hoch und sagte, an den amtierenden Polizeipräsidenten gerichtet: »Ihr Täter hat *Klebstoff* benutzt.«

Das schien Rolland Mann kurz aus dem Konzept zu bringen, dann hob er eine Schulter, als bedeutete ihm diese Kleinigkeit wenig. »Ja, es war Klebstoff. Richtig wirksames Zeug – man konnte ihn sogar für Metall benutzen. Aber der Klebstoff wurde nie zu den Akten genommen. Als mein Täter vor Gericht kam, wurde er nicht mal erwähnt.«

Die Detectives fragten sich, wie es in einem totgeschwiegenen Mordfall wohl zu einem Prozess gekommen sein mochte.

»Von diesem Klebstoff wird nie jemand etwas erfahren«, sagte Mann. »Haben wir uns verstanden, Detectives?«

»Klären Sie uns doch bitte auf«, sagte Mallory – wagte sie

zu sagen. »Warum konnte ein solches Detail der Staatsanwaltschaft verborgen geblieben sein?«

»Es war des Guten zu viel. Ein stellvertretender Bezirksstaatsanwalt hat ein Geständnis für einen Vergleich benutzt.«

»Und wer war dieser Staatsanwalt?« Riker lächelte. Sein Stift schwebte über einer aufgeschlagenen Seite in seinem Notizbuch. Als zehn Sekunden versteinerten Schweigens vergangen waren, hob er wie auffordernd die Augenbrauen.

»Cedrick Carlyle… Hat keinen Sinn, mit ihm zu reden. Er kann Ihnen nichts sagen. Mein Täter war minderjährig – seine Akte ist *versiegelt.*« Rolland Mann beförderte seine Ausgabe der *Times* in den Papierkorb neben dem Schreibtisch. »Ich rechne also nicht damit, in der morgigen Zeitung diesen Fall zu finden.« Er schob eine altmodische Videokassette über den Schreibtisch. »Das hier ist die Vernehmung des Kindes. Das Band wird dieses Büro nicht verlassen.« Er reichte Riker ein einzelnes Blatt Papier. »Und das ist die schriftliche Aussage. Die können Sie auch nicht behalten.«

»Das Geständnis ist nicht unterschrieben.« Riker reichte es an Mallory weiter.

»Die unterschriebene Version liegt in der Akte, die unter Verschluss ist«, sagte Mann. »Offiziell existiert meine Kopie nicht, und ihr habt sie nie gesehen. Habe ich mich klar genug ausgedrückt?« Seine Hand blieb auf dem Telefon liegen, einem komplizierten Ding mit lauter blinkenden Lämpchen und langen Reihen von Namensschildern für die Kurzwahl. »Ich brauche hier nur einen Knopf zu drücken, und ihr beide seid draußen – *so* schnell.« Offenbar ärgerte es Mann, Mallory lächeln zu sehen, doch sein Zorn verrauchte, als er bemerkte, wie Riker wortlos etwas in sein Notizbuch schrieb.

Zwar hielt der Detective zweifellos die Drohung fest, diesen deutlichen Akt der Behinderung, und außerdem war da auch noch das geringere Vergehen der Offenlegung von Informationen aus einem Verfahren gegen einen Minderjährigen ohne richterliche Anordnung – aber die Eintragung in das Notizbuch diente dazu, Rolland Mann in der Hinsicht zu beruhigen, dass Riker eventuell verkabelt sein könnte. Was allerdings der Fall war. Selbst ohne die Protektion durch Joe Goddard gingen die beiden Detectives heute auf Nummer sicher – und zwar den ganzen Tag.

Mit niedergeschlagenen Augen las Mallory das nicht unterzeichnete Geständnis des Angeklagten, eines Jungen namens Toby Wilder, Alter dreizehn Jahre. »Das hat kein Kind geschrieben. Schätze, Sie haben ihm bei der Formulierung geholfen?«

Rolland Manns Schweigen dauerte zu lange. »Der Junge hat Blumen in den Ramble gebracht. Ich habe ihm gesagt, das würde beim Richter gut ankommen. Es zeigte Reue … aber machte Toby zugleich umso verdächtiger. Und so … na ja … so half ich ihm.«

Mallory stand auf und ging quer durch den Raum zu dem Plasmabildschirm. Sie schob die Videokassette in den Schlitz des alten Recorders. Der Bildschirm erwachte zum Leben, und man sah Rolland Mann, fünfzehn Jahre jünger und mit noch voller Haarpracht. In Hemdsärmeln und gelockerter Krawatte saß er einem Schuljungen gegenüber am Tisch. Tränen strömten über Toby Wilders Gesicht. Detective Mann lächelte und sprach leise, um eine Bindung zu seinem kindlichen Verdächtigen herzustellen.

Mallory nahm die Fernbedienung zur Hand und drückte auf Pause. »Was war mit Tobys Eltern? Warum sind sie nicht im Zimmer?«

»Der Vater des Kindes hatte sich abgesetzt, als er acht oder neun war, und die Mutter hatte auf das elterliche Recht der Anwesenheit verzichtet. Nach der Vernehmung wurde ein Anwalt hinzugezogen.« Manns Stuhl fuhr hin und her, während er das Standbild auf dem großen Bildschirm betrachtete. »Deshalb mussten wir mit dem Jungen einen Deal machen. Es war reine Barmherzigkeit.«

Mallory nickte, jedoch nicht, weil sie ihm zustimmte. Sie wusste, dass sie den interessanten Teil verpasst hatten, die stundenlangen Vernehmungen, die zu dem auf Band aufgezeichneten Geständnis eines Kindes geführt hatten. In diesem Teil der Vernehmung würde keinerlei Nötigung zu sehen sein, wahrscheinlich war es die einzige Sequenz, die man gefahrlos filmen konnte.

»Für Toby war es ein guter Deal«, sagte der amtierende Polizeipräsident. »Der Junge bekam vier Jahre Jugendhaft. Nicht schlecht bei einer Anklage wegen schwerer Körperverletzung. Sie wissen, dass er diesen Klebstoff nicht im Park gefunden hatte. Er musste ihn mitbringen. Die Körperverletzung war also geplant. Kaltblütig geplant.«

Mallory drückte die Play-Taste.

Auf dem Bildschirm ergriff die jüngere Version von Rolland Mann das Wort. »Okay, Toby, sagen wir mal, du und dieses andere Kind, ihr habt euch gestritten. Er ist eine Schwuchtel, stimmt's? Er wollte dir an die Wäsche, und du hast ihm eine runtergehauen.« Der Detective breitete die Hände aus. »He, wer würde das nicht? Aber dann hast du Schiss gekriegt – dachtest, du hättest ihn umgebracht. Ist nicht so einfach festzustellen, ob einer tot oder lebendig ist. Ich hab von Leuten gehört, die im Leichenschauhaus aufgewacht sind. Deshalb denke ich auch, dass ein Richter das verstehen wird. Als du den Jungen im Baum aufgehängt hast, war das keine Folter. Du wolltest einfach nur das verstecken, von dem du glaubtest, es sei eine Leiche. So weit okay?«

Der Junge zeigte keine Reaktion. Am weichen Ausdruck in

seinen Augen erkannte Mallory, dass Toby Wilder weggetreten war. Er sah nichts, hörte nichts. Der Junge war kaum mehr da. Sie ging wieder auf Standbild. »Wie hoch über dem Boden hing das Opfer?«

»Mindestens fünf, wenn nicht sechs Meter.«

Riker nahm seine Gleitsichtbrille ab, nachdem er das unsignierte Geständnis gelesen hatte. »Hier drin steht nichts über Klebstoff. Was hat Toby denn zu diesem Thema gesagt – inoffiziell?«

Rolland Mann warf die Hände in die Luft, endgültig frustriert. Wie oft sollte er das eigentlich noch erklären? »Ich habe Toby nie nach Klebstoff *gefragt*. Auch das war wohlwollend gemeint. Wäre der Klebstoff als Beweismittel ins Spiel gekommen, hätte man ihn wie einen Erwachsenen zur Verantwortung gezogen. Wissen Sie – das Opfer war nicht tot, als wir es heruntergelassen haben. Und genau das war das schlagende Argument des Anwalts dafür, dass man Toby mit einem Schuldgeständnis davonkommen lassen könnte. Die Staatsanwaltschaft war damit einverstanden, nicht auf Mord zu klagen, falls das Opfer sterben sollte.«

»Das Opfer war also in schlechter Verfassung«, sagte Mallory. Und das würde auch das Datum auf dem Totenschein erklären, den ihnen der Chief gegeben hatte. »Es hat noch einen Monat gebraucht, um zu sterben.« Hierzu gab es keinen Widerspruch des amtierenden Polizeipräsidenten, weshalb sie definitiv davon ausgehen konnten, dass der Junge an seinen Verletzungen gestorben war.

Der jüngere Rolland Mann auf dem Bildschirm sagte zu dem Jungen: »Dann ist das also so gelaufen, Toby. Du hast Blumen in den Ramble gebracht, weil du dachtest, der Junge sei tot … und es tat dir leid. Deshalb hast du auch die Polizei verständigt und uns zu ihm geführt. Du hast dich schlecht gefühlt. Du konntest den Gedanken nicht ertragen, ihn dort zu lassen, ganz allein, oben in diesen Baum gehängt. Diese Blumen – damit wolltest du sagen, dass es dir leidtut. Bei einem Richter macht das Eindruck.«

Mallory hatte immer noch nicht die Stimme des Jungen gehört, doch jetzt war die Aufnahme der Vernehmung zu Ende. »Toby hat nie etwas zugegeben.« Sie spulte das Band zurück. »Vielleicht hab ich's ja verpasst.« Sie drückte erneut auf Play. »Seine Lippen sind aufgesprungen. Haben Sie ihm was zu trinken gegeben? Haben Sie überhaupt daran gedacht, dass er etwas zu essen bekam?«

Mann klatschte mit der flachen Hand auf den Tisch. »Ich habe ihn nicht gequält!« Dann, ruhiger geworden, sagte er: »Wenn Toby nicht schuldig war, was machte er dann im Ramble? Das geschah vor fünfzehn Jahren – lange vor Ihrer Zeit, Detective.« Er wandte sich an Mallorys Partner. »Riker, erinnern Sie sich noch an damals – was für ein Gesocks dort herumlief? Diese verfluchten Junkies haben sich gegenseitig ausgeraubt, gegenseitig *umgebracht.* Was sollte also ein unschuldiges Kind im Ramble – mit einem Blumenstrauß? Und Toby hat den Park Ranger direkt zum Tatort geführt.« Der amtierende Polizeipräsident stand auf und trat neben Mallory. Er nahm ihr die Fernbedienung aus der Hand und hielt die Aufnahme an. »Ich war damit einverstanden, mich mit Ihnen zu treffen, damit Sie wegen Toby Wilder keine Zeit verschwenden. Es ist ein aufgeklärtes Verbrechen. Keine Verbindung zwischen meinem Fall und Ihrem.«

Mallory schaute auf den Monitor und das eingefrorene Bild eines Dreizehnjährigen. »Jeder Polizist schafft es, ein Kind zum Weinen zu bringen. Es ist fast zu einfach. Wenn das hier eine echte Verhaftung war, dann hätte der Fall auch an die Öffentlichkeit kommen müssen. Aber es stand nichts in der Presse.«

»Und wir fragen uns, warum«, sagte Riker. »Vielleicht war da etwas faul an Ihrer Beweisaufnahme. Und was muss man nicht alles tun, um eine solche Sache unter der Decke zu halten? Wie viel Einfluss …«

»Vorsicht, Detective …«

Mallory übernahm. »Wie lange war der Junge allein, bis ein Anwalt dazukam? Vielleicht acht Stunden? Zehn? Jedes Kind in diesem Alter, ob nun schuldig oder nicht, wäre zusammengebrochen – aber er nicht. Bevor Sie mit der Videoaufnahme begannen, hat er Ihnen gesagt, dass er es nicht getan hat, stimmt's? Und Sie haben ihm *geglaubt*. Deshalb haben Sie eine Kopie des Vernehmungsvideos für sich behalten. Sie wussten genau, dass der Fall eines Tages wieder auf Sie zurückfällt.«

»Jetzt *reicht's*, Detective Mallory.«

Riker war aufgestanden und trat hinter Mann. »Ich weiß, warum auf dem Band nicht von Klebstoff die Rede ist. Das Opfer hing sechs Meter über dem Boden in der Luft – eine Stunde nach Sonnenuntergang. Dieses Detail konnte Toby von unten nicht sehen. Alles, was er sah, war, dass der Körper eines Kindes im Baum hing.«

Mann fuhr zu Riker herum, und jetzt war es an Mallory, hinter ihn zu treten. Sie sagte: »Toby wusste nicht einmal von dem Klebstoff. Wie konnte er auch?«

Mann drehte sich ganz zu ihr herum und starrte sie an, doch bei Rikers folgenden Worten war er wieder voll bei ihm.

»Toby hat den Klebstoff nie gesehen … deshalb haben Sie ihn nicht erwähnt. Das ist ein Detail, das man normalerweise zurückhält, wenn man ausschließen will, dass jemand ein falsches Geständnis ablegt. Doch Sie wollten Toby Wilder gar nicht als Täter ausschließen.«

»Nein«, sagte Mallory, wieder aus Manns totem Winkel. »Sie wollten nicht riskieren, dass er eine Geschichte erzählt, die nicht zur Beweislage passt – sprich, zum Klebstoff. Was für ein toller Schachzug für Ihre Karriere.«

Sie hatten ihn in die Mangel genommen, bis er nicht mehr konnte, und jetzt war es so weit. »Stopp!«, schrie er.

Hört auf damit.

Rolland Mann kehrte ganz langsam an seinen Schreibtisch zurück und setzte sich. Er holte tief Luft.

Die Schonzeit war zu Ende.

»Der Junge hat es nicht getan.« Mallory trat von der einen Seite neben seinen Stuhl.

»Sie *wussten* das«, sagte Riker von der anderen. »Und jetzt wollen Sie die Verbindung zwischen Ihrem Fall und unserem vertuschen. Damit wir nicht in Ihren alten Geschichten herumstochern.«

Rolland Manns Finger krampften sich um den Telefonhörer. »Erinnert ihr euch noch an das, was ich über die Kurzwahl gesagt habe? Ein Anruf, und ihr seid …«

»Machen Sie diesen Anruf, machen Sie nur«, sagte Mallory. »Alles läuft auf den Klebstoff hinaus.« Sie wedelte mit den persönlichen Notizen des Streifenpolizisten. »Und dann ist da Ihr Fragebogen an die ViCAP. Vor fünfzehn Jahren haben Sie eine Suche nach einem Mörder mit ähnlichem Vorgehen laufen lassen. Das wäre einen *Monat* nach Tobys Geständnis gewesen. Sie wussten also, dass er unschuldig war.«

»Und genau das verstehe ich nicht«, sagte Riker. »Wie haben Sie diesen Jungen vor einen Richter bekommen, wenn es vorher keine Ermittlungen gab? Wir können nicht einmal einen Akteneintrag des Falles finden.«

»Es ist so, als wäre die Körperverletzung an dem kleinen Jungen nie passiert«, sagte Mallory. »Was werden wir finden, wenn wir Toby Wilders Namen eingeben?«

»Den Nachweis für vier Jahre Jugendhaft«, sagte Rolland

Mann. »Aber Sie müssten das Gesetz brechen, um an diese Information heranzukommen. Jugendakten stehen unter Verschluss.«

»Nicht die Polizeiberichte über Körperverletzung. Also, wie haben Sie es geschafft, diesen Fall zur Verhandlung zu bringen – einen Fall, der gar nicht existiert hat?« Dann fiel es Mallory ein. Sie trat hinter dem Schreibtisch hervor. »Sie haben nie ein unterschriebenes Geständnis bekommen, stimmt's? Nicht für die Körperverletzung im Ramble. Nein, Sie haben Toby dazu gekriegt, dass er ein anderes Verbrechen gesteht, richtig?« Ja, sie hatte recht. Seine Augen waren riesengroß.

»Und dann, einen ganzen Monat später, haben Sie diese ViCAP-Suche laufen lassen.«

Mallory hielt die Sterbeurkunde hoch. »Das war der Tag, an dem Ernest Nadler starb.«

Rolland Mann bestätigte all das, indem er seine Hand vom Telefon nahm. Allein die Nennung des Namens des Kindes brachte ihn aus der Fassung.

Mallory steckte das Blatt mit dem Geständnis ein und ging quer durchs Zimmer zu dem alten Videorecorder. Sie drückte den Auswurfknopf und ergriff die Kassette. »Das Band nehmen wir mit. Ich denke, Sie können sich darauf verlassen, dass wir diskret sind.«

Die Detectives schlenderten mit ihrer Beute aus der Tür.

ZWANZIG

Heute habe ich entdeckt, wie schrecklich wichtig es ist, bis zum Tag des Klassenfotos zu überleben. Die Jahrbücher werden ganz hinten in der Schulbibliothek aufbewahrt. Ich nehme das aus dem Jahr, in dem ein Mädchen vom Dach gesprungen ist, zur Hand und schaue mir die Porträts der Schüler an, suche nach der armen Allison. Niemand erinnert sich an ihren Familiennamen. Die einzige bleibende Erinnerung an sie ist der jährlich neu aufgemalte Kreideumriss auf dem Pflaster im Garten. Phoebe sagt, das Kreidemädchen würde ich in dieser Abteilung nicht finden. »Es war ihr erstes Jahr, und sie hat nicht lange genug gelebt, um mit der Klasse fotografiert zu werden – deshalb haben sie versucht, sie zu löschen.« Sie blättert zu den Sportereignissen und anderen Gruppenfotos weiter und hält ganz am Schluss inne. »Das da ist sie. Das Foto haben sie dringelassen.« Phoebe zeigt auf das Bild eines kleinen rothaarigen Mädchens, das mit anderen Kindern zusammensteht. Sie ist das kleinste Mitglied des Schachclubs. »Zähl sie«, sagt Phoebe. »Zehn Kinder auf dem Foto, nur neun Namen in der Bildunterschrift.«

ERNEST NADLER

Riker saß auf dem Beifahrersitz und schaute in den Rückspiegel, um die Verstöße gegen die Verkehrsordnung, die seine permanent zu dicht auffahrende Partnerin beging, nicht zu sehen. Er spürte sehr wohl jeden Spurwechsel, wollte jedoch lieber nicht in die erschrockenen Augen der anderen Autofahrer blicken, die diesen überfüllten Straßenabschnitt mit Mallory teilten. Jedes Auto vor ihnen war in akuter Gefahr eines Auffahrunfalls. Er tastete nach seinem Gurt, um zu prüfen, ob er auch wirklich angeschnallt war. *Ach, was soll's.* Der Airbag würde ihn retten. Er blickte noch einmal in den Rückspiegel. »Du hattest recht. Goddard lässt uns wirklich nicht beschatten.«

»Das war immer schon eine begrenzte Sache«, sagte Mallory. »Nur der Chief und Rocket Mann – und wir.«

Das Auto hielt an einer roten Ampel, und Riker lockerte ein wenig seinen festen Griff um den zusammengerollten ViCAP-Fragebogen. »Der Typ löscht also alle Spuren der Körperverletzung an Ernest Nadler – und verewigt dann trotzdem die verdammte Anlegenheit in der Datenbank des FBI.«

»Ziemlich originell«, meinte Mallory. »Nicht gerade eine Nullachtfünfzehn-Erpressung. Und Rocket Mann war geduldig. Er wartete einen ganzen Monat mit dieser Aktion, wartete auf den Tod des Opfers. Mord ist viel mehr wert als nur eine Anklage wegen Körperverletzung.«

»Genau«, pflichtete ihr Riker bei. Hätte sich Mallory nicht bei ViCAP eingehackt, dann wäre der alte FBI-Fragebogen noch in der Versenkung geblieben. Manns Erpressungsopfer brauchte nur zu wissen, dass der Fall da war und jederzeit wieder hervorgeholt werden konnte. Besser als ein Bankschließfach. »Dann war also dieser arme Tropf, der in den Jugendknast kam, bloß ein Sündenbock.«

»Er war zu etwas anderem gut«, sagte Mallory. »Hätte die Familie des toten Jungen irgendwelche Forderungen gestellt, brauchte ihnen Mann nur das Band mit der Aussage zu zeigen – und vielleicht ein Dokument, das bewies, dass Toby Wilder gesessen hatte.«

Die unter Verschluss gehaltenen Akten des Familiengerichts hatten das Problem gelöst, wie man Toby für ein ganz anderes

Verbrechen zur Rechenschaft ziehen konnte. Und Ernest Nadlers Eltern würden nie erfahren, dass der Mord an ihrem Sohn vertuscht worden war, weil er den kometenhaften Aufstieg des nicht gerade kometenhaften Rocket Mann ermöglicht hatte.

In Anlehnung an Pollards Bemerkung über den Hungerkünstler sagte Riker: »Der Typ hat an alles gedacht.« Er nahm das kleine Mikrofon ab, das als Krawattennadel getarnt war. »Fast an alles.« Er griff in seine Brusttasche, zog den winzigen Recorder heraus, der das gesamte Gespräch mit Mann aufgezeichnet hatte.

»Das kriegt der Chief aber noch nicht«, sagte seine Partnerin. »Erst muss unser Fall in trockenen Tüchern sein.«

»Wenn wir etwas zurückhalten …« Der Wagen machte einen Satz vorwärts – und blieb dann ruckartig stehen, weil der Verkehr vor ihm komplett zum Stillstand gekommen war, und Riker dankte insgeheim seinem Sicherheitsgurt, ohne den er sich vermutlich die Zähne am Armaturenbrett ausgeschlagen hätte.

»Joe Goddard ist total verrückt auf Schach«, sagte Mallory zu dem Mann, der ihr im zarten Alter von elf Jahren dieses Spiel beigebracht hatte. »Er spielt regelmäßig im Washington Square Park. Und er ist gar nicht schlecht.«

»Gut zu wissen. Der Chief sieht also sechs Züge voraus. Und?« *Auweia!* Jetzt wusste Riker, warum Mallory etwas zurückhalten wollte – sozusagen als Druckmittel. Joe Goddard hatte bereits einen Zug vorgegeben, der den Detectives Macht über ihn verlieh; er hatte offen eine Verschwörung angezettelt, die für ihn das Ende seiner Karriere bedeuten würde, falls die Sache schiefging.

Mallory beendete den Gedanken für ihn. »Man muss sich fragen, was Goddard plant, um uns auf Linie zu halten – und uns mundtot zu machen.« Jetzt fuhr der Wagen wieder, doch sie drehte den Kopf zu ihrem Partner und nicht in Richtung

Windschutzscheibe – ein kleiner Nervenkitzel, den Mallory sich für besondere Gelegenheiten aufsparte. »Hier liegt das Problem. Wenn der Chief irgendwas gegen mich in der Hand hätte, dann hätte er es noch vor unserem Treffen mit Rocket Mann ausgesprochen. Er würde nie das Risiko eingehen, dass wir die Seite wechseln. Deshalb denke ich, dass er was in Bezug auf dich hat.«

»Nö. Hat er nicht.« Riker trug die weißeste Weste der gesamten New Yorker Polizei, und das wusste dieses Gör *ganz genau.*

Immer noch in ihrem wahnsinnigen Fahrstil bog Mallory um eine Ecke und beschloss dann, ihm zu glauben. Sie richtete die Augen wieder auf die Straße und auf das, was vor ihnen lag, bzw. ging – zwei Fußgänger auf dem Zebrastreifen.

Jetzt hatten Riker und Mallory die gefährliche Strecke im Großstadtdschungel hinter sich gebracht und hielten am Straßenrand. Zu Fuß betraten sie den großen Bogengang, der unter einem Gebäude an der Centre Street hindurchführte, und kamen in einer Art Fußgängerzone wieder heraus, die mit Backsteinen gepflastert und von Bäumen, Straßenlaternen und Bänken gesäumt war. Ganz am Ende von One Police Plaza bewachte ein kleines Pförtnerhaus den Zugang zum Hauptquartier der New Yorker Polizei, einer vierzehnstöckigen Trutzburg, die so gebaut war, dass sie wohl jeder Belagerung durch ihre nicht existierenden Feinde widerstanden hätte. Riker nannte den Kasten den Paranoia-Palast, weshalb er auch wusste, dass sie nicht lange würden warten müssen.

Mallory schaute auf ihr Handy und las eine SMS. »Die ist von dem Bullen im Pförtnerhaus.« Der Kollege war ihr Spitzel und hatte immer ein Auge auf die Drehtür.

Die Detectives gingen hinter einer großen Skulptur, einer Ansammlung von fünf riesigen roten Scheiben, die in sonderbaren Winkeln zueinander angeordnet waren, in Deckung. Wenige Minuten später marschierte Rolland Mann ohne seinen Bodyguard an ihnen vorbei in Richtung Bogengang.

»Gutes Timing, Kleine.« Auch wenn es ihm anders lieber gewesen wäre, behielt Riker seine Position hinter der Skulptur, denn er wartete darauf, dass ein weiterer ranghoher Polizist folgen würde.

»Er kommt«, sagte Mallory. »Geld her.«

Der Mann mit den Gewehrkugelkopf, Chief Joe Goddard, bewegte sich schnell über die Promenade, verlangsamte dann jedoch seine Schritte, um einen angemessenen Abstand zwischen sich und den amtierenden Polizeipräsidenten zu bringen und unbemerkt zu bleiben.

Riker reichte seiner Partnerin, die eine Wette gewonnen hatte, einen Zwanzigdollarschein. Er hatte nicht geglaubt, dass Goddard es riskieren würde, beim Beschatten erwischt zu werden. Jetzt jedoch hatten sie den handfesten Beweis: Es gab keine offiziellen Ermittlungen in Sachen Korruption bei der Polizei, und der Chief kochte hier sein ganz eigenes Süppchen.

Die beiden Detectives schlenderten durch den großen Bogen zurück und folgen ihren beiden Opfern auf dem Gehweg die Centre Street entlang. Riker bestand darauf, dass seine Partnerin hinter ihm ging. Mallory war seltsamerweise der Überzeugung, dass eine Sonnenbrille auf ihrer Nase sie unsichtbar machte und sie nicht von Männern angestarrt würde.

Mallory glaubte wirklich, sie sei gut im Beschatten.

Heute jedoch beugte sie sich dem Willen ihres Partners. Beschatten konnte Riker wie kaum ein anderer, obwohl er zugeben musste, dass Goddard auch nicht schlecht war. Glücklicherweise hatte der Chief nicht damit gerechnet, dass man ihm folgte, weshalb er kein einziges Mal hinter sich blickte; zu sehr war der Mann mit dem Jagen seines eigenen Opfers beschäftigt. Und so ging es immer weiter, vier Polizisten, die einander im Gänsemarsch folgten, um Ecken bogen, durch Seitenstraßen schlenderten.

Die kleine Parade kam zum Stehen, als Rolland Mann bei der ausgebreiteten Decke eines illegalen Straßenhändlers stehen blieb und in bar für ein kaum gebrauchtes und mit Sicherheit gestohlenes Handy bezahlte – eine reichlich überzogene Vorsichtsmaßname im Zeitalter von Prepaid-Karten und Einweghandys.

Wie paranoid war der eigentlich?

Nach dem Kauf marschierte die kleine Truppe weiter. Riker sah, wie Rolland Mann eine Nummer auf dem Handy wählte und dieses ans Ohr hielt. Die Zeit zwischen diesem Anruf und dem nächsten ließ darauf schließen, dass er keine Verbindung bekommen hatte; erst die dritte Nummer führte zu einem Gespräch, das mehrere Minuten lang dauerte.

Als er mit dem Telefonieren fertig war, blieb Mann an einem mobilen Essensstand stehen und kaufte sich einen Bagel in einer weißen Papiertüte. Er schaute sich in alle Richtungen um, doch seine drei Verfolger waren bereits in Ladeneingängen verschwunden und nicht mehr zu sehen. Während Mann seinen Bagel aus der Tüte zog, benutzte Mallory die Kamerafunktion ihres Handys. *Klick* – ein Bild von Mann, wie er mit einem Taschentuch die Fingerabdrücke von seinem Handy wischte – *Klick* –, wie er das Handy in die Papiertüte steckte und – *Klick* – wie er die Tüte zerknüllte und in einen städtischen Mülleimer warf. Jetzt schlenderte er mit dem Bagel in der Hand zurück zum Hauptquartier.

Einen Moment später trat Chief Goddard auf den Gehweg und zog das weggeworfene Handy aus dem Mülleimer. Riker tat es Mallory nach und knipste mit seiner Handykamera ein Foto vom Chief, wie er in der Tonne wühlte. Warum eigentlich nicht? Dieser Schnappschuss schloss erstens die Beweiskette für das weggeschmissene Handy und gab zweitens auch ein tolles Motiv für eine Weihnachtskarte ab.

Goddard sah nicht, wie die beiden Detectives Seite an Seite mit den Fußgängermassen verschmolzen und um eine Ecke bogen.

Coffey blickte auf, als sein dienstältester Detective mit der Tradition brach, dass man anklopfte, bevor man das Büro seines Chefs betrat. »Wo ist Ihre Partnerin?«

»Die bearbeitet einen weiteren Fernsehsender, Humphrey Bledsoes Begräbnis anzukündigen.« Riker ließ sich auf den Stuhl vor dem Schreibtisch plumpsen. »Vielleicht muss ich noch etwas Schadensbegrenzung betreiben.«

»Hat es was mit God zu tun?« Damit meinte der Lieutenant Chief Joe Goddard, der die höhere Macht eines jeden Dezernats war. Coffey hob die Hände. »Dann kommen Sie zu spät. Ich habe gerade mit ihm telefoniert. Er hat mich gefragt, ob Mallory durch ihren Psychotest gefallen ist. Als er mit euch beiden geredet hat, hatte er den Eindruck, sie wüsste es noch nicht. Schätze, er will uns was damit sagen … vielleicht eine Drohung?«

»Aber Sie hatten Charles Butlers Gegengutachten eingereicht, oder?«

»Nein, Riker, Sie wollen doch nicht wirklich, dass ich das tue.«

»Es ist Mallorys gutes Recht, gegen Dr. Kanes Einschätzung Widerspruch einzulegen. Ich weiß, ihr Anwalt hat Ihnen …«

»Ach, Sie meinen das hier?« Der Lieutenant hielt ein zerknülltes Schriftstück in die Höhe und warf es hinter sich. »Alles passé. Mallorys Fall ist immer noch in der Schwebe.«

»Was zum …« Riker verstummte, als der Lieutenant die Hand hob.

»Ich war heute bei Charles Butler.« Jack Coffey schloss die oberste Schublade seines Schreibtisches auf. »Ich hatte ein Problem mit seinem Gegengutachten. Ein kleines Detail – obwohl es auch nur ein Tippfehler sein konnte. Er zeigte mir also seinen Kalender mit den Terminen für Mallorys Sitzungen und eine Fassung seines Berichts – einen *Durchschlag* von einer gottverdammten *Schreibmaschine.* Kann denn bitte jemand dem Mann einen Computer besorgen?« Der Lieutenant zog zwei Stapel Papier aus der Schublade und legte sie nebeneinander auf den Schreibtisch. »Hier ist Dr. Kanes Originalgutachten, bei dem sie durchgefallen ist. Und das ist Charles Butlers Gegengutachten. Beachten Sie das Datum.«

Als der Detective vom Lesen aufblickte und »Scheiße« sagte, lächelte der Lieutenant.

Charles Butlers vierseitige Verteidigung von Mallorys geistiger Gesundheit erwähnte zwar die Einschätzung des Polizeipsychologen, doch Charles' Erwiderung war eine ganze Woche, *bevor* Dr. Kane der New Yorker Polizei seine Ergebnisse übermittelt hatte, geschrieben und datiert worden. Riker starrte verständnislos auf die beiden Dokumente. »Wie konnte das …«

»Sie *wissen* doch, was passiert ist. Mallory mochte nicht auf den offiziellen Bericht des Psychologen warten. Der dauerte ihr zu lang. Deshalb hat sie sich in den PC des Seelenklempners gehackt. Sie wusste, was in Dr. Kanes Bericht stand, lange bevor er auf den Tisch des Chiefs kam – und auf meinen.«

Riker schüttelte den Kopf. »Solche Böcke schießt Mallory nicht.«

»Vielleicht trug Kanes Gutachten noch ein früheres Datum – als Mallory sich in seinen Computer eingeloggt hat. Sein Bericht hätte schon vor Wochen rausgehen sollen. Wahrscheinlich dachte Ihre Partnerin, ich säße längst drauf – nur um sie mit noch mehr Schreibtischarbeit zu piesacken. Doch die ganze

Hackerei hat ihr nichts geholfen, weil sie nicht wusste, dass Dr. Kane die Grippe hatte. Das habe ich von seiner Sekretärin. Und deshalb kam auch sein Bericht so spät.« Der Lieutenant legte die beiden Gutachten in die Schublade zurück – und schloss sie mit einem Knall. »Mallory hätte ebensogut ans Schwarze Brett hängen können, dass sie das Gesetz bricht.«

»Was werden Sie tun?«

»Ich? Nichts. Um ihren eigenen Karren an die Wand zu fahren, benötigt Mallory meine Hilfe nicht. Aber sie wird eine Weile brauchen, um sich einen anderen Doc zu suchen … und sich noch mal ganz legal prüfen zu lassen.« Der Lieutenant hatte sich unmissverständlich ausgedrückt. Charles Butler war offiziell aus dem Spiel; die Datierung seines Gegengutachtens konnte er nicht mehr ändern. »Also, Riker … unser Problem ist Folgendes. Ich glaube, Chief Goddard *gefällt* Dr. Kanes Bericht. Er macht mir noch nicht einmal Vorwürfe, weil ich einen psychisch angeknacksten Cop auf die Straße schicke. Er *will* Mallory bei diesem Fall dabeihaben. Der Chief könnte jahrelang auf diesem getürkten Gutachten sitzen – oder ihr morgen die Dienstmarke abnehmen, wenn sie nicht in der Spur läuft. Das ist sein Stil.«

Riker nickte bei dieser Interpretation des Begriffes *Stil.* Joe Goddards Motive waren rein – und wahnhaft. Der Chief wollte die New Yorker Polizei nach Gutdünken umgestalten. Zu diesem Zweck sammelte er schmutzige Wäsche von Leuten über und unter seinem Rang. Falls die Leute sich seiner Umgestaltung widersetzten, *entfernte* er sie. Sollte Mallory bezüglich Rolland Mann nicht abliefern wie erwartet, dann war sie weg vom Fenster. So lautete die Botschaft von Goddards Anruf beim Lieutenant.

»Geben Sie dem Chief, was er will«, sagte Coffey. »Und um Gottes willen warnen Sie Mallory. Das ist Ihre einzige Chance zur Schadensbegrenzung.«

Bis Mallory merkte, dass Goddard es auf sie abgesehen hatte, würde es längst zu spät sein. Doch Jack Coffey hatte recht. Riker wusste, seine Partnerin würde nie in Frieden gehen. Und wenn sie einen Warnschuss bekam? Er rief sich die Stelle aus der biblischen Apokalypse ins Gedächtnis und setzte Mallory in den Sattel des fahlen Pferdes, das vom Tode geritten wird. *Und die Unterwelt zog hinter ihm her.* »Ich sag ihr nichts.«

Coco griff unter ihr Kissen und zog das Handy mit der einzelnen Taste hervor, um Mallory gute Nacht zu sagen. Als die Verbindung zustande kam, legte sie die Hand auf das Mundstück und schaute zu Charles Butler empor. »Sie möchte wissen, ob du das Päckchen gekriegt hast.«

»Ja, sag ihr, es ist da.«

Die Antwort wurde weitergegeben. Dann sagte Coco, als Antwort auf eine Frage von Mallory: »Ich weiß es nicht mehr.«

Das kleine Mädchen kniff die Augen zu und zog den Hals ein, wie eine kleine Schildkröte im Schlafanzug. »Ich glaube nicht, dass er irgendwas gesagt hat…«

Bei diesem deutlichen Anzeichen von Stress wurde die Befragung beendet – Charles schnappte sich das Telefon und sagte: »Gute *Nacht,* Mallory.«

Er blieb noch bei dem kleinen Mädchen sitzen und versuchte, Coco die Nervosität mit einem Kapitel aus Dickens' *Raritätenladen* zu nehmen, was bei Kindern nicht gerade als Spannungsliteratur galt. Schon nach wenigen Seiten war Coco eingeschlafen.

Auf seinem Weg den Flur entlang probte er für sein nächstes Gespräch mit Mallory, der er eine saftige Standpauke in Sachen Umgang mit seelisch labilen Kindern halten würde. Er blieb bei dem Flurtischchen stehen, hob das Päckchen von der New Yorker Polizei hoch und öffnete es. Es lag eine Videokassette darin.

Das konnte auch erklären, warum man ihm zuvor einen altmodischen Fernseher geliefert hatte, ein Röhrengerät mit einem Schlitz unter dem Bildschirm, in den dieses Band perfekt hineinpassen würde. Der Mechanismus war so einfach, dass Mallory sogar auf ihre sonst üblichen Anweisungen für Technikgegner verzichtet hatte.

Charles schenkte sich ein Glas Rotwein ein und spielte den fünfzehn Jahre alten Film mit dem Schuljungen Toby und dem ehemaligen Detective Rolland Mann ab. Er sah dem todmüden Kind deutliche Anzeichen eines Traumas an; der Junge bewegte permanent den Kopf hin und her – keine Geste der Verneinung, sondern tiefster Verwirrung. In den glasigen Augen des Jungen stand nur eine einzige Frage, die Toby jedoch weder stellte noch aussprach: *Wie kann das alles sein?*

Seine erhöhte Neigung zur Empathie hatte Charles Butler schon immer davon abgehalten, eine eigene Praxis zu eröffnen und direkt mit Patienten zu arbeiten. Was vom Schmerz anderer Leute er ertragen konnte, war begrenzt, und in diesem Moment fühlte er sich hilflos und hoffnungslos, vollkommen der Angst dieses Kindes ausgeliefert. Und als es auf das Ende der Bandaufnahme zuging, bereitete es dem Psychologen keinerlei Probleme, Toby das eine Wort von den Lippen abzulesen, das er wie zur Untermalung bei jeder Äußerung des Detectives stumm vor sich hersagte. Wieder und wieder hauchte Charles, zusammen mit dem Jungen, dieses eine Wort. *Mom. Mom. Mom.*

Dann war das Band zu Ende – viel zu früh.

Das Telefon klingelte, und bestimmt war das Mallory. Charles nahm den Hörer ab. Ohne sich mit einer Begrüßung aufzuhalten und bevor sie auch nur ein Wort sagen konnte, um Charles mit ihrem vorausahnenden Timing zu verblüffen, sagte er: »Du hast recht, und du hast unrecht. Das Band ist nicht ge-

türkt, aber die Vernehmung endete abrupt … in einem sehr seltsamen Moment. Rolland Mann hat sich nach jemandem gerichtet, der hinter der Kamera war. Das kann man daran erkennen, wie er den Kopf hebt und plötzlich den Blickkontakt mit dem Jungen unterbricht. Und du hast recht mit dem Zeitfaktor. Das Verhör hatte wahrscheinlich schon Stunden angedauert, bevor sie mit der Aufnahme begannen. Der Junge zeigt Anzeichen tiefster Erschöpfung. Aber das ist genau das Seltsame.«
Charles wusste, dass der Junge – seelisch und verstandesmäßig – an dem Punkt gewesen war, nachzugeben, aufzugeben. »Toby wollte gerade gestehen.«

EINUNDZWANZIG

Toby geht nicht immer direkt von der Schule nach Hause. Manchmal folgen wir ihm in den Central Park. Am Eingang zum Ramble bleiben Phoebe und ich jedes Mal stehen. Da drinnen ist es gefährlich, und das wissen wir, ohne dass man es uns sagen muss. Selbst bei Tageslicht ist jeder Fels und jeder Baum das ideale Versteck für Unheil und Schmerz, für Leute, die am Rande der Gesellschaft stehen, unheimliche Typen, die nichts mehr zu verlieren haben. »Die gehen mit dem Messer auf euch los, sobald sie euch sehen.« Das sagt ein Polizist, als er uns wegjagt. Trotzdem habe ich Toby Wilder in den Ramble gehen sehen. Er tänzelte.

ERNEST NADLER

Falls die Stadt ein Herz hatte, und das mochte Riker bezweifeln, dann schlug es sicher nicht in diesem Viertel mit seinen Ausblicken auf den Fluss und seinen Promenaden, wo Hunde von eigens angeheuerten Sittern ausgeführt wurden, damit ihre Besitzer, die Reichsten unter den Reichen, ungestört ihr Leben hoch oben in den Wolken von Penthouse-Land führen konnten.

Riker schlenderte zusammen mit Charles Butler die Straße entlang, mit dem einzigen reichen Menschen, den er je gemocht hatte. Hinter ihnen gingen Mallory und Coco Hand in Hand, gefolgt von dem Uniformierten, der darauf abgestellt worden war, die wichtige Zeugin zu schützen. Das kleine Mädchen trug eine funkelnagelneue Designerbrille mit schickem rotem Rahmen – ein Geschenk von Mallory, das das weniger stylische Modell, das ihr Charles gekauft hatte, ersetzte. Coco betrachtete jedes Gesicht in der langen Prozession von Trauergästen, die sich langsam auf das Bestattungsinstitut zubewegte. Die Schlange zog sich um den ganzen Häuserblock, und selbst Riker, ein unpolitischer Cop, erkannte zahlreiche Gesichter von Politikern.

Charles identifizierte andere Gesichter, die eher aus dem Bereich des New Yorker Geldadels stammten. »Die sind da, weil Grace eine geborene Driscol ist. Ihr verstorbener Gatte John Bledsoe war schlecht angesehen. Soweit ich weiß, hat er seine Familie im Stich gelassen und sich dann zu Tode gesoffen.«

Lächelnd blickte Riker an der langen Schlange hinter ihnen entlang und fragte sich, wie viele dieser edelgesinnten Menschen wohl wussten, dass sie einem toten Kinderschänder die letzte Ehre erwiesen. »Wie hat es Coco eigentlich aufgenommen, als du ihr gesagt hast, dass Onkel Red gestorben ist?«

»Sehr gut. Ich glaube, sie war erleichtert.«

»Hast du ihr denn auch das von ihrer Granny schon erzählt?«

»Nein«, antwortete Charles. »Vielleicht reden wir morgen darüber. Mallory hat recht. Diese Beerdigung ist eine gute Vorbereitung. Coco war noch nie auf einer. Wir setzen uns einfach in die letzte Reihe. Ich will nicht, dass sie in einen offenen Sarg schaut. Mit dem Tod hat sie noch keine wirkliche Erfahrung gemacht.«

»Du machst wohl Witze.« Riker deutete mit dem Daumen über seine Schulter. »Das Mädchen kennt fünfzig Methoden, um eine Ratte ins Jenseits zu befördern.«

Die kleine Gruppe blieb vor dem Bestattungsinstitut »Harrow and Sons« stehen, einem Gebäude, das ebenso gut als hundert Jahre alte Bank durchgegangen wäre. Coco schüttelte den Kopf und sagte Mallory, sie habe niemanden erkannt. Auf einmal trug Charles ein etwas schiefes Lächeln zur Schau, das besagte: *Was? Was war das gerade?*

»Verflucht!« Erst jetzt wurde ihm bewusst, dass diese Prozession von betuchten Trauergästen in Wirklichkeit Cocos Gegenüberstellung mit potenziellen Mördern gedient hatte. Mit dem Kind an der Hand stapfte der wütende Psychologe ohne ein weiteres Wort davon. Coco winkte ihren Freunden von der Polizei zu, bis sie und ihr Beschützer um die Ecke gebogen und außer Sicht waren.

Mallory betrat das Gebäude, und Riker blieb auf dem Gehsteig zurück, um sich die Fotos anzuschauen, die zuvor ein Polizeifotograf gemacht hatte. Nachdem man ihm versichert hatte, dass sie später von jedem Besucher ein Bild haben würden, stieg er die Treppe hoch. Ein junger Mann in Trauerkleidung nahm ihn in Empfang und führte ihn durch einen Flur mit dunkel vertäfelten Wänden und Samtsofas. Auf einer dieser Sitzgelegenheiten hockte Mrs. Driscol-Bledsoes Begleiterin Alice Hoffman, und neben der Frau saßen zwei Männer in teuren Anzügen. Riker erkannte in einem der beiden den Anwalt wieder, der Phoebe Bledsoe von der Polizeiwache abgeholt hatte.

Der Detective folgte seinem Begleiter in einen großen Raum, der vermutlich an die hundert Menschen gefasst hätte, in dem jedoch nur zwei Stühle aufgestellt waren – einer für Humphrey Bledsoes Mutter und einer für seine Schwester. Phoebe benahm sich heute gesittet und kaute weder an den Nägeln, noch führte sie Gespräche mit Unsichtbaren.

Rikers Begleiter verriet ihm, man habe die übrigen Stühle entfernt, um die Menschen davon abzuhalten, zu lange zu verweilen. »Die Mutter hat eine kirchliche Trauerfeier… abgelehnt.« Mr. Harrow war eigentlich viel zu jung, um darüber empört zu sein, doch in Rikers Augen ergab es durchaus einen Sinn. Für einen Kinderschänder zu beten, hieß praktisch, Gott um die sieben Heimsuchungen zu bitten.

Die Luft war schwer von den vielen Blumenspenden. Die

meisten waren aufwendig und extravagant, als fürchtete jeder, der ein Gesteck oder einen Kranz geschickt hatte, ausgestochen zu werden. Mehr Blumen gab der ganze Central Park nicht her. In der Mitte der bunten Fülle war der Sarg aufgebahrt, ein gewaltiger Kasten aus reich geschnitztem Holz. Humphrey Bledsoes Haar hatte seine natürliche Farbe zurückerhalten, und von den Schäden durch die Obduktion war nichts zu sehen. Das Gesicht wirkte geradezu gespenstisch lebendig – und es lächelte. Um Cocos willen hätte Riker am liebsten eine Kugel abgefeuert und so dem unheimlichen Grinsen ein Ende bereitet. Stattdessen nahm er einen Platz hinter den Stühlen von Mrs. Driscol-Bledsoe und ihrer Tochter ein und beobachtete seine Partnerin, die von Blumengesteck zu Blumengesteck wanderte, die Blütenpracht bewunderte – und dabei die Kondolenzkarten mitgehen ließ, um der Polizei eine Liste derjenigen zu liefern, die am erpichtesten darauf waren, sich bei der Mutter des Kinderschänders lieb Kind zu machen.

Eine ganze Stunde lang betraten die Trauergäste einzeln den Raum und absolvierten zunächst den obligatorischen Gang zu der aufgebahrten Leiche des Pädophilen, um dann der Familie ihr Beileid auszusprechen. Anschließend folgte für jeden das, was man die höfliche Form des Rausschmisses nennen musste. Riker konnte nicht anders, als die Fähigkeit der Matriarchin zu bewundern, mit der sie die Menge in Bewegung hielt, indem sie rasch der einen Person die Hand entzog, um sie gleich der nächsten zu reichen. Selbst dem Bürgermeister wurde nur eine kurze Audienz gewährt. Und dann war Rolland Mann an der Reihe. Der amtierende Polizeipräsident wirkte ziemlich nervös. Er beugte sich tief zu Humphreys Mutter hinab, durfte jedoch auch nicht mehr als drei geflüsterte Worte äußern, bevor er entlassen war.

Bei den letzten Trauergästen handelte es sich um drei Nachzügler in Alltagskleidung, einen Mann, eine Frau und ein junges Mädchen mit rotem Haar im gleichen Ton wie dem von Coco.

Phoebe beugte sich zu ihrer Mutter, und Riker hörte sie flüsternd fragen: »Wer sind diese Leute?«

»Ich glaube, das sind die Coles«, sagte Mrs. Driscol-Bledsoe. »Ich bin ihnen erst ein- oder zweimal begegnet, und damals war das Mädchen noch viel jünger.«

Die drei Coles zogen langsam am Sarg vorbei und spuckten abwechselnd auf den Leichnam.

»Mal was anderes«, murmelte Riker.

Der glubschäugige Bestattungsunternehmer war offenbar ein weiterer Harrow von »Harrow and Sons« und die ältere Ausgabe von Rikers Begleiter. Dieser distinguierte Gentleman hielt hörbar die Luft an und lief, als er wieder alle Sinne beisammen hatte, auf die Leichenschänder zu. Mallory erwischte ihn an einem Arm und zog ihn zum Sarg zurück, wo sie ihm – wie einem Hund – befahl: »Bleib.« Dann ging sie hinter der kleinen vandalistischen Familie her. Ihr Anführer war wütend, als er auf die Mutter des Toten zuging.

»Mr. Cole, danke, dass Sie gekommen sind.« Das sagte Grace Driscol-Bledsoe mit überraschend wenig Häme in der Stimme. Der Mann förderte einen riesigen Schleimpfropfen aus seiner Kehle zutage. Der langsam über die Seidenbluse der Dame rann. Ohne auch nur eine Sekunde zu zögern, fügte sie hinzu: »Immer ein Vergnügen.«

Mallory und Riker folgten den Coles nach draußen, und dort auf dem Gehsteig erfuhren sie, dass die Familie in einer kleinen Stadt in Connecticut lebte, wo Humphrey eine weiterführende Schule besucht hatte. Danach sagte der Mann nichts mehr, bis seine Frau und Tochter sicher in einem Taxi verstaut waren. »Er hat meine Kleine vergewaltigt, als sie gerade sechs Jahre alt war, aber die Stadt wollte ihn dafür nicht belangen. Sie haben ihn nicht mal *festgenommen*. Die Eltern und die Politiker haben irgendwo in einem Hinterzimmer einen dreckigen Deal ausgehandelt, und der Scheißkerl kam in eine Nobelklapsmühle – mehr eine Wellnessoase für Reiche. Deshalb haben wir die Eltern angezeigt.«

Riker blickte von seinem Notizbuch auf und fragte: »Weswegen?«

»Fahrlässigkeit. Sie hatten die Stadt nicht davor gewarnt, dass ihr Sohn ein Monster ist.« Mr. Coles Wut und Schmerz wirkten wie frisch, als hätte der Missbrauch erst an diesem Morgen stattgefunden und nicht vor Jahren. »Sie *wussten,* was sie für ein Kind haben. Sie haben es *immer* gewusst. Deshalb haben sie sich auch außergerichtlich geeinigt.« Der Mann stieg in das wartende Taxi, und die gebeutelte Familie fuhr davon.

»Der Vergleich hat ein kleines Loch in das Vermögen meines Mannes gerissen.«

Die Detectives wandten sich um und sahen Grace Driscol-Bledsoe hinter ihnen auf der Treppe des Bestattungsinstituts stehen.

»Natürlich war der Prozess lächerlich. Eigentlich wäre er mangels ausreichender Beweise geplatzt, doch mein verstorbener Ehemann gab den Coles am Ende mehr als das, was sie gefordert hatten.« Sie stieg die Treppe hinab, blieb jedoch auf der untersten Stufe abrupt stehen, zweifellos deshalb, weil sie dann auf sie herabschauen konnte. »Er wollte dem kleinen Mädchen das schmerzliche Auftreten vor Gericht ersparen. Mein John war ein sentimentaler Mann.«

»Sie meinen, er wusste, dass sein Sohn ein Schwein ist«, sagte Riker. »Und wie kam Humphrey an all das Geld?«

»Als John seine Firma verkauft hat, ging der Erlös an einen Treuhandfonds für die psychiatrische Betreuung unseres Sohnes. Unter einer Bedingung – der Junge sollte in einer geschlossenen Einrichtung leben, bis er geheilt war.« Sie schenkte Riker ein gönnerhaftes Lächeln. »Ich weiß, was Sie denken, Detective. Pädophile werden nur dann geheilt, wenn ihnen das Geld für ihre Therapeuten ausgeht. Und wir haben unser Bestes getan, damit das nicht passiert. Doch nach dem Tode meines Mannes hat Humphrey sich Anwälte genommen, um an den Fonds heranzukommen und dafür zu sorgen, dass er die Anstalt verlassen konnte. Der Prozess hat sich jahrelang hingezogen. Selbst nach Steuern und den Prozesskosten besaß mein Sohn immer noch mehr als hundert Millionen Dollar ... ihm blieben ganze drei Monate, um sie zu genießen.«

»Und jetzt kommt das Geld zu Ihnen zurück«, bemerkte Mallory.

»So sagte man mir.«

»Meine Partnerin liebt das Geld-Motiv«, sagte Riker. »Aber ich schätze, hier geht es um Unzurechnungsfähigkeit, richtig? Liegt ja vielleicht in der Familie?«

»Oh, mein Sohn war nicht unzurechnungsfähig – bloß ein ganz prosaischer Perversling.«

»Er redet von Phoebe«, sagte Mallory. »Ihre verrückte Tochter steht auf unserer Shortlist.«

»Mit ihr ist alles in Ordnung.«

»Wie bitte?« Riker legte den Kopf schief. »Sie redet mit Leuten, die nicht da sind.«

»Nein, das stimmt nicht. Sie hört lediglich zu.« Mrs. Driscol-Bledsoe sagte das so, als wäre es das Vernünftigste der Welt.

»Okay«, meinte Riker. »Dann hört Phoebe nur Unsichtbare. Trotzdem ...«

»Das ist das Symptom einer misslungenen Therapie, keine Geisteskrankheit. Und ich kann Ihnen mühelos sechs Leute nennen, die auf Friedhöfe gehen und mit Grabsteinen kommunizieren.«

»Dann hat Phoebe also eine psychiatrische Vorgeschichte«, sagte Mallory, »und ihr unsichtbarer Freund ist tot.«

»Tot und ziemlich klein«, sagte Riker. »Kindergröße. Sie schaut immer nach unten, wenn er mit ihr redet.« Jetzt ein Schuss ins Blaue: »Dieses unsichtbare, tote Kind – wie heißt es doch gleich – *Ernest*?«

Bingo.

Riker sah die Überraschung in den Augen der Frau, die nur eine Sekunde währte und dann wieder vorbei war. Dann schaute er an ihr vorbei und sah drei Männer in Anzügen, die die Treppe des Bestattungsinstituts herunterkamen. So schöne Anzüge. Sie versammelten sich um Mrs. Driscol-Bledsoe, als sie auf den Gehweg hinabtrat. Mallory beobachtete derweil das Geschehen auf der anderen Seite der Straße, wo ein weiterer Anzugträger die Tür einer wartenden Limousine öffnete und Phoebe Bledsoe darin Zuflucht nahm.

Riker lächelte. »Clever gemacht.« Die Mutter hatte also mit ihnen geplaudert, um ihrer Tochter Rückendeckung zu geben. »Jetzt müssen wir uns jedoch fragen, warum Phoebe Ihres Schutzes bedarf.«

Mallory trat näher an die Society-Dame heran. Noch näher – bis auf beinahe bedrohliche Distanz. »Gerade haben Sie Ihre Tochter an die Spitze unserer Liste von Verdächtigen katapultiert.«

Beide Frauen waren groß und folglich auf Augenhöhe, und so hatte das Ganze den Charakter eines Showdowns, mit drei bewaffneten Bodyguards und einer Diva auf der einen Seite und Mallory auf der anderen. Einer der Anwälte flüsterte Grace Driscol-Bledsoe etwas ins Ohr. Offenbar gehörte sie zu den wenigen Mandanten, die auf ihren rechtlichen Beistand hörten, denn die Anwälte nahmen sie in ihre Mitte und marschierten mit ihr zackig davon, wie eine Blaskapelle. Noch eine

Limousinentür öffnete sich, und die Dame war verschwunden.

Für das andere Mordopfer aus dem Ramble gab es keine Trauerfeier, was am mangelnden Interesse der Eltern von Agatha Sutton lag. So formulierte es der jüngere Bruder des Opfers, als er die Detectives an der Tür zur Wohnung seiner Schwester traf. Der Junge war Anfang zwanzig und hatte ein perfektes Gebiss, Zeichen aufwendiger kieferchirurgischer Eingriffe in seiner Kindheit. Nun stand es also drei zu drei: Alle Opfer des Hungerkünstlers kamen aus betuchten Familien.

Barry Sutton trug trotz der Sommerhitze ein langärmeliges Hemd, was darauf schließen ließ, dass er fixte und die Einstiche an seinen Armen verbergen wollte.

»Herzliches Beileid«, sagte Riker.

»Heben Sie sich das für jemanden auf, dem es wirklich was bedeutet. Meine Schwester war ein Tier.« Der junge Mann klimperte mit einem Schlüsselbund. »Mom und Dad sind den Sommer über in Italien.« Er versuchte zuerst den einen Schlüssel und dann den anderen. »Die werden nicht so bald zurückkehren, auch nicht wegen Aggy.«

»Okay«, sagte Riker. »Wie sind *Sie* denn mit Ihrer Schwester zurechtgekommen?«

»Gar nicht.« Er steckte den dritten Schlüssel ins Schloss. Wieder kein Glück. »Tut mir leid. Das ist der Bund meines Vaters. Ich war bisher nur einmal hier, um mir zusammen mit einem Makler die Wohnung anzuschauen. Meine Eltern haben sie für Aggy gekauft.«

»Seltsam, dass sie dann nicht auch eine Operation bezahlt haben«, sagte Mallory. »Der Pathologe sagte uns, Ihre Schwester habe einen operablen Tumor gehabt … und die Symptome waren kaum zu übersehen.«

»Unser Hausarzt hat uns gewarnt, durch die Entfernung des Tumors könnte Aggy geheilt werden. Meinen Eltern war sie lieber, als sie gestört war. Mit ihrer Gestörtheit konnten sie umgehen.«

Der vierte Schlüssel passte endlich, und Barry Sutton ließ die Detectives in die Wohnung. Auf dem Boden lag ein einfaches Kleid zusammen mit einem Paar Sandalen und Unterwäsche auf einem Haufen – genauso hatten sie schon die Kleidung von Humphrey und Willy vorgefunden. Auch Aggy hatte der Mörder in geringem Abstand von der Tür mit einem Schlag betäubt und zu Fall gebracht.

Das Wohnzimmer war fast unmöbliert. »Damit war zu rechnen«, sagte der Bruder des Opfers. »Meine Eltern haben die Wohnung voll möbliert gekauft, doch Aggy verschenkt immer alles. Ein Anwalt hat die Zahlungen aus dem Treuhandfonds verwaltet, damit sie nicht auch noch ihr ganzes Geld hergibt.«

Das Zimmer war groß, konnte jedoch mit seiner miefenden Mischung aus Körpergerüchen und ungelüftetem Raum nicht anders als *trostlos* bezeichnet werden. Der Gestank nach Müll kam aus der Küche, wo ein Glas Erdnussbutter offen herumstand und bereits von Küchenschaben übersät war. Ein Laib Brot war eine einzige, wimmelnde Masse aus Ungeziefer, das sich unter dem Einwickelpapier daran gütlich tat. Barry Sutton wich angeekelt zurück und floh ins Schlafzimmer, wo nur eine nackte Matratze auf dem Boden lag. Im offenen Schrank hingen vier einfache Kleider, alle glichen dem aus dem armseligen Wohnzimmerhäufchen. Im Grunde war es der Kleiderschrank einer Mutter Teresa – nicht mal ein Ersatzpaar Schuhe war zu sehen.

»Okay, sie spinnt«, sagte Riker. »Das haben wir begriffen. Wie lange geht das schon?«

»Ein paar Jahre. In meinen Augen war der Gehirntumor ein

Geschenk des Himmels. Vor dem Tumor war meine Schwester einfach nur böse. Dann wurde sie stattdessen verrückt.« Er wandte sich an Mallory. »Verrückt ist gut.«

Sie nickte, ein kaum wahrnehmbares Zeichen ihrer Zustimmung. »Was hat Aggy denn *Ihnen* angetan?«

»Aggy die Beißerin?« Barry Sutton krempelte einen Ärmel hoch und zeigte ihnen, dass er keineswegs Nadeleinstiche versteckte, sondern nur eine hässliche Narbe. Die Wunde war verheilt, doch offenbar war so viel Fleisch weggebissen worden, dass in der Haut eine tiefe Delle klaffte. »Das hat sie gemacht, als ich zehn und sie siebzehn war. Im selben Jahr haben meine Eltern sie nach Europa geschickt. Damit sie fuhr, haben sie sie mit einer kosmetischen Operation und saftigen Spesen bestochen. Aggy war potthässlich und flachbrüstig, als sie abreiste. Als sie wiederkam, hatte sie einen Busen und ein neues Kinn – aber den Verstand verloren. Meine Eltern haben sich vor Gericht zu ihren gesetzlichen Betreuern machen lassen, damit sie alle medizinischen Entscheidungen für sie treffen konnten.«

»Und haben beschlossen, dass sie den Gehirntumor behält«, sagte Riker.

»Finden Sie das kaltherzig? Ich nenne es Selbstschutz.« Aggys Bruder rollte seinen Ärmel wieder herunter und reichte ihnen dann die Schlüssel. »Schließen Sie ab, wenn Sie gehen, ja? Und schicken Sie mir die Schlüssel *per Post*. Ich möchte über meine Schwester nicht mehr reden.«

ZWEIUNDZWANZIG

Der Sportlehrer stellt uns zwischen den Basketballkörben auf, lange Reihen von Jungs und Mädchen in Schulkrawatten und Blazern. Heute ist Klassenfoto-Tag. Abwechselnd nimmt jeder in dem Stuhl vor einem Wandschirm Platz, der aussieht wie ein wolkenverhangener Himmel.
Jetzt bin ich dran. Der Mann hinter der Kamera lässt sich eine Minute lang Zeit. Er starrt auf meinen Hals. Ich habe mir die Haare mit einem Kamm, den ich kurz unter den Trinkbrunnen gehalten habe, zurückgestrichen, sodass man die Hälfte der Bisswunde oberhalb meines Kragens erkennen kann. Der Fotograf fragt, ob er das ganze Ding sehen darf. Und ich löse meine Krawatte und öffne die obersten Knöpfe meines Hemdes. Er ist beeindruckt. Er pfeift durch die Zähne. Jetzt sieht er auch ein paar meiner blauen Flecken, diejenigen, die sonst nur in der Sportstunde zu sehen sind. Und der Turnlehrer sagt zu ihm: »Das Foto kann man doch retuschieren, oder?«
»Na klar«, meint der Fotograf, »und wenn Sie noch was drauflegen, kann ich einmal pro Woche vorbeikommen und das ganze Kind wegretuschieren. Dann ist es egal, wer ihm die Seele aus dem Leib prügelt, stimmt's?«
Der Turnlehrer geht mit schnellen Schritten davon, und ich weiß, dass er den Typen beim Direktor anschwärzen wird. Doch der Fotograf macht sich keine Gedanken. Er zwinkert und sagt: »Tja, Kleiner, wie schon Jesus Christus am Kreuz über die Römer gesagt hat: Scheiß drauf, wenn sie keinen Spaß verstehen.«
Ich lache. Er schießt das Foto.

ERNEST NADLER

Laut einer Vereinbarung, die im Büro des Bürgermeisters getroffen worden war, würden bei der polizeilichen Vernehmung im Hause Driscol-Bledsoe an der Upper West Side Anwälte anwesend sein. Als Hoffman, die dröge Hausdame, den Detectives die Tür öffnete, trug sie immer noch ihr kleines Doktortäschchen über der Schulter. Die Frau beachtete Riker nicht, als er fragte: »Was ist eigentlich in der Tasche? Fixt Ihre Chefin oder schnupft sie?«

Hoffman ließ die beiden Polizisten in einer Eingangshalle stehen, in die ein ganzes durchschnittliches New Yorker Apartment gepasst hätte. Der Boden war kreisrund mit schwarzweißen Marmorfliesen ausgelegt, und in der Mitte stand ein auf Hochglanz polierter Tisch mit einem üppigen Blumenarrangement. Sie schlenderten am großen Treppenaufgang vorbei, durch einen Bogengang und betraten einen Raum von den Proportionen eines Tanzsaales. Über ihnen wölbte sich eine gewaltige Decke, wie in einer Kirche. *Geld, Geld, Geld,* schien sie zu flüstern.

Mallory kam diese Umgebung seltsam vertraut vor, denn im Grunde herrschte hier Charles Butlers Geschmack, nur eine gehörige Nummer größer: moderne Kunst an den Wänden, antike Möbel auf dem Boden. Da die junge Polizistin das Barnard College besucht hatte, erkannte sie in der riesigen Wandskulptur mit ihren geschwungenen Formen und den Primärfarben den Stil von Frank Stella. Kunst dieser Dimension hatte Mallory auf den Dias gesehen, die man in ihrem College an die Wand des Klassenzimmers geworfen hatte. Auch einen Motherwell konnte Mallory entdecken, ein großes Gemälde auf Leinwand. Die Möbel waren eine elegante Mischung aus verschiedenen Stilen und trugen die Namen von längst verblichenen Königen und Königinnen.

Doch all das sah Mallory nicht mit dem Auge des Kunstkenners, sondern dem eines Finanzbuchhalters.

Das hier war das Vorzeigezimmer, der Versammlungsraum für Cocktailpartys, in dem man gepflegte und unbelauschte Gespräche führen konnte, auf einem Zweiersofa da und einer Couch dort, oder in einem der im Kreis aufgestellten Sessel. Obwohl die Besucher keineswegs kamen, um unterhalten zu werden; sie wurden eingeladen, um sie durch eine geradezu erdrückende Opulenz so sehr einzuschüchtern, dass sie unter dem größten Kandelaber, den es für Geld zu kaufen gab, vor Ehrfurcht erstarrten.

Langsam drehte sich Mallory im Kreis, bis ihr Blick schließlich wieder auf Grace Driscol-Bledsoe zu ruhen kam. Die Dame des Hauses thronte auf einem hochlehnigen Stuhl am Kamin – dem *einzigen* Stuhl in diesem Teil des Raumes. Umgeben wurde sie von ihrer Ehrengarde aus drei Anwälten, die kerzengerade und angespannt bei ihr Wache hielten. Ungeduldig, weil man sie warten ließ, tippte ihre Mandantin mit der Fußspitze auf den Boden.

Scheiß drauf.

Während die beiden Polizisten den riesigen Raum durchquerten, quittierte Mallory den ganzen Pomp und Protz mit einer einzigen, geringschätzigen Handbewegung und sagte: »Das alles hier gehört dem Driscol Institute, richtig? Die Antiquitäten, die Kunst. Ihnen selbst gehört doch noch nicht einmal das Haus.«

Grace Driscol-Bledsoe vermochte nur mit Mühe ein Lächeln zu verbergen und neigte bejahend den Kopf. *Touché.*

Als sie auf die Frau zutrat, blickte Mallory zu Boden und bemerkte auf dem Teppich die Druckspuren von Stühlen, die erst kürzlich weggerückt worden waren, offenbar um die Polizeibeamten während der Vernehmung zum Stehen zu zwingen, als wäre es keine Befragung, sondern eine Audienz bei Hofe. Die Möbel sagten ihnen klar und deutlich, dass sie ihre Pflicht erfüllen und dann gehen sollten. *Aber dalli.*

Mallory hielt einen dicken Umschlag hoch. »Ich habe einen Blick auf Ihre persönliche finanzielle Situation geworfen.«

Einer der Anwälte trat aus der Reihe der Begleitmusiker vor. »Sie überschreiten Ihre Kompetenzen, Detective.«

»Das glaube ich nicht«, erwiderte Riker. »Der Treuhandfonds Ihrer Familie wird vom Driscol Institute verwaltet. Die Bücher einer Stiftung müssen der Öffentlichkeit zugänglich sein. Warum ist es nötig, das einem Anwalt zu erklären?«

»Nach Steuern«, fügte Mallory hinzu, »landen Sie gerade mal in der Mittelklasse.« Sie forderte die Society-Dame zu einem kleinen Duell der Blicke heraus. Wer würde zuerst blinzeln? »Aber draufrechnen muss man natürlich noch das ganze potenzielle Schmiergeld, das sich durch die Verwaltung einer milliardenschweren Stiftung ergibt.«

»Ja«, sagte Riker, »und deshalb würden wir auch gerne wissen ...«

Jetzt fingen die Anwälte alle zugleich an zu reden, ein jeder bemüht, die anderen im Kampf um die Rolle des Empörtesten und am meisten Verärgerten auszustechen, ehe Riker die Arme hob und schrie: »Ist ja gut, ist ja gut! Ich hab eine einfachere Frage. Okay, Leute?« Er wandte sich der Dame auf ihrem Thron zu. »Haben Sie irgendwelche Fotos von Humphrey? Wir brauchen ein Foto von ihm als Kind.«

»Ein Bild, das vor *mindestens* fünfzehn Jahren aufgenommen wurde«, sagte Mallory.

Jetzt machte Grace Driscol-Bledsoe ihren ersten Fehler. Oder geschah es aus Überheblichkeit? Vielleicht hielt sie so wenig von der Polizei, dass sie es gar nicht der Mühe wert erachtete, die Überraschte zu spielen – und zu fragen, warum sie denn ein so altes Foto eines erst kürzlich verstorbenen Mordopfers benötigten. »Tut mir leid.« Mallorys Anspielung auf ein längst vergangenes Verbrechen rang ihr nur ein müdes Lächeln ab. »Ich habe seine Fotos weggeworfen, aber ich kann Ihnen ein Porträt von Humphrey und seinem Vater zeigen.« Sie führte die Polizisten und ihren Anwaltstross einen Flur entlang bis zu einer Tür, die zu einem kleinen Bad jenseits der Küche führte. An der schmalen Wand über dem Klo hing ein großes Ölgemälde in einem vergoldeten Rahmen. Ihr Mann, der verstorbene John Bledsoe, stand neben seinem Sohn, die Hand in gebieterischer Geste auf dessen Schulter gelegt. »Humphrey war zehn Jahre alt, als das Bild gemalt wurde.«

Mallory zog ihr Handy aus der Tasche und knipste.

»Ach, meine Liebe. Das kann ich besser.« Die Frau verschwand einen Moment in der Küche und tauchte dann mit einem Messer in der Hand – einem *langen und scharfen Messer* – wieder an Mallorys Seite auf. Die Anwälte machten alle einen weiten Schritt zurück, wie eine erschrockene Gruppe von Pfadfinderinnen. Die Polizisten sahen einer möglichen Messerstecherei deutlich gelassener entgegen.

Grace Driscol-Bledsoe lächelte. »Sie halten mich doch nicht etwa für gefährlich? Ich kann Ihnen versichern … ich *bin* es.« Sie stieg aus ihren Highheels, kletterte auf den Klodeckel und schnitt Humphreys Kopf aus der Leinwand. Nachdem sie ihn Riker heruntergereicht hatte, schnitt sie dazu noch den Kopf ihres Mannes heraus und gab ihm auch dieses Stück. »Wäre schade, die beiden auseinanderzureißen.«

Mallorys Augen ruhten auf dem zerstörten Gemälde, dem Konterfei eines mittlerweile kopflosen Vaters mit seinem Sohn. »Humphrey war also der Liebling Ihres Mannes?«

»Oh ja. John träumte davon, eine Dynastie zu gründen, und Humphrey war sein ungekrönter Thronfolger.« Sie stieg herab und bewunderte ihre Schnitzarbeit. »Ich glaube, mir gefällt es besser so. Mein Mann hat mir zur Geburt seines Sohnes eine Diamanthalskette geschenkt. Für Phoebe habe ich nichts bekommen. Und bei seinem Tod hat der Scheißkerl seiner Tochter keinen Penny hinterlassen.«

Als sie sich alle wieder unter dem Kristallkandelaber im Saal versammelt hatten, schnitt Mallory ihr Lieblingsthema an. »Reden wir über Geld. Ihr Einkommen aus Ihrem Familienvermögen sieht keine Steigerung nach einer Erhöhung der Lebenshaltungskosten vor. Damit könnten Sie nicht mal eine Schuhschachtel als Apartment bezahlen.«

»Meine Familie hat sich schon immer dem Dienst am Bürger verschrieben. Geld bedeutet uns nichts.«

»Und dann ist da noch Ihr Pseudogehalt«, sagte Mallory. »Als Vorsitzende des Stifungsrates des Instituts verdienen Sie nicht einmal genug, um sich Ihre Klamotten zu kaufen.« Die Polizistin klickte sich durch eine Galerie von Fotos auf ihrem Handy. Sie alle zeigten die Diva der New Yorker Wohltätigkeitsszene auf diversen Seiten aus Klatschmagazinen. »Was ich da sehe, sind alles Designerfummel. Nicht ein einziges Stück von der Stange. Und die Schuhe, die Sie gerade tragen, kosten einen Tausender … pro Stück.«

»Ich habe nie für meine Garderobe zahlen müssen, Detective. Und ich bin mir sicher, Sie wissen, warum. Ich könnte den Designern ebensogut anbieten, für ihre Waren auf meinem Rücken zu werben, doch da sind mir Klamotten und Handtaschen lieber … und Schuhe.«

»Das Finanzamt würde möglicherweise Probleme in Sachen Schenkungssteuer machen«, sagte Riker.

Ein Anwalt trat vor. »Die Kleidung wird als Schenkung an das Driscol Institute betrachtet. Sie wird auf Charity-Veranstaltungen getragen und dann, sozusagen im Recycling, bei Auktionen versteigert. Der Erlös wird wieder für einen guten Zweck gespendet.«

Somit hatte sich der Steuerfachmann innerhalb der Anzugriege geoutet. Mallory ließ den Blick von einem Winkeladvokaten zum nächsten schweifen. »Wer kann mir sagen, wie viele Politiker die Dame in der Tasche hat? Was kosten die im Durchschnitt, und wie werden sie recycelt? Auch bei einer Auktion? Mit Einfluss als Gegenleistung für den höchsten Bieter?« Das Ausbleiben von empörtem Geheul und die überraschten Gesichter bestätigten Mallory, dass kein Anwalt für Strafrecht zum Rudel gehörte.

Jetzt wandte die Polizistin ihre Aufmerksamkeit wieder Grace Driscol-Bledsoe zu. »Sie haben das Institut angewiesen, im Namen von Mitgliedern des Stadtrates wohltätige Organisationen zu fördern. Das wird denen gefallen, denn gute Taten bringen ihnen Wählerstimmen ein. Fünf dieser Mitglieder sitzen im Planungsausschuss. Dadurch haben Sie dort eine Mehrheit. Wie viele Ihrer Freunde profitieren von städtischen Aufträgen?« Bevor der erste Anwalt Einspruch erheben konnte, warf sie einen Blick auf das Display ihres Handys. »Da ist einer.« Sie hielt das Handy hoch und zeigte auf ein Gazettenfoto. »Der Typ mit dem Arm um Ihre Schulter?«

»Ach ja, genau«, sagte Riker und spähte blinzelnd auf den Schnappschuss. »Der hat doch den Zuschlag für die Brückenerhaltung bekommen. Ein *Riesending.* Und sieht er nicht glücklich aus?«

»Wenn ich schaue, wo das Geld geblieben ist«, sagte Mallory, »und das tue ich, dann sehe ich, dass keines Ihrer Schmiergelder auf einem persönlichen Bankkonto erscheint. Jede größere Überweisung würde die Behörden auf den Plan rufen … Es müssen also Schwarzgelder geflossen sein.«

Jetzt brachte Riker den entscheidenden Satz. »Macht es Ihnen was aus, wenn wir das Haus nach einem Tresor durchsuchen?«

Alle drei Anwälte hatten wieder mit dem Schnattern angefangen und versuchten sich gegenseitig zu übertönen. Die Worte *Durchsuchungsbeschluss* und *üble Nachrede* tauchten jedoch in allen Kommentaren auf, ehe ihre Mandantin das Geplapper mit einem Heben der Hand beendete. An Mallory gerichtet sagte sie: »Das Driscol Institute bekommt nur begeisterte Berichte von den Wirtschaftsprüfern. In dieser Welt geht es nicht darum, was man weiß, meine Liebe, hier geht es darum, was man beweisen kann.«

Mallorys Blick fiel aus dem Augenwinkel auf die Gesellschafterin ihrer Gastgeberin, die sich an der Tür herumdrückte. »Von Ihrem Instituts-Einkommen mögen Sie sich eine Putzfrau leisten können, aber nicht eine rund um die Uhr Beschäftigte wie Ms. Hoffman. Nicht, wenn Sie regelmäßig etwas zu essen haben wollen.« Die Polizistin beugte sich zu der Society-Dame vor und nestelte an einem silbernen Anhänger, der auf ihrem Busen ruhte. Er war hübsch graviert, doch hatte es der Juwelier nicht geschafft, die eigentliche Funktion des Knopfes zu verbergen, der in seine Mitte eingelassen war. Rasch legte die ältere Frau ihre Hand darauf.

Ihr wunder Punkt.

»Das ist ein Medaillon mit Alarmfunktion für Notfallversorgung, stimmt's? Sie drücken diesen Knopf, und ein Krankenwagen kommt.« Ohne eine Antwort abzuwarten, blickte Mallory zu der Gesellschafterin, die am anderen Ende des Raumes stand und immer noch ihre kleine Doktortasche über der Schulter hatte. »Hoffman ist also Krankenschwester? Das würde sie allerdings zu einer *sehr* teuren Angestellten machen.«

Riker räusperte sich. »Ich denke, Sie verstehen, worauf wir hinauswollen, Madam. Sie möchten nicht, dass wir etwas *beweisen*. Das ist das Allerletzte, was Sie möchten.« Er wandte sich an ihre Versammlung von Rechtsverdrehern. »Okay, Jungs?« Dieses Mal schwiegen die Anzugträger, wirkten dabei ein wenig verkrampft. »Entspannt euch«, sagte der Polizist lächelnd. »Wir verlangen nur Zugang zu Phoebe.«

»Das steht außer Debatte«, sagte Grace Driscol-Bledsoe.

»Weil sie schuldig ist«, sagte Riker, »oder weil sie Ihnen schaden kann?«

»Phoebe bekommt nach Humphreys Tod keinen Penny«, sagte Mallory. »Sie hat kein Motiv. Die Motive liegen alle bei Ihnen.«

Es klingelte an der Tür. Hoffman war verschwunden, und einer der Anwälte gab den Butler, indem er hinausging, um die Tür zu öffnen. Einen Moment später kehrte er zurück. »Miss Wilhelmina Fallon ist hier. Soll ich sie hereinführen?«

»Mir wär's lieber, Sie schlitzen ihr gleich an der Tür die Kehle auf«, sagte Mrs. Driscol-Bledsoe liebenswürdig. »Aber das gehört nicht zu Ihrem Job, stimmt's?« Sie beugte sich zu Mallory. »Meine Liebe, dürfte ich mir kurz Ihren Revolver leihen?«

»Was haben Humphrey und Willy Fallon miteinander zu tun?«

»Und Agatha Sutton«, sagte Riker. »Wie hängen die zusammen?«

»Und wir fragen uns immer noch«, fügte Mallory hinzu, »wie die verrückte Phoebe in das alles reinpasst.«

»Zum letzten Mal, Detectives – meine Tochter ist nicht geisteskrank, und sie leidet auch nicht unter wahnhaften Störungen. Als sie ein Kind war, hat ein Therapeut ihr geraten, sie solle ihre Ängste personalisieren – ihnen eine menschliche Gestalt geben. Gewissermaßen lauscht sie ihrem inneren Kritiker.«

»Aha«, sagte Mallory. »Können Sie das denn beweisen?«

»*Ich* kann das.« Willy Fallon saß, von einer Krankenschwester begleitet, in einem Rollstuhl im bogenförmigen Türsturz des Eingangs. Wie eine Pennerin, die sich von ihren Habseligkeiten nicht trennen will, hielt sie eine braune Papiertüte krampfhaft in den Händen. Die Krankenschwester rollte den Stuhl quer durch den Raum zu der kleinen Gruppe, die sich am Kamin versammelt hatte. Während sie das tat, sagte Willy: »Wir hatten als Kinder denselben Psychiater, aber nur Phoebe war so blöd, seine Ratschläge zu befolgen.« Sie hob eine Hand, um der Krankenschwester zu bedeuten, sie möge zurückbleiben, und kam nach einer scharfen Kurve direkt vor Mallory zum Stehen. »Ich könnte Sie dafür belangen, was Sie mir angetan haben.«

Grace Driscol-Bledsoes Blick verweilte lange auf dem Rollstuhl, dem einzigen Hinweis auf eine Verletzung, und wandte sich dann an Mallory. »Ach, Sie haben ihr die Beine gebrochen? Respekt, meine Liebe, ich bewundere Sie.«

Willy drehte den Kopf und zischte ihre Begleiterin, die Frau in der Schwesternuniform, verächtlich an: »Hab ich dich kichern hören, blöde Kuh?«

Die Schwester nahm die Hände vom Rollstuhl und sagte zu Mallory, die sie instinktiv als Mittelpunkt der Macht im Raum geortet hatte: »Draußen ist ein Krankenwagen geparkt. Wenn Sie mit Miss Fallon fertig sind, schieben Sie sie einfach an die Bordsteinkante. Sie wird dann mitgenommen.« Mit diesen Worten verließ Willys Begleiterin den Raum. Wenige Augenblicke später hörte man die Haustür geräuschvoll ins Schloss fallen.

Mallory lächelte glücklich, so wie es eine Katze tut, die ihr noch putzmunteres Mittagessen erspäht hat – sozusagen ihr Essen auf Rädern. Sie ging zu Willy Fallon, beugte sich über sie und schob den Rollstuhl langsam vor und zurück. »Was ist denn nun genau die Verbindung zwischen Ihnen und Phoebe – abgesehen vom Seelenklempner? War sie eine gute Freundin?«

»Diese trübe Tasse? Von wegen. Wir sind in dieselbe Schule gegangen, das *war's*.«

»Die Driscol School? Wie lange ist das her? Vielleicht fünfzehn Jahre?«

Hoffman war erneut an Mrs. Driscol-Bledsoes Seite getreten. Dann befolgte sie die geflüsterte Anweisung ihrer Arbeitgeberin, schnappte sich Willys Rollstuhl und schob ihn hinaus in die Eingangshalle.

Während Riker und Hoffman den Rollstuhl die steinernen Treppen hinab zum Gehsteig bugsierten, reichte Mallory dem Fahrer der Ambulanz einen Zwanzigdollarschein für seine liebevolle Betreuung.

Die Patientin wurde in ein Fahrzeug geladen, das gerade mal die Größe eines Kombis hatte, und als Hoffman außer Hörweite war, beantwortete der Fahrer die Frage der Polizistin. »Nein, Ma'am, sie braucht gar keinen Rollstuhl. Sie geht einwandfrei.« Laut seinem Chef, dem Inhaber eines privaten Transportunternehmens, habe Miss Fallon dieses Gefährt nur gewählt, um vor den Paparazzi auszubüxen.

»Seit wann denn das?« Riker trat zu ihnen und schnappte die letzten Worte auf. »Als sie noch ein Partygirl war, hat sie diese Geier doch geliebt.«

Jetzt erfuhren sie von dem Fahrer, Miss Fallon habe ihren Kreditkartenrahmen überzogen. Er sei aus einer braunen Tüte voller Geld bar bezahlt worden.

Während der Krankenwagen wegfuhr, rief Riker den wachhabenden Polizisten an, der für die Sicherheit des Verbrechensopfers im Krankenhaus gesorgt hatte. Nach einem kurzen Gespräch mit ihm klappte er sein Handy zusammen und steckte es in die Tasche zurück. »Der Kollege hat nie jemanden mit einer Papiertüte in Willys Zimmer gehen sehen. Allerdings ist er schon vor Stunden abgezogen worden, als Willy weiteren Polizeischutz abgelehnt hat.« Er reichte seiner Partnerin die Visitenkarte einer Anwaltskanzlei. »Sie sagte übrigens, weitere Fragen müssen über die Anwälte der Familie laufen.«

Mallory rief die Nummer auf der Karte an und wurde davon in Kenntnis gesetzt, die Kanzlei vertrete Miss Fallon nicht mehr; den Rest der Familie natürlich schon, aber sie nicht. Ob sie fragen dürfe, warum. Der Anwalt gab ihr gleich die Antwort. »Nun, Sie haben die Frau doch kennengelernt, oder?« Und fügte in bestem Ostküstendialekt hinzu: »Lieber würde ich mich ausweiden lassen und zusehen, wie Hunde meine Gedärme fressen. Aber um diskret zu bleiben: Ich kann Sie nur dazu auffordern, sich vorzustellen, was denn wohl alles noch schlimmer sein könnte als das.«

Mit dieser letzten Bemerkung war der Anruf beendet, und Mallory wandte sich an ihren Partner. »Schätze, Willy hat einen Anwalt entmannt.«

In Krankenhausschlappen aus Papier schlurfte Willy Fallon durch die Eingangshalle des Apartmenthotels. Am Aufzug trat ihr der Geschäftsführer in den Weg, doch noch bevor er das Thema der überfälligen Begleichung ihrer Rechnung anschneiden konnte, griff sie in ihre braune Tasche, zog zwei Geldrollen heraus und drückte sie ihm in die Hände. »Das müsste reichen.«

Der Hotelier, der schon seit langem fast nur noch mit Kreditkarten und Reiseschecks zu tun hatte, starrte das Geld zuerst voller Überraschung an – und dann voller Argwohn. Als er den Blick zu Willy hob, stand in seinen Augen nur die Frage: *Was ist das denn?*

Willy fuhr hoch in ihr Hotelzimmer. Die Tür war offenbar mit gelbem Klebeband versiegelt worden, das jetzt aber in Fetzen vom Türrahmen hing, Zeichen dafür, dass das Zimmer nach der polizeilichen Durchsuchung aufgebrochen worden war. Vorsichtig öffnete sie die Tür, doch der Raum fühlte sich leer an. Wände und Möbel waren mit einem schwarzen Staub überzogen, und die Schubladen lagen umgedreht auf dem Boden. Diese verdammten Bullen taten einfach nichts zurück, wohin es gehörte, und das Hotelzimmermädchen war vermutlich schreiend aus dem Zimmer gelaufen. Als Willy ins Bad kam, entdeckte sie, dass ihr bescheidener Drogenvorrat dank dem Portier des Hotels immer noch in einer Plastiktüte im Spülkasten hing.

Sie wechselte von der Krankenhauskluft in richtige Kleidung und griff nach ihrem Handy, wobei sie sich keinen Moment darüber wunderte, warum die Polizei es einfach zurückgelassen hatte. *Blöde Bullen.* Dann rief sie der Reihe nach alle Wilders im Telefonbuch an, bis sie schließlich bei einer gewissen Susan Wilder landete. War das nicht der Name von Tobys Mutter gewesen?

Niemand ging ran.

Das Schaufenster an der Columbus Avenue war mit Ganzkörperfotos von Bräuten und den Porträts von Schauspielern geschmückt, die fast berühmt waren. Im Ladenraum selbst lag eine Auswahl von Hochzeitsalben auf einem seitlich aufgestellten Tischchen, und man hatte den beiden Detectives zwei Stühle hingestellt. Mallory und Riker blätterten Kinderfotos durch, alle vor dem künstlichen Himmel aufgenommen, der für Schulfotos üblich war.

Der Inhaber des Fotoladens war ein Mann von leisen Tönen und leisem Schritt. Seine verwaschen blauen Augen blickten gütig inmitten der Fältchen. »He, wenn eine dieser Blagen hier plötzlich tot ist, dann übernehme ich gerne die Schuld daran, aber ich bin kein gewalttätiger Mann.« Er legte einen in Leder gebundenen Band auf den Stapel Jahrbücher. »Das ist der, den Sie möchten. Es ist meine einzige Ausgabe, also wäre es mir lieber, wenn Sie ihn nicht mitnehmen.« Er reichte Riker einen

Block Post-its. »Markieren Sie mir einfach diejenigen, die Sie wollen, und ich mache Ihnen Vergrößerungen.«

Mallory blätterte rasch die Seiten des Jahrbuches durch, wanderte mit prüfendem Blick über Gesichter, las Namen. »Sie sind *alle* hier – selbst der kleine Nadler. Genau hier hat es angefangen.« Sie blätterte zum Anfang zurück und klebte ein Post-it neben das Porträt der elfjährigen Phoebe Bledsoe. Dieses Foto war gemacht worden, als sie in Ernest Nadlers Alter gewesen war, doch das Mordopfer selbst war nicht unter diesen Kindern. Ernest Nadler hatte Mallory erst zwei Klassen weiter gefunden, wo er zusammen mit Dreizehnjährigen abgebildet war.

»Dann war er also ein richtig schlauer kleiner Kerl«, sagte Riker.

Ernest Nadler lächelte die Kriminalbeamten an, als hätte ihm jemand gerade einen tollen Witz erzählt. Nachdem sie sein Foto gekennzeichnet hatte, blätterte Mallory wieder zu der Seite mit Humphrey Bledsoes Bild zurück. Dieses Gesicht war schlaff und charakterlos.

Und Riker sagte: »Unheimliches Grinsen, nicht?«

Ja, man sah bereits Humphreys unheilvolle Zukunft als Kinderschänder. Auf der nächsten Seite folgte Willy Fallon, noch dürrer mit dreizehn, fast spillerig wie ein Insekt. Ganz am Ende der Abfolge dann Aggy Sutton, die wenig überraschend die Zähne bleckte, jedoch nicht zu einem Lächeln. Toby Wilders Schnappschuss war der letzte in dieser Gruppe der Dreizehnjährigen, und bei ihm ließ sich Mallory Zeit mit dem Betrachten.

»Oh, an *das* Gesicht kann ich mich gut erinnern«, sagte der Fotograf. »Ein *blendend* aussehender Junge, auch ganz nett, aber er konnte überhaupt nicht stillsitzen – klopfte permanent mit den Füßen auf den Boden, schnippte mit den Fingern. Ich weiß, dass ich noch mehr Aufnahmen von ihm habe. Wie heißt er gleich?« Der Mann beugte sich über das Jahrbuch und las die Bildlegende. »Ah ja.« Er verschwand in einem Hinterzimmer und kam mit weiteren Fotos in der Hand wieder heraus. »Meine private Sammlung. Die hier gefallen mir besser.« Er legte die Fotos auf den Tisch. »Sie stammen alle aus den drei Jahren, in denen er die Driscol School besucht hat.«

Das hier war nicht der ernste und stille Junge von Rolland Manns Vernehmungsvideo. Jedes dieser Fotos war unscharf, denn das hier zeigte Toby in Action, Toby, als er noch hyperaktiv war, ein Kind, dessen Batterie niemals leer wurde. So *lebendig.*

Als der Fotograf ihnen eine ganze Sammlung der gekennzeichneten Fotos gegeben hatte, blickte Mallory starr auf die Vergrößerung des Porträts von Ernest Nadler. Am Kragen des Jungen stimmte etwas nicht: Er war leicht unscharf, irgendwie *daneben.* »Den hier haben Sie retuschiert.« Sie schaute den Fotografen finster an, als wäre das ein Kapitalverbrechen. »Wir warten, bis Sie von dem Negativ noch mal einen Abzug machen.«

»Oh, das Negativ habe ich nicht mehr. Als ich die Fotos für die Eltern des Jungen nachmachte, habe ich in der Dunkelkammer Chemikalien verschüttet.«

»Und Sie wissen noch genau, welches Negativ dadurch verdorben wurde«, sagte Riker, »nach fünfzehn Jahren? Das muss ja ein furchtbares Foto gewesen sein … bevor Sie es retuschierten.«

»Ein denkwürdiges Foto«, sagte Mallory. »Deshalb haben Sie auch den Originalabzug behalten … für Ihre Privatsammlung. Und an dem möchte ich jetzt sehen, was Sie wegretuschiert haben.«

»Meine Partnerin *liebt* Kinder«, sagte Riker und griff damit zu einer eher phantasievollen Lüge. »Vertrauen Sie mir, mein Freund, Sie wollen es sich mit ihr doch bestimmt nicht verscherzen.«

Und der letzte Teil stimmte wirklich.

Mallory erhob sich vom Tisch, und der Mann wich vor ihr zurück, einen Schritt nach dem anderen, bis ins nächste Zimmer, wo sich sein Archiv befand und damit auch der Originalabzug. Er fand ihn *sehr schnell.*

Jetzt konnten sie sehen, was von dem Jahrbuchfoto wegretuschiert worden war.

»Eine Bisswunde«, sagte Riker. »*Verdammt noch mal.* Das sieht aus, als hätte Aggy die Beißerin buchstäblich auf seinem Hals *unterschrieben.*«

Es war nur ein sehr kleines Klassentreffen, das in dem mexikanischen Restaurant an der Bleecker Street abgehalten wurde: Phoebe Bledsoe und ein totes Kind auf der einen Seite des Lokals, Toby Wilder auf der anderen.

»Ich finde es schrecklich, ihn so zu sehen«, sagte Dead Ernest. Dann betrachtete er seine Begleiterin. »Und was ist mit dir, Phoebe? Du wolltest mal alte Sprachen unterrichten. Und jetzt verbringst du das ganze Schuljahr eingesperrt im Sanitätsraum der Schule.«

In der Tat kam nie jemand zu Besuch bei der unheimlichen Schulkrankenschwester, denn die Schüler der Driscol School waren ausgesprochen geübt darin, aufgeschürfte Knie oder Bauchschmerzen, wie sie die Pennäler an jeder anderen amerikanischen Schule plagten, zu ignorieren.

»Du hast einen Abschluss in englischer Literatur, und was haben Sie dir angeboten?«

Die Verwahrung des Erste-Hilfe-Kastens. Doch eigentlich hätte Phoebe ihrer Mutter sogar dankbar dafür sein müssen, dass sie das Krankenschwesterdiplom noch an ihre Ausbildung drangehängt hatte, sonst wäre sie nämlich arbeitslos.

»Man hat dich beraubt«, sagte Dead Ernest.

Vielleicht. Phoebe hatte ihre einsamen Arbeitstage mit der Lektüre der großen Klassiker der Literatur verbracht. Nachts las sie dann zur Strafe Comics laut vor … für Ernie. Es war nicht der Rede wert, ihr Leben, nicht das, was sie sich einmal vorgenommen hatte.

Toby war mit dem Essen fertig. Er stand auf und ging in Richtung Tür. Phoebes Finger schwebten über dem goldenen Feuerzeug, dem einzigen Gegenstand von ihm, den sie bei sich haben durfte.

Auch Dead Ernest verließ sie. Phoebe fehlte die Energie, ihn davon abzuhalten. Sie sah auch ihren alten Spielkameraden auf die Tür zugehen. Als der nächste Gast hereinkam, schlüpfte er hinaus. Der Junge war immer der Gnade von Menschen aus Fleisch und Blut ausgeliefert, damit sie ihm die Tür öffneten. Doch selbst wenn es Phantome gab, die es schafften, eine massive Tür zu durchschreiten: Phoebe hätte ihm nie erlaubt, die Hände aus den Taschen zu nehmen.

Sie fuhr allein nach Hause.

Als sie vor der Driscol School aus dem Taxi stieg, lag der Schlüssel zu dem kleinen Tor bereits in ihrer Hand – doch das eiserne Gatter war unverschlossen und stand weit offen. Konnte es sein, dass sie vergessen hatte, es abzuschließen? Nein, das war undenkbar.

Sie betrat den schmalen Durchgang zwischen der Driscol School und dem Nachbargebäude und war schon auf halbem Wege durch den Garten, da sah sie ihn an der Tür ihres Häuschens warten. Rolland Manns Haare waren schütter geworden und sahen aus wie der Flaum eines frisch geschlüpften Kükens oder der Schopf eines Huhnes, das zum Schlachten vorbereitet wird. Bei den Benefizgalas ihrer Mutter stand der Name des amtierenden Polizeipräsidenten immer ganz oben auf der Gästeliste, und er besuchte auch regelmäßig ihren wöchentlichen Salon in der Stadtvilla, doch kennengelernt hatte Phoebe ihn bereits früh, als er noch Detective Mann war.

»Das Tor stand weit offen«, sagte er. »Das war achtlos, Phoebe. Besonders jetzt.« Er fuchtelte mit einer zusammengefalteten Ausgabe der aktuellen *Times* herum. »Das dritte Opfer aus dem Ramble hat es noch nicht in die Presse geschafft, aber identifiziert sind sie alle. Da räumt jemand gründlich auf.« Er hielt inne. Erwartete er etwa eine Reaktion von ihr? »Sie brauchen Polizeischutz. Ich könnte jemanden für hier abstellen …«

»Nein! Keine Polizei mehr.« Sie hob eine Hand mit abgekauten Fingernägeln an ihren Mund. Auf einmal wurde sie sich ihrer hässlichen Hände bewusst und versteckte sie hinter ihrem Rücken.

Wenigstens musste sie diesem ungebetenen Besucher nicht allein gegenübertreten, denn der Stress hatte auch Dead Ernest wieder heraufbeschworen. Er stand hinter Rolland Mann und streckte ihm die Zunge heraus.

Der amtierende Polizeipräsident folgte der Bewegung ihrer Augen und drehte sich um, sah aber niemanden. Dann schaute er zur Tür. »Oh, Ihr Telefon läutet. Wollen Sie nicht drangehen?«

Nein. Sie hatte nicht vor, die Tür aufzuschließen, solange Mann noch da war.

»Sie brauchen Schutz.« Und dann fügte er hinzu, seine Worte langsam und bedächtig wählend, Silbe für Silbe: »Sie wissen doch, wo das Problem liegt, Phoebe, oder?«

Warum redete er immer mit ihr, als wäre sie nicht ganz richtig in der Birne? Sie neigte leicht den Kopf, um dem toten Jungen zu lauschen, der sie über dieses Rätsel aufklärte. »Der glaubt, du bist meschugge.«

Rolland Mann lächelte, schien einer Meinung mit der Stimme zu sein, die er unmöglich hören konnte. »Es waren damals *fünf* Kinder im Ramble.« Er hielt fünf Finger hoch, als könnte sie nicht so weit zählen. Und als wollte er sie noch zusätzlich beleidigen, begann er sie einen nach dem anderen an seinen langen Fingern abzuzählen. »Ernie ist tot, Humphrey, Aggy. Und Willy Fallon hat es *fast* erwischt.«

Alles, was blieb, war der wurmweiße Daumen, der für sie selbst stand.

»Es ist eine ganz simple Rechnung, Phoebe.« Mann kehrte ihr den Rücken zu und ging auf dem Gartenweg davon. »Rufen Sie mich an, wenn Sie sich das mit dem Schutz noch mal überlegt haben.«

DREIUNDZWANZIG

Die Schulpsychologin meint, die Schulzeit sei die schönste Zeit meines Lebens, und ich solle jede Sekunde davon genießen. Wenn sie mir das sagt, möchte ich sie am liebsten anschreien: »Du blöde Kuh! Es ist die Hölle, fünf Tage in der Woche! Es ist Krieg!«

ERNEST NADLER

Allem Anschein nach hatte sich Charles Butler davon erholt, dass Mallory den Trick mit der Beerdigung angewandt hatte, um ein kleines Mädchen einer Gegenüberstellung mit Mordverdächtigen auszusetzen. Er lächelte breit, offenbar glücklich, die beiden Polizisten zu sehen, die vor seiner Tür standen, und bat sie in seine Wohnung.

Doch die ausgeprägte Beschäftigung als Babysitter hätte wohl jeden Mann beeinflusst, und vielleicht lechzte Charles nach der Gesellschaft von Erwachsenen. Das war Rikers Gedanke, als er sich zu Coco herunterbeugte, um sich eine Umarmung von ihr abzuholen. »Hallo, Maus. Magst du was für uns spielen? Kennst du ein paar gute Rockbands?«

Coco klatschte in die Hände und grinste breit. Ihre Augen leuchteten. »Echo and the Bunnymen!«

Charles lächelte. »Klingt charmant.«

»Ausgezeichnete Wahl«, sagte Riker. »Post Punk Rock!«

Charles' Lächeln erlosch. Irgendwie schien er das alles doch nicht mehr so charmant zu finden.

Coco nahm Mallory an der Hand und führte sie in den angrenzenden Raum. Kurz darauf hörten die beiden Männer, wie Coco und Mallory ihnen ein vierhändiges Ständchen gaben.

Riker klopfte seinem besorgten Gastgeber auf den Rücken. »Ist schon okay. Solange du die Musik hörst, weißt du, dass Mallory das Kind nicht schlägt.« Jetzt erkannte der Detective einen alten Song von einer Hinterhofband wieder, die es fast in die Charts geschafft hatte. »Oh, das ist uralt. Es heißt ›Crazytown Breakdown‹ – eine Single aus den frühen Neunzigern.«

Auf einmal schaute der Liebhaber von klassischer Musik etwas ratlos. Für Charles Butler lagen die guten alten Zeiten der Musik Jahrhunderte vor dem Rock.

Im Nachbarzimmer wurde jetzt gesungen: zwei hohe, reine Stimmen, die die Tonleiter rauf und runter trällerten. Als Mallory und Coco beim Refrain anlangten, schmetterten die beiden erst richtig los. Es schien großen Spaß zu machen – das sagte den beiden Männern das glockenhelle Kichern eines Kindes, das sich unter die leisen Klavierklänge mischte.

Charles lauschte verzückt. »Ich hab Mallory noch nie singen hören.«

Riker schon, doch nur ein einziges Mal, und es lag lange zurück. Das war der Tag von Mallorys kleiner Rock-'n'-Roll-Rebellion im Dezernat gewesen. Eine Kathy Mallory in Kindergröße war wegen irgendeines Vergehens auf dem Spielplatz nach Hause geschickt worden, noch vor dem Ende ihres Schultags, und Lou Markowitz musste auf dem Revier babysitten, bevor seine Frau kommen würde, um ihr Pflegekind abzuholen. Markowitz saß an seinem Schreibtisch, gegenüber von Kathys Stuhl. Damals waren ihre Beine viel kürzer gewesen, und ihre kleinen Turnschuhe baumelten über dem Boden. Vielleicht hatte sich die Kleine bloß gelangweilt, als sie mit Lou das Spiel spielte, wer zuerst wegschaute, doch dann hatte sie die Bedingungen verschärft, indem sie zu singen begann, um ihren Gegner aus dem Konzept zu bringen. Wieder und wieder hatte die Kleine dem alten Mann den Refrain des Liedes vorgesungen –

Crazy is a place I know. I come and go. I come and go – und ihn dabei die ganze Zeit mit ihren sonderbaren grünen Augen fixiert. Schließlich hatte Lou sein bestes Pokerface aufgesetzt, in aller Seelenruhe sechs Bleistifte, einen nach dem anderen, durchgebrochen und gesagt: »Du hast gewonnen.«

Heute hatte dieser alte Song die gleiche, an den Nerven zerrende Wirkung auf Charles Butler – und das war kein Zufall. Was hatte der arme Mann Mallory bloß getan?

Beim nächsten Ton auf *cra-a-a-a-azy* beschrieb Riker den unsichtbaren toten Jungen, der mit Phoebe Bledsoe sprach. »Ihre Mutter schiebt die Schuld auf einen Kinderpsychiater.« Der Detective suchte in seinem Notizbuch nach dem Namen. »Dr. Martin Fyfe. Der Typ hatte Phoebe geraten, ihre Ängste zu personalisieren.« Er schaute mit zusammengekniffenen Augen auf seine Mitschrift, in der Worte für ganze Sätze und Paragraphen standen. Das meiste hatte er auf die Schnelle notiert, während man ihn bereits des Hauses verwiesen hatte. »Na ja, der Schuss ist nach hinten losgegangen. Die Kleine sollte sich ihrem Problem stellen – mit ihm *reden* –, doch sie hörte nur zu.« Er hob den Blick. »Ist das nicht bekloppt? Bloß, damit dieser Shrink der Mutter am Ende sagen kann, das Mädchen habe Wahnvorstellungen und müsse *Jahre* auf die Couch.« Er klappte sein Notizbuch zu. »Schließlich hat die Mutter den Seelenklempner gefeuert.«

»Ein guter mütterlicher Instinkt.« Charles warf einen Blick in Richtung Musikzimmer, wo die beiden Klavierspielerinnen gerade eine ruhige Phase in dem Lied hatten. »Dr. Fyfe ist ein Scharlatan – kein richtiger Psychiater.« Als Charles sich vergewissert hatte, dass Mallory Coco nicht in irgendeiner Form unter Druck setzte, wandte er sich wieder Riker zu. »Fyfe hatte zwar einen Abschluss in Psychologie, Pech für seine Patienten war nur, dass seine Ausbildung ungefähr einem Fernkurs im Cartoonzeichnen entsprach. Aber für Psychodrama braucht man keine Referenzen, und so kam es genau, wie du beschrieben hast.«

Charles erhob sich von seinem Stuhl, und Riker folgte ihm den Flur entlang bis in Butlers Bibliothek, in der jede der hohen Wände mit Büchern vollgestellt war. Hier klang das Klavier nur noch dünn und blechern. Cocos Beschützer lauschte mit einem Ohr in Richtung offene Tür, verfolgte das vierhändige Spiel und ging dabei auf die Zeitschriftenregale zu. Die Buchstützen zwischen den einzelnen Abteilungen waren mit Etiketten beklebt, die auf *Psychiatrie* hier und *Psychologie* da hinwiesen.

»Dann hat Phoebe Bledsoe ihre Therapie also vor etwa fünfzehn Jahren begonnen?«

»Ungefähr, ja.« Riker sah, wie Butler mehrere Schubkästen aus den Neunzigern aus dem Regal zog.

»Fyfe hatte es bestimmt eilig, einen solchen Fall zu veröffentlichen. Ich könnte fast drauf wetten, dass Phoebe Bledsoe irgendwo in der Literatur auftaucht. Natürlich würde er sie nicht bei ihrem richtigen Namen nennen, aber das Geschlecht der Patientin oder ihr Alter hätte er nicht verändert. Das könnte jetzt ein bisschen dauern.«

»He, du hast doch ein fotografisches Gedächtnis.«

»Tut mir leid. Ich habe nur einen Aufsatz von dem Deppen gelesen.«

Riker schaute auf seine Armbanduhr. »Mallory und ich wollen einem stellvertretenden Staatsanwalt auflauern. Wir müssen dem Frettchen vor fünf eine Falle stellen.« Der Detective blickte auf die Fachzeitschriften, die sich allmählich auf dem Tisch stapelten. »Das wird wohl den ganzen Tag dauern, oder?«

»Nicht so lang.« Charles hob einen der großen Haufen hoch, als würde er nur ein paar Gramm wiegen, und trug ihn durch den Flur ins Wohnzimmer, weil er Coco und Mallory nicht unbeaufsichtigt lassen wollte. Er legte die Zeitschriften auf den Couchtisch und setzte sich so, dass er das Piano im Blick hatte.

Rikers Stapel war nur halb so schwer, doch er spürte die Anstrengung in den selten benutzten Muskeln, als er seinen Teil Zeitschriften neben die anderen legte.

Die Augen des Psychologen huschten so schnell über das gedruckte Wort, wie er umblättern konnte, womit er jeden anderen Schnellleser in den Schatten stellte. Sein Gesicht war tiefrot vor Verlegenheit, und das war durchaus verständlich, denn dieser Mann tat alles, um nicht aufzufallen oder für einen Freak gehalten zu werden – ob nun wegen seines Gripses oder seiner hohen Statur, denn oft schien es ihm schon peinlich zu sein, auf jemanden herabzublicken, der einfach nur durchschnittlich groß war. Dabei beobachtet zu werden, wie er in Lichtgeschwindigkeit las, musste folglich erst recht erniedrigend für ihn sein.

Höflich wandte sich Riker ab und schaute den beiden Mädels am Klavier zu, klopfte mit dem Fuß den Takt mit. Ohne den Kopf zu drehen, sagte er: »Dann kennst du diesen Dr. Fyfe also ziemlich gut.«

»Nein, nur dem Namen nach und weil er einen schlechten Ruf hat.« Charles hielt eine seiner Publikationen hoch. »Vor Jahren hat mir diese Zeitschrift mal einen von Fyfes Aufsätzen für ein Kreuzgutachten geschickt. Es war eine Fallstudie über einen achtjährigen Jungen. Der Vollidiot hatte dem Kind ohne Veranlassung Drogen verabreicht. Dann hat sich der Rezensent – ein *richtiger* Psychiater – mit den Hintergründen beschäftigt und herausgefunden, dass Fyfe nicht einmal die Befugnis hatte, auch nur ein Aspirin zu verschreiben. Der Artikel war der Beweis für illegale Drogenbeschaffung – er hatte das Zeug einfach auf der Straße gekauft. Beim allerersten Mal wurde er allerdings suspendiert, weil er ein Kind in Gefahr gebracht hatte.«

»Beim allerersten Mal? Wie oft …«

»Drei Suspendierungen.«

»Wie lange dauert es denn, bis man so jemandem die Lizenz entzieht?«

»Dafür musst du jemanden aus der Ethikkommission umlegen. Dann hättest du deren volle Aufmerksamkeit. Fyfe durfte nicht mehr mit Kindern arbeiten. Aber für Phoebe Bledsoe kam das zu spät. Möchtest du einen kurzen Abriss des Psychodrama-Ansatzes?«

Riker rollte mit den Augen.

Charles lächelte. »Es dauert nur eine Minute. Ist sehr simpel.« Er zeigte auf den leeren Lehnstuhl neben Riker. »Stell dir einfach mal vor, die Quelle deiner Ängste sitzt dort. Jetzt red mit ihr. Du schüttest ihr dein ganzes Herz aus, lässt all deine Ängste und Nöte raus. Das ist ein Spiel, das jeder spielen kann. An der Lower East Side gibt es eine Schauspielschule, die mit dieser Methode arbeitet.« Charles nahm eine weitere Zeitschrift zur Hand und machte mit dem Blättern weiter, hielt plötzlich inne. »Da haben wir's ja schon.« Er begann genauer zu lesen, jetzt in einer Geschwindigkeit, die für einen Menschen fast normal war.

Riker lauschte der Musik aus dem anderen Zimmer, diesem nie endenden Song über das Verrücktsein. *Was wollte Mallory eigentlich damit sagen?*

Als Charles mit dem Artikel durch war, klappte er die Zeitschrift zu. »Das hier erwähnte Mädchen ist elf Jahre alt. Seine Therapie begann einen Monat nach dem Tod eines Schulkameraden.«

»Unser Kind«, sagte Riker.

Charles Augen wanderten in Richtung Musikzimmer, abgelenkt durch den Song, der erneut einsetzte. »Fyfes Patientin litt an Alpträumen und an panischer Angst, auch nur für kurze Zeitspannen allein gelassen zu werden. Eine normale Gesprächstherapie fruchtete bei ihr nicht. Deshalb führte Fyfe sie in die Technik des Psychodramas ein, der er zweimal wöchentlich mit der Verabreichung einer psychotropen Droge nachhalf. Das wird endgültig Chaos im Gehirn der Kleinen verursacht haben. Und als hätte das Mädchen nicht schon genug Probleme, bekam sie auch noch Paranoia. Habe ich bereits erwähnt, dass Fyfe ein Volldepp ist? Der hätte sogar eine Bewältigungsstrategie oder blühende Phantasie mit einer wahnhaften Störung verwechselt.«

»Du meinst den unsichtbaren Spielkameraden?«

Charles nickte. »Fyfe sagt, ihre wahnhafte Störung habe die Gestalt eines toten Mitschülers angenommen, doch mehr wollte das Mädchen dazu nicht sagen. Überhaupt kein Feedback. Sie lauschte nur einem leeren Stuhl.«

»Die Mutter meint, Phoebe lauschte ihrem *inneren Kritiker.*«

»Das ist Küchenpsychologie, aber daran mag ein Körnchen Wahrheit sein … wenn dieses kleine Mädchen sich in gewisser Weise verantwortlich für den Tod des Jungen fühlt. Das passt auch zu ihrem Schweigen während der Therapiesitzungen. Kinder sind genial, wenn es darum geht, Geheimnisse für sich zu behalten, die sie bei lebendigem Leibe auffressen.«

»Glaubst du, sie ist verrückt? Könnte Phoebe das unsichtbare Kind getötet haben?«

Obwohl Riker das vielleicht etwas unglücklich formuliert hatte, war der Psychologie zu höflich, um es auszusprechen.

»Keine Ahnung.« Charles legte die Zeitschrift auf den Tisch. »Wenn es in dem Artikel hier wirklich um Phoebe geht … und wenn die Sache bis heute anhält, dann kann ich nur bestätigen, dass Dr. Fyfe sie in ihre ganz private Hölle geschickt hat, in der sie zusammen mit einem toten Kind eingesperrt ist. Und sie ist immer noch dort.«

Im Zimmer nebenan verstummte das Lied über das Verrücktsein.

VIERUNDZWANZIG

Phoebes Bruder war heute nicht in der Schule. Sie sagt, er kann so lange nicht zurück, bis Mr. Carlyle seine Probleme vom letzten Mal ausgebügelt hat. Probleme mit Mädchen, sagt sie. Humphrey mag kleine Mädchen. Und ich hatte die ganze Zeit gedacht, Humphrey wollte ein Mädchen sein. Aber wer ist Mr. Carlyle? Vielleicht Humphreys Therapeut?
»Nein, er ist bloß einer von den Typen, die groß rumquaken«, sagt Phoebe. Einmal die Woche, abends, erzählt sie, sei ihr ganzes Haus voller Kröten, den Schoßtieren ihrer Mutter.
So etwas kann man nicht erfinden.

ERNEST NADLER

Eines Tages, vor Wochen, während Mallory gerade beim Schneider ihren neuen Kaschmirblazer anprobierte, war Riker in der Schneiderei herumgelaufen – und der Schneider hatte ihn gebeten, das Geschäft zu verlassen, weil er, vielleicht zu Recht, gefürchtet hatte, die Flecken auf dem popeligen Anzug des Polizisten könnten ansteckend für Mallorys feinen neuen Zwirn sein.

Ihr Partner war kein schicker Mann.

Doch sie wusste auch, dass Riker eine dezidierte Meinung über Fliegen hatte – wie diese leuchtend gelbe um den dürren Hals von Cedrick Carlyle, einem von vielen stellvertretenden Bezirksstaatsanwälten und vielleicht demjenigen mit dem kleinsten Büro aller seiner Kollegen. Vor der letzten Renovierung mochte dieses Mauseloch ein Lagerraum mit einem Kopiergerät an der Stelle gewesen sein, wo heute der Schreibtisch stand. Das Männchen hinter dem Schreibtisch war die Witzfigur eines Kandidaten, an den man sich in Wahlzeiten höchstens wegen seiner unverwechselbaren gelben Fliege erinnern würde. Nach Rikers Modegeschmack passten solche Schleifchen zu den Zöpfen von kleinen Mädchen oder den Halsbändern winziger Hunde, die aus Erdnussschalen geschlüpft waren.

ADA Carlyle blickte mit geschürzten Lippen auf die Tastatur seines Laptops. Er hatte offiziell noch nicht zur Kenntnis genommen, dass zwei Polizisten in diesem Zimmer standen, das selbst für einen einzelnen Besucher zu klein war. Und so fasste Riker, dem allmählich bewusst wurde, dass er viel zu höflich gewesen war, ihre Ermittlungen bezüglich des alten Ramble-Falles von vor fünfzehn Jahren, in neue Worte. »Wir sind hier wegen der Sache, für die Sie Toby Wilder vor ein paar Jahren in die Pfanne gehauen haben.«

Der Jurist hörte einen Augenblick lang mit dem Tippen auf, erstaunt, vielleicht auch unentschlossen, ob er zurückbrüllen oder einfach zur Tagesordnung übergehen sollte. Doch dann machte der kleine Mann einfach mit seinem Zwei-Finger-Suchsystem weiter.

Das war nicht die Reaktion, auf die Mallory gehofft hatte. Sie wollte, dass diese wässrigen grauen Augen in ihren Höhlen herumsausten wie Flipperkugeln.

Carlyle hob keinen Moment den Blick von seinem Laptop-Bildschirm und sagte: »Sie müssen ein anderes Mal wiederkommen.« Er winkte mit der Hand in Richtung Tür, als stellte es in der Schuhschachtel ein besonderes Problem dar, den Ausgang zu finden. »Das nächste Mal lassen Sie sich einen Termin geben.« In der Hierarchie des Justizsystems stach ein stellvertretender Bezirksstaatsanwalt einen Cop eigentlich immer aus.

Heute jedoch nicht.

»Wir ermitteln in einem Mordfall.« Mallory beugte sich über den Schreibtisch und klappte den Laptop zu. »Heute haben wir Priorität.« Es gab nur einen einzigen Stuhl für Gäste, auf dem sich Papiere stapelten. Sie wischte sie zu Boden und setzte sich.

Riker tat es ihr mit dem Wischen nach, befreite eine Ecke des Schreibtisches und ließ Bücher und Stifte herunterpoltern – nur ein Hauch Gewalt, um den richtigen Ton anzuschlagen. »Wir finden es nicht *gut*, wie Toby Wilders Fall gehandhabt wurde.«

Jetzt besaß er endlich die uneingeschränkte Aufmerksamkeit des Mannes, und Mallory gefiel das. Es gefiel ihr sehr. Weder gab es Proteste noch gerechtfertigte Entrüstung. Wahrscheinlich hatte Carlyle sein ganzes Leben lang versucht, jeder Konfrontation auszuweichen – bis jetzt. Mallory beugte sich vor und begann mit einer Lüge. »Rolland Mann behauptet, die getürkte Vernehmung sei Ihre Idee gewesen.«

Der Staatsanwalt wischte sich die Hände an seinen Ärmeln ab. Schweißhändchen als Schuldeingeständnis? Jetzt winselte er sogar. »Sie können mir keine Schuld daran geben. Es war der Anwalt des Jungen, der ihn aus dem Pennermord rausgehauen hat.«

Die Detectives wechselten einen Blick. *Penner*mord?

»Ich hätte den Kleinen jederzeit vor Gericht bringen können«, sagte Carlyle. »Und ich hätte den Fall gewonnen. Er wäre schuldig gesprochen worden – kein Problem.«

»Nein, das glaube ich nicht«, sagte Riker ganz lässig, als wäre ihm das mit dem Pennermord bestens bekannt. »Sie haben *noch nie* einen Prozess gewonnen.«

»Ihre Fälle kommen gar nicht so weit«, sagte Mallory. »Sie machen immer Vergleiche. Das ist doch Ihre Spezialität, richtig?«

Der Jurist setzte das typisch herablassende Lächeln eines Staatsanwalts auf, das immer dazu diente, blöde Bullen abzukanzeln. »Bei einer gerichtlichen Verständigung erhalten die Verbrecher eine geringere Haftstrafe, doch dem Steuerzahler bleiben die Gerichtskosten erspart. Somit sind alle glücklich.«

»Außerdem ist es einfacher, weil die Einzelheiten nicht bekannt werden, stimmt's?« Riker beugte sich vor.

Der kleinere Mann lehnte sich zurück.

»Genau«, warf Mallory ein. »Deshalb haben Sie Toby auch vors Familiengericht gebracht. So kam die Akte unter Verschluss. Also … war es Ihre Idee, die Opfer auszutauschen, den kleinen Nadler gegen einen toten Penner? Wie sehr hatten Sie es nötig, eine schwere Körperverletzung an einem kleinen Jungen zu tarnen?«

Der kleine Mann schien sich auf einmal auf sein Rückgrat zu besinnen und setzte sich kerzengerade hin. »In einer Sache haben Sie recht, Detective – diese Akten sind wirklich unter Verschluss. Sie wissen genau, dass ich den Fall nicht mit Ihnen besprechen kann. Aber was ich Ihnen sagen kann, ist, dass es ein sauberer Vergleich war. Toby Wilder ist mit einer milden Strafe davongekommen.«

»Weil er gestanden hat, einen Penner umgebracht zu haben, statt ein kleines Kind zu quälen?«

»Solche Verständigungen vor Gericht sind an der Tagesordnung«, sagte Carlyle, als handelte es sich bei dem Mord an einem Obdachlosen um ein Kavaliersdelikt. »Ich erziele immer gute Ergebnisse.«

»Oh ja, natürlich!« Riker legte eine Kopie der Sterbeurkunde eines Kindes auf den Schreibtisch. »Sie haben daran mitgewirkt, einen Mord zu vertuschen. Das ist eine schwere Straftat.«

Carlyle blickte auf dieses solide Beweisstück hinab und sank wieder sichtbar in sich zusammen.

Ooooch … so schnell schon am Ende?

Mallory schlug ihr Notizbuch auf und tat, als würde sie etwas Wichtiges darin nachschauen. »Vor fünfzehn Jahren, als Sie zum ersten Mal Bezirksstaatsanwalt werden wollten, haben Sie doppelt so viel Geld in die Waagschale geworfen wie Ihr Gegenkandidat – und *trotzdem* verloren.« Sie blickte gerade rechtzeitig auf, um den Mann erschrecken zu sehen. »Wo haben ausgerechnet Sie solche Summen hergenommen?«

Riker klappte eine Vermögensübersicht auf, Ergebnis von Mallorys Vorliebe für finanzielle Motive. »Sie haben für Ihre Wahlfinanzierung eine Menge Bargeld auf der Straße gesammelt.«

»Die meisten Leute benutzen Kreditkarten oder Schecks, wenn sie spenden«, sagte Mallory und weidete sich am Anblick Carlyles, der nur zwischen den beiden Cops hin- und herschaute. Sie stand auf, trat hinter den Schreibtisch des Juristen und beugte sich zu seinem Ohr hinab. »So hohe Einzahlungsbelege lassen bei uns die Alarmglocken läuten.«

Auch Riker drang weit in die Intimdistanz des kleinen Mannes ein. »Aber selbst Bargeld hinterlässt Spuren, mein Lieber. Nehmen wir mal an, wir verfolgen Spendernamen zu Gehaltslisten zurück – und zu den Leuten, denen diese Firmen gehören? Und gehen wir mal davon aus, dass einer dabei ist, der aus einer gerichtlichen Verständigung einen schönen Vorteil zog.« Riker lächelte. Es war unnötig, den Satz zu vollenden, denn der Anwalt hatte begriffen.

Mallory legte Carlyle eine Hand auf die Schulter – nur ganz leicht, damit er zusammenzuckte. »Wer hat Ihnen gesagt, dass Sie Toby Wilder für den Mord an dem Penner festnageln sollen?«

Jetzt steckte der Staatsanwalt in der Zwickmühle. Er wägte kurz seine Möglichkeiten ab, doch im Grunde hatte keiner der beiden Detectives damit gerechnet, von ihm eine Antwort auf diese Frage zu bekommen. Die Verjährungsklausel würde ihn nicht vor einer Anklage wegen Verabredung in einem Mordfall schützen. Mord verjährte nie.

Jetzt kam Riker wie aufs Stichwort mit einem Anliegen, das leichter zu erfüllen war. »Geben Sie uns einen Durchsuchungsbeschluss für Toby Wilders Wohnung.«

Carlyle senkte den Kopf. »Dafür brauche ich einen konkreten Anlass.«

»Denken Sie sich einen aus«, erwiderte Riker. »Wenn irgendein Richter sich querstellt, sagen Sie ihm, er soll den amtierenden Polizeipräsidenten anrufen. Sie beide kennen sich doch schon ewig, stimmt's? Rolland Mann hat bei dem alten Mordfall die Ermittlungen geleitet – und ich meine nicht den Mord an dem Penner.«

Mallory schlug mit der flachen Hand auf die Sterbeurkunde. »Er meint *diesen kleinen Jungen*!« Sie fuhr Carlyle auf seinem Stuhl hin und her. Noch war sie nicht mit ihrem Spielchen fertig. »Der Durchsuchungsbeschluss sollte uns auch Zugang zu den gemeinschaftlich genutzten Bereichen des Gebäudes verschaffen – auch dem Keller. Wir suchen nach Werkzeug, das für einen Mord benutzt wurde. Sie haben Toby schon einmal in die Pfanne gehauen. Es dürfte also nicht allzu schwer sein, ihn auch noch für ein paar weitere Morde im Ramble festzunageln.«

Der Mann von der Hausverwaltung hatte nur einen kurzen Blick auf den Durchsuchungsbeschluss geworfen. Griesgrämig und mit aufreizender Langsamkeit suchte er in dem dicken Schlüsselbund an seiner Gürtelschlaufe nach dem richtigen. Dann endlich wurde die Tür geöffnet, und die Detectives betraten Toby Wilders finsteres Wohnzimmer.

Riker war begeistert davon, einem stellvertretenden Bezirksstaatsanwalt die Seele abgekauft zu haben; ab jetzt würden die

Durchsuchungsbeschlüsse reichlich fließen und auch mangelnde konkrete Verdachtsmomente nie ein Problem darstellen.

Er zog die Vorhänge vor Fenstern auf, die schon seit einem Jahrzehnt nicht mehr geputzt worden waren. Das gebrochene Sonnenlicht aus einem Luftschacht fiel auf eine Couch und einen Sessel mit fadenscheinigen, speckigen Armlehnen und Brandlöchern im Polster. Der Bildschirm eines vorsintflutlichen Fernsehers war eingeschlagen. Vielleicht war der Knabe jähzornig. Ja, das war er. Im Inneren des Fernsehergehäuses stand eine leere Weinflasche.

Alles an dieser Wohnung roch nach Loser, und der Gestank von Erbrochenem nach einer durchsoffenen Nacht hing in der Luft.

Auf Mallorys Schlampigkeitsskala rangierte Riker hoch oben, und tatsächlich betrachtete ihr Partner Toby Wilders Wohnung mit den Augen eines Konkurrenten. Abgelegte Kleidung, einfach auf den Boden geworfen – geprüft. Take-away-Schachteln mit Fastfood, Tage alt, verkrustete Essensreste – geprüft. Tote Fliegen auf der Fensterbank – genau wie daheim. Doch bei näherer Betrachtung sah Riker jetzt, dass er und der Typ noch etwas gemein hatten: zu viele leere Bierdosen und Flaschen, um als Gelegenheitstrinker durchzugehen.

Und dann war da eine weitere hässliche Angewohnheit, eine, die sie nicht teilten, obwohl der Detective nicht auf Anhieb sagen konnte, welche Drogen Toby genau schnüffelte, einwarf oder rauchte. Die umgekrempelten Taschen seiner Jeans und die Wischspuren im Staub auf dem Boden vor der Couch – allesamt Zeichen einer morgendlichen Jagd nach Restchen von Kokain oder heruntergefallenen Pillen, die ihm dabei geholfen hätten, die Brutalität eines gerade angebrochenen sonnigen Tages besser zu ertragen. Riker hätte beim Aufwachen vielleicht nach einer Flasche Ausschau gehalten, die noch nicht ganz leer war. Doch dieser Typ hatte den Boden buchstäblich nach etwas, *irgendetwas*, abgekratzt, das seinem trägen Herzschlag auf die Sprünge helfen könnte. Am anderen Ende des Zimmers bückte sich Mallory gerade, um zwei leere Pillenfläschchen aufzuheben.

»Die sind auf der Straße nicht billig.« Sie reichte Riker die Fläschchen weiter, und er las die Etiketten. Es handelte sich um verschiedene Präparate von Oxycodon – einem Opioid, das abhängiger machte als Heroin. Keines dieser Medikamente hatte Toby Wilder auf Rezept bekommen.

»Er steht auf Schmerzmittel«, sagte Rolland Mann von der Tür aus, und die beiden Detectives fuhren zu ihm herum. »Vicodin, Oxycontin. Schlaftabletten braucht er auch. Deshalb haben Sie auch einen Durchsuchungsbeschluss wegen Verdachts auf Drogenbesitz bekommen.«

»Sie wussten also, dass er drogenabhängig ist?«, fragte Riker. »Das heißt, Sie haben ihn die ganze Zeit im Auge behalten.«

»Ich gebe zu, ein permanentes Interesse an dem Jungen zu haben.« Rolland trat ins Zimmer, kehrte ihnen den Rücken zu und sprach in Richtung der zerschlissenen Tapete. »Das hier ist eine Sozialwohnung. Toby hat sie von seiner Mutter übernommen. Sie hatte ihre Eigentumswohnung verkauft und diese hier bezogen, als der Junge nach Spofford kam.«

Spofford. Bevor dieser Jugendknast geschlossen worden war, war dies das Zauberwort für New Yorker Eltern gewesen, wenn sie ihre missratenen Sprösslinge vor dem Niedergang warnen wollten. Tobys Drogenkonsum war folglich kaum eine Überraschung – wenn man bedachte, wo man ihn eingesperrt hatte.

Die Detectives gingen den kurzen Flur entlang, kamen an der Küche und ihrem Mief vorbei. Mallory öffnete die Tür zu einem Zimmer mit Chintzvorhängen vor dem Fenster und einem ungemachten Bett. Das konnte nur das Zimmer der verstorbenen Mutter sein. Lavendelfarbene Pantoffeln standen akkurat nebeneinander auf einem kleinen Teppich, als warteten sie immer noch darauf, dass ihre Besitzerin hineinschlüpfte. Dicker Staub bedeckte alle Oberflächen. Hier war jahrelang niemand mehr gewesen. Konnte das ein Schrein sein? *Vermutlich.*

Der Junkie hatte seine Mutter geliebt.

Riker machte die Tür zum nächsten Zimmer auf. *Heiliges Kanonenrohr.* Er trat ein, um den Raum genauer zu betrachten. Nein, das war *keine* Tapete. »He, das müsst ihr euch anschauen.«

Rolland Mann und Mallory folgten ihm in das zweite Schlafzimmer, das karg wie eine Mönchszelle war und als Möbelstücke nur eine kleine Kommode und ein schmales Bett aufwies. Der Boden war sauber gewischt und bildete die einzige freie Stelle in einem Raum, dessen vier Wände komplett mit Musik bemalt waren: Tonleitern, Taktvorzeichnungen und Tausende von Noten füllten den gesamten Platz aus, von der Decke bis zum Boden. Riker spielte ein bisschen Gitarre, und er konnte Noten lesen, doch ansonsten war auch er hier überfragt. »Diese Noten sehen vogelwild aus«, sagte er.

Mallory zog das schmale Bett von der Wand weg, und auch hier waren überall Noten. Selbst hinter der Kommode – Noten über Noten.

Nur Rolland Mann schien das nicht zu überraschen. »Der Junge war auf dem besten Wege auf die Juilliard School, aber er hätte auch jedes andere Stipendium im Land haben können.« Der amtierende Polizeipräsident warf einen Blick auf das Display seines klingelnden Handys. »Die Colleges haben Toby schon hofiert, als er erst dreizehn Jahre alt war. Offenbar war er eine Art Wunderkind.«

Als er den Obersten Gerichtshof an der Centre Street betrat, hätte Rolland Mann genauso gut auch den ebenerdigen Eingang für hochrangige Politiker und andere Kriminelle benutzen können. Statt dessen zog er es jedoch vor, die vielen Treppen zu dem pompösen Tempel des Rechts selbst hochzusteigen. Drinnen durchquerte er zusammen mit einer Gruppe ganz gewöhnlicher Menschen eine Sicherheitskontrolle. Niemand nahm Notiz von ihm, und da sein Aufstieg zum amtierenden Polizeipräsidenten erst kürzlich erfolgt war, machte sein Gesicht bei keinem der Beamten am Röntgengerät besonderen Eindruck. Sie winkten ihn einfach durch, und er betrat ungehindert eine von Säulen umringte Rotunde. Der Raum war durch einen großen Eisenkronleuchter wie auch durch das Sonnenlicht, das durch die Mitte der Kuppel hereinfiel, hell erleuchtet. Alles hier – Kunst, Architektur – war wie für Riesen gemacht, und jeder, ob nun Polizeibeamter, Jurist oder Geschworener, wurde auf die Größe eines Käfers reduziert. Und da es so viele Käfer waren, konnte sich auch jemand, der auf der Karriereleiter unterwegs nach oben war, mit einem Verlierer blicken lassen, ohne Verdacht zu erregen.

Mann sah die gelbe Fliege des Verlierers inmitten einer Gruppe von Geschworenen dümpeln, die gerade wie eine Herde zum Aufzug getrieben wurden.

Obwohl der Winzling seit zwei Jahrzehnten für jede Wahl zum Bezirksstaatsanwalt kandidiert hatte, konnte sich kein Wähler je an ihn erinnern, doch kaum erwähnte man seinen albernen Halsschmuck, sagten die Leute: »Ach, *der*.« Ein politischer Berater, der verstorbene John Bledsoe, hatte dem Mann die leuchtend gelbe Halsbinde einst als Wiedererkennungsmerkmal empfohlen, und blöd wie er war, hatte Cedrick Carlyle diesen Rat befolgt, weil er keine Ahnung hatte, dass man seinen Ratgeber gerne ein sarkastisches Arschloch nannte.

Als der stellvertretende Bezirksstaatsanwalt nun auf ihn zueilte, erwiderte Rolland Mann sein Winken nicht. Er war mit anderen Dingen beschäftigt, denn er fragte sich, ob seine Frau heute den Mut aufbringen würde, ihn zu verlassen. Folglich hörte er Carlyle auch kaum zu, während er zusammen mit ihm die Rotunde durchquerte.

Cedrick Carlyle, der große Schritte machen musste, um mitzukommen, fing gleich mit dem Jammern an. »Möglicherweise brauche ich irgendwoher Zeugenaussagen für den Pennermord. Bitte sagen Sie mir, dass Sie noch Kopien haben.«

»Aus einer Jugendakte? Einer Akte, die unter Verschluss ist?« Rolland Mann fixierte mit den Augen einen Punkt über dem Kopf des kleineren Mannes. »Warum brauchen Sie Kopien? Diese Zeugenaussagen können Sie nicht einmal mit Mallory und Riker besprechen – wenn Sie nicht Ihren Job *und* Ihre Anwaltslizenz verlieren wollen.«

ADA Carlyle rang die Hände und biss die Zähne sowie zweifellos auch die Arschbacken zusammen. *Was sollte er nur machen? Was nur?* »Als Sie gerade weg waren, hat mich Willy Fallon angerufen. Sie fragte, wie viel die Detectives eigentlich über den alten Nadler-Fall wissen.«

»Über den *neuen* Nadler-Fall. Einen alten Fall zu dem Nadler-Jungen hat es nie gegeben. Das war doch Ihre Idee, oder? Etwas, das Sie zusammen mit Toby Wilders Anwalt ausgekocht haben?« So, das stopfte ihm das Maul. Jetzt waren sie quitt. Der amtierende Polizeipräsident ging zielstrebig davon, um sich ein Taxi nach Hause zu nehmen.

Würde seine Wohnung leer sein, oder war Annie noch da? Diese Frage hatte ihn jeden Tag beschäftigt, seit die Morde des Hungerkünstlers ans Licht gekommen waren.

FÜNFUNDZWANZIG

Jetzt folgen wir Toby Wilder in den Ramble. Es war Phoebes Idee. Aber wir kommen nie weit, ehe wir ihn aus den Augen verlieren. Manchmal verlaufen wir uns, und wenn das passiert, rennen wir, unsere Herzen klopfen wie wild, wir schreien, suchen nach dem Weg hinaus. Jeder, den wir sehen, könnte ein durchgedrehter Mörder sein, oder wenigstens gefährlicher als das, was auf den Fluren der Driscol sein Unwesen treibt. Phoebe sagt, es ist ein gutes Training. Hier ist die Monster-Schule.

ERNEST NADLER

Der kleine Krankentransporter entsprach nicht gerade Wilhelmina Fallons Vorstellungen von Luxus, und allmählich wurde der Fahrer unmutig. Sie befahl ihm, vor dem Haus, in dem sich möglicherweise Toby Wilders Wohnung befand – einem Backsteinbau an einer schattigen Straße in Greenwich Village – heranzufahren. Der Telefonanschluss für Susan Wilder war die letzte Spur, die sie noch nicht hatte ausschließen können, doch es ging nie jemand ran.

Der Fahrer öffnete ihr die hintere Klappe des Krankengefährts und ließ für den Rollstuhl seines Fahrgasts die hydraulische Hebebühne herunter. »Machen Sie sich keine Umstände«, sagte Willy. Sie ließ den Rollstuhl ebenso hinter sich wie ihre gespielte Behinderung, trat auf den Gehweg hinaus, setzte die Sonnenbrille auf und griff in ihre Tasche, um die braune Papiertüte mit dem Geld herauszuziehen. Ihr Trinkgeld fiel üppig aus, und die Augen des Mannes leuchteten beim Anblick von so viel Bargeld. Kurzzeitig verdrängte er, wie sehr sie ihn herumschikaniert und dafür beschimpft hatte, dass er mit den beiden Bullen gesprochen hatte.

»Warten Sie auf mich.« Willy wandte sich dem Wohnhaus zu. Hinter ihr fuhr die kleine Ambulanz mit quietschenden Reifen davon, und sie glaubte, den Fahrer noch lachen zu hören, als er das Gaspedal durchdrückte.

Arschloch.

Der frei gewordene Platz am Straßenrand wurde von einem Polizeiwagen eingenommen. Willy wich rasch auf die andere Straßenseite zurück, weil sie einen Moment lang vergessen hatte, dass die Pillen in ihrer Handtasche vollkommen legal waren, weil man sie ihr im Krankenhaus verschrieben hatte. Als sie wieder hinschaute, sah sie, wie der Uniformierte die hintere Wagentür des Fahrzeuges öffnete. Ein Mann stieg aus und folgte dabei dem gewaltigen Zinken, den er im Gesicht trug. Ein großer Mann, ein *reicher* Mann – schöner Anzug. Ein kleines rothaariges Mädchen krabbelte hinter ihm aus dem Wagen. Sonderbares Paar: ein Riese mit Froschaugen und ein Kind mit Comiclächeln.

Willy wühlte in ihrer Tasche und zog ihr Handy heraus. Die Touristin spielend, fotografierte sie die beiden. Der Polizeiwagen rollte davon, und sie wandte sich wieder Tobys Wohnhaus zu, blieb aber mitten auf der Straße stehen.

Ein Kleiderschrank von Mann in einem schlechten Anzug trat aus dem Gebäude und begrüßte das seltsame Paar. Der hier hatte ein bedrohliches Gesicht, obwohl er lächelte und sich zu der Kleinen hinunterbeugte, um ihr vorsichtig die Hand zu schütteln. Er war der klassische Schlägertyp, selbst für New Yorker Verhältnisse nicht gerade der typische Babysitter – und doch blieb das kleine Mädchen in seiner Obhut, während der große Froschmann das Gebäude allein betrat. Willy machte einen Schritt auf den Bordstein und hörte, wie die Kleine ihren neuen Beschützer mit Namen ansprach. Detective Janos.

Noch ein Bulle.

Willy verwarf den Plan, ins Haus zu gehen. Als sie zum Gebäude hochschaute, sah sie mehrere Uniformierte, die sich an einem Fenster im dritten Stock abzeichneten. Was ging da oben vor? Stand Toby Wilder unter Arrest? Und was sollte eigentlich das kleine Mädchen …

Oh nein. Willy hatte die Aufmerksamkeit des finsteren Detectives geweckt. Rasch blickte sie auf das Display ihres Handys, ohne die beiden aus den Augen zu lassen. Das rätselhafte Kind zupfte den Mann am Ärmel, und als er zu ihr hinabschaute, informierte ihn die Kleine darüber, dass man eine Ratte drei Mal die Toilette hinunterspülen konnte, bevor sie ertrank. »Vier Mal ist das Zauberwort.«

Willy schob ihre dunkle Brille auf die Nase, trat zu den beiden, ging vor dem Kind in die Hocke und sagte: »Ich *liebe* Ratten.«

Jetzt war der wandelnde Kleiderschrank endgültig misstrauisch, vielleicht weil Ratten der Erzfeind eines jeden New Yorkers waren, der halbwegs bei Verstand war. Hinter dem Rücken des Kindes hielt er seine Dienstmarke hoch und hauchte: *Weitergehen.*

Willy überquerte die Straße und setzte sich auf die Treppe eines gegenüberliegenden Hauses. Die beiden begannen eine Art Fotoduell, indem Willy ein weiteres Foto mit ihrer Handykamera machte und Detective Janos eins mit seiner.

Zufrieden, dass Janos und Coco ein Herz und eine Seele waren, stieg Charles die Treppe zu der Wohnung im dritten Stock hoch, wo er von einem Uniformierten hereingelassen wurde. Drinnen sah er die beiden Detectives in einem Zimmer stehen, das am Ende eines kurzen Flurs lag.

»He, Charles.« Riker winkte ihm zu.

Der Psychologe ging auf die zwei zu und wurde Zeuge einer Auseinandersetzung.

Mallory starrte auf einen schlecht gekleideten Mann herab, der mit seinem riesigen Schlüsselbund aussah wie ein Hausmeister. Wütend fuhr der Kleine sie an: »Ihr Typen habt mir die Winde aus meinem Auto geklaut, aus *meinem* Auto, Toby fährt kein Auto. Die brauche ich, um eine Wagenladung Möbel aus Jersey zu holen. Das ist mein Nebenverdienst – Kleintransporte. Wann kriege ich sie zurück?«

Während sich Charles staunend die Noten anschaute, die jeden Zentimeter der Wände bedeckten, betrat ein Polizist den Raum. Er hielt einen Akkuschrauber in der Hand. »Den haben wir im Keller gefunden.«

Und der wütende Hausmeister schrie: »Das ist mein persönliches Eigentum! Den *brauche* ich!«

»Wir geben Ihnen eine Quittung.« Mallory drehte sich halb um die eigene Achse und zeigte mit einer Hand auf die beeindruckende Ansammlung von Noten an den Wänden. »Und was ist damit?«

»Ist schon seit Ewigkeiten da. Das hat der Junge gemacht, als er aus dem Jugendknast kam – vor zehn Jahren oder so.«

Auf ein Nicken von Mallory verließ der Mann den Raum. Jetzt trat eine kleine Frau mit einer Riesenkamera ein, und Riker gab ihr Anweisungen, jeden Quadratzentimeter der musikalischen Wände zu fotografieren. Dann wandten sich beide Detectives ihrem Experten in Sachen Hochbegabung zu.

»Es ist Jazz«, sagte Charles. »Das sieht man an den komplexen Mehrklängen.« Er zeigte auf einen Akkord aus geschichteten Noten. »Akkorde, die aus mehr als einem Dreiklang bestehen. Kapiert?«

Nein, offenbar nicht. Riker zuckte mit den Achseln, und Mallory war natürlich nur genervt.

»Das hier ist ein G13, ein *erweiterter* Akkord«, sagte Charles. »Auch erweiterte Intervalle sind ein Hinweis.«

Riker lächelte. »Könntest du uns ein bisschen was vorsummen?«

»Wohl kaum. Es liegt zwar schon eine Melodie zugrunde, aber das hier ist eine komplizierte Orchestrierung.«

»So wie beim guten alten Big-Band-Sound?«

»Größer – ein ganzes Symphonieorchester.« Charles zeigte auf verschiedene Stellen in der Notentapete. »Holzbläser, Blechbläser und Streicher. Und dort Percussion. Hier ist ein kompletter Satz Saxofone. Habt ihr irgendwo Noten gefunden – gedruckte, meine ich?«

»Nichts dergleichen«, sagte Mallory. »Überhaupt keine. Der Typ hat noch nicht mal eine Stereoanlage. Hat er wahrscheinlich für Drogen verhökert.«

»Und das einzige Radio ist kaputt«, sagte Riker. »Sieht so aus, als wäre es an einem schlechten Tag an die Wand gepfeffert worden.«

Es war für Charles schwer zu glauben, dass Toby Wilder nur ein einziges Stück draufhatte. »Wenn ich das hier auf Notenpapier übertrage, kann ich eine Expertenmeinung einholen und die Musik genauer einordnen lassen. Jazz ist nicht mein Spezialgebiet.«

»Genauer gesagt«, meinte Riker, »haben wir uns nur gefragt, wie plemplem der Junge ist.«

»Oh … na ja, ich würde das hier nicht als Beweis dafür ansehen, dass jemand plemplem ist.« Charles zeigte auf mehrere Stellen, wo Noten mit Tipp-Ex übermalt und dann überschrieben worden waren. Wie in der Malerei beim *Pentimento*, wenn ein Künstler es sich anders überlegt. Hier betrafen die Änderungen die Grundzüge der Melodie, und sie waren alle akribisch dokumentiert. »Beim physischen Akt der ersten Notation begann der Junge wie in einem Rausch. Man sieht seine Eile an der Schrägstellung der Notenhälse und der Taktangaben. Die Taktstriche sind wie flüchtig hingehaucht – als hätte er es kaum erwarten können, das alles festzuhalten. Zum größten Teil hat es den Anschein einer einzigen, fließenden Niederschrift. Und doch … würde ich sagen, er hat daran sehr lange gearbeitet. Bevor er überhaupt mit diesen Wänden hier angefangen hat, hatte er bereits Dutzende von Instrumenten im Kopf, ebenso wie die Oktavwechsel, durch die sie zusammenspielen. Den meisten Leuten ist nicht klar, dass man nicht die gleichen Noten für verschiedene Instrumente benutzen kann, selbst wenn …«

Er hob den Blick und schaute in zwei gelangweilte Gesichter. »Tut mir leid.« Zurück zur Wand. »Dieser Junge hat die Orchestrierung bereits als vollständiges Kunstwerk gehört, bevor er auch nur einen Strich aufgezeichnet hat. Insofern ist die Abwesenheit von Musik in dieser Wohnung – nicht mal ein funktionierendes Radio – sehr bezeichnend. Er hat vor ein paar Jahren in einem einzigen Akt des Wahnsinns seine Musik rausgelassen. Und dann … Stille.«

»Er ist ein Junkie«, sagte Mallory. »Sein Drogenkonsum nahm vermutlich in Spofford seinen Anfang. Der Cop, der ihn dorthin gebracht hat, sagte, die Insassen hätten Toby verprügelt, er wollte sich aber nicht verteidigen. Daraufhin hat man ihn von den anderen Knackis ferngehalten.«

»Das kam immer wieder vor«, sagte Riker. »Und es begann, als er dreizehn war.«

»Ein *Kind* in Einzelhaft? Das ist grotesk.« Doch jetzt war für Charles alles klar. Diese Wände voller Musik, wie ein gewaltiger Strom – und die allerletzte Note war eine Art Tod gewesen. Der Junge war buchstäblich ausgeblutet, als er diesen Wänden das Beste, was in ihm steckte, anvertraut hatte.

Sein Geisteszustand war benebelt, und Toby Wilder dümpelte in der geringeren Schwerkraft des Mars durch die Zeit. Es waren stille Tage. Ohne Luft. Die Geräusche der Stadt wurden durch die Watte seines schmerzmittelgepolsterten Gehirns gefiltert, und trotz der vertrauten Umgebung musste ihn die Kellnerin zwei Mal fragen: »Wie immer?«

»Ja.« Ob er hungrig war oder nicht, bestellte sich Toby jedes Mal einen Cheeseburger mit Salatblatt und Tomaten, eine perfekte Kombination von Nährstoffen, wie seine Mutter gesagt hatte.

Er dachte an das erste Mal zurück, als Mom ihn hierhergebracht hatte. Es war der Tag nach seiner Freilassung gewesen. Während seiner Haftzeit hatte sie ihre Eigentumswohnung verkauft und war in diese Gegend gezogen, weil sie näher an ihrem Arbeitsplatz lag. Das war der Grund, den sie ihm genannt hatte. Erst später hatte er die Wahrheit herausgefunden. Mom hatte die Wohnung verkauft, um davon eine Versorgungsrente für ihn zu bezahlen, wenn sie später nicht mehr da war. Sie hatte ihm auch beigebracht, sich in dem Straßenlabyrinth des West Village zurechtzufinden, das die Touristen immer so verwirrte. In dem einen Jahr, das sie noch zusammen gehabt hatten, saß er ihr mit seinen siebzehn Jahren jeden Tag an diesem Tisch gegenüber, und sie besprachen seine Zukunft – als wären all seine Chancen nicht längst in diesem Jugendgefängnis gestorben, wo er zwei Zähne, seine Unschuld und seine Selbstachtung verloren hatte.

Doch er hatte auch eine hohe Toleranz für Schmerz und schlimmere Dinge entwickelt. Mit dreizehn hatte er nach seiner Mutter geweint; mit vierzehn hatte er gelernt, die Schmerzmittel zu bunkern, die ihm die Ärzte verschrieben, wenn er zusammengeschlagen worden war; und nachdem man ihm einmal genügend Knochen gebrochen hatte, schenkte ihm die Einzelhaft einen Raum, in dem er ganz für sich war. Bei jedem Besuchstag hatte er die Hand seiner Mutter genommen und ihr gesagt, es sei nicht so schlimm.

Heute spürte er nichts mehr außer einem leichten drogenbedingten Nebel, und seine Mutter war tot. Alles, was ihm von ihr geblieben war, war diese alte Angewohnheit des Mittagessens, sein einziger Grund, warum er eine Uhr trug. Ohne den rituellen Cheeseburger hätte sein Tag kein Rückgrat gehabt.

Phoebe sah Toby Wilder dabei zu, wie er seinen Burger fertigaß.

Dead Ernest schaute ihre Hände an, während sie unbewusst an dem goldenen Feuerzeug rieb. »Wenn du das weiter so machst«, sagte er, »wirst du das Datum abtragen. Ich kann es schon kaum mehr lesen. Sieht nur noch aus wie Kratzer.«

Phoebe steckte den goldenen Glücksbringer in ihre Tasche zurück.

Als Toby das Café verließ, ging Phoebe nach Hause, um Buße zu tun: Sie las dem toten Jungen, der nie die Hände aus den Hosentaschen nehmen konnte, Comics vor.

Comics waren die große Leidenschaft des wirklichen Ernest Nadler gewesen, seine Religion und seine Philosophie. Eines Tages, als sie von der Schule nach Hause gingen, hatte Ernest sie in den Schuppen seines Vaters mitgenommen, wo sich hinter einer als Bücherregal getarnten Tür ein begehbarer Safe befand. Da drinnen hatten mehr Comics gelagert, als Phoebe in ihrem ganzen Leben gesehen hatte, stapelweise, *wändeweise.* Es war die Sammlung seines Vaters, einige Hefte waren noch aus den Dreißigerjahren und hatten Ernies Großvater gehört.

Das war der Tag gewesen, an dem Ernie seine liebste Erinnerung mit ihr geteilt hatte – an die Stunden vor dem Zubettgehen in Kindergartenzeiten, als sein Vater bei ihm am Bett gesessen und in diesen Sammlerstücken geblättert hatte, um seinem einzigen Kind daraus vorzulesen.

»Comic-Helden liegen in den Familiengenen«, hatte Ernest damals zu ihr gesagt.

Und so hatte sie natürlich begriffen, warum er sterben musste.

SECHSUNDZWANZIG

Spider Girl verwandelt sich. Heute Morgen hat mir Willy Fallon in der Algebrastunde ihre neue Maniküre gezeigt: Fingernägel, zu scharfen Krallen zugefeilt, die sie ganz nah an meine Augen hält. Schätze, die Klauen sollen sie einem Tier noch ähnlicher machen – vielleicht einer Katze? Na ja, das wäre für ein Insekt wie Willy ein sozialer Aufstieg. Doch die Botschaft ist bei mir angekommen, und als der Unterricht aus ist, fange ich an zu laufen.

ERNEST NADLER

Als Charles den Schlüssel ins Schloss steckte, umarmte Coco ihren polizeilichen Begleiter zum Abschied und begrüßte ebenso herzlich den Beamten, der die Haustür bewachte.

Drinnen in der Wohnung legte Charles den Umschlag mit den Fotos von Toby Wilders Wänden ab. Dann öffnete er eine Papiertüte und zeigte dem Kind seine jüngste Erwerbung aus einem Schreibwarenladen – einen Block mit linierten Seiten für Noten. »Musik auf Papier.«

Eine Stunde später saßen sie sich am Küchentisch gegenüber. Zwischen ihnen stand eine Schüssel mit Popcorn, und daneben lag die Partitur einer Jazz-Symphonie. Charles hatte es keine Probleme bereitet, die Polizeifotos in die richtige Reihenfolge zu bringen; Musik folgte logischen Sequenzen, und so hatte er die abfotografierten Noten rasch zu Papier gebracht. Das Kind arbeitete immer noch am ersten Foto, das er abgelegt hatte. Coco interessierte sich nun deutlich weniger für das Zeichnen. Charles winkte ihr zu, um sie auf sich aufmerksam zu machen, und sie winkte mit einem etwas müden Lächeln zurück.

»Coco, wenn du ein Mittagsschläfchen machst, kannst du später länger aufbleiben. Wir gehen heute Abend aus.« Charles hatte keine Lust, Mrs. Ortega zu bitten, die Kleine heute Abend zu hüten, denn die Frau weigerte sich, für irgendetwas, das mit Coco zu tun hatte, Geld von ihm anzunehmen. »Magst du Jazz?«

Sie nickte und senkte wieder den Kopf über ihrer Arbeit – Musikzeichnen betrieb sie mit dem allergrößten Ernst. Cocos Aufmerksamkeitsspanne bei dieser Aufgabe war länger, als er erwartet hatte, und erst jetzt wurde ihm bewusst, dass dies daran lag, dass es ein Projekt für Mallory war. Vielleicht hatte diese Beziehung ja tatsächlich etwas Gutes. Mit den meisten Menschen führte das Mädchen nur Monologe, doch mit der Polizistin ihres Herzens führte sie richtige Gespräche.

Charles schaute sich Cocos seltsame Versuche an, Musik abzuschreiben: Da waren Notenfähnchen ohne Noten, Noten ohne Hälse, Nummern und Symbole in rätselhaften Anordnungen, die manchmal bloß wie durch Zufall auf den Tonleitern landeten – eine ganz eigenartige Bildersprache. Wieder einmal winkten sich zwei einsame Menschen von ihren verschiedenen Planeten zu, obwohl sie dabei doch am selben Küchentisch saßen.

Nur eins wurde schmerzlich klar: Coco hatte einen kleinen Traum. Und der würde nie in Erfüllung gehen.

Coco legte ihren Bleistift hin und schaute zur Tür, lauschte, wartete – wartete auf Mallory.

»Willy Fallon hat Tobys Haus beobachtet.« Detective Janos legte eine Liste mit Handyverbindungen auf den Tisch. »Sie hat alle Wilders im Telefonbuch angerufen.«

Lieutenant Coffey starrte auf den Bildschirm seines Computers und klickte die Fotos des It-Girls an, die Janos geschossen hatte. »Und der Kollege, der in ihrem Krankenhauszimmer Wache schob? Wo zum Teufel war der?«

»Ich habe mit seinem Vorgesetzten gesprochen«, sagte Janos. »Willy hat den Polizeischutz abgelehnt. Deshalb wurde ihr Bewacher abgezogen.«

»Und wann hatte dieser Depp vor, uns zu sagen, dass unser Verbrechensopfer frei herumläuft?« Jack Coffey hielt eine Hand hoch – *vergiss es* – und wandte sich dem breiten Fenster zu, das auf den Dienstraum seines Reviers hinausging.

An einem Tisch in der Nähe des Treppenhauses saß Arthur Chu, ein Polizist in Zivil, dessen Status irgendwo zwischen der silbernen Dienstmarke eines Uniformierten und dem goldenen Abzeichen eines Detectives schwebte. Während Mallorys Abwesenheit hatten sie sich Arthur Chu aus einem anderen Revier ausgeliehen. Vor allem bei Beschattungen hatte er einen guten Job gemacht – einen sehr guten sogar –, und so hatte es Coffey einfach versäumt, den jungen Mann wieder zu der Abteilung zurückzuschicken, der er eigentlich angehörte.

»Lasst Arty Chu sie beschatten. Sagt dem Jungen, er soll ihr so lange auf den Fersen bleiben, bis wir den Fall abgeschlossen haben. Wo ist die Schnepfe denn momentan? Wissen wir das?«

»Ich hab sie gefunden.« Janos hielt eine Seite mit den Ergebnissen einer Handyortung hoch. »Sieht so aus, als wäre Willy wieder auf dem Rückweg ins Krankenhaus.«

Die Wirkung ihrer letzten Schmerztablette hatte nachgelassen. Gepeinigt und müde konnte es Willy Fallon kaum erwarten, sich in ihr Krankenbett zu legen und vom Personal ein paar Pillen servieren zu lassen, die die immer noch pochenden Schmerzen in ihren Gliedern und Gelenken lindern würden.

Auf dem Weg in ihr Zimmer kam sie auf dem Flur an einer Uhr vorbei und sah, dass sie gerade rechtzeitig für ihre Massage beim Physiotherapeuten eingetroffen war. Oh, und sie wollte auch wieder ihren Spezialrufknopf, mit dem man die Krankenschwestern so richtig schön auf Trab halten konnte!

Als Willy die Tür öffnete, traf sie im Zimmer einen Pfleger an, der gerade die Laken von ihrem Bett abzog. Mensch, das war ja ein noch besserer Zimmerservice als in ihrem Hotel! Eine weitere Mitarbeiterin, eine Krankenschwester, die Willy immer *He, Sie da* nannte, stand an ihrem Nachttisch und schaufelte Pillenfläschchen in eine Schachtel.

»He! Das Zeug brauche ich noch!«

»Nicht mehr«, sagte die Schwester. »Sie sind entlassen, Miss Fallon.«

»Von wegen. Ich habe nicht ausgecheckt. Ich musste nur einige persönliche Dinge erledigen.« Ein paar Leute verfolgen, ein paar andere bedrohen – insgesamt war es für Willy ein anstrengender Tag gewesen. Jetzt wollte sie nur noch ihr verdammtes Bett, ihre Medikamente und die Dienste ihrer Zofen. Ach, und diese Massage – wie sehr sie die nötig hatte! »Jedenfalls bin ich wieder da. Holen Sie mir gleich mal den Doktor. Sagen Sie ihm, ich brauche noch Medikamente. *Hopp, hopp*!«

Doch es hatte sich etwas geändert, seit sie weg gewesen war. Diese Krankenschwester sah nicht mehr wie ein geprügelter Hund aus. Genauer gesagt wirkte sie sogar ausgesprochen fröhlich, aber Willy hatte fest vor, das zu berichtigen. »Hören Sie mir eigentlich zu?«

Die Krankenschwester verstaute das letzte Pillenfläschchen in ihrer Schachtel. »Ihre Rechnung ist bezahlt. Sie sind entlassen. Wir brauchen das Bett.«

»Meine Eltern haben die Rechnung bezahlt?«

»Ihr Anwalt hat sie bezahlt.«

»Aber sie haben angerufen, richtig? Sie haben nach mir gefragt, oder?« Klang das zu bedürftig?

Die Schwester hasste sie, doch jetzt erstarb das Lächeln auf ihrem Gesicht, und in ihren Augen stand sogar so etwas wie Mitleid.

»Haben meine Eltern eine Nachricht hinterlassen?«

Die Antwort auf diese Frage war Willy schrecklich wichtig, was die Schwester offenbar erahnte, denn ihre Stimme wurde weich, als sie sagte: »Nun, es haben den ganzen Tag *Reporter* angerufen.« Anscheinend zog die Frau aus dieser Aussage keine besondere Genugtuung, doch sie überließ Willy das Fazit: Mummy und Daddy hatten *nicht* angerufen. Und sie würden es auch nie. Sie waren mit ihr fertig.

Von Schmerzen gepeinigt, müde und hungrig, sank Willy auf die nackte Matratze. In ihrem Hotel wartete nur ein Bett auf sie, sonst nichts. Wer würde sich jetzt um sie kümmern? Kleinlaut öffnete sie ihre Handtasche, zog die braune Zaubertüte heraus und hielt der Schwester zum Ansporn ein paar Geldscheine hin. »Lassen Sie mich bleiben? Bitte.«

»Wir brauchen das Bett.«

Sie liebten sie. Sie *beteten sie an.*

Kameras, überall Kameras. Blitze, Stroboskoplicht.

Eine wiedergeborene Willy Fallon, mit vier Linien Koks aufgepäppelt, stand vor einer Stretchlimousine auf dem Gehsteig vor ihrem Hotel. Um den Paparazzi einen Gefallen zu tun, nahm sie die Sonnenbrille ab und befolgte ihre gerufenen Anweisungen für die Kamera: »He, Willy, bitte ein Lächeln«, oder »Willy, Süße, drehen Sie sich hierher.« Die Reporter inmitten der Meute hielten ihr Mikros hin, aber sie fragten weder, wo sie die ganze Zeit gewesen war, noch wie lange sie sich schon wieder in der Stadt aufhielt. Sie wollten bloß wissen, ob sie das andere Opfer des Hungerkünstlers gekannt hatte, Humphrey Bledsoe. Und was mit den anderen Opfern sei? »Miss Fallon, wer war das dritte Opfer im Ramble?«

Willy beachtete die Fragen gar nicht. Sie hatte eine bessere Geschichte, und nachdem sie die erzählt hatte, schlüpfte sie in die Limo und reichte dem Fahrer Detective Mallorys Karte. »Das ist die Adresse.« Als der Wagen losgefahren war, wandte sie sich noch einmal um und schaute aus dem Rückfenster. *Gut.* Die Reporter blieben ihr auf den Fersen.

»Nein, da ist nichts dran, rein gar nichts … Ja, das stimmt. Sie hat *gelogen*!«

Jack Coffey beendete das Gespräch mit dem Fact Checker einer TV-Nachrichtensendung. Es war bereits die dritte, die angerufen und ihn nach dem Namen der Polizistin gefragt hatte, die Willy Fallon auf ihrem Krankenbett attackiert hatte. *Meine Güte.* Warum musste das ausgerechnet jetzt passieren? Wenn der Chief Mallory heute nicht die Dienstmarke abnahm, dann würde es der Bürgermeister tun – nicht wegen der angeblichen Attacke auf Willy Fallon, sondern wegen schlechter Presse.

Der Lieutenant stand an dem Fenster, das auf eine Seitenstraße hinausging, und schaute zum Himmel hoch, wo es Gott ja vielleicht doch gab. Er breitete die Hände aus, als wollte er fragen: »Und, was hat Mallory *dir* angetan?«

Weit unten versammelten sich Reporter auf dem Gehweg vor ihrer Wache. Diese verdammten Geier. Coffey stellte die Jalousienlamellen zum Dienstraum quer und winkte Detective Gonzales zu, er solle die Besucherin hereinbringen, die zuvor als größte Schlampe der westlichen Welt angekündigt worden war. Man hatte Miss Fallon warten lassen, und seit einer halben Stunde saß sie da draußen und fauchte und kochte wie eine Lokomotive.

Noch bevor die Frau den Mund aufmachen konnte, sagte der

Lieutenant: »Es tut mir leid, aber die Sache wurde mir aus den Händen genommen. Es handelt sich jetzt um einen zivilrechtlichen Prozess – oder er wird es sein, sobald Sie den Reportern den Namen der Polizistin verraten. Detective Mallorys persönlicher Anwalt wird sie in dem Rechtsstreit gegen Sie vertreten.«

»Was soll das heißen …?«

»Ich gebe Ihnen den Namen und die Telefonnummer dieses Anwalts.« Der Lieutenant blätterte durch sein Rolodex. »Robin Duffy? Ja, das ist er.« Er schaute zu Detective Gonzales hoch. »Sie wissen doch noch – der vor kurzem die Bundesbehörde das Fürchten gelehrt hat …«

Willy Fallon lächelte, unbeeindruckt von dem Ammenmärchen, das er da erzählte. »Ich bin hier, um Anzeige gegen Detective Mallory zu erstatten.«

»Brutalität im Dienst«, sagte Coffey. »Das haben mir die Reporter gesagt. Die Anzeige wird intern behandelt. Aber das kann noch warten, bis Sie auf Kaution freikommen. Detective Gonzales wird das alles für Sie aufnehmen.«

Gonzales hatte das meiste von Willys Schimpftiraden abgekriegt und trug jetzt ein breites Lächeln auf dem Gesicht, als er seinem Boss eine Kopie von Rikers Bericht über seine Misshandlung im Krankenhaus reichte, erst vor Minuten getippt und mit einem früheren Datum versehen.

»Das sollte sich Ihr Anwalt durchlesen«, sagte Coffey, »bevor Sie wirklich Anzeige erstatten.« Er lehnte sich in seinem Stuhl zurück und spielte den Lässigen. »Wie ich höre, hatten Sie Detective Mallorys Partner am Wickel.« Er tat so, als würde er den Bericht erst jetzt lesen. »Halt, nein. Nicht am Wickel – an den Eiern. Sie hatten den armen Kerl an den Eiern gepackt. Das bedeutet einen sexuellen Übergriff. Detective Riker hatte Ihnen das eigentlich durchgehen lassen wollen, weil Sie so viel gelitten hatten. Aber jetzt, schätze ich, sind Sie doch dran, Lady.«

»Und wenn ich die Reporter wegschicke?«

»Damit könnte ich leben – wenn Sie ihnen sagen, dass Sie sich getäuscht haben. Vielleicht waren Sie durch die Schmerzmittel noch außer Gefecht gesetzt und hatten Halluzinationen.« Jack Coffey schob einen gelben Block über den Schreibtisch. »Und machen Sie es bitte schriftlich.«

Das tat Willy. Als sie sein Büro verlassen hatte, wandte er sich wieder dem Fenster zur Straße zu und betrachtete den Fußgängerverkehr auf dem Gehweg unter ihm. Es dauerte eine ganze Weile, ehe er Officer Chu unter den Passanten entdeckt hatte; so gut war der junge Polizist darin, sich unauffällig unter die Leute zu mischen. Der Lieutenant sah zu, wie Willy Fallon das Gebäude verließ – und Chu ihr die Straße entlang folgte.

Der stellvertretende Bezirksstaatsanwalt mit der gelben Fliege hatte keine eigene Sekretärin und somit auch keinen Zerberus, der vollgedröhnte Society-Tussis abwehren konnte. Doch Cedrick Carlyle fürchtete sich nicht. Mr. und Mrs. Fallon, das Power-Paar von Fallon Industries, hatte sich vom öffentlichen Leben zurückgezogen, um sich hinter den Mauern des Familienanwesens in Connecticut zu verstecken, einem sicheren Hafen, in dem ihre Tochter persona non grata war.

Willy Fallon beugte sich über seinen Schreibtisch und klickte sich durch die Fotos auf ihrem Handy, um ihm die Schnappschüsse von einem Mann zu zeigen, der im Vergleich zu seiner kleinen, rothaarigen Begleiterin ein Riese war. »Wer *ist* dieser Typ?«

»Das ist Charles Butler, ein Psychologe. Wir nehmen ihn manchmal als Sachverständigen.« ADA Carlyle blickte hoch und schaute Willy in die Augen, eindringlich und zornig zugleich. *Verrückte Kuh.* »Mit dem sollten Sie sich besser nicht anlegen, Miss Fallon. Dr. Butler stammt aus altem Geldadel – sein Blut ist blauer als das Ihre –, und einige seiner besten Freunde tragen eine Waffe.«

Aber wer war das Mädchen auf dem Display? Butler hatte keine Kinder.

Auf dem nächsten Schnappschuss hielt das kleine Mädchen Händchen mit einem Kleiderschrank von Mann. Janos? Ja, so hieß dieser Detective aus der Special Crimes Unit. Da bemerkte Carlyle die großen, dekorativen Zahlen auf der Eingangstür eines Gebäudes. Er schüttelte den Kopf. *Nein!* Das war ja die Adresse des Durchsuchungsbeschlusses! Society-Tussis konnten gefährlich blöd sein! Was zum Teufel hatte sie vor Toby Wilders Wohnung zu suchen gehabt? Jetzt bekam es Carlyle *wirklich* mit der Angst. Er riss ihr das Handy aus der Pfote, um sich das Bild genauer anzuschauen. Was war das für ein Kind? Warum wurde es von einem Detective beschützt? Und dann war ihm die Antwort klar. *Oh, nein.* Noch ein kleines Mädchen mit roten Haaren.

Willy durchbrach seine Grübeleien. Sie schrie: »He!« Als sie wieder seine Aufmerksamkeit hatte, schlug sie mit der Hand auf den Schreibtisch. »Sie haben geplaudert, stimmt's? Den Cops von uns erzählt?«

»Niemals.«

»Machen Sie das alles weg! Das machen Sie doch, oder?«

Während seine Besucherin weiterwütete, kopierte Carlyle die Kinderfotos von ihrem Handy auf seines.

Die beiden Detectives beobachteten von ihrem geparkten Auto am Hogan Place, wie Willy Fallon das massive graue Gebäude verließ, in dem sich das Büro des Bezirksstaatsanwalts sowie einer ganzen Legion von mehr als fünfhundert Anwälten befand.

Riker ging an sein Handy, lauschte einen Moment und sagte dann zu seiner Partnerin: »Das war Janos. Er sagt, Carlyle hätte gerade Rocket Mann angerufen.«

»Da ist unser Mann.« Mallory zeigte auf den Officer in Zivil, der Jeans und eine Sonnenbrille trug.

Arthur Chu war in einer Multi-Kulti-Stadt wie New York der perfekte Beschatter. Er hatte das lockige braune Haar seiner Mutter, die asiatisch schmalen Augen seines Vaters, und sein Akzent kam aus der Bronx. Mit nur wenigen Hilfsmitteln, einer Kappe oder einer Sonnenbrille, die er nach Bedarf tragen oder weglassen konnte, vermochte er überall unterzutauchen, und sein hübsches Babyface half dabei zusätzlich. Niemand hätte ihn für einen Cop gehalten. Mit sechsundzwanzig war Chu in Mallorys Alter, doch er sah um Jahre jünger aus, wie ein Teenager, der noch zur Schule ging.

Im Rückspiegel beobachtete Riker, wie der Beschatter Willy auf dem Gehweg folgte, um eine Ecke bog und verschwand. Seit Mallory vor vier Wochen wieder in die Stadt gekommen war, hatte sie keinerlei Notiz von dem Youngster genommen. Jetzt jedoch hatte sie ihren Radarblick auf ihn gerichtet, und Riker konnte nur hoffen, dass sich der Junge nicht alles versaute.

»Ist Chu eigentlich gut?«

»Ja«, meinte Riker. »Arty hat bei einem meiner Fälle mitgewirkt, während du weg warst. Ich glaube, er hat drei Tage lang nicht geschlafen. Er gibt sich wirklich Mühe, alles richtig zu machen.« Schlechte Wortwahl. In Mallorys Sprache bedeutete das nichts anderes als eine Schwäche.

Mallorys Handy klingelte, und Riker hielt einen Zehndollarschein hoch. »Ich wette, dass er das ist.«

»Keine Wette.« Mallory zeigte ihm Chus Namen auf ihrem Display, nahm das Gespräch an und wollte wissen: »Was ist passiert?« An Riker gewandt, schüttelte sie den Kopf, um ihm zu bedeuten, dass eben genau *nichts* passiert war – und dass sie darüber nicht glücklich war. Ihre Stimme klang gereizt, als sie mit dem Cop am Telefon sprach. »Sie müssen nicht alle naslang Ihre Position durchgeben.«

Riker nahm ihr das Handy aus der Hand und schlug einen freundlicheren Ton an. »Arty?«, sagte er zu Officer Chu. »Wenn Willy jemanden umlegt, dann können Sie uns das melden. Ansonsten machen Sie sich bitte nur Notizen.«

Rolland Mann trat aus dem Aufzug und ging den Flur entlang zu seiner Wohnung. Sein Arbeitstag war längst nicht vorüber, aber er musste es einfach wissen – würde Annie noch da sein? Bei jedem seiner Anrufe war der Anrufbeantworter angesprungen. Und obwohl seine Frau oft nicht ans Telefon ging, hatten sich seine Ängste den Tag über immer mehr gesteigert. Er schloss die Wohnungstür auf. Seine Frau lag zusammengekauert auf dem Boden, neben sich einen gepackten Koffer. Wieder weinte sie – wieder hatte sie Angst.

Er ging neben Annie auf die Knie und sagte ganz sanft zu ihr: »Ist alles okay, Annie, ich bin dir nicht böse.«

Annie kam nur schwer hoch, dann stand sie schwankend vor ihm. Er hob sie auf seine Arme und trug sie ins Schlafzimmer, wo er sie aufs Bett legte und mit einem Quilt zudeckte. Nach einer kurzen Suche im Nachttischchen wählte er ein Pillenfläschchen aus ihrem Vorrat an Pharmazeutika. Als sie die Dosis genommen hatte, die er ihr gegeben hatte, und sie mit Wasser herunterspülte, setzte er sich ans Bett und wartete, bis die Schlaftablette ihre Wirkung tat. Annie fielen die Augen zu.

Er brauchte sie – und fürchtete sich vor ihr. Wusste sie eigentlich, wie viel Macht sie über ihn hatte?

Rolland holte den Koffer aus dem Wohnzimmer und packte ihn aus. Während er ihre Kleidung zurück in die Schubladen sortierte, flüsterte er vor sich hin, ganz leise, um sie nicht zu wecken: »Nächstes Mal hast du mehr Glück, Annie.«

Mann schaltete sein Handy ein und hörte seine Voicemail ab. Die Nachricht von ADA Carlyle war kurz: »Rufen Sie mich an!«, doch sein jammernder Ton sprach ebenso Bände wie die angehefteten Fotos, die jetzt auf Rollands Display erschienen. Das erste war der Schnappschuss eines kleinen Mädchens, das mit Charles Butler, einem Berater der Polizei, vor Toby Wilders Haus stand. Auf dem nächsten Bild hielt die Kleine Händchen mit Detective Janos von der Special Crimes Unit.

Ungewöhnliches Kind – das ihm doch bekannt vorkam. Und jetzt wusste er auch, woher. Am Tag der Bestattung, als er mit anderen Trauergästen in der Schlange gestanden hatte, war dieses kleine Mädchen an ihm vorbeigegangen, Hand in Hand mit Detective Mallory.

War das eins der Opfer von Humphrey Bledsoe? Der hatte immer schon ein Faible für kleine und sehr junge Rotschöpfe gehabt. Und noch ein Gedanke kam ihm, als er sein Handy einsteckte, die Schlüssel nahm und zur Tür lief.

Dieses Kind war ein Zeuge.

SIEBENUNDZWANZIG

Als ich mich für die Schule anziehe, kommt mein Vater ins Zimmer. Er sieht all die Bisse und blauen Flecken auf meinem Körper. Meine Mutter hätte geschrien. Er jedoch nickt mir nur langsam zu. Ich glaube, er will mir damit den Rat geben, die Kinder, die mich jeden Tag verprügeln, nicht zu verpetzen. Und dann geht er ohne ein Wort. Keine Hilfe. Ich bin auf mich allein gestellt. Wenn sie mich vermöbeln, kann ich das ohne Tränen ertragen, doch mein Vater – der noch nie die Hand gegen mich erhoben hat – bringt mich zum Weinen.

ERNEST NADLER

Der Besucher hatte sich nicht angekündigt, und der Polizist, der die Tür bewachte, war fort.

»Er wird in ein paar Minuten wieder da sein, Dr. Butler.« Rolland Mann hielt eine Visitenkarte hoch, die ihn als amtierenden Polizeipräsidenten auswies. »Haben Sie was dagegen, wenn ich reinkomme?«

Charles hatte tatsächlich etwas dagegen. »Ich habe gehört, Polizeipräsident Beale ist im Krankenhaus. Wie geht es ihm?«

»Er musste noch einmal unters Messer.« Der amtierende Polizeipräsident, ein Mann von durchschnittlicher Größe, reckte den Hals, um zu dem großgewachsenen Psychologen hochzuschauen. »Es hat Komplikationen gegeben.«

»Tut mir leid, das zu hören.« Charles tat es doppelt leid, weil er keinen guten Eindruck von diesem Mann hatte, der in Wartepostion für Beales Job war. Die gefilmte Vernehmung des Schuljungen Toby Wilder hatte ihn abgestoßen, und die verstohlenen Bewegungen und Blicke seines Besuchers in die Wohnung taten ein Übriges. »Was kann ich für Sie tun?«

»Ich bin gekommen, um unsere Starzeugin zu sehen.« Allein das Aufblitzen seiner Augen und der geschürzte Mund hatten Rolland Mann verraten. Ganz offenbar war er hier, um die Situation auszuloten.

Charles wusste, dass er den Mann nicht anlügen konnte – überhaupt niemanden, denn seine Neigung zum verräterischen Erröten zwang ihn schon von Geburt an dazu, die Wahrheit zu sagen. Allerdings war es ihm auch in die Wiege gelegt worden, jederzeit den Narren zu spielen, ohne sich besonders anzustrengen. Und so lächelte er, weil er genau wusste, dass ihn der etwas dümmliche Ausdruck, der dadurch in sein Gesicht trat, immer zum Clown machte. Als er dazu noch den Kopf auf die Seite legte, war das Bild des Einfaltspinsels perfekt, und es war unnötig, die Worte auszusprechen. *Zeugin? Was für eine Zeugin?*

Der Politiker schenkte ihm ein herablassendes Lächeln. »Das kleine rothaarige Mädchen – wo ist sie?«

»Mein Mündel? Sie macht ein Nickerchen.«

»Dr. Butler, das hier ist eine polizeiliche Angelegenheit. Ich muss mit dem Mädchen sprechen – allein.«

»Nein, ich glaube nicht, dass das passieren wird.«

Rolland Mann wagte einen Schritt vorwärts in die Wohnung. Doch so sehr er auch durch seinen Rang daran gewöhnt war, dass ihm die Leute Platz machten, fand er sich jetzt dem unbeweglichen Bollwerk von Cocos Beschützer gegenüber, der sich ein wenig zu ihm herabbeugte und betont höflich sagte: »Das wird nicht geschehen.«

»Ich kenne Toby Wilder schon sein ganzes Leben lang. So viel kann ich Ihnen sagen.« Der weißhaarige Mann schaute von einem Detective zum anderen, ohne ihnen jedoch wirklich in die Augen zu blicken – eine Schrulle, die in New York City weit verbreitet war, aber auch zu der ausweichenden Art seines Berufsstandes passte. »Da Sie jetzt wissen, dass der Junge einen Rechtsbeistand hat, müssen alle Fragen über mich geklärt werden.«

Diese verdammten Rechtsverdreher.

Das Büro von Anthony Queen war nicht gerade picobello, zeigte aber deutliche Spuren einer kürzlich erfolgten und verdächtigen Aufräumaktion. Eine freie Stelle an der Wand des Anwaltsbüros zeigte den typischen Umriss eines Kalenders, den jemand vor kurzem abgenommen hatte. Der Schreibtisch war wie leergefegt von Papierkram, es gab keinen Terminplaner, kein Rolodex, nur einen Becher mit Kulis und Stiften. Wahrscheinlich hatte die Säuberung in aller Eile stattgefunden, als Queen gehört hatte, dass die Cops an der Tür waren.

Mallory warf der Sekretärin, einem pummeligen Muttertier, das an der Tür lauerte, einen Blick zu. Allein schon der Gesichtsausdruck der Frau – *o Gott* – besagte, dass sie wusste, dass das Spiel aus war.

Vielleicht war das ja die Vorstellung des Anwalts von einem Witz, und er war gut darin. Jedenfalls ließ seine Performance erahnen, dass er das Spielchen durch langes Üben fast bis zur Perfektion getrieben hatte. *Fast.* Doch er hatte seine Rechnung nicht mit der Polizei gemacht. Mallory nahm sich einen gespitzten Bleistift aus dem Becher und schleuderte ihn wie einen Dartpfeil knapp am Kopf des alten Mannes vorbei. Anthony Queen zeigte erst eine Reaktion, als das kleine Geschoss hinter ihm auf die Wand traf und seine Sekretärin laut nach Luft schnappte – er drehte wie ein Vogel rasch den Kopf.

»Aha«, sagte Riker. »Dann haben Sie vermutlich die Blätter mit den lustigen Braille-Pünktchen schnell in die Schublade geschoben, bevor wir hereinkamen. Habe ich recht?«

»Er ist blind wie eine Fledermaus«, sagte Mallory. »Kein Wunder, dass sein Mandant ins Gefängnis kam.«

»In Jugendhaft«, korrigierte der blinde Mann, lächelte aber dabei, als wollte er zeigen, dass er ihr die rüde Bemerkung nicht übelnahm. So wie Mallory bei ihm Maß genommen hatte, hatte er das Gleiche bei ihr getan und sie offenbar für ebenbürtig befunden, denn jetzt neigte er sein schlohweißes Haupt ein wenig, was fast wie eine Verbeugung aussah, und winkte mit einer Hand zu den Stühlen vor seinem Schreibtisch. »Bitte setzen Sie sich doch.«

Die Detectives blieben stehen, was Queen aus dem Fehlen des schabenden Geräusches schließen mochte, das Stühle beim Rücken über einen nackten Holzboden machen. Er blickte immer noch empor zu ihnen, richtete die blicklosen Augen zuerst auf Riker und dann an die Stelle, wo er Mallory vermutete. Doch die hatte den Schreibtisch umrundet und stand auf einmal neben dem Anwalt, so leise, dass sie ihn erschreckte, als sie sich hinabbeugte und zu ihm sagte: »Toby Wilder hat keinen Job, und nach seiner Entlassung gab es keinen Eintrag ins Vorstrafenregister.«

»Er hat seitdem weder einen Bagatelldiebstahl begangen«, sagte Riker, »noch ist er irgendwo eingebrochen. Folglich fragen wir uns, woher der Junge das Geld für seinen Drogenkonsum hat.«

Der alte Mann schüttelte den Kopf, weil er offenbar zum ersten Mal etwas von Drogenkonsum hörte. Auch die Sekretärin war anscheinend überrascht. Möglicherweise waren ihre Reaktionen ja echt. Mit einer Geldquelle, aus der er seinen Konsum bezahlen und Entzugserscheinungen lindern konnte, vermochte ein Junkie durchaus sieben Tage in der Woche clean und nüchtern zu wirken. Selbst süchtige Chirurgen schafften es oft, ihre Drogenabhängigkeit zu pflegen und trotzdem eine ruhige Hand zu behalten.

Dann bekam Toby Wilder also Unterhalt.

Was noch konnte Mallory tun, um den blinden Mann aus der Reserve zu locken? »Wir *wissen,* dass Sie seine Sucht unterstützen. All sein Geld kommt von Ihnen.«

Der Anwalt schüttelte wieder den Kopf. »Ich kann das nicht mit Ihnen diskutieren …«

Mallory drückte ihm einen Stapel gefalteter Dokumente in die Hand. »Das hier sind die Kontoauszüge Ihres Mandanten. Alle Einzahlungen auf sein Konto tragen Ihre Unterschrift.« Doch viel mehr als das wusste Mallory nicht, denn der alte Anwalt besaß keinen Computer, zu dem sie sich Zutritt verschaffen konnte. Sie wandte sich den Hängeregistraturschränken zu, die vermutlich alle Akten enthielten. Mit solch altmodischen Zeitgenossen gab es einfach immer nur Probleme.

»Natürlich unterzeichne ich die Schecks des Jungen. Ich bin der Nachlassverwalter seiner Mutter. Und Tobys Steuererklärung macht mein eigener Wirtschaftsprüfer. Alles ist in bester Ordnung.«

»Sie sind kein Strafverteidiger«, sagte Riker. »Kein Prozessanwalt. Normalerweise vollstrecken Sie Testamente und verwalten Vermögen. Trotzdem waren Sie vor fünfzehn Jahren dabei, als Toby Wilder dem Haftrichter vorgeführt wurde.«

Zu subtil.

Mallory beugte sich weit zu ihm herab. »Wessen Idee war es eigentlich, dem Jungen diesen Klotz am Bein in Gestalt eines blinden Anwalts zu verpassen?«

Die Augenbrauen des alten Mannes wanderten nach oben. Sein Lächeln war milde und seine Stimme auf eine wahnsinnig machende Weise freundlich, als er sagte: »Ich bin an jenem Tag im Gericht gewesen, um Tobys Mutter einen Gefallen zu tun. Der Richter hatte bereits einen Strafverteidiger ernannt, aber das wusste ich nicht – damals nicht –, und auch Mrs. Wilder hatte keine Ahnung.« Queen wandte seine blicklosen Augen von einem Polizisten zum anderen. »Ich wusste, dass Sie das interessant finden.«

»Sie waren derjenige, der auf nicht schuldig plädieren wollte«, mutmaßte Mallory.

»Richtig«, erwiderte der Anwalt. »Deshalb nahm mich ja auch der Staatsanwalt – ich glaube, sein Name war Carlyle – beiseite und informierte mich über eine mögliche Verständigung … und ein *Geständnis*. Als man den Jungen dann für die Befragung hereinführte, ließ offenbar ein Polizist Susan Wilder eine Erklärung unterzeichnen, in der sie auf ihre elterlichen Rechte verzichtete. Das war ebenso eine Überraschung. Sie hatte keine Ahnung, was sie da unterzeichnete. Habe ich übrigens erwähnt, dass Tobys Mutter blind war? So haben wir uns kennengelernt. Susan war Lehrerin. Sie hat mir Braille beigebracht, als ich mein Augenlicht verlor.«

Mallory und ihr Partner wechselten einen Blick. Rocket Mann hatte also eine blinde Frau ausgetrickst.

Rolland Mann drückte mit der flachen Hand gegen die Tür, weil er sich einbildete, sie auf diese Weise offenhalten zu können. »Dr. Butler, ich gebe Ihnen hiermit einen rechtmäßigen polizeilichen Befehl. Treten Sie beiseite. Ich *werde* mit dem kleinen Mädchen reden.«

»Oh, nein. Ich habe gesehen, wie Sie mit Kindern reden. Diese alte Aufnahme mit der Vernehmung von Toby Wilder? Das war brutal.«

Mann schaute an ihm vorbei und erneuerte dann noch nachdrücklicher seine Bemühungen, sich Eintritt zu verschaffen. »Lassen Sie mich rein!«

Charles drehte den Kopf und sah Coco hinter sich, offenbar aufgestört durch den wütenden Wortwechsel im Flur. Sie fuchtelte mit den Händen herum und wiegte den Körper hin und her.

Rolland Mann stemmte sich mit seinem ganzen Körpergewicht gegen die Tür und schrie: »Oder soll ich den Polizisten von unten holen!«

In diesem Moment schob ihn Charles ganz leicht – als wäre der kleinere Mann nur eine lästige Fliege – in den Korridor hinaus, indem er einfach die Tür schloss. Rolland Mann trommelte gegen die Tür, und die Schläge wurden immer lauter, während ein Schloss nach dem anderen von innen verriegelt wurde.

Coco hielt sich die Hände an die Ohren und lief den Flur entlang.

Am Gästezimmer hatte Charles sie eingeholt. Sie saß im Schneidersitz auf dem Bett und wiegte sich hin und her, hin und her, wie ein kleines Boot bei Sturm auf hoher See. Dabei hielt sie das Handy mit dem einen Knopf so fest in der Hand, als wäre es ihr Rettungsanker. Und das war es auch.

Er nahm es ihr sanft aus den Händen. »Gute Idee. Lass uns Mallory anrufen, ja?«

»Von Ernest Nadler habe ich noch nie gehört«, sagte der Anwalt. »Toby wurde der Tod eines nicht identifizierten Obdachlosen zur Last gelegt.«

Riker trat näher an den Schreibtisch des Blinden. »Wo war Tobys Vater, als das alles passierte?«

»Schon lange weg«, antwortete Anthony Queen. »Mr. Wilder hatte sich von seiner Familie abgesetzt, als Toby zehn war. Das weiß ich auch nur deshalb, weil ich den Mann für tot erklären ließ. Susan wollte ihre Wohnung verkaufen, und da war ihr abwesender Ehemann ein Hindernis.«

»Kommen wir noch mal auf diese gefälschte Verzichtserklärung zurück«, sagte Mallory. »Diejenige, mit der die Mutter ihre elterlichen Rechte verlor. Haben Sie denn überhaupt versucht, sie anzufechten?«

»Natürlich. Und der Richter war auch bereit, dem Staatsanwalt mit seinem Hammer eins auf die Mütze zu geben. Toby war minderjährig, ein Kind. Ich forderte deshalb, sein Geständnis dürfe nicht verwendet werden. Doch dann tauchte der vom Gericht bestellte Verteidiger auf. Die Driscol School hatte ihn angefordert. Ein hochkarätiger Jurist – in einer viel höheren Liga als ich. Die Unterredung im Richterzimmer muss ich hier aussparen, doch als das Gericht wieder zusammentraf, erklärte sich Toby für schuldig in Sachen Totschlag. Da vorher ein Deal vereinbart worden war, konnte der Junge nicht in Berufung gehen, doch seine Mutter und ich haben Beschwerde gegen Detective Mann eingelegt. Zwei wütende Blinde. Ich habe mich immer gefragt, ob die über uns gelacht haben, diese Polizisten im Dezernat für interne Ermittlungen. Wahrscheinlich haben sie aus Susans Erklärung ein Papierflugzeug gebaut. Ich habe vier Jahre gebraucht, um Tobys vorzeitige Entlassung zu erwirken. Seine Mutter lag im Sterben. Ich habe ein Jahr für sie herausgeschlagen, damit sie voneinander Abschied nehmen konnten.«

Hinter ihm hörte Riker Mallorys Handy klingeln. Als er sich einen Moment später umdrehte, war sie verschwunden.

Rolland Manns Sekretärin schaute nicht von ihrem Computerbildschirm auf. Miss Scott trug ein verschwiegenes, frohes kleines Lächeln zur Schau, aus dem Mann schloss, dass sie einen anderen Job gefunden hatte. Zweifellos würde er ihre Kündigung auf seinem Schreibtisch vorfinden. Doch das war nicht die Überraschung, die ihn erwartete, als er die Tür zu seinem Büro öffnete.

Eine Polizistin saß an seinem Schreibtisch – lehnte sich in *seinem* Stuhl zurück – und schien förmlich darum zu betteln, wegen grober Befehlsverweigerung entlassen zu werden. »Mallory, sind Sie wahnsinnig?«

»Oh ja. Da können Sie jeden fragen.« Sie hob eine Zeitung von der Schreibtischauflage hoch und gab den Blick auf die Waffe frei, die darunter lag, und es war keine Halbautomatik, wie man sie bei der Polizei benutzte. Sondern ein Revolver. Ein großer.

Rolland erkannte deutlich die Körpersprache eines Bullen, der durchtrainiert und zu allem bereit war – der angehaltene Atem, die Spannung in jedem Muskel, der offenstehende, trockene Mund.

Das Gesicht der Polizistin war eine Maske, und auch als sie sprach, zeigte es keinerlei Ausdruck. »Charles Butler sagt mir, Sie haben Interesse an einem kleinen Mädchen … Er hat es ein ungesundes Interesse genannt.« Sie hob den Revolver auf und betrachtete seine Mündung. Jetzt endlich zeigte sie auch eine Regung – sie *liebte* diese Knarre.

Er spürte, wie sich Nässe in seiner Leistengegend ausbreitete. Etwas rann ihm das Hosenbein entlang. Der Geruch von Urin hing in der Luft.

Er hatte verstanden.

Mallory steckte ihre Waffe ins Holster und verließ das Büro.

ACHTUNDZWANZIG

Phoebe und ich sind jetzt besser im Fährtensuchen. Heute schaffen wir es, Toby ziemlich lange zu folgen, ehe wir ihn im Ramble aus den Augen verlieren. Dann hören wir einen Schrei, die wütende Stimme eines Erwachsenen. Wir können nicht sagen, woher die Geräusche kommen. Ohne es zu wollen, laufen wir darauf zu, preschen durch Gebüsch und Farne und auf eine Lichtung. Dort riecht es nach Klo. Und da sind noch andere Gerüche, Bier und Kotze. Schwärme schwarzer Fliegen. Tausende von Mücken.

Vor uns auf einem Weg steht Toby. Neben ihm ein Mann – die Haare verfilzt und strähnig, dreckige Klamotten, fehlende Zähne –, der wütend die Fäuste schüttelt. Toby hält eine Hand an einen leuchtend roten Fleck in seinem Gesicht, und wir wissen, dass der verrückte Penner ihm eine Ohrfeige gegeben hat. Dann schlägt der Mann Toby etwas aus der Hand. Es fällt zu Boden. Golden. Glänzend. Toby lässt es dort liegen, dreht sich um und geht weg. Der verrückte Mann stürzt auf die Lichtung. Schluchzend fällt er im Gras auf die Knie.

Phoebe hebt das schimmernde Ding hoch, es ist ein goldenes Feuerzeug. Und ich sage: »Toby raucht also Zigaretten? Wie cool ist das denn?« Phoebe sagt, nein, es muss eine Art Andenken sein. Toby riecht nie nach Rauch, er riecht nach Seife. Nur Phoebe weiß, wie er riecht. Sie würde ihn auch schmecken, wenn sie nur dürfte.

Und dann hören wir Gelächter über unseren Köpfen. Wir schauen hoch und sehen auf dem Gelände über uns einen Felsbrocken. Da sind sie: Humphrey, Willy

und Aggy. Während wir Toby gefolgt sind, sind sie uns gefolgt.
Sie springen vom Felsen. Es regnet Monster.

ERNEST NADLER

Lieutenant Coffeys Ziel lag nur einen kurzen Spaziergang vom Revier entfernt, doch er hatte noch einen kleinen Umweg gemacht. Nachdem er sein Auto abgestellt hatte, stand er auf dem Gehweg und schaute zum Fenster einer Wohnung empor, die über der Stammkneipe ihres Reviers in SoHo lag. Er betrat die Tränke, den wahrgewordenen Traum eines jeden Schluckspechts, von dem aus man nur ein paar Treppen hoch zu Rikers Wohnung torkeln musste.

Jack Coffey nahm die Stufen und klopfte an die Tür des Detectives.

Riker hatte ein bierseliges Grinsen auf dem Gesicht, als er seinem Vorgesetzten die Tür öffnete. »He, Lieutenant.«

Coffey betrat das Wohnzimmer, einen Müllabladeplatz voller Take-away-Schachteln, zerdrückter Bierdosen und ungespülter Gläser, die auch als Aschenbecher gedient hatten. Ein Turm aus schmutzigen Socken, Papiermüll und Zeitungen lag in gefährlichem Winkel auf einem Stuhl mit geradem Rücken. Und bewegte sich. Coffey konnte nicht wegschauen. Jetzt, gleich, würde er fallen …

Überraschung. Von der Wohnungstür bis zur Küche, wo sich das schmutzige Geschirr in der Spüle und auf den Arbeitsflächen stapelte, hatte Riker erstens eine Schneise geschlagen und zweitens einen kleinen Tisch vom Unrat befreit und abgewischt. Welche Flüssigkeit auch immer auf dem Linoleumboden verschüttet worden war, sie klebte an den Sohlen des Lieutenants und machte ein schmatzendes Geräusch, als er den kleinen

Raum durchquerte. »Na, das ist ja rührend. Sie haben für mich aufgeräumt.«

Riker, ganz der mustergültige Gastgeber, drückte dem Lieutenant ein kaltes Bier in die Hand. »Nehmen Sie sich doch einen Stuhl.«

Coffey hockte sich an den Tisch und genehmigte sich einen langen, eiskalten Schluck aus der Flasche, köstlich in einer warmen Sommernacht. »Wo ist Ihre Partnerin?«

»Immer auf der Suche nach dem Geldmotiv, vermute ich.«

»Sie hat Sie abgehängt, stimmt's?« Der Lieutenant hörte das Rattern der Klimaanlage im Raum nebenan, die es jedoch kaum schaffte, die Wohnung zu kühlen. Er fragte sich, ob Riker überhaupt jemals den Filter gereinigt hatte. *Blödsinnige Idee.* »Ich war zu Hause, um mir noch mal Mallorys Kreditkartenrechnung aus der Zeit anzuschauen, als sie weg war.«

»Sie haben sie von Ihrem privaten PC aus verfolgt?«

»Ja. Im Goldfischglas des Dezernats ging das ja schlecht. Aber ich habe mich an die Regeln gehalten. Schätze, sie hat die Suche zurückverfolgt und ist auf meine ID gestoßen. Dabei hatte ich eigentlich nichts zu verbergen. Das war wohl auch der Grund, warum sie mich in den letzten Wochen in den Wahnsinn getrieben hat.«

»Nein«, meinte Riker. »Das war nur ihre Rache für den Schreibtischjob.«

»Vielleicht – vielleicht auch nicht.« Der Lieutenant kippte seinen Stuhl auf zwei Beine zurück und schaute an die Decke, ein wahres Eldorado für Spinnweben und in die Falle gegangene Fliegen.

»Mallory ist weiß Gott nicht normal«, sagte Riker. »Aber niemand, der in der Mordkommission arbeitet, hat den Job so gut drauf wie sie.« Er hielt eine Zigarette hoch, um seinen Vorgesetzten zu fragen, ob es ihm etwas ausmachte, wenn er rauchte – *Riker,* der sich sonst nie jemandem beugte. Beweis genug dafür, dass er sich Sorgen machte.

»Der Chief hat wieder angerufen. Auch er hat Mallorys Kreditkartenrechnung zurückverfolgt – für ihre Auszeit.«

»Dann hat er nichts in der Hand«, sagte Riker. »Die Frau fährt einfach gern mit ihrem Auto durch die Gegend. Na und? Immer noch besser als Drogen oder Alkohol, um den letzten Mordfall zu vergessen. Kennen Sie ihr Auto?«

»Das habe ich gesehen«, sagte Coffey. »Ein VW-Cabrio.«

»Nein, der sieht nur so aus. Wenn Sie die Motorhaube und das Dach aufmachen, haben Sie einen verdammten Porsche mit Überrollbügel.«

»Als VW getarnt ... klar, ganz normal.« Immerhin würde das erklären, wie Mallory so schnell vorwärtsgekommen war, während sie mit halsbrecherischer Geschwindigkeit ziellos herumfuhr. »Sie war *drei Monate* weg, Riker.«

»Ich hab mehr Zeit in Ausnüchterungszellen verbracht. Jeder Cop braucht ein Hobby. Ich trinke – sie fährt.«

Jack Coffey fand eine saubere Serviette vom Deli, die vor seinen Füßen auf dem Boden lag, und benutzte sie, um darauf eine grobe Karte der südlichen Bundesstaaten der USA zu zeichnen. »Die meisten Zahlungen gingen für Benzin, Essen, Hotels drauf.« Der Lieutenant zeichnete eine Reihe von Strichen, die aus New York hinausführten. »Ein paar hundert Meilen lang sieht es fast so aus, als hätte sie ein konkretes Ziel.« Dann jedoch zerfaserte die westwärts gerichtete Linie, sie brach aus, schlug Haken, was der Lieutenant mit seinem Stift auf dem Servietten-Amerika nachvollzog. »Aber sie hat keinen Plan, kein Ziel. Die Frau hat gar nichts.« Mallory, das Paradox – ein Mädchen mit vollem Tank, den es ohne konkretes Ziel leerfährt, offenbar nur, um Strecke zu machen. Coffeys Stift zeigte auf die Westküste. »Hier ging ihr dann das Land aus.« Der Stift bewegte sich an der Küste entlang nach Norden, immer der nassen Grenze des Ozeans folgend, und hielt erneut inne. »Hier hat sie beschlossen, wieder heimzukommen.« Der Stift beschrieb weite Spiralen – wie die cartoonhaft gezeichnete Feder einer Uhr, die sich wochenlang von einer Küste zur nächsten wand. »Ist nicht gerade die typische Touristenroute. Immer im Kreis … so fahren Leute, die sich verirrt haben.«

»Aber jetzt geht es ihr gut«, sagte Riker.

Der Lieutenant wartete, bis sein Untergebener ihm in die Augen schaute, und was er dann sagte, war wohlformuliert. »Gut ging es ihr nie.«

Und das würde es auch nicht. Wie sollte ein Mensch normal aufwachsen, wenn das Leben ihm seit der frühen Kindheit tausend Mal ein Bein gestellt hatte? Doch Mallory war eine ausgezeichnete und effiziente Polizistin, die beste, die Coffey je gekannt hatte, sogar besser als ihr alter Herr. Das war ein Tribut, den er ihr nicht von Angesicht zu Angesicht zollen konnte – denn es ging ihr *nicht* gut. Höchstens hätte Coffey sagen können, sie sei wieder in der alten Form – schlau und unkonventionell und völlig …

»Sie ist nicht verrückt«, sagte Riker.

Jack Coffey nickte. »Verrücktsein ist nur ein Spiel, das sie spielt.« Es war wie ein neues Spielzeug, das sie irgendwo da draußen auf der Straße gefunden hatte. »Und Mallory hat mit mir gespielt – *die Verrückte gespielt* – vor versammelter Mannschaft.«

Überheblichkeit. Der Gedanke, dass sie bei einem psychologischen Gutachten durchfallen könnte, war Mallory offenbar nie gekommen. Und sie hatte sich allzu fest darauf verlassen, dass Charles Butlers Gegengutachten sie retten würde.

»Jedes Mal, wenn Chief Goddard mich anruft«, sagte Coffey, »steht die Drohung im Hintergrund, ihr die Dienstmarke abzunehmen. Selbst wenn sie ein neues Gutachten bekommt, kann er sie immer noch jederzeit zu einer formellen Anhörung einbestellen. Sagen wir, das gesamte Dezernat muss über ihr Verhalten aussagen – zum Beispiel darüber, dass sie einen Mann von der Spurensicherung verschnürt hat wie ein Paket. Wenn bloß einer aus dem Team sich vertut und vergisst, zu lügen, was das Zeug hält – wohlgemerkt, unter Eid –, ist das Mallorys Ende.«

Riker konnte nur auf die Serviette starren. Man musste diesen Mann nicht daran erinnern, dass einige der Kollegen möglicherweise nicht ihre eigene Karriere aufs Spiel setzen würden – nicht, um Mallorys Kopf zu retten.

Jack Coffey trank sein Bier aus und schob seinen Stuhl zurück. »So gern ich Mallory sagen würde, dass sie sich ins eigene Fleisch geschnitten hat – es würde alles nur noch schlimmer machen. Können Sie sich das vorstellen, Riker? Dass Mallory sich mit Joe Goddard anlegt?«

Der Detective nickte. »Ich werde es ihr nicht sagen.«

Dieses eine Mal glaubte Jack Coffey ihm. Sie waren sich einig.

Der Lieutenant griff nach seinem Autoschlüssel. »Die Einzelheiten brauche ich nicht zu wissen. Aber was auch immer Goddard von euch will – bringt es ihm, so schnell ihr könnt.«

Riker stand auf der Straße gegenüber Sardi's Restaurant, als er in der Ferne das rote Neonlicht von Lou Markowitz' Lieblingsclub sah. Er hatte ein Handy am Ohr und redete beim Gehen. Gerade sagte er zu dem Polizisten, der Willy Fallon beschattete: »Bleiben Sie an ihr dran, bis sie in ihrem Hotel ist. Dann gehen Sie heim, Arty. Morgen können Sie ausschlafen. Partygirls wachen normalerweise vor Mittag nicht auf.« Er klappte sein Handy zu, steckte es in die Tasche und schlenderte den Gehweg entlang, mischte sich unter die Theaterbesucher, die nach der

Vorstellung auf die Straße strömten, und überholte sie dann, um noch vor ihnen einen Platz im Birdland zu ergattern, einem Lokal mit schummriger Beleuchtung, Drinks und Livemusik.

Der Detective war spät dran. Er zog sich einen Hocker unter dem Tresen hervor und entschuldigte sich bei Charles Butler. Coco saß zwischen ihnen auf zwei Telefonbüchern als Polster, damit sie an ihren Drink herankam, ein rosa Gebräu mit drei Kirschen darin. Riker lächelte und zeigte dem Barkeeper seine blitzende Dienstmarke. »Sie haben sich von der Kleinen doch hoffentlich den Ausweis zeigen lassen.«

»Alles in Ordnung mit ihr. Sie ist Künstlerin. Stimmt's, Coco?« Offenbar hatte sich der Barkeeper unsterblich in die kleine Klavierspielerin verliebt. Wieder an Riker gewandt, sagte er: »Zwischen zwei Auftritten hat sie ein Solo gespielt.«

»Und stehende Ovationen bekommen«, sagte Charles Butler. »Aber sie müsste schon längst im Bett sein und ist ein bisschen müde.«

Coco lächelte wie eine alte, der Welt überdrüssige Schauspielerin. Laut schlürfte sie mit dem Strohhalm den letzten rosa Schluck aus ihrem Glas.

Jetzt hatte der Barkeeper Riker erkannt und nannte ihn beim Namen: »Lous Freund.« Ein Whisky mit Wasser wurde bestellt, dann lauschte der Polizist Cocos Tirade über die kannibalistischen Gewohnheiten hungriger Ratten, begleitet von einer mit Saxofon und Streichern interpretierten Version von »Summertime«. Als die Combo ihren letzten Song beendet hatte, fiel Rikers Blick auf ein bekanntes Gesicht am Piano. Tagsüber schrieb Chick Dolan Orchesterarrangements für Klassik und Broadway-Shows, doch seine Nächte gehörten dem Jazz. Der Mann musste bereits an die siebzig sein, war jedoch in geradezu unnatürlicher Würde gealtert. Mit lässig-schwungvollem Gang kam er auf die Bar zu.

Verdammt. So *cool.*

Und jetzt zwei Reihen blitzweißer Beißerchen. »He, Riker. Wie lange ist das her, Mann?«

»Ein paar Jahre.« In Begleitung von Lou Markowitz, der alles von Bebop bis Rhythm & Blues geliebt hatte, war Riker früher einmal Stammgast im Birdland gewesen. Obwohl seine erste Liebe dem Rock 'n' Roll gehört hatte, hatte er mit der Zeit zugeben müssen, dass auch Jazz eine gute Nummer war.

»Ich wüsste zu gern, woher das hier kommt.« Chick Dolan legte einen Stapel Notenblätter auf den Tresen. »Ihr Freund hier will es mir nicht sagen.« Er nickte in Charles' Richtung. »Dann interessiert sich die Polizei jetzt also für Jazz?«

»Ja. Lous Kleine und ich. Wir arbeiten an einem Fall, und das da gehört dazu.« Riker blickte auf die Noten, die von Toby Wilders Schlafzimmerwänden abgeschrieben worden waren. »Was können Sie mir sagen?«

»Das ist gut«, erwiderte Chick, »und wirklich spannend. Etwas an den Saxofon-Riffs und den Piano-Läufen kommt mir bekannt vor, aber ich kann es nicht zuordnen. Na ja, ich sehe das Gesicht des Typen vor mir, aber beim Namen … Fehlanzeige.« Er zeigte auf seinen Kopf, aus dem vor mindestens fünf Jahren das letzte Haar ausgefallen war, und fügte hinzu: »Ich glaube, jedes Mal, wenn ich was Neues lerne, entfällt mir dafür was anderes.«

»Können Sie das spielen?«

Chick grinste. »Ich hab nur eine Drei-Mann-Combo. Da müssten Sie mir schon … na ja, fünfzig Musiker herbeischaffen.«

»Können Sie die Melodie nicht improvisieren?«

Am Gesichtsausdruck des Mannes war klar zu erkennen, was er dachte: *Nein, du Depp.* Hier wurde offenbar eine Übersetzung benötigt, und glücklicherweise kannte Chick Rikers Muttersprache. »Mick Jagger hatte die beste Rock-'n'-Roll-Band der

Welt. Stellen Sie sich vor, die Jungs wären auf die Bühne gekommen und hätten ihrem Publikum ein paar Töne vorgepfiffen.«

Riker musste zugeben, dass das nicht ganz die gleiche Erfahrung gewesen wäre wie die durchgeknallten Konzerte seiner Sturm-und-Drang-Zeit.

»Ihr Freund hat mir gesagt, die Partitur habe vor fünfzehn Jahren ein Kid geschrieben«, sagte Chick. »Die Melodie *ist* originell. Wenn *ich* sie noch nicht gehört habe, dann niemand. Aber da klingt auch ein gewisser Stil an, etwas, das älter ist als die Melodie des Jungen. Es geht ums Riff – das ist wie ein Fingerabdruck.« Der Mann rollte die Notenblätter zusammen. »Lassen Sie mir die mal da. Ich komme auf Sie zurück.« Morgen, erklärte er, würde es eine Probe für die kostenlosen Parkkonzerte geben. »Das ist ein klassisches Symphonieorchester, aber es sind jede Menge Leute dabei, die auf beiden Hochzeiten tanzen, Klassik und Jazz. Und ein paar alte Hasen wie ich.« Einer dieser Musiker würde sich bestimmt an die Signatur in diesen Noten erinnern.

Gegenüber dem Hotel in Midtown saß ein Polizist in Jeans auf dem Rücksitz eines Streifenwagens, den ihm zwei Kollegen zur Verfügung gestellt hatten, weil sie ein spätes Abendessen in einem nahegelegenen Restaurant einnehmen wollten. Man hatte Arthur Chu gesagt, er solle nach Hause gehen, sobald Willy Fallon sich auf ihr Zimmer zurückgezogen hatte. Im Fenster ihres Zimmers im zehnten Stock brannte Licht, doch Arthur traute dem Society-Girl nicht, dass es auch wirklich zu Hause bleiben würde.

Wenn Detective Riker mit seiner Aussage recht hatte, dass Partygirls immer bis Mittag schliefen, so lag das daran, dass sie nie so früh ins Bett gingen.

Als Polizist mit weißer Dienstmarke, der noch kein Detective war, wusste Arthur, dass sein Verbleib bei der Special Crimes Unit sehr fraglich war. Alle in diesem Dezernat hatten eine goldene Dienstmarke, und Chu konnte jeden Moment von seinem Schreibtisch dort abberufen werden. Beim ersten Fehlverhalten würde man ihn zu seiner alten Abteilung zurückschicken. Aus diesem Grund machte er heute Abend Überstunden. Er opferte gerne seinen Schlaf und hätte auch seine Finger und Zehen gegeben – wenn man ihn nur bleiben ließ.

Im Hotelfenster der Frau ging das Licht aus, doch Arty ließ sich nicht täuschen. Die würde bestimmt nicht schlafen. Er zählte die Minuten, die ihr Fahrstuhl hinunter in die Lobby brauchte. Zurück von ihrem Abendessen, stiegen die beiden Streifenpolizisten gerade wieder in den Wagen, als Willy Fallon auf den Gehweg trat und eine Hand in Richtung Verkehr streckte, um sich ein Taxi zu rufen.

»Meine Tussi ist wieder unterwegs«, sagte Arthur Chu. »Folgt dem Taxi da!«

Und obwohl sie an diesem Abend nicht zum Beschatten beordert waren, taten ihm die Streifenpolizisten den Gefallen und verfolgten das gelbe Taxi im Abstand von zwei Fahrzeuglängen. Sie fuhren in Richtung Uptown, ließen den Kreisverkehr am Columbus Circle hinter sich, und dann ging es die Central Park West hoch und am Museum für Naturgeschichte vorbei. Einige Blocks später stieg Willy Fallon aus dem Taxi, und auch für Officer Chu ging es zu Fuß weiter.

Er folgte ihr über einen Zebrastreifen und eine Straße mit Brownstones entlang, blieb jedoch auf Distanz, als sie vor einem großen Gebäude stehen blieb, dessen Fassade mit steinernen Wasserspeiern geschmückt war. Über den Türen war in großen Lettern der Name »Driscol School« eingraviert.

Arthur Chu überquerte die Straße und tat so, als sei er ein Obdachloser, indem er die drei Stufen zu einer in den Gehweg eingelassenen Betongrube hinabstieg, in der mehrere Mülltonnen standen. Während er in den Plastikbehältern und Tüten herumwühlte, beobachtete er, wie Willy Fallon auf ein hohes, schmiedeeisernes Tor zuschritt. Dahinter lag ein kleiner Gartenweg, der zwischen der Schule und einem Nachbargebäude verlief. Sie griff in ihre Handtasche und zog etwas heraus, was Arthur Chu nicht erkennen konnte.

Ein Schlüssel? Vermutlich, denn einen Moment später ging das Tor auf.

NEUNUNDZWANZIG

Sie im Ramble abzuhängen, ist leicht. Wir wissen, wo wir uns verstecken müssen, damit uns niemand findet. Verdammt, nicht mal wir selber finden uns. Wir halten die Luft an, Phoebe und ich. Sie gehen an uns vorbei und kommen dann wieder zurück – um noch intensiver zu suchen. Sie jagen uns. Sie rufen unsere Namen – so wütend, weil sie uns nicht quälen können. Dann nehmen sich Humphrey und die Mädchengang ein anderes Opfer. Vom ersten Schrei bis zum letzten können wir uns nicht rühren. Wir können nur dem zuhören, was sie dem armen, verrückten Obdachlosen antun. Es geht ewig, weil sie den Schmerz hinauszögern. Der Penner schreit. Ich bin außer mir vor Angst – und fürchte mich immer noch, während ich das hier schreibe.

ERNEST NADLER

Phoebe Bledsoe lief den Gartenweg entlang und durch den Garten bis zu ihrem Cottage. Ihr blieb gerade genug Zeit, um sich anzuziehen, dann würde sie sich beeilen müssen und zur Not sogar rennen. Sie wagte es nicht, zur Party ihrer Mutter in der Stadtvilla zu spät zu kommen.

Das matte Licht einer Gartenlaterne schimmerte durch den Türschlitz, als sie die Haustür öffnete. Auf dem Boden lag ein Zettel, der unter der Tür hindurchgeschoben worden war.

Wieder eine Drohung?

»Nicht das Licht anmachen!« Dead Ernest stand am Fenster und schaute durch einen Spalt im Vorhang hinaus. »Licht zieht Ungeziefer wie Willy an.«

Phoebes Hand schwebte zögernd über dem Lichtschalter und sank dann herab. Sie tastete sich durch den dunklen Raum, an Stuhl und Couch und Tisch vorbei und fand die Kommode mit der Taschenlampe, schaltete sie ein und richtete den gelben Lichtstrahl auf die Notiz. Willy Fallons Handschrift war fast unleserlich. Es dauerte, bis Phoebe all die Beschimpfungen entziffert hatte.

»Mord macht die Leute verrückt«, sagte Dead Ernest.

Nein, keiner von ihnen war verrückt gewesen – nur grausam.

Ein Schatten ging am Vorhang des Wohnzimmerfensters vorbei. Dann klopfte es an die Tür, und Willy Fallon schrie: »Ich weiß, dass du da drin bist!« Das Klopfen wurde zu Fäustetrommeln. »Sag deiner Mutter, sie muss mit mir reden!«

Willy warf sich mit ihrem ganzen Körper gegen die Tür. Ihr Geschrei und Getrete erregte schließlich die Aufmerksamkeit des Nachtwächters. Auf der anderen Seite des Gartens öffnete der alte Mr. Polanski die Hintertür der Schule und richtete den Strahl seiner Taschenlampe auf den Eindringling.

Willy floh.

Sie fuhren durch den Innenstadtverkehr vom Birdland nach Hause. So hatte Riker die Stadt immer am meisten geliebt: in einem Auto mit heruntergekurbelten Scheiben bei Nacht. Er schaute auf die Windschutzscheibe, vor der ein Farbenmeer aus Neon und gleißend hellen Scheinwerfern wogte. In den Autoradios vor ihnen lieferten sich Latinoklänge und Rap ein Duell, doch der Detective bemerkte es kaum. Er grübelte.

Das Kind, das in seinen Armen schlief, schnarchte leise. Riker wandte sich dem Mann am Steuer zu, der gerade die Geschichte von einem Überraschungsbesuch bei Rolland Mann zu Ende erzählt hatte. »Als Mallory dir sagte, sie würde sich drum kümmern, hat sie da gesagt, wie?«

Charles Butler schüttelte den Kopf. »Sie meinte nur, der kommt nicht wieder – nie mehr.«

»Na ja, umgebracht hat sie ihn nicht, das wüsste ich. Es spricht sich rum, wenn jemand den obersten Bullen umnietet.« Riker ließ sich in den Beifahrersitz sinken. Was hatte sie dem Mann angetan? Konnte es eigentlich noch schlimmer kommen? Die höchsten Gebäude lagen jetzt hinter ihnen, während sie in Richtung Süden durch Greenwich Village fuhren, eine Gegend, die menschlichere Dimensionen hatte. Er blickte auf das schlafende Mädchen hinab. »Wann hattest du eigentlich vor, ihr zu sagen, dass ihre Granny tot ist?«

»Ich dachte, ich beschäftige mich mit einem Trauma nach dem anderen«, sagte Charles. »Vielleicht reden wir morgen darüber.«

»Mallory hat es ihr gestern gesagt.«

Charles' Hände lagen fest um das Steuer, das einzige Zeichen dafür, dass er wütend war. Seine Stimme blieb ruhig, als er nach Osten auf die Houston abbog. »Coco hat es tapfer aufgenommen, oder? Nicht geweint oder so.«

»Nein. Wie kommst du darauf?«

»Coco hat immer gewusst, dass ihre Granny tot ist. Sie hat mich kein einziges Mal nach ihr gefragt und nie darüber geredet, dass sie nach Hause will. Sie wusste, dass sie niemanden mehr hat, zu dem sie gehen kann. Deshalb legt sie auch ihre ganze Hoffnung in Mallory. Von dem Moment an, als sie sich kennengelernt haben, suchte Coco ein neues Zuhause und jemanden, der sie liebt.« Schweigend wechselten sie auf der breiten Houston Street die Spur, und als Charles in Richtung SoHo abbog, sagte er: »Das wäre eine gute Gelegenheit für Mallory, sich auszuklinken – einfach zu verschwinden. Es muss eine Lücke geben, die die späteren Pflegeeltern füllen können. Und es muss sehr bald passieren.«

»Wahrscheinlich hast du recht, aber Mallory glaubt, die Kleine weiß mehr, als sie sagt. Es wird noch eine Weile dauern, bis wir ihren Märchencode geknackt haben.«

»Ich sage, jetzt ist Schluss. Ich habe vom Gesetz her das Sagen, was Coco betrifft. Dank Robin Duffy bin ich der anerkannte Vormund für die Staaten New York und Illinois. Laut Gesetz …«

»*Mallory* ist das Gesetz.« Der Mercedes kam vor dem Saloon, den Riker sein Zuhause nannte, zum Stehen. »Da hast du keine Chance. Die hattest du nie.«

Charles machte den Motor aus. »Ich bin kurz davor, Coco endgültig in eine Pflegefamilie zu geben. Das ist es, was sie im Moment braucht. Sie durchlebt eine harte Zeit. So kann das mit dem Kind nicht weiterlaufen. Aber Mallory will die Papiere nicht unterzeichnen, die nötig sind, damit sie gehen kann. Das ist *herzlos*.«

Riker wollte den Abend nicht so beenden. »Herzlos? Ja, das ist meine Partnerin. Andererseits weißt du auch, sie würde ihr Leben für Coco geben … und hat es vielleicht sogar schon. Du hast sie nicht gefragt, wie sie das Problem mit Rolland Mann gelöst hat. Sie hat dir nur gesagt, das Kind sei in Sicherheit, und du hast ihr geglaubt. Dir ist wohl noch nie der Gedanke gekommen, sie könnte jemals einen Kampf aufnehmen – und ihn verlieren. Charles, du *weißt*, dass sie zu dem Scheißkerl gegangen ist und ihn so eingeschüchtert hat, dass er die Hosen gestrichen voll hat. Das ist ihr Stil … ihre *romantische Ader*«, sagte er zu dem armen Tropf, der Mallory liebte, ob sie nun ein Herz hatte oder nicht.

Der Salon in der Stadtvilla war in vollem Gange, als Phoebe Bledsoe eintraf – mit Schweißflecken unter den Armen, nachdem sie an diesem schwülen Abend zwei Häuserblocks gerannt war.

Die Leute vom Catering-Service, heute alle besonders formell gekleidet, trugen Tabletts mit Gläsern Rotwein und Weißwein herum und bewegten sich geschickt durch die brabbelnde Menschenmenge, die sich bis in die letzten Winkel des großen Raumes verteilt hatte. Die meisten Gäste ihrer Mutter waren entweder paarweise in verschwörerisches Tuscheln vertieft oder standen in größeren Gruppen zusammen. Andere saßen auf Stühlen, Sofas und Diwanen und plauderten. In dieser sozialen Hierarchie der Möbel konnte es nur einen Thron geben. Hoch über dem Lieblingsstuhl ihrer Mutter spendeten die elektrischen Kerzen des riesigen Kronleuchters ein helles Licht, das sich in Tausenden von glitzernden Kristallstücken brach. Ein weiterer, kleinerer Stuhl war neben den ihrer Mutter gerückt worden, die jeweils immer nur einer Person die Gnade eines Gesprächs gewährte. Dieser Stuhl war die begehrteste Sitzgelegenheit im Hause, und die Leute umkreisten ihn, lauerten auf die Chance, dass Grace Driscol-Bledsoe, die große Förderin und Zerstörerin von Karrieren und Fortünen, ihnen Gehör schenkte.

Phoebes verstorbener Vater hatte diese wöchentliche Zusammenkunft die Nacht der Schleimscheißer genannt. Als Kind hatte Phoebe bei diesem Ausdruck an widerliche, hässliche, stinkende Kröten denken müssen – und ihr Vater hatte ihr recht gegeben. »Genau das sind sie auch.«

Phoebe drehte als schwächliches Lehrmädchen ihrer Mutter ihre Runden und ließ sich von altbekannten Managern und Politheinis Küsschen geben, während sich Emporkömmlinge mit einem Handschlag begnügen mussten. Alle fünfzehn Minuten schaute die unscheinbare Gesellschafterin, Hoffman, in den Raum, um sich zu vergewissern, dass es ihrer Arbeitgeberin gutging, und zog sich dann nach ein paar Augenblicken schnell wieder zurück – wie der kaputte Kuckuck einer

Schwarzwälder Uhr, der stumm die Viertelstunde verkündete. Dann endlich, *endlich*, am Ende des Abends, als sich die Kröten alle verkrochen hatten und Kaffee für zwei serviert wurde, bekam auch Phoebe Audienz bei ihrer Mutter und durfte auf dem Bittstellerstuhl neben ihr Platz nehmen.

»Ernsthaft? Das steht da?« Grace Driscol-Bledsoe starrte auf den Zettel mit der gekritzelten Nachricht. »Willy hat mir auch schon solche Dinger durch den Briefschlitz geschoben, aber ich habe nie versucht, eins davon wirklich zu *lesen*.« Auch diesen Zettel ereilte ein solches Schicksal. Sie zerknüllte ihn und legte ihn auf den Beistelltisch neben ihre Kaffeetasse.

»Hast du Willy wirklich aus dem Haus geworfen?«

»Das hat Hoffman gemacht – mit Hilfe dieser beiden liebenswerten Detectives, die dich vernommen haben. Ich hatte eigentlich gehofft, sie würden sie erschießen, aber die haben sie nur in einen kleinen Krankentransporter verfrachtet.«

»Wenn du einfach mit Willy redest, würde sie mich endlich in Ruhe lassen.«

»Das ist eine ganz schöne Schreckschraube, findest du nicht? Na ja, du könntest zurück in die Villa ziehen. Es ist sehr sicher hier, und dein altes Zimmer wartet immer auf dich.«

Natürlich wartete es. Dieses Gespräch hatten sie schon oft geführt, und das seit Jahren. Für ihre Mutter war Phoebe immer das Kind gewesen, das es gewagt hatte wegzulaufen. Und der heutige Versuch, ihr die Rückkehr nach Hause schmackhaft zu machen, war nur der kaltschnäuzigste.

»Das würde es mich also kosten, Willy loszuwerden?« Phoebe stand auf und war bereit zu gehen, denn sie hatte ihre wirkliche Stellung in diesem Hause begriffen – und diese Erkenntnis löste einen kleinen Schock aus. Sie war auch nichts anderes als eine der Kröten.

»Schicken Sie ihn hoch«, sagte Mallory zu dem Portier am anderen Ende der Sprechanlage. Als sie Minuten später das leise Klopfen hörte, war die Polizistin bereit und hatte eine Flasche Wein unter dem Arm und zwei Gläser in der Hand. Sie machte Rabbi David Kaplan die Tür auf, einem schlanken Mann mittleren Alters mit akkurat getrimmtem Bart, einem liebenswürdigen Lächeln und einer Schwäche fürs Pokerspiel.

»Kathy.« Der Rabbi hatte zu dem engen Kreis von Männern gehört, die ihren Ziehvater geliebt hatten, und der Rabbi war furchtlos genug, um sie mit ihrem Vornamen anzusprechen. Er küsste sie auf die Wange und hatte ihr bereits verziehen, dass sie auf seine Anrufe nie reagierte. »Es war eine lange Zeit – zu lang.« Er breitete die Arme aus und schüttelte bedächtig den Kopf. Was sollte er nur mit ihr machen? »Kommst du diese Woche zum Pokerspielen?«

Statt einer Antwort reichte sie ihm die Weinflasche, und er las erfreut das Etikett seines Lieblingswinzers. Langsam wurde es verdächtig. Der Rabbi musste sich fragen, wie Mallory hatte wissen können, dass er an diesem Abend unangekündigt bei ihr hereinschneien würde.

Mallory lächelte, als wollte sie sagen: *Ach, ja.*

Natürlich würde Charles Butler, nachdem er sich an Riker die Zähne ausgebissen hatte, einen weiteren Unterhändler ins Feld schicken, der sich dafür einsetzte, dass Coco endlich außer Reichweite der Polizei gebracht wurde. Außerdem hatte sie den Rabbi bemerkt, wie er vor ihrem Haus auf dem Gehweg stand und zu den abgedunkelten Fenstern, die zur Straße lagen, hochblickte, offenbar in Erwartung einer Gelegenheit, sie unvorbereitet zu erwischen, damit sie keine Ausrede hatte, ihn nicht hereinzulassen. Sie hatte nur ein Licht im Wohnzimmer anknipsen und bis zehn zählen müssen, dann hatte der Portier ihn schon angemeldet.

»So«, sagte sie zu dem Mann, der jenseits der Brooklyn Bridge wohnte. »Du kamst also zufällig vorbei, ja?« Die Polizistin trat in den Hausflur hinaus. »Gehen wir aufs Dach.«

Sie nahmen den Fahrstuhl. Als sich die Türen schlossen, sagte Mallory: »Ich weiß, dass du meinen Boss angerufen hast, während ich weg war – mehrmals sogar.«

»Kathy, du warst so lange weg, Monate um Monate.« Er hob in sanftem Tadel die Augenbrauen. »Kein Abschied, keine Ansichtskarten.«

Beide befolgten die Anstandsregeln fürs Fahrstuhlfahren und richteten den Blick auf die erleuchteten, aufsteigenden Nummern der Stockwerke.

»Dann hast du also den Lieutenant belagert.«

»Belagert? Nein.« Der Rabbi zuckte mit den Schultern. »Na ja, es hätte schlimmer sein können. Ich wollte eine Vermisstenanzeige aufgeben, doch Edward hielt mich davon ab. Er meinte, so etwas würdest du bestimmt nicht in deiner Personalakte stehen haben wollen. Erst dann ging ich zu Lieutenant Coffey. Ein netter Mann, sehr verständnisvoll. Er sagte, er würde es wissen, falls du in Schwierigkeiten steckst. Er sei zwar immer der Letzte, der es erfährt, aber irgendwann … sollte etwas Schlimmes passieren … würde er es wissen.«

»Und was ist mit deinen Pokerkumpels? Wie oft haben die Jack Coffey angerufen?«

»Ich verpetze niemanden.« David Kaplan war seinen Freunden zutiefst ergeben, obwohl er sie beim Kartenspielen abzockte, so oft es ging. Wenn sie pokerten, fingen sie mit Penny-Beträgen an, aus denen sich aber durchaus ein Zehn-Dollar-Gewinn entwickeln konnte. *Was für ein Spieler.* Der Rabbi mochte die sanfteste Seele auf dem Erdball sein, doch er liebte einfach den Gedanken, auch ab und zu ein fieser Zocker sein zu können.

Die Fahrstuhltüren öffneten sich vor einem schmalen Treppenhaus, und sie stiegen die Stufen bis zu einem gut beleuchteten Dach mit einem Holzboden hoch, auf dem mehrere Stühle um Metalltische gruppiert waren. Es wehte ein warmer Sommerwind. Über ihnen am Himmel waren der Mond und ein paar mickrige Sterne keine wirkliche Konkurrenz zu den Lichtern der Millionenstadt. Mallory setzte sich mit Rabbi Kaplan an einen Tisch und goss den Wein ein. »Dann hast du Lieutenant Coffey also jeden Tag gelöchert.«

»*Ein paar Mal.* Aber er hat mir nichts verraten. Na ja, er meinte, keine Nachrichten sind gute Nachrichten.«

»Schätze, ihr habt bei den Pokerabenden viel über mich geredet.«

»Oh, Edward und Robin reden hinter deinem Rücken ständig über dich. Das machen die schon, seit du ein kleines Mädchen warst. Sie *lieben* dich.« Der Rabbi schüttelte traurig den Kopf. »Diese *Scheißkerle.*« Dann schenkte er ihr sein unschuldigstes Lächeln, das er sonst aufsetzte, wenn er eine Hammerhand hatte. Dabei fragte sich der Mann wahrscheinlich immer noch, wie es Mallory während ihrer gesamten Kindheit gelungen war, ihn am Pokertisch regelmäßig abzuzocken.

Er legte einen gefalteten Stapel Papiere auf den Tisch. »Juristischer Kram wegen Coco.«

»Von Robin Duffy?«

Warum war ihr diese Frage so schwergefallen?

Das erste Dokument war eine gerichtliche Anweisung für eine Reise von Coco in den Bundesstaat Illinois. Dabei ging es vordergründig um die Auswahlkriterien möglicher Adoptiveltern, doch hinter den gesetzten juristischen Formulierungen versteckte sich auch die zweite Bedingung: die Entlassung des Mädchens aus seinem geschützten Status als wichtige Zeugin. Beim nächsten Dokument handelte es sich um ein Begleitschreiben, das Mallorys Unterschrift zur Besiegelung der

Vereinbarung benötigte. Von diesen beiden Unterlagen hatte Robin Duffy ihr bereits Kopien gegeben, doch die waren undatiert gewesen, weil man warten wollte, bis ihr Fall abgeschlossen war. Sie blätterte zu der gerichtlichen Anweisung zurück. Diese trug das heutige Datum und war bereits von einem Richter unterschrieben. »Das war nicht Robin Duffys Idee.«

Sie hatte nur geraten, traf aber ins Schwarze.

David Kaplans freundliches Lächeln wurde breit, womit er, ohne es zu wollen, bestätigte, dass Charles Butler hinter der Idee steckte. Der Mann griff nach seinem Weinglas, um einen Schluck zu nehmen – und eine Kunstpause einzulegen. Dann sagte er, mit der typischen Diplomatie eines Rabbis: »Ich weiß, du willst das Beste für das Kind. Coco soll all das Gute haben, das auch Louis und Helen dir gegeben haben.«

Im kalten Ton einer Maschine, die sprechen kann, sagte sie: »Du kennst mich eben.«

Das Lächeln des Rabbis schwand dahin. Vielleicht war ihm ja der Verdacht gekommen, dass er sie überhaupt nicht kannte.

Sie legte die Papiere auf den Tisch. »Ich muss mich fragen, wieso du dachtest, das sei eine gute Idee. Denn das ist keine – nicht, wenn du willst, dass ich dieses Kind am Leben erhalte.«

Noch vor wenigen Augenblicken war dem Mann alles so klar erschienen, doch als er noch einmal auf das Dokument hinabschaute, lag plötzlich eine gewisse Verwirrung in seinem Blick.

Fein. Jetzt war Mallory an der Reihe zu lächeln. Sicher hatte nicht Robin Duffy die Unterschrift für diese gerichtliche Anweisung bekommen, obwohl der alte Anwalt den unterzeichnenden Richter gut kannte – ebenso wie der Rabbi. Richter Cartland war manchmal bei Louis Markowitz' Floating Poker Game als Spieler zu Gast. Die Polizistin hob ihr Glas und nahm einen großen Schluck. »Charles hat dich geschickt. Das hast du vergessen zu erwähnen.« Sie klopfte mit dem Fingerknöchel auf die letzte Zeile. »Wann hat der Richter das eigentlich unterschrieben? Etwa vor einer Stunde?«

Vielleicht kurz nachdem Charles Butler vom Birdland nach Hause gekommen war?

David Kaplan hob beide Hände, als wollte er sagen: *Jetzt hast du mich erwischt.* »Dieses kleine Mädchen steckt in tiefen Schwierigkeiten. Ein Trauma folgte dem anderen. Charles hat eine Liste von möglichen Pflegeeltern in Illinois. Und er hat sie bei einem Therapeuten in Chicago angemeldet, einem sehr guten Arzt. Diese arme, labile Kind braucht ein …«

»Dieses Kind geht nirgendwo hin. Coco ist eine wichtige Zeugin in einem Mordfall.«

»Charles sagt, sie taugt gar nicht als Zeugin. Als ich mit dem …«

»Du hast *das* dem Richter gesagt?« Sie las die Antwort in Kaplans Gesicht. In seiner Miene war nichts von Leugnen zu erkennen. Er schien sich nur zu fragen, was er eigentlich falsch gemacht hatte. »Also *tatsächlich*!« Mallory hieb mit einer Hand auf den Tisch. »Hinter meinem *Rücken*!«

Hatte sie ihn jemals angeschrien? Nein, nie. Sie starrten einander an, beide überrascht.

Immer noch wütend sagte sie: »Du vertraust Charles Butlers Urteil mehr als meinem.« Sie beugte sich zu ihm. »In einem *Mordfall*?«

Wie verquer war das eigentlich? Und wie passte es zu der ansonsten so makellosen rabbinischen Logik des Mannes? Es passte nicht. Sie konnte die Sache drehen und wenden: Er glaubte einfach nicht an sie.

»Rabbi, es war ein Fehler, sich in meinen Fall einzumischen.« Sie zerknüllte die gerichtliche Anweisung zu einem Ball. »Du hast also Partei ergriffen.« Und zwar nicht *ihre* Partei. »Und dann hast du dem Richter auch noch einen Grund gegeben, mich in die Pfanne zu hauen.« Sie rollte die Papierkugel zwischen ihren Händen, machte sie kleiner, härter. Mit einem Fingerschnipsen schubste sie sie über den Tisch, wo sie neben seinem Weinglas zu liegen kam. »Behalt sie … als Erinnerung an mich.«

Die Augen des Rabbis waren traurig, denn das hier war in gewisser Weise ein Tod, das Ende der Dinge. Sie hatte ihm mit Worten einen Dolchstoß versetzt und eindeutig den Sieg davongetragen.

Oder auch nicht.

»Kathy, auch wenn du jemandem das Herz aus der Brust schneidest, wird dich das nicht notwendigerweise von deinem Problem befreien … Ich werde dich immer lieben.« David Kaplan lehnte sich in seinem Stuhl zurück und leerte sein Glas. »Ich werde immer für dich da sein.« Der Rabbi erhob sich vom Tisch und küsste sie zum Abschied auf die Wange. »Aber wahrscheinlich bist du diese Woche beim Pokerspielen nicht dabei.« Er hob die Schultern und lächelte. »Na ja, vielleicht nächste Woche.«

Als er sie allein auf dem Dach zurückgelassen hatte, zertrümmerte sie ihr Weinglas an der Backsteinumrandung der Terrasse. Bedingungslose Liebe konnte so wütend machen.

Der Raum in Mallorys Wohnung, in den sie sich gern zurückzog, hatte eine Wand, die ganz mit Kork verkleidet war. Diese Pinnwand hatte sie nach Lou Markowitz' Tod aus dem Büro des alten Mannes verschwinden lassen. Soweit Riker wusste, war es ihr einziger Diebstahl aus sentimentalen Gründen.

Zum Wohle ihrer Elektronik hielt Mallory die Temperatur in diesem Hinterzimmer immer auf der kühlen Seite, doch vom Aussehen her war hier alles eiskalt – die Möbel mit Metallkanten, all die Drähte und Kabel, Stahlregale voller Handbücher und technischem Schnickschnack. Selbst der Teppich war metallicgrau.

Und das Baby hatte ein funkelnagelneues Spielzeug.

Die vier Monitore ihrer PC-Workstations waren nicht mehr länger die Platzhirsche, denn sie hatten einem gigantischen Flachbildschirm weichen müssen, den Riker jetzt beglotzte. Ein Fernseher in dieser Größe war der feuchte Traum eines jeden Mannes am Sonntag des Super Bowl. Doch Riker lief nicht der Sabber aus den Mundwinkeln; es war einfach ein Computer. Man brauchte weder eine Tastatur noch eine Maus – Mallory zeigte nur auf das Bild eines Ordners, und schon purzelten dessen Dateien animiert heraus. Mit zwei Fingern fing sie sie auf und brachte sie auf dem weiten elektrischblauen Bildschirm an ihren Platz. Schlimm genug, dass die einzigen stabilen Beziehungen, die seine Partnerin einging, die zu Maschinen waren – jetzt hatte sie auch noch eine gefunden, die auf ihre Berührung reagierte, was ihm aus irgendeinem Grund einen Schauder über den Rücken jagte. Möglicherweise deshalb, weil er getrunken hatte.

Riker war zu dem guten Zeug, Mallorys Single Malt Whisky, übergewechselt, während er dabei zusah, wie bei leuchtenden Textblöcken die Schrift vergrößert wurde, um seinen schon etwas betagten Augen Genüge zu tun. Er stand so aufrecht da, wie es ihm im Suff möglich war, und mimte den aufmerksamen Zuhörer. Ihr heutiger Vortrag hatte ein altbekanntes Thema: wie man einen Politiker kaufen kann.

Amtsträger liebten es, ihre Namen bei Wohltätigkeitsveranstaltungen in Großbuchstaben zu sehen, sagte Mallory. Doch alle bedeutenderen Fälle, die sie auf ihrem Bildschirm aufgelistet hatte, waren vom Driscol Institute gefördert worden, und das Institut wurde von Moguln finanziert, die immer nach politischen Huren suchten, mit denen sie ins Bett gehen konnten. »Gute Taten schaffen Wählerstimmen.«

Als sie sich umdrehte, um zu kontrollieren, ob er aufpasste, brachte Riker das Sprüchlein, das alle New Yorker bereits mit der Muttermilch aufsogen. »Politiker locken Wähler mit blinden Versprechungen, die sie kurz nach der Wahl brechen«, klagte er mit dem genervten Ton eines Mannes, der das alles schon bis zum Erbrechen gehört hat.

Mallory belohnte ihn, indem sie die Gläser auffüllte. Wie oft hatte sie das schon getan? Irgendwann hatte er aufgehört mitzuzählen.

Mallory machte die Flasche wieder zu. »Nicht der Bürgermeister führt diese Stadt. Es ist Grace Driscol-Bledsoe.« Sie schaute auf den riesigen Bildschirm und zeigte auf eine ihrer Listen. »Diese Mitglieder des Stadtrats wurden mit kleineren Dingen gekauft, etwa ihrem Namen für Stipendien oder Kinderbetreuungsprojekte.« Dann wanderte ihr Zeigefinger zur nächsten Säule, die beeindruckendere Benefizaktivitäten zeigte. »Das Driscol Institute hat ein Bürgerzentrum gegründet, bei dem der Name des Bürgermeisters in Stein gemeißelt wurde. Das hat ihm sogar in einem Viertel Stimmen eingebracht, wo man ihn sonst hasst wie die Pest. Rein zufällig geschah das zum gleichen Zeitpunkt, als er seinen Widerstand gegen den Bau eines Wolkenkratzers an der West Side aufgegeben hat. Das betreffende Grundstück gehört einem Immobilienmakler, einem der wichtigsten Geldgeber von Graces Benefizorganisation – und der machte über Nacht fünfzehn Millionen Dollar Profit. Schätze, Grace hat davon zehn Prozent bekommen.«

Jetzt hatte Mallory endgültig Rikers Aufmerksamkeit. »Warum haben die Behörden da nicht Alarm geschlagen? Ich dachte, die sind solchen Sachen immer auf der Spur.«

»Sind sie auch. Konzerne müssen jede Spende für gute Zwecke deklarieren, aber bei einer groß angelegten Geldwäsche hat das keine Wirkung. Es gibt nichts Schriftliches, das einen Spender in Zusammenhang mit einem Politiker bringt. Mittelsmänner sind die Treuhänder des Driscol Institute.«

»Die Geldwäscher. Und Grace steht über allen.« Riker schaute zu Mallory hinab, die ihm noch einmal nachschenkte – ein kleiner Bonus dafür, dass er wachblieb. Und so fragte er, einfach um zu beweisen, dass er noch halbwegs nüchtern war: »Wie bekommt denn Grace eigentlich ihren Anteil? Würde der bei einer Wirtschaftsprüfung nicht auffallen?«

»Nein. Sie wird von den Spendern bezahlt.« Mit einer Berührung des Bildschirms öffnete Mallory einen weiteren Ordner. »Und da sind sie.« Es handelte sich um eine alte Kundenliste für die Consultingfirma des verstorbenen John Bledsoe. »Früher hat Grace die Schmiergelder in die Firma ihres Mannes geleitet. Auf dem Papier sah das gut aus – wie ganz legitime Einnahmen eines Lobbyisten. Und es wurden Steuern bezahlt. Bei der Steuerbehörde ging keine rote Flagge hoch.«

»Aber dann gehörte das ganze Geld, das ihr Mann John dem verkommenen Humphrey hinterließ – in Wirklichkeit Grace? Na ja, das erklärt, warum bei ihr das Porträt von Göttergatte und Sohn auf dem Klo hängt.« Jetzt sah er sie förmlich vor sich – eine wütende Grace Driscol-Bledsoe, wie sie draußen im Park Menschen in den Bäumen aufhängte, darunter ihren eigenen Sohn. »Aber kann die Dame denn einen Baum hochklettern?« Er griff nach seinem Glas und nahm einen tiefen Schluck. »Für hundert Millionen gehe ich davon aus, dass sie es kann. Das Flintenweib ist besser in Form als ich.«

Seine Partnerin lächelte – sie lächelte über sein leeres Glas. Dann wandte sie sich wieder dem Bildschirm zu. »Nachdem ihr Mann die Firma verkauft hatte, besaß Grace keine Auffangstation für die nächste Runde Geldwäsche mehr, und ihre persönlichen Finanzen mussten sich mit legalen Einkünften decken.« Mallory berührte einen weiteren Ordner, und eine ganze Reihe von Faksimile-Schecks ergoss sich über den blauen Bildschirm, alle ausgestellt auf die persönliche Gesellschafterin der Dame. »Hier haben wir das Leck. Ein dummer Fehler. Hoffman ist unterbezahlt. Schätze, Grace zahlt ihr wöchentliche Boni in Cash aus.«

»Vermutlich macht sie ziemlich viel mit Cash«, sagte Riker. »Sie würde nie jemand anderem trauen, ihr eigenes Geld zu waschen – nicht nach dem, was ihr Mann ihr angetan hat.«

»Richtig. Und die Bundesbehörden sind schon seit Jahren jedem größeren Cash-Flow auf der Spur. Ich weiß, sie hat irgendwo ziemlich viel Geld als Vorrat angelegt – aber sie hat auch ihren Schmuck verkauft.« Mallory zog einen Finger über den Bildschirm und ließ eine ganze Parade von Fotos erscheinen. »Die hier wurden aufgenommen, nachdem ihr Mann die Firma verkauft und sie verlassen hatte. Zähl mal die Klunker.«

Riker trat näher an den Bildschirm heran und schaute sich das erste Foto der Society-Dame an. Hier war sie buchstäblich mit Juwelen behängt. Jahre später, auf dem letzten Schnappschuss, nahm sich ihr Bling-Bling eher bescheiden aus. »Dann ist die Dame also bei ihrer letzten Perlenkette angekommen – und diesem Silbermedaillon.«

»Grace braucht *dringend* Humphreys Millionen«, sagte Mallory. »Die sind das einzige Geld, das sie ganz offen ausgeben kann. Jedes Hantieren mit Bargeld bedeutet ein Risiko.«

»Sollen wir all das dem Rest der Mordkommission erzählen?«

»Wenn wir das tun, landet es direkt bei Goddard.« Mit einer Handbewegung fasste Mallory alle Top-Politiker zusammen, die Teil des Benefiz-Geldflusses waren – und die die Hand aufhielten. »Möchtest du etwa, dass *er* die Stadt führt?«

»O Gott, nein.« Dieser verrückte Chief war auf krummer Mission, indem er im Dienste des Guten schmutzige Geheimnisse sammelte – ein Erpresser auf Seiten der Geldgeber *und* der New Yorker Polizei. Es wäre Wahnsinn, ihm die ganze Stadt zu Füßen zu legen. Dennoch galt Rikers Gedanke einem Tag, der noch in der Ferne lag und an dem er all diese Informationen dazu nutzen müsste, diesem Wahnsinnigen die ganze Stadt im Tausch gegen die Dienstmarke seiner Partnerin anzubieten – und Mallory davon abzuhalten, einen Krieg zu führen, den sie nicht gewinnen konnte.

»Bei ihm geht es nur um Macht«, sagte Mallory, »aber der Chief ist auch bloß eine andere Version von Grace – und genauso gefährlich.«

Amen.

»Das heißt … wenn uns die bösen Jungs nicht kriegen, dann kriegen uns die guten?«

»Jetzt hast du's endlich kapiert.« Mallory kippte die Whiskyflasche, und als sie sein Glas randvoll eingeschenkt hatte, schaute sie ihm tief in die Augen, als könnte sie ihm auf diese Weise seine Seele entreißen. »An dem Tag, als uns Goddard gesagt hat, er plane, Rocket Mann loszuwerden, da hat er seinen eigenen Job aufs Spiel gesetzt. Er wusste also bereits, dass er uns unter Kontrolle halten konnte – bloß wie? Ein Erpresser muss offenbaren, welche Druckmittel er hat. Anders bekommt er nicht das, was er will.«

Und in diesem Moment, durch einen letzten klaren Fleck in seinen alkoholbenebelten Kopf, begriff Riker den eigentlichen Zweck der heutigen Lehrstunde in Sachen Staatsbürgerkunde. *Scheiß auf Staatsbürgerkunde.* Es bereitete ihm Sorgen, wie oft Mallorys Paranoia sich bezahlt machte. Sie wusste, dass das Druckmittel auf den Tisch gelegt worden war – und zwar vor ihren Partner.

Riker schüttelte in gespielter Ratlosigkeit den Kopf. Er rechnete damit, gleich des Verrats angeklagt zu werden, doch alles, was er spürte, war ein Mensch mit gebrochenem Herzen. Mallory stand nur ganz still da – und wartete auf die Wahrheit.

Unentschieden.

Er stellte sein Glas ab und machte sich auf den Weg nach draußen.

Der Alarm auf dem Monitor an Grace Driscol-Bledsoes Bett weckte sie. Er piepste so laut, dass sie hochschreckte, noch bevor die Tür aufging und die Erscheinung ins Schlafzimmer flog. Beim schummrigen Licht einer Nachttischlampe sah sie einen körperlosen Kopf mit Feuerbällen anstelle von Augen. *Ach* – nur die Krankenschwester in einem schwarzen Morgenmantel. Die Gläser von Hoffmans Brille reflektierten die matte Kugel der Lampe auf dem Nachttisch, als sie sich über ihre Arbeitgeberin beugte und sich an den zerwühlten Laken zu schaffen machte.

»Sie haben Ihren Fingerhut verloren, Madam. Hier ist er.« Hoffman hatte den kleinen Sensor, der über ein Kabel mit dem Überwachungsgerät verbunden war, gefunden und steckte ihn wieder an Graces Finger.

Dann war es also kein Schlaganfall gewesen – mehr eine Generalprobe.

Während die Krankenschwester in ihr Zimmer zurückkehrte, sank Grace in die Kissen, doch der Schlaf ließ auf sich warten. Sie schaltete den Monitor aus, nahm den Sensor ab und stand vom Bett auf, jetzt nur noch über ihr Notfall-Medaillon gesichert. Drückte man einmal auf den Knopf in seiner Mitte, kam eine dröhnende Stimme aus einem Lautsprecher und suchte nach ihr, wo auch immer sie sein mochte, mittels einer sich unerträglich steigernden Lautstärke, bis man sie gefunden hatte und feststellen konnte, was genau sie brauchte. Solange sie wach war, reichte dieses Sicherheitsniveau. Sie fürchtete allein die Nächte. Im Schlaf war sie am verletzlichsten.

Barfuß tapste sie den Flur entlang zu dem Zimmer, in dem ihr Vater gestorben war. Es sah noch fast genauso aus wie vor all den Jahren, als Papa durch einen Schlaganfall niedergestreckt worden war.

Als Mädchen hatte Grace das Krankenzimmer nur selten besucht, so sehr hatte sie der Anblick des sabbernden Mannes angewidert, der mit den Augen rollte und erbärmliche Versuche machte, Wörter zu bilden, die eine Hälfte seines Gesichts schlaff, die andere tränenüberströmt. Doch seit einigen Jahren kam Grace ständig hierher. Es beruhigte sie nachzuschauen, ob alles am Platz war. Den Schrank hatte man komplett neu bestückt, und sie zählte die wichtigen Utensilien und die Fläschchen mit Medikamenten, die in den Tagen des Siechtums ihres Vaters noch gar nicht erfunden gewesen waren. Am kostspieligsten waren mehrere Dosen TBS zur magnetischen Hirnstimulation, die man außerhalb des Krankenhauses nicht legal bekam. Diese wertvolle Kontrabande verbarg sich auch in Hoffmans schwarzer Doktortasche, wo sie zu jeder Tages- und Nachtzeit zur Verfügung stand.

Das Mondlicht schimmerte auf dem verchromten Rahmen des verstellbaren Bettes. Ein Erbstück. Es war immer noch benutzbar, obwohl eine neue Matratze für den Tag gekauft worden war, wenn Grace selbst einen weiteren Schlaganfall erleiden würde, ein Trauma, das ihr noch mehr zusetzen würde als die beiden vergangenen. Es lag in der Familie – auch das ein Erbe ihres verstorbenen Vaters. *Besten Dank, Papa.*

Sie überprüfte die roten Lichter an einer Reihe von bettnah aufgestellten Apparaten, um sich zu vergewissern, dass sie funktionierten. Zuletzt öffnete sie die Tür zu einem Wäscheschrank und schaute nach, ob das darin gestapelte Bettzeug nicht muffig geworden war, während es hier dem schlimmsten Tag ihres Lebens entgegensah.

Dann hatte sie alles kontrolliert.

Es gab Kliniken im Land, die schlechter ausgestattet waren. Dieser Raum garantierte ihr, dass sie nicht bis ans Ende ihrer Tage ein Leben im Pflegeheim verbringen musste, ganz gleich, wie hinfällig ihr Zustand auch sein mochte. Außerdem sollte zu dem Zeitpunkt, wenn sie nicht mehr selbst für sich sorgen konnte, Hoffman bereits durch eine andere Pflegerin ersetzt sein, die mehr Veranlassung hatte, sie am Leben zu halten. Und Phoebe würde am Fuße ihres Bettes schlafen, wie ein gutes und treues Hündchen.

Phoebe Bledsoes Freund, Mr. Polanski, war die dünnere Ausgabe des Weihnachtsmannes und eine verwandte Seele, denn auch ihn begleitete ständig eine Tote. Der Nachtwächter konnte sich nicht von seiner verstorbenen Frau trennen, und so nahm er sie auf seine nächtlichen Runden mit. Heute Abend jedoch nicht. »Ich rede mehr und mehr mit ihr, während ich älter werde«, sagte er und nahm eine Thermoskanne mit Eistee von Phoebe entgegen.

»Aber Ihre Frau sagt nie etwas.«

»Nein«, sagte er. »Nicht wie Ihr Dead Ernest. Den Jungen habe ich vermisst, als er uns verließ.«

Vor vielen Jahren war Mr. Polanski in der Driscol School Mädchen für alles gewesen, ein Hausmeister, der auch lecke Rohre reparierte, Löcher im Verputz ausbesserte und manchmal sogar das Dach flickte. Später war ihm dann die körperliche Arbeit zu viel geworden, und so hatte man ihn zum Hüter der kostbaren Möbel und Kunstgegenstände der Schule gemacht. Aus dem Mädchen für alles war ein Wachmann geworden, und er bekam an diesem traditionsreichen Ort sein Gnadenbrot – in den Augen des Stiftungsrats einfach eine weitere Antiquität.

Und Phoebe, die einst Schülerin hier gewesen war, hatte man als Schulschwester recycelt.

Sie begleitete den alten Mann auf seinen nächtlichen Runden, und gemeinsam schlenderten sie durch die Ahnengalerie mit all den Porträts ehemaliger Schüler, die bis zum neunzehnten Jahrhundert zurückreichten. Die meisten Menschen, die hier abgebildet waren, hatten sich im Meer der Politik und des Kommerzes hervorgetan. Es waren Wände der Verlogenheit, denn sie sprachen nur von Ehrbarkeit ohne Fehl und Tadel.

Die Galerie führte zum Speisesaal, einem gewaltigen Raum, der bei Nacht vom Licht der Straßenlampen beschienen war, das schräg durch eine Reihe hoher Fenster hereinfiel. Die langen Tische und Stühle aus Mahagoni trugen zum Schutz gegen den Staub gespenstische Hüllen. Es war Jahre her, seit dieser Raum ein Zufluchtsort gewesen war. Dort, ganz hinten, stand der Ecktisch, wo sie mit Ernie gesessen hatte, zwei Kinder, die während der Schonzeit des Mittagessens verschnaufen und ihre Wunden lecken konnten.

Mr. Polanski und Phoebe fanden im Halbdunkel den Weg zurück zum großen Treppenhaus und stiegen ins nächste Stockwerk, zu den Klassenzimmern empor, wo entlang des dunkel getäfelten Flures freistehende Garderobenschränke standen, die laut geklappert hatten, wenn der weiche Körper eines Kindes dagegengeschleudert wurde. Einmal hatte Ernie sie gefragt, warum eigentlich er der Einzige an dieser Schule war, den man für körperliche Gewalt auserwählt hatte, wo es hier doch so viele und andere Formen des Quälens gegeben hätte. Phoebe hatte damals die Theorie aufgestellt, es liege daran, dass er zwei Jahre jünger, aber um zehn Jahre klüger war als seine Peiniger.

Mr. Polanski hatte seine Runden auf jedem Stockwerk beendet, und sie stiegen die Hintertreppe zur Gartentür hinab und gingen nach draußen in die warme, balsamisch nach Blumen duftende Nacht. Der Wachmann beleuchtete mit seiner Taschenlampe das Gebüsch, das einen Teil der hinteren Gartenmauer von den Sicherheitslampen auf dem Dach abschirmte.

Phoebe starrte einen Fleck absoluter Dunkelheit an, auf den damals helles Tageslicht geschienen hatte. Genau hier hatten Humphrey und die Mädchen Ernie aufgelauert und ihn mit dem Rücken an die Wand gedrängt. Und hier hatte er sie enttäuscht. All seine Angst war an diesem Tag erloschen. Der Junge hatte sich endgültig dem Tod gestellt und war ihnen mit ruhiger Entschlossenheit entgegengetreten.

Ein Fehler.

Nichts hätte sie mehr in Rage bringen können als das. Bevor sie seiner überdrüssig waren, hatte einer von ihnen – ihr Bruder? Nein, diesmal Willy Fallon – Ernie an den Ohren gepackt und seinen Kopf mit aller Kraft gegen die graue Steinmauer geschlagen. Der kleine Junge war auf dem Boden zusammengesunken und hatte eine kleine Blutspur hinterlassen, die man noch am darauffolgenden Tag sehen konnte. Jenen ganzen Tag lang waren die anderen Schüler durch den Garten gepilgert, um das Blut eines Kindes zu begaffen. Die elfjährige Phoebe hatte gewusst, dass auch die Lehrer es gesehen hatten, doch sie gingen einfach daran vorbei.

Mr. Polanski bemerkte ihren starren, leeren Blick und unterbrach sie in ihren Gedanken, indem er sagte: »Es hat lange gedauert, bis ich den Fleck weggekriegt habe.«

Nein. Phoebe schüttelte den Kopf. *Das Blut ist immer noch da.* Und es war an ihren Händen. Es war überall.

DREISSIG

Phoebe will nichts damit zu tun haben. Mir recht. Aber sie kommt auch nicht mehr in die Schule. Sie geht nicht mal ans Telefon, wenn ich sie anrufe.
Ich muss mit jemandem reden.
Ich denke die ganze Zeit an den toten Penner. Zwanzig Mal am Tag. Ich höre ihn schreien. Der arme verrückte Mann hat lange gebraucht, um zu sterben. Ich erinnere mich noch, wie ich in unserem Versteck im Ramble die Minuten gezählt habe. Das sage ich der Polizei. Aber Detective Mann glaubt mir nicht.

ERNEST NADLER

Beim Licht des frühen Morgens betrachtete Detective Mallory prüfend das Gartentor zur Driscol School. »Das Schloss würde ein Zehnjähriger aufkriegen. Das ist uralt.«

»Ich bin mir sicher, dass Miss Fallon einen Schlüssel benutzt hat«, sagte der Polizist mit der weißen Dienstmarke, Arthur Chu. »Sie hat was aus ihrer Handtasche genommen, und dann hat es nur ein paar Sekunden gedauert, bis sie das Tor offen hatte.«

Riker las die Anzeige von Mr. Polanski, dem Nachtwächter, wegen unbefugten Eindringens zu Ende. »Willys Name wird nicht erwähnt, sie wird auch nicht beschrieben.« Er steckte seine Gleitsichtbrille in die Tasche zurück und wandte sich wieder seiner Partnerin zu. »Aber die Zeit passt zu Artys Sichtung der weglaufenden Willy Fallon. Mr. Polanski meinte, Phoebe habe vielleicht das Tor nicht geschlossen. Vielleicht kam Willy deshalb so schnell rein.«

Officer Chu schüttelte den Kopf. »Sie hat was aus ihrer Tasche gezogen und …«

»Einen Schlüssel haben Sie nicht gesehen«, meinte Mallory. »Sie standen auf der anderen Straßenseite. Es war dunkel.« Sie griff in die Gesäßtasche ihrer Jeans und zog einen Samtbeutel heraus, in dem sich ihre Dietrichsammlung für kleinere Einbrüche befand. Inspector Markowitz hatte ihr die Sammlung abgenommen, als er sie mit zehn aufgegriffen hatte – mit nicht einmal *ganz* zehn Jahren. Mallory hatte sich damals bezüglich ihres Alters auf zwölf hochgeschummelt und, als das nicht funktionierte, zugegeben, sie sei vielleicht auch nur *elf*. Nach seinem Tod hatte sie den Beutel im Bankschließfach ihres Adoptivvaters gefunden. Sentimentaler alter Knabe, der er war, hatte er es nicht über sich gebracht, sich von der ersten Dietrichsammlung seines Lieblings zu trennen. Sie zeigte Arthur Chu ihren Schatz. »Vielleicht hat Willy ja so was aus ihrer Handtasche gezogen.« Sie schob den Beutel in ihre Jeans zurück und hielt dann ein Paar Haarklammern hoch. »Oder so was.« Die Polizistin drehte ihrem jungen Kollegen den Rücken zu, machte sich ein paar Sekunden lang am alten Schloss zu schaffen – und das Tor ging auf. »Ein Kinderspiel.«

Der leicht entmutigte Officer Chu wurde wieder zu Willy Fallons Hotel abbeordert, wo er mit seiner Beschattung fortfahren sollte. Als der junge Cop außer Sicht war, sagte Riker: »Armer Tropf. Wenn er nun mit dem Schlüssel recht gehabt hätte …«

»Ich glaube, das hatte er auch.« Mallory blickte auf den schmalen Pfad, der hinter dem Tor begann. Weiter durfte sie nicht gehen. Für die Polizei gab es eine Bannmeile, die sich sechzig Meter rund um Phoebe Bledsoes Häuschen hinter der Schule erstreckte. »Das Schloss hier ist mindestens hundert Jahre alt. Wer weiß, wie viele Schlüssel dazu noch im Umlauf sind?« Sie blickte zu dem Türsturz hoch, in den der Name

Driscol eingemeißelt war. »Schätze, auch Phoebes Mutter hat einen – oder *hatte* einen.«

Chefpathologe Edward Slope war ein Mann von kerzengerader Haltung – jedoch nicht heute Morgen. Er saß krumm auf seinem Stuhl hinter dem Schreibtisch, die Hand über seine müden Augen gelegt. Er hatte schlecht geschlafen, und der Koffeinschub durch seinen morgendlichen Muntermacher hatte noch keine Wirkung gezeigt, als seine Sekretärin ihm ankündigte, dass auf der anderen Seite seiner Bürotür die Polizei stand. War Kathy gekommen, um zu triumphieren?

Am gestrigen Abend hatte er zum ersten Mal den wöchentlichen Salon in der Stadtvilla von Grace Driscol-Bledsoe besucht, und er wusste, es würde auch das letzte Mal gewesen sein. Eine Partyeinladung aus Anlass der Identifizierung ihres toten Sohnes – nun ja, allein das hätte ihm schon zu denken geben sollen.

Slope hatte die Villa bereits zehn Minuten nach seinem Eintreffen wieder verlassen. So lange hatte es gedauert, bis er eine Reihe von Politikern und anderen zwielichtigen Gestalten, die eigentlich ins Gefängnis gehörten, in der Partymenge entdeckt hatte, Männer und Frauen, denen er nie die Hand geben würde, weder in der Öffentlichkeit noch privat. Mit solchen Leuten gesehen zu werden, hätte selbst den Ruf eines Papstes befleckt. Ein Chefpathologe jedoch musste, ähnlich wie die Frau eines Caesaren, noch mehr aufpassen, mit wem er gesehen wurde. Ansonsten wäre sein Wort vor Gericht wie auch anderswo nichts mehr wert.

Kathy Mallory kam als Erste herein, gefolgt von Riker.

»Bringen wir es schnell über die Bühne.« Edward Slope hatte keine Lust auf eine weitere Runde in ihren Kriegsspielchen. »Ich habe einen harten Tag vor mir. Egal was der Bürgermeister bei der letzten Pressekonferenz behauptet hat – Todesfälle durch Gewaltverbrechen bleiben in New York City an der Tagesordnung. Bei mir stapeln sich buchstäblich die Leichen.«

Die beiden Detectives nahmen auf den Stühlen gegenüber seines Schreibtisches Platz, um ihm zu zeigen, dass es wohl doch etwas länger dauern würde, und der Pathologe trank noch einen Schluck Kaffee.

»Eine Leiche ist Ihnen durch die Lappen gegangen, Doc.« Riker knallte eine Sterbeurkunde auf den Schreibtisch. »Da hat man Sie glatt ignoriert. Diese Obduktion eines Kindes wurde in einem Krankenhaus vorgenommen.«

Edward Slope las die alte Sterbeurkunde des elfjährigen Ernest Nadler aus dem Krankenhaus. »Herzstillstand? Dann schätze ich mal, es war kein genetischer Defekt – sonst wären Sie beide nicht hier.« Er lehnte sich zurück. »Also … haben Sie die medizinische Vorgeschichte des Jungen, Krankenhausakten, irgendeinen Beweis?«

»Nein«, sagte Riker. »Wir hatten gehofft, da könnten Sie uns helfen.«

Dr. Slope richtete seinen Blick auf die Polizistin, die Computerhexe. Sicher hatte sie sich längst in die Krankenakten gehackt. Und so fragte er mit einem sarkastischen Unterton: »Ernsthaft, Kathy? Sie haben keine Anhaltspunkte?«

Sie starrte ihn finster an, als würde sie die kleine Provokation kein bisschen lustig finden, korrigierte ihn jedoch nicht, weil er sie mit Vornamen angesprochen hatte. Und das konnte nur bedeuten, dass sie etwas von ihm wollte. »Nehmen wir mal an, der Junge wurde die ganze Zeit, die er im Krankenhaus war, überhaupt nicht auf einen Herzfehler behandelt.«

Der Doc lächelte. »Ja, *nehmen wir mal an.*« Er hielt den Totenschein in die Höhe. »Dann glauben Sie also, dass hier ein kapitaler Fehler begangen wurde …«

»Vertuscht ist das bessere Wort«, sagte Mallory. »Der Junge

war Opfer eines Verbrechens. Er starb einen Monat nach einem tätlichen Übergriff. Das bedeutet doch, die Leiche hätte hier landen müssen, oder?«

Der Doktor nickte. »In jedem Fall. Für mich spielt es keine Rolle, woran er letztlich gestorben ist. Es ist immer noch ein Verdachtsfall.«

»Dann steckte man mit dem Krankenhaus unter einer Decke, um einen Mordfall zu vertuschen«, sagte Riker.

»Nicht unbedingt.« Dr. Slope faltete die Sterbeurkunde zusammen und schob sie sich in die Brusttasche. »Wenn ein Krankenhaus involviert ist, gehe ich zunächst immer von grober Inkompetenz aus. Aber wir werden sehen.«

Die Dienstmarken der Detectives waren deutlich zu sehen und glänzten blitzblank an ihren Brusttaschen.

»Ich kenne diesen Mann.« Edward Slope blieb auf dem Krankenhausflur stehen und schaute die beiden Mitglieder seiner kleinen Gang an. »Wenn Sie ihn einschüchtern wollen, dann machen wir es auf *meine* Art. Sie sagen nichts. Sie sind nur die Deko.« Daraufhin führte er seine kleine Truppe in den Empfangsraum und an einer Sekretärin vorbei und überging deren Versuche, sie aufzuhalten.

Sie betraten das Büro des Chefs der Krankenhausverwaltung, eines Mannes mit auffallend großem Schreibtisch und auffallend kleinem Schnurrbart, der vor allem dadurch beeindruckte, dass er trotz fehlenden Rückgrats den aufrechten Gang beherrschte. Dr. Kemper war verblüfft und sprang auf. »Dr. Slope, was für eine Überraschung.« Besorgt huschten seine Augen zu den Dienstmarken von Slopes polizeilicher Begleittruppe. Plötzlich stimmlos, streckte Dr. Kemper seinem weitaus wichtigeren Besucher, der in der Welt der Medizin einen Promi-Status hatte, die Hand hin.

Edward Slope ignorierte den Begrüßungsversuch. Stattdessen ging er zum anderen Ende des Raumes, wo ein paar Stühle um einen kleinen Tisch standen. Indem er sich setzte, zwang er den Verwaltungsmenschen dazu, die Sicherheitszone seines Schreibtisches zu verlassen – was einer Entblößung gleichkam. Die beiden Polizisten nahmen ihre Positionen hinter dem Chefpathologen ein. Sie schwiegen, waren jedoch wachsam und machten aus ihrem Misstrauen Dr. Kemper gegenüber, der mit verzagten Schrittchen auf sie zukam, keinen Hehl.

Dr. Slope legte die Sterbeurkunde auf den Tisch. »Ernest Nadler. Es ist viele Jahre her, aber ich weiß, dass Sie sich an den Jungen erinnern werden. Nach dem tätlichen Übergriff siechte er einen Monat lang dahin und starb dann in Ihrem Krankenhaus. Allein aufgrund dieser Fakten wäre für mich Mordverdacht gegeben. Doch dann höre ich, dass der Junge stark dehydriert war, als er eingeliefert wurde, und fast verhungert wäre – nach *drei Tagen*. Oh, und er hatte Fesselspuren an beiden Handgelenken. *Das* war ein fetter Hinweis. Sie können sich also vorstellen, wie überrascht ich war, als mir die Polizei mitteilte, dass es hier keine Obduktion gegeben hat. Jedes Opfer eines Gewaltverbrechens kommt auf meinen Tisch. So will es das Gesetz.«

»Ganz recht.« Dr. Kemper verflocht die Hände ineinander und sah auf einmal wie eine ziemlich gute Kopie von Dickens' Uriah Heep aus. »Ich entschuldige mich dafür, wenn einer meiner Leute das Protokoll gebrochen hat.«

»Ich habe außerdem ein Problem mit der Todesursache.«

Dr. Kemper griff wieder nach der Sterbeurkunde und hob verwundert den Blick, als er sie gelesen hatte. »Herzstillstand. Ich sehe da kein Problem. Die Urkunde wurde vom diensthabenden Arzt unterzeichnet.«

»Der passenderweise bereits an Altersschwäche gestorben

ist«, sagte Slope. »Ich werde die Exhumierung der Leiche veranlassen.«

»Oh, tut mir leid, Sir. Die sterblichen Überreste wurden eingeäschert.«

»Interessant, dass Sie sich aus dem Kopf an dieses Detail erinnern. Sie haben immer noch dieselbe Pathologin hier. Ich werde mit ihr sprechen. Und ich möchte die Krankenakte des Jungen, und zwar komplett. Keine Computerausdrucke.« Das wäre ohnehin Zeitverschwendung gewesen, denn so viel Vertrauen in Kathy Mallorys Hackerfähigkeiten hatte Slope schon. Zweifellos hatte sie die elektronischen Dateien für unvollständig und damit sinnlos befunden. »Ich möchte die Originalkrankenakte, die Anamnese des Patienten, Autopsieergebnisse, Fotos … *alles*.«

»Sir, der Junge ist vor fünfzehn Jahren gestorben.« Endlich wandte der Verwaltungsmensch den beiden Polizisten – dem Gesetz – sein lahmes Lächeln zu und versuchte, *ihnen* das Gesetz zu erklären. »Wir sind nur vier Jahre verpflichtet, die Originalunterlagen aufzuheben.«

»Aber *diese* Unterlagen *haben* Sie aufgehoben.« Dr. Slope verschränkte die Arme und lächelte angesichts Dr. Kempers ganz offenbar schlechtem Gewissen, als der sich die verschwitzten Hände an der Hose abwischte. »Sie müssen die Originale irgendwo verwahrt haben. Schätze, der Justitiar des Krankenhauses ließ Ihnen da keine Wahl. Der Anwalt würde seine Lizenz nicht aufs Spiel setzen, indem er die Vernichtung von Beweismitteln zulässt, denn schließlich bestand die zugegebenermaßen geringe Chance, dass ich hier vorbeikomme. Und jetzt möchte ich die gesamten Materialien ohne weitere Verzögerung in den Händen haben. Und zwar *dalli*!«

Die Unterredung wurde in ein Konferenzzimmer des Krankenhauses verlegt. Dieser größere Raum wurde benötigt, um die

Unterlagen zum kurzen Leben und langen Tod Ernest Nadlers auszubreiten. Als der Chefpathologe vom Tisch zurücktrat, begannen Riker und Mallory sich durch die braunen Umschläge und Aktenordner zu arbeiten, beginnend mit dem Protokoll der Notaufnahme von dem Tag, an dem der Junge eingeliefert worden war. Noch hatten die Detectives mit niemandem ein Wort gewechselt.

Es war Edward Slope, der die Vernehmung von Dr. Emily Woods leitete, einer schmalen, angegrauten Frau Ende fünfzig – zu alt, um noch einen neuen Job als Krankenhauspathologin finden zu können. Sie schaute den Tisch entlang, suchte Blickkontakt mit dem Chef der Krankenhausverwaltung, verzweifelt um Bestätigung bemüht.

»Schauen Sie nicht ihn an«, sagte der Chefpathologe. »*Ich* habe es in der Hand, was mit Ihnen passiert.« Er hielt die Sterbeurkunde des Elfjährigen hoch. »Herzstillstand? Wohl kaum. Es gab keine erbliche Vorbelastung.« Mit einer Handbewegung erfasste er die gesamten Unterlagen auf dem Tisch. »Keine einzige Erwähnung einer vorher bestehenden Herzerkrankung. Trotzdem haben Sie diesen Unsinn mitgetragen.« Er setzte sich auf die Tischkante und beugte sich zu ihr. »Sagen Sie mir, ob ich das richtig ausdrücke: Das Herz des Jungen war nur das letzte Organ, was bei ihm versagt hat. Schließlich sterben wir doch alle so, oder? Das Herz … bleibt stehen.«

»Ich wollte die Obduktion nicht machen.« Dr. Woods konnte ihm nicht in die Augen sehen. »Ich habe mich geweigert. Aber dann hat man mir gesagt, die Polizei habe kein Problem damit.«

»Und wer hat Ihnen das gesagt? Oh – Schuss ins Blaue – Ihr Chef, Dr. Kemper?« Edward Slope nahm sich die Pathologie-Fotos eines toten Kindes vor und blätterte sie durch. »Die Augen des Jungen sind auf jedem der Fotos geschlossen. Haben

Sie sich überhaupt die Mühe gemacht, die Lider des Jungen anzuheben und nachzuschauen, ob …«

»Um Himmels willen!« In der Mitte des langen Tisches blickte Riker von seiner Lektüre hoch. »Ihr Typen habt dem Kind die Hände abgehackt? Das haben *Ärzte* getan?«

»Ich kann das erklären«, sagte der Verwaltungschef des Krankenhauses.

»Das will ich hoffen.« Mallory beugte sich zu Dr. Kemper über den Tisch und legte ihm Handschellen an, während ihr Partner das Gleiche bei Dr. Woods tat. »Wir alle fahren jetzt nach Downtown.«

Im Beobachtungsraum saßen auf den erhöhten Sitzen fünf Detectives und ihr Vorgesetzter. Lieutenant Coffey wurde vom Chefpathologen und einem stellvertretenden Bezirksstaatsanwalt mit gelber Fliege flankiert. Jenseits des Einwegspiegels, im erleuchteten Zimmer, saßen Mallory und Riker mit Dr. Emily Woods an einem Tisch und spielten ein brandneues Spielchen. Es hieß Böser-Cop-Guter-Cop-und-lass-jede-Hoffnung-fahren.

»Verabschieden Sie sich schon mal von Ihrer Arztlizenz«, sagte Mallory zu der Krankenhauspathologin. »Das Beste, was Sie tun können, ist, als Kronzeugin aufzutreten. Dann bleibt Ihnen vielleicht das Gefängnis erspart.«

Jack Coffey starrte auf den Einwegspiegel und sprach dabei mit ADA Cedrick Carlyle. »Dr. Woods sagte uns, *Sie* hätten grünes Licht gegeben, die Obduktion im Krankenhaus vorzunehmen.«

»Nein, habe ich nicht.« Der Mann rückte seine gelbe Fliege gerade und zupfte sich einen imaginären Fussel vom Anzug. »Ich habe nie …«

»Ach, nein?« Alle Köpfe drehten sich zu Detective Gonzales, zu dem die zweifelnde Stimme aus dem hinteren Teil des Raums gehörte. »Ich war dabei, als Dr. Kemper vernommen wurde. Er bestätigt die Aussage der Ärztin. Er sagte, die Anweisung sei von Ihnen gekommen.«

»Ganz offenbar ein Missverständnis.« Ohne auf das kleine Licht im hinteren Teil des Raumes zu achten, richtete sich Carlyle an den Lieutenant neben ihm. »Aber dabei ist auch nichts Schlimmes passiert. Ich habe dem Verwaltungschef des Krankenhauses gesagt, dass es keine Morduntersuchung im Falle Ernest Nadler geben wird. Der Fall war gelöst – abgeschlossen. Wie Sie wissen, hatte der Hauptverdächtige gestanden.«

»Den Penner getötet zu haben, ja«, erwiderte Coffey. »Nicht den Jungen.«

»Wir brauchten nur eine Anklage, um Toby Wilder hinter Gitter zu bringen. Teil des Vergleichs, der vor Gericht geschlossen wurde, war, dass der Vorwurf wegen Körperverletzung an dem Kind fallengelassen würde und man ihm nicht den zweiten Mord in die Schuhe schieben würde, wenn der kleine Nadler starb. Der Richter hatte damit kein Problem.«

»Nun, aber wir haben es«, sagte Coffey. »Wir haben zehn Autopsiefotos von einem Kind ohne Hände – keine Fotos vom Tatort. Wer war dafür verantwortlich?«

»Als die Polizei ihn damals fand, war noch alles an ihm dran. Ich glaube, die Körperverletzung hatte ursprünglich als eine Art Streich begonnen.«

»Ein Streich?« Diese ungläubige Stimme kam von Detective Janos, der hinter Carlyle saß und sich jetzt so weit zu ihm vorbeugte, dass der Anwalt seinen Atem spürte. »Das Kind wurde in einen Baum gehängt und dort hängen gelassen – drei verdammte Tage lang ohne Essen, ohne Wasser.«

In der hinteren Reihe sagte ein weiterer Detective: »Ernie wurden die Hände mit Draht gebunden. Keine Durchblutung mehr. Wir wissen, dass seine Hände bereits schwarz wurden, als man ihn abschnitt.«

»Abgestorbenes Gewebe«, sagte Dr. Slope. »Die Hände des Jungen wurden im Krankenhaus amputiert. Selbst wenn Dr. Woods also sturzbetrunken war, als sie das getan hat – und das ist wahrscheinlich der Fall –, musste sie bemerkt haben, dass Ernie Nadler Opfer eines Verbrechens war. Und auch ihrem bescheuerten Chef kann dieses Detail unmöglich entgangen sein. Offenkundig war es Ihre Idee, die Obduktion im Krankenhaus vorzunehmen.«

»Im Rückblick«, erwiderte ADA Carlyle, »kann ich mir jetzt denken, wie die beiden aufgrund unseres Gespräches auf falsche Gedanken kommen konnten. Natürlich hätte der Leichnam des Jungen in die Pathologie gehört. Keine Frage. Da muss es eine Riesenverwechslung im Krankenhaus gegeben haben. Aber Dr. Kemper und Dr. Woods sind wohl über jeden Verdacht erhaben, kriminelle Verschwörer zu sein. Es war einfach nur eine gigantische Dummheit, die sie begangen haben.«

»Nun, danke, dass Sie das für uns geklärt haben«, sagte Jack Coffey.

Chefpathologe Edward Slope lehnte sich in seinen Sitz in der ersten Reihe zurück. »Das zieht Woods und Kemper noch nicht den Kopf aus der Schlinge. Beim Zustand des kleinen Jungen gab es in der Woche, bevor er starb, Zeichen der Besserung. Er war auf dem Wege der Genesung. Die Prognose war gut … und mit seinem Herzen alles in Ordnung. Laut Blutbild konnte er die Infektion durch das nekrotische Gewebe abwehren. Folglich hat ihn auch das nicht getötet.«

Der Lieutenant klopfte an die Scheibe, um seinen Detectives zu signalisieren, sie sollten den Guter-Cop-Teil fortsetzen. Prompt machte Mallory in dem anderen Raum mit den hellen, fluoreszierenden Lampen eine rotierende Handbewegung, Zeichen für Dr. Emily Woods, die Höhepunkte der zuvor geprobten Befragung zu wiederholen.

»Es gab einen weiteren Autopsiebericht«, sagte die Pathologin. »Was Sie hier lesen, ist die korrigierte Version. Ich habe Blutungen in den Augen des Jungen gefunden. Der anwesende Arzt sagte mir, sie seien durch die Medikation bedingt. Dr. Kemper stimmte zu und ließ mich die Zeile entsprechend abändern. Warum die Dinge verkomplizieren, sagte er.«

»Und Sie haben einfach so mitgemacht?«

»Nein, ich wusste, dass die Medikation diese Blutungen nicht verursacht hatte. Manchmal vergessen diese Komiker, dass ich auch Ärztin bin. *Ärztin*, nicht Anwältin. Dieser stellvertretende Staatsanwalt – ich vergesse immer seinen Namen, so ein seltsamer Knabe mit einer gelben Fliege – sagte, der Fall sei abgeschlossen.« Sie breitete die Hände aus. »Abgeschlossen? Na ja, ich wusste, dass das nicht stimmte. Es handelte sich schließlich um kein Verkehrsdelikt.«

»Sie dachten, es sei Mord – aber nicht wegen der Verletzungen«, sagte Riker. »Die Augen des Kindes waren blutunterlaufen.«

»Blutungen«, präzisierte Mallory. »Ein Zeichen für Erstickung. Das könnte man mit jedem Kissen bewerkstelligen, stimmt's? Man hat Ihnen demnach die Anweisung gegeben, einen Mord zu vertuschen. Und das hat Sie nicht gestört?«

Es war eine einzige Schmierenkomödie. Im wirklichen Leben hing diese Pathologin an der Flasche und war eine Quacksalberin, die bestenfalls die forensischen Kenntnisse besaß, die man sich aus den gängigen Fernsehserien aneignen konnte. Als Jack Coffey der früheren, unbegleiteten Vernehmung der Frau beigewohnt hatte, war es Dr. Woods nur seltsam erschienen, dass der Verwaltungsmensch des Krankenhauses sie gebeten hatte, die Worte *petechiale Blutungen* zu ersetzen. Unglücklicherweise hatte sie sich über die gewünschten Änderungen jedoch nicht genügend gewundert, um ihren ursprünglichen Bericht aufzubewahren.

»Zum Glück hat sie den ursprünglichen Bericht aufbewahrt«, sagte Lieutenant Coffey. An jedem anderen Tag hätte es ihn seinen Job gekostet, einen stellvertretenden Bezirksstaatsanwalt an der Nase herumzuführen, aber einen Tatverdächtigen anlügen konnte er, so lange er wollte. »Kemper und Woods stehen unter dem Verdacht der Verabredung. Das Kind wurde eindeutig im Krankenhaus umgebracht.« Er faltete ein Blatt Papier auseinander. »Wir werden die Leiche exhumieren.«

Noch ein Trick, denn der Leichnam des Jungen war bekanntlich eingeäschert worden.

Carlyles Hände verkrampften sich auf der Stuhllehne. Offenbar hatte ihn hier niemand eingeweiht. Und das war vorhersehbar gewesen. Die Entsorgung der sterblichen Überreste des Opfers hätte es nicht einmal bis in die Fußnoten der Akten der Staatsanwaltschaft geschafft. Beim schummrigen Licht des Beobachtungsraumes kniff der Jurist die Augen zusammen, um sich die Exhumierungsanweisung durchzulesen, die vom Chefpathologen unterzeichnet war. Da stand es, Schwarz auf Weiß – dann musste es doch alles stimmen. Coffey lächelte. *Oh, ja.* Dieser Mann war reif. Der ADA hatte dieses *Ach du Scheiße*-Lächeln auf dem Gesicht. Vielleicht dämmerte es Carlyle allmählich, dass eigentlich *er* im Mittelpunkt der Vernehmung stand, doch das würde der Lieutenant nicht dem Zufall überlassen. Er beugte sich zu ihm und senkte die Stimme. »Gibt es etwas, das Sie mir sagen möchten?«

Der Jurist blickte auf. Auf der anderen Seite des Einwegspiegels war der Verhörraum leer. Die Show war vorüber. Carlyle hatte auch nichts einzuwenden, als der Lieutenant ihn am Arm nahm und in den Verhörraum führte. Vier Detectives standen dort, an die Wand gelehnt. Dann trat der Rest des Dezernats hinzu. Riker und Mallory waren die Letzten, die hereinkamen. Langsam schloss sich der Kreis der Detectives um den Lieutenant und Carlyle. Das Getrappel der Schuhe brach abrupt ab, und es war nur noch das Ticken einer altmodischen Taschenuhr zu hören, die man sich von Mallory geliehen hatte.

Zehn Sekunden. Zwölf. Dreizehn, vierzehn.

Vernehmungsbeamter und Verdächtigter saßen sich wie in einem Wettstreit am Tisch gegenüber. Jack Coffey würde nicht derjenige sein, das als Erster das Wort ergriff.

»Die Dinge scheinen aus dem Ruder gelaufen zu sein«, sagte der stellvertretende Bezirksstaatsanwalt.

»Jemand hat Ernest Nadler umgebracht und ist damit davongekommen«, sagte Coffey. »Und Sie haben dabei geholfen, es zu vertuschen.«

»Niemand ist mit irgendwas davongekommen. Der Mörder hat in Spofford gesessen.«

»Dafür, dass er einen Penner umgebracht hat, nicht einen kleinen Jungen.«

»Mit dem Penner hatte es nur *angefangen*! Haben Sie das noch nicht begriffen? Es ging immer um den Penner! Sie sollten mit Rocket reden …« Carlyle schüttelte den Kopf und machte eine kleine Handbewegung, als wollte er den herausgerutschten Spitznamen wegradieren. »Rolland Mann wird mir hier den Rücken stärken. Der kleine Nadler wurde aufgehängt und sich selbst überlassen, bis er starb, weil er gesehen hatte, wie Toby Wilder diesen Penner umbrachte. Die Chance, dass er das falsche Kind identifiziert hat, besteht nicht. Sie gingen auf dieselbe Schule. Und es gab noch drei weitere Zeugen. Sie alle haben Toby des Mordes an dem Penner bezichtigt – und fünfzehn Jahre später hängt jemand diese drei im Ramble auf. Toby ist der Hungerkünstler. Er hat sich gerächt, weil er …«

»Zum Teufel mit dem Hungerkünstler«, sagte Jack Coffey. »Dieser Fall beschäftigt uns heute nicht. Toby saß schon im Gefängnis, als der kleine Nadler in seinem Krankenhausbett ermordet wurde. Können Sie uns das erklären, Herr Anwalt?«

»Na gut«, erwiderte Carlyle. »Und wenn nun die anderen Zeugen gelogen haben, was Toby und den Penner betrifft? Dann funktioniert meine Theorie sogar noch besser. Nehmen wir an, Ernest Nadler wusste, dass sie logen? Vielleicht hatte er ja gedroht, die drei Kids zu verpetzen. Und sagen wir auch, Ernies kleine Klassenkameraden kamen zu ihm ins Krankenhaus, um ihm einen Besuch abzustatten.«

Coffey stieß sich vom Tisch ab. »Dann wollen Sie damit also andeuten, die *Kids* haben Ernie Nadler umgebracht?«

»Der Wachposten vor dem Krankenzimmer hätte doch Kinder bestimmt nicht verdächtig gefunden«, sagte der ADA. »Vielleicht war *das* ja die Vertuschung.«

»Aber nicht die Vertuschung, die zu Ihrem Deal gehörte«, sagte Coffey.

»Und für die Sie bezahlt wurden«, sagte Mallory vom hinteren Teil des Zimmers aus.

Guter Schuss. Carlyle war einen Moment lang erstarrt. Dann zog eine steife Hand an seiner Fliege, als säße sie heute doch einen Tick zu eng.

Mallory trat an den Tisch und log heute zum ersten Mal. »Wir *wissen,* was Sie den Eltern gesagt haben.« Sie beugte sich zum Ohr des Staatsanwalts hinab, um ihren Bluff zu Ende zu bringen. »Sie haben den Nadlers gesagt, ein Schüler der Driscol School sei für den Angriff auf Ernest festgenommen worden. Aber Sie haben ihnen nie gesagt, es sei Toby Wilder gewesen. Das hätte für die Eltern nämlich keinen Sinn ergeben. Die *wussten,* dass ihr Sohn diesen Jungen nie des Mordes an dem Penner beschuldigt hätte … und Sie wussten das auch.«

Das winzige Zucken um Carlyles Mund war Bestätigung und Beichte genug. »Ich durfte den Nadlers keine Einzelheiten preisgeben«, sagte er. »Bei jugendlichen Straftätern bleiben die Akten unter Verschluss.«

»Und das haben die geschluckt?« Jack Coffey lächelte. Es überraschte ihn immer noch, wie sehr sich Mallorys Lügen bewahrheiteten. »Nun, ich schätze, die Eltern waren damals etwas abgelenkt. Vielleicht haben sie sich gefragt, was sie machen sollten, wenn ihr Junge noch mal aufwacht – und die Amputation bemerkt.«

»Doch dann«, warf Mallory ein, »nachdem Ernie im Krankenhaus umgebracht worden war – lösten sich alle Ihre Probleme mit dem getürkten Fall von Toby Wilder.«

»Ich will einen Anwalt«, sagte der Anwalt.

EINUNDDREISSIG

Ich weiß, der Direktor glaubt mir. Er wird ein bisschen blass, als ich ihm in seinem Büro meine Geschichte erzähle. Ich sitze zwischen meinen Eltern. Meiner Mutter scheint Mord peinlich zu sein, und ich bin mir sicher, mein Vater ist von mir enttäuscht, weil ich die Mörder des Penners verpetzt habe. Der grinsende Detective steht stumm am Fenster.

Der Direktor weiß, dass ich die Wahrheit sage, aber er war auch mal ein Lehrer, einer von denen, die taub und blind sind. Schätze, deshalb versucht er, mich nicht zu hören, schüttelt den Kopf, schüttelt das, was ich sage, ab. Und sobald ich weg bin, wird er wahrscheinlich auch vergessen haben, dass er mich überhaupt gesehen hat, als ich noch am Leben war.

ERNEST NADLER

»He, Mann, Sie sind früh dran.« Chick Dolan lächelte und bat den Detective mit einem Winken in sein Loft in Chelsea.

»Tolle Bude.« Riker hatte nicht geahnt, dass es so viel Geld einbrachte, Arrangements für Musicals zu schreiben. Die Preise für Wohnraum wurden in New York daran gemessen, wie hell er war, und die Seite zur Straße war fast komplett verglast. Keine inneren Wände; die Räume zum Schlafen und Wohnen, zum Billardspielen – und für die Arbeit – wurden nur durch Möbelstücke definiert. Riker bewunderte das Grand Piano. Gerade wollte er fragen, was denn aus Toby Wilders Noten für eine Jazz-Symphonie geworden war, als Chick ihm zuvorkam.

»Hier ist sie.« Chick reichte ihm eine gebrannte CD. »Keine

schicke Studioaufnahme, nur ein mieser Mitschnitt während des Probentermins. Aber das hier ist tatsächlich Ihre Musik, und jetzt weiß ich auch wieder, zu wem diese Riffs gehören. Darauf hätte ich neulich im Birdland kommen sollen. Ich werde alt.« Er spielte ein paar Töne auf dem Piano. »Dieser Junge – na ja, er wird kein Junge mehr sein, vielleicht fünfzig oder so. Ich kannte ihn nicht gut, und ganz sicher kannte ich ihn nicht lange – nur seinen Stil. Er war Studiomusiker, wenn er nicht in Clubs spielte. Und auf mindestens zehn dieser Alben wird er namentlich genannt.« Chick zeigte auf das große, freistehende Bücherregal hinter ihnen.

Riker pfiff durch die Zähne. Dort standen genügend CDs, altmodische Kassetten und betagte Vinylplatten, um eine kleine Musikbibliothek aufzumachen.

»Zu den besten von denen werden Sie keine Niederschrift der Noten finden«, sagte Chick. »Dieser Typ konnte gar keine Noten lesen. Er spielte alles nach Gehör und aus dem Bauch. Es sind Improvisationen zu einem Thema, aber nur vom Feinsten, und deshalb schimmert sein ganz eigener Stil immer durch. Jess hat die Szene vor zwanzig Jahren verlassen. Damals spielte er besser Saxofon als jeder andere auf dem ganzen Planeten. Jetzt auf dem Piano würde ich sagen, er war schlicht und ergreifend der Wahnsinn.«

Riker nahm die CD in die Hand. »Dann hat er also die Flatter gemacht?«

»Sie meinen, er hat sich abgesetzt? Schön wär's. Nein, Jess war noch jung, als seine Flamme erloschen ist, und dann hat er sich dem Suff ergeben. Das Letzte, was ich gehört habe, war, dass er auf der Straße gebettelt hat, aber das ist Ewigkeiten her. Tut mir leid, Mann. Sie sind wohl gerade in einer Sackgasse gelandet.«

Charles Butler öffnete die Tür zu seiner Wohnung, um den zweiten Gast des Tages zu begrüßen – den Detective, der *nicht* sauer auf ihn war.

Als Riker das Wohnzimmer betrat, warf Mallory ihm einen irritierten Blick zu. *Immer zu spät.* Ihr Partner machte ein Friedensangebot und hielt ihr eine gebrannte CD hin. »Chick Dolans Kumpel haben die Musik aufgenommen, und es war nicht komplett umsonst.« Er lächelte, wartete möglicherweise auf ein Zeichen des Interesses. Doch er gab die Idee schnell wieder auf und reichte Charles die Abschriften der Noten von Toby Wilders Wand. »Chick hat all die eindeutig zuzuordnenden Passagen unterstrichen. Und er hat mir ein …«

»Du unterbrichst uns«, sagte Coco.

»Tut mir leid, Kleines.« Riker gab Charles die CD und setzte sich dann zu seiner Partnerin auf die Couch, um geduldig Cocos Erklärung zuzuhören, wie eine katzengroße Ratte sich so klein machen konnte, dass sie durch ein Loch von der Größe eines Vierteldollars passte.

Charles öffnete die Tür zu einem Schrank aus dem achtzehnten Jahrhundert, in dem sich eine Stereoanlage aus dem einundzwanzigsten Jahrhundert befand, die sogar seine archaischen Vinylplatten abspielen konnte. Es war Mallorys einziges Geschenk elektronischer Art, das er wirklich mochte und benutzte. Mallory hatte sein gesamtes Apartment verkabelt, sodass er überall Musik hören und sich, umgeben von Sonaten und Symphonien, frei durch die Wohnung bewegen konnte. Charles legte Rikers CD ein, wartete jedoch mit dem Drücken des Play-Knopfes, bis Coco ihren Vortrag über die Kompressionsfähigkeiten einer Ratte beendet hatte.

»Tut mir leid, dass ich so spät bin«, sagte Riker. »Ich hab einen Zwischenstopp beim Standesamt gemacht.« Er beugte sich über Coco hinweg und reichte seiner Partnerin ein Blatt Papier.

»Das hier ist die Geburtsurkunde von Toby Wilder. Der Vater des Jungen war Jess Wilder, ein *erstklassiger* Saxofonspieler.« Er wandte sich an Charles. »Chick sagt, der Stil ist eins zu eins Jess, aber der Typ konnte weder Noten lesen noch sie schreiben. Und er hat immer nur die Musik anderer Leute gespielt.«

Charles drückte auf Play. »Dann hat Toby diese Musik hier komponiert.« Er blätterte in den Noten und schaute sich alle hervorgehobenen Passagen an. »Aber der Einfluss des Vaters ist überall.«

Und jetzt konnte er es auch hören – überall um ihn herum.

Ein Saxofon begann mit einer Kaskade von Tönen, dann stimmten die anderen Instrumente ein. Aus den Lautsprechern an den Wänden kam ein perfekt ausgeglichener Sound, das Schlagzeug von der rechten Seite, die Streicher von der linken. Weich wie ein Schatten folgte das Piano dem Saxofon durch das Klanggewebe, das den ganzen Raum erfüllte.

»Auch wenn der Vater nun ein Genie war …« Charles hielt inne, als die Musik wilder wurde, wie eine ungezähmte Landschaft aus Streichern und Bläsern. »Ein Mann, der keine Noten beherrscht, kann auch keine Orchestrierung für fünfzig Instrumente schreiben. Das ist das Werk seines Sohnes.«

Charles' Gedanken drifteten ab, und den anderen ging es ebenso. Sie hörten sich den Rest des Werkes an, warteten auf ein Crescendo. Die Spannung stieg und stieg, und sie war köstlich – jetzt, *jetzt gleich*. Mit erhobenem Kinn warteten sie, alle vier, warteten darauf, Zeugen zu werden, wie die hohen Töne zu Boden krachten. Doch dann driftete die Musik ab, verebbte zu einem Solo des Saxofons, das mitten in der Phrase abrupt abbrach. Das Piano beendete sein Thema.

Diese bewusste Abkehr von den logischen Abläufen von Musik ähnelte einem Trotzen der Schwerkraft. »Schön – und *originell.*«

Charles kramte in einer Schublade und kam mit den polizeilichen Fotos von der Notenschrift an der Wand zurück. Er legte sie vor die Detectives auf den Couchtisch und zeigte auf die Stellen, wo Passagen übermalt und neu beschrieben worden waren. »Toby hat das Rückgrat der Partitur verändert – die Melodie, die ihr zugrunde liegt. Man kann den kreativen Prozess buchstäblich sehen.«

Doch jetzt sah er auch, dass Mallory die Kurzfassung wollte. Nach langen Jahren des Trainings genügte es, dass sie eine Hand hob, um ihm zu verstehen zu geben, er solle gleich zur Hauptsache kommen – zu etwas, das ihre Ermittlungen weiterbrachte.

»Es ist kein Nachfolgewerk«, sagte Charles. »Es ist buchstäblich die Vereinigung von Vater und Sohn. Ich glaube, Jess Wilder war immer noch in Tobys Leben, als der Junge in Spofford einsaß.«

»Wenn der Vater das Saxofon ist«, sagte Coco, »dann ist er tot.« Wie auf Kommando wandten sich alle Blicke dem kleinen Mädchen zu, für Coco das willkommene Stichwort zu einem kleinen Vortrag. »Es ist eine Geschichte«, sagte sie und wies auf die Stereoanlage. »Spielt noch mal den letzten Teil.«

Mallory ging zur Anlage hinüber und setzte die Musik einige Takte zurück. Jetzt spielten wieder alle Instrumente zusammen, und Coco sprang auf und nahm ihren Platz auf der Bühne ein. Sie schloss die Augen, reckte das Gesicht nach oben und öffnete die Hände, als wollte sie Regen auffangen. Vermutlich kann sie buchstäblich sehen, wie die Musik über sie hinwegschwappt, kam es Charles in den Sinn.

»Hört ihr das?« Coco öffnete die Augen. »Da stimmt was nicht mit dem Saxofon.«

»Das ist ein stilistischer Effekt«, sagte Charles.

Die Kleine schüttelte heftig den Kopf. Es war wie ein Nein und eine Warnung zugleich. »*Nein*, das Saxofon ist *krank*.«

Erst jetzt fiel Charles auf, dass das gar kein Gespräch war, sondern dass er Coco in ihrer kleinen Showeinlage unterbrochen hatte. »Tut mir leid.« Er setzte sich neben die beiden anderen Zuhörer des Kindes auf das Sofa.

»Es erzählt eine Geschichte über das Saxofon.« Jetzt näherte sich das Zusammenspiel der Instrumente seinem Ende, und Coco stocherte mit dem Finger in der Luft herum, als sähe sie die Noten vorbeiflattern. »Das ist die Stelle, an der das Saxofon stirbt.« Jetzt war nur noch ein Instrument zu hören. Das Piano spielte ein samtweiches Solo. »Jetzt ist es ganz, ganz allein. Das Piano hat das Saxofon geliebt, und jetzt weint es.«

»Blumen«, sagte Mallory. »Tobys Blumen.«

»Wie bitte?« Als Charles den Kopf drehte, sah er nur noch den Rücken der Polizistin, die auf den Flur hinausschlüpfte und zur Tür ging. Coco lief Mallory hinterher, um sie zum Abschied zu umarmen, verzögerte damit aber nur kurz ihre Flucht. Dann folgte Riker seiner Partnerin.

Die Detectives saßen sich an ihren Schreibtischen gegenüber und durchforsteten das Material, das sie in ADA Carlyles Haus und Büro sichergestellt hatten. Sie suchten nach Blumen.

Riker fand das ursprüngliche polizeiliche Aufnahmeprotokoll für Toby Wilder, Alter dreizehn. »Hier steht was unter Tattoos und unveränderliche Kennzeichen. ›Linker Arm. Nummern‹. Alles danach ist ausgestrichen.« Er schaute sich die überkritzelten Zeilen genauer an. »Wie viel wettest du, dass der aufnehmende Beamte erst da gemerkt hat, dass der Junge es mit einem Stift hingemalt hatte? Sagen wir, Toby hat einen Stift, aber kein Papier, also schreibt er Zeug auf seinen Arm. Das machen wir alle.«

»Ich nicht«, erwiderte Mallory.

Riker betrachtete die ausgestrichenen Nummern, die man fälschlicherweise für das Tattoo eines Kindes gehalten hatte.

Einige der Schriftzeichen waren noch teilweise sichtbar. »He, die hier endet mit einem Buchstaben.« Er reichte ihr das Aufnahmeprotokoll. »Kannst du das erkennen?«

Sie hielt das Papier ins Licht ihrer Schreibtischlampe, in der eine nackte Birne steckte. »Sieht aus wie die Nummernfolge von einer dieser Erkennungsmarken, die man früher Toten an die Zehe gebunden hat. Das ganze Datum kann ich nicht entziffern, aber die Buchstaben – das ist eine Ortsangabe von Potter's Field.«

»Der Friedhof der Namenlosen auf Hart Island? Dort haben sie bestimmt den Penner bestattet«, sagte Riker. »Also war Toby im Leichenschauhaus. Und er ist ihm nahe genug gekommen, um die Nummer auf seiner Erkennungsmarke zu lesen.«

Mallory blätterte in Carlyles konfiszierten Unterlagen. »Wenn Toby den toten Penner gesehen hat, dann hat der Junge jedenfalls keine formelle Identifizierung vorgenommen. In diesem Fall hätte das Leichenschauhaus dem ADA das entsprechende Formular geschickt, und das ist hier nirgendwo.«

»Okay«, sagte Riker. »Aber der Junge *war* im Leichenschauhaus. Nur so konnte er eine Erkennungsmarke sehen. Sie ist zu lang, um sie sich zu merken – folglich hat Toby sie rasch auf dem Arm notiert, als gerade niemand hinschaute.« Das sagte er auf die Möglichkeit hin, dass seine Partnerin ihm *tatsächlich* zuhörte. »Das kann nur passiert sein, *bevor* Toby zu dem Angriff auf den kleinen Nadler verhört wurde. Danach war er festgenommen.«

»Dreh- und Angelpunkt sind die Blumen.« Mallory starrte auf ein Dokument aus der Akte. »Und da sind sie wieder. Toby brachte Blumen zum Ramble. So wie es hier steht, hat er sie an der Stelle niedergelegt, wo der tote Penner gefunden wurde. Wenn das stimmt, dann sieht es so aus, als wäre Toby Zeuge dieses Mordes gewesen. So wusste er, wo er die Blumen ablegen sollte.«

»Oder Toby hat ihn getötet«, sagte Riker. »Und vielleicht hat ja auch er den kleinen Nadler aufgehängt. Hast du Carlyle geglaubt, als er sagte, Ernest Nadler sei Zeuge bei dem Mord an dem Penner gewesen?«

»Wer weiß? Falls es jemals eine Zeugenaussage gab, dann weißt du ja, dass sie vor fünfzehn Jahren in den Reißwolf kam.«

»Genau.« Riker stützte die Ellbogen auf den Schreibtisch und legte den Kopf in die Hände. »Und wir können Rocket Mann immer noch nicht festnageln. Chief Goddard macht uns die Hölle heiß, wenn wir ihm nichts gegen den Scheißkerl bringen. Wir sitzen in der Tinte.«

»Vielleicht auch nicht.« Mallory drehte ihren Laptop herum, um ihm eine Seite aus den Archiven der New Yorker Polizei zu zeigen. »Ernest Nadler hing mindestens drei Tage im Baum … aber es gab keine Vermisstenanzeige. Weder zentral noch auf einer Wache.« Sie lächelte. »Der Junge kommt eines Tages nicht von der Schule nach Hause. Nach ein paar Stunden machen sich die Eltern Sorgen. Es ist Zeit zum Abendessen, es wird Nacht, nichts. Es gibt keinerlei Anhaltspunkte dafür, dass sie jemals bei der Polizei angerufen haben. Aber eigentlich mögen die meisten Eltern ihre Kinder doch. Und daher weiß ich, dass sie den ganzen Weg zur nächsten Polizeiwache zu Fuß gelaufen sind – bis zur Upper West Side.«

»Und das war Rocket Manns Polizeidienststelle, als er noch Detective war. Dieses Arschloch – wahrscheinlich hat er die Unterlagen getürkt.«

»Trotzdem, die Eltern lassen nicht locker«, sagte Mallory. »Tage vergehen. Vielleicht schickt Mann seine Uniformierten aus, damit sie in der Nachbarschaft an ein paar Türen klopfen. Die Nadlers werden halb verrückt. Irgendwann, einfach um ihnen den Mund zu stopfen, macht Detective Mann ein bisschen seine Arbeit, checkt, mit wem der Junge sich herumtrieb, seine Freunde. Und so kommt er irgendwie auf den Ramble.«

»Na gut, das erklärt, warum er an Ort und Stelle war, als man Ernie oben in dem Baum hängend fand.« Riker hob fragend eine Hand. *Richtig so?*

»Jetzt noch mal einen Schritt zurück«, sagte Mallory. »Was, wenn es einen Grund dafür gab, dass Mann die Eltern eines vermissten Kindes verarschte? Vielleicht war es ja gar kein Zufall, dass die Nadlers ihren Jungen ausgerechnet auf dieser Dienststelle vermisst meldeten? Kannten sie Detective Mann bereits?«

»*Bevor* ihr Sohn verschwand? Du denkst, Mann war auch der Polizist, der Ernies Aussage über den Mord an dem Penner aufnahm?«

»Ich weiß, dass er es war.« Mallory zeigte auf eine markierte Textpassage auf dem Bildschirm. In dem alten Eintrag wurde Rolland Mann als derjenige Detective benannt, der mit dem Fall eines namenlosen Obdachlosen betraut gewesen war. »Wenn Ernie eine Aussage machen wollte, hätte er das bei dem Cop getan, der den Fall betreute. Dann wären die Eltern mit ihrem Sohn auf der Wache gewesen … und das war das erste Mal, dass sie Rocket Mann begegnet sind.«

»Und als dann später ihr Junge vermisst wird, bitten die Nadlers den einzigen Bullen um Hilfe, den sie kennen.«

Rolland Manns Frau setzte sich im Bett auf. Sie verließ das Bett und das Zimmer. Seit einiger Zeit schien Annie eine innere Uhr dafür zu haben, wann genau die unheimlichen Stunden kamen, in denen sie Angst davor hatte zu schlafen – Angst vor ihm. Wenn der Morgen anbrach, fand er sie dann auf der Couch liegend vor, wo sie sich sicher fühlte – sicherer. Dieses Verhaltensmuster hatte mit der ersten Morgenzeitung begonnen, in der es ein neues Puzzleteil zu einem sehr alten Puzzle gegeben hatte. Vielleicht wusste Annie bereits, was er getan hatte.

Doch fünfzehn Jahre waren vergangen, und sie war immer

noch am Leben. Welchen Liebesbeweis wollte Annie denn noch?

Heute Nacht kein Schlaf.

Rolland streckte die Hand nach dem Nachttisch aus, nahm sein Handy und schaltete es ein, um zu schauen, ob er neue Nachrichten hatte. Zehn davon hatte ADA Carlyle hinterlassen. Und gerade eben kam ein neuer Anruf von ihm. Er hielt das Telefon an sein Ohr. »Ja? Was für eine Zeugenaussage? … Sie Volltrottel. Die haben Sie reingelegt. Was haben Sie denen alles gesagt?« Er schaute auf das erleuchtete Display seines Weckers. Genau in diesem Moment würden die Detectives der Special Crimes Unit den jüngsten Anruf eines verängstigten ADA registrieren, der versuchte, ihn zu erreichen – in der Geisterstunde.

Phoebe Bledsoe lag in ihrem Bett und lauschte. Ihre Augen huschten von Fenster zu Fenster.

Klick, klick. Was war das? Ihre Bettdecken glitten zu Boden, als sie hochfuhr und kerzengerade im Bett saß. Nein. Das war das Summen der Eismaschine in ihrem Kühlschrank. Mehr Würfel fielen mit leisem Klicken in den Plastikbehälter. Phoebe legte sich in ihr Kissen zurück. Dann hatte sie sich mal wieder alles nur eingebildet – darin war sie ziemlich gut. Trotzdem wurde sie die Angst nicht los, dass da draußen jemand war.

Und hier drinnen war Dead Ernest bei ihr, eine kleine Leiche, die neben ihr in der Dunkelheit lag.

»Ich hab mich auf dich verlassen«, sagte er. »Ich dachte, du würdest mich holen … ich hab gewartet. Ich hab ausgeharrt, *deinetwegen.*« Dead Ernest rückte näher und flüsterte ihr ins Ohr: »Du bist *auch* eine Zeugin. Jetzt ist Willy irgendwo da draußen.« Er nickte in Richtung Fenster. »Ich höre Schritte. Jetzt kommt sie, um dich zu holen. Jetzt weißt du, wie sich das anfühlt.«

Der größte Makel an ihrem hausgemachten Gespenst war, dass es kein Herz hatte. Dieser Doppelgänger hatte nur vage Ähnlichkeit mit ihrem alten Freund. Selbst seine Art zu lächeln hatte nichts von Ernie. Doch was, wenn der wirkliche Junge, das Kind, das noch am Leben gewesen war, *tatsächlich* darauf gehofft hatte, dass sie kommen würde – um ihn zu retten?

Man hatte ihr nie erlaubt, Ernie während seines einmonatigen Komas zu besuchen. Humphrey hatte ihr gesagt, warum: »Mom und Dad wollen nicht, dass du weißt, dass sie ihm die Hände abgehackt haben.« Weil Phoebe das nur für eine der üblichen Gemeinheiten ihres Bruders gehalten hatte, hatte sie es ihm damals nicht geglaubt. Damals nicht. Doch weil sie ein unsichtbares Kind war, das von niemandem wahrgenommen wurde, hatte sie schließlich doch Mittel und Wege gefunden, um Ernie in seinem Krankenhauszimmer zu besuchen.

Bis zum heutigen Tag erlaubte Phoebe Dead Ernest nicht, seine Phantomhände aus den Hosentaschen zu ziehen – und zu entdecken, was sie ihm während seines langen Schlafes angetan hatten.

Ganz leise trommelte es an die Fensterscheibe. In einem kleinen, noch von Vernunft geprägten Winkel ihres Oberstübchens wusste Phoebe, dass es nur der Zweig eines Baumes im Wind war. Sie stand auf und zögerte einen Moment, bevor sie den Vorhang ein Stückchen beiseitezog, um durch den Spalt zu spähen.

Vor Schreck blieb ihr die Luft weg, und sie verlor das Gleichgewicht, fiel zu Boden und riss den Vorhang mitsamt der Stange mit sich. Willy Fallons Gesicht presste sich gegen das Glas, so fest, dass es nur noch eine verzerrte Masse war.

Phoebe schrie wie am Spieß.

Willy lachte.

ZWEIUNDDREISSIG

Aggy die Beißerin zerrt am Kragen meines Hemdes. Vielleicht will sie ihr jüngstes Werk bewundern, doch seit dem Tag des Klassenfotos sind die Bissspuren verblasst. Als sie diesmal drohen, mich umzubringen, weise ich sie darauf hin, dass sie das das ganze Jahr über tun. Ich weiß ja, dass sie mich dann umso schlimmer verprügeln werden, aber ich kann einfach nichts dagegen tun – Sarkasmus ist meine beste Superkraft. Humphrey kichert nur und geht mit den Mädchen davon.
Den ganzen Tag über warte ich darauf, dass sie kommen und mich holen. Es vorher zu wissen – das ist das Allerschlimmste.

ERNEST NADLER

Phoebe Bledsoe lag auf den Knien und schrubbte die mit Leuchtstift geschriebenen Worte von der Tür ihres Cottages. Nur vier Wörter – und Willy hatte es trotzdem geschafft, zwei Rechtschreibfehler zu machen. Die hingekritzelte Nachricht *DU BISST DIE NECHSTE* war jetzt kaum mehr zu sehen, doch nur eine frische Lage Türlack würde sie ganz verschwinden lassen.

Phoebe ließ erschrocken den Schwamm fallen, weil sie hinter sich Schritte hörte, die sich näherten.

»Bin bloß ich.« Mr. Polanski hatte das Ende des Gartenwegs erreicht. Ein Schlüsselbund baumelte an seiner Gürtelschlaufe, als er neben ihr in die Hocke ging. »Ich hab den Direktor in seinem Ferienhaus angerufen. Er will nicht, dass ich das Schloss des Gartentors auswechsele. Er sagt, es hat Altertumswert. Na, Sie wissen ja, wie man in der Schule zu wirklich alten Dingen steht. Ich habe also gar nicht erst gefragt, ob ich an dem Tor eine Kette und ein Vorhängeschloss anbringen darf… Bestimmt hätte der Direktor Nein gesagt.« Der alte Wachmann lächelte und hielt ein Schlüsselchen in die Höhe. »Der gehört zu Ihrem neuen Vorhängeschloss, Miss Phoebe.« Dann reichte er ihr einen weiteren. »Das ist der Ersatzschlüssel. Beide haben nur Sie. Fühlen Sie sich jetzt sicher?«

War das so? Würde sie sich jemals sicher fühlen?

Dr. Slope war nicht zu sprechen, doch an diesem Morgen hatte ein eher umgänglicher Pathologe Dienst. Mallory stand vor ihm, die Hände in die Hüften gestützt, was ihre Art war zu sagen: *Geben Sie's auf.* Und der Mann sprach sehr gut auf Einschüchterung an – weniger Arbeit für die Detectives.

»Es ist nicht da.« Der junge Arzt blickte auf seinen Computerbildschirm. »Keine Sterbeurkunde unter diesem Namen, kein Aktenzeichen.«

»Na schön, Kumpel«, meinte Riker. »Sagen wir, wir suchen nach einem toten Penner. Wir nehmen alles, was Sie von dem Tag zu bieten haben.« Das Datum, das sie ihm gegeben hatten, passte genau zum Tod eines Obdachlosen im Ramble, zum unidentifizierten Mordopfer aus Toby Wilders Deal vor Gericht.

Der Mann im Laborkittel scrollte den Bildschirm herunter und hielt dann inne. »Da ist es. Es gibt eine einzige Leiche, die passt. Kein Name, nur eine Nummer. Die Leiche wurde im Central Park gefunden.« Er tippte etwas ein, um Autopsiefotos hochzuladen. »Aha, zwei Dinge sind seltsam. Es besteht eine ziemliche Lücke zwischen dem Zeitpunkt, als der Unbekannte gefunden wurde, und dem, als der Papierkram fertig war. Und sehen Sie, hier? Diese Bilder zeigen Spuren von schweren Prügeln, doch der Leichnam wurde nie geöffnet.«

»Das kann ja wohl nur ein Scherz sein.« Riker beugte sich

näher zum Bildschirm, wo ein übel zugerichteter Leichnam zu sehen war. »Der Typ ist bloß noch Hackfleisch. Er wurde Opfer eines Mordes.«

»Ja, Sir, das stimmt. Genau so steht es auch da.«

Mallory bedeutete dem Pathologen mit einem Winken, ihr Platz zu machen. Sie schlüpfte auf seinen Stuhl und klickte sich durch alle Bilder. »Keine guten Fotos vom Kopf. Er ist voller Blut. Mit diesen Fotos können wir ihn nie identifizieren. Warte mal. Schau dir das an.«

Riker starrte auf die Nahaufnahme einer Fleischwunde. Neben der Leiche lag ein Skalpell, das einzige Mittel, um die Größe der Wunde zu erfassen. »Eine Bisswunde.«

Mallory nickte. »*Kleine Zähne*. Die Kids haben den Penner um die Ecke gebracht.«

Riker wandte sich an den Pathologen. »Warum die schlampige Autopsie? War ein Obdachloser die Zeit nicht wert?« Er zeigte auf den Bildschirm. »Hat das niemand für seltsam genug gehalten, um genauer hinzuschauen?«

»Wir wollen eine Exhumierung«, sagte Mallory. »Und zwar *sofort*.«

»Dann wollen Sie beide also meine Abteilung verleumden?« Auf einmal war der Chefpathologe doch verfügbar.

Kathy Mallory stand neben dem Computer in Edward Slopes privatem Büro. »Ich brauche Ihr Passwort, um die Autopsiefotos hochzuladen.«

»Klar brauchen Sie das«, sagte der Doc, sarkastisch bis ins Letzte.

Sein junger Assistent nahm an der Tastatur Platz, offenbar unter dem Eindruck, die Polizistin brauche wirklich Hilfe.

Als die Datei gefunden und kopiert war und der ganze Vorgang ausgedruckt auf Slopes Schreibtisch lag, überflog Slope rasch das Deckblatt. »Die Autopsie wurde von Dr. Costello vorgenommen, der nicht gerade zu den besten Pathologen gehörte, die ich je hatte. Der ist nicht lange geblieben.« Und die Datei war nur kurz. Ein paar Minuten später blickte er von seiner Lektüre auf. »Mit den Befunden der Blutwerte habe ich keine Probleme. Eine Säuferkarriere passt ausgezeichnet zu der Anmerkung, das Opfer habe wie eine ganze Brauerei gerochen. Der Promillewert ist wahrscheinlich der höchste, den man haben kann, um sich gerade noch auf den Beinen zu halten.« Als Nächstes schaute er sich die Fotos der Leiche an. »Offenbar wurde er zu Tode geprügelt. Das ist hier recht gut dokumentiert.«

Er stand von seinem Schreibtisch auf und stellte sich hinter den jüngeren Pathologen am Computer. »Raymond, zeigen Sie mir doch mal unseren Kalender von dem Tag.« Slope bückte sich und spähte auf den Bildschirm. »Als diese Leiche untersucht wurde, hatten wir nach einer Schießerei in einem Nachtclub vier Tote hier. *Diese* Opfer haben jedenfalls eine komplette Obduktion bekommen. Aber dann hatten wir auch noch drei aufrechte Steuerzahler, die bei einem Verkehrsunfall getötet wurden. Der mit dem abgetrennten Kopf fuhr ein BMW-Cabrio. Könnte es eine offensichtlichere Todesursache geben? Nein, wohl nicht. Und dieser gut betuchte Kopflose bekam nicht mehr Aufmerksamkeit als Ihr Lieblingspenner.« Edward Slope lächelte, während eine weitere Verschwörungstheorie sich in Asche verwandelte.

Mallory beugte sich über seinen Schreibtisch und breitete die Autopsiefotos aus, bis sie das Bild gefunden hatte, das ihr am besten gefiel. »Also … wenn Sie das hier selbst geleitet hätten … wenn Sie diese kleinen Bissspuren gesehen hätten.« Sie ließ den Rest ihrer Frage unausgesprochen.

Slope betrachtete es genauer. »Sehr *kleine* Bissspuren, vom

Gebiss eines Kindes.« Er ging alle Fotos durch, nahm sich mehr Zeit. »Habe ich nicht erwähnt, dass Dr. Costello nicht gerade das hellste Licht in unserer Abteilung war?« Er legte die Fotos hin. »Um Ihre Frage zu beantworten – ich hätte eine vollständige Obduktion gemacht und alle Register gezogen.« Offenbar hatte er die Inkompetenz seines ehemaligen Pathologen unterschätzt. Wie konnten dem Mann die Besonderheiten an diesem ungewöhnlichen Mordopfer entgangen sein? Und die Antwort? Sie lag in der Formulierung *»Riecht wie eine ganze Brauerei«* und der eindeutigen Zuordnung des Unbekannten: Obdachloser. Als könnte allein das schon eine nur dreiminütige Autopsie an einem stressigen Tag rechtfertigen, der ihnen einige ehrenwertere Leichname auf den Obduktionstischen beschert hatte. »Das ändert nichts an der Tatsache, dass Ihr Penner zu Tode geprügelt wurde. Und Sie wissen, dass die Identifikation von Bissspuren weit überschätzt wird.«

Kathy Mallory legte ihm das Foto eines lächelnden Schuljungen in Blazer und Krawatte vor – der den teilweisen Abdruck eines Gebisses am Hals hatte. »Ich sage, das passt genau. Hätte sich Ihr Doc hier die Mühe gemacht, die Bissspuren eines Kindes am Körper des Penners in seinem Bericht zu erwähnen, dann hätte der Fall nie vertuscht werden können, von einem jungen Detective wie …«

Edward Slope hob die Hand, Zeichen dafür, dass es nicht nötig war, diese Beschuldigung auszusprechen. Lächelnd hielt er das Schulfoto hoch. »Dann ist es jetzt natürlich *meine Schuld*, dass der kleine Nadler umgebracht wurde.«

Als würde sie ihm zustimmen, sagte Mallory: »Es ist noch nicht zu spät für eine bessere Autopsie an dem Penner.«

»Doch, ist es.« Der junge Pathologe am Computer las laut vom Bildschirm ab. »Vor zehn Jahren wurde der Leichnam des Penners für eine private Bestattung angefordert, doch das ist die einzige Erwähnung eines zweiten Begräbnisses. Keine Einzelheiten oder weiteren Informationen darüber, wo der Leichnam schließlich landete.«

Riker zückte sein Notizbuch. »Welcher Name steht auf der Exhumierungsanweisung?«

»Keiner«, sagte der Assistent. »Jedenfalls scheint nicht die Stadt dafür aufgekommen zu sein, dass er wieder ausgebuddelt wurde. Und hierher wäre der Leichnam ohne eine fragliche Todesursache nicht zurückgekehrt. Wenn kein polizeiliches Interesse daran besteht, brauchen wir auch nichts gegenzuzeichnen. Jeder Richter hätte der Exhumierung zustimmen können.«

»Jemand musste den Menschen doch identifizieren, solange die Leiche noch frisch war«, sagte Mallory. »Und als sie noch hier war.«

»Wir führen über unsere Besucher akribisch Buch«, sagte Slope. »Erscheinen tun im Computer jedoch nur Leute, die jemanden positiv identifizieren. Und das hat hier niemand getan, nicht in diesem Fall. Wir haben folglich immer noch keinen Namen für Ihren toten Penner.«

»Was ist denn mit dem Gästebuch für Besucher?«

»Glücklicherweise schmeißen wir nichts weg«, sagte Edward Slope. »Wenn Sie mir also etwa ein Jahr Zeit geben, könnte ich möglicherweise tatsächlich in einem Lagerraum der äußeren Boroughs dieses Gästebuch finden – vorausgesetzt, das Papier ist nicht vollkommen vermodert, verschimmelt oder von Mäusen gefressen.« Diese letzte Bemerkung machte er nur zur Unterhaltung seines Assistenten.

Die Detectives waren verschwunden.

Mallory hielt dem blinden Anwalt ein Fax mit Namen und Daten ans Ohr. Anthony Queen hörte deutlich, wie sie es zu einer kleinen Kugel zerknüllte. »Das Bestattungsinstitut hat Sie drangekriegt, alter Mann.« Sie warf den Papierball auf den Schreibtisch, wo er abprallte. Der Mann zuckte zusammen.

»Laut dem Sterbeamt«, sagte Riker, »wurde Tobys Mutter außerhalb New Yorks in einem Familiengrab bestattet. Damals gab es zwei Begräbnisse an einem Tag – das von Susan Wilder und das von dem Penner, den Toby umgebracht hat.«

»Er hat nie jemanden umgebracht. Er war unschuldig.«

»Das sagt einer, der hinter Krankenwagen herfährt, um neue Mandanten zu kriegen«, sagte Mallory. »Ein Jahr nach seiner Freilassung gab Ihnen der Junge die Nummer eines Sarges, damit Sie die Leiche für eine Bestattung anfordern konnten. Toby hatte diese Nummer von der Erkennungsmarke an der Zehe eines Toten, als der Leichnam des Penners immer noch im Leichenschauhaus lag. Anders hätte er in Potter's Field nie den richtigen Sarg gefunden. Und er brachte Blumen in den Ramble – genau zu der Stelle, wo man den Leichnam des Mannes gefunden hatte. Wie wusste der Junge, wo er die Blumen hinbringen sollte, wenn er den Penner nicht getötet hatte?«

Der alte Mann wandte nichts ein. Obwohl Riker selbst durchaus mit ein paar anderen Erklärungen hätte aufwarten können, tat der Anwalt dies nicht. Und das war *wirklich* interessant. »Dann haben Sie es also immer gewusst.«

»Nein, das nicht«, sagte Anthony Queen. »Ich habe die Sargnummer einem Bestattungsinstitut gegeben. Die haben den Leichnam angefordert, nicht ich.«

»Ich nehme alles zurück«, sagte Riker. »Sie *wollten* es nicht wissen.«

»Toby wartete, bis seine Mutter gestorben war«, sagte Mallory. »Erst dann wurde die Leiche des Penners angefordert. Tobys Mutter sollte nicht erfahren, dass der Ermordete Jess Wilder war. Das ist der Name, den Toby auf den Grabstein des

Penners schreiben ließ. Sie haben es zugelassen, dass der Junge sich schuldig am Tod seines eigenen Vaters erklärt hat.«

Anthony Queen wirkte schockiert – wenn man seinem entsetzten Starren Glauben schenken mochte. Dass die Detectives aus dem Zimmer gegangen waren, schien er nicht zu bemerken. Sie standen bereits im Vorzimmer, als Riker noch einmal zurückblickte und sah, wie der Anwalt den Kopf auf den Schreibtisch legte. War es ein Akt des Bedauerns oder doch nur Show? Riker nahm sich vor, Coco zu fragen, ob Ratten zu Reue fähig waren.

Mallory und Riker standen vor einer Korkwand in der Einsatzzentrale und hängten das Beweismaterial auf, das sich aus Toby Wilders Blumen ergeben hatte.

Andere Polizisten trudelten ein, nachdem sie vergeblich Ernest Nadlers frühere Nachbarschaft abgegrast hatten. Von den Eltern des Jungen gab es nur noch die Sterbeurkunden; sie hatten beide kurz nach dem Verlust ihres Sohnes das Zeitliche gesegnet. Fünfzehn Jahre später hatte längst die Hausverwaltung gewechselt, ebenso wie viele der Mieter. Der letzte Polizist, Janos, war dann schließlich fündig geworden und pinnte jetzt ein vergilbtes, liniertes Blatt Papier an die Wand.

Riker setzte seine Gleitsichtbrille auf und las die kleine, sorgfältige Handschrift. Es war eine Zeugenaussage, geschrieben und unterzeichnet von einer Bewohnerin des Mietshauses, in dem der ermordete Junge gelebt hatte. »Mallory, hör dir das an. Es geht um Ernies Eltern. Die Nachbarin, Irene Walters, sagt: ›Ich habe nie erfahren, dass Ernie vermisst worden war. Er lag im Krankenhaus, das wusste ich, aber nicht die Einzelheiten. Seine Eltern waren während der Zeit nie zu Hause. Ich wollte den Jungen mal besuchen, doch der Polizist, der die Tür bewachte, sagte, er könne nur direkte Familienmitglieder reinlassen. Na ja, schätze, es verging etwa ein Monat. Dann, eines Morgens, kam ich raus, und auf der anderen Straßenseite standen Leute. Sie schauten alle zu unserem Haus hoch. Ich erinnere mich noch, dass ich Sirenen gehört habe, als ich über die Straße ging. Ich drehte mich um, und da sah ich die beiden. Ernies Eltern standen auf dem Mauervorsprung vor ihrem Fenster. Sie hielten sich an den Händen. Sie hielten immer Händchen, wenn ich sie irgendwo rumlaufen sah. Und sie schienen überhaupt keine Angst zu haben, als sie einen Schritt über den Mauervorsprung taten – als wollten sie einfach nur einen kleinen Spaziergang machen. Es fühlte sich wie eine Ewigkeit an, bevor sie auf dem Gehweg aufschlugen. Da wusste ich, dass ihr kleiner Junge gestorben war.‹«

Auf Detective Janos' riesigem Schoß wirkte Coco winzig klein. Dieses Püppchen zählte ihm die Liste der Gifte auf, mit denen man Ratten ins Jenseits befördern konnte. Charles Butler ging den Flur entlang zur Einsatzzentrale, wo er gebraucht wurde. Als er noch einmal zurückschaute, sah er, wie Janos, dieser erstklassige Spielkamerad für Kinder, die Hände ausstreckte, um die Größe von etwas anzuzeigen – zweifellos beschrieb er gerade die größte Ratte, die er je zu Gesicht bekommen hatte.

Der Psychologe betrat den komplett mit Kork verkleideten Raum. Eine Wand hing voller Fotos von sezierten menschlichen Körpern sowie Toby Wilders Noten – Blut und Musik. Der übrige Platz war irgendwelchen Textseiten, Karten und Diagrammen vorbehalten. Detectives in Hemdsärmeln standen in Grüppchen herum und studierten gemeinsam eine Wand von Dokumenten.

Charles ging auf die einzige Frau zu. Seine Beziehung zu Mallory gestaltete sich dieser Tage äußerst schwierig. Jetzt näherte er sich ihr wie ein schlaksiger Teenager, der ein hübsches

Mädchen fragen will, ob sie mit ihm tanzen möchte – und damit rechnen muss, dass sie ihn anspuckt. Statt einem Hallo tippte die junge Polizistin auf ein Blatt Papier, das an den Kork gepinnt war, und er drehte den Kopf, um den Augenzeugenbericht über zwei Menschen zu lesen, die sich von einem Mauervorsprung ihres Hauses in den Tod gestürzt hatten.

»Jemand wird dafür bezahlen müssen«, sagte sie. »Wir brauchen eine psychologische Autopsie.«

»Als Beweismittel vor Gericht? Aber so was machen doch Edwards Leute, und wahrscheinlich mit mehr …«

»Nein«, sagte Riker und trat hinter ihn. »Es würde Wochen dauern, bis wir den endgültigen Bericht von Slopes Truppe hätten. Du kannst das schneller.«

Mallory führte Charles zu der Stelle, wo die Unterlagen aus dem Krankenhaus an die Wand gepinnt waren. Und er wusste, das war ihr Werk, denn die Papiere hingen in so perfekter Ordnung, wie sie andere Leute nur mit Hilfe eines Lineals und einer Wasserwaage hinbekommen hätten. Dieser Teil der Korkwand gehörte den Krankenakten, Rechnungen sowie Kostenaufstellungen für die Pflege eines elfjährigen Kindes. »Wir können nicht mal die Asche des Jungen finden«, sagte sie. »Das hier ist alles, was vom Sohn der Nadlers übrig ist.«

Charles schritt langsam die Korkwand ab und versuchte sich seine Schnelllesetechnik bei den vielen Anwesenden nicht anmerken zu lassen. Im Auge eines zufälligen Betrachters mochte er die Informationen nur überfliegen, doch er las jedes einzelne Wort, erfasste die ganze grausame Odyssee eines kleinen Jungen im Krankenhaus, der zuerst seine Hände und dann sein Leben verloren hatte. Als Charles am Ende angelangt war – dem Ende seiner Lektüre und dem Ende des Jungen – wandte er sich den beiden Detectives zu.

»Ich sage euch, was hier fehlt. Laut der Zeugenaussage der

Nachbarin verbrachten die Eltern Tag und Nacht im Krankenhaus. Ich bin mir also sicher, dass man ihnen ein Zimmer und ein Bett in der Nähe der Intensivstation gegeben hätte – was gängige Praxis ist. Wahrscheinlich schliefen die Nadlers abwechselnd, damit immer einer die ganze Zeit bei ihrem Sohn sein konnte.«

Er trat zu dem Dokument, mit dem die Verlegung Ernest Nadlers von der Intensivstation auf ein Einzelzimmer angeordnet wurde. »In der letzten Woche seines Lebens war der Junge außer Lebensgefahr, aber die Eltern blieben ununterbrochen bei ihm. Es war eine Suite – sehr teuer – mit einem zweiten Raum, in dem Mutter und Vater schliefen. Sie wollten nicht, dass Ernest allein war, wenn – *falls* – er aus dem Koma erwachte. Da bin ich mir sicher. Die amputierten Hände ... keine Eltern würden es ihrem Kind zumuten, dieses Grauen allein durchzustehen.«

Er ging ans Ende der Korkwand und tippte auf drei Blätter. »Diese Aussagen hier kommen offenbar nicht aus dem Krankenhaus. Sie sind von einer privaten Krankenschwester – einer Selbstständigen.«

»Wie bitte?« Riker überprüfte die Legende der Unterlagen mit der Liste auf seinem Klemmbrett. »Du hast recht. Diese Papiere stammen aus einem Lagerraum mit dem persönlichen Nachlass der Nadlers und ihrer ungeöffneten Post.«

»Nun, und das ist der traurigste Teil der Geschichte«, sagte Charles. »Als der Junge wieder stabil und auf dem Wege der Besserung war, müssen die Eltern am Ende ihrer Kräfte gewesen sein. Sie bezahlten eine private Krankenschwester, die am Bett sitzen sollte – immer mal wieder ein paar Stunden. Zu dieser Zeit brauchten die Eltern dringend eine Pause, etwas frische Luft, ein ruhiges Abendessen außerhalb des Krankenhauses, etwas *Normales*. Und während einer dieser seltenen Zeiten ihrer

Abwesenheit – als die Krankenschwester ihren Dienst am Bett versah – starb ihr kleiner Junge.«

Riker trat näher an die Pinnwand, um die Zeitangaben von der letzten Schicht der Krankenschwester zu lesen. »Das ist bisher niemandem aufgefallen. Wir ackern uns immer noch durch den ganzen Kram.«

Charles kehrte zum Beginn seiner Tour an der Wand entlang zurück und blieb vor der Zeugenaussage über den Doppelselbstmord stehen. »Diese beiden Menschen hatten eine emotionale Achterbahnfahrt durchlebt und waren fix und fertig. Laut Krankenakte ging es ihrem Kind besser. Sie freuten sich darauf, ihn wieder nach Hause zu holen. Doch dann stirbt ihr Sohn, ohne Vorwarnung. Und sie gaben sich selbst daran die Schuld. Ein Todesfall in der Familie bringt immer Schuldgefühle mit sich. Doch hier geht es um mehr. Wisst ihr, die haben ja den Jungen nicht vorübergehend irgendeinem Babysitter überlassen. Sie hatten eine staatlich geprüfte Krankenschwester angeheuert, die beste Pflegerin, die man mit Geld kaufen konnte. Und warum? Weil die Eltern einen ganzen Monat in dem Krankenhaus verbracht hatten. Sie kannten alle möglichen Geschichten, von all den Dingen, die einem hilflosen Kind widerfahren können, wenn es den Launen des Pflegepersonals ausgeliefert ist. Doch sie haben ihn zurückgelassen, haben nur eine einzige Stunde nicht aufgepasst, und Ernest starb. Erschöpfung, Trauer … und Schuldgefühle. Sie sind gesprungen, damit der Schmerz ein Ende hat.« Charles drehte sich zu den Detectives um. »Es liegt alles auf der Hand.«

»Dann hat also derjenige, der den Jungen ermordet hat, auch die Eltern auf dem Gewissen«, sagte Mallory. »Kannst du das in Worte fassen?«

»Beihilfe zum Selbstmord, ja. Ihr bekommt mein Gutachten bis heute Abend.« Charles wandte sich wieder der Wand zu.

»Hätte nicht ein Polizist vor dem Zimmer eines Verbrechensopfers Wache halten müssen?«

»Rund um die Uhr, ja«, sagte Riker. »Aber der Cop war nur zum Schutz da. Wir haben keine Angaben dazu, wer in dem Krankenzimmer ein und aus ging. Vor fünfzehn Jahren wusste niemand, dass Ernie Nadler in seinem Bett ermordet wurde, also hat auch niemand den einzigen Zeugen befragt – den Cop, der Dienst hatte, als es geschah.«

»Dafür habt ihr es jetzt getan?«

»Er ist ein Säufer«, sagte Riker. »Hat bloß noch Brei in der Birne. Der Typ erinnert sich an gar nichts mehr.«

»Und die Krankenschwester?«

»Wir suchen nach ihr.« Mallory nahm den Dienstplan der Schwester von der Wand. »Aber wie stehen schon die Chancen, dass sie zugibt, aus dem Zimmer gegangen zu sein, während jemand ihren Patienten umbrachte?«

»Die Eltern haben die Dienste der Frau nur dreimal in Anspruch genommen«, sagte Charles. »Das heißt, es gab nur wenige Zeitfenster für den Mörder.«

»Ich sehe, worauf ihr hinauswollt«, sagte Riker. »Wir haben den Cop, der damals das Kind bewachte, noch hier. Er sitzt in einem Vernehmungsraum. Aber ich glaube nicht, dass er sich daran erinnern wird, wie er unseren Mörder angerufen hat.«

Jetzt betrachtete Mallory den Zeitplan der Krankenschwester mit neuem Interesse. »Es gab jeweils eine dreistündige Pause fürs Abendessen, an drei aufeinanderfolgenden Abenden.« Sie lächelte. »Rolland Mann hätte das gewusst. Wenn der Junge auf dem Wege der Besserung war, dann hätte er wissen wollen, wann sein Starzeuge aufwacht. Bestimmt hat er das alles genauestens mitverfolgt – einschließlich der Arbeitszeiten dieser Krankenschwester. Er brauchte gar keinen Hinweis von dem wachhabenden Cop.«

Die Augen im Schlaf geschlossen, lag Polizeipräsident Beale in seinem Krankenhausbett auf der Intensivstation. Die Bewachung des alten Mannes war auf einen einzigen Polizeibeamten geschrumpft, der am anderen Ende der vielbeschäftigten Station an der Tür saß – außer Sicht, außer Hörweite, was nicht viel anders war, als hätte er gefehlt. Beale war so hinfällig, halb tot, wenn man ihn anschaute. Lange würde er wohl nicht mehr durchhalten.

Je eher, desto besser.

Rolland Mann hätte auf den Job des alten Mannes eigentlich auch verzichten können, doch die absolute Macht war unabdingbar, wenn er das Chaos seines Lebens im Griff behalten wollte. Er starrte auf die Schläuche, die aus jeder einzelnen Öffnung des Patienten ragten. Piepsende Monitore mit blinkenden bunten Lichtern verfolgten den Schlag eines schwer geschädigten Herzens und jeden seiner Atemzüge.

So hinfällig – und so verletzlich.

DREIUNDDREISSIG

Ich höre schon den Pastor bei meinem Begräbnis sagen: »Der kleine Ernie war ein guter Junge, ein prima Junge. Er hatte keinen einzigen Feind auf der Welt.« Und dann labert der alte Depp weiter über Gottes mysteriöse Wege, durch die kleine Kinder auf dem Schulweg umgebracht werden. Und ein Geist von mir schreit: »Du Idiot, das ist kein Mysterium. Ich habe es ALLEN gesagt!«

ERNEST NADLER

Ihre Schicht dauerte bereits mehrere Stunden, und die Schwester saß immer noch am Bett des Herzpatienten, Polizeipräsident Beale. Man sah der Frau an, dass sie eine lange Nacht und einen halben Tag auf dem Buckel hatte, und doch strich sie jedes Mal, wenn der alte Mann sich rührte, die Laken glatt.

»Sie können jetzt gehen«, sagte Rolland Mann. »Holen Sie sich eine Tasse Kaffee. Ich bleibe bei ihm, bis Sie …« Er unterbrach sich, weil sie den Kopf schüttelte.

Sie würde nirgendwo hingehen. Das zeigte sich daran, wie sie die weiß beschuhten Füße fest in den Boden stemmte, wie ein Boxer. Hatte diese Frau ihn durchschaut? Hatte irgendeine Intuition ihr gesagt, dass man ihm nicht trauen durfte? Nein, es war mehr als das. Die Schwester schaute auf ihre Uhr und drehte sich dann zu dem Bettvorhang um, in dem ein Spalt klaffte.

Wartete sie auf Verstärkung?

Jenseits des Vorhangs konnte er den Polizeibeamten sehen, den er selbst für die Bewachung handverlesen hatte. Dort ging alles seinen Gang. Die Türen zur Intensivstation öffneten sich, und ein weiterer Uniformierter trat ein. Daraufhin verließ der Wachhabende seinen Posten und ging hinaus.

Auf wessen Befehl?

Die Krankenschwester hob die Hand und begrüßte den Neuankömmling. »Officer Wycoff?«

»Ja, Ma'am?« Der junge Polizist trat hinter den Vorhang und stand Rolland Mann gegenüber. »Würden Sie sich bitte ausweisen, Sir?«

»Was? Ich bin Ihr Boss!«

»Nein, Sir, das wäre mein Sergeant. Und er erhält seine Anweisungen von …«

»Schon recht.« Rolland winkte ab, um sich die Aufzählung der Befehlsstrukturen zu ersparen. Wahrscheinlich könnte ihm dieser Idiot sowieso nicht sagen, wer es wagte, die Anweisungen eines amtierenden Polizeipräsidenten zu ignorieren. Einer seiner direkten Untergebenen würde nie meutern; da war er sich sicher. Mit deutlich größerer Besorgnis dachte er allerdings an den Bürgermeister und fragte sich, wem wohl dieser kleine Mann heutzutage Gehör schenkte. Rolland durchschritt die Tür der Intensivstation und marschierte den Flur entlang. Ihm war eng um die Brust, ein Gefühl, das mit der Angst einherging. Dabei fiel ihm wieder Mallory ein, die bekloppte Polizistin. Wenn er bei ihr den Befehlstrukturen folgte, war es nicht mehr weit zu seinem wahrscheinlichsten Widersacher – dem Chief of Detectives, Joe Goddard.

Rolland drückte den Knopf und rief den Aufzug. Noch bevor die Tür sich öffnete, hatte er bereits einen Plan. Er würde Goddard ins Criminal Justice Bureau versetzen. Das Strafgericht war genau der richtige Ort, um aufmüpfige Chiefs, die in Ungnade gefallen waren, versauern zu lassen.

Die inoffizielle Ermittlung in Sachen Rolland Mann bedurfte eines Treffens auf neutralem Boden. Riker hatte für den Chief einen Ort gewählt, an dem er sich sicher fühlen konnte, und wartete nun an der südwestlichen Ecke des Washington Square Park auf ihn.

Diesen Park hatte Riker in jüngeren Jahren über alles geliebt, vor allem im Sommer, wenn diese städtische Oase vierundzwanzig Stunden am Tag geöffnet war, ein Ort des Vergnügens, wo sich Jongleure, Feuerschlucker und alle möglichen anderen Freaks trafen, Jungs und Mädchen auf der Gitarre klampften oder die Rasenflächen mit Ghettoblastern und sanften Flötentönen beschallten. Ach, und wie es geduftet hatte – nach Pastrami und Hotdogs, den Parfüms von Frauen, die vorbeigingen, nach Zigarettenrauch und Marihuana. Doch vor einigen Jahren hatte ein Bürgermeister die nächtliche Schließung des Parks angeordnet, weil seine Spezis sich darüber beklagt hatten, dass ihre kleinen Lieblinge sich in dem Park Drogen besorgten. Teenager, die kifften? Man hatte Zäune errichtet, und eine weitere Stätte urbanen Charmes war verschwunden. Heutzutage verscherbelten die fliegenden Händler an Sommertagen geruchlose Eiscreme und Softdrinks von ewig gleichen Wägelchen mit grünweißen Schirmen – so sauber, so steril.

Diese Stadt war dabei, vor die Hunde zu gehen.

Die Sonne knallte auf einen kleinen Platz herab, der durch mehrere geschwungene Felsblöcke, hohe Bäume sowie ein paar kleine Tische gekennzeichnet war, die in den Zement eingelassen waren. Auch einige Bänke gab es, doch diese Plätze waren nicht zum Ausruhen gedacht: Dieser Teil des Parks gehörte den Schachspielern und ihren Kibitzen. Riker schlenderte zu einer Gruppe von Spielern hinüber und zückte seine Dienstmarke. »Tut mir leid, Jungs, aber ich brauche euren Tisch.«

Beide Männer machten ihm allzu bereitwillig Platz und standen mit auffallend breitem Lächeln auf, ein untrügliches Zeichen dafür, dass sie Drogen bei sich hatten und vielleicht auch dealten.

»Nicht so schnell.«

Ihr Lächeln erlosch, weil sie ganz richtig erraten hatten, dass ihre Flucht allzu willfährig gewesen war. Doch der Detective wollte nur ein wenig plaudern. Er zeigte ihnen ein Foto von Joe Goddard auf seinem Handy, und sie identifizierten ihn prompt als Stammgast in diesem Teil des Parks.

»Ja, der spielt jeden Sonntag hier«, sagte der Ältere.

Und sein junger Freund fügte hinzu: »Der Knabe ist ein richtig krasser Spieler.«

Im New Yorker Jargon konnte es kein höheres Lob geben.

»Na ja, das ist mein erstes Spiel gegen ihn«, sagte Riker. »Habt ihr irgendwelche Tipps, wie ich vorgehen soll?«

»He, Mann, du hast doch 'ne Knarre. Schätze, mehr brauchst du nicht.«

Genug gesagt.

Der Detective ließ sie ziehen und nahm an dem kleinen Tisch Platz. Auch die Spieler und Dealer an den anderen Tischen hatten sich aus dem Staub gemacht. Er sah den Menschen zu, die den Park betraten. Es war nicht mehr so leicht wie früher, die Bewohner des Village von den Touristen und von Studenten an der New York University zu unterscheiden. Sie alle trugen Klamotten aus den gleichen Sommerkatalogen und hatten Haare, deren Farbe in der Natur vorkam – keine Neonsträhnchen oder regenbogenfarbenen Irokesen mehr. Spinner und Exzentriker sah man kaum noch – und Riker vermisste sie.

Riker öffnete eine Papiertüte und zog seine neueste Errungenschaft aus dem Spielzeugladen hervor. Es war ein einfaches Reiseschach, so billig es eben nur ging, mit Plastikfiguren und einem Brett aus Pappe. Seit Kathy Mallorys Kindertagen hatte er nicht mehr gespielt. Nachdem er ihr genug beigebracht hatte, damit sie ihn schlagen konnte, hatte die kleine Meisterdiebin ihm eine seiner Figuren als Erinnerungsstück geklaut, und er hatte nie daran gedacht, sie zu ersetzen.

Er lehnte sich zurück. Keine Wolken am Himmel. Die Sonne war …

Eine massive Gestalt versperrte ihm die Sicht. Als der Detective aufschaute, sah er den Chief, der den kleinen Platz inspizierte, nach Gesichtern schaute, die nicht hierhergehörten: eine alte Angewohnheit des guten Polizisten aus den Zeiten, als er noch gefährlich im guten Sinne des Wortes gewesen war.

Joe Goddard schaute verächtlich auf die erbärmlichen Plastikschachfiguren des Detectives hinab. »Hoffentlich haben Sie auch noch was Besseres für mich.«

»Hab ich«, sagte Riker. »Ich habe solide Beweise dafür, dass ein hochrangiger Polizist Beweise für einen Mord verschwinden ließ. Genauer gesagt hat er darauf gesessen. Grund genug, gefeuert zu werden, oder? Und vielleicht ein paar Jährchen Knast wegen Strafvereitelung zu kriegen.«

»Lang genug habt ihr gebraucht.« Der Chief setzte sich auf die andere Seite des kleinen Tisches. »Schauen wir mal.«

Riker ließ sich Zeit, um ein Streichholz aus seiner Tasche zu kramen. Er zündete sich eine Zigarette an und schindete ein paar weitere Sekunden Zeit heraus, indem er genüsslich eine blaue Rauchwolke ausblies. Dann tippte er auf das Schachbrett, eine Aufforderung zum Spiel. »Weiß oder Schwarz?«

»Wie bitte?« Die Augen des Chiefs wurden schmal, als ihm klar wurde, dass ein ganz anderes Spiel gemeint war. »Führen Sie mich nicht an der Nase rum, Riker.« Und scheiß auf die Regel, dass Weiß immer anfängt. Der Chief nahm einen schwarzen Bauer in die Hand und knallte ihn auf das nächstliegende

Feld. Die anderen Figuren klapperten. »Die Zeit wird knapp für Sie und Ihre Partnerin – *besonders* für Ihre Partnerin.«

Der Detective schob einen weißen Bauern zwei Felder weiter. Dann machte er sich einen Tipp aus Mallorys *Handbuch für das Überleben in Copland* zunutze: Wenn du Schwierigkeiten mit deinem Boss hast, eröffne als Erster das Feuer. »Sie haben uns angelogen.« Riker nahm ein paar Dokumente von seinem Schoß und legte sie auf die Tischkante. Es waren Goddards eigene Beweismittel: die Kopien der Notizen, die sich der Streifenpolizist Kayhill vor fünfzehn Jahren an dem Abend gemacht hatte, als sie ein Kind von einem Baum abgeschnitten hatten.

Schweigen. Dann krachte ein weiterer schwarzer Bauer auf das Spielbrett. »Erklärung bitte, und zwar dalli, sonst können Sie Ihrer Dienstmarke Adieu sagen.«

Riker war am Zug. »Das macht mir keine Angst.« Er verschob wieder einen Bauer. »Aber ich bin so gut in meinem Job, dass ich mir selber manchmal Angst mache.« Rikers Augen waren fest auf das Schachbrett gerichtet, doch soweit er wusste, richtete der Chief eine Knarre auf seinen Kopf. »Sie hatten recht, was Officer Kayhill angeht. Alzheimer hat sein Gehirn zermanscht.« Als er aufschaute, sah er Überraschung im Gesicht des Chiefs aufblitzen. Nur ganz kurz. »Im Pflegeheim hat man mir gesagt, seine Frau sei schon vor einer Weile gestorben. Zurzeit hat Kayhill nur noch einen Besucher – und das sind nicht Sie. Ich musste mich also fragen, wie Sie an die persönlichen Notizen des alten Knaben gekommen sind. Ich habe mich bei seiner Tochter erkundigt. Nette Dame, lebt auf Staten Island. Dorthin wurde Kayhill am selben Tag versetzt, als man den kleinen Nadler hoch oben in dem Baum im Ramble gefunden hat.«

Blitzschnell wurden mehrere weitere Bauern bewegt, damit die Hauptfiguren sich entwickeln konnten. Einer von Rikers eroberten Bauern flog vom Schachbrett und landete mit einem leisen Klacken auf dem Asphalt. »Kayhills Tochter erinnert sich daran, dass Sie raus auf die Insel gekommen sind, um den alten Mann zu besuchen. Damals waren Sie Captain – für Kayhill, als würde ihm der Hochadel die Ehre erweisen. Sie ist sich nicht mehr ganz sicher, wann genau das war, aber sie meint, zu der Zeit hätten sie nach dem Umzug immer noch Kisten ausgepackt. Schätze, damals haben Sie Kayhills persönliche Notizen von dem Ramble-Fall mitgenommen. Und das Datum kann man wohl so eingrenzen, dass es rund um die erste große Beförderung Rolland Manns war. Sind Sie damals auf ihn aufmerksam geworden? Darauf, dass er als kleines Licht gleich eine goldene Dienstmarke bekam?«

Goddards Läufer fegte über das Brett und tötete, als Riker sagte: »Vor fünfzehn Jahren wusste Officer Kayhill nichts über die Identität des Opfers aus dem Park. Folglich … habe ich eine Weile gebraucht, bis ich herausgefunden hatte, wie Sie damals auf Ernest Nadler gekommen sind.«

Der Chief schleuderte einen erbeuteten Bauern so heftig gegen die niedrige Begrenzungsmauer, dass das Plastikmännchen zerbrach. »Ich habe es Ihnen doch *gesagt* – Ihnen *und* Ihrer Partnerin. Der kleine Nadler wurde drei Tage vermisst, bevor …«

»Seine Sterbeurkunde wurde einen Monat später ausgestellt«, sagte Riker. »Wenn er seinen Verletzungen erlag, war es Mord. Anders kann man das nicht sehen. Aber Sie konnten keinerlei Hinweise auf eine Ermittlung finden. Sie *wussten*, dass Rolland Mann den Fall vertuscht hatte. Das wussten Sie fünfzehn Jahre lang. Oh, und danke, dass Sie uns Ihre alte Kopie der Sterbeurkunde des kleinen Nadler gegeben haben. Sonderbare Sache. Ich meine das Datum – aber nicht von dem Tag, an dem der Junge starb. Sie haben Ihre Kopie erst einen Tag später abgeholt. Als die Urkunde bereits auf dem Standesamt in die Akten genommen worden war.«

Diesmal landete ein weißer Bauer leise im Gras – fast zehn Meter entfernt. Der Chief wandte sich wieder dem Detective zu. »Sie wissen doch gar nicht, wann ich …«

»Doch, weiß ich.« Riker schob eine Figur ein Feld weiter, wo sie sich in äußerst gefährlicher Umgebung befand. »Und so weiß ich, dass Sie einen geschlagenen Monat lang den Fall Nadler im Auge behalten haben. Ganz so als … *warteten* Sie darauf, dass der Kleine stirbt.«

Ein Zug des schwarzen Läufers, und – *Zack!* – flog ein weiterer weißer Bauer vom Brett. Dieser hier hüpfte sogar zweimal. »Sie sind gefeuert.«

»Ich bin so verdammt gut in meinem Job, dass ich wohl kaum jemals gefeuert werde.« Der Detective konterte mit seinem weißen Turm und sah zu, wie der Läufer des Chiefs sich zurückzog – obwohl die Figur nicht in Gefahr war. Rikers Königin allerdings schon. Goddard hätte sie nehmen können, doch er zögerte es noch hinaus. Es war die Art von Spiel, bei der es hieß: *Tanzen willst du? Na klar, tanzen wir … ein Weilchen.* Der Chief verflocht die Finger ineinander und wartete auf den nächsten Zug des Detectives.

»Ihre Kopie der Sterbeurkunde hat ein Ausstellungsdatum«, sagte Riker. »Es ist mit der Hand abgestempelt, ganz leicht. Man hätte den Stempel auch für einen Fleck halten können. Nicht weiter überraschend, dass Ihnen diese Einzelheit entgangen ist.« Er legte eine weitere Kopie des Dokuments auf den Tisch. »Hier, sehen Sie? Auf dieser Fotokopie sieht man es besser – nachdem ich den Toner höher dosiert hatte. Bei mehr Tinte sieht man die Nummern besser. Den Trick habe ich von einem alten Kumpel aus dem Archiv. Vor fünfzehn Jahren hatten Sie handfeste Beweise dafür, dass Rocket Mann den Mord an dem

Jungen vertuscht hat – und Sie sind auf diesen Beweisen sitzen geblieben, weil Sie *wussten*, dass die Ihnen irgendwann nützen würden. Und fragen Sie sich jetzt, wer sonst noch davon weiß? Niemand. Ich habe Ihre Kopie in einen Beweismittelbeutel gesteckt. Und dann bin ich aufs Standesamt gegangen und hab mir eine neue geholt.«

Der Chief wischte mit einer Handbewegung alle verbliebenen Figuren vom Brett. Der Detective wich seinem Blick keinen Moment lang aus, während er hörte, wie die Plastikteile auf den Boden klapperten.

»Was wollen Sie, Riker?«

Ja, was *wollte er*? Nun, einen sicheren Posten für seine Partnerin. Doch was Riker sagte, war: »Namen und Nummern. Die Sie aus Manns Wegwerfhandy gezogen haben. Sie wissen schon – das Ding, das Sie im Müll gefunden haben.« Riker nahm sein eigenes Handy aus der Tasche und klickte sich durch die Bilder, bis er zu dem kam, auf dem Rolland Mann sein Einmaltelefon entsorgte. »Das Bild habe ich an dem Tag geknipst, als wir ihn befragt haben. Sie wollten, dass wir ihn nervös machen. Und das haben wir. Dann haben wir ihn beschattet. Ich habe drei Anrufe gezählt, während wir Rocket Mann verfolgt haben – und Sie.« Riker wechselte zu einem weiteren Foto.

Chief Goddard schaute auf das winzige Display hinab und sah sich selbst, wie er in einem städtischen Papierkorb nach Rolland Manns Beweisstück wühlte.

»Bei den ersten beiden Anrufen bekam er offenbar keine Verbindung«, sagte Riker. »Beim dritten Versuch hatte er sie schließlich.« Als der Chief zögerte, verschränkte Riker die Arme. »Warum sollten Sie uns hinhalten? Brauchen Sie ein Haustier? Dieses Frettchen? Oder wollen Sie ihn weghaben?« Der Detective öffnete sein Notizbuch auf einer leeren Seite und zog einen Stift heraus. »Wen hat Rocket Mann an dem Tag angerufen?«

»Drei Anrufe«, erwiderte der Chief. »Aber zwei davon gingen an dieselbe Nummer.«

Goddards nächste Worte kritzelte Riker rasch hin und versah die Zeile mit einem Fragezeichen. Dann klappte er sein Notizbuch zu und erhob sich vom Tisch. »Oh, als ich auf dem Standesamt war, habe ich gesehen, dass Ihr Name immer noch verzeichnet ist – ebenso wie das Datum, an dem Sie Ihre Kopie von Ernest Nadlers Sterbeurkunde abgeholt haben. Na, ich glaube nicht, dass irgendjemand in diesen ollen Kamellen herumschnüffeln wird.« Er zuckte mit den Achseln. »Warum sollte man?« Aber dann kam ihm doch noch ein Gedanke. »Tja, *Mallory* vielleicht. Sollte sie jemals davon erfahren.« Er hielt den Beweismittelbeutel mit der Kopie des Chiefs hoch und ließ ihn als Geste des guten Willens – auf dem Brett liegen. Schachmatt.

Riker hatte schon oft Cops festgenommen, doch erpresst hatte er noch keinen. Allein durch Mallorys Nähe schienen selbst die besten Eigenschaften eines Menschen dahinzuschmelzen wie Butter in der Sonne.

Rolland Mann kam mitten am Tag nach Hause. Seine Frau ließ ein Glas aus der zitternden Hand fallen, das auf dem Küchenboden zerschellte. Sie hatte Angst. Würde er schimpfen? Nein, das tat er nie. An ihre Panikattacken hatte er sich schon längst gewöhnt, obwohl sie damals immer im Zusammenhang mit einer Angst vor öffentlichen Plätzen aufgetreten waren.

Während ihres früheren Zusammenlebens hatte Annie es vorgezogen, drinnen zu bleiben, weil sie Angst hatte, erkannt zu werden. Jetzt war sie ganz ans Haus gefesselt. Zu Hause hatte sie sich immer sicher gefühlt. Bisher.

Er führte sie ins Wohnzimmer, und sie nahmen gemeinsam auf der Couch Platz. Er blickte zu dem Koffer, den sie gepackt und an der Tür stehen gelassen hatte – als könnte sie jemals weg. Auf dem Couchtisch lag eine Zeitung und zeigte die Seite, die sich mit den neuesten Entwicklungen im Fall des Hungerkünstlers und seiner drei im Ramble aufgehängten Opfer befasste. Obwohl sie nie darüber gesprochen hatten, sollten sie das vielleicht tun. Annie stellte offensichtlich Verbindungen her. Schon die morgige *Times* könnte ja in eine neue Richtung weisen und den Fall mit dem eines kleinen Jungen verknüpfen, der vor langer Zeit gestorben war – und mit dem Doppelselbstmord von Mr. und Mrs. Nadler. Das würde seine nervöse Frau wieder zum Schreien bringen.

Er hatte ihr nie gesagt, wie die Eltern des Kindes gestorben waren.

Mallory packte Mittagessen für zwei aus und verteilte Kartons mit Nudeln und gebratenem Reis mit Schweinefleisch auf ihren zusammengerückten Schreibtischen. Sie schaute zu ihrem Partner empor und sah argwöhnisch aus, als sie sagte: »Mal im Ernst – wie hast du Goddard dazu gekriegt, die Nummern rauszurücken?«

»Ich hab's dir doch gesagt. Ich hab einfach das Foto von ihm mit dem Kopf im Papierkorb dagegen eingetauscht.« *Ungezogenes Gör.* Sie mochte seine Geschichten nie. Riker blätterte in seinem Notizbuch. »Rocket Manns erster Anruf ging an Grace Driscol-Bledsoe. Gerade lange genug, bis ihre Mailbox ansprang, aber für eine Nachricht reichte die Zeit nicht. Der zweite Anruf ging an seine Festnetznummer zu Hause. Drei Sekunden. Dann ruft er noch mal zu Hause an. Dieser Anruf dauerte dann drei Minuten. Mit wem redet er – mit dem Anrufbeantworter? Er hat weder Frau noch Kinder.«

VIERUNDDREISSIG

Auf dem Flur ist es voll, als eine Hand über meine Schulter hinweg in meine Brusttasche greift. Dann spüre ich eine zweite Hand an meiner Hosentasche – und noch eine. Später, im Garten der Schule, ziehe ich hinter einem Baum die drei Zettel heraus. Auf allen dreien steht: »Bald!«

ERNEST NADLER

Wenn sie Hunde wären, würden sich jetzt ihre Ohren aufstellen. Das dachte Jack Coffey, als sich jeder Mann im Dienstraum der Wache beim Klacken der Highheels herumdrehte. Doch es war kein süßes junges Ding, das auf sie zukam, und so kehrten die Detectives schnell zu ihrer Arbeit zurück – alle außer Riker. Gleich einem Gaffer, der dabei zuschaut, wie ein Zug in Zeitlupe in einen anderen kracht, folgte der Detective mit den Augen der Society-Dame, die auf dem Mittelgang zwischen den Schreibtischen durchging. Ein Rattenschwanz von Anwälten sowie die unverzichtbare Gesellschafterin Hoffman zockelten hinter ihr her.

Lieutenant Coffey hätte diesen Besuch innerhalb einer Stunde nach dem angeordneten Einfrieren des Nachlasses von Humphrey Bledsoe voraussagen können. Mit einem leichten Nicken segelte Grace Driscol-Bledsoe an ihm vorbei und durch die Tür seines Büros, wo ihre Gefolgsleute den Raum allein durch ihre Anwesenheit zum Bersten füllten. Coffey bedeutete Riker, sich ihnen anzuschließen.

Der Detective ließ sich Zeit, ordnete Unterlagen auf seinem Schreibtisch und rief Mallory an, um ihr zu sagen, dass die Phalanx der Anwälte komplett angetreten war. Schweigen herrschte in Coffeys Büro, ehe Riker eintrat und verkündete: »Meine Partnerin liebt Geldmotive.« Er reichte der Dame Kopien der Schulzeugnisse ihres Sohnes. »Ihr Stammhalter war nicht gerade eine Leuchte. Mallory glaubt also, es war nicht Humphreys eigene Idee, sich seinen Treuhandfonds auszahlen zu lassen. Haben Sie ihm dabei geholfen?«

»Wie Sie bereits wissen, Detective, habe ich meinen Sohn verabscheut. Warum sollte ich ihm helfen?«

Eins zu null für sie. Als Mutterfigur konnte es diese Frau durchaus mit Medea aufnehmen.

Riker grinste. »Humphreys Millionen – das ist ein Motiv. Sie hatten keine Möglichkeit, an sie ranzukommen, nicht, solange Ihr Sohn in dieser Klapsmühle eingesperrt war. Und wir müssen uns fragen, woher die Kohle ursprünglich kam.«

»Das habe ich Ihnen bereits gesagt. Mein verstorbener Mann hat für Humphrey einen …«

»Ja, ja. Er war politischer Berater. Ein Lobbyist, richtig? Mit dem Handel von Einfluss ist jede Menge Geld zu machen. Wir vermuten, dass seine betrügerischen Aktivitäten mit dem Driscol Institute verknüpft waren. Und hier kommen Sie ins Spiel, Lady.«

Jetzt versuchten sich die Anwälte mit ihren Drohungen gegenseitig zu übertönen, bis Coffey schrie: »Ruhe jetzt! Ihr seid hier in *meinem* Haus. Haltet alle die Klappe!« Lächelnd wandte er sich an Mrs. Driscol-Bledsoe und fragte, etwas höflicher: »Also … wie schmutzig war das Geld Ihres Göttergatten?«

Die Dame lächelte. Offenbar gefiel ihr das Spielchen. »Ist das relevant für den Mord an meinem Sohn?«

»Darauf können Sie Gift nehmen«, sagte Riker. »Wenn Ihr Mann eine Steuerprüfung anrollen sah, dann war der Treuhandfonds des Jungen das perfekte Auffangbecken für das gesamte Vermögen. Doch er hat nicht damit gerechnet, relativ jung zu sterben – oder dass sein Sohn sich das Geld früh unter den Nagel reißen würde. Dann wird Humphrey sehr bald ermordet, und all die Millionen fallen an Sie – sauber. Das eigene Kind um die Ecke zu bringen, ist eine originelle Methode der Geldwäsche. So was war uns bisher neu.«

Immer noch lächelnd sagte Grace: »Und Sie trauen mir das zu?«

»Oh ja«, sagte Riker. »Aber es ist nicht mein Job, Ihnen zu schmeicheln. Sie wollen uns also nicht helfen, den Fall abzuschließen? Auch gut. Wenn niemand für den Mord an Ihrem Sohn vor Gericht kommt, können wir Humphreys Millionen für die nächsten hundert Jahre einfrieren. Oder auch nicht. Liegt ganz bei Ihnen.«

Jack Coffey beobachtete genau die Reaktionen auf den Gesichtern der Anwälte. Sie waren verstummt und schienen sich, ein jeder für sich, Sorgen zu machen. In diesem Moment wusste er, dass der Bluff aufgehen würde. Die Miene der Dame war nicht ganz so leicht zu lesen.

Doch dann fragte sie: »Wie kann ich Ihnen helfen?«

Dead Ernest war heute nur Treibgut in ihren zerstreuten Gedanken. Phoebe Bledsoe saß allein am Tisch – ach, was war sie durstig! – und wartete darauf, dass eine Kellnerin sie beachtete, doch alle gingen an ihr vorbei. Typisch für die Mittagszeit an einem Werktag, obwohl Phoebe ein Mensch war, der zu jeder Tages- und Nachtzeit unbemerkt blieb.

Auch als Toby Wilder das Restaurant betrat, nahm er sie nicht wahr – höchstens als Anhängsel ihres üblichen Tisches. Wäre sie nicht da gewesen, hätte er vielleicht nur registriert, dass ein Möbelstück fehlte. Doch als sich der junge Mann jetzt auf einem Stuhl am Fenster niederließ, traf sein Blick einen Neuankömmling, von dem er die Augen nicht abwenden konnte.

Phoebe drehte sich um und sah die Wahnsinnige der beiden Polizisten, die innerhalb des Lokals direkt an der Tür stand. Auch die anderen Besucher des Restaurants drehten die Köpfe nach dieser hübschen Blondine. Phoebe hielt den Atem an, während Mallorys suchender Blick bei Toby Wilder landete. Offenbar hatte sie ihn erkannt.

Oh nein, bitte nicht.

Dann wanderten Detective Mallorys grüne Katzenaugen weiter – ganz langsam, wie die Visiere von Pistolen – und suchten und suchten. *Bingo.*

Phoebe sank in sich zusammen.

Die Polizistin trat an ihren Tisch und zog einen Stuhl heraus. »Darf ich mich ein paar Minuten zu Ihnen setzen?« Heute klang ihre Stimme ganz normal, sie betonte die Worte wie andere Menschen auch.

»Ich soll nicht mit Ihnen reden, Detective – nur in Anwesenheit eines Anwalts.«

»Im Moment sind die Anwälte alle mit Ihrer Mutter beschäftigt. Nennen Sie mich Mallory.« Die Polizistin blieb stehen und schaute sich im Lokal um, nahm dann eine vorübereilende Kellnerin aufs Korn und brachte die erschöpfte Servicekraft mit einem kurzen Winken ihrer Hand zum Stoppen. Offenbar besaß Mallory Superkräfte, denn jetzt kam die Kellnerin auf sie zu, lächelte und reichte ihr eine Speisekarte – nur *eine* Speisekarte, denn Phoebe war nach wie vor unsichtbar.

Eine Hand wanderte zu Mallorys Hüfte, doch die Kellnerin schien nicht zu wissen, wodurch sie es sich mit ihr verscherzt hatte. Die Polizistin zeigte auf Phoebe und sagte: »Ich bin mit *ihr* hier.«

Prompt war die Unsichtbare zum VIP befördert. Jetzt lauschte

Phoebe der Aufzählung der Tagesgerichte und wurde nach ihren Präferenzen für das Salatdressing befragt. Ein Hilfskellner wurde herangewunken und sein Tablett um einen Korb mit Brötchen und Grissini, Besteck – und ein Glas eiskaltes Wasser erleichtert.

So durstig. *Danke, danke.*

Als die Kellnerin mit der Lunch-Bestellung abgedampft war, ließ sich Mallory auf dem Stuhl gegenüber nieder. Ihr Gesicht wirkte nicht unfreundlich, und heute lag auch keine Spur von Verrücktheit in ihren Augen; sie waren einfach nur beunruhigend. »Ich würde gerne mehr über die finanzielle Lage Ihrer Familie wissen. Als Ihr Vater damals den Treuhandfonds für Humphrey angelegt hat – war das eine Art Bestechung, damit Ihr Bruder die Klapsmühle nicht verlässt?«

»Bestechung? Nein, der Fonds war unwiderruflich. So konnte Daddy auch nicht drohen, sich sein Geld zurückzuholen. Und die Einkünfte aus dem Fonds wurden nicht an Humphrey ausgezahlt. Die gingen an seinen gesetzlichen Betreuer, die Anstalt.«

»Dann war Ihr Bruder also ein Goldesel … und die Ärzte würden ihn niemals gehen lassen.«

»Ironischerweise war das das Argument, das seine Anwälte benutzten, um den Treuhandfonds zu knacken und ihn aus der Anstalt rauszuholen.«

»Und was ist mit Ihnen, Phoebe? Sie haben nichts bekommen, als Ihr Vater starb. Ihm waren Sie gleichgültig. Hat Sie das wütend gemacht?«

»Er hat mich geliebt.« Was Phoebe sagte, klang nicht rechtfertigend, sondern wie die Schulmädchenversion einer unumstößlichen Tatsache. *Die Erde dreht sich um die Sonne, und mein Daddy hat mich geliebt.*

Die Polizistin nickte und schien keine Einwände zu haben.

Nur Neugier lag in ihrer Stimme: »Aber er hat Ihnen keinen Penny hinterlassen.«

»Daddy *besaß* keinen Penny. Als er starb, war er pleite.« Phoebe rückte mit noch mehr Informationen heraus. »Nachdem er meine Mutter verlassen hatte, lebte er zehn Jahre lang in Hotels. Das kostet eine Stange Geld. Und er hat die Zeit damit verbracht, sich zu Tode zu trinken. Mich hat es überrascht, wie lange es gedauert hat, so zu sterben. Er hat sehr hart daran gearbeitet.« Und dann fügte sie mit großem Stolz hinzu: »Ich habe Daddys letzte Zeche bezahlt.«

Das Kind legte immer großen Wert auf exakte Maße; zum Beispiel beschrieb es sein eigenes Lächeln als einen Meter achtzig breit. Und brachte damit auch Charles Butler zum Lächeln.

»Er hätte ebenso gut eine Dame sein können«, sagte Coco, etwas unsicher, während sie mit Mallory am Handy sprach. »Ich hatte meine Brille nicht auf.«

Jetzt förderte die Kleine weitere Details aus ihrer Erinnerung hervor. »Ja, er trug eine Sonnenbrille. Und eine Baseballkappe, ganz tief ins Gesicht gezogen … Nein, er sagte nichts … Na ja, schon, aber er redete mit seinen Händen.« Die Finger ihrer freien Hand schlossen sich um einen Fantasie-Stift, und sie machte eine kritzelnde Bewegung in der Luft. »Als wollte er etwas zu schreiben haben … Und dann? Drehte sich Onkel Red um … Ich weiß nicht.«

Coco zog die Beine hoch. Ihr Lächeln war verschwunden. Sie hob einen Arm, wie um einen Schlag abzuwehren. Die Polizistin am anderen Ende der Leitung brach offenbar wieder einmal die Regeln, indem sie Suggestivfragen stellte.

»Ich *weiß es nicht*!«

Charles nahm Coco das Telefon aus der Hand und beendete das Gespräch mit Mallory ohne ein Wort des Abschieds.

Als Riker hereinkam, war der Computerraum von lautem Summen erfüllt. Jeder Bildschirm war eingeschaltet.

Mallory legte ihr Handy aus der Hand. »Coco erinnert sich an weitere Einzelheiten. Unser Täter trug eine Sonnenbrille – nachts.«

»Na ja, das erklärt die Löcher.« Irgendwann hatte das kleine Mädchen einmal erwähnt, in dem verschwommenen Gesicht von Onkel Reds Mörder hätten große dunkle Löcher gegähnt.

»Da ist noch mehr«, sagte Mallory. »Bevor Humphrey den Schlag auf den Schädel bekam, brachte ihn der Mörder dazu, sich umzudrehen, indem er ihn um einen Stift bat – in *Zeichensprache.* Der Hungerkünstler tat so, als wäre er stumm, damit man seine Stimme nicht erkennt.«

Riker nickte. Mit diesen Mitteln der Verstellung konnte man immerhin einen gedungenen Mörder ausschließen. »Und wie läuft die Suche nach der privaten Krankenschwester der Nadlers?«

»Möglicherweise ist sie nicht mehr am Leben. Seit fünfzehn Jahren hat sie keine Einkommenssteuer mehr gezahlt.«

»Wir haben eine Besucherin«, sagte Riker. »Dr. Slope hat sie geschickt.«

Die beiden Detectives gingen den Flur entlang bis zum kleinsten Vernehmungsraum; er wurde für private Besprechungen benutzt, die weder abgehört noch heimlich beobachtet werden sollten. Auf einem der drei Stühle saß Detective Janos, neben ihm eine grauhaarige Frau, die er als »Dr. Sills – Pathologin im Ruhestand« vorstellte. Beide stippten Teebeutel in heißes Wasser. Janos stand vom Tisch auf. »Sie hat früher im Büro des Chefpathologen gearbeitet.« Schon auf dem Weg zur Tür fügte er hinzu: »Sie erinnert sich an unseren toten Penner.«

Rikers Lächeln war breit, als er einen Stuhl neben der Frau heranzog. »Danke, dass Sie gekommen sind, Ma'am.«

»Für Edward Slope tue ich alles. Er sagte, Sie möchten wissen, welche Leute uns besucht haben, um den Leichnam eines Obdachlosen zu sehen.«

Mallory nahm am Tisch gegenüber von der Ärztin Platz. »Haben Sie irgendwelche Unterlagen über die Identität des Penners?«

»Unterlagen gibt es keine, meine Liebe. Ich habe alles im Kopf. Edward musste nur ein bisschen nachhelfen. Er sagt, der Leichnam sei an dem Tag seziert worden, an dem ein Verkehrsopfer mit abgetrenntem Kopf hereinkam. Ein unvergesslicher Tag. Da fanden wir dann auch die Leiche des Obdachlosen. Jemand hatte ihn in einem Kühlfach abgelegt, das wir für leer hielten. Keine Ahnung, wie lange er da gelegen hatte. Aber ich bin mir sicher, das hat Edward Ihnen erzählt.«

»Nein«, erwiderte Riker. »Das wird ihm wohl entfallen sein.« Er hätte darauf gewettet, dass ein Bediensteter den Leichnam bewusst »verlegt« und dafür ein Schmiergeld eingesteckt hatte; ein weiterer Minuspunkt für das Büro des Chefpathologen.

»Na ja, das war schon sonderbar«, sagte Dr. Sills. »Und die Unterlagen fehlten auch. Das weiß ich noch, weil wir alle Reviere in Manhattan anrufen mussten.«

Auf einmal war der Penner noch viel interessanter geworden.

»Aber es überrascht mich nicht, dass Edward an diesem speziellen Tag Probleme mit der Dokumentation hatte.«

Riker nickte. Natürlich nicht. Warum sollte Dr. Slope Mallory noch mehr Munition für ihren nächsten Krieg verschaffen? Dr. Sills vorbeizuschicken, entsprach wahrscheinlich der Vorstellung des Chefpathologen von Reue, weil er ihnen keinen reinen Wein eingeschenkt hatte. Vermutlich kostete diesen grundehrlichen Mann schon eine Unterlassungslüge dieser Art schlaflose Nächte.

»Damals an dem Tag herrschte das totale Chaos«, sagte die

pensionierte Pathologin. »Nach einer Schießerei und einer Karambolage, an der zehn Autos beteiligt waren, war bei uns die Bude voll – so viele Leichen. Und dann strömten all die armen Familienmitglieder herein, um die sterblichen Überreste zu identifizieren. Aber nur ein Besucher war ein Kind, vielleicht elf oder zwölf Jahre alt. Ein hübscher Junge. Er kam ganz allein, suchte nach seinem Vater. Es war herzzerreißend.«

»Erinnern Sie sich an den Namen?«

»Nein, tut mir leid. Es ist zu lange her.«

»Kommt Ihnen der Name Toby Wilder bekannt vor?«

Sie schüttelte den Kopf. »Ich fragte ihn nach seinem Schülerausweis. Der Junge ging auf eine Privatschule, so viel weiß ich noch. Ich musste dort anrufen, um mir die Telefonnummer seiner Mutter geben zu lassen. Ich ließ ihn ein paar Formulare ausfüllen, um ihn zu beschäftigen, bis sie eintreffen würde. Es hat ihn total aufgeregt, als seine Mutter hereinkam. Schätze, er wollte ihr die schreckliche Situation ersparen. Und dann sah ich den weißen Stock.«

»Seine Mutter war blind«, sagte Riker.

»Ja. Das ist der einzige Grund, warum ich ihrem Sohn erlaubt habe, sich den Leichnam anzuschauen. Als ich das Laken zurückschlug, fing der Junge an zu weinen – ganz leise und stumm, nur die Tränen strömten ihm über die Wangen. Na, ich dachte, das müsse wohl sein Vater sein, aber er sagte, nein. Dann meinte die blinde Frau, sie wolle die Leiche … tja, sehen. Sie fuhr mit den Fingerspitzen über das Gesicht des Mannes, zog die Gesichtszüge nach. Und dann weinte sie auch – ganz leise, wie der Junge. Sie wischte sich mit dem Ärmel die Tränen ab, um sie vor ihrem Sohn zu verbergen. Das war mein Eindruck. Und die Mutter sagte, das sei nicht ihr Mann.«

»Wir haben den Autopsiebericht gelesen«, sagte Mallory. »Der Körper des Penners war nur noch Haut und Knochen.

Unterernährt. Außerdem hatte er eine gebrochene Nase, eine frühere Verletzung, und jede Menge Zähne fehlten.«

»Ich verstehe, was Sie sagen wollen, Detective. Ja, das würde die Gesichtszüge eines Mannes stark verändern. Doch damals ging ich davon aus, es habe kürzlich noch einen familiären Kontakt gegeben – denn wie sonst wäre der Junge auf die Idee gekommen, im Leichenschauhaus nach seinem Vater zu suchen?«

»Die Reaktionen der beiden haben Sie beunruhigt«, sagte Mallory. »Sie wussten, dass da was nicht stimmte. Wer weint schon um einen Fremden?«

»Ja, das fand ich sehr verstörend.«

FÜNFUNDDREISSIG

In Staatsbürgerkunde lese ich laut aus meinem Aufsatz über die Verhaltensregeln bei der Ermittlung in einem Mordfall vor. Es ist die einzige Stunde, die ich mit Humphrey, Willy und Aggy der Beißerin gemeinsam habe. Während ich lese, sind sie mucksmäuschenstill. Sie vergessen das Atmen. Ich habe ihnen einen Mordsschrecken eingejagt.
Für mich der beste Tag von allen.

ERNEST NADLER

Riker betrat das schicke Restaurant an der Wall Street. Alles roch hier nach Geld: die Samtvorhänge, die Holzvertäfelung, das echte Silberbesteck auf den Tischen. Trotzdem vermutete er in dem Oberkellner einen ehemaligen Knacki. Zwar waren keine Knast-Tattoos sichtbar, doch der Mann verriet sich, als er beim Anblick des schlechten Anzugs des Detectives und seiner verschrammten Schuhe nicht sofort verächtlich reagierte. Normalerweise wäre der unwillkommene Gast zur Tür komplimentiert worden. Doch offenbar las der Oberkellner stattdessen deutlich das Wort *Cop* in Rikers verhangenen Augen.

Selbst als Kind hatte Riker so ausgesehen, als würde er jeden Moment jemanden festnehmen.

»Der amtierende Polizeipräsident erwartet mich«, sagte er.

Der Ober, sichtlich erleichtert, brachte den Detective an einen Tisch, an dem bereits ein einzelner Gast mit dem Essen begonnen hatte.

Rolland Mann hatte eine neue Methode gefunden, seine Dominanz zu zeigen: Teile und demütige. Riker hatte die Anweisung erhalten, allein zu kommen, und wurde jetzt mit einem beiläufigen Winken dazu beordert, sich zu setzen und seinem Vorgesetzten dabei zuzusehen, wie er ein saftiges Steak verspeiste.

Der amtierende Polizeipräsident bemerkte, wie sich an den Tischen ringsum die Köpfe drehten, sich der ein oder andere anrempelte und so mancher abschätzig lächelte. Als er aufblickte, sah er Rikers Partnerin hinter einem Fenster nahe seinem Tisch stehen. Glücklicherweise war verdeckte Überwachung an diesem Abend nicht Mallorys Aufgabe. Von der anderen Seite der Glasscheibe aus starrte sie Rolland Mann auf die gleiche Weise an, mit der er sein Steak betrachtete. Er legte Messer und Gabel beiseite und ließ sich endlich dazu herab, mit dem anderen Polizisten zu reden, der schweigend an seinem Tisch saß. »Es wurde Ihnen gesagt, Sie sollen allein kommen.«

Ohne auf diese Bemerkung zu achten, kramte Riker in seinen Taschen nach einem Notizbuch. »Wir haben Ermittlungen wegen Mordes in Sachen Ernest Nadler aufgenommen. Es stellte sich heraus, dass er in seinem Krankenhausbett ermordet wurde. Wir haben den Kollegen vernommen, der vor dem Zimmer des Kindes Wache schob. Er erinnert sich, dass Sie auch dort waren.«

»Ich war damals Detective. Ich hatte einen …«

»Dann waren also Eltern, Ärzte, Krankenschwestern an seinem Bett.« Riker blätterte weiter. »Und *Sie.* Der wachhabende Polizist sagt, Sie hätten in jener letzten Woche das Zimmer des Kindes *oft* besucht.«

Das war allerdings gelogen. Bei seiner Vernehmung hatte der Polizist sich an nichts dergleichen erinnert. Der Monat, den er im Krankenhaus Wache geschoben hatte, war zu einer Zeit der Langeweile zusammengeschmolzen, unterbrochen nur durch das Wehklagen von Mrs. Nadler, als sie ihren Sohn tot auffand. Doch Rolland Mann widersprach nicht.

»So weit waren wir schon mal, Riker. Sie haben das verdammte Videoband gesehen. Sie *wissen*, warum ich mich für diesen kleinen Jungen interessiert habe.«

Der Detective klappte sein Notizbuch zu, ein Signal für seine Partnerin draußen auf dem Gehweg. »Wenn Sie irgendetwas Nützliches zu dem Mord an dem Kind beitragen können, dann wäre jetzt die Zeit, es mir zu sagen. Wann sind Sie an jenem Abend ins Krankenhaus gegangen? War das bevor oder nachdem der Junge ermordet worden war?«

»Als ich Ernest Nadlers Zimmer an jenem *Morgen* verließ, lebte er noch.«

Riker klappte sein Büchlein wieder auf und machte sich stichpunktartig ein paar Notizen. Dann *war* Mann also am Todestag des Jungen dort gewesen. »Der wachhabende Polizist erinnert sich, dass Sie am Abend noch mal vorbeikamen«, log er. »Um die Essenszeit.«

»Da irrt er sich! Oder vielleicht ist er …«

Das Gespräch wurde jäh unterbrochen, als der Oberkellner an den Tisch trat und einen Block mit liniertem gelbem Papier hinlegte, wie man ihn für Zeugenaussagen benutzte. »Mit freundlichen Grüßen von der Dame«, sagte er.

Rolland Mann wandte sich zum Fenster, doch die Dame war verschwunden.

Riker zeigte auf das halb gegessene Steak. »Nehmen Sie das mit.« Der Oberkellner salutierte fast, bevor er hastig den Teller vom Tisch abräumte – ohne den hochrangigen Polizeibeamten, der immerhin die Zeche bezahlte, auch nur eines Blickes zu würdigen.

Der Detective schob den gelben Block vor den amtierenden Polizeipräsidenten. »Sie kennen ja das Prozedere. Schreiben Sie einfach alles auf, woran Sie sich von jenem letzten Tag des Kindes erinnern.« Riker hielt ihm den Stift hin, und Rolland Mann nahm ihn entgegen – ein Reflex. Wenn man diesen Schachzug richtig platzierte und das Timing perfekt war, griff das Subjekt der Vernehmung immer nach dem Stift, und dann blieb ihm auch nichts anderes übrig, als ihn zu benutzen.

Als die Seite zur Hälfte gefüllt war – es waren nur zwei kurze Abschnitte –, legte der amtierende Polizeipräsident den Stift nieder und las sich noch einmal seine Aussage durch. Er hatte nicht bemerkt, dass Mallory leise hinter seinen Stuhl getreten war. Das war ihre große Begabung: Nie hörte sie jemand kommen. Jetzt beugte sie sich ganz nah an sein Ohr und sagte: »*Unterschreiben Sie!*«

Wein flog durch die Luft, als der erschrockene Rolland Mann unabsichtlich das Glas zu Boden fegte, doch er dachte nicht daran, der Anwesenheit der jungen Frau hinter ihm Aufmerksamkeit zu zollen. Nachdem er einen Moment lang mit geballten Fäusten um Fassung gerungen hatte, nahm er erneut den Stift, als wäre das seine eigene Idee gewesen, und unterschrieb.

Die Detectives gingen, ohne sich zu verabschieden. Das Opfer ihres kleinen Blitzkrieges saß weiter am Tisch, schaute auf die Stelle hinab, an der sein Steak gestanden hatte, griff blind nach dem Glas, das auch nicht mehr da war, und fasste ins Leere.

Chefpathologe Edward Slope betrat die Wache mit einem Geschenk in der Hand. Zu dieser späten Stunde brannte nur noch eine einzige Schreibtischlampe, Kathy Mallory saß vor dem Bildschirm ihres Laptops. Slope blieb kurz stehen und genoss die seltene Gelegenheit, sie zu beobachten, ohne dass sie es merkte. In diesem Augenblick tat es ihn um jeden Streit der letzten Zeit leid, auch wenn eindeutig immer Mallory im Unrecht gewesen war.

Doch Mallory hatte eine besondere Begabung, Schuldgefühle auf andere zu übertragen – oder sie aus dem Nichts entstehen zu lassen, so wie jetzt. Sie drehte sich auf ihrem Stuhl herum und sah ihn dastehen, in der Hand seine Friedensgabe, sein Geschenk, ohne Geschenkpapier und Band.

Der Doktor durchquerte den Raum und legte ihr den schweren braunen Umschlag auf den Tisch. »Meine Leute haben das hier für Sie zusammengestellt. Es enthält alles, was Sie brauchen, um den Typen aus der Krankenhausverwaltung und seine Pathologin festzunageln. Und wie Sie wissen, gebe ich vor Gericht einen ausgezeichneten Zeugen ab.«

Ohne auch nur einen Blick auf seine Gabe zu werfen, wandte sich Mallory wieder ihrem Computer zu. »Ich hab die beiden von dem Fall abtrennen müssen.«

»Was? Die zwei stecken unter einer Decke und haben den Mord eines Kindes vertuscht.« Slope schlug mit der Hand auf den Umschlag. »Es steht alles da drin. Ich habe es *bewiesen*. Und es ist undenkbar, dass sie diese Autopsie aus Nachlässigkeit oder Unwissen verbockt haben. Sie wussten sehr wohl, was sie taten.«

»Der Verwaltungsmensch nahm Anweisungen vom stellvertretenden Bezirksstaatsanwalt entgegen. Carlyle hat sogar noch Schlimmeres auf dem Kerbholz, aber ich musste auch ihn gehen lassen.«

Slope verschränkte die Arme. »Da mache ich nicht mit.«

»Doch, das werden Sie.« Mallory hatte es nicht wie einen Befehl formuliert, sondern im leisen Ton der Resignation gesagt. »Ihre alte Freundin Grace hat Sie angeschmiert. Als im Krankenhaus die getürkte Autopsie an dem kleinen Nadler vorgenommen wurde, machte das Driscol Institute seine erste Spende an Ihre Entzugsklinik. Es war derselbe Tag. Und die Spende war riesig. Danach kam Jahr für Jahr eine neue ...«

»Grace ist wohl kaum meine *Freundin*. Und ich habe sie erst kennengelernt, *nachdem* meine Klinik diese Spende bekam.«

»Das glaube ich Ihnen. Aber auf dem Papier sieht es schlecht aus. Sagen wir, ich kann beweisen, dass Grace einen Grund dafür hatte, den Mord an dem Jungen unter den Teppich zu kehren. Dann erweckt diese Spende den Anschein, als hätten Sie ihr dabei geholfen, die Autopsie verschwinden zu lassen – als hätte sie Sie dafür bezahlt, ein Auge zuzudrücken. Wenn Grace und ihr Hündchen, der ADA, dafür dran sind – sind Sie es auch.« Mallory drehte ihren Bildschirm herum, damit der Doktor ihn sehen konnte. »Und Sie sind nicht der Einzige. Ich folge immer noch den Spuren des Geldes, doch bis jetzt habe ich nur jede Menge Politiker in Schlüsselpositionen gefunden, die sich all ihre Lieblingsprojekte vom Driscol Institute finanzieren lassen. Einige haben Graces Freunden einen Gefallen getan – mit Steuernachlässen, städtischen Aufträgen, politischen Ernennungen. Die sitzen ebenso in der Falle wie Sie. Diese Art von Erpressung endet nie. Das ist alles öffentlich zugänglich, jeder kann drauf stoßen. Ich bin mir sicher, Grace wird Ihnen liebend gerne erklären, wie das funktioniert, wenn Sie Probleme machen.«

»Ihr könnt sie doch nicht einfach davonkommen lassen – nicht meinetwegen. Ich *will*, dass das hier enthüllt wird. Wir gehen mit dem ganzen Schlamassel vor Gericht. Ich *bestehe* darauf! Ich kann gegen diese Unterstellungen nichts tun, wenn Sie in der Zwischenzeit Ihre kleinen Hinterzimmer-Deals machen.«

Mallorys Stimme war ruhiger als seine: »Das sind die Regeln von New York City. Hier kann man mit einem Mord davonkommen. Oder man lebt sein ganzes Leben ohne einen einzigen Fehltritt und verliert dann alles. So bleibt der Dreck unter den Teppich gekehrt. Aber ich werde einen anderen Weg finden, dieser Frau das Handwerk zu legen. Verlassen Sie sich drauf.«

Später würde Slope es bereuen, kurzzeitig seinen Verstand ausgeschaltet zu haben, doch jetzt war er wütend, als er sagte: »Und ich soll auch noch dankbar dafür sein, dass Sie mich hier decken? Meinen Sie, dann hätten Sie was bei mir gut?«

Kathy war nicht leicht aus der Fassung zu bringen, aber einen Moment lang war sie es.

Sie hatte ihm ihren Schutz geschenkt. Und er war darauf herumgetrampelt. Natürlich lag sie richtig. Sie konnte unmöglich andeuten, im Büro des Chefpathologen gehe es nicht mit rechten Dingen zu. Selbst wenn nur hinter vorgehaltener Hand davon geredet wurde, müsste Slope seinen Job abgeben. Er würde alles verlieren, obwohl er nichts Falsches getan hatte. Mallory bewahrte ihn vor einem aussichtslosen Kampf – und so dankte er ihr jetzt dafür.

Die junge Polizistin ließ seinen Umschlag mit Beweismitteln in eine tiefe Schreibtischschublade fallen. Eigentlich rechnete er mit einem lauten Knall, doch sie schob die Lade nur zu und schloss ab. Nachdem sie den Computer und die Lampe ausgeschaltet hatte, saß Mallory sehr still da. Ihr Gesicht lag im Schatten, eine stumme Aufforderung dazu, sie jetzt alleinzulassen.

Lieber wäre es ihm gewesen, sie hätte ihn erschossen. Der Doktor erhob sich von seinem Stuhl. »Kathy?« Seine Stimme war heiser, und was konnte er auch mehr sagen? Er beugte sich hinab und küsste sie aufs Haar, dann schleppte er sich hinaus.

An diesem Abend trug Officer Chu einen Feldstecher um den Hals. Schlüssel oder nicht Schlüssel? Die große Frage stand kurz vor ihrer Beantwortung, als er Willy Fallon auf ihrem Marsch zum eisernen Gartentor des Driscol Institute folgte, vorbei an Mülltüten und gebündelten Zeitungen auf dem Gehweg. Auch ein Sofa war für den Sperrmüll hinausgestellt worden, und Chu richtete sein Fernglas darauf und stellte scharf – keinerlei Zeichen von Abnutzung. Sperrmüllabende boten in New York City Gelegenheiten zu wahren Schatzfunden. Auf einem Haufen mit recycelbarem Metall lag zum Beispiel ein Bündel voll funktionstüchtiger Jalousien. Warfen reiche Leute so etwas weg, bloß weil die Lamellen staubig waren?

Willy Fallon blieb vor dem hohen Tor stehen, das zum Gartenweg führte. Mit seinem hochprofessionellen Fernglas konnte Arthur Chu sehen, wie sie in ihre Tasche griff; selbst die Nähte im Leder waren zu erkennen. Würde sie einen Schlüssel zücken oder Dietriche? *Oh nein.* Sie trat ganz vom Tor weg. Etwas hatte sie erschreckt, denn sie drückte sich an die Wand des Gebäudes.

Der Beschatter richtete seinen Feldstecher erneut auf das Tor, und jetzt bemerkte er das Vorhängeschloss samt Kette. Das war neu. Zwei plumpe, weiße Hände griffen durch die Stäbe des Tores. Dann wurde das Schloss geöffnet, das Tor ging auf, und eine Frau stand am Ende des Gartenweges. Er erkannte Phoebe Bledsoe von einem Foto an der Korkwand des Einsatzraumes. Sie trug einen Müllsack hinüber zur Bordsteinkante.

Willy Fallon löste sich von der Wand. Mit ausgestreckten Händen und Fingern, die aussahen wie Klauen, näherte sie sich hinterrücks der anderen Frau.

Arthur Chu wollte sie warnen, doch Detective Mallory würde ihn umbringen, wenn er seine Deckung aufgab. Und so wurde jeder soziale Impuls in ihm, den ihm seine Mutter beigebracht hatte, unterdrückt.

Phoebe Bledsoe bückte sich gerade über ihre Mülltüte, als Willy Fallon ihr einen Stoß versetzte und sie aus dem Gleichgewicht brachte. Im Fallen krachte die Frau gegen die Tonnen und brachte sie zum Umkippen, wie Dominosteine, eine nach der anderen. Kurz bevor sie auf den Gehweg stürzte, stieß sie einen Schrei der Überraschung aus. Dann lag sie da im Müll und streckte alle viere von sich.

Die letzte Tonne, die umkippte, war voller Jalousien aus Metall. Das Rasseln auf dem Gehweg klang ganz ähnlich wie das der Türen an den Spinden in der Schule, wenn man darin eingesperrt wurde. Phoebe sah den Rücken einer mageren Frau und wusste, es war Willy, bevor ihre Angreiferin zischte: »Du warst auch da. Du bist die Nächste.«

Mit diesen Worten ging ihre alte Schulkameradin davon, und während sie durch Licht und Schatten der Straßenlaternen wanderte, vollzog sich ihre Verwandlung. Ernies Comic-Welt der mutierenden Monster war mehr Wirklichkeit, als Phoebe wusste – und jetzt sah sie mit dem Auge ihrer Phantasie, wie Willy auf ihren acht Spinnenbeinen blitzschnell davonhuschte.

Phoebe humpelte auf ihrem verknacksten Fußknöchel in Richtung Gartentor, zog es hinter sich zu und sicherte es mit dem Vorhängeschloss. Genau in dem Moment, als sie auf dem Gehweg unterwegs war, klingelte am Ende des Gartens in ihrem Cottage das Telefon.

Nach der letzten Nachricht von Willy hatte sie den Anrufbeantworter ausgeschaltet, und das Klingeln hörte nicht auf. Phoebe betrat das Cottage und starrte das Telefon an – wie ein Ding, das explodieren konnte. Es klingelte und klingelte. Wusste der Anrufer, dass sie zu Hause war, dass sie dastand und einfach nur Angst hatte? Sie nahm den Hörer ab, doch ihr Mund war trocken, und sie sagte nichts.

Nach einer Weile sagte eine Männerstimme: »Phoebe?«

Es war Rolland Mann.

»Was wollen Sie?«

»Ich mache mir immer noch Sorgen wegen Ihrer Sicherheit«,

sagte er, »und wegen Ihrer *Beteiligung*. Haben die Detectives Sie zu Ernie Nadlers Tod befragt? Glauben Sie, die wissen es?«

»Wissen was?«

»Erinnern Sie sich denn nicht?«, sagte er mit dieser Stimme, als würde er mit einer Idiotin reden. »Als der kleine Junge im Wald aufgehängt wurde, damit er stirbt, haben Sie drei Tage gewartet, bis Sie mir gesagt haben, wo ich ihn finde.«

SECHSUNDDREISSIG

Heute Abend lausche ich vom Flur aus, während meine Eltern mit Detective Mann am Küchentisch sitzen. Er sagt, dass ich mir das alles nur ausgedacht habe und die Autopsie das belegt – die anderen haben den Penner nicht umgebracht. Er sagt, ich habe meine Klassenkameraden verpetzt, um mich an ihnen zu rächen, weil sie mich in der Schule schikanieren. Mein Vater nickt. Er hat die Spuren gesehen, die sie auf meinem Körper hinterlassen haben. Er glaubt dem Polizisten. Mom weint. Sie glaubt ihm auch. Ich bin verloren.

ERNEST NADLER

Die betagte Mrs. Buford bückte sich, um ihre Morgenausgabe der *Times* aufzuheben, denn sie konnte es kaum erwarten zu lesen, wie es mit dem Mord im Ramble weitergegangen war. Die Saga vom Hungerkünstler war zu ihrer Lieblingssoap geworden.

Auf der anderen Seite des Flurs öffnete sich die Tür, und sie wappnete sich. Der Mann der Nachbarin hatte in den letzten Tagen immer die Zeitung geholt, dieser unheimliche Zeitgenosse, bei dessen Anblick ihr das Frühstück im Halse steckenblieb. Heute jedoch – Gott sei Dank – sah sie Annie auf der Schwelle stehen.

Was für eine Erleichterung. Rolland Mann hatte also seine Frau offenbar doch noch nicht um die Ecke gebracht.

Nun, dann konnten sie auch ihr altes Morgenritual wiederaufnehmen, einen herzlichen Austausch von guten Wünschen für den Tag und Kommentaren übers Wetter. Vielleicht aber auch nicht. Mrs. Buford bemerkte den Koffer. »Verreisen Sie?«

Hauen Sie vielleicht ab?

Annie nickte.

»Dann wünsche ich Ihnen gute Fahrt.« Die alte Dame schloss die Tür, nur um sie schon eine Minute später wieder zu öffnen, weil sie jemanden weinen hörte. Annie Mann war bloß ein paar Schritte weit gekommen und gleich vor ihrer Tür neben dem Gepäck zusammengebrochen. Sie saß auf dem Boden, mit dem Rücken an der Wand.

Mrs. Buford zog energisch den Gürtel ihres Morgenmantels zu und eilte auf ihren flauschigen rosa Pantoffeln über den Flur. Mit knirschenden Knien ging sie neben ihrer Nachbarin in die Hocke und nahm die Hände der Frau in ihre, rieb das kalte, klamme Fleisch, bis es warm wurde, bis Annies Atmen etwas weniger angestrengt klang und ihr keine Schweißperlen mehr in die Augen rannen. Die jüngere Frau machte sich an der Klemme ihrer Handtasche zu schaffen. Als sie sie öffnete, rollten ein Dutzend Pillenfläschchen über den Flurteppich.

»Ich hole Ihnen ein bisschen Wasser, damit Sie Ihre Pille nehmen können.« Kaum hatte Mrs. Buford ihre eigene Wohnung betreten, signalisierte ein leises *Pling* das Anhalten des Fahrstuhls. Als sie aus der Tür spähte, sah sie zu ihrer großen Überraschung zwei Polizisten in Uniform auf dem Flur stehen – doch die Überraschung von Annie Mann schien noch größer zu sein, denn sie war wie ohnmächtig zusammengesunken. Und vielleicht war das auch besser so. Arme Frau. Bei vollem Bewusstsein hätte sie es nie geschafft, das Gebäude zu verlassen. Einer der Polizisten hob Annies Brieftasche auf, die ihr mit anderen Habseligkeiten aus der Handtasche gefallen war. Er nickte dem zweiten Mann zu, der den schlaffen Körper der Frau zum Aufzug trug und den Koffer stehen ließ. Eine junge

Blondine in Zivil kniete auf dem Teppich und schob die Pillenfläschchen zurück in die Handtasche. Wie seltsam.

Na ja, jedenfalls hatte Annie den Absprung geschafft.

Natürlich hatte sich Mrs. Buford diese Szenerie hundertfach ausgemalt, doch sie hatte immer den Ehemann in polizeilichem Gewahrsam gesehen, nicht die *Frau.* Gerade wollte sie die Tür wieder schließen, als jemand rief: »Warten Sie!« Mrs. Buford streckte noch einmal den Kopf aus der Tür und sah die langbeinige Blondine auf sich zukommen – näher und näher. *Oh mein Gott, was für seltsame grüne Augen.*

Die junge Frau zeigte ihr eine goldene Dienstmarke und einen Ausweis der Polizei. Ein *Detective*! Wie aufregend. Während die Blondine die Plakette zurück in ihre Hosentasche steckte, öffnete sie seitlich ihren Blazer, und ein riesiger Revolver in einem Schulterholster wurde sichtbar.

Das war einfach nur *wundervoll.* Mrs. Buford wurde vor Begeisterung fast ein wenig schwindelig, als sie meinte: »Sagen Sie bloß, es geht um *Mord.*«

»Richtig. Es geht um Mord.«

Die alte Frau erhob sich auf die Zehenspitzen, erschauderte vor Freude, und als die junge Frau fragte: »Na, sind Sie mit von der Partie?«, erwiderte Mrs. Buford: »Au ja!«

Coco hockte auf einem Schreibtisch in der Nähe des Treppenhauses und hielt Detective Gonzales einen Vortrag über die unglaubliche Wichtigkeit von Schlössern an Toilettensitzen. »Sonst kommen die Ratten rein. Sie tauchen durch die Kanalisation nach oben in die Toilettenschüssel. Aber wenn die Sitze abgeschlossen sind, schwimmen sie bloß so lange darin herum, bis sie ertrinken.«

Der Lieutenant stand zusammen mit Mallory und Riker im Dienstraum am Fenster zu seinem eigenen Büro und beobachtete durch die Jalousien das, was dort vorging. Mittels einer Sprechanlage konnten die drei das Gespräch im Büro mitverfolgen, wo zwei Zivilisten, Annie und Charles, sich mittlerweile mit Vornamen ansprachen.

Die Dame war nicht das, was Jack Coffey erwartet hatte – alles andere als die hübsche Trophäe eines politischen Emporkömmlings. Sie sah so gewöhnlich aus, abgesehen von der Tatsache, dass sie durch und durch verängstigt war.

Annie Mann klammerte sich mit beiden Händen an die Lehnen ihres Stuhls wie an einen Schleudersitz. Trotz ihrer Angst lächelte sie, als Charles Butler lächelte, und dieser Gesichtsausdruck verwandelte sie: Auf einmal war sie keine graue Maus mehr, sondern wirkte warmherzig, der Charme in Person. Eine Frau mit Charisma. Die Verwandlung war geradezu verblüffend, doch sie währte nicht lang, dann versank Annie erneut in ihrem Panikmodus, ihre Augen huschten hin und her, immer auf der Hut vor Gefahren, die irgendwo in den Winkeln des Raumes lauern mochten. Jetzt keuchte sie auch wie ein Hund.

Charles schaute sich die Ansammlung von Medikamenten aus der Handtasche der Frau an, wählte dann eine Pille und reichte sie ihr. Sie warf sich die Tablette in den Mund und zerkaute sie wie ein Bonbon. Als sie ruhiger geworden war, ließ Charles sie einen Augenblick allein und trat zu den verdeckten Beobachtern auf der anderen Seite des Bürofensters.

Mallory schaute durch die Jalousien und ließ die Frau nicht aus den Augen, während sie mit dem Psychologen sprach. »Ist sie verrückt?«

»Nein«, sagte Charles. »Überhaupt nicht.«

»Dann tut sie nur so.«

»Oh nein. Ich stimme Mrs. Bufords Diagnose zu. Annie leidet an einer schweren Phobie. Sie sagt, in der Öffentlichkeit gerate sie leicht in Panik.«

Der Lieutenant und seine Detectives taten so, als fänden sie diese Information spannend, obwohl sie doch jedes Wort mitgehört hatten. Unter dem fälschlichen Eindruck, sie seien *wirklich* interessiert, fuhr Charles fort: »Nun, so nimmt eine Agoraphobie, die Angst vor menschlichen Ansammlungen, ihren Ursprung. In einem früheren Stadium war Annie durchaus noch gesellschaftstauglich. Krankenhäuser waren für sie als Krankenschwester wichtige Sicherheitszonen – Bereiche der Kompetenz und des Vertrauens.«

»Sie arbeitet schon seit fünfzehn Jahren nicht mehr«, sagte Jack Coffey, der die Sache beschleunigen wollte, ohne ein Spielverderber zu sein.

»Und während dieser Zeit«, sagte der Psychologe, der keine kurzen Antworten kannte, »schwanden auch ihre übrigen Sicherheitszonen dahin. Sie hat Angst davor, in der Öffentlichkeit Panikattacken zu erleiden. Über die Jahre hinweg hat sie eine stetig wachsende Liste von solchen Orten gemieden. Irgendwann konnte sie dann nirgendwo mehr hingehen. Natürlich verstärkt das lang anhaltende Eingesperrtsein zu Hause ihr Leiden noch. Seit die Manns dort eingezogen sind, hat Annie die Wohnung nicht mehr verlassen.«

»Wir haben gesehen, dass du ihr eine Pille gegeben hast.« Das sagte Mallory, als wollte sie ihn zum Dealer abstempeln.

»Ein sehr schwaches Beruhigungsmittel«, sagte Charles. »Sie hatte schreckliche Angst – und stand kurz vor dem Nervenzusammenbruch. Schätze, ihr wollt sie bei Sinnen haben, wenn ihr sie befragt.«

»*Nach dem Gesetz* bei Sinnen«, sagte Coffey. »Steht die Frau nun unter Drogen?«

»Nein, ich würde sagen, sie ist klarer im Kopf als vorher.«

»Mehr brauchen wir nicht zu wissen.« Der Lieutenant gab Detective Janos ein Zeichen, der dann das Büro betrat und Annie Mann hinaus in den Dienstraum und über den Flur zu einem Zimmer führte, wo eine weniger sanfte Vernehmung auf sie wartete.

»Ratten haben auch Angst vor menschlichen Ansammlungen«, sagte eine kleine Stimme.

Vier Augenpaare wandten sich der Stelle zu, wo Coco stand, die offenbar ihrem polizeilichen Babysitter ausgebüxt war. Sie lächelte nicht mehr.

»Ratten fühlen sich in offenen Räumen nicht sicher.« Coco schaute mit ernster Miene der Frau hinterher, die weggeführt wurde. »Deshalb halten sie sich immer in der Nähe von Wänden auf.«

Jetzt sahen sie alle, wie Annie Manns Körper sich kaum von der Wand löste, während sie mit ihrem Begleiter den Flur entlangging.

Annie saß zusammengesunken auf dem Stuhl. Ihre Augen waren weit aufgerissen.

Der Verhörraum mit seinen kotzgrünen Wänden und fluoreszierenden Lichtern, die jeden zum Zombie machten, war doch zu fremd für diesen Menschen, der sich vor menschlichen Ansammlungen fürchtete – jedoch nicht unheimlich *genug*. Riker fragte sich, wie gereizt die Frau wohl ohne das verdammte Beruhigungsmittel gewesen wäre.

»Sie haben Ihren Namen geändert«, sagte Mallory.

»Ich habe geheiratet«, antwortete Annie.

»Sie meint Ihren Vornamen«, sagte Riker. »Früher hießen Sie Margaret – und jetzt nennen Sie sich Annie.«

Die Frau zögerte keinen Augenblick: »Für meine Freunde war ich immer Annie.«

»Sie haben uns die falsche Sozialversicherungsnummer angegeben«, sagte Mallory.

»Ich habe sie geändert. Ich machte mir Sorgen wegen Identitätsdiebstahls.«

Hier geriet Annie zum ersten Mal ins Straucheln. Bislang waren Mrs. Manns Antworten zu schnell gekommen, als hätte sie etwas auswendig gelernt, doch jetzt hatten die Detectives das, worauf sie gewartet hatten. Hier war der Haken, die erste Lüge, in die sie sich verstrickte.

»Vor fünfzehn Jahren«, sagte Riker, »hat sich noch kein Mensch Sorgen wegen Identitätsdiebstahls gemacht. Ich glaube, damals gab es nicht mal ein Wort dafür.«

»Man hat mir die Brieftasche gestohlen – meinen Führerschein, Kreditkarten ...«

»Sie haben nie bei der Polizei Anzeige erstattet, haben nie Ihre Kreditkartenbuchungen überprüft.« Mallory tippte etwas auf ihrem Laptop ein. »Und den Führerschein haben Sie nie neu ausstellen lassen. Hier steht, er sei abgelaufen. Das Gleiche gilt für die Scheckkarten. Ich kann für die vergangenen fünfzehn Jahre nichts zu Ihrer Person finden.« Sie drehte den Computer zu Annie Mann herum. »Schauen Sie hier. Ihr Name steht nicht einmal im Kaufvertrag für Ihre Eigentumswohnung.«

Annie beugte sich zum Bildschirm, als könnte ein näherer Blick erklären, warum ihr Ehemann dort als einziger Besitzer der Wohnung aufgeführt war. »Das gibt es doch nicht.«

»Haben Sie das nicht gewusst? Ihre Nachbarin, Mrs. Buford, glaubt, dass Sie verheiratet sind, aber sie ist die Einzige in dem Gebäude, die Sie jemals zu Gesicht bekommen hat.«

»Ich *bin* verheiratet!«

Riker beugte sich vor. »Wir haben alle Telefonate überprüft. Sie haben Ihren Mann nie im Büro angerufen – nie. Seine Sekretärin sagt, er sei Single.«

Mallory lud ein weiteres Dokument hoch. »Sie sind nicht als

Nutznießerin seiner Pension eingetragen. Sie laufen nicht einmal bei seiner Krankenversicherung mit.«

»Aber, he«, warf Riker ein, »Sie brauchen auch keine Krankenversicherung. Sie sind kein großes Risiko. Laut Ihrer Nachbarin verlassen Sie nie die Wohnung.«

»Nur ihr Mann ist als Steuerzahler aufgeführt«, sagte Mallory. »Er ist ledig. Dann haben Sie also gelogen …«

»Wir *sind* verheiratet! Wir haben in Kanada geheiratet.«

Riker lächelte. »Ich würde Ihnen gerne glauben. Aber in *diesem* Land sind Sie in kein standesamtliches Register eingetragen. Es gibt nirgendwo eine Spur von Ihnen, Annie. Als hätten Sie Ihre Existenz vor fünfzehn Jahren ausgelöscht. Wissen Sie, wie wir Sie gefunden haben? Meine Partnerin fuhr zu Ihnen nach Hause, um zu ermitteln, warum Rolland ein dreiminütiges Telefonat mit seiner leeren Wohnung führte.«

»Wenn er Sie heute umbringen würde«, sagte Mallory, »wäre der einzige Mensch, der Sie vermissen würde, die alte Dame von gegenüber.«

»Wir versuchen Ihnen zu helfen, Annie.« Riker streckte die Hand aus und legte sie über ihre kalten Hände. »Also … Sie und Rolland haben sich im Krankenhaus kennengelernt – als Sie über das Kind der Nadlers wachten. Krankenschwestern und Polizisten, das ist eine natürliche Kombination.«

»Nein. Rolland war schon vorher mein Freund. Er war derjenige, der mir den Job be…« Annie zog ihre Hände weg und schlug sie vor ihren Mund. Wie ertappt saß sie da, mit hängenden Schultern und gebeugtem Kopf. »Es waren immer nur ein paar Stunden am Abend, aber die Nadlers haben mir eine komplette Schicht bezahlt. Wirklich nette Leute. Die hatten einen ganzen Monat in diesem Krankenhaus festgesessen und wollten halt ab und zu mal raus … nur ein paar Stunden. Angeblich war das Kind in einem stabilen Zustand.«

»Sie hatten Dienst, als Ernie Nadler starb«, sagte Mallory. »Sie waren der letzte Mensch, der ihn lebend gesehen hat. Und das sieht nicht gut aus für Sie, Annie. Die Eltern haben alles getan, damit Ernest in Sicherheit ist, doch kaum hatten Sie bei ihrem kleinen Jungen Dienst, wurde er ermordet.«

»Nein. Er starb an seinen Verletzungen … oder vielleicht an einer Infektion …«

»Sie *wissen,* dass es Mord war«, sagte Mallory. »Sie waren dort in seinem Zimmer im Krankenhaus, als er getötet wurde, als man ihm ein Kissen aufs Gesicht gedrückt und ihn erstickt hat.«

»Oh mein Gott, ich war es nicht. Ich war nicht mal da, als er starb. Ich ging raus auf die Feuerleiter, um eine zu rauchen. Ich schwöre, das dauerte nur ein paar Minuten. Als ich zurückkam, war der Junge tot. Rolland – er war damals Detective – war im Zimmer. Er kann es Ihnen sagen.«

»Sie sollten sich ernste Gedanken darüber machen, was er uns bereits gesagt *hat.*« Mallory schob ein Blatt Papier über den Tisch. »Das ist seine Zeugenaussage. Erkennen Sie die Handschrift? Er sagt, er war am Morgen im Krankenhaus – *nicht* am Abend, nicht, als das Kind ermordet wurde.«

»Ich würde Ihnen gerne helfen, Annie«, sagte Riker. »Aber dazu muss ich Ihre Seite der Sache hören.«

»Er war *dort*! Als ich in das Zimmer des Kindes zurückkam, stand Rolland am Bett. Er fragte mich, wo ich gewesen sei. Ich hatte *solche Angst.* ›Mach dir keine Gedanken‹, meinte er. Er würde es niemandem verraten. Er sagte, ich solle fünfzehn Minuten warten und dann einen Arzt rufen. Rolland hat mich vor einer Anzeige wegen Vernachlässigung meiner Sorgfaltspflicht bewahrt. Und dann hat er mich *geheiratet*, um mich zu retten. Er sagte, ein Mann kann gegen seine Frau nicht aussagen.«

»Er hat gelogen«, sagte Mallory. »Ein Ehemann darf keine

Aussagen über eheliche Gespräche machen, aber er darf zu Ereignissen aussagen. Deshalb hat er Sie auch fünfzehn Jahre dortbehalten. Sie sind der Knochen, den er den Cops hinwerfen kann, wenn irgendwann alles rauskommt. Als der Doktor den Jungen für tot erklärt hat, haben Sie ihm gesagt, Sie seien die ganze Zeit da gewesen. War es so? Hatte Rolland Ihnen gesagt, das sollen Sie sagen?«

»Rolland *liebt mich.*«

»Der Typ hat wirklich weit vorausgeplant«, sagte Mallory. »Und so war er der Letzte, der das Kind lebendig gesehen hat. Aber schätzen Sie mal, wer jetzt dafür gegrillt wird, *Annie*? Jetzt haben *Sie* das alles an der Backe. Sie – die verrückte Lady, die noch nicht mal die Wohnung verlassen kann. Die Bekloppte, die eine halbe Apotheke in ihrer Handtasche mit sich herumschleppt und …«

»*Nein!* Ich habe niemals …«

»Eine Krankenschwester, die ihre Patienten um die Ecke bringt«, sagte Mallory. »So wird es vor Gericht heißen. Sie hatten Mitleid mit einem kleinen Jungen, der keine Hände mehr hatte. Sie wollten Ernie diesen ganzen Horror ersparen – wenn er denn aus dem Koma erwachte. Da griffen Sie sich ein Kissen, und dann …«

»*Nein!* Ich war nicht mal *dort*, als der kleine Nadler starb!«

»Es kommt schon alles in Ordnung, Annie.« Riker schob einen gelben Schreibblock über den Tisch. »Ich werde Ihnen helfen. Schreiben Sie einfach auf, was an jenem Abend passiert ist. *Ihre* Sicht der Dinge.« Er reichte ihr einen Stift.

Sie nahm ihn.

Es gab nur zwei Beobachter im Dunkeln auf der anderen Seite des Spiegels, und sie blieben sitzen, während die Frau im Verhörraum ihre Aussage niederschrieb. Lieutenant Coffey schloss die Tür ab. Nun, da Ungestörtheit und Verschwiegenheit garantiert waren, wandte er sich an den Chief. »Wir sind immer noch im Aufbau des Falles begriffen. Ich will nichts überstürzen.«

»Was für ein Motiv liegt vor, Jack?«

»Wir glauben, dass der kleine Nadler Zeuge des Mordes an einem Penner war. Wäre er jemals aus dem Koma erwacht, hätte der Junge Manns Schieberei im Falle Toby Wilder auffliegen lassen können. Mann wäre wegen Zeugenbeeinflussung, der Unterschlagung von Beweismitteln und wegen Erpressung ins Gefängnis gekommen.« Mallorys alternative Theorie behielt Coffey für sich. Niemand teilte ihre Affenliebe zu den finanziellen Motiven, und sie hatte ihm keinen soliden Beweis für diese Idee liefern können – nichts außer einer Reihe von Beförderungen eines mittelmäßigen Polizisten bis an die Spitze der Nahrungskette der New Yorker Polizei.

»Okay«, sagte Chief Goddard. »So weit, so gut. Rocket Mann heiratet die Krankenschwester zur Absicherung. Wenn die Sache schiefläuft, ist sie dran. Das nenne ich langfristige Planung – wie beim Hungerkünstler. Doch zuerst muss man ihn für den Mord an dem kleinen Nadler festnageln.«

»Ja«, antwortete Jack Coffey. »Nur ein Problem: Warum den Jungen ersticken? Mann war Detective. Er wusste doch, dass die forensischen Befunde auf Mord hinweisen würden. Selbst eine betrunkene Krankenhauspathologin hat die Blutungen in den Augen des Kindes bemerkt.«

»Petechiale Blutungen gehörten damals nicht zu Rocket Manns Wortschatz. Ich weiß noch, wie er damals war. Von Forensik hatte er nicht die blasseste Ahnung, und etwas dazuzulernen hatte er keinen Bock. Hat nie an einer Autopsie teilgenommen, nie ein Buch aufgeschlagen. Und der Typ hielt es höchstens eine Woche mit einem Partner aus. Niemand will mit einem Cop arbeiten, der alles vermasselt. Deshalb fuhr er auch schon als Berufsanfänger alleine Streife. Ich war derjenige, der ihn auf den Pennermord ansetzte.«

»Das weiß ich«, erwiderte Coffey. »Meine Detectives sind sehr gründlich. Sie haben mir auch gesagt, dass Sie am selben Tag Ihren Urlaub angetreten haben … Sir.«

»Und Sie haben mich nie gefragt, warum ich mit dieser Information nicht selber herausgerückt bin.« Joe Goddard winkte in Richtung des Fensters zum nächsten Zimmer, wo Annie Mann immer noch saß und an ihrer Aussage schrieb. »Dann wurde das also zu meinen Gunsten hier arrangiert. Ich habe gehört, ihr mögt keine Vernehmungen auf beiden Seiten des Spiegels.« Er lachte. Es war kein höhnisches Lachen, sondern kam aus dem Bauch.

Jack Coffey hätte nie mit dieser Reaktion gerechnet. »Warum haben Sie einem Mann mit weißer Dienstmarke, einem Einzelgänger ohne Durchblick, einen Mordfall anvertraut?«

»Der Pennermord war eine reine Fleißarbeit, ein Fall, der niemandem am Herzen lag. Wenn Mann den versaute – und ich wusste, das würde er –, blieb der Schaden minimal. Dann würde ich ihn zur Schnecke machen und wieder auf Streife schicken. Ich war angeln in Oregon, als er dem kleinen Wilder diesen Mord anhängte. Dass der Fall stank, roch man bis in die Fischgründe am anderen Ende des Kontinents. Bei meiner Rückkehr hatte schon jemand allerlei Strippen gezogen, und Mann war außerhalb meines Dezernats versetzt worden. Und dieser kleine Scheißer hatte auf einmal eine goldene Dienstmarke. Da wusste ich, dass an der Sache was faul war.«

»Wie viel wussten Sie denn über den Fall Ernest Nadler? Als er vermisst wurde, haben seine Eltern doch …«

»Als ich zurückkam, wusste ich nur, dass ein Kind verschwunden und lebendig wieder aufgefunden worden war. Dieser Scheißkerl Mann hatte die Tat vertuscht und aus den Büchern gelöscht. Es gab *nichts Schriftliches*, rein gar nichts. Ich wusste immer, dass er nicht das Zeug zu einem guten Polizisten hatte, und ich hatte recht behalten … aber ich hatte nicht mit seiner Schlauheit gerechnet. Das war mein Fehler. Was mit dem kleinen Jungen passiert war, habe ich erst erfahren, als Ihre Detectives den alten Fragebogen aus der ViCAP ausgegraben haben. Zufrieden, Jack?«

»Ja, Sir.« *Nein, Sir.* Lieutenant Coffey wusste, dass Goddard log, doch sein einziger Beweis dafür war die deutlich sichtbare Erleichterung des Chiefs, nachdem seine Version auf keinen Widerstand gestoßen war.

»Ihre Leute sollten dafür sorgen, dass der Fall wirklich wasserdicht ist, Jack. Rocket Mann darf nicht davonkommen, nur weil die Leute zu viele Krimiserien im Fernsehen schauen. Wenn Sie ein Problem mit der Forensik hatten, dann wird das bei den verdammten Geschworenen nicht anders sein. Und ich will auch nicht, dass der Fall am ehelichen Schweigerecht scheitert. Finden Sie heraus, ob er mit der Krankenschwester legal verheiratet ist.«

»Das ist er. Die Ehe wurde in Toronto, Kanada, geschlossen. Meine Detectives wussten das, bevor sie in die Vernehmung gingen. Und Mallory hat recht, was das Zeugnisverweigerungsrecht angeht. Es gilt nicht für das, was Annie Mann sah, und sie hat Rolland Mann in diesem Krankenhauszimmer mit dem toten Jungen gesehen.«

»Dann steht Aussage gegen Aussage. Sie brauchen mehr, um ihm den Mord an dem Jungen anzuhängen. Und präsentieren Sie mir ein paar Beweise für die Morde an Humphrey Bledsoe und Aggy Sutton.«

»Zwischen Mann und dem Hungerkünstler haben wir keine Verbindung gefunden.«

»Stellen Sie eine her. Nehmt die Ehefrau in Zeugenschutz.

Ich will nicht, dass es nach draußen dringt, dass sie überhaupt hier war. Lasst sie nicht nach Hause, auch nicht um eine Tasche zu packen. Bringt sie direkt in ein sicheres Haus.«

Coffey nickte. »Dann kommt Rocket Mann heute Abend also heim: keine Frau, kein fehlender Koffer, und all ihre Klamotten sind immer noch im Schrank.«

Goddard grinste. »Und was soll er machen? Alle denken, er ist Junggeselle. Er hat das Spiel zu lange laufen lassen. Jetzt kann er nicht mal eine Ehefrau vermisst melden, ohne zu erklären, warum er sie aus den Akten verschwinden ließ. Er wird sich fragen, wo sie ist – und mit wem sie redet. Der wird ziemlich durch den Wind sein.«

Jack Coffeys Leute waren längst damit beschäftigt, Rolland Mann aus dem Konzept zu bringen, und brauchten dafür keine Hilfe von Joe Goddard. Doch es wäre taktisch unklug gewesen, dem Chief zu sagen, dass die Durchsetzung seines Plans bereits in vollem Gange war. Mallory und Riker hatten Annie Manns Koffer ausgepackt und dann die Hilfe der Nachbarin in Anspruch genommen. Mrs. Buford war hellauf begeistert von der Idee, Agentin der Polizei zu werden, und für den Fall, dass Rolland Mann zu ihr an die Tür kam, war ihr Schweigen garantiert.

Joe Goddard hatte bisher nie die Neigung gezeigt, eine Ermittlung in einem Mordfall zu manipulieren. Warum jetzt dieser Sinneswandel? Wollte Goddard einfach unbedingt einen miesen Bullen jagen? Nein, wahrscheinlich nicht. Jack Coffey beschloss, dass der Chief etwas zu verbergen hatte – und wenn es nach ihm ging, sollte es auch im Verborgenen bleiben.

Die beiden Detectives saßen sich an ihren Schreibtischen gegenüber und erledigten den Papierkrieg für die letzte Vernehmung. Riker schob die beiden sich widersprechenden Aussagen von Rolland und Annie Mann beiseite. »Ist uns hier irgendwas entgangen? Als Rocket Mann Annie nach Kanada mitnahm – glaubst du, da hatte er den Plan, sie umzubringen und die Leiche irgendwo dort verschwinden zu lassen? Hat er vielleicht kalte Füße gekriegt? Töten ist nicht gerade sein größtes Talent. Bei den forensischen Beweisen zu Ernies Mord hatte er gepfuscht.«

»Ich glaube, Annie hat recht«, sagte Mallory. »Er wollte sie retten.«

»Dann … glaubst du nicht, dass er Ernie erstickt hat?«

»Oh doch. Das hat er schon getan. Der Scheißkerl ist ein Mörder. Er ist nur nicht besonders gut darin. *Das* ist es, was dich stört.«

»Ich hab Kopfweh«, sagte Riker.

SIEBENUNDDREISSIG

Der tote Mann im Ramble ist das Letzte, woran ich denke, wenn ich zu Bett gehe – aber nicht, um zu schlafen. Ich liege wach und frage mich: Hat jemand dem Penner die Augen geschlossen, bevor er beerdigt wurde? Oder kommen Käfer in seinen Sarg und krabbeln auf seinen Augäpfeln herum? Ich wecke meine Eltern, um sie danach zu fragen.

ERNEST NADLER

Hoffman wollte das Wohnzimmer nicht gerne verlassen, denn das Aussehen ihrer Besucherin gefiel ihr nicht. Und wer konnte es ihr verdenken?

Grace Driscol-Bledsoe stand von ihrem Stuhl auf und überragte deutlich die – Klassenkameradin? Mitmörderin? Wie sollte sie die Frau nennen? Ihres Sohnes. Auch egal. »Machen Sie sich keine Gedanken, Hoffman. Ich bin mir sicher, ich kann es mit Miss Fallon aufnehmen.«

Als sich nach dem Abgang der Krankenschwester die Tür geschlossen hatte, wechselte eine weitere braune Tüte mit Bargeld den Besitzer und wanderte von Grace zu ihrer Besucherin. »Damit dürften Sie gut über die Runden kommen.«

»Danke.« Willy Fallon warf die Tüte lässig auf einen Stuhl, als wollte sie zeigen, wie viel Verachtung sie für den schnöden Mammon empfand. Sie stand vor dem Fenster, das auf die Straße hinausging, und zog einen Vorhang aus weißer Gaze zurück. »Ich glaube, ich werde verfolgt. Das ist einfach ein unheimliches Gefühl.«

»Würde mich nicht überraschen, meine Liebe. Glauben Sie

denn, die Polizei weiß, was Sie getan haben – Sie und Ihre kleinen Freunde?«

»Das bereitet Ihnen immer noch Sorgen, ja?« Willy drehte sich zu ihr um, mit einem Lächeln, das einen Tick zu breit war und signalisierte, dass sie hier war, um weitere Forderungen zu stellen.

Grace, das alte Schlachtross, ließ ihre erste Salve los. »Offenbar weiß *jemand* etwas. Während Sie in diesem Baum hingen, müssen Sie sich doch ein paar Gedanken darüber gemacht haben, wer wohl von Ihrem Tod profitieren würde. Vielleicht seid ihr drei jemandem lästig gewesen, der das Gefühl hatte, eine Sache nicht zu Ende geführt zu haben? Und dieser Jemand wollte diese ganzen Unannehmlichkeiten endlich hinter sich bringen?«

Nun, Willy Fallon war an der Driscol nie die allergrößte Leuchte gewesen. Die ältere Frau beugte sich zu der jüngeren, wie eine fürsorgliche Lehrerin, die ihrer Schülerin auf die Sprünge helfen will. *Denk nach, du psychopathische Nullnummer!* Ach, jetzt ging in Willys Augen eine Birne an, Zeichen dafür, dass in ihrem Oberstübchen doch noch Aktivitäten zu verzeichnen waren, wenn auch nur schwache. »Ihnen ist ein Gedanke gekommen, stimmt's, meine Liebe?«, sagte Grace ohne die geringste Spur von Sarkasmus.

Willy nickte. »Als wir Kinder waren, hat mir Humphrey erzählt, Sie würden manchmal Leuten Schmiergeld zahlen – damit sie die Klappe halten.«

Das war jetzt nicht gerade eine Überraschung. Kinder waren in jedem Haus die besten Spione. Grace fragte sich oft, was sich ihre Tochter während der schlechten alten Zeiten wohl alles zusammengereimt hatte. Oh, und jetzt sah sie, dass Willy schon wieder eine Idee hatte. Zwei an einem Tag – *unglaublich.*

»Wir können einander helfen, Grace. Geben Sie mir einen Namen. Ich kümmere mich drum. Ich werde die Person für Sie erledigen.« Lächelnd beugte sich Willy über die Tüte mit Geld hinab und hob sie auf. »Sagen wir doppelt so viel wie das … einmal im Monat?«

»Ich bin schockiert.« Und glaubte Willy das tatsächlich? Natürlich glaubte sie es. Das Mädel hatte wirklich nichts in der Birne. Grace blieb nichts anderes übrig: Sie musste sich zurücklehnen, eine besorgte Miene aufsetzen und so tun, als würde ihr das, was man bei anderen Leuten das Herz nannte, höher schlagen. Irgendwann hatte die hirnlose Schlampe Grace dann so weit, dass ihr ein Name über die Lippen kam.

Rolland Mann war ausgegangen, um sich ein Wegwerfhandy zu besorgen, doch dieses hier würde er nicht entsorgen. An jeder Ecke warteten Reporter nur auf die Brosamen aus One Police Plaza, und vielleicht lag ja auch für ihn einer auf der Lauer. Jedenfalls hatte er es noch nicht aufgegeben, zu Hause anzurufen, immer in der Hoffnung, dass Annie irgendwann ranging. Doch dafür brauchte er die Abgeschiedenheit seines Büros, wo keine Zeitungsfritzen herumlungerten und ihn nach Neuigkeiten zum Fall des Hungerkünstlers ausquetschen wollten. Er schloss die Hand fester um das Handy in seiner Tasche, eine Verbindung zu seiner Frau, die er so dringend benötigte.

Er war schon ganz in der Nähe der Pforte zum Innenhof des Präsidiums, als eine junge Frau auf der Plaza seinen Weg kreuzte. Was für ein grausames Lächeln! Die Fotos auf den Titelblättern der Zeitungen hatten diesen Zug an ihr nie eingefangen, sondern immer nur das eingeübte Grinsen eines professionellen Partygirls, das schon vor Jahren durch die Raster der Skandalblätter geflutscht war. Heute stellte sich die Besagte ihm in den Weg und verschränkte die Arme, als wollte sie verkünden, dass Willy Fallon zurück war. Schlimmer denn je und mit noch größeren Schlagzeilen.

Keine Übertreibung.

Vor ihnen auf dem Gehweg hoben sich die ersten Schnauzen, um zu schnüffeln, und die ersten Paparazzi hechelten auf sie zu. Dann noch einer, und noch einer. Die Fotografen erwischten Mann in genau dem Moment, als er vor Willy weglief.

Während das Partygirl nach Fotos gierte, hielt sich Officer Chu, der gute Beschatter, auf Distanz und schrieb schnell etwas in sein Notizbuch. Nur ein paar Zeilen über Miss Fallons seltsame Begegnung mit dem amtierenden Polizeipräsidenten und seine plötzliche Flucht mit rudernden Armen.

Rolland Mann rannte wie ein Mädchen.

Jetzt setzte sich Willy Fallon wieder in Bewegung und winkte der Fotografenmeute zum Abschied zu. Wie sehr sie sie liebten! Einer warf ihr sogar eine Kusshand zu. Und Arthur Chu folgte ihr.

Die Frau sprach in ein Handy und ging dabei in Richtung Westen, während der junge Officer die genaue Uhrzeit von drei Telefonaten notierte. Nachdem Willy das Handy wieder in ihre Tasche gesteckt hatte, schaute sie geistesabwesend auf ihre Armbanduhr. Ihr Gesicht zeigte einen Ausdruck der Dringlichkeit, während sie sich umschaute und ihren Blick über die Straße schweifen ließ.

Wollte sie sich ein Taxi rufen? Viel Glück auch, zu dieser Uhrzeit. Selbst wenn sie eins kriegte, würde sie bei dem Verkehr nur im Schneckentempo vorankommen.

Der Beschatter folgte ihr zur U-Bahn-Station an der Warren Street und beobachtete, wie sie auf der Treppe nach unten ging. Es verblüffte ihn, dass eine solch reiche Tussi überhaupt wusste, wie man durch ein Drehkreuz kam, doch dann fiel ihm ein, dass sie öffentliche Verkehrsmittel wahrscheinlich häufig genutzt hatte, um Reportern zu entwischen, wenn ihre Frisur mal nicht saß. Ja, er hatte recht. Willy kaufte gar nicht erst eine Fahrkarte, sondern zog gleich eine wiederaufladbare MetroCard aus der Handtasche.

War diese Handtasche eigentlich nicht ein gutes Teil dicker geworden? Hatte er was verpasst?

Rolland Mann schaute auf, als seine ewig schmollende Sekretärin hereinkam. Sie hatte es ihm vom ersten Augenblick an übelgenommen, als er mit Sack und Pack in Beales Büro umgezogen war; vielleicht fand sie es ja pietätlos, dass er so unverfroren mit dem Dahinscheiden des alten Mannes rechnete. »Hat jemand angerufen, Miss Scott?«

»Ja. Diesmal hat sie keinen Namen hinterlassen, aber es war dieselbe Frau.«

Nicht die Frau, von der er sich am sehnlichsten wünschte zu hören – nicht Annie, denn die wusste, dass sie ihn nicht im Büro anrufen sollte. Mann bezweifelte immer noch, dass seine Frau es tatsächlich durch die Tür und auf die Straße geschafft haben könnte. Bei den seltenen Malen, wenn er sie zum Essen ausgeführt hatte, war sie nervös und schreckhaft gewesen und hatte sich erst zu Hause wieder beruhigt. Das war Jahre her. Heutzutage jedoch würde sie die Wohnung gar nicht verlassen. Brachte es einfach nicht fertig. Doch sie konnte zu viele Pillen nehmen. Ja. Wahrscheinlich war sie von ihren Barbituraten so benebelt, dass sie nicht einmal das Telefon läuten hörte.

Miss Scott unterbrach sein Grübeln. »Die Frau sagte, Sie würden sie besser zurückrufen, sonst …«

»Sonst – was?«

»Das hat sie nicht gesagt. Ich kann keine Gedanken lesen.« Die Sekretärin klatschte ihm einen Zettel auf den Tisch. Es war nur eine Telefonnummer und die kurze Drohung.

Das musste Willy Fallon sein.

»Und ich werde nicht dafür bezahlt, mir die Beschimpfungen Ihrer Freundin anzuhören.« Auf ihrem Weg nach draußen knallte Miss Scott die Tür zu.

Jetzt wusste er endgültig, dass es seiner Sekretärin gelungen war, eine neue Stelle zu finden. Noch eine Frau, die davonlief.

Er zog das Wegwerfhandy aus der Tasche und rief bei sich zu Hause an. Es klingelte einmal, zweimal – dreimal. *Annie, meine Annie, bitte geh ran.*

Willy Fallon stieg in Greenwich Village aus der U-Bahn. Sie bog um eine Ecke und ging westwärts in das Viertel hinein, in dem sich die rasterartige Anordnung der New Yorker Straßen auflöste und die Fourth Street nördlich und südlich der West Tenth verlief. Als sie nur noch einen halben Block von Toby Wilders Wohnhaus entfernt war, sah sie ihn auf den Gehsteig treten.

Mittagessen.

Willy wusste, dass ihre Beute ein Gewohnheitstier war, was sie durch eine kleine Spende an den Besitzer eines nahen Ladens erfahren hatte, der ihr großspurig erzählt hatte, nach Toby Wilder könne er seine Uhr stellen. Willy folgte ihrem alten Klassenkameraden auf seinem gewundenen Weg quer durch das Village zu einem mexikanischen Restaurant auf der Bleecker Street. Er nahm an einem Tisch am Fenster Platz, ohne Willy zu bemerken, die draußen auf dem Gehweg stand und ihn beobachtete. Als er zufällig einmal aufblickte, schenkte er ihr so viel Aufmerksamkeit wie dem Feuerhydranten.

Er sah immer noch blendend aus.

Nach all den Jahren wurmte es sie, dass er nie erfahren würde, was sie ihm angetan hatte. Während sie dort am Fenster stand, betrat ein weiterer Gast mit eiligen Schritten das Lokal und setzte sich am anderen Ende des Gastraums, gleich bei der

Küche, hin. Wieso suchte sich Humphreys Schwester eigentlich den schlechtesten Tisch aus, obwohl mehrere bessere zu haben waren?

Phoebe Bledsoe war größer als früher, hatte jedoch immer noch den Babyspeck ihrer Kindheit auf den Rippen. Und offenbar war sie auch aus ihrer Schwärmerei für den Jungen am Fenster nicht herausgewachsen. Das Mädchen an dem Tisch mit der schlechtesten Beleuchtung beobachtete Toby Wilder aus sicherer Entfernung.

Erbärmlich.

Willy betrat das Café und ging direkt zu dem Tisch weit hinten, um sich an ihrem Lieblingsausdruck auf Phoebes Gesicht zu weiden – nackter Angst. Willy setzte sich, denn es gefiel ihr, diese Macht über die andere Frau zu haben, die doch eigentlich kaum eine Frau, sondern mehr ein plumpes Schulmädchen war, das nie erwachsen würde. »Was ist das?«

Bevor Phoebe ihre Hand über das goldene Feuerzeug legen konnte, schnappte Willy es sich: »Du hast doch nie geraucht. Das würdest du dich nicht trauen. Und ich auch nicht, wenn Grace *meine* Mutter wäre.«

»Gib das zurück!« Humphreys Schwester griff nervös nach dem Feuerzeug, das ihr offenbar sehr kostbar war.

Willy spielte das alte Spielchen vom Schulhof, indem sie das Feuerzeug über ihren Kopf hielt, es von einer Hand in die andere wechselte und es schließlich in aller Ruhe genauer untersuchte. Es war schwer – massives Gold. Die Kratzer im Metall schienen ihr zuerst nur Abnutzung zu sein, doch als Willy genauer hinsah, fiel ihr plötzlich ein, wo sie dieses Feuerzeug schon einmal gesehen hatte. Damals waren die Kratzer an der Oberfläche tiefer gewesen, und man hatte leichter erkennen können, dass es sich um ein eingraviertes Datum handelte – ihr Geburtsjahr, allerdings nicht der gleiche Tag und Monat.

Lächelnd warf Willy Toby Wilder einen verstohlenen Blick zu. Es musste sein Geburtsdatum sein, das da eingraviert war. Wieder zu Phoebe gewandt, hielt sie ihr das Feuerzeug gerade so hin, dass sie nicht heranreichte. »Ich weiß, wo du das herhast. Du hast es im Ramble gefunden. Du bist damals zurück, um es dir zu holen.«

Eigentlich hätte es neben der Leiche des Penners gefunden werden sollen – dieses Feuerzeug, das Toby Wilder auf dem Waldweg hatte fallen lassen, mit seinen Fingerabdrücken darauf. Das Feuerzeug dort zu platzieren, war Humphrey Bledsoes Idee gewesen. Der Trottel hatte gedacht, die Polizei habe von jedem die Fingerabdrücke, selbst von Schuljungen.

»Ich *weiß*, wem das gehört.« Oh, dieser Ausdruck krasser Angst auf Phoebes Gesicht war unbezahlbar – fast orgasmisch, und es dürstete Willy nach mehr davon. Sie stand vom Tisch auf und drehte sich zu ihrem alten Klassenkameraden auf der anderen Seite des Lokals um: »He, Toby!« Er schaute in ihre Richtung. Hinter sich hörte sie das Scharren eines zurückgeschobenen Stuhls und Phoebes plumpe Schritte, während sie in Richtung Tür rannte.

Doch Willy war diejenige, die jetzt Toby Wilders Aufmerksamkeit hatte – endlich –, auch wenn er bestenfalls neugierig wirkte. Sie schleuderte das Feuerzeug quer durchs Lokal. Er fing es aus der Luft auf und schaute es an. Jetzt ein genauerer Blick, Kopfschütteln, er traute seinen Augen nicht. Er hielt es ins Licht des Fensters, um besser das abgewetzte Datum lesen zu können, das in das Gold eingraviert war. Dann wandte er sich wieder ihr zu, stand vom Tisch auf, doch Willy war bereits an der Tür und lief hinaus. Sie lachte, *lachte*. Die Jagd ging los.

Officer Chu steckte in der Zwickmühle. Willy Fallons Schutz mochte heute nicht seine Hauptaufgabe sein, doch er gehörte zu den Aufgaben eines Cops. Andererseits sah Willy nicht wie eine Frau aus, die in Gefahr war. Alle paar Schritte drehte sie sich im Laufen um und lächelte dem langhaarigen jungen Mann zu, der sie die MacDougal Street entlang verfolgte. Die Bewohner von Savvy Village drückten sich geschickt an Backsteinwände und gegen Schaufenster, doch ein paar Touristen gingen wie Bowlingkegel zu Boden. Arthur Chu folgte den beiden, die jetzt den Washington Square Park betraten und dort ihr *Fang-mich-wenn-du-kannst*-Spielchen fortsetzten.

Willy, die wie eine Wahnsinnige grinste, rannte um den Brunnen herum, und ihr Verfolger nahm die Abkürzung quer durchs Becken und watete mit großen Schritten durchs Wasser, wobei ihn die kleinen Fontänen am Rand und die Hauptstrahler in der Mitte zusätzlich nass machten. Als er auf der anderen Seite ankam, war er Willy zum Greifen nah, doch in diesem Moment brachte ein Parkwächter, der die Situation missverstand und helfen wollte, den rennenden Mann zu Fall und beendete die Jagd. Der arme Kerl fiel auf ein Knie und schrie vor Schmerz, als Knochen auf Beton traf. Willy, die klare Siegerin, und Officer Chu waren längst weg, ehe der Verlierer des Wettrennens wieder auf die Beine kam.

Rolland Mann wartete an der Ecke Columbus Avenue und West 68th Street, wohl kaum eine Gegend, die Paparazzi auf der Suche nach Prominenten anzog, abgesehen davon, dass man sein Gesicht auch nicht überall in der Stadt kannte. Seit seiner Ankunft am Treffpunkt waren bereits vier südwärts fahrende Busse vorbeigekommen.

So spät war Willy Fallon also dran.

Zwei weitere Personen standen neben ihm, beides Touristen, die sich dadurch verrieten, dass sie brav am Straßenrand verharrten, bis sie die Kreuzung legal überqueren konnten. Ihre

Schafsaugen klebten förmlich an der roten Hand der Ampel, die ihnen gebot, sich nicht von der Stelle zu rühren.

Die richtigen New Yorker hingegen standen mitten auf der Straße – *vergiss doch die dummen Regeln!* – und warteten auf die nächste Lücke im fließenden Verkehr. Mindestens drei Schritte vom rettenden Bürgersteig entfernt, liebten die waschechten Großstädter diesen Wettbewerb, und ihre ängstlich am Gehweg klebende Konkurrenz von außerhalb hatte keine Chance gegen sie. Außerdem galt es auch, im ewigen Krieg zwischen Fußgängern und Autofahrern Punkte zu machen, und sei es nur, indem man den anderen mit einer knapp verpassten Kollision in Angst und Schrecken versetzte.

Ein junges Mädchen näherte sich der Straßenecke, ohne auf seine Umgebung zu achten, da es über Ohrstöpsel seiner Musik lauschte, und trat über den Bordstein. Die Kleine war hübsch, sonst hätte Rolland sie nicht bemerkt. Jetzt kam auch der nächste Bus Richtung Süden in Sicht, der die Columbus Avenue entlangrumpelte und sich quer über die mehrspurige Fahrbahn seinen Weg bahnte, so wie er es alle zehn Minuten tat, seit Mann hier stand.

Die junge Frau trabte im Takt zu ihrer Konservenmusik dahin und sah den Bus nicht – während sie ihm genau vor den Kühler trat. Es war ein faszinierender Moment. Mann *wusste,* dass die Kleine sterben würde. Der Bus donnerte auf sie zu. Noch eine Millisekunde, dann würde sie zerquetscht werden, wie ein Insekt auf der Windschutzscheibe.

Der Bus war riesig und füllte bereits sein ganzes Sichtfeld aus. *Näher, näher.*

Ein Mann mittleren Alters in einem schmierigen Overall streckte die Hand aus, packte das Mädchen am Kragen und riss es einen Schritt zurück. Mit quietschenden Bremsen rutschte der metallene Koloss um Zentimeter – *Zentimeter!* – an dem

Mädchen vorbei und kam erst viele Meter hinter der Stelle zum Stehen, wo sie eigentlich hätte sterben sollen. Der Gestank von verbranntem Gummi lag in der Luft. Dem Fahrer blieb genug Zeit für einen kurzen Blick in den Rückspiegel und für einen Seufzer der Erleichterung, dann rollte der Bus weiter. Drei Passanten blieben stehen und applaudierten, was sie wohl nach jeder Vorstellung getan hätten, in der es um Leben und Tod ging; solche Kinomomente liebten die Einwohner dieser Stadt.

Die Show war vorbei, und die Zuschauermenge löste sich auf. Das junge Mädchen konnte nur dastehen und schaute dem davonfahrenden Bus mit glasigen Augen hinterher, während sich der Schock in ihr breitmachte. Jetzt ließ ihr Retter, der Mann im Overall, die Handvoll Bluse los und sagte: »Ach herrje, tut mir so leid, Mädchen. Was habe ich mir bloß dabei gedacht?«

Das Mädchen drehte sich seinem Retter zu. Bitte?

Der Held schlug sich mit der flachen Hand vor die Stirn. *Wie konnte ich nur?* »Wenn der Bus dich erwischt hätte, hättest du für den Rest deines Lebens ausgesorgt.« Das Mädchen schüttelte den Kopf, immer noch überrascht, dass es unversehrt und am Leben war, während der Mann seinen langen Weg über die Straße antrat, ihr noch einmal zuwinkte und sagte: »Tut mir leid, Kleine.«

Die Schuldgefühle des guten Samariters waren verständlich. Ein Gerichtsverfahren gegen die Verkehrsbetriebe der Stadt hätte dem Mädchen vermutlich Millionen eingebracht. Doch andererseits hätte es den direkten Zusammenstoß mit Tonnen von dahinrollendem Stahl wohl gar nicht überlebt.

Obwohl man ihm gesagt hatte, er solle an der Ecke warten, trat Rolland vom Bordstein, marschierte drei Schritte auf die Straße hinaus, und genau hier wartete er auf Willy Fallon.

ACHTUNDDREISSIG

Der Direktor weiß nicht, ob die Landstreicher von Potter's Field einbalsamiert werden oder nicht. Ich sage ihm, dass das wichtig ist, und ich habe auch meine Lehrerin schon gefragt, die es ebenfalls nicht wusste, und deshalb hat sie mich zu ihm geschickt. Na ja, ich werde ihm sagen, dass der Leichnam des toten Penners zu Suppe wird, wenn man ihn nicht einbalsamiert. Und das ist mein Problem, sage ich. Wie kann ich diesen Mann im Kopf behalten, Tag für Tag, wenn ich nicht weiß, wie schnell sein Körper verwest?

Der Direktor steht auf und verlässt sein Büro. Stunden später, am Ende des Schultages, kommt seine Sekretärin herein und findet mich immer noch hier, ganz allein. Sie sagt, ich soll nach Hause gehen. Ich antworte ihr, ich glaube nicht, dass es ich es von hier nach dort schaffen würde. Die Sekretärin ruft meine Mutter an, damit sie mich abholt.

Während wir nach Hause gehen, halte ich Moms Hand, so wie damals, als ich noch sechs war.

ERNEST NADLER

Als Willy Fallon an der vereinbarten Ecke erschien, schien Rolland Mann nicht mehr mit ihr zu rechnen. Er stand auf der Straße und wartete auf eine Gelegenheit, sie zu überqueren oder ein Taxi anzuhalten. Sie rief vom Bürgersteig aus nach ihm. »He!« Er schaute über eine Schulter hinweg zu ihr und drehte sich dann wieder um, dem entgegenkommenden Verkehr zu.

»Wo gehen Sie hin?« Sie trat vom Bordstein zu ihm auf die Straße. Er lächelte und legte ihr großväterlich eine Hand auf die Schulter. Das löste den ersten Alarm in ihr aus.

Dieser unheimliche Typ.

Sie schüttelte seine Hand ab, straffte die Schultern und stand mit kämpferischer Miene vor ihm, doch ihr Blick war auf einen sich nähernden Bus gerichtet – keinen Citybus, sondern einen riesigen Doppeldecker-Sightseeingbus. Ihr erster Instinkt war, beiseitezutreten, bevor er sie beide zu Brei fuhr, doch in diesem Moment legte Mann ganz leicht die Hand an den unteren Teil ihres Rückens.

Oh, Scheiße! Du Schwein! Finger weg!

Es war reiner Selbsterhaltungstrieb, der sie nach unten zu seinen Eiern greifen ließ, obwohl sie das sowieso vorgehabt hatte. Mann krümmte sich vor Schmerz. Das taten sie alle. Jetzt bedurfte es nur noch eines kleinen Tritts in den Hosenboden, um den gebückten Mann auf die Busspur zu schubsen.

Ein Quietschen, ein dumpfer Aufprall, weg war er.

Bevor Willy Fallon sich vom Schauplatz des tödlichen Unfalls aus dem Staub machte, hörte einer der Augenzeugen noch, wie sie brummte: »Scheiß-*Amateur*.«

Allerdings war die Muttersprache der betreffenden Touristin Dänisch, und Officer Chu dachte, die Frau habe es vielleicht falsch verstanden. Dennoch schrieb der Polizist in Zivil die Worte in sein Notizbuch. Zwei uniformierte Cops sammelten von den Fahrgästen des Sightseeingbusses die Kameras ein, und eine mordlustige Society-Tussi wurde stadtweit zur Fahndung ausgeschrieben.

So endete Arthur Chus Beschattungsauftrag und seine bislang beste Chance auf Beförderung innerhalb der New Yorker Polizei. Nach diesem Fiasko würde ihm sein Dezernat nicht einmal mehr zutrauen, den Kollegen von der Special Crimes Unit die Schuhe zu wienern.

Chu hatte bereits seine Aussage bei der Polizei vor Ort gemacht und wiederholte sie für Detective Mallory noch einmal am Telefon. Mit einem Blick auf den blutigen Fleck am Kühler des Fahrzeugs sagte er zu ihr: »Oh ja, *richtig* tot«, und erklärte, der amtierende Polizeipräsident habe Miss Fallon unsittlich berührt. Die Dame habe daran Anstoß genommen und es ihm – auf New Yorker Art – mit einem Griff an die Eier heimgezahlt. Und dann … durch einen Schubs vor den Bus.

Toby Wilder öffnete die Tür, und da stand sie, die dürre Brünette, die ihm das goldene Feuerzeug zugeworfen hatte. Ihre Augen leuchteten auffallend, und ihre Haut war gerötet. Die Dame schien buchstäblich Fieber zu haben, als sie sagte: »Lass mich rein.«

Warum nicht?

Er trat beiseite, und sie ging in sein Wohnzimmer und fragte: »Wo hast du den Alk?«

Als er zwei Gläser ausgespült hatte und mit dem Wein aus der Küche kam – einem von den guten Tropfen, die statt Korken einen Schraubverschluss haben –, hatte es sich seine Besucherin auf der Couch bequem gemacht, die Arme über die Rückenlehne ausgebreitet und beide Füße auf den Couchtisch gelegt.

Er reichte ihr eines der Gläser. »Wer zum Teufel sind Sie, und woher haben Sie mein Feuerzeug?«

»Du erinnerst dich wirklich nicht an mich?« Ihr Ton war fragend. Wie konnte er nicht wissen, wer sie war?

Toby schüttelte den Kopf. Er hatte keine Ahnung. Doch er sah, dass sie ihm nicht glaubte. »Nein, danke«, sagte er, als sie ihm aus ihrem Vorrat in der Handtasche Pillen anbot. Und auch das überraschte sie.

Toby dröhnte immer noch der Kopf von seiner letzten Runde Oxycodon, und er gierte weder nach mehr, noch war er stoned. Eine schwere Dosis würde er sich erst am Abend geben, wenn nur Pillen einen traumlosen Schlaf garantierten. Morgens war dann die Zeit für die Schmerzmittel, die er jeder anderen Droge vorzog, weil sie gegen Schweißausbrüche und Übelkeit halfen. Um ein Uhr gab es Mittagessen, danach warf er wieder etwas ein. Toby hatte seine Routine, die nie variierte. Jeder Tag glich dem vorherigen – bis jetzt.

Die Frau kippte ihren Wein in einem langen Schluck und reichte ihm ihr leeres Glas. »Gib mir noch eins.«

Warum nicht?

Toby brachte die Flasche herein, um ihr Glas zu füllen. Sie saßen einander gegenüber, und sie ließ Namen fallen: die Driscol School, Humphrey, Aggy – jeden mit einem fragenden Unterton, als könnte das seinem Gedächtnis auf die Sprünge helfen oder ihn vielleicht dabei ertappen, dass er gelogen hatte und sie doch kannte.

Dann endlich kam sie auf das Feuerzeug zurück. Er nippte an seinem Wein und beantwortete ihre Fragen, obwohl sie umgekehrt auf keine von seinen antwortete. »Ja«, sagte er, »man könnte es ein Erinnerungsstück nennen.« Er zog das Feuerzeug aus seiner Hemdtasche und blickte auf die abgewetzte Gravur im Metall hinab. »Mein Vater hat dieses Datum an dem Tag eingraviert, als ich auf die Welt kam. Dad *liebte* dieses Feuerzeug.« Jess Wilder hatte es von seinem eigenen Vater geerbt, auch er ein Trunkenbold, der seine Familie im Stich gelassen hatte. »Er hat es bei meiner Mutter deponiert.«

Sein Dad hatte befürchtet, eines Tages schwach zu werden und das Feuerzeug ins Pfandhaus zu bringen. Alles andere hatte er längst beliehen, um Schnaps dafür zu kaufen, nur dieses Feuerzeug nicht. Seine Mutter hatte es ihrem Sohn gegeben, als Toby alt genug gewesen war, um die Familientradition zu begreifen: Hinterlass deinem Kind ein goldenes Feuerzeug, bevor du es im Stich lässt.

Die Stimme seiner Besucherin klang weit, weit weg: »Ich erinnere mich noch, wie du dieses Feuerzeug verloren hast. Der verrückte Penner im Ramble, der dich geschlagen hat – hat der versucht, es dir abzunehmen?«

»Nein, ich wollte es ihm zurückgeben.« Toby lallte nur noch. Seltsam. Er starrte in sein Glas. »Dann warst du also dort an jenem Tag.« Das hätte eigentlich eine ziemlich aufregende Offenbarung sein sollen, aber er war … *stoned.* Nicht betrunken. Er konnte den ganzen Tag über trinken und merkte nie etwas. Sein Atem ging langsam und flach, dann – Stillstand. Zehn panische Sekunden lang rang er nach Luft. Als er wieder atmen konnte, raste sein Herz so schnell wie bei einem Herzanfall.

»Du *Schlampe*, du hast mir was reingetan!«

Das Oxycodon-Fläschchen lag offen auf dem Couchtisch. Er nahm es und schüttelte die letzten zwei Pillen heraus. Wie viele waren in seinem Wein gewesen? Als er die Hand nach der Frau ausstreckte, sprang sie von der Couch auf und tänzelte lachend. Der Rest Wein aus seinem umgekippten Glas ergoss sich über den Teppich wie vergossenes Blut.

Im Dienstraum am anderen Ende des Flurs herrschte Tohuwabohu – Telefone bimmelten, Detectives brüllten in Hörer, sammelten Hinweise auf den Verbleib von Willy Fallon. Doch hier in der Einsatzzentrale war alles still. »Die Nachrichten behandeln das wie einen Verkehrsunfall«, sagte Jack Coffey.

»Gut«, sagte der Chief. »Hoffen wir nur, dass unsere Leute alle Zivilisten-Handys eingesammelt haben.« Joe Goddard trat neben den Lieutenant und betrachtete das, was an die Korkwand gepinnt war. Viele dieser Touristenschnappschüsse widersprachen deutlich einem zufälligen Tod. Daneben hingen die abgetippten Nachrichten vom Anrufbeantworter, die ihnen Rolland Manns Sekretärin gefaxt hatte.

»Genau hier beginnt alles.« Mallory tippte auf ein Bild vom Handy des Beschatters, das früher am Tag aufgenommen worden war. Willy hatte Grace Driscol-Bledsoe besucht. Auf dem Foto sah man sie, wie sie mit einer wohlgefüllten Handtasche aus der Stadtvilla trat.

»Ich habe die Dame also angerufen«, sagte Riker. »Hab sie gefragt, ob die beiden sich versöhnt haben.« Er redete mit Stecknadeln im Mund, weil er gleichzeitig weitere Bilder an die Wand pinnte. »Laut Mrs. Driscol-Bledsoe war Willy nur kurz vorbeigekommen, um Grace ihr Beileid zum Ableben ihres geliebten perversen Sohnes auszusprechen. Wir gehen allerdings davon aus, dass Grace sie auf Rocket Mann angesetzt hat.« Das nächste Beweisstück war wieder ein Foto von Officer Chu. »Eine schnelle Taxifahrt später sehen wir Willy hier mit dem amtierenden Polizeipräsidenten vor One Police Plaza stehen. Arthur Chu sagt, Rocket Mann sei davongelaufen, als die Reporter sie bedrängten. Und hier ist Willy, wie sie ihr Handy rausholt.«

»Sie hat dreimal in Rocket Manns Büro angerufen.« Mallory ging an der Korkwand entlang, bis sie vor dem Fax stand, das ihnen Miss Scott, die Sekretärin, geschickt hatte. »Willy hielt es nicht für nötig, ihren Namen zu hinterlassen. Ihre letzte Nachricht lautete: *Rufen Sie zurück, sonst.*«

»Die Sekretärin sagt, die Nachrichten hätten ihn ziemlich aus der Fassung gebracht«, sagte Riker. »Dann bekommt Willy einen Anruf von einem Handy, das als gestohlen gemeldet ist. Muss eins von Manns Wegwerfdingern gewesen sein. Und sie treffen sich an der Upper West Side.« Der Detective tippte auf Chus letztes Foto. Es war eine Rückenansicht von Rolland

Mann und Willy Fallon, in der Mitte der Straße. »Hier hat er eine Hand auf ihrem Rücken.« Der nächste Schnappschuss war eine Frontalansicht, aufgenommen von einem Touristen aus Nebraska, der die trostlose Gegend fälschlicherweise für ein Foto-Eldorado gehalten hatte. »Auf dem hier beobachtet Rocket Mann den herannahenden Bus, wartet auf seine Chance.« Das nächste Foto kam von der lokalen Polizeiwache und zeigte einen schwer in Mitleidenschaft gezogenen menschlichen Körper. »Aber Willy hat ihn zuerst erwischt.«

»Und sie macht natürlich auf Notwehr«, sagte Joe Goddard.

»Es ist *Mord*«, sagte Mallory. »Grace Driscol-Bledsoe hat sie auf ihn angesetzt. Sie hat mit Willy auf ihn gezielt wie mit einer Knarre.«

»Das werdet ihr nie beweisen können.« Der Chief las Officer Chus Zeugenaussage, die ihnen vom Revier an der Upper West Side zugegangen war. »Euer Beschatter glaubt, Rocket Mann habe Willy an die Wäsche gewollt. Und dann sei die kleine Schlampe ausgeflippt. Ihr wisst, dass der Anwalt das so hindrehen wird.«

»Willy hat einen Mord begangen«, sagte Riker. »Und wir glauben nicht, dass es ihr erster war.«

»Die Cops von der West Side werden sich mit dem Busunfall befassen.« Um die Detectives in ihre Schranken zu verweisen, wandte sich Chief Goddard an den Lieutenant und erinnerte sich urplötzlich wieder an die Befehlskette, nach der Anordnungen gegeben wurden. »Jack, Ihre Leute müssen sich konzentrieren und werden Mrs. Driscol-Bledsoe außen vor lassen. Mir geht es momentan nur um die Morde im Ramble. Sie haben ein hübsches Rachemotiv für Toby Wilder. Nageln Sie ihn für die Morde des Hungerkünstlers fest – und wir haben alles unter Dach und Fach.«

Wir?

Damit schien Riker nicht einverstanden zu sein. Die Füße fest in den Boden gestemmt, trat er dem Chief entgegen.

Lieutenant Coffey gelang es nicht, Blickkontakt zu seinem Detective herzustellen. Er konnte nur hoffen, dass Riker jetzt vorsichtig war.

Mallory trat zwischen ihren Partner und Goddard und sagte: »Ist für mich in Ordnung, Chief. Aber wir können niemanden auf unserer Liste von Verdächtigen außer Acht lassen – und dass Toby Wilder in die Pfanne gehauen wird, geht auch nicht.«

Der Lieutenant erstarrte vor Schreck und rechnete jeden Moment damit, dass der Chief Mallory entweder degradierte oder gleich feuerte – was sich anfühlte, als würde er dabei zusehen, wie Mallory in Zeitlupe von einer Kugel getroffen wurde. Jack Coffey hatte immer gewusst, dass dieser Moment kommen würde. War sie denn wahnsinnig? Absolut. Und recht hatte sie auch. Er sagte seiner Pension Adieu und trat nach vorne.

Doch sein Adrenalinschub war für die Katz gewesen.

Joe Goddard beachtete Mallory überhaupt nicht. Sie existierte nicht für ihn. Goddard verschränkte den Blick mit dem Mann hinter ihr und sagte zu Riker: »Liegt bei Ihnen – Ihr Fall.« Und dann schlenderte der Chief in aller Seelenruhe mit den Händen in den Hosentaschen zur Tür.

Jack Coffey empfand ein seltsames Gefühl der Enttäuschung. Und als Nächstes kam Misstrauen.

Mallory schien es zu teilen. Sie schaute dem Rücken des Chiefs hinterher und zischte ihrem Partner zu: »Was hast du gegen den Scheißkerl in der Hand?«

Willy Fallon fiel es im Traum nicht ein, dass sie vor dem Arm des Gesetzes auf der Flucht sein könnte. Oder dass sie überhaupt nur Spuren hinterlassen hatte. Und so beobachtete sie ohne jegliches Gefühl der Dringlichkeit, wie Toby Wilder herumtorkelte und strauchelte, mit diesen Überdosisaugen, in denen die Pupillen inmitten einer unheimlichen blauen Iris nur noch stecknadelgroß waren. Krachend sackte er auf einem Sessel zusammen.

In aller Ruhe durchsuchte sie seine Schubladen und Schränke, fand aber keine weiteren Straßendrogen mehr, bloß leere Fläschchen. Toby war definitiv abhängig, doch er nahm hauptsächlich Schmerzmittel und Schlaftabletten, keine reinen Partydrogen, nichts, das wirklich *Spaß* machte. Willy setzte sich wieder auf die Couch und betrachtete den zerbrochenen Fernsehbildschirm. Als sie auf den Einschaltknopf drückte, stellte sich heraus, dass der Ton noch funktionierte. »Das treibst du also den ganzen Tag? Du *hörst* fern und wartest, bis du bedröhnt bist?«

Toby war high, oberhigh, doch taub war er nicht, und er hatte auch keine Lust mehr auf eine Verfolgungsjagd um die Möbel. Er konnte nur vorwurfsvoll eine Hand ausstrecken. »Was hast du an dem Tag im Ramble gemacht?«

Willy lächelte, erfreut darüber, dass Toby handzahmer geworden war, auch wenn er bedauerlicherweise noch lange nicht tot war. Offenbar hatte sie unterschätzt, wie viel er als Überdosis brauchte. Ja, *natürlich.* Sie schlug sich gegen die Stirn. *Wie blöd konnte man sein?* Sie hatte vollkommen außer Acht gelassen, wie viel ein Abhängiger vertrug.

Langsam drehte sie noch einmal eine Runde in der Wohnung und überprüfte, was er an wirklich tödlichen Dingen dahatte. In der Küche lagen Messer. Nein – die Schweinerei war zu groß. Ach, aber draußen auf dem Flur gab es hohe Treppenstufen. Ein gebrochenes Genick? Ja, das würde sich gut machen. Mit bestem Dank an Rolland Mann: Er hatte sie auf den Geschmack von Töten durch Zufall gebracht. Willy öffnete die Tür zum Flur, von wo es ein kurzer Weg zum Treppenhaus war. Jetzt musste sie Toby nur noch da rauskriegen.

»Der tote Penner war also dein Vater? Na ja, schätze, dann sind wir jetzt beinahe quitt.«

Grace hatte sich so sehr getäuscht. Rolland Mann hätte gar nicht der Hungerkünstler sein können. Der Bus war ein unbeholfener Versuch gewesen, sie umzubringen, ein ungeschicktes Ausnützen einer Situation. Die Morde im Ramble durch Humphrey und Aggy – die zeigten ein ganz anderes Kaliber. »Ich *weiß*, dass du es warst.«

Toby Wilder schüttelte den Kopf, verständnislos, *stoned*.

Sie nahm ihm das goldene Feuerzeug aus der Hand – ein leichter Diebstahl, denn seine Reaktionszeit war eine Katastrophe. Willy hielt ihm das Feuerzeug als Köder hin, lockte ihn mit dem schimmernden Ding. Während sie rückwärts auf die offene Wohnungstür zuging, richtete sich Toby langsam auf.

»Braver Junge.« Sie schlüpfte auf den Flur hinaus, rief nach ihm. »Humphrey Bledsoe hat deinen Vater mit einem Stein auf den Kopf geschlagen, um ihn zu Fall zu bringen. Und dann hat er denselben Stein genommen und ihm die Kniescheiben zertrümmert, damit er nicht mehr aufstehen konnte.« Toby bewegte sich auf sie zu, aber er war *sooo* langsam. Das würde ja den ganzen Tag dauern. »Humphrey liebte das Geräusch von brechenden Knochen … deshalb brach er deinem Daddy auch noch Arme und Beine. Ich war diejenige, die dem Penner die Zähne eingeschlagen hat.«

Jetzt war Toby aus seiner Wohnung getreten und stand auf dem Flur, ganz in der Nähe der Treppe. Sie ging ein paar Stufen hinunter. Es würde so leicht sein, zur Seite zu treten und ihm dann einen sanften Schubs zu verpassen – doch Toby fiel ganz von selbst. Als er an ihr vorbeirollte, drückte sie sich mit dem Rücken an die Wand. Stöhnend blieb er auf dem nächsten Treppenabsatz liegen.

Nicht tot? Kein Problem. Sie hatte ja immer noch ein paar Stufen.

Willy tänzelte an dem benommenen jungen Mann vorbei bis zum nächsten Stockwerk, wo sie stehenblieb und ihm zurief: »Du erinnerst mich an deinen Vater, nachdem Humphrey ihm die Knochen gebrochen hatte. Er konnte nur daliegen – und *schreien.*«

Toby kroch am Treppenabsatz entlang zur nächsten Treppenflucht, wo es ihm gelang, sich hochzuziehen und leicht gekrümmt dazustehen. Jetzt war er so reglos wie eine Statue. Versuchte er etwa immer noch, das alles in sich aufzunehmen? Jetzt würde sie ihm einen Stoß in die richtige Richtung verpassen – der ihm endlich den Hals brechen musste. Sie stieg die Treppe hoch und ging um ihn herum. Diesmal war es kein sanfter Schubs, und entzückt hörte sie das laute Krachen seines Schädels gegen die Holztreppe.

Oh, Mann.

Nicht nur, dass er auch das überlebt hatte – er schien keinerlei Schmerz zu empfinden. Na ja, Junkies, die hatten Knochen aus Gummi. Wahrscheinlich könnte sie ihn den ganzen Tag Treppen runterstoßen, und er würde immer noch keinen wirklichen Schaden nehmen.

Willy ging ins nächste Stockwerk hinab und stieg über seinen Körper hinweg. Er grabschte mit der Hand nach ihrem Bein. Zu langsam, zu spät. Sie lief an ihm vorbei zur Haustür. Sie war jetzt inspiriert – Tötungslektionen von einem Amateur –, aber ein Bus würde bei Toby Wilder nicht funktionieren. Der Junge mit den Gummiknochen prallte womöglich ab wie ein Ball.

Könnte sie ihn doch nur dazu bringen, dass er seinen Arsch da rausbewegte. »*Gott*, was hat dieser Penner geschrien, als ich ihm die Zähne eingetreten habe! Gebrochene Kniescheiben und gebrochene Arme – er lag nur noch da und schrie wie am Spieß. Meine Schuhe waren voll von seinem Blut.«

Weinte Toby? Ja, und er bewegte sich, stand endlich wieder aufrecht. *Gut gemacht.* Willy ging mit dem Rücken voran durch die Tür und auf die Straße hinaus. »Und jetzt erzähl ich dir, was Aggy Sutton ihm angetan hat – Aggy die Beißerin.«

NEUNUNDDREISSIG

Jetzt flüstern sie nur noch, um mich zu quälen – keine blauen Flecken oder Bisswunden mehr. Wenn ich beim Abendessen über ihre Morddrohungen rede, klingt es so, als wäre ich verrückt. Heute trinkt Mom ihren Wein ganz schnell. Das habe ich sonst nie bei ihr gesehen. Und Dad sagt: »Kinkerlitzchen. Worte können dich nicht verletzen.«
»Sie haben den Penner im Ramble umgebracht«, sage ich. »Und mich werden sie auch umbringen.«
Angewidert faltet mein Vater seine Serviette zusammen und lässt sie auf den Tisch fallen. Dann verlässt er den Raum – verlässt mich.

ERNEST NADLER

Das gesamte Revier telefonierte und ging den Hinweisen von Cops aus allen Revieren nach, wo eine Frau gesichtet worden war, die aussah wie Willy Fallon.

»Hat sie versucht, Sie zu entmannen?«, fragte Riker einen Officer am Telefon. »Nein? Dann ist es wahrscheinlich nicht unser Mädel.« Er lauschte genauer hin, als ihm ein anderer Cop einen Bericht vorlas: Ein Teenager war mit den Pfoten in einer Damenhandtasche erwischt worden und dann in schrille Schreie ausgebrochen. Laut Zeugenaussagen hatte der Junge seinen Schritt umklammert, während er aus der U-Bahn floh.

Die U-Bahn war der einzige Haken an dieser Geschichte, denn Riker sah Willy deutlich als Taxi-und-Stretchlimo-Typ. Doch die eierumgreifende Vorgehensweise war nicht zu ignorieren.

Detective Janos überprüfte die letzten Nummern, die sie von

der Handygesellschaft erhalten hatten, und beugte sich dann zu Mallory hinab, die dabei war, aus den Signalen der verschiedenen Sendemasten einen Aufenthaltsort zu ermitteln. »Nichts? Glauben Sie, sie könnte wirklich unterirdisch weitergefahren sein – also doch U-Bahn?«

»Ja!« Riker kehrte zu seinem Telefongespräch über den Entmannungsversuch in der U-Bahn zurück – Willys Markenzeichen.

Mallory schaute von ihrem Computer hoch. »Jetzt ist das Handy wieder da. Er bewegt sich in der Nähe einer U-Bahn-Linie in der Bronx.«

Janos rief auf dem Revier an, das dem von Mallory ermittelten Aufenthaltsort am nächsten lag, und gab die Koordinaten einem Sergeant durch, der für den Stadtteil zuständig war. Er legte die Hand über den Hörer und sagte: »Es ist ein Schulhof. Ein Streifenwagen ist nur dreißig Sekunden entfernt.«

Mallory schüttelte den Kopf. »Ich bin mir nicht mal sicher, ob Willy die Bronx überhaupt finden würde. Ich schätze, sie hat ihr Handy verloren oder weggeschmissen.«

Riker schrie: »Nein, das ist sie! Eine dünne Brünette wurde in der U-Bahn ausgeraubt!« Er hielt sein Telefon hoch, in dem immer noch gesprochen wurde. »Und dieser Cop hier sagt, der Dieb könne nie mehr Kinder zeugen! Das ist Willy.«

»Jetzt sitzen wir in der Tinte.« Janos beendete sein Gespräch mit dem Revier in der Bronx und legte auf. »Die haben gerade einen jungen Typen auf dem Spielplatz am Schlafittchen. Er hatte Willys Telefon. Er hat es gestohlen.«

An der Treppe zur U-Bahn geriet Toby Wilder wieder ins Straucheln, doch dieser Platz war zu exponiert, um ihn mit einem kleinen Schubs schneller nach unten zu befördern.

Willy tänzelte zu ihm hoch, gerade noch außerhalb seiner Reichweite, und hielt das Feuerzeug in der ausgestreckten Hand. »Aggy hat ihn überall gebissen. Sie biss ihm ein Stück Fleisch aus dem Gesicht und spuckte es aus. Ich konnte es nicht glauben, dass sie das gemacht hat. Dein Daddy hat so schrecklich gestunken – nach Schnaps und nach Pisse und Scheiße. Und wie er *geschrien* hat, als Aggy ihm das Fleisch weggebissen hat.«

Toby stolperte vorwärts und hielt sich am Geländer fest, um nicht von der Treppe zu fallen. Er brauchte noch ein bisschen Nachhilfe.

Und die bekam er. »Er hat so lange gebraucht, um zu sterben. Humphreys Schläge waren wie die eines kleinen Mädchens und haben gar nicht so viel Schaden angerichtet. Deshalb hat er auch den Stein genommen – wieder und wieder. Und dein Daddy *schrie und schrie und schrie*. Sein Mund war voller Blut, und es wurde noch mehr, weil Aggys Bisse auch bluteten. Und es ging immer weiter.«

Toby war jetzt auf seinem Weg die Treppe hinunter schneller geworden, wie wahnsinnig vor Kummer und blind vor Tränen.

Gonzales brüllte: »Arty Chu hat sich rehabilitiert!« Der Detective schlüpfte in sein Sakko, und die anderen folgten ihm, als er ihnen zurief: »Betriebsausflug!«

Während die Männer ihre Dienstpistolen aus den Schubladen nahmen und sie in die Holster steckten, rief Gonzales am anderen Ende des Dienstraums dem Lieutenant den Rest seines Berichts zu. »Arty ist ihr bis zu einem Restaurant in Greenwich Village gefolgt. Eine Kellnerin hat Toby Wilder als den Typen identifiziert, der Willy aus dem Lokal hinterherrannte. Also läuft Arty zu Tobys Wohnung. Dort steht die Tür weit offen. Niemand da. Er spricht mit den Nachbarn, zeigt ihnen Fotos von seinem Handy. Willy war da und ist wieder weg. Sie sind zusammen gegangen, sie und Toby, in Richtung Osten. Dorthin ist Arty, unser Goldjunge, jetzt unterwegs.«

Der Rest des Dezernats bewegte sich unter lautem Gepolter in Zweiergruppen durch die Tür und die Treppe hinunter. Ehe Riker im Erdgeschoss der Polizeiwache angekommen war, hatte er Arthur Chu an der Strippe. »Haben Sie die Nachbarn gefragt, ob die beiden vertraut wirkten? … Ja, wie ein Paar?« Er deckte sein Handy ab und sagte zu der laufenden Frau neben ihm: »Eine Nachbarin meinte, Willy sei vorausgegangen. Toby bewegte sich sehr langsam und ging in Schlangenlinien. Sie vermutete, der Junge sei entweder sturzbetrunken oder auf Drogen gewesen.«

Willy Fallon fragte sich, wie Toby es schaffte, das Gleichgewicht zu halten. Bis zur Bahnsteigkante war es immer noch ziemlich weit. Willy ging rückwärts, mit dem Gesicht zu ihm, und sagte in ganz normalem Gesprächston schreckliche Dinge zu ihm, um ihn in Bewegung zu halten. »Wir haben gesehen, wie du deinen Daddy im Ramble zurückgelassen hast. Glaubst du, er hat sich nicht gefragt, warum du nicht zurückkamst, um ihm zu helfen? Sicher, du warst längst weg, als wir ihn fertiggemacht haben – aber wusste er das? Das Hirn deines Vaters war nur noch Matsch. Er schrie um Hilfe, durch seine abgebrochenen Zähne und das Blut hindurch. Und Aggy biss ihn weiter. Er muss gedacht haben, er wird bei lebendigem Leibe gefressen.«

Riker saß im vordersten Wagen, was einer der Vorteile war, wenn man neben sich am Steuer eine Wahnsinnige hatte. An der Ecke West 8th, wo Officer Chu auf dem Gehsteig Leute befragte und ihnen Bilder auf seinem Handy zeigte, würgte Mallory den Motor ab. Jetzt hatten sie endlich eine Spur: Ein Fußgänger zeigte auf den Eingang zur U-Bahn.

Mallory gab Chu im Vorüberrennen Anweisungen. »Laufen Sie zur Fourth runter und bewachen Sie den Eingang dort. Die anderen vom Dezernat sind unterwegs.«

Riker schrie dem weglaufenden Cop noch hinterher: »Rufen Sie die Kollegen, Arty! Die sollen sich beeilen!« Schon war er mit seiner Partnerin auf dem Weg nach unten. Er nahm sich die obere Ebene vor, und sie hetzte eine Treppe tiefer zur unteren.

Willy hatte über diese U-Bahn-Station nachgedacht. Die Züge hier fuhren neben dem Mittelbahnsteig jeweils eingleisig in einem Trog, sodass ein Fahrgast, der ins Gleisbett stürzte, keine Chance hatte. Und wer gegen die geflieste Wand auf der anderen Seite gepresst wurde, berührte die dritte Schiene und bekam einen tödlichen Stromschlag. Das hier war sicherer, als unter einen Bus zu kommen – wenn das Timing stimmte.

Toby stand schwankend an der Bahnsteigkante. Zu dieser Tageszeit waren die Fahrgäste rar gesät und standen am gesamten Gleis verteilt, zwischen den dicken, grün lackierten Metallstützen. Hier und da stupste jemand mit Stehplatz einen anderen an, zeigte in den dunklen Tunnel. Und da kam es, das kleine brennende Licht eines einfahrenden Zuges. Niemand nahm den Jungen wahr, der schwankend an der Bahnsteigkante stand und immer wieder den Schutzbereich verließ, den die weit auseinanderstehenden Stahlträger boten. Doch vielleicht bemerkte ja jemand, wie Willy ein paar Schritte rückwärts machte, gerade außerhalb von Tobys Reichweite. Na und? Rückwärtsgehen war kein Verbrechen.

»Nicht fallen«, sagte sie zu ihm und meinte es auch so. »Ganz ruhig jetzt.« *Noch nicht – noch nicht ganz.*

Das Licht im Tunnel war zu weit entfernt: Wenn er jetzt fiel, dann wäre Zeit genug für irgendeinen Samariter, um ihn wieder aus dem Gleisbett hochzuziehen.

Toby hielt inne und ließ sich gegen einen Stützpfeiler sinken, rollte die Augen nach oben, zur niedrigen Decke, nicht bedröhnt genug, um zu sterben, aber nicht nüchtern genug, um am Leben zu bleiben. Willy hatte keine Angst davor, dass er sich wehren oder ihr Schaden zufügen könnte, jetzt nicht mehr. Er war schon so fertig. Willy ging zu ihm und nahm ihn am Arm. Dann beugte sie sich über die Bahnsteigkante und spähte in den Tunnel. Das Licht wurde heller und heller, und jetzt konnte sie den Umriss des Zuges erkennen, der auf sie zurumpelte. Toby fehlten bloß zwei Schritte bis zum Gleis.

Sie gab ihm einen Schubs und trat zurück. »Verpass deinen Zug nicht.«

Toby stolperte voran, mit einem Fuß auf dem Bahnsteig und dem anderen über dem Gleisbett. *Jetzt, gleich.* Selbst ein hingehauchter Kuss würde ihn fallen lassen.

Was zum Henker? Er flog ja zurück! *Was zum Teufel war da los, verdammt?*

Am anderen Ende des Tunnels füllte der Zug die Mündung des Tunnels aus.

Und nur wenige Schritte entfernt hielt Mallory den schlaffen Körper des Junkies an den Armen und zerrte ihn von der Kante zurück. Dann ließ die Polizistin ihre schwere Last auf den Boden plumpsen – nicht sehr sanft –, denn sie hatte Willy entdeckt. Jetzt kam Mallory auf sie zu, noch mehr Bullen strömten über die Treppe hinab. Es gab keinen Fluchtweg, keinen Platz, um sich zu verstecken. Auch am anderen Bahnsteig fuhr gerade ein Zug ein.

Was würde passieren, wenn sie …

Glücklicherweise schob in diesem Moment eine Mutter ihr Baby im Kinderwagen an die Bahnsteigkante. Willy bückte sich und riss das schlafende Kind aus dem Wagen.

Riker erreichte gerade rechtzeitig die untere Ebene des U-Bahnhofs, um zu sehen, wie Mallory vom Bahnsteig sprang. Auf das Gleisbett. *Um Gottes willen!* Der Zug war schon fast bei ihr.

Bremsen quietschten, doch die vielen Tonnen Metall rollten einfach weiter, der Bremsweg war zu lang, Funken flogen, Menschen schrien. Jetzt sah er ein Baby durch die Luft fliegen und an einer Stelle landen, wo es außer Gefahr war und von den ausgestreckten Händen von Zivilisten aufgefangen wurde. Für eine zweite Rettung war keine Zeit mehr, und es gab keinen Platz zwischen dem Zug und der Mauer, in dem seine Partnerin hätte überleben können.

»Mallory!« Rikers Beine gaben nach. Er sank zu Boden. Bevor der Zug zum Stehen kam, waren bereits zwei Waggons über die Stelle gerollt, wo Mallory gefallen war. Weiter hinten am Gleis hörte er Detective Janos, sonst die Sanftheit in Person, mit einer Stimme, die laut und voller Schmerz war, in das Fenster des Triebwagens schreien: »Fahren Sie diesen Zug zurück, oder ich erschieße Sie!« Ein Schaffner trat aus dem Waggon und sagte ihm, so einfach gehe das nicht, aber es sei Hilfe unterwegs.

Gonzales ging neben Riker in die Hocke. »Ich hab's von der Treppe aus beobachtet. Willy schleuderte ein Kind auf die Gleise, um Mallory zu entfliehen, doch an uns kam sie nicht vorbei.« Der Detective schaute zu dem leeren Gleis auf der anderen Seite des Bahnsteigs. »Vielleicht hat sie einen ausfahrenden Zug erwischt.« Er wandte sich wieder seinem Freund auf dem Boden zu. Rikers Gesichtszüge waren schlaff, der Blick glasig und leer, und er reagierte nicht, als Gonzales ihn schüttelte. »He! Kannst du mich hören, Kumpel? Alles okay?«

Nein, nichts war okay; seine Partnerin war tot, und langsam setzte in ihm der Schockzustand ein. Wie konnte das Wirklichkeit sein? Wie konnte sie nur so dem Leben entrissen werden? *Unmöglich.* Und die Situation war so irreal, dass er sogar einen

Moment glaubte, Mallory schreien zu hören: »Holt mich hier raus, *verdammt noch mal*!«

Jubel brandete auf, und überall um ihn herum lagen sich Cops und Zivilisten in den Armen. Und das passierte im realen Leben nun wirklich nicht! Riker senkte den Kopf und verbeugte sich vor dem Absurden. Er weinte, und er lachte, hob die geballten Fäuste gen Himmel, um den Sieg zu feiern – und um einen steifen Drink zu bitten. *Gott*, wie sehr brauchte er einen Drink!

Nachdem die Techniker den Strom in der dritten Schiene abgeschaltet hatten, waren die Gleise auf einmal von Uniformierten und Cops überflutet, unter ihnen auch Riker. Seine Partnerin hatte es geschafft, indem sie sich genau zwischen die Schienen gelegt hatte, bevor der Zug sie überfuhr. Alle redeten durcheinander. Wie konnte sie das nur tun, wenn doch jeder menschliche Instinkt schrie: *Lauf!* Und wie konnte sie einfach liegen bleiben, während dieser verdammte Zug weiterrollte? Der allgemeine Konsens lautete, dass sie ja vielleicht gar nicht menschlich war, aber *sie lebte,* was soll's.

Man zog Mallory aus dem Gleisbett. Ihre Klamotten rauchten und kokelten von den Funken, die von den Bremsbacken und Rädern herabgefallen waren. Haare und Gesicht waren mit Staub und dem Öl aus dem Fahrgestell des Zuges verschmiert, ihr Rücken mit angetrocknetem Dreck und Müll vom Gleisbett beschmutzt. Oh, wie sehr diese Sauberkeitsfanatikerin das hassen musste! Sie wurde durch eine pfeifende, jubelnde, wirklich glückliche Menge hochgehoben und zu den anderen Cops weitergereicht.

Als sie endlich wieder festen Boden unter den Füßen hatte, nahm Riker sie in die Arme und ließ sie eine Weile nicht mehr los. Wahrscheinlich würde er sie gleich erdrücken, doch er konnte nicht anders. Er musste sie in den Armen halten und weinen und schreien: »Gott, was bist du *dreckig*!«

Und Mallory sagte: »Dann habt ihr Willy also entwischen lassen?«

»He, aus dem Weg da, wir haben hier eine Überdosis!« Zwei Sanitäter bahnten sich einen Weg durch Mallorys Willkommen-zurück-im-Leben-Party, zwischen sich eine Krankentrage mit dem bewusstlosen Toby Wilder. Mallory und ihre Kollegen schlossen sich wie ein Kordon um die Trage und begleiteten Toby, hinauf in die Welt jenseits der Treppe, hinaus ins Tageslicht.

VIERZIG

Normalerweise bin ich nicht schlecht in Mathe. Heute sieht mein Vater die miese Note auf meiner Schulaufgabe. Er arbeite sich den Arsch ab für seine Familie, sagt er, und ich hätte nur diesen einen kleinen Job – die Schule. Wie, fragt er, kann ein Junge so schlau sein und doch so einen Mist bauen? Ich wollte sagen: »Na ja, ich bin ein bisschen abgelenkt, Dad. Ich warte darauf, dass die mich umbringen.« Aber was nützt das? Er glaubt, ich habe gelogen, was den Mord an dem Penner betrifft. »Sei ein Mann«, sagt er. Ich sage ihm, das ginge nicht, weil ich dazu nicht lange genug leben werde. Und er gibt mir eine Ohrfeige. Es ist das erste Mal, dass er das tut. Aber ich weine nicht. Ich zucke nicht mal zusammen. Ich hab schon schlimmere Prügel gekriegt, und das sage ich ihm auch. Mein Vater steht nur da. So überrascht. Als wäre er derjenige, der geprügelt wird.
Und er ist derjenige, der heult.

ERNEST NADLER

Toby Wilder wurde wegen seiner Überdosis im Krankenhaus behandelt, und die Prognosen waren gut. Der Cop mit der weißen Dienstmarke, Arthur Chu, war an diesem Tag sein Geld wert gewesen, denn er war hinter Willy Fallon in dieselbe U-Bahn gestiegen und hatte sie festgenommen. Dann hatte der junge Cop seine Beute in den Dienstraum der Special Crimes Unit geschleppt, wo Willy prompt ihre Anwälte angefordert hatte.

Mallory wurde für diensttauglich erklärt – sie brauchte nur ein bisschen Seife und frische Kleidung. Der Arzt in der Notaufnahme war medizinisch anderer Meinung gewesen, doch Lieutenant Coffey hatte Mallorys Aussage für bare Münze genommen. Und Riker hatte es sich nicht nehmen lassen, seine Partnerin persönlich nach Hause zu bringen. Zu seinem Kummer wurde ihm jedoch bewusst, dass sie auch ohne seine Hilfe zurechtgekommen wäre und sein gesamtes Erpressungsspielchen mit dem Chief unnötig gewesen war. Als der Supercop, der sie war, würde sie auch noch zehn weitere psychologische Gutachten durchstehen und trotzdem ihre Dienstmarke behalten.

Riker fragte sich, was wohl ein Polizeipsychologe von Mallorys Wohnung gehalten hätte, in der alles schwarz oder weiß war und scharfe Kanten oder Ecken hatte. Es gab darin keine persönlichen Dinge, nichts, aus dem man hätte schließen können, dass hier ein menschliches Wesen lebte – nur das Rauschen der Dusche im Badezimmer. Auf dem gläsernen Couchtisch spielte Mallorys Handy ein Schlaflied, Zeichen für eine ganz bestimmte Anruferin, und Riker ging ran, um sich mit Coco zu unterhalten.

»Nein, es geht ihr gut«, sagte er zu dem besorgten Mädchen. »Du musst nicht alles glauben, was in den Nachrichten kommt. Mallory ist wie ein Vampir. Sie kann nur durch eine Silberkugel zur Strecke gebracht werden.«

An der groß angelegten Veranstaltung, die in One Police Plaza vor sich ging, schienen die Medien keinerlei Interesse mehr zu haben, obwohl schon seit Tagen eine Truppe von Reportern praktisch im Pressesaal des Gebäudes campierte.

Willy Fallon war von einer Touristenkamera dabei gefilmt worden, wie sie ein Baby vor einen einfahrenden Zug warf, und diese im Fernsehen gezeigte Aufnahme hatte zu Aufruhr im Polizeihauptquartier geführt. Eine Pressesekretärin versuchte verzweifelt, die heutigen Demonstrationen als stillen Tribut an

Rolland Mann darzustellen, damit die Proteste in den morgigen Zeitungen inmitten all der Nachrufe auf ihn untergehen würden. Keiner der Reporter – von denen alle polizeilich abgesegnete Presseausweise hatten – dachte daran zu fragen, warum alle Demonstranten Frauen waren.

Draußen auf der Plaza schien die Sonne so heiß, dass selbst Lippenstift schmolz.

Jack Coffey stand neben der roten Skulptur in der Nähe der Straße. Auf der Promenade war kein Durchkommen mehr. Er war vom Chief hierherbeordert worden. Beide Männer beobachteten die Trauben von Polizistinnen in Uniform, die die Plaza sowie den Großteil des Innenhofes jenseits des Wachhäuschens zum Hauptquartier der New Yorker Polizei füllten. Es waren hunderte, große und kleine, hübsche Cops und hässliche, alle bis auf die Zähne bewaffnet, und alles Frauen. Es war verblüffend und bedrohlich und verflucht unerlaubt, aber wer sollte diesen Aufmarsch schon zerstreuen – die Polizei? Männliche Beamte, die im Gebäude arbeiteten, standen müßig am Eingang herum.

»Deshalb sieht man auch weit und breit keine Bräute auf Streife«, sagte Joe Goddard. »Die sind alle hier – bis auf die sieben Bulletten oben bei Dr. Kanes Anhörung.«

Lieutenant Coffey war nicht zu der Kompetenz-Anhörung eingeladen worden, auch der Chief nicht, weil die Orchestrierung dieses Events an seinem Büro vorbeigegangen war. Die sieben missglückten psychologischen Gutachten waren nur zu den betroffenen Streifenpolizistinnen durchgesickert – zu jeder Uniformierten, die Dr. Kane jemals begutachtet hatte. Alle sieben vorgeladenen Frauen hatte er als Soziopathinnen abgestempelt, die folglich dienstuntauglich seien.

»Man stelle sich das vor«, sagte Joe Goddard. »Ein Polizeipsychologe, der Angst vor Frauen mit Knarren hat.«

Vor kurzem hatte Jack Coffey die gleichen Worte von Riker gehört. Damals hätte er ihm glauben sollen. Und jetzt? Lachte Riker ihn vermutlich aus. Der Lieutenant ließ den Blick über die Horden von weiblichen Cops schweifen, die auf die Rehabilitierung ihrer Schwestern warteten. Im Gebäude selbst konnten hochrangige Beamte, die sich in den oberen Stockwerken verschanzt hatten, das Geschehen verfolgen wie Gefangene in ihrem Kerker. »Schätze, das wird die kürzeste Anhörung aller Zeiten.«

»Da könnten Sie recht haben«, sagte Goddard. »Aber die Anhörung ist nur eine Formalität. Dr. Kane war schon erledigt, *bevor* diese Frauen aufgetaucht sind. Mit den Gutachten dieses Deppen wurde vor ein paar Stunden der Reißwolf gefüttert. Und zwar mit *allen* ... auch dem von Detective Mallory.« Der Chief schaute zu den hohen Fenstern empor. »Ich hab mit den Computerfreaks auf dem obersten Stockwerk geredet. Die können sich nicht vorstellen, wer diese Gutachten durchsickern ließ und diese Demonstration organisiert hat. All diese Cops denken, die Anweisung sei von ihrer Gewerkschaft ausgegangen. Aber das stimmt nicht. Sie wurde nur über einen Computer der Gewerkschaft rausgeschickt.«

Jack Coffey erfuhr, dass ein Hacker diesen Computer benutzt hatte, um eine automatisierte Mail an jedes Dezernat zu senden. All diese Frauen hatten eine gedruckte Einladung zu der Party erhalten. Und die versiegelten Umschläge waren erst an diesem Morgen ausgegeben worden – von ihren eigenen Vorgesetzten.

Jack Coffey wippte auf seinen Fersen. »Wir wissen nur, dass das alles von einer erstklassigen Hackerin geplant wurde ... die keine Spuren hinterlässt.« Der Chief war kein Mann überflüssiger Worte oder rhetorischer Fragen, und doch wollte er von Coffey wissen: »Haben Sie irgendeine Theorie, Jack?«

»Leider nicht.« Na ja. Hätte Coffey raten müssen, dann hätte er vermutet, Mallory habe auf der Suche nach Charles Butlers Gegengutachten – demjenigen, das nie eingereicht worden war – die Datenbank des Dezernats angezapft. Wahrscheinlich hatte es sie ganze drei Minuten gekostet herauszufinden, warum der Chief ihr fehlerhaftes psychologisches Gutachten nicht herausgerückt hatte, denn sie besaß die natürliche Gabe, potenzielles Material für eine Erpressung zu erkennen. Lieutenant Coffey starrte auf seine Schuhe. Er hatte Mallory so sehr unterschätzt. Und jetzt hatte sie offenbar Joe Goddard im Visier.

Der Chief wartete immer noch auf eine bessere Antwort. Und die würde ihn vermutlich als Aha-Erlebnis um drei Uhr morgens ereilen: Er sollte *wissen*, dass Mallory das getan hatte. Denn im Gegensatz zu dem, was die Computerfreaks glaubten, hatte Mallory überall Spuren hinterlassen. Dieses massive Aufgebot, dieser Overkill, das alles trug Mallorys Handschrift – hunderte von Knarren aufzufahren, um einen einzigen Warnschuss abzugeben. Joe Goddard legte sich besser nicht noch mal mit ihr an, oder es gab Krieg in Copland. Doch diese Einsicht würde erst später kommen. Gerade eben tippte der Mann nur ungeduldig mit dem Fuß auf den Boden. Und wartete.

»Keine Ahnung.« Jack Coffey verschränkte die Arme. »Nicht den blassesten Schimmer.« Und da sie beide wussten, dass das gelogen war, schickte er gleich eine Wahrheit hinterher. »Niemand wird den Schuldigen bei meinen Leuten suchen – und ganz sicher nicht bei Mallory. Die würde lieber tot über dem Zaun hängen, als sich bei irgendeiner Mädelsaktion blicken zu lassen. Mit Feminismus hat die rein gar nichts am Hut.« Aber feministischen Kampfgeist hatte Mallory auch nicht nötig. Nur ein einfältiger und selbstmörderischer Mann hätte den Vorschlag gewagt, seine beste Polizistin sei als Heimchen am Herd besser aufgehoben.

Coffey war deutlich genug gewesen. Sein Boss nickte. Und Mallory würde mal wieder davonkommen.

Die Gedanken des Lieutenants wanderten zu seiner armseligen Serviettenlandkarte als Beweis für ihren angeschlagenen seelischen Zustand zurück. Riker hatte versucht, ihm zu sagen, dass er sich bezüglich ihrer Tour quer durch die südlichen Bundesstaaten, ihrer Auszeit vom Job, getäuscht hatte. Und der Beweis? Auch hier kam Mallory davon.

Ja, ihr Partner lachte sich in diesem Moment bestimmt schlapp.

In einem Gebäude schräg gegenüber von One Police Plaza standen die beiden Detectives an einem Fenster, von dem aus man einen weiten Blick über die Demonstration hatte. Riker hatte sich den ganzen Weg nach Downtown für drohenden Ärger gewappnet, und jetzt brach seine Partnerin endlich ihr langes, frostiges Schweigen.

»Der Tag muss erst noch kommen«, sagte Mallory, »an dem mich ein psychologisches Gutachten erledigt.«

Riker beugte zum Zeichen seiner Zerknirschtheit den Kopf. Er hätte es besser wissen müssen. Eigentlich hatte auf der Hand gelegen, dass Dr. Kanes Befund, Mallory sei eine Soziopathin, Humbug war – auch wenn dieser verdrehte, verängstigte Seelenklempner zufällig dieses eine Mal recht gehabt hatte.

»Hier, da kommen sie.« Mallory reichte ihm ihren Feldstecher.

Er richtete das Fernglas auf den Eingang, durch den gerade eine kleine Gruppe von Gewerkschaftsvertretern und Anwälten zusammen mit sieben Polizistinnen in blauen Uniformen nach draußen trat. Alle sieben hoben die Faust zum Sieg. Riker hatte mit Jubel aus der Menge gerechnet, doch die Frauen blieben stumm und standen stramm. Der nunmehr arbeitslose Dr.

Kane war der Nächste, der durch die Tür kam. Er sah die Uniformen wie ein gewaltiges blaues Meer, griff sich an die Brust und blieb gerade lange genug stehen, um die Fassung zu verlieren und ganz schnell wieder hineinzulaufen. Jetzt hatte auch Riker den Witz verstanden. Die Polizistinnen rührten sich, die Reihen lösten sich auf, und endlich wurde gelacht, während sich alle von Dr. Kanes wahr gewordenem Alptraum entfernten – einem Mob aus mächtigen Frauen mit Knarren.

Und da hieß es, Mallory habe keinen Humor. Von wegen.

All die Sorgen um nichts … Riker schaute auf seine Uhr. Sie hatten eine Verdächtige in Gewahrsam, die verhört werden musste. »Fahren wir los.«

Mallory klimperte müßig mit den Autoschlüsseln. »Ich *weiß*, was du gemacht hast.« Dabei schaute sie ihn nicht an, sondern schwenkte den Kopf nur hin und her. Wie eine Kanone. Dann sagte sie: »Aber ich weiß nicht, *wie* du es gemacht hast.«

Riker spürte, dass das nicht der Auftakt zu einer Schmuserunde war. Er hob beide Hände. *Nicht schießen.* »Hab schon verstanden. Du hast nie Hilfe gebraucht.« Würde sie das besänftigen? Nein, natürlich nicht. Er wusste, warum sie ihn hierhergeschleppt hatte – warum er von nahem sehen sollte, wie sie die Strippen zog, wie sie eine gottverdammte Armee hatte aufmarschieren lassen, alle auf Kommando des größten Kontrollfreaks aller Zeiten.

»Ich weiß, welchen Hebel Goddard bei uns angesetzt hat – bei *mir*«, sagte sie. »Jetzt sag du mir, welchen Dreck er am Stecken hat und wie du das gegen ihn benutzt hast.«

Sie ließ einfach nicht locker.

Erpressung oder nicht, ein Deal war ein Deal, und es war ihm eine Ehrensache, ihn einzuhalten. Wenn er den Chief verpfiff, würde er ihren Respekt verlieren. Und wenn nicht? Nun, die Dame hatte eine Knarre. Und so sagte er: »Erschieß mich.«

Im Verhörraum saß Willy Fallon mit ihrem Anwalt von der Resterampe, einem Mann mit Babyface und einem billigen Anzug. Laut Mallorys Recherchen hatte der Winkeladvokat sein Jurastudium mit dem schlechtesten Ergebnis seines Jahrgangs abgeschlossen.

Man hatte Anwalt und Mandantin eine Stunde warten lassen, bevor die Detectives in aller Gemütsruhe hereinschlenderten. Riker hielt ein Blatt Papier hoch und begann die Anklagepunkte gegen Willy Fallon vorzulesen.

Als sie den ersten Anklagepunkt – Mord an Rolland Mann – hörte, rief Willy: »Der hat zuerst versucht *mich* zu töten!«

Nun, das war vorhersehbar gewesen, und so sagte Riker sein Sprüchlein ohne Rücksicht auf Verluste auf. »Das wird einem Geschworenengericht nur schwer zu verkaufen sein. Denn die Geschworenen werden das hier sehen.« Er zeigte ihr ein Foto auf dem kleinen Display eines Touristenhandys. »Hier quetschen Sie dem armen Teufel die Eier ab.« Dann klickte er zu seinem Lieblingsfoto weiter. »Und hier sind Sie noch mal, wie Sie ihn mit einem Tritt vor den Bus befördern. Sagen Sie bloß nicht, Sie hätten den Bus nicht kommen sehen. Es war ein Doppeldecker.«

Jetzt meldete sich glockenhell der Anwalt zu Wort. »Das ist kein Mord. Höchstens handelt es sich um Körperverletzung mit mildernden Umständen.«

Die Detectives starrten das Männlein an, als spräche es eine außerirdische Sprache.

»Ich versuche, mit euch zusammenzuarbeiten, Leute«, sagte der Rechtsverdreher. »Okay? Also. Meine Mandantin war bislang unbescholten.«

»Nein«, sagte Riker. »Das stimmt nicht. Außerdem haben wir auf unserer Liste noch mehr zu bieten. Eines ihrer Opfer war nur zehn Monate alt. Willy warf das Kind auf die U-Bahn-

Gleise. Also, verehrter Herr Anwalt – was nennen wir heute *Mordversuch*? Fordern Sie für das auch mildernde Umstände? War das Baby etwa unhöflich zu Willy?«

Nach kurzem Geflüster mit seiner Mandantin lächelte der Anwalt. »Ich möchte immer noch mit euch zusammenarbeiten.«

Riker zog einen Zehndollarschein aus seiner Geldbörse und zeigte ihn seiner Partnerin. »Ich wette, jetzt kommt er uns gleich mit dem Witz, man könne sie statt ins Gefängnis auf Entzug schicken.«

Mallory schüttelte den Kopf – keine Wette. Sie legte einen Beweismittelbeutel mit Kapseln und Pillen auf den Tisch. Und dann sagte sie höflich, fast entschuldigend: »Der Vorrat Ihrer Mandantin ist Beweis für einen weiteren Anklagepunkt.«

»Willy hat jemanden unter Drogen gesetzt«, sagte Riker. »Nicht denjenigen, den sie vor den Bus geschubst hat. Das war ein ganz anderer Typ. Sondern den sie vor einen *Zug* schubsen wollte.«

»Und das wiederum hat mit der Drogen-Anklage zu tun.« Mallorys Einwurf kam beiläufig, als hätte sie kein besonderes Interesse an dem Spielchen. Sie war der Inbegriff von Gesundheit und Klarheit – ach, und natürlich hatte sie keine negativen Gefühle. »Toby Wilder wurde eine tödliche Dosis Betäubungsmittel verabreicht.«

Riker griff nach dem Beutel mit den Beweismitteln, schloss die Faust um die Pillen und hielt ihn dem Anwalt hin. »Toby sagt, sie habe ihm Drogen in den Wein getan.«

»Das war nur fair!«, schrie Willy, noch bevor ihr Anwalt sich zu ihr beugen und sagen konnte: »Halten Sie die Klappe!«, denn das war ein Geständnis gewesen.

»Das werde ich nicht«, sagte sie. »Toby war der, der mich im Ramble aufgehängt hat. Er hat versucht mich umzubringen.«

»Sie lügen«, sagte Riker. »Sie konnten Ihren Kidnapper gar nicht erkennen. Das bestätigt auch der Arzt in der Notaufnahme, der Sie untersucht hat.«

Mallory, die jetzt ganz auf hilfsbereit machte, schob die Aussage des Docs über den Tisch. »Er sagte, der Schlag auf Ihren Hinterkopf habe etwa zehn bis fünfzehn Minuten Ihrer Erinnerung ausgelöscht. Folglich konnten Sie gar nicht …«

»Es *muss* Toby gewesen sein!« Willys Stimme kletterte eine Oktave höher. »Ich weiß, dass es nicht dieser beknackte Rolland Mann war. Der war eine Flasche, was das Töten anging, ein absoluter Amateur. Er ist doch *tot*, oder? Dann muss es Toby gewesen sein.«

Die Detectives schauten sich in stummem Verständnis der Willy-Logik an: Ihr Ausschlussverfahren bei Verdächtigen basierte auf *Töten*.

»Dann lassen Sie uns rekapitulieren«, sagte Riker, an den einzigen Erwachsenen auf der anderen Seite des Tisches gerichtet. »Ihre Mandantin schubst ein Opfer vor einen Bus, dann setzt sie ein anderes unter Drogen. Anschließend versucht sie das zweite Opfer vor einen einfahrenden Zug zu stoßen. Und als sie sich der Festnahme entzieht, kommt auch noch das Werfen eines Babys auf Zuggleise hinzu. Haben Sie das Video mit dem geworfenen Baby gesehen? Jeder Nachrichtensender bringt es.«

»Ich schaue durchaus Nachrichten«, sagte der Anwalt. »Deshalb weiß ich auch, dass Detective Mallory es überlebt hat, von einem Zug überfahren zu werden. Es hieß, es sei ein guter halber Meter Platz zwischen dem Gleisbett und dem …«

»Nein.« Mit dieser einen Silbe wollte Riker dem Anwalt zu verstehen geben, dass es den Mann sein Leben kosten könnte, den Gedanken weiterzuführen. »Wenn Sie ein Baby auf Gleise werfen, dann können Sie damit rechnen, dass es sich bei dem Sturz verletzt. Es ist sogar mit seinem *plötzlichen Tod* zu rechnen!« Um die Worte *plötzlicher Tod* zu betonen, schlug er bei jeder Silbe mit der Faust auf den Tisch und kehrte sein wütendes Gesicht Willy zu. »Das Kind wird wieder gesund, aber die Mutter zieht gegen Sie vor Gericht, und das wird Sie Ihr letztes Geld kosten, das Sie noch haben!« Jetzt wandte er sich wieder an den Anwalt. »Ich hoffe also, sie hat Sie vorher bezahlt, Kumpel. Wir haben mit Willys Eltern geredet. Die werden für Gerichtskosten keinen Penny ausgeben. Der Rahmen von Willys Kreditkarte ist ausgeschöpft, aber sie hat etwa fünf Riesen in einer Papiertüte. Wird das reichen?«

Das war eindeutig eine Überraschung für den Anwalt. Sein selbstbewusstes Lächeln schwand dahin, doch es war leicht zu erraten, was in seinem Kopf vorging, als sein Gesicht sich wieder etwas aufhellte. He – *fünftausend Dollar*. Der Mann warf einen verstohlenen Blick auf seine Armbanduhr, zählte wahrscheinlich das Geld, das pro Minute an ihm vorbeiflog. »Ich schlage eine gerichtliche Verständigung aufgrund geringerer Vergehen vor.«

»Wie bitte?« Riker war aufgesprungen und beugte sich über den Tisch, als wollte er dem Anwalt an die Gurgel. Seine Partnerin legte ihm eine Hand auf den Arm, und er sank in seinen Stuhl zurück.

Mallory lächelte freundlich, als hätte der Anwalt etwas durchaus Vernünftiges ausgebrütet. »Schätze, wir finden da eine Lösung.«

Auf der anderen Seite des Spiegels schüttelte Jack Coffey verwundert den Kopf. Er hatte eigentlich gedacht, Mallory würde es nie schaffen, den guten Cop zu Rikers bösem Cop zu spielen.

Ein VIP auf Besuch, Bezirksanwalt Walter Hamlin, saß ebenfalls in der vordersten Reihe des Beobachtungsraumes. Dieser feine Herr beugte sich nun – so schockiert, dass ihm fast die Augen aus dem Kopf fielen – in Richtung des verspiegelten Fensters und lauschte gebannt dem, was aus der Sprechanlage kam, während drüben Mallory das großherzige Angebot machte, den Mord am amtierenden Polizeipräsidenten als Verkehrsunfall auszugeben.

Eins zu null für den lächelnden Chief, der auf dem Stuhl rechts von Coffey saß. Das Problem mit Rolland Mann war astrein gelöst worden, und das Dezernat würde dem schlimmsten Korruptionsskandel innerhalb der Polizei der letzten zwanzig Jahre entgehen.

Im nächsten Zimmer spielte Riker den Angeekelten und warf die Hände in die Luft. Wutentbrannt stürmte er aus dem Verhörraum und knallte die Tür hinter sich zu.

Jetzt hörte Coffey, wie die verbleibende Polizistin den Mordversuch an Toby Wilder ins Gespräch brachte. »Wir werden ihn ein Missverständnis nennen«, sagte Mallory. »Warum nicht? Der Typ war knülle. Er wird sich an nichts mehr erinnern.«

Willys Anwalt nickte und lächelte.

Der Staatsanwalt im Beobachtungsraum wandte sich an Jack Coffey. »Weiß Detective Mallory, dass ich hier bin – und mir das anhöre?«

»Na klar.« Chief Goddard antwortete für den Lieutenant. »Walt, Sie wissen ja, dass ein stellvertretender Bezirksstaatsanwalt niemals die Eier hätte, einen solchen Vergleich zu unterschreiben. Deshalb habe ich *Sie* eingeladen.«

Im Raum nebenan machte Mallory gerade sehr deutlich, dass Willy auf schuldig plädieren müsse, was den unglückseligen Babyweitwurf anging. »Aber das können wir auf ein Vergehen runterbrechen.«

Der Strafverteidiger beugte sich zu der *ach so netten* Polizistin und fragte, was sie denn im Gegenzug dafür wolle.

Mallory schlug einen Handel vor: Alte Morde tauschten mit

neuen die Plätze. »Willy war noch ein Kind, als dieser Penner im Ramble starb. Außerdem interessiere ich mich für eine Körperverletzung gegenüber einem Jungen an ihrer Schule. Wenn sie mir alles sagt, was sie weiß, gehen diese Fälle an einen Richter am Familiengericht weiter. Sie erhält dann die gleiche Strafe wie ein jugendlicher Straftäter.«

Riker kam in den Beobachtungsraum und trat an die Scheibe. »Könnt ihr glauben, dass Willy uns dieses Würstchen gebracht hat? Sie hat ihn aus den Gelben Seiten. Schätze, sein größter Fall war mal ein Verkehrsdelikt. Null Erfahrung in Kriminalfällen.«

Genau der Strafverteidiger, von dem jeder Bulle träumte.

»Detective«, machte Staatsanwalt Hamlin Riker auf sich aufmerksam. »Selbst wenn ich Mallorys Deal schriftlich niederlege, geht er vor Gericht niemals durch. Acht Millionen New Yorker sehen in diesem Moment die Wurfszene mit dem Baby im Fernsehen. Jeder Richter würde diesen Vergleich ablehnen und Miss Fallon zur Höchststrafe verdonnern.«

Riker grinste. »Ja, und exakt darauf setzen wir.«

DA Hamlin war noch nicht fertig. »Was diesen Penner betrifft: Wenn Miss Fallon gesteht, als Jugendliche jemanden ermordet zu haben, wird sie dennoch in ein Gefängnis für Erwachsene kommen – und zwar wahrscheinlich für die längste Zeit, die das Gesetz zulässt. Glauben Sie, dass sie das wirklich begreift?«

»Nein«, sagte Riker. »Aber ich bin nur verpflichtet, Willy über ihre Rechte in Kenntnis zu setzen. Sie ist nicht besonders helle, und ihr Anwalt hat auch nicht die Weisheit mit Löffeln gefressen. Schauen Sie sich das Grinsen auf dem Gesicht des Typen an. Er denkt wirklich, das wäre ein *guter Deal.*«

Eine Stunde später lag der unterschriebene Vergleich auf dem Tisch des Verhörraumes. Mallory schob die Autopsiefotos von dem Penner, den drei Kinder im Ramble malträtiert hatten, daneben. »Die meisten Einzelheiten kenne ich bereits. Ich kann Ihnen sogar sagen, wie oft Agatha Sutton das Opfer gebissen hat. Aggy die Beißerin – haben Sie sie nicht so genannt?«

Willy Fallon schaute sich die Bilder an. Sie war erstarrt, hielt den Atem an, machte große Augen – was so gut wie ein Schuldeingeständnis war.

»Wenn Sie mich anlügen, Willy, nur ein *einziges Mal*, dann ist unsere Vereinbarung geplatzt, und ich kann Ihnen nicht mehr helfen. Sie würden für den Rest Ihres Lebens im Gefängnis verrotten.«

Der Anwalt stupste seine Mandantin an, damit sie nickte.

Und so begann es, erst zögernd – und dann mit *Gusto*.

Die Beobachter im Raum nebenan saßen im Dunkeln, was auch die einzig angemessene Art war, sich eine solch grausige Geschichte anzuhören. Sie hörten von den Schreien eines Obdachlosen, dem man mit einem Stein die Knochen zertrümmert und ihn dann mit kleinen Zähnen zerfleischt hatte, bis er blutend und sterbend im Gras lag. Es folgte das Martyrium von Ernest Nadler. An den Tagen, die dem grausamen Aufhängen des kleinen Jungen an den Handgelenken folgten, waren seine drei Folterknechte zurückgekehrt, auf den Hinrichtungsbaum geklettert und hatten ihn mit Stöcken und anderen Dingen gepiesackt. Der Schmerz ging weiter und weiter. Willy war nicht zu bremsen. Sie durchlebte die ganze Quälerei noch einmal, sie genoss sie – sie *schwelgte* darin.

EINUNDVIERZIG

Ich sitze im Garten und erzähle meine Geschichte
Mr. Polanski, dem Hausmeister der Schule. »Ich glaube,
der tote Penner wird einfach gelöscht«, sage ich.
»Wie die arme Allison, die gesprungen ist.«
Ich schaue auf die Stelle auf den Steinplatten, wo
jedes Jahr am ersten Frühlingstag das Kreidemädchen
erscheint, und frage ihn: »Wenn ich tot bin – glauben Sie,
dann werden Sie mich eines Tages auch mit dem
Schlauch wegspritzen?«
Der Hausmeister schüttelt den Kopf und hebt beide Hände.
Er will nichts mehr hören. Aber ich muss mit jemandem
reden. Ich sage zu ihm: »Ich liebe meine Mom und meinen
Dad. Wie verabschiedet man sich von jemandem, der gar
nicht glaubt, dass man irgendwo hingeht?«
Mr. Polanski geht nicht von mir weg. Er rennt.

ERNEST NADLER

Chief Goddard stand während der Pressekonferenz im Fernsehen an der Seite des Bürgermeisters. Der Splitscreen zeigte auch das Video mit dem geworfenen Baby, was mittlerweile überall der am häufigsten angeklickte Film war. Und obwohl der Top-Politiker der Stadt gerade die Festnahme und das Geständnis der mutmaßlichen Babywerferin verkündet hatte, besaß ein Reporter die Dreistigkeit, den ungelösten Fall der Hungerkünstler-Morde zur Sprache zu bringen. Während sich der Bürgermeister die Zunge abbrach, beugte sich Joe Goddard in Richtung Mikrofon und sagte: »Leute, ihr kennt das doch. Das sind laufende Ermittlungen, verdammt noch mal.«

Der Bürgermeister zuckte bei der Wortwahl des Chiefs zusammen, spielte dann aber mit und verkündete den Tod von Rolland Mann bei einem tragischen Verkehrsunfall.

Jack Coffey drückte auf die Fernbedienung, schaltete den Fernseher in seinem Büro aus und sah sich dem Chief in Fleisch und Blut gegenüber, der seinen Schreibtisch besetzt hatte. Doch der Lieutenant nahm auf keinem der freien Stühle Platz. Er zog es vor, an der Seite seiner Detectives, Mallory und Riker, zu stehen.

»Nun«, sagte Joe Goddard, »was die Begräbnisregelung für Rocket Mann angeht: Entweder er bekommt einundzwanzig Schuss Salut und ein Dudelsack-Ständchen – oder wir packen ihn wortlos in einen Kiefernsarg, weil er der New Yorker Polizei peinlich ist. Die Witwe überlässt uns die Entscheidung. Annie Mann ist es vollkommen egal, solange sie nie mehr ihre Wohnung verlassen muss. Ich habe nur die Sorge, dass der Schuss nach hinten losgeht. Was meinen Sie?«

»Er hat Ernie Nadler ermordet«, sagte Riker.

»Dann hat der Scheißkerl das gekriegt, was er verdient«, sagte der Chief. »Der Fall ist abgeschlossen.«

»Nein, ist er nicht«, sagte Riker. »Wenn wir nun beweisen können, dass Mann nur dazu angeheuert wurde, den Jungen zu töten? Geht dann der Schuss nach hinten los?«

Der Chief schwenkte seinen Stuhl nach links und rechts und betrachtete dabei den widerspenstigen Detective. Schließlich sagte er, an dessen Vorgesetzten gerichtet: »Jack, konzentriert euch auf den Hungerkünstler. Ich möchte, dass dieser Fall bald abgeschlossen wird. Folglich wird jemand dafür bezahlen, und ein anderer geht uns vielleicht durch die Lappen. Nehmt es nicht zu genau, okay? Und bitte sagt mir jetzt bloß nicht, dass Rocket Mann auch dafür auf der Shortlist stand!«

»Nein«, erwiderte Mallory. »Nicht sein Stil. Ihm lagen Gelegenheitsverbrechen mehr, so wie Willy vor einen Bus zu schubsen … oder einen kleinen Jungen im Krankenhausbett zu ersticken.«

Wollte sie Goddard ködern?

»Mallory?« Coffey tippte ihr auf die Schulter. »Halten Sie die Klappe!« Und an den Chief gerichtet: »Wir können uns einfach nicht vorstellen, wie Rocket Mann Jahre damit zubringt, die Ausrüstung für einen Mord zusammenzutragen. Und wir sehen ihn auch nicht, wie er sich in einem Park mit Winde und Akkuschrauber zu schaffen macht. Mann hätte nie so viel Aufwand für einen Mord betrieben … aber er *war* ein Mörder. Ein richtig kaltblütiger …«

»Ich schätze, dann haben wir dreimal ein Ja für den Kiefernholzsarg«, sagte der Chief. »Aber leider läuft so etwas nicht demokratisch ab, und Rocket Mann bekommt doch das Begräbnis eines Helden. Und *nichts* wird auf die Polizei zurückfallen.« Das sagte er im Befehlston, als wäre damit alles erledigt. »Also zum Hungerkünstler. Wo habt ihr diesen Junkie, Toby Wilder, hingesteckt?«

»Er liegt im Krankenhaus«, sagte Mallory. »Man hat ihm den Magen ausgepumpt.«

»Er bleibt dort unter Bewachung, bis ich anderweitig entscheide.« Der Chief wechselte zum nächsten Tagesordnungspunkt über und hielt die Anforderung eines Durchsuchungsbeschlusses durch die Detectives in die Höhe. »Den hier hat der Staatsanwalt in der Luft zerrissen. Für Heller und Slope reicht das Verdachtsmoment mit dem Chloroform nicht aus. Der Test der Spurensicherung hat nichts erbracht, und die Gewebeproben aus der Pathologie wurden im Labor gegengeprüft. Auch der ganze übrige Kram auf eurer Liste ist zu vage. Irgendeine alte Winde und ein Akkuschrauber tun's nicht. Der Staatsanwalt sagt, ihr müsst schon ein bisschen spezifischer sein, wenn ihr dort reinwollt.«

»Vermutlich will es sich keiner mit den falschen Leuten verscherzen«, sagte Mallory.

Sie war heute die Heldin unter den Cops der Stadt, der Goldschatz der New Yorker Polizei, und nach ihrem Coup an One Police Plaza – *Hochmut, dein Name ist Mallory* – meinte sie offenbar, sie könne im Beisein von Zeugen dem Chief gegenüber eine dicke Lippe riskieren. Doch das konnte sie nicht. Coffey merkte es sofort daran, wie sich die Atmosphäre wandelte – die tödliche Stille in einem Raum, in dem zu viele Menschen eine Knarre hatten.

»Ich weiß, wie man den Durchsuchungsbeschluss genauer fassen kann.« Jetzt hatte Riker die volle Aufmerksamkeit des Chiefs. Und Lieutenant Coffey musste sich wieder einmal die Frage stellen, wie viel Macht dieser Detective über Goddard hatte.

»Wir haben eine wichtige Zeugin«, sagte Riker. »Sie kennt eine ganze Bandbreite von Geräuschen. Coco kann die Marke eines Staubsaugers am bloßen Klang des Motors unterscheiden. Das habe ich selbst erlebt. Und sie war in der Nacht, als Humphrey Bledsoe aufgehängt wurde, im Ramble. Angenommen, wir lassen sie die Geräusche der Winde und des Akkuschraubers anhören, die die CSI sichergestellt hat?«

Jack Coffey warf Mallory einen Blick zu, die ebenso überrascht schien wie er selbst. Entweder log Riker, um den Chief davon abzuhalten, seiner Partnerin an den Kragen zu gehen – oder er hatte Mallory diese Idee vorenthalten.

Joe Goddard war nicht besonders beeindruckt. »Ihre Zeugin ist ein achtjähriges Mädchen?«

»Ein Wunderkind«, sagte Riker. »Sie hat eine besondere Begabung für diese Sachen. Und es wird noch besser. Wir können es dokumentieren. Wir haben Charles Butler, der eine Koryphäe ist, was begabte Menschen angeht. Auf das hier wird er sich einlassen.«

An der Tür zur Polizeiwache trennten sich die beiden Detectives mit dem Plan, später in Charles Butlers Wohnung wieder zusammenzutreffen. Riker sollte die Winde und den Schrauber holen, doch eine kleine alte Dame trat ihm in den Weg.

»Dann war es also *wirklich* Mord«, sagte Rolland Manns betagte Nachbarin. »Ich hab's im Fernsehen gesehen.« Mrs. Buford schüttelte bedächtig den Kopf, voller Argwohn den Polizisten gegenüber, die sich an ihnen vorbeidrängten. Sie senkte die Stimme zu einem heiseren Flüstern. »Ich bin mir sicher, er hat es verdient.«

Oh je – hier war er, der Haken, ein kleiner, grauhaariger Pferdefuß.

Wenn auch nur ein einziger Reporter so viel Grips hatte, in Rolland Manns Haus Klinken putzen zu gehen – sprich, wenn jemand diese Nachbarin befragte –, dann würde die ganze Geschichte auffliegen. Riker schenkte ihr sein breitestes Lächeln. »Nein, es war ein Verkehrsunfall.«

»Detective Mallory sagte aber *Mord.* Das war gleich beim ersten Mal, als wir uns begegnet sind. Und zwar, *bevor* Rolland Mann unter den Bus kam. Sehr vorausschauend, finden Sie nicht?«

Verflucht.

»Meine Partnerin hat einen ganz anderen Mord gemeint«, sagte Riker. »Einen früheren Fall. Und wir wissen es sehr zu schätzen, dass Sie …«

»Der Fernsehreporter hat eine dänische Touristin interviewt, die das Ganze gesehen hat. Sie sagt, Rolland Mann habe mit einer Frau gekämpft, als der Bus die Straße entlangkam. War das Detective Mallory? Ich hoffe sehr, sie steckt nicht in Schwierigkeiten.«

Wenn es nach Mrs. Buford ging, war seine Partnerin entweder eine Hellseherin oder ein Cop, der auch mordete. Glücklicherweise hatte die alte Dame jedoch einen Narren an Mallory gefressen. Zwanzig Minuten später, bei einem Käffchen in der Cafeteria, hatte Riker sie davon überzeugen können, dass der plötzliche Tod ihres Nachbarn nicht auf eine Verschwörung einiger Cops zurückging – zumindest vermutete er das angesichts des allgemeinen Nickens und Lächelns von Mrs. Buford.

Doch dann blinzelte sie und strafte mit dem langsamen, trägen Senken eines Augenlids alles Lügen. »Verstehe«, sagte sie. »Und ich werde schweigen wie ein Grab. Ich würde niemals etwas sagen, das Detective Mallory in Schwierigkeiten bringen könnte. So ein liebes, nettes Mädchen. So *freundlich.*«

»Ja, so ist sie, meine Partnerin.« Riker schaute auf seine Uhr. Genau in diesem Moment würde sein kleiner blonder Engel damit beschäftigt sein, einen blinden Mann zu piesacken.

Anthony Queen wehrte sich mit seinem ganzen Körper gegen die Brachialgewalt, die der Arm des Gesetzes gegen ihn anwandte.

Auf der anderen Seite seines Schreibtisches saß Mallory – das Gesetz – und plante eiskalt und gelassen, welche Fesseln sie dem alten Mann anlegen konnte, damit er sich von den Reportern fernhielt.

»Draußen vor Tobys Zimmer steht ein Polizist Wache. Die Polizei verbietet mir den Zugang zu meinem Mandanten. Ich habe ein *Recht* darauf…«

»*Toby* hat Rechte«, sagte Mallory. »Sie nicht. Und er kommt jetzt besser ohne Ihre Hilfe zurecht. Als er ein Kind war, haben Sie tatenlos zugesehen, wie der teure Anwalt der Driscol School ihn mit diesem Vergleich nach Spofford gebracht hat. Sie haben von Anfang an geglaubt, der Junge sei schuldig.«

»Das stimmt nicht.«

»Und Sie glauben es *immer noch.* An jenem Tag sind Sie mit

Tobys Mutter vor Gericht aufgetaucht – das war, als der Bezirksstaatsanwalt Ihnen sagte, wo Toby seine Blumen niedergelegt hatte, nämlich genau an der Stelle, wo der Penner gestorben war. Damals hatten Sie sich entschieden, den Jungen für einen Mörder zu halten.«

»Nein. Das habe ich nie ...«

»Sie lügen. Deshalb haben Sie auch zugelassen, dass Carlyle ihn in diesen Höllenschlund weggesperrt hat. Sie hätten gegen den Vergleich angehen können, doch Sie glaubten ja, dass Toby schuldig war. Sie fanden, eine vierjährige Strafe im Jugendknast sei ein guter Deal ... für einen *Mörder.*«

»Ich habe immer an ihn geglaubt.«

»Ja, *richtig*. Aber jetzt kommt's, alter Mann. Toby hat es nicht getan. Wäre der Fall nicht vor das Familiengericht gegangen, dann hätte die Verteidigung das Recht gehabt, entlastendes Material vorzubringen: eine Zeugenaussage, die seine Unschuld bewiesen hätte. Doch das ist nie geschehen, weil vorher der Vergleich geschlossen wurde. Folglich hat Carlyle einen unschuldigen Jungen in den Knast gesteckt, und Sie haben ihm dabei geholfen – um Tobys Mutter einen *Gefallen* zu tun.«

Als ihm endlich dämmerte, wie sehr er selbst zur Zerstörung von Toby Wilder beigetragen hatte, war dem Anwalt sein ganzer Schmerz am Gesicht abzulesen. Dennoch – weil er eben ein Anwalt war – wartete Mallory ab, bis hinter seinen blinden Augen das entscheidende Licht anging, dieses vielsagende Funkeln, Zeichen dafür, dass er begriffen hatte, wie sehr er selbst zum Opfer von Machenschaften, Intrigen und Komplotten geworden war.

Ein listiges Lächeln spielte um seine Lippen, als er sagte: »Dann *wusste* Carlyle, dass der Junge unschuldig war.«

»Vergessen Sie's, alter Knabe. Der Fall wird wegen der fälschlichen Inhaftierung nicht noch mal aufgerollt. Wenn Sie das versuchen, kommt Toby für den Rest seines Lebens hinter Gitter. Vor fünfzehn Jahren haben alle drei heutigen Opfer des Hungerkünstlers Toby für den Tod des Penners verantwortlich gemacht … Klingt nach einem prima Rachemotiv für jemanden, den wir kennen.«

Queen machte den Mund weit auf – und schloss ihn wieder. Offenbar blieb ihm die Sprache weg.

Der Schock war ein Erfolg, doch Mallory spielte mit dem Gedanken, sie könnte einen Anwalt auch noch zum Weinen bringen. »Ich weiß, was Sie Tobys Mutter angetan haben – Ihrer ach so guten Freundin. Ich habe mit Leuten geredet, die mit Susan Wilder zusammengearbeitet haben. Sie sagen mir, sie sei ihrem Mann immer treu gewesen und habe Jess Wilder bis zu ihrem Tode geliebt. Doch ihren Sohn liebte sie sogar noch mehr. Deshalb habe ich mich gefragt, warum *sie* sich eigentlich auf diesen Vergleich eingelassen hatte. Irgendwas daran hat mich gestört. Das war *Ihr* Werk, stimmt's? Diese Frau hat Ihnen vertraut. Toby war minderjährig. Bevor auf Mord plädiert werden konnte, mussten Sie die Mutter davon überzeugen, dass ihr Sohn schuldig war – dass er seinen eigenen Vater umgebracht hatte.«

»Aber Susan hat nie erfahren, wer der Penner war.«

»Sie *wusste* es«, sagte Mallory. »Sogar noch bevor Toby festgenommen wurde. Und ich kann es beweisen.«

Aus Anthony Queens Miene sprachen nur drei Worte: *Bitte hör auf.*

Noch nicht. Vorerst musste Mallory für ausgleichende Gerechtigkeit sorgen. »Susan Wilder ging ins Leichenschauhaus, um sich die sterblichen Überreste des Penners anzusehen … genauer gesagt, ihn mit den Fingern abzutasten. Sie war zwar vollkommen blind, aber sie *wusste*, dass es ihr Mann war. Ich habe eine Zeugin, die mir gesagt hat, dass sie weinte … Susan Wilder *liebte* diesen Mann. Und dank Ihnen ist sie in dem Glauben gestorben, ihr Sohn habe ihn zu Tode geprügelt … Das ist, als hätten Sie ihr die Zeit, die ihr noch blieb, vergiftet.«

Tränen. *Perfekt.*

»Sie glauben, *jetzt* tut es Ihnen leid? Dann sorgen Sie dafür, dass ich nicht mehr hierher zurückkommen muss, alter Mann.« Mallory erhob sich von ihrem Stuhl und ging zur Tür der Kanzlei. »Bleiben Sie Toby Wilder fern, verdammt noch mal.«

ZWEIUNDVIERZIG

Meine Mutter lächelt mich nur noch an. Traurig.
Ich glaube, ich treibe sie in den Wahnsinn.
Tut mir leid, Mom.

ERNEST NADLER

»Vielleicht ist es keine gute Idee. Bei lauten Geräuschen geht die Kleine die Wände hoch.« Riker benutzte einen kleinen Handwagen, um den schweren Karton über den Hausflur zu Charles Butlers Wohnung zu ziehen. In der Kiste lagen alle Sorten Winden und Akkuschrauber, die zur Mordausrüstung des Hungerkünstlers gehört haben könnten. »Charles wird nie und nimmer seinen Segen dazu geben.«

»Er ist in Chicago«, sagte Mallory, »Robin Duffy spielt den Babysitter.«

Na gut, Problem gelöst. Dieser spezielle Anwalt würde es zulassen, dass seine Partnerin eine ganze Busladung von Waisenkindern anzündete, nur um sie lächeln zu sehen.

Als die Tür aufging, musste Mallory wieder einmal eine dicke Umarmung voller Wärme und Zuneigung über sich ergehen lassen. Duffy legte den Finger an die Lippen und flüsterte: »Coco macht ein Mittagsschläfchen.« Er führte die beiden Polizisten in die Küche, wo mehrere Schriftstücke auf dem Tisch lagen. »Charles hat diese wundervollen Leute in Chicago gefunden – die Harveys. Sie haben sich bereits vor einem Jahr für eine Adoption qualifiziert und sind beide Lehrer an einer Charterschule. Das ist einfach großartig. Die Kleine würde den ganzen Tag von fachkundigen Eltern begleitet werden. Charles sagt, das Beste daran ist, dass Coco zur Schule gehen kann wie jedes andere Kind. Sie kann ein normales Leben führen.« Duffy setzte sich an den Tisch und schaute die Papiere durch. »Ah, hier ist es.« Er reichte Mallory einen Bogen.

Riker las über ihre Schulter hinweg mit. Es war eine Kopie des Entlassungsdokuments, das ihrer Hauptzeugin erlauben würde, den Staat New York zu verlassen.

»Unterschreib hier, Kathy.« Duffy zeigte auf eine Linie am unteren Rand der Seite. »Die Harveys fliegen heute mit Charles zurück. Wenn alles klappt, nehmen sie Coco für eine Probezeit mit nach Illinois.«

»Kommt nicht in Frage.« Mallory faltete das Formular zusammen. »Das Kind geht nirgendwohin, solange wir den Fall nicht abgeschlossen haben.«

Als sie den Bogen auf den Tisch legte, sagte der alte Mann: »Ich soll dir von Charles ausrichten, dass die Harveys einen großen Garten voller Glühwürmchen haben. Er dachte, das könnte für dich eine Bedeutung haben.«

»Sie bleibt, bis …«

»Na gut.« Duffy hob resigniert die Hände. »Wann immer du bereit bist. Die Harveys werden noch eine Weile in der Stadt sein.«

»Du kannst dann jetzt gehen«, sagte Mallory. »Ich bleibe bei Coco.«

»Ja«, sagte Riker. »Ich bringe Sie raus.«

Robin Duffy zögerte, hielt inne, hob die Augen zu der Uhr an der Wand. »Charles meinte, ich solle bleiben – jedenfalls, bis Mrs. Ortega zurück ist. Sie hat noch was zu erledigen.« Der alte Mann sah besorgt aus.

Riker war verwirrt.

Mallory nicht. »Was hat Charles dir noch gesagt? Hat er dir gesagt, dass du mich mit Coco nicht allein lassen sollst? Hat er gesagt, du sollst mir nicht mehr trauen?«

Riker verließ die Wohnung zusammen mit einem überaus zerknirschten Robin Duffy, und obwohl sie die Tür leise ins Schloss zogen, wachte Coco von dem Geräusch aus ihrem Nickerchen auf. Sie lief aus dem Gästezimmer und rannte über den Flur, um Mallory in die Arme zu schließen. Wie glücklich sie war, und wie breit ihr Lächeln! Na, und natürlich würde sie gerne dabei helfen, einen Mordfall zu lösen. Das würde so einen *Spaß* machen!

Die Polizistin rollte den Karton in Charles Butlers Küche, und das Kind schaute dabei zu, wie sie ihn öffnete und die erste Winde herauszog. Mallory verband sie über einen Adapter mit dem Stromnetz der Wohnung. »Riker hat mir gesagt, du hast ein gutes Gedächtnis für Motorengeräusche.«

Coco ratterte eine ganze Litanei von Dingen herunter, die von Motoren angetrieben wurden, alten Dingen und solchen, die sie im Laufe der Jahre ersetzt hatten: die Küchenmaschinen und Waschmaschinen ihrer Großmutter, die Staubsauger, elektrischen Mopps und Elektromesser. Und dann waren da die Motoren der Nachbarn, es sprudelten noch mehr Markennamen und Modelle. Die ganze Zeit über ließ die Kleine dabei die Polizistin nicht aus den Augen, die die Arbeitsfläche der Küche mit den Bestandteilen einer Mordausrüstung bedeckte.

Das kleine Mädchen unterbrach seine Rede und schaute zur Küchentür. »Mrs. Ortega kommt. Das sind ihre Schuhe im Flur. Hörst du sie?«

Nein, Mallory hörte nichts. Einen Moment später war das Klappern eines Schlüssels im Schloss der Wohnungstür zu vernehmen. Mallory ließ das Kind in der Küche zurück und betrat das Wohnzimmer, wo sich die Putzfrau gerade erschöpft in einen Sessel sinken ließ. Mehrere Einkaufstüten lagen um ihre Füße herum auf dem Boden verstreut.

»He, Mallory.« Mrs. Ortega beugte sich über eine ihrer Tüten. »Schauen Sie mal, was ich für die Kleine mitgebracht habe.« Sie zog eine Schuhschachtel heraus und hob den Deckel ab. Ein Paar kleine rosa Turnschuhe lagen darin. »Ein Abschiedsgeschenk. Mit richtigen Schnürsenkeln statt diesem Klettverschlusszeug.«

»Sie kann doch gar keine Schuhe binden«, sagte Mallory.

»Wenn sie Knöpfe gelernt hat, dann schafft sie auch Schnürsenkel«, sagte Mrs. Ortega. »Kein blödes Klettband mehr. Das ist so, als würde man einem Kind einen Rollstuhl kaufen, nur weil es ein bisschen hinkt. Das wird sie zum Krüppel machen.«

»Aber sie kann es nicht…«

»Sie *muss*!« Wütend warf die Putzfrau die Hände in die Luft. »Wie soll aus der Kleinen was werden, wenn sie sich nicht mal ihre Schuhe zubinden kann?«

Sehr wahr. In ihren wilden Zeiten hatte Mallory überlebt, indem sie Rasierklingen in die Taschen ihrer Kinderjeans steckte, nur die allerbesten Laufschuhe stahl und wie eine Verrückte vor Kinderschändern davonrannte; und sie hatte gelernt, ihr Nachtlager an Stellen aufzuschlagen, wo es wahrscheinlich war, das Morgenlicht wiederzusehen. Sie hatte Geldbörsen gestohlen, Bordsteinschwalben ein paar Cents abgeschwatzt und sich so viele andere Fertigkeiten angeeignet, die Coco allein aus Mangel an List niemals erlernen würde.

Das kleine Mädchen stand in der Tür und zog ein besorgtes Gesicht. Natürlich hatte die Kleine alles mit angehört, und ihre Schritte klangen verhalten, als sie sich von hinten der Polizistin näherte und schüchtern ihre Hand nahm. Cocos blaue Augen waren voller Hoffnung – was Mallory, die jegliche Hoffnung sinnlos fand, fremd war.

Die Putzfrau verließ die Wohnung und ging in das Stockwerk darunter, um für Charles' Gäste, die Harveys aus Illinois, eine Wohnung herzurichten. Die Polizistin setzte sich auf den Boden und brachte Coco bei, wie man sich die Schuhe zuband, damit dieses kleine Ding in der großen weiten Welt überleben konnte. Stundenlang verflochten sich ihre Finger, während sie Schleifen formten und sie wieder lösten. Die Kleine liebte Mallory so sehr, dass sie trotz ihrer Müdigkeit so lange nicht aufhören wollte, bis sie wenigstens diese eine Sache gelernt hatte. Und so war der letzte, endlich gelungene Knoten ein Geschenk, das sie sich gegenseitig gemacht hatten.

Als Charles Butler seine Wohnung betrat, hörte er ein Motorengeräusch, und Coco schrie: »Anhalten! Genau das ist es!«

Er rannte in die Küche, wo das Kind am Tisch saß und sich mit beiden Händen die Ohren zuhielt. Cocos Mund bildete einen stummen Schrei – während Mallory ein elektrisches Gerät ausschaltete. Auf seinem Küchentresen lagen mehrere elektrisch betriebene Gegenstände. Für ein Kind mit Geräuschüberempfindlichkeit bedeutete das Folter.

»Hi.« Mallory drehte sich zu Charles um und lächelte, als wäre das eine völlig normale Art, ein kleines Mädchen zu beschäftigen. »Coco hat die Motorengeräusche identifiziert, die sie im Ramble gehört hat. Du musst es mir unbedingt schriftlich geben, wie gut sie mit Geräuschen ist.«

Coco wiegte sich vor und zurück und hielt sich selbst umschlungen – um sich zu beruhigen.

Charles schaute Mallory grimmig an. »Kommst du bitte mal kurz mit raus auf den Flur?« Es war keine Bitte, sondern eine Aufforderung. Er nahm die Polizistin am Arm und bugsierte sie aus der Küche, durch die Wohnung und hinaus auf den Hausflur, wobei er hinter sich alle Türen schloss, damit das Kind nicht mit anhörte, wie er Mallory fragte: »Sag mal, bist du wahnsinnig? Ich kann es nicht glauben, dass du ihr das zumutest! Komm nie mehr in die Nähe von diesem Kind!«

Die Polizistin baute sich kampfeslustig vor ihm auf. »Ich brauche …«

»Wen kümmert's? Die zukünftigen Pflegeeltern sind gerade da unten. Lass es nicht zu, dass sich die Kleine zwischen dir und ihnen entscheiden muss. Selbst du kannst doch nicht *so* grausam sein.«

Zuckte sie zusammen? Ja, das tat sie.

Er ließ nicht locker. »Diese beiden Menschen sind darauf eingestellt, Coco schon vom ersten Augenblick an zu lieben. Du hingegen hast nur ein *oberflächliches* Interesse. Und jetzt hau ab, Mallory! Hau einfach ab!«

Mallory kehrte ihm den Rücken zu und war schon auf dem Weg zum Fahrstuhl, da rannte Coco aus der Tür und schrie: »Wart auf mich!« Als Charles sie packte, entwand sie sich, stürzte Hals über Kopf den Flur entlang und schrie: »Mallory! Mallory!«

Die Polizistin drehte nicht einmal den Kopf zu dem kleinen Mädchen um. Stattdessen hob sie die flache Hand und befahl: »Stopp!« Gehorsam wie ein Hündchen blieb Coco stehen. »Und bleib«, sagte Mallory, trat in den Aufzug und war verschwunden.

»Nein! *Neeeein!*« Coco rannte bis zum Ende des Ganges und trommelte gegen die metallene Aufzugtür. Dann sank sie zu Boden, nur noch eine Pfütze von Kind. Charles war bei ihr, streckte die Hand nach ihr aus, doch sie wehrte ihn ab. Ihr Blick fiel auf einen Schnürsenkel an ihrem Schuh, der aufgegangen war.

Schnürsenkel?

Angst stand Coco ins Gesicht geschrieben. Sie hatte sich wieder verirrt, hatte ihren Anker verloren. Sie breitete die Arme aus, ballte die kleinen Hände zu Fäusten. Das war die Pause, die er sich gewünscht hatte: der Moment, an dem eine Bindung durch eine andere ersetzt werden konnte. Er kniete neben ihr. »Da unten sind zwei sehr nette Leute. Sie sind den ganzen Weg von Illinois gereist, um dich kennenzulernen.«

»Ich will Mallory.«

»Sie kommt nicht mehr zurück.«

Coco schüttelte den Kopf. »Mallory liebt mich. Sie *hat mich lieb.*«

In diesem Moment sah er, wie sie den Kopf beugte und – *sich den Schuh zuband.* Als sie damit fertig war, schaute sie zu ihm hoch, schaute trotzig zu ihm hoch. Sie streckte ihm einen Fuß hin und zeigte ihm stolz die noch etwas schiefe, von einem Kind geschlungene Schleife. »Ist das *oberflächlich*?«

Oh mein Gott – was für ein gutes Gehör sie hatte! Jedes Wort, das auf dem Flur gefallen war, hatte sie mitbekommen.

Coco beugte sich mit glitzernden, feuchten Augen zu ihm, und Wut lag in ihrem Blick, als sie mit großer Würde sagte: »Mallory *hatte mich lieb.*«

Vergangenheitsform.

Jeglicher Hoffnung beraubt, schlang das zitternde Kind die Arme um seinen Hals. Cocos winziger Körper wurde von Schluchzern geschüttelt, und ihr Schmerz war so tief und groß, dass ihre Stimme brach. Lange Zeit saßen sie dort im Flur, Charles am Boden zerstört, während Coco weinte – um all die Ungerechtigkeit des Lebens und um das, was sie verloren hatte. Um ihr Zuhause, ihre Liebe.

Die Harveys aus Illinois waren in der Wohnung ein Stockwerk tiefer gerade mit dem Auspacken fertig und sahen überrascht, wie sich die Fahrstuhltür öffnete und den Blick auf ein kleines Mädchen mit geschwollenen, roten Augen freigab. Mrs. Harvey hob die Kleine hoch und trug sie durch die offene Tür in Charles' Wohnung, wobei sie wieder und wieder die guten alten Trostworte einer Mutter sprach: »Alles wird gut, alles wird gut.« Mrs. Harvey hatte ihre Aufgabe im Fluge übernommen, zog ein Taschentuch aus ihrer Handtasche und wischte Coco die Tränen vom Gesicht.

Charles traf die Reaktion des Kindes auf diese kleine, freundliche Geste unvorbereitet, und es brachte ihn schier um zu sehen, wie sie wirkte.

Coco lächelte, und ihr Lächeln war breit – wenngleich nicht ganz aufrichtig –, als sie den Harveys erzählte, dass Ratten die Beulenpest übertragen hatten. Dann lief sie ins Musikzimmer zum Klavier, spielte ihnen ein Lied und sang dazu, tänzelte ins Wohnzimmer zurück und ließ ihre Gäste an weiteren Informationen über schädliche Nagetiere teilhaben. Wie hart Coco daran arbeitete, sich für ein neues Zuhause zu bewerben und um die Liebe zu buhlen, die das ersetzen sollte, was ihr erst vor wenigen Momenten entrissen worden war! Und die Harveys waren vollends entzückt von diesem bedingungslosen Überlebenskampf eines Kindes.

Charles entschuldigte sich und zog sich in Cocos Zimmer zurück, wo er ein paar Momente mit seinem Schmerz allein blieb. Die Vorhänge waren zugezogen, und das einzige Licht war das Glimmen der Leuchtkäfer in ihrem Weckglas. Wie hell es war. Und wie seltsam. Eigentlich hätten die kleinen Krabbeltiere längst mit dem Leuchten aufhören sollen, doch es lag kein einziges totes Insekt im Glas.

Was für ein Idiot er war. Ach, und könnte er doch daran sterben, ein Idiot zu sein.

Mallory war still und heimlich hierhergekommen – und zwar jede Nacht – und hatte die Glühwürmchen ersetzt, damit Coco nicht in einem dunklen Zimmer aufwachen musste.

Voller Kummer griff Charles unter das Kissen und fand Cocos Handy mit dem einen Knopf. Er drückte darauf, und die Verbindung war sofort da. »Mallory?«

Sie sagte: »Ich hab das Formular für Cocos Entlassung als Zeugin unterschrieben. Du findest es auf dem Küchentisch. Bist du jetzt zufrieden?«

»Nein«, sagte er.

Dieser Sommernachmittag würde ihm für immer im Gedächtnis bleiben, wie ein Lesezeichen an einer besonders traurigen und eigentümlichen Stelle in einem Buch, die er immer wieder aufschlagen und lesen würde. Noch lange, bis er selbst über neunzig und Kathy Mallory längst tot war, würde er an jedem schönen, warmen Tag in einem Garten sitzen, in dem nur Gänseblümchen gepflanzt sein würden, denn das waren die einzigen Blumen, die er ertrug. Manchmal würden ihn seine Enkel dort vorfinden, wie er die Blumen langsam entblätterte. Und sie würden beim Anblick dieses alten Mannes, der das noch viel ältere Spiel *Sie liebt mich, sie liebt mich nicht* spielte, lächeln, wobei sie nicht ahnten, dass er dabei mit dem alten Problem von ein paar Glühwürmchen in einem Weckglas kämpfte.

Charles, der unversehrt und geistig gesund und ein gefühlvolles menschliches Wesen war, wäre nie und nimmer auf die Idee gekommen, einem Kind mit ein paar Glühwürmchen seinen Weg durch die Nacht zu leuchten. Und so rupfte er die Gänseblümchen kahl und sprach mit jedem ausgerissenen Blütenblatt die beiden Möglichkeiten aus, die Mallory betrafen. »Sie hatte kein Herz«, sagte er, »doch, sie hatte eins.«

Riker ging an einer Reihe von Verschlägen entlang, die aus Holz und Maschendraht gezimmert waren und nur einen dürftigen Schutz für die Habseligkeiten all derer darstellten, die gestorben waren, ohne einen letzten Willen zu hinterlassen, wodurch ihr Besitz in dieser Art Zwischenreich gelandet war. Er blieb vor dem einzigen Abteil stehen, in dem innen ein Licht brannte. Seine Partnerin hatte mit dem Verkabeln ganze Arbeit geleistet. Verlängerungen baumelten von einer Steckdose in der Decke herunter und leiteten Strom in diverse Lampen. Ihr Licht fiel auf Möbelstücke, die dicht an dicht in einen Raum gepfercht waren, der kaum größer als ein überdimensionaler Schrank war.

Der größte Gegenstand war der begehbare Tresor der Nadlers, und er stand sperrangelweit offen. Offensichtlich war es Mallory leid geworden, die Anweisung ihres Chefs zu befolgen, nach der sie das Schloss erst mit einer offiziellen Erlaubnis aufbrechen durften. Ein riesiger Bohrer lag auf dem Boden, und der Tresor hatte ein gewaltiges Loch in der Tür – und eine Polizistin in seinem Inneren.

»Schon was Brauchbares gefunden?« Riker beugte sich in den Tresorraum und pfiff durch die Zähne, als er die unzähligen Stapel von Comic-Büchern an den Wänden sah. Ganz oben auf einem etwas flacheren Stapel lag eine tadellose Batman-Ausgabe, die älter war als er selbst.

Mallory saß auf dem Metallboden und las in einem kleinen Buch mit handschriftlichen Einträgen. »Die Stadt hätte das Testament der Nadlers gefunden, wenn man einfach nur vor fünfzehn Jahren dieses verdammte Schloss aufgebohrt hätte.«

»Zum Glück haben sie das nicht gemacht.« Riker blätterte in den Comics, die eine Schutzhülle trugen. »Dann hätten sich die Mäuse durch all das hier hindurchgefressen. Das ist nicht die Sammlung eines Jungen. Es ist ein Vermögen wert.«

»Die Comics haben dem Vater gehört. Sie sind alle im Testament erwähnt. Aber ich habe auch Ernies Comics gefunden – das, was von ihnen übrig ist.« Sie zeigte auf den Boden vor dem Tresorraum und eine Kiste mit von Mäusen gekauten Löchern.

Er ging daneben in die Hocke und hob den Deckel hoch. Die oberste Schicht war zerfetzt worden, um daraus ein Nest für einen Wurf winzig kleiner, blinder Nager zu bauen, die wuselten und quiekten. Doch als guter New Yorker fand Riker die kleinen Mäuse nicht süß. Er streifte sich einen Latex-Handschuh über und zog unter dem Mäusenest zwei Comic-Bücher hervor, die intakt waren. »Noch ein Batman – wie der Vater, so der Sohn. Und hier ist Superman.«

Erst jetzt wurde ihm bewusst, dass Mallory die Möbel verrückt hatte. Alles, was von Ernies Leben übrig war, lag in einer Ecke rund um ein Kinderbett, ein passendes Nachttischchen und eine Lampe mit zerbrochenem Schirm in Form eines Superhelden.

»Ich hab den Abschiedsbrief der Nadlers gefunden.« Mallory kam aus dem Tresorraum, in der Hand das kleine, ledergebundene Buch, in dem sie gelesen hatte. »Hier, in Ernies Tagebuch.« Sie zog ein zusammengefaltetes Blatt Papier zwischen den Seiten hervor und reichte es ihm.

Riker klappte es auf und las die schlichte Zeile, geschrieben von einem der Eltern, bevor sie gestorben waren – ein Abschied aus ganzen sechs Wörtern. *Für diejenigen, die sich fragen, warum.*

Mallory nahm auf einem Holzstuhl Platz, der zur Kinderzimmereinrichtung des Jungen gehörte. »Die Seiten von Ernies Tagebuch sind mit Glassplittern von einer zerborstenen Glühbirne übersät.« Sie zog die oberste Schublade des Nachtkästchens auf. »Schau mal. Noch mehr Splitter. Wahrscheinlich hat er es hier aufbewahrt. Und deshalb stand die Schublade offen. So ist es passiert: Nachdem Ernie tot war, kamen die Nadlers an jenem Abend aus dem Krankenhaus heim. Sie gingen in sein Zimmer, setzten sich aufs Bett – und lasen sein Tagebuch. Und als sie fertig waren, warf einer von ihnen es an die Wand, und es zerbrach die Lampe.«

»Und die Glühbirne.« Riker sah Ernies Eltern vor sich, wie sie im Dunkeln dasaßen und sich in den Armen hielten.

DREIUNDVIERZIG

Sie stehen am Verlierertisch über mich gebeugt – und beobachten mich bei jedem Bissen, den ich mir während des Mittagessens in den Mund stecke. Nichts davon will drinbleiben, und Humphrey kichert, als ich mich in meine Serviette übergebe.
Ich nehme mein Tablett und gehe quer durch den Saal, um mich neben Toby Wilder zu setzen, obwohl ich weiß, dass er lieber allein isst und jedes andere Kind an der Schule ihn beim Essen in Ruhe lässt. Doch er bemerkt mich gar nicht. Seine Augen sind Schlitze, und seine Gabel dirigiert ein Konzert, das nur in seinem Kopf stattfindet. Als ich aufblicke, sehe ich, wie sie auf der anderen Seite des Tisches Platz nehmen, drei heimtückische Krähen, die mich gleich zu Tode picken werden. Scheiß drauf. Ich esse furchtlos mein Mittagessen. Hier traut sich Humphrey nicht, etwas zu machen, und Willy starrt mich nur mit Spinnenaugen an. Bloß Aggy kann nicht anders. Sie klappert permanent mit den Zähnen, als wollte sie mir einen weiteren Biss versprechen. Ich habe sie nie dafür angeschwärzt, dass sie mich gebissen hat – klar, für den Mord an einem Penner schon, aber nicht für etwas Persönliches. Die klappernden Zähne wecken Tobys Aufmerksamkeit. Er öffnet die Augen, und die drei setzen sich kerzengerade hin. Dann sagt er: »Haut ab, ihr Arschlöcher!« Und sie verlassen tatsächlich den Tisch, haben es so eilig, dass sie dabei ein paar Stühle umkippen. Ich werde Toby Wilder anbeten bis zu meinem Tod.

ERNEST NADLER

Die beiden Polizisten stiegen aus dem Wagen und gingen die Central Park West hoch. Als sie in eine ruhige Seitenstraße bogen, rief Mallory auf ihrem Handy bei der Spurensicherung an und ärgerte Heller mit der Neuigkeit, ein kleines Mädchen habe geschafft, was seinem Team nicht gelungen war. Coco hatte Bauweise und Markenbezeichnung der Winde und des Akkuschraubers erkannt, die der Hungerkünstler benutzt hatte. Dann machte sie ihm noch den Vorschlag, seinen verkackten Chloroformtest zu nehmen und an ein besseres Labor zu schicken, da sie selbst gerade keine Kinder mehr zur Verfügung habe, um Beweismittel abzuklären.

Es war nicht schwer, die Lücken in dem Gespräch mit Beschimpfungen auszufüllen, und als Mallory auflegte, fragte Riker: »Ist Heller dir mit Morddrohungen gekommen?«

»Nein, heute hat er gute Laune. Er sagt, jetzt sind wir quitt.«

Bitte? Hatte Heller Mallory etwa verziehen, dass sie seinen neuen Spurensicherer wie ein Paket verschnürt und zum Gespött der Kollegen gemacht hatte? *Nie und nimmer.* Andererseits hatte sie diesem Pollard beigebracht, mehr auf Einzelheiten zu achten, und das sah Heller möglicherweise durchaus als Gewinn. Doch warum sollte Riker ihr das verraten? Warum ihr den Tag verderben?

Den nächsten Anruf bekam Bezirksstaatsanwalt Hamlin. Der Mann hatte Charles Butlers eilig aufgesetzte schriftliche Erklärung erhalten und einen Richter gefunden, der das Talent eines Kindes, Motorengeräusche zuzuordnen, bestätigt hatte. Mallory schob ihr Handy in die Tasche und sagte: »Unser Durchsuchungsbeschluss ist unterwegs.«

Die Chancen standen tausend zu eins, dass sie irgendeinen Bestandteil der Mordausrüstung finden würden, doch heute suchten sie gar nicht danach.

Ihr kleiner Spaziergang endete auf halber Höhe des Blocks,

wo sie stehen blieben, um sich ein privates Haus anzuschauen, das am Ende einer kurzen Treppenflucht von steinernen Löwen bewacht wurde. Das Gebäude war doppelt so breit wie die umliegenden Brownstones, jedoch nicht höher. Als sie nach oben schauten, konnten sie nur noch die Spitzen der Grünpflanzen auf der Dachterrasse erkennen. Die beiden Detectives überquerten die Straße und drückten alle Klingeln für das Wohnhaus nebenan. Gleich die erste Mieterin, die an die Sprechanlage ging, wurde dienstverpflichtet und führte sie nach oben – immer weiter hoch, bis in den fünften Stock eines hundert Jahre alten Gebäudes, das so etwas Schickes wie einen Aufzug nicht besaß. Riker war zwar völlig außer Atem, legte aber trotzdem kein Gelübde ab, mit dem Rauchen aufzuhören.

Als sie ganz oben angekommen waren, ließen sie ihre Begleiterin gehen und stiegen auf ein mit Schornsteinen und Kabeln geschmücktes Dach hinaus, auf dem ein paar verwitterte Gartenstühle standen. Die Dachpappe war mit Taubenkot gesprenkelt. Welten lagen zwischen diesem Dach und dem nebenan, einer üppigen Gartenlandschaft. Als sie über die niedrige Brüstung kletterten, versanken ihre Füße in einem weichen Grasteppich, und sie betraten einen kleinen Himmelspark aus Bäumen, Farnen und Blumen. In der Mitte dieses Märchenlandes befand sich ein von Efeu überwuchertes Häuschen mit einer Tür, die ins Haus führte. Zur Straßenseite hin gab es eine gepflasterte Fläche mit einem Tisch und mehreren gepolsterten, schmiedeeisernen Stühlen.

Und einem *Aschenbecher*!

Riker war ein glücklicher Mann, als er sich setzen und eine Zigarette anzünden konnte. »Besser geht's nicht.«

»Doch, doch.« Seine Partnerin legte einen schweren Rucksack auf dem Tisch ab, zog ihr Handy heraus und wählte eine Nummer. Als sie sich an der zunächst antwortenden Hoffman vorbeimanövriert hatte und die Herrin des Hauses persönlich dran war, sagte Mallory: »Sie haben die Polizei auf dem Dach.«

Die drei saßen auf dem Dach-Patio, und offenbar hatte Grace Driscol-Bledsoe Riker zu dem Bullen auserkoren, den sie für sich gewinnen wollte. Ihr Smalltalk war an ihn gerichtet, und dann gewann sie sein Herz auch noch, indem sie sich eine angebotene Zigarette anzündete.

Mallory erduldete still das zusammenschweißende Ritual von Rauchern unter sich. Als die ältere Frau endlich auch ihr einen Blick schenkte, ließ Mallory ihr *Na-dann-mal-los*-Lächeln aufblitzen und legte den alten ViCAP-Fragebogen auf den Tisch. »Schätze, das haben Sie schon mal gesehen.«

Die Society-Dame kräuselte angesichts dieser unerwarteten und unangenehmen Überraschung die Oberlippe, hatte sich aber schnell wieder im Griff. An Riker, ihren Raucherkumpel, gerichtet, sagte sie, er müsse sie *unbedingt* Grace nennen. Und wie dürfe sie *ihn* nennen?

»*Detective.* Meine Partnerin und ich haben den gleichen Vornamen.« Er drückte seine Zigarette aus. »Wir hofften, Sie könnten uns über etwas aufklären, *Grace.*« Er hob den Fragebogen der ViCAP in die Höhe. »Rolland Mann hat Sie hiermit erpresst. Deshalb gehen wir davon aus, dass es nicht seine Idee war, den kleinen Nadler umzubringen.«

Mrs. Driscol-Bledsoe warf keinen einzigen Blick auf den Fragebogen in seiner Hand. Ihr Lächeln war immer noch an Ort und Stelle, als sie sagte: »Sie verdächtigen Rolland der Erpressung und des Mordes? Den armen, *toten* Rolland. Na schön, dann gehe ich davon aus, dass Ihr Job erledigt ist. Gute Arbeit.«

Riker täuschte Ungläubigkeit vor, doch Mallory wusste, dass er sie spielen musste, weil nichts mehr ihn überraschte. »Probieren Sie schon mal Ihre Verteidigungsstrategie an uns aus?

Wir wollen Rolland nicht für die Morde des Hungerkünstlers. Und Willy Fallon hat sich wohl kaum selbst im Ramble aufgehängt.«

»Also brauchen wir einen anderen knallharten Mörder«, sagte Mallory. »Jemanden mit der Geduld eines Menschen, der von langer Hand plant.« Sie warf einen bewundernden Blick auf ihre Umgebung. »Das war schlau – *Grace* –, die Bäume etwas zurückversetzt zu pflanzen. Bloß keine Werbung für unversteuertes Einkommen machen, die man von der Straße aus sehen könnte.«

»Vor sieben Jahren«, warf Riker ein, »bezahlte das Driscol Institute die Verstärkung dieses Daches.«

»Das Institut ist verantwortlich für den Erhalt meines Hauses. Vollkommen legal.«

»Nicht ganz«, sagte er. »Sie brauchten zusätzliche Mittel für diesen verdammten Park hier. Wie viele Tonnen Erde …«

»Eine gerechtfertigte geschäftliche Ausgabe«, sagte Grace. »Dem Driscol Institute *gehört* mein Haus, und die Spender sind oft bei mir zu Gast.«

»Aber nicht hier oben«, sagte Mallory. »Wir haben mit Ihrem Caterer gesprochen, demjenigen, der dem Institut Ihre wöchentliche Zusammenkunft mit den Spendern in Rechnung stellt. Er hat das Dach noch nie gesehen.« Die Polizistin öffnete ihren Rucksack und zog einen dicken Wälzer hervor. Als sie ihn auf den Tisch knallte, hüpfte der Aschenbecher gefährlich nahe an die Tischkante. »Das ist die Satzung des Instituts. Sie beinhaltet allein den Erhalt der Stadtvilla – nicht eine Gartenlandschaft auf dem Dach.« Mallory schloss mit einer Handbewegung die Bäume und Büsche ein. »Das Driscol Institute hat also einen Bauunternehmer damit beauftragt, das Dach zu befestigen. Ich habe den eingelösten Scheck und einen ordnungsgemäßen Auftrag gesehen. Aber Sie sind diejenige, die für die

Landschaftsgestaltung hier bezahlt hat – mit Cash, und zwar tonnenweise Cash. Woher kam all das Geld?«

Riker griff hinter seinen Stuhl und hatte eine leuchtend rosa Blume in der Hand. Grace hielt erschrocken die Luft an. Er zwirbelte den Stängel in seinen Fingern. »So eine habe ich noch nie gesehen. Wirklich teuer, was?« Er warf die Blume über eine Schulter. »Ist Ihr Landschaftsgärtner ausgerastet, als man ihm seine Sackkarre gestohlen hat?«

Weil ihm das Schweigen von Grace zu lange wurde, fügte er hinzu: »Eine Sackkarre – vielleicht würden Sie es auch Handwagen nennen. Sie wissen schon, zwei Räder, lange Holme. Die hier hatten zwischen sich eine Halterung für eine Autobatterie. Ihr Landschaftsgärtner benutzte sie, um einen Unterzug zu betreiben. Mit dem hob er die Bäume da drüben an – und tonnenweise Erde.«

»Das ist billiger als ein Kran«, sagte Mallory. »Und konnte leichter das verbergen, was Sie taten – mit einem undokumentierten, *unversteuerten* Einkommen. Um einen Kran zu betreiben, braucht man eine städtische Genehmigung, und das hätte viel zu viele Spuren auf Papier hinterlassen. Das konnten Sie sich nicht leisten.«

»Aber ein Unterzug ist zu viel des Guten«, sagte Riker. »Wenn Sie nur ein paar menschliche Körper aufhängen wollen, reicht eine leichte Winde – genau drei Mal hintereinander.« Er legte sein Notizbuch auf den Tisch. Es war auf der Seite offen, wo die Markenbezeichnungen der Gegenstände aus der Mordausrüstung aufgelistet waren. »Diese besondere Sackkarre hatte eine größere Ladefläche als die meisten anderen. So etwas benötigten Sie, um ein bewusstloses Opfer zum Ramble zu transportieren.«

Die Frau brauchte lange, um zu antworten. Als sie endlich das Wort ergriff, klang sie herablassend. »Und so habe ich es gemacht?«

»Ja«, sagte Riker. »Sie haben den Diebstahl des Handkarrens mit Cash und einem fetten Trinkgeld für den Landschaftsbauer vertuscht. Keine Anzeige bei der Polizei. Wie groß war die Chance, dass die Polizei noch nach sieben Jahren die Spur bis zu Ihnen zurückverfolgen würde?«

»Genau.« Die Society-Dame schien ihm beizupflichten – sie lächelte, nickte, viel zu ruhig, auch wenn sie die besten Anwälte hatte, die man mit schmutzigem Geld kaufen konnte.

Mallory starrte auf Graces Zigarette. Die Asche an ihrer Spitze hatte sich dunkel verfärbt und rauchte nicht. »Sie inhalieren nicht. Wahrscheinlich besser so.« Sie beugte sich vor und berührte leicht den silbernen Anhänger, der an einer Kette um den Hals der älteren Frau hing. »Funktioniert das Ding denn hier oben?«

Graces Hand fuhr instinktiv an ihre Brust, um das Medaillon mit der Alarmfunktion zu verbergen. »Ja, es gibt einen elektronischen Responder in dem kleinen Gebäude da drüben.« Sie nickte in Richtung des Häuschens mit der Tür, die zur Dachterrasse führte. »Möchten Sie eine Demonstration, Detective Mallory?«

»Ich weiß, wie Panikknöpfe funktionieren. Das ist ein Service für alte Leute – viel ältere als Sie – und für Leute mit medizinischen Problemen, die allein leben. Doch Sie haben Hoffman.«

»Sie verfügen über eine Pflegerin, die bei Ihnen lebt«, sagte Riker. »Und trotzdem haben Sie solche Panik, dass Sie zusätzlich noch dieses Medaillon tragen. Trauen Sie Hoffman nicht zu, dass sie einen Krankenwagen ruft? Fürchten Sie, sie könnte Sie doch nicht so furchtbar gern mögen?«

»Aber es gibt ja auch einen guten Grund für Paranoia«, sagte Mallory. »Sie hatte schon einen Schlaganfall.«

Riker blätterte mit gespielter Genauigkeit in seinem Notizbuch nach den Ergebnissen von Mallorys Beutezug durch die Akten von Versicherungsgesellschaften. »Nein, sogar *zwei* Schlaganfälle.«

Grace Driscol-Bledsoe sah auf einmal so aus wie eine Frau, die man in der Öffentlichkeit nackt ausgezogen hat. Als die Tür zum Dach aufging, wandte sie den Kopf. Hoffman rannte auf sie zu, sie schrie, fuchtelte mit den Händen. Es seien Cops in ihrem Haus. Sie seien überall. Überall!

Auf jedem Stockwerk standen Türen offen und gaben den Blick auf die Suche frei, die im Gange war – uniformierte Männer und Frauen, die Schubladen umkehrten und in Schränken wühlten. Zwei Etagen vom Erdgeschoss entfernt reichte ein Officer Grace Driscol-Bledsoe den Durchsuchungsbeschluss. Sie las den Text, während sie zugleich mit den Detectives sprach, die neben ihr auf der Treppe standen. »Gehe ich recht in der Annahme, dass dies nur dem Hungerkünstler gilt?«

»Nein«, erwiderte Mallory. Kaum war klar gewesen, dass sie Zutritt zum Haus bekommen würden, hatte sie sofort noch weitere Anklagepunkte und zu ermittelnde Gegenstände wie Bäume und Pflanzen angefügt. »Wir suchen außerdem nach allem ungeklärten Bargeld, das Sie rumliegen haben.«

»Wow«, sagte Riker. »Sieht so aus, als hätten unsere Leute was gefunden.« Er drückte sich mit dem Rücken an die Wand, und die anderen taten es ihm nach, um einigen Polizeibeamten Platz zu machen, die mit durchsichtigen Plastikbeuteln voller Bargeld die Treppe herunterkamen.

Mallory betrachtete das Geld, das an ihnen vorbeimarschierte. »Grace, ich glaube nicht, dass Ihr Gehalt all dieses Bargeld erklären kann. Große Scheine, vielleicht dreihunderttausend Dollar pro Beutel. Habe ich richtig geschätzt?« Noch mehr Polizeibeamte zogen an ihnen vorbei. »Dann sehen wir hier offenbar Millionen.«

Die ältere Frau las weiter in dem Durchsuchungsbeschluss. »Dem Driscol Institute gehört dieses Haus – die Möbel, die Gemälde, selbst das Tafelsilber. Meine Anwälte werden keine Probleme damit haben, diese Besitzverhältnisse auch auf Bargeld auszudehnen.«

Als sie an der ersten Tür des nächsten Treppenabsatzes vorbeikamen, blickte Mallory in einen Raum, der wie eine kleine Klinik eingerichtet war. »Sie planen also wirklich voraus.« Die Tür zu einer Vorratskammer stand offen und gab den Blick auf eine beeindruckende Ansammlung von medizinischen Utensilien frei. Detective Janos zeigte auf die Regale voller Pillenfläschchen und befragte Hoffman dazu.

»Was soll das?« Riker wandte sich seiner Partnerin zu. »Hat sie eine Phobie gegen Krankenhäuser?«

»Nein, das ist es nicht«, sagte Mallory. »Wenn Grace einen weiteren Schlaganfall erleidet, kann sie sich einen längeren Krankenhausaufenthalt nicht leisten. In der Satzung des Instituts gibt es eine Wohnregel – eine Idee, die ihr Urgroßvater hatte, um jeden Nachkommen dazu zu zwingen, den Familiennamen zu behalten. Sollte ein Jahr in Folge hier kein Driscol wohnen, hat der Stiftungsrat das Recht, die Villa zu verkaufen.«

»Aber sie hat doch ein Kind.«

»Phoebe ist nur eine Bledsoe. Blutsverwandtschaft zählt nicht. Keines von Graces Kindern hatte jemals einen Anspruch auf das Familieneinkommen oder den Besitz. Ihre Mutter hatte es versäumt, auf ihren Geburtsurkunden den Namen Driscol mit einem Bindestrich anzufügen. Das hätte genügt. Explizit steht das auf Seite fünf der Satzung. Ich bin mir sicher, die Familienanwälte haben Grace vor der Geburt ihres ersten Kindes darauf hingewiesen. Schätze, sie hat es einfach *vergessen*.«

»Zwei Mal.« Riker wandte sich an die letzte Driscol. »Lady, Sie sind ein ganz schön harter Brocken.«

»Grace dachte nur voraus. Schlaganfälle sind in der Familie weit verbreitet. Sie wollte ihren Kindern einen Grund geben, ihre Mom am Leben zu lassen – aber nicht in einem Pflegeheim.«

Mallory schaute der Society-Dame ins Gesicht. »Und daran haben Sie bereits gedacht, als sie noch Babys waren – wirklich eine extrem weitsichtige Planung.«

»Sie denken also, ich bin …«

»Als wir uns das erste Mal begegnet sind«, sagte Mallory, »haben Sie mir gesagt, was Sie sind. Sie sagten, Monster gebären Monster.«

Noch schien die Kühnheit der Dame nicht gebrochen. Grace lächelte. »Wird ein Geschworenengericht glauben, dass ich drei Leute aufgehängt habe, um den Mord an meinem eigenen Sohn zu vertuschen? Oder werden sie Sympathie für eine trauernde Mutter haben? Ehrlich, Mallory, von Monster zu Monster: Was denken Sie, wie meine Chancen stehen?«

Mallory hörte gar nicht hin. Detective Janos kam auf sie zu und hielt eine Flasche Chloroform in der Hand. Eigentlich hätte sie nicht hier sein dürfen – nicht *mehr* –, doch da war sie.

»Das ist gemütlicher als in Polizeigewahrsam.« Riker machte die Tür auf und trat beiseite. »Ladys first.«

Seine Gefangene betrat den Maschendrahtkäfig am Ende einer langen Reihe solcher Verschläge. Sie starrte finster auf die Möbel und die hohen Stapel Kartons. »Sie wollen mich in einem Lagerhaus einsperren?«

»Oh nein, nicht irgendein Lagerhaus, Grace. Wenn Leute sterben, ohne ihren Nachlass geregelt zu haben, kommt ihr ganzes Zeug hierher – zumindest so lange, bis die Stadt ihnen das Geld abnehmen darf, das sie hinterlassen haben. Diese Dinge hier haben Ernest Nadlers Eltern gehört.« Nun jedoch, nach der

Entdeckung des Testaments, konnte es durchaus weitere fünfzehn Jahre dauern, bis die persönliche Hinterlassenschaft der kleinen Familie freigegeben wurde. Der Detective klappte die kleine Doktortasche auf, die Grace auf dem Weg nach draußen von Hoffman entgegengenommen hatte, und starrte verblüfft auf ein Fläschchen mit einer Flüssigkeit und der dazugehörigen Spritze. »Ach, dann fixen Sie also?«

»Geben Sie mir das sofort zurück! Wenn ich einen Schlaganfall habe, gibt es nur ein kurzes Zeitfenster, in dem ich diese Injektion bekommen kann. Dadurch wird eine dauerhafte Schädigung abgewendet.« Graces Hand schloss sich um das Medaillon mit dem Warnsender, obwohl dies hier nutzlos war, weil weit und breit kein Empfang herrschte.

»Kein Problem. Wenn ich gehe, wird direkt hier draußen ein Cop postiert. Ich lasse die Nadel bei ihm, okay?« Nein, Riker konnte sehr gut erkennen, dass es für Grace alles andere als okay war, doch die Befriedigung, sie betteln zu sehen, würde sie ihm nicht gönnen. Riker legte eine Hand auf einen zu fest gepolsterten Lehnstuhl. »Mallory sagt, auf dem hier sitzt es sich am besten.« Er knipste eine Bodenlampe an. »Eine Leselampe – die werden Sie brauchen. Meine Partnerin hat eine Menge Zeit hier unten damit verbracht, Ernie Nadlers Tagebuch zu lesen. Sie hat für Sie extra eine Kopie gemacht.« Er zeigte auf einen Stapel Papier am Boden. »Bestimmt wollen Sie vor Ihrer Festnahme noch Einsicht in die Beweismittel nehmen.«

»*Vor meiner Festnahme?* Ich bin doch schon …«

»Nein, Sie werden hier als Person von Interesse festgehalten. Bevor wir Anklage erheben, wird es keine Anrufe bei Anwälten geben. Das war jetzt nicht das, was Sie erwartet haben, oder? Schauen wir mal, ob ich voraussehen kann, wie das alles laufen wird. Etwa nach der Hälfte Ihres Gerichtsverfahrens lässt Ihr Anwalt durchblicken, dass Phoebe verrückt ist, dass sie Stimmen hört und vielleicht auch Leute umbringt.« Jetzt wiederholte er die Worte von Aggy Suttons Bruder. »Verrückt ist gut. Das erzeugt einen vernünftigen Zweifel für die Geschworenen.« Er bückte sich, um einen Karton mit Ernies größtem Schatz zu öffnen – seinen Comics. Und einem Mäusenest.

Grace Driscol-Bledsoe starrte mit angewidert verzerrter Miene auf die quiekenden rosa Mäusekinder. »Wo ist Ihre Partnerin? Warum ist sie nicht mitgekommen?«

»Mallory glaubt, dass ich mich täusche.« Riker zog einen leicht angekauten Comicband heraus und blätterte darin. »Sie hat zwanzig Dollar darauf gewettet, dass Sie niemals Ihr Kind beschuldigen werden. Sie sagt, Sie hätten andere Pläne mit Phoebe. Wenn Sie einen weiteren Schlaganfall erleiden, wollen Sie doch kaum die nächsten dreißig Jahre in einem staatlichen Pflegeheim zubringen.«

»Sie vergessen eins: Ich habe von meinem Sohn Millionen geerbt. Mehr als genug, um …«

»Nee, nee, die bleiben erst mal eingefroren.« Riker legte den Comicband hin und zog einen weiteren hervor. »Und das Bargeld, das wir in Ihrem Haus gefunden haben, wurde beschlagnahmt. Wenn Phoebe im Gefängnis sitzt und Sie einen Schlaganfall bekommen, wird der Stiftungsrat Sie für unzurechnungsfähig erklären. Man wird Sie in ein billiges Heim stecken und Ihnen das Haus unter dem Hintern weg verkaufen. Was mag das Ding wert sein? Zehn Millionen? Ich schätze, der Rat wird es glatt für zwanzig verscherbeln. Das ist ein geldgieriger Haufen, wirklich skrupellos. Selbst Mallory war beeindruckt.«

Er legte den Comic weg, um ans Handy zu gehen. »Ja? … Das ist beschlossene Sache? … Gut.« Er beendete das Gespräch und lächelte seine Gefangene an. »Das war Walt Hamlin, der Staatsanwalt. Er sagt, Sie haben gerade Ihren Job verloren, Lady.«

Jetzt erklärte er ihr, was während der langen Fahrt zu dem

Lagerhaus passiert war. Der Staatsanwalt hatte ein Treffen des Stifungsrates des Driscol Institute einberufen. Dort hatte man alle Beutel mit Bargeld, die man in der Villa gefunden hatte, auf den Konferenztisch gelegt.

»Ich habe dieses Geld für wohltätige Zwecke gesammelt.«

»Ja, klar haben Sie das. Es war die Landschaftsgärtnerei, die Ihnen den Hals gebrochen hat. Der Staatsanwalt hat dem Stiftungsrat Fotos von Ihrem Privatpark auf dem Dach gezeigt.« Allein aufgrund dieser visuellen Andeutung von Straftaten hatten die Kuratoriumsmitglieder einstimmig beschlossen, nicht mit Grace in den Knast zu gehen. »Die Herrschaften haben etwa sechs Minuten gebraucht, um in die Satzung eine Klausel aufzunehmen, die ein bestimmtes unmoralisches Verhalten ausschließt. Dann wurden sie einstimmig Ihres Postens als Vorsitzende enthoben.«

»Kompliment«, sagte Grace. »Allerdings sollten Sie wissen, dass ich keinen einzigen Tag im Gefängnis absitzen werde.«

»Vielleicht nicht.« Riker hielt die Doktortasche hoch. »Aber möglicherweise werden Sie Schwierigkeiten haben, Hoffman ihren Lohn zu zahlen.« Er klappte die Tasche auf und nahm die Spritze heraus. »Und wenn Sie nun wirklich diesen Schuss brauchen, während Hoffman gerade nicht da ist?«

»Wo steckt Ihre *Partnerin*?«

»Schätze, Mallory hat recht. Sie würden Phoebe nie an Ihrer Stelle in die Pfanne hauen. Sie brauchen eine Verwandte, die Sie vor der Pflegeheim-Hölle bewahrt. Sie brauchen jemanden, der sich darum kümmert, dass Ihnen ab und zu die Windeln gewechselt werden. Und Phoebe kann Sie nie verlassen. Sie ist zu geschädigt, um allein zurechtzukommen … dank ihrer guten alten Mom. Das ist der Lohn für all die Jahre, in denen Sie tatenlos dabei zusahen, wie Ihre Tochter langsam verrückt wurde.«

»Meine Tochter ist nicht verrückt. Sie ist Schulschwester, eine tüchtige, effiziente Person …«

»Den Job wird die verrückte Phoebe nicht mehr lange haben. Sie wird von Tag zu Tag wunderlicher. Aber sie ist immer noch tüchtig genug, um Sie zu füttern, wenn Sie schon nicht mehr wissen, wie sie heißt … Nur was ist, wenn sie herausfindet, wofür Sie Willy Fallon eigentlich dieses ganze Bargeld gezahlt haben?«

Jetzt bekam Grace es offenbar *wirklich* mit der Angst zu tun. Und damit war die Hälfte des Jobs erledigt. Der Detective trat aus dem Käfig und schloss die Tür ab. Während er den Korridor entlangging, fand die Frau ihre Stimme wieder, und er hörte, wie sie ihm hinterherrief: »Wo steckt Mallory? Was macht sie gerade?«

VIERUNDVIERZIG

Heute kriege ich einen Anruf von Phoebe. Allein schon ihre Stimme zu hören, macht mich glücklich. Ich bin nicht mehr allein. Aber dann sagt sie mir, ich müsse meine Geschichte von dem Mord an dem Penner zurücknehmen. Bei meiner Aussage zu bleiben, sei »heller Wahnsinn«, und sie weint, als sie das sagt, aber sie will mir nicht sagen, warum. Oder sie kann es nicht. »Heller Wahnsinn« klingt nicht nach Phoebe. Also will sie damit sagen: »Meine Mutter hört mit.« Ich interpretiere diese für Phoebe ganz untypischen Worte dennoch so, dass sie auf meiner Seite ist und es immer sein wird.

ERNEST NADLER

Als Phoebe Bledsoe diese markierte Stelle gelesen hatte, klappte sie das Tagebuch zu und schob es zurück über den Tisch. »Danke. Ja, meine Mutter hat mitgehört. Das war das allerletzte Mal, dass ich mit Ernie gesprochen habe.«

Unter den Neonröhren des Verhörraumes schlug Mallory das Büchlein bei einem Eintrag auf, der dem Überfall auf den Penner folgte. »Nachdem der Mann ermordet worden war, haben Ihre Eltern Sie von der Schule ferngehalten und zu Hause gelassen?«

»Es war die Idee meiner Mutter. Daddy hatte nichts damit zu tun. Sie war auch immer besser darin, den Schlamassel zu beseitigen, den Humphrey angerichtet hatte. Das hat mein Vater zu ihr gesagt – beziehungsweise er hat sie angeschrien.«

»Sie waren dabei, als Ihre Eltern diesen Streit hatten?«

»Nein, ich war in meinem Zimmer eingeschlossen, konnte

aber ihre Stimmen hören. Und wie die Haustür zugeknallt wurde. Nachdem mein Vater das Haus verlassen hatte, hat meine Mutter Humphrey angeschrien. Sie hat ihm gesagt, er solle Daddy besser auf seine Seite ziehen, sonst … Aggy war an diesem Tag da. Und Willy Fallon auch. Als sie sich gegenseitig alle anbrüllten, konnte ich kaum mehr verstehen, was sie sagten. Aber ich hörte immer wieder Ernies Namen. Das war, bevor er vermisst gemeldet wurde.«

»Und *nachdem* Ernie verschwunden war?«

»Seine Eltern kamen mit der Polizei ins Haus. Ich hörte, wie Mrs. Nadler weinte und Mr. Nadler brüllte. Sie wollten mit mir reden. Ich schlug an die Tür meines Zimmers. Ich schrie, ich *heulte,* bis meine Mutter mich rausließ. Ich habe den Nadlers gesagt, Ernie habe Angst, und vielleicht verstecke er sich im Ramble. Detective Mann glaubte mir nicht. Mr. Nadler sagte, er würde den Park höchstpersönlich absuchen. Dann erklärte der Detective sich bereit, es selber zu tun, und das war die Nacht, in der man Ernie in einem Baum gefunden hat. Später … als Ernie starb … bin ich zusammengebrochen. Damals hat mich Daddy zum ersten Mal zu einem Psychiater gebracht. Meine Mutter wollte das nicht. Sie holte mich aus der Therapie immer wieder raus.«

Natürlich. Besser, das kleine Mädchen litt in aller Stille, als einem Therapeuten Familiengeheimnisse zu verraten. Die Polizistin schaute auf die leeren Zeilen ihres Notizbuches hinab. »Hat Ihr Vater jemals mit Ihnen über das gesprochen, was Humphrey getan hatte?«

»Nein, damals nicht. Später schon – in dem Jahr, als mein Bruder sechzehn wurde. Humphrey ging auf diese Prep School, und da hieß es, er habe ein sechsjähriges Mädchen vergewaltigt. Sie war nicht die Erste. Aber Daddy sagte zu mir, es würde die Letzte sein. Er löste seine Firma auf und richtete für Humphrey einen Fonds ein. Meine Mutter hat das verrückt gemacht. Sie war so wütend auf meinen Vater. Daddy hat danach immer im Hotel gewohnt.«

»Ihre Mutter hat uns erzählt, Humphrey sei der Liebling Ihres Vaters gewesen.« Mallory legte die beiden kreisrund ausgeschnittenen Stücke Leinwand aus dem Porträt von Vater und Sohn vor sie auf den Tisch.

Phoebe lächelte. »Dieses Gemälde war die Idee meiner Mutter, als Humphrey zehn Jahre alt war. Sie dachte, das gemeinsame Modellstehen würde sie einander näherbringen. Doch Daddy hat ihn nie geliebt. Das konnte niemand.«

Nun, Grace musste ihn geliebt haben – als er zehn war.

»Er war ein Monster«, sagte Phoebe.

Wie die Mutter, so der Sohn.

»Mir tut es nicht leid, dass mein Bruder tot ist.«

Natürlich nicht.

Und Mallorys einziges Bedauern war, dass Phoebe nicht als Zeugin gegen ihre Mutter aussagen konnte.

Nachdem sie den wachhabenden Polizisten entlassen hatte, betrat Mallory den Maschendrahtkäfig, in dem die Überreste des Nadlerschen Haushalts sowie eine Gefangene auf sie warteten. Grace Driscol-Bledsoe war mit der Lektüre des kopierten Tagebuches fertig. Die losen Blätter lagen säuberlich gestapelt auf ihrem Schoß.

»Ich weiß, dass Sie Fragen haben«, sagte Mallory. »Sie fragen sich, ob ich Phoebe erzählt habe, warum Sie Willy Fallon tütenweise Geld gegeben haben.«

»Ich kann mir nur vorstellen, was Sie meiner Tochter gesagt haben – nicht, dass sie Ihnen glauben würde.«

»Ich könnte ihr Willys Aussage zeigen.« Die Polizistin ging um den Stuhl der Frau herum und blieb dahinter stehen. »Willy sagt aus, Sie haben sie bezahlt, damit sie Ihre Tochter terrorisiert.« Mallory beugte sich zu Graces Ohr hinab. »Sie wollten Phoebe wahnsinnig vor Angst machen. Sie dachten, dann würde sie nach Hause zurückkommen … zu Ihnen.«

»Dann haben Sie ihr also nichts gesagt. Für mich riecht das nach einem Verhandlungsangebot. Sie haben noch nicht mal genug in der Hand, um mich vor Gericht zu stellen.« Grace hatte das Lächeln eines echten Raubtieres. »Schwäche, meine Liebe. Die kann ich auch riechen.«

Mallory roch nur die Verunreinigung durch die Mäuse und Kakerlaken. Sie ließ sich auf dem Bett des kleinen Nadler auf die nackte Matratze sinken. »Sie wissen, was mit Ernies Eltern passiert ist?«

»Ein Doppelselbstmord, hieß es.«

»Nein, so wie ich das sehe, haben *Sie* sie getötet. Als Sie Rolland Mann zu Ernie geschickt haben, damit er ihn umbringt, hätten Sie ebensogut diese Leute selber vom Fensterbrett stoßen können.«

»Olle Kamellen.« Grace winkte abfällig mit einer Hand angesichts dieser unbedeutenden Tode.

Mallory strich geistesabwesend über die Matratze. »Phoebe hat Sie wirklich in den Schatten gestellt.« Aus dem Augenwinkel heraus sah sie, wie sich der Kopf der Frau langsam drehte. »Ihre Tochter begann selbst zu töten. Eigenhändig – nicht durch einen gedungenen Mörder, und auch nicht durch eine Gruppe durchgeknallter Kinder.«

»Was haben Sie …« Die fotokopierten Seiten aus dem Tagebuch glitten langsam von Graces Schoß und flatterten zu Boden.

»Sie wussten, dass Phoebe der Hungerkünstler war. Sie wussten es schon in dem Moment, als wir Ihnen das mit der Sackkarre des Landschaftsgärtners gesagt haben. Arme Phoebe.« Mallory schüttelte den Kopf. »Sie war vollkommen am Ende, als ich sie aufs Präsidium bestellt habe. Ein Nervenbündel. Doch nachdem sie ihr Geständnis niedergeschrieben hatte … hat sie aufgehört, an ihren Fingernägeln zu kauen.«

»Dieses Geständnis ist wertlos!« Einen Moment lang klang Hysterie in Graces Stimme an, doch das war allzu schnell wieder zu Ende. »Meine Tochter kann man leicht einschüchtern. Offenbar war sie nicht bei Verstand, als sie …«

»Nun, in New York City ist der Begriff ›verrückt‹ ziemlich dehnbar.« Mallory bückte sich, um die heruntergefallenen Kopien des Tagebuchs aufzuheben. »Weiß Phoebe, was Sie Ernie angetan haben? Ich meine, *bevor* Sie ihn ermorden ließen? Sie war nicht mehr auf der Schule, als Ihr kleiner Schlägertrupp seine Quälmethoden geändert hat – als Sie die Kids dazu gebracht haben, ihn nicht mehr zu schlagen. Damit es keine belastenden blauen Flecken oder Bisswunden gab. Der reine Terror war viel besser. Sie haben ihnen gesagt, sie sollen Ernie solche Angst machen, dass er seine Angaben widerruft.« Mallory ließ sich Zeit, während sie die letzten Fotokopien vom Boden aufhob. »Es steht alles hier drin.« Sie fächerte die Seiten auf. »Das Piesacken, das psychologische Quälen – ausgedacht von drei Kindern? Nein, Grace, das waren Sie. Willy Fallon sagt, Sie hätten ihnen alles genau …«

»Willy?« Die Augen der Society-Dame wurden hämisch. »Willy, die Babywerferin? Ist wohl kaum eine Starzeugin. Und das Tagebuch des Jungen beweist gar nichts.«

»Ihre kleine Verbrechergang ist zu weit gegangen. Die Kids waren nämlich unfähig, selbst die einfachsten Anweisungen zu befolgen. Sie konnten nicht anders. Sie *mussten* dem Kleinen einfach wehtun. Sollte Ernie Nadler jemals aus dem Koma erwachen, würde man Humphrey zusammen mit seinen Kumpels verhaften – und Sie mit ihnen. Geständnisse von Kindern sind eine einfache Sache. Sie *wissen*, Ihr eigener Sohn hätte Sie verpfiffen, ohne mit der Wimper zu zucken. Deshalb haben Sie einen Polizisten bestochen, Ernie um die Ecke zu bringen, bevor er aufwachte und redete.«

»Ach, das schon wieder. Das nervt langsam.«

»Hat Ihnen Rolland Mann eigentlich jemals erzählt, wie gründlich er diesen Mord versaut hat? Eine Krankenschwester hätte aussagen können, dass er in dem Krankenzimmer war, als der Junge starb.«

Nein, offensichtlich nicht. Die Frau wurde angespannter, schien sich mit dem ganzen Körper zu wappnen.

»Ich glaubte das nicht«, sagte Mallory, »weil die Krankenschwester nämlich immer noch am Leben ist – und redet. Rolland Mann war damals ein mittelmäßiger Cop, hat nie an einem größeren Fall gearbeitet, nie einem knallharten Mörder gegenübergestanden … keinem wie Ihnen, Grace. Reich, mächtig … und nicht wirklich menschlich. Deshalb hat er diese Krankenschwester geheiratet und sie weggesperrt. Er hatte Angst, *Sie* könnten sie ermorden lassen. Und nur für den Fall, dass Sie das über die Zeugin herausfinden würden – seine *Frau* –, zeigte er Ihnen einen Fragebogen des ViCAP, seine Dokumentation zu einem Überfall auf einen kleinen Jungen im Ramble: Beweismittel, die tief in einer Datenbank der Bundesbehörden begraben waren. Das konnten Sie weder kaufen noch es zerstören. Hat Ihnen das Angst gemacht? Es war keine Erpressung. Es war eine *Versicherung*, damit Sie Annie, seiner Frau, nichts anhaben konnten. Aber das sprach Rolland Mann Ihnen gegenüber nicht offen aus, schließlich sollten Sie von ihrer Existenz gar nichts wissen. Deshalb haben Sie Politiker bestochen und geschmiert, um seine Karriere voranzutreiben – und alles umsonst. Er hätte alles getan, damit Annie in Sicherheit ist.«

»Sehr romantisch, Mallory. Diese Seite an Ihnen kannte ich gar nicht.« In diesem Moment beeindruckte die Diva Mallory, indem sie sich in aller Seelenruhe bückte und sich einen Kakerlaken vom Schuh schnippte. »Aber auf Basis dieser Theorie werden Sie nie eine Verurteilung kriegen.« Sie zog ein kleines Taschentuch aus der Tasche ihres Kleides. Das bestickte Leinen war so fein, dass es fast durchsichtig wirkte. Damit wischte sie sich den Fingernagel ab, mit dem sie das Insekt berührt hatte.

Dann war diese Frau aus Stahl also … zimperlich.

»Sie sind Realistin, Mallory. Sie wissen, dass ich niemals einen Gerichtssaal von innen sehen werde.«

Wie wahr. Diese Frau hatte zu viele Geiseln an oberster Stelle sitzen, zu viele Beweise für Erpressung in der Hand, um auch nur einen Tag im Gefängnis absitzen zu müssen.

»Aber was bleibt Ihnen, Grace? Ich habe Ihnen die Kontrolle über das Driscol Institute entzogen. Keine Macht mehr. Auch Ihr ganzes Bargeld habe ich Ihnen genommen. Humphreys Millionen? *Das* Geld kann ich bis zu Ihrem Tod als Nachlass einfrieren lassen … Zu guter Letzt raube ich Ihnen noch Phoebe.«

Grace zerdrückte das Taschentuch in ihrer Hand, das einzige Zeichen von Nervosität. »Wir wissen beide, dass meine Tochter niemals wegen Mord vor Gericht stehen wird. Nicht, wenn sie …«

»Verrückt ist? Nun, Grace, das könnte Auslegungssache sein. Phoebe hat großartige organisatorische Fähigkeiten. Wissen Sie, warum sie in das Cottage hinter der Schule gezogen ist? Sie brauchte einen verschwiegenen Platz, um ihre Mordausrüstung zusammenzustellen – beginnend mit der Sackkarre, die sie Ihrem Landschaftsgärtner gestohlen hat. Und das war vor sieben Jahren. Sie ist die Königin der langfristigen Planer. Hat uns alle mächtig beeindruckt. Eine so durchdachte Vorbereitung haben wir noch nie erlebt.«

Grace gab Interesse an einer zuckenden Küchenschabe vor

die auf ihrer Augenhöhe auf einem Karton saß, und einen Moment lang beobachteten sie sich gegenseitig – die Society-Dame und die Schabe. Dabei bemerkte das Duo nicht, wie die Polizistin ihre Waffe aus dem Holster zog, und dann – *bammm!* – den Kakerlak unter dem Kolben der Pistole zerquetschte. Grace sprang erschrocken auf, und das Taschentuch flatterte zu Boden.

Sehr befriedigend.

»Also, wo war ich stehengeblieben?« Mallory bückte sich, um das zarte Quadrat aus feinem Leinen aufzuheben, und benutzte es, um die Schabenreste von ihrem Revolvergriff abzuwischen. »Vorausplanung. Ihre Tochter hat die passenden Anwälte gefunden, die Humphrey aus der Anstalt heraushauten. Sie brauchte alle drei Opfer zur gleichen Zeit in der Stadt. Phoebe war so geduldig – *jahrelang* hat sie gewartet und Dinge gesammelt, um sie umzubringen. Die meisten Sachen aus ihrer Ausrüstung waren gestohlen, nur das Chloroform nicht. Ihres konnte sie nicht mehr verwenden. Längst wirkungslos. Phoebe sagt, diese Flasche sei fast so alt wie Sie, ein Souvenir aus den Tagen Ihres Vaters. Sie hat dann ihr eigenes Präparat mit einer Anleitung aus dem Internet hergestellt.«

Als sie mit dem Putzen ihres Revolvers fertig war, wedelte Mallory mit dem kakerlakbeschmutzten Taschentuch herum und verteilte winzige Insektenpartikel in der Luft, während sie sprach. »Und Ihre Tochter weiß durchaus richtig von falsch zu unterscheiden. All das macht sie zurechnungsfähig nach dem Gesetz – das schließt nicht aus, dass sie nicht doch verrückt ist. Das kommt auf mich an. Ich kann mit Phoebe machen, was ich will. All diese Politiker, die Sie gekauft haben … die gehören jetzt mir.«

Die beiden Frauen starrten einander an, beide wurden ganz still. Weil sie sie in ihrer Reglosigkeit für Möbelstücke hielt, kam eine Maus herangetippelt und setzte sich, um sich die Vorderpfoten zu lecken.

Mallory lächelte.

Die Maus huschte in Deckung.

»Was wollen Sie, Detective?«

Es fiel Mallory leicht zu lügen, und ihr wurde geglaubt, als sie sagte: »Wiedergutmachung.«

Und so begann ihr Deal. Graces Tochter würde vor Gericht aufgrund ihrer psychischen Erkrankung für nicht verhandlungsfähig erklärt werden. Etwa nach einem Jahr, wenn man irgendeinen inkompetenten Psychiater auftreiben konnte, der erklärte, Phoebe sei geheilt, würde Toby Wilder der reichste Junkie von New York werden. Falls er denn lange genug lebte, um das Geld in Empfang zu nehmen – lange genug für das allerletzte Spiel, eines, das nichts mit Geld zu tun hatte. Eine wunderschöne und schreckliche Heimzahlung würde dann kommen, wenn Grace nicht damit rechnete.

Das hatte Mallory von Phoebe gelernt: Sie konnte warten.

FÜNFUNDVIERZIG

Mein Vater besitzt keine Waffe. Ich habe überall geschaut, in jeder Schublade, jedem Schrank, die ganze Nacht lang.

ERNEST NADLER

In dieser Woche hatte sich Louis Markowitz' Pokergruppe Floating Poker Game bei Rabbi Kaplan im vorstädtischen Brooklyn getroffen, einem Viertel, wo die Leute nicht in Hochhauskäfigen lebten, sondern in richtigen Häusern mit Rasenflächen vor und hinter dem Gebäude. Kaplan öffnete ein Fenster, um eine abendliche Brise hereinzulassen. Der Duft von gemähtem Gras wehte durchs Zimmer und mischte sich mit den Gerüchen von Bier und Zigarrenrauch. David Kaplan trat zu der kleinen Truppe, die sich um sein Lieblingsmöbelstück, einen Eichentisch mit grünem Filzbelag, versammelt hatte, um inmitten seiner engsten Freunde seiner Pokerleidenschaft zu frönen.

Edward Slope stand mit gezücktem Messer über mehreren Platten mit den Zutaten für dreistöckige Sandwiches, während Robin Duffy Charles Butlers Geld gegen Pokerchips eintauschte. Weiße Chips waren fünf Cent wert, rote zehn, und die blauen – der höchste Einsatz – waren für einen Vierteldollar zu haben.

Die Adoptivtochter des Mannes, der die Pokerrunde ins Leben gerufen hatte, beehrte sie nur noch selten. Der Rabbi vertrat die Theorie, Kathy Mallory habe die Geduld mit den Regeln eines Spieles verloren, das bei Vollmond die Zwei als Wildcard erlaubte. Der Bube war immer wild, wenn es regnete, und die Drei, wenn es schneite. Der Rabbi musste zugeben, dass hundert solcher Regeln möglicherweise zu viele waren. Oder es langweilte Kathy einfach, so leicht zu gewinnen. Trotzdem war es für Kaplan Tradition, einen Stuhl für sie aufzustellen, obwohl er wusste, dass sie an diesem Abend mit Sicherheit nicht mehr kommen würde.

Vielleicht nächste Woche.

David Kaplan war ein geduldiger Mann und vertraute auf die dauerhafte Liebe, die sie irgendwann an den Rand des Wahnsinns und wieder zurück zu ihnen treiben würde. Irgendwann. Nicht heute Abend.

Und so war es für ihn eine große Überraschung, als es an der Tür klingelte.

Detective Riker folgte dem Rabbi in die Pokerhöhle und lächelte, als er die vertrauten Gesichter sah. Alle Männer von Mallorys Liste saßen auf Clubsesseln um den Pokertisch. »Lou hat dauernd gesagt, ich sei eingeladen. Habt ihr Jungs damit ein Problem?«

»Überhaupt nicht.« Dr. Slope zeigte mit seiner Zigarre auf den leer gebliebenen Stuhl. »Sie waren immer willkommen, aber Lou sagte, Sie hassen das Spiel.«

»Er meinte, ich hasse *dieses* Spiel.« Nachdem er auf diese Weise die Weichen für seinen Besuch gestellt hatte, zog Riker sich einen Stuhl heran, zündete sich eine Zigarette an und nahm von seinem Gastgeber ein kaltes Bier entgegen. »Ich hab gehört, ihr spielt wie alte Damen.« Er schnalzte den Deckel der Bierflasche auf. »Das habe ich von Mallory gehört. Ich glaube, damals war sie zwölf.« Der Detective legte zwei Dokumente vor den Chefpathologen auf den Tisch. »Könnten Sie die bitte unterzeichnen?«

Das obere Blatt war das Standardformular für die Aufnahme eines Junkies an der privaten Entzugsklinik des Doktors. Edward Slope überflog den zweiten Bogen, eine Art Gutschein, auf dem die Stadt sich bereiterklärte, den Aufenthalt zu bezahlen. »Das ist doch nicht legal. Willy Fallon hat einen Vergleich bekommen. Wieso sollte Toby Wilder ...«

»Vielleicht ist es nicht legal im *strengsten Sinne*«, sagte Riker. »Aber es ist gerecht. Der Junge hat vier Jahre seines Lebens verloren – und mehr.«

Slope schob die Papiere beiseite, ohne sie zu unterzeichnen. »Dann kann Mr. Wilder ja gerichtlich gegen die Stadt vorgehen. Und ich wünsche ihm viel Glück dabei.«

Der Detective hob die Schultern und ließ einen Zehndollarschein auf den Tisch fallen. Robin Duffy tauschte ihn gegen Chips ein, die bei einem Spiel unter Erwachsenen tausend Dollar wert gewesen wären. Doch bei ihnen waren die Einsätze schon vor langer Zeit auf das Taschengeldniveau eines Kindes gesenkt worden. Lou Markowitz hatte sich diesen rituellen Pokerabend damals speziell für seine Kathy ausgedacht, ein kühles, fremdes Wesen wie von einem anderen Stern, das ohne diese Spieler, allesamt hochanständige Männer, keinen einzigen Freund gehabt hätte.

Riker war gekommen, um ihnen den Garaus zu machen.

Er hatte ohnehin nicht damit gerechnet, dass sich Slope auf einen Gutschein der Stadt einlassen würde, denn der Chefpathologe war bekannt für seine skrupulöse Ehrlichkeit. »Na gut, vergessen Sie den Gutschein. Was ist mit all den Betten für wohltätige Zwecke?«

»Jedes dieser Betten hat eine lange Warteliste«, sagte Edward Slope.

Man kriegte es also nicht billiger.

Riker, der Ehrengast, bekam die Karten. Er mischte und teilte sie mit der Handfertigkeit und Schnelligkeit eines geborenen Spielers aus, und die Aufmerksamkeit der anderen Zocker war geweckt. Folglich überraschte es die anderen auch nicht, als er verkündete: »Heute Abend spielen wir Cutthroat. Der Name des Spiels lautet *five card stud.*« Mallorys Lieblingsvariante. Damals, in sehr jungen Jahren, war sie einmal zu einem Spiel im Dienstraum der Polizeiwache gestoßen, das nicht der freundlicheren, sanfteren Spielweise von Lous Pokerrunde entsprach. An jenem Tag hatte Riker, der ein Auge für ungeschliffenes Talent hatte, das Kind an einen Tisch mit Männern gesetzt, die mit richtigem Geld spielten und richtige Knarren hatten. Jetzt betete er ihnen Kathys Regel herunter. »Keine Wildcards.«

Keine Gnade.

Die erste Wettrunde begann basierend auf den beiden Karten, die jeder von ihnen bekommen hatte, eine offene und eine verdeckte. Chips zu fünf Cent häuften sich klickend in der Mitte des Tisches. Als der Doktor an der Reihe war, erhöhte er sie alle um einen Dime. *Was für ein Fuchs.* Der Detective beendete die Runde, indem er jedem Spieler drei weitere Karten gab, und alle warteten ab, vielleicht weil sie vergessen hatten, dass die Wetterbedingungen und Mondzyklen ihre Chancen nicht mehr verbesserten.

Riker gefiel sein Blatt, und er behielt es. »Noch jemand Karten?« Er teilte weitere Karten im Uhrzeigersinn an Spieler aus, die dafür eine ablegten. Die letzte gab er dem Doktor, beugte sich zu dem Mann und sagte mit gesenkter Stimme: »Nur dass Sie's wissen – Mallory ist diejenige, die Toby Wilder am Leben halten will. Aber sie wird Sie nicht um Hilfe bitten. Schätze, sie denkt, Sie schulden ihr keinen Gefallen.«

Einen Moment lang schien Dr. Slopes Zigarrenrauch in der Luft zu erstarren.

Niemand verachtete Junkies so sehr wie Mallory. Der Doktor musste es folglich seltsam finden, dass sie einen als Schmusetier wollte. Auch Riker hatte sich schon nach dem Grund dafür gefragt. Er war nicht immer auf dem Laufenden, was das alte Spielchen seiner Partnerin mit Slope anging, eines, das in ihrer Kindheit begonnen hatte – Kriegsführung nach dem Prinzip Verbrannte Erde.

Als das nächste Mal erhöht wurde, schob Robin Duffy sein Blatt zusammen und stieg aus. Er tat es mit einem Lächeln. »Kommt Kathy heute Abend?«

»Nein«, sagte Riker. »Sie ist sauer auf euch. Ich halte ihr bloß den Platz warm, bis sie drüber weg ist.«

Der alte Rechtsanwalt war verblüfft. »Warum sollte Kathy sauer auf uns sein?«

»Nun, vielleicht nicht auf *Sie*.« Wer konnte denn Duffy auch böse sein? Riker wandte sich an Charles Butler. »Aber du hast dein Bestes getan, um ihren Fall zu sabotieren.« Als der Mann mit dieser Aussage nichts anfangen konnte, machte der Detective eine kleine Andeutung. »Coco? Mallorys wichtige Zeugin?« Mit einem Nicken in Richtung Rabbi fügte er hinzu: »Und wie ich gehört habe, haben auch Sie Ihren Teil dazu beigetragen. Hinter ihrem Rücken mit einem Richter zu reden? Das war …«

»Ich kann nicht glauben, was ich da höre.« David Kaplan trug eine gekränkte Miene zur Schau und legte theatralisch eine Hand auf seine Brust, sein Herz. »Kathy hat mich *verpfiffen*?« Als der Mann lächelte und seinen Einsatz erhöhte, schloss Riker daraus, dass der Rabbi vermutlich den besten Bluff des Spiels machen würde. Doch das sagte nicht viel – nicht in dieser Truppe.

»David trägt keine Schuld«, sagte Charles Butler. »Das ist alles auf meinem Mist gewachsen. Dieses Kind hat besondere Bedürfnisse. Sie …«

»Die Kleine brauchte Schutz, und den *kriegte* sie – von Mallory.« Mit dieser kleinen Bombe rief ihm Riker in Erinnerung, dass seine Partnerin ihre Dienstmarke riskiert hatte, als sie Rolland Mann wegen Coco bedrohte. Und um ihm den letzten Gnadenstoß zu geben, streckte Riker die Hand aus und schnippte mit dem Finger gegen Charles' Blatt. »Du hast gar nichts.«

Ein tiefes Erröten von Butler bestätigte dies, und der Psychologe legte seine Karten auf den Tisch. »Ich bin draußen.«

Zwei Spieler raus – und drei drin.

Riker schaute auf sein eigenes Blatt und grinste wie ein Gewinner. Dasselbe Grinsen hatte er auf dem Gesicht, wenn er mit seiner Pistole zielte – eine faire Warnung an jeden Ganoven, entweder aufzugeben, oder … Auch der Rabbi stieg aus.

Nur der Doktor war nicht zum Aufgeben zu bringen. Und das hatte Riker vorhergesehen. Edward Slope war bekannt dafür, skrupellos und wagemutig zu sein, wenn es um Knete ging.

Der Einsatz wurde wieder erhöht, als Riker all seine Chips in die Mitte des Tisches schob. »Ich ahne, warum Mallory wütend auf Sie ist, Doc. Sie mussten sie ja an der Nase herumführen, was diese Autopsien betraf.« Der Detective starrte kopfschüttelnd auf seine Karten. »Nee, nicht deswegen. Schüsse aus dem Hinterhalt über Leichen hinweg – das ist bei Ihnen beiden doch eher an der Tagesordnung. Hab ich da vielleicht einiges verpasst?« Er lächelte den Doktor an. »Was haben Sie mit ihr gemacht?«

Edward Slope hatte seinen letzten Zehn-Cent-Chip eingesetzt, als der Showdown kam. Er legte ein Paar Zehner hin – und verlor alles. Riker deckte sein Blatt auf und zeigte ihm einen Drilling. Jetzt begriff der Detective endlich, was der alte Lou gemeint hatte mit dem Spruch, er müsse schon bescheißen, um gegen diese Knaben zu verlieren.

Die Reserven des Doktors waren erschöpft, und er konnte keine Chips mehr kaufen. So lautete die heiligste Regel des Floating Poker Game von Lou Markowitz, an der niemand zu rütteln wagte: Dr. Slope würde den Rest eines Abends ausharren müssen, der gerade erst begonnen hatte.

»Doc?« Riker hob die Karten auf und mischte sie. »Wie wäre es mit einer kleinen Wette nebenbei? Schnelle Runde High Card.« Er tippte auf das Anmeldeformular für Toby Wilder. »Das hier gegen alles, was ich habe.«

Slope, der sich selbst als die Reinkarnation eines Riverboat-Pokerspielers ansah – ja, genau das –, würde einem solchen Angebot nicht widerstehen können. Er schaute in die Runde, und alle seine Freunde nickten. Die anderen Spieler hatten kein Problem damit, die alte Regel so zu umschiffen.

Riker hob ab und nahm eine Königin in die Handfläche, um einen niedrigen Herz-Drilling auszuspielen, obwohl man ihm gesagt hatte, selbst mit einem schlechteren Blatt könne man noch gewinnen. Als Slope abhob, sah der Detective an dem Aufblitzen in den Augen der anderen, dass das Blatt des Docs wesentlich höher war.

»Sie haben gewonnen«, sagte Edward Slope zu dem Detective, der doch eindeutig verloren hatte. Der Doktor bedeckte seine ungezeigte Karte mit dem restlichen Blatt und mischte den Stapel zwei Mal durch. Nachdem er das Anmeldeformular für den Junkie unterzeichnet hatte, zerknüllte er die Zahlungsbewilligung der Stadt. »Die Stadt muss nichts bezahlen. Da habe ich meine Prinzipien. Der Junge kommt so rein.«

Charles Butler lehnte sich zu seinem Freund. »Edward, ich könnte einen Scheck schreiben, um die Kosten für …«

»Nein, könntest du *nicht.*« Der Doktor, ein Gentleman, der seine eigenen Schulden immer beglich – ob es nun Schulden waren oder nicht – reichte Riker das Anmeldeformular.

Der Detective hatte das, wofür er gekommen war, und wollte gehen.

Gutes Spiel.

Über Edwards Gründe, warum er sein eindeutig höheres

Blatt geopfert hatte, konnte Charles nur spekulieren. Der gute Doktor bildete sich ein, mit einem Pokerface geboren zu sein und sich folglich nie in die Karten schauen zu lassen, doch Charles wusste trotzdem, was in ihm vorging. Was hatte sein Freund mit Mallory gemacht, das ein solches von Schuldgefühlen getragenes Geschenk rechtfertigte? Er hätte wetten können, dass selbst Riker keine Ahnung hatte.

Vorerst verspürte Charles jedoch seine eigenen Gewissensbisse in Sachen Glühwürmchen und Schnürsenkel. Am darauffolgenden Abend würde er mit Blumen in der Hand zu Mallorys Wohnung fahren, dem Zeichen seines Bedauerns, und sie würde für ihn nicht zu Hause sein. Doch irgendwann, wenn elf oder zwölf Nächte ins Land gegangen waren, würde sie ihm die Tür öffnen, und sie würden noch einmal von vorn beginnen – als Fremde, denn Charles würde niemals davon ausgehen, sie zu kennen.

Charles stand am Fenster und schaute Riker hinterher, wie er den Gehweg in Brooklyn entlangschlenderte, zweifellos auf dem Weg zur U-Bahn. In dieser modernen Welt hätte man das, was der Detective heute Abend getan hatte, als edel und kurios bezeichnet. Der Mann hatte für die Dame seines Herzens Rache genommen und einen Preis für sie errungen, und er hatte das auf eine Art und Weise getan, die Mallory nie gelungen wäre. Noch dazu war dies alles ohne Blutvergießen abgelaufen. Und *Scham* war ein Wort, das nicht zu Mallorys Vokabular gehörte – eine Waffe, die sie niemals zücken würde.

Am Ende des von Bäumen gesäumten Häuserblocks des Rabbis bog Riker um eine Ecke und beugte sich zum offenen Fenster des Privatfahrzeugs seiner Partnerin hinab. »Hat funktioniert –Spiel für Spiel.« Er stieg auf der Beifahrerseite ein, und reichte ihr seine Beute – das Anmeldeformular für Toby Wilders Teilnahme an dem Drogenentzugsprogramm. »Wirst du es mir denn *jetzt* sagen? Warum musste Slope gewinnen – damit er verlieren konnte?«

Mallory klappte das Verdeck des silbernen Kabrios zurück und drehte das Radio auf, um jedes weitere Gespräch im Keim zu ersticken, während sie durch das nächtliche Stadtviertel mit seinen erleuchteten Fenstern und den grünen Rasenflächen fuhren.

Riker hatte ein Spielchen gespielt und dabei genau Mallorys Drehbuch befolgt, doch es erschloss sich ihm nicht, warum es mit Edward Slopes schöner Geste hatte enden müssen. Der Detective erinnerte sich vage an den alten Gary-Cooper-Film *Beau Geste*, dessen Titel ein Wortspiel war, aber auf Französisch eine Geste bedeutete, die löblich war, für die aber kein Dank erwartet wurde. Und das, obwohl der Gedanke der Erpressung viel besser funktionierte. Hatte Mallory etwas gegen den Doktor in der Hand? Nein. Es war zu schwer vorstellbar, dass der Chefpathologe auch nur einen Fehltritt begehen könnte. Vielleicht war ihr der Mann einfach doch einen Gefallen schuldig.

Es hatte keinen Sinn, sie danach zu fragen – sie würde es ihm nie sagen. Er drehte den Kopf in ihre Richtung, und gleich wurde das Radio noch lauter aufgedreht. Bei dröhnenden Rock-'n'-Roll-Klängen segelten sie über die Brooklyn Bridge, die in voller Länge hinüber nach Manhattan mit Lichtergirlanden geschmückt war. Eine schöne Nacht. Verschwendet an ihn. Denn in Gedanken war er immer noch bei der Partie High Card. Erpressung oder Heimzahlung – warum hatte sie nicht ihre eigenen verdammten Chips eingesetzt? Hatte sie jemanden vorgeschickt, damit der Doktor sein Gesicht wahren konnte? Nein. Das ganze Spiel zwischen Slope und Mallory war ein Wettstreit gewesen, in dem es darum ging, wer den Angriffen des anderen besser ausweichen konnte; jede Zurschaustellung von Anstand würde sie Punkte kosten. Worum war es dann heute Abend gegangen? Nur eines war gewiss: Das Wohlergehen des Junkies spielte bloß zufällig mit hinein. Jetzt, nach dem Abschluss des Falles, kümmerte Toby Wilder Mallory nicht die Bohne. Er hätte ihr nicht weniger wichtig sein können.

Nein, Riker wurde nicht aus ihr schlau. Die Sache würde ihn eine schlaflose Nacht kosten, würde ihn noch lange verrückt machen. Natürlich war das Mallory gleichgültig. Sie war immer noch böse auf ihn, weil er sein schmutziges Kräftemessen mit dem Chief für sich behalten hatte. Dass er das vor ihr verborgen hatte, würde sie ihm nie verzeihen.

Und sie würde es ihm heimzahlen.

Riker grinste und lachte dann. Die Frau am Steuer war gut im Pokern – besser als er –, aber ihn verrückt machen, *das* war heute Abend Mallorys Rache für das, was er getan hatte.

Nachdem sie an der Pforte ihren Dienstausweis vorgezeigt hatte, fuhr Mallory auf den Parkplatz eines großen viktorianischen Landhauses, das Edward Slope zu einer Drogenentzugsklinik umfunktioniert hatte. Dieser Platz erlaubte es dem Doktor, junge Junkies von ihrem Weg zur Überdosis und ihrem letzten Liegeplatz auf seinem Obduktionstisch abzubringen. Patienten verließen die Klinik nur selten, bevor ihre Kur abgeschlossen war. Hinter den umstehenden Kiefern verbarg sich ein äußerst effektiver Hochsicherheitszaun.

Ihr Fahrgast Toby Wilder war sichtbar angespannt und wacher, als ihm lieb sein konnte – dank einem ausgepumpten Magen im Krankenhaus. Hätte er die Gelegenheit dazu gehabt, würde er seine toten Eltern ausbuddeln und die Leichen für eine Handvoll Pillen verscherbeln, um der Entzugshölle zu entkommen.

Ein schwerer Gang.

Mallory stieg aus dem Wagen und öffnete den Kofferraum, um einen Koffer herauszuhieven, den sie für ihn gepackt hatte. »Den Rest von deinem Zeug habe ich einlagern lassen. Die Wohnung ist weg.« Den Teil hatte er möglicherweise vergessen. Der Junkie war kaum ansprechbar gewesen, als sie ihn dazu veranlasst hatte, mit seiner Unterschrift den Verkauf der Wohnung zu besiegeln. »Du hast jetzt nichts mehr, wo du hinkannst.«

Toby rappelte sich vom Beifahrersitz hoch und gab ihr mit einem Nicken zu verstehen, dass er begriffen hatte, warum sie ihm den Boden unter den Füßen wegzog. Er nahm sein Gepäck von ihr entgegen und trug es, während er ihr die Treppe hoch folgte – allzu fügsam. Sie wusste, dass er vorhatte wegzulaufen, kaum hatte ihr Wagen die Pforte durchquert, doch diese Fluchtfantasie würde enden, sobald er zum ersten Mal auf den Elektrozaun traf, eine etwas brutale Form der Schocktherapie.

Zusammen überquerten sie die Veranda und betraten die Klinik. Ihr weitläufiger Empfangsbereich hätte ebensogut zu einer Hotellobby der gehobenen Klasse gehören können, wäre da nicht der Krankenpfleger gewesen, der am Tresen saß. Mallory reichte dem Mann ein Aufnahmeformular und füllte den Papierkram aus, um die Überweisung des Drogenabhängigen von einem städtischen Krankenhaus zu besiegeln.

Zwei Wärter erschienen zu beiden Seiten von Toby Wilder. Bevor der neue Patient weggeführt wurde, drückte ihm Mallory ein kleines Päckchen in die Hand. »Das wirst du brauchen.«

Als sie wieder draußen auf dem Parkplatz war, blieb sie eine Weile hinter dem Steuer ihres Wagens sitzen, ohne loszufahren, und starrte auf die Windschutzscheibe, ohne den sternenübersäten Nachthimmel über ihr wirklich wahrzunehmen. Für das Überleben des Junkies hatte sie lange Wege zurückgelegt. Dr. Slopes Programm hatte hohe Erfolgsraten, aber sicher war es nicht. Wie standen Tobys Chancen? Die Schäden an seinem Körper wie auch an seiner Seele und seinem Verstand waren gewaltig. In der nächsten Zeit würde er durch ein tiefes Tal der Verzweiflung wandeln.

Doch heute Abend würde es Musik geben.

Toby trug Detective Mallorys Geschenk in sein Zimmer in der Entzugsklinik und legte sich aufs Bett. Nachdem er die Kopfhörer des CD-Players eingestöpselt hatte, schaltete er ihn ein, und die Musik begann, die Musik von den Wänden seiner Wohnung, die jetzt in den Eröffnungstönen der Ouvertüre zu hören war, sich wie eine gewaltige Klangwoge auftürmte, dann leiser wurde und in seine Jazzsymphonie überging. Im Hintergrund spielte ein Klavier die zugrundeliegende Geschichte und im Vordergrund ein Schlagzeug im Rhythmus eines pochenden Herzens.

Ganz früh in dieser Partitur – sozusagen dem Frühling im Leben seines Vaters, als das Leben für Jess Wilder noch gut und der junge Mann gesund und schön war – war das Saxofon wie ein charismatischer Klangzauberer aus fulminanten Melodien und Riffs gewesen, der einen Hofstaat aus Trompeten und Streichern, aus Posaunen und anderen Stimmen um sich scharte.

Der Junge auf dem Bett wippte mit dem Kopf, im Takt mit der Musik und eins mit dem Saxofon seines Vaters.

SECHSUNDVIERZIG

Hier sind meine Superkräfte. Ich laufe wie ein Hase. Ich zittere wie ein Windhund. Ich kann schreien wie ein kleines Mädchen. Und ich bleibe des toten Penners Zeuge.

ERNEST NADLER

Mehr als ein Jahr war vergangen. Wieder ging ein Sommer seinem Ende entgegen, und Coco machte im weit entfernten Staat Illinois Jagd auf Glühwürmchen.

In Folge eines anonym eingegangenen Hinweises wurde ein stellvertretender Bezirksstaatsanwalt überführt, eine ganze Reihe von betrügerischen Vergleichen geschlossen zu haben, um seine bislang fruchtlosen Wahlkampagnen zu finanzieren. Cedrick Carlyle war kurz zuvor in Handschellen aus seinem Büro geführt worden, und so wurde ein weiteres Kapitel des Falles abgeschlossen.

Mallory war eine gründliche Polizistin.

Bei einer Schlägerei in der Gefängniswäscherei hatte Willy Fallon ein Auge verloren: ein fast biblischer Schicksalsschlag – sozusagen Auge um Auge, im Gegenzug für die Verstümmelung eines kleinen Jungen.

In Mallorys eigener Interpretation der Heiligen Schrift war die Rache die ihre, und sie war noch nicht ganz damit fertig. Die junge Polizistin saß im Wohnzimmer der Stadtvilla an der Upper West Side, setzte den Füller aufs Papier und unterzeichnete als Zeugin die Vereinbarung zwischen Grace Driscol-Bledsoe und Toby Wilders Anwalt, einem blinden Mann, der das Licht erblickt und gelernt hatte, das zu tun, was man ihm sagte.

Nach einer Anhörung zum Thema geistige Gesundheit war

es, gemäß einer vorherigen Vereinbarung, zur Revision einer gerichtlichen Entscheidung gekommen. Wie versprochen, hatte Mallory sich rausgehalten und nichts getan, um gegen die vorzeitige Entlassung Phoebe Bledsoes vorzugehen, einer etwas fehlgeleiteten Mörderin, die für geheilt erklärt worden war.

Ja, *ganz recht*.

»Was für eine Geldverschwendung«, sagte die frühere graue Eminenz der New Yorker Wohltätigkeitsszene. »Dieser Junge wird an einer Überdosis sterben, bevor er dreißig ist.«

»Vielleicht«, sagte Mallory, die selbst kein großes Vertrauen in Happy-Ends hatte, dafür aber an ausgleichende Gerechtigkeit glaubte. Humphreys Millionen gehörten nun Toby Wilder, und der Deal war geschlossen.

Fast geschlossen.

Der Anwalt ging. Mallory blieb.

Jetzt, wo ihre Tochter losgekauft war, wartete Grace darauf, dass Mallory endlich ging – und sie *wartete*. Schließlich sagte sie unverblümt: »Dann sind unsere Geschäfte erledigt.«

»Noch nicht ganz.« Die Polizistin hielt ein kleines Buch in einem Plastikbeutel sowie eine Blechdose von der Größe eines Ziegelsteins in der Hand. Sie schien die beiden Gegenstände gegeneinander abzuwiegen.

»Nehmen Sie es mir übel, meine Liebe?« Ach, es war sicher lästig, so nahe neben einer Mörderin zu stehen, noch dazu einer, der das Gesetz nichts anhaben konnte. Aber musste die Polizistin auch so nahe stehen? Grace starrte auf die Dose und das Buch. Die junge Frau ging sehr vorsichtig mit ihnen um – als wären es Schätze, oder Bomben. »Sie sollten besser weg sein, bevor meine Tochter …«

»Wenn Phoebe draußen ist, kommt sie direkt zu Ihnen.«

Grace legte den Kopf auf die Seite. Was sollte das? Smalltalk hätte wohl kaum zu diesem ungebetenen Gast gepasst. »Sie wissen sehr wohl, dass eine Überwachung durch meine Person eine Bedingung für die Freilassung war.« Und Phoebe konnte nirgendwo anders hin. Ihr kleines Cottage war während ihrer einjährigen Anwesenheit in einer Anstalt für reiche und kriminell gewordene Verrückte vermietet worden. Und nachdem Mallory so verheerend in Graces Vermögen gewütet hatte, wurde das Mieteinkommen auch dringend benötigt.

Die Polizistin schaute im Wohnzimmer umher. »Wo ist eigentlich Hoffman? Ach, richtig, eine Vollzeitkrankenschwester können Sie sich gar nicht mehr leisten.«

»Nein, kann ich nicht.« Das Leben war für Grace ein bisschen hart gewesen, seit die Leute von der Steuerbehörde vor ihrer Tür gestanden hatten, von Bargeldausgaben weit jenseits ihres Einkommens sprachen, für diese unversteuerten Beträge ihren Anteil gefordert und dann auch noch die monatlichen Mieteinkünfte aus dem Cottage konfisziert hatten, das einmal das Zuhause ihrer Tochter gewesen war.

»Aber Sie brauchen ja ohnehin keine Angestellte mehr ... jetzt, wo Phoebe hier leben wird.«

»Und dafür muss ich Ihnen danken.« Der letzte Satz steckte voller Bitterkeit. Es gab *so viel*, wofür sie Mallory zu danken hatte, doch leider fehlten Grace die Mittel, um jemanden anzuheuern, der ihr mit unaussprechlichen Methoden ihre Dankbarkeit zeigen würde. Mittlerweile fehlte ihr auch der Einfluss, um die Polizistin feuern zu lassen. Der einzige Trumpf, den Grace noch hatte, war als Drohung ausgespielt worden, einen Skandal größeren Ausmaßes heraufzubeschwören: Sollte sie für irgendein Verbrechen vor Gericht kommen, dann würde ihr vermutlich so mancher Politiker im Gefängnis Gesellschaft leisten.

Graces Augen wurden wieder auf das gelenkt, was die Polizistin in der Hand hielt. Jetzt sah sie, dass vorne ein winziger Verschluss angebracht war. Sollte das etwa noch ein Tagebuch von Ernest Nadler sein? Und was befand sich in der Blechdose?

»Ein Trost«, sagte Mallory, »dass sich im Herbst Ihres Lebens ein liebendes Kind um Sie kümmert.«

Der Ton der jüngeren Frau war beunruhigend; niemand sonst schaffte es, eine solche Plattitüde wie eine Warnung klingen zu lassen. »Ja, ich bin mir sicher, wir werden glücklich miteinander sein, Phoebe und ich.« Die Society-Dame verließ mit langen Schritten das Wohnzimmer und ging in die Eingangshalle, ein weiterer Hinweis darauf, dass die Audienz beendet war. Doch sie hörte keine Schritte hinter sich auf den Marmorfliesen. Als sie innehielt und sich umdrehte, blieb ihr die Luft weg. Da stand Mallory. So nah, dass sie sie hätte schlagen können. Graces Hand flog zu dem Medaillon an ihrer Brust – ihrem Panikknopf –, bereute diese Demonstration der Schwäche jedoch sogleich. »Noch etwas, Detective?«

»Sie sind viel tapferer als die Eltern von Willy und Aggy. Die wollten mit ihrer Killerbrut nichts mehr zu tun haben. Aber diese Leute spielen auch in einer ganz anderen Liga als Sie, Grace.«

»Sie meinen, sie sind keine Monster … so wie ich.« Oh, lag da etwa zu viel Stolz in ihrer Stimme? »Meine Liebe, wenn das alles ist, was Sie …«

»Nein, nein.« Die Polizistin zog sich mit lautem Schnalzen ein Paar Latexhandschuhe über und nahm dann das ledergebundene Büchlein aus der Plastikhülle. »Phoebe hat Tagebuch geschrieben. Ich habe es letztes Jahr gefunden – an dem Tag, als ich sie eingebuchtet habe.« Mallory klemmte sich die Blechdose fest unter den Arm und schlug das kleine Buch auf. Suchend wanderte ein Finger über die handschriftlichen Zeilen. »Da ist es … die arme Allison.« Die Polizistin blickte von ihrer

Lektüre auf. »Sie erinnern sich noch – ein kleines, rothaariges Mädchen? Sie wurde vom Schuldach gestoßen, zwei Jahre, bevor der kleine Nadler starb.«

»Allison Porter ist gesprungen! Das war ein …« Graces Mund wurde trocken, und ihre Stimme brach bei dem Wort »Selbstmord«.

»Mord«, sagte Mallory. »Ich hatte ein langes Gespräch mit dem Nachtwächter der Schule. Vielleicht kennen Sie Mr. Polanski, er war damals noch Hausmeister. Er sah, wie Allison stürzte, und ging hinauf zum Dach, um zu sehen, ob noch weitere Kinder oben waren. Er fand die Unterhose des Mädchens. Die brachte er zum Direktor, demjenigen, der dann in Ruhestand ging. Ihn habe ich auch gefunden. Er sagte mir, die Unterhose sei vom Büro des Bezirksstaatsanwalts abgeholt worden, einem Mann mit gelber Fliege … Deshalb weiß ich, dass Ihr Sohn sie ermordet hat – und weil die Kleine rotes Haar hatte. Hat Allison geschrien? Hat Humphrey sie deshalb vom Dach geschubst, damit sie aufhört zu schreien?«

»Sie wissen gar nicht, was Sie da …«

»Phoebe weiß es … Sie hat es immer gewusst.«

Unmöglich.

»Die arme Allison«, sagte Mallory. »Ich konnte nichts über den Fall finden – nicht einmal einen Vermerk in den Polizeiakten. War das damals Ihr Probelauf für später, als Sie den Schlamassel mit Ernest Nadler aufräumen mussten? Da kommt mir ein unheimlicher Gedanke. Haben Sie Cedrick Carlyle ein bisschen was draufgezahlt, damit er der Kleinen das Höschen wieder anzieht?«

»Olle Kamellen, Detective. Kommen Sie bloß nicht auf den Gedanken …«

»Das Kreidemädchen auf dem Schulhof.« Mallory blätterte eine Seite im Tagebuch um. »Das ist eine alte Tradition, richtig?

Er erscheint jedes Jahr am ersten Frühlingstag – der Kreideumriss eines Mädchens an genau der Stelle, wo Allison in den Tod stürzte.« Die Polizistin klappte das Buch zu. »Das muss Sie wahnsinnig gemacht haben. Die arme Allison wollte und wollte einfach nicht verschwinden.«

»Raus hier!«

»Phoebe war diejenige, die das Kreidemädchen aufs Pflaster des Schulhofs gemalt hat, damit niemand vergessen konnte, was passiert war. Dabei kannte sie Allison kaum. Aber dann haben Sie diese drei kleinen Drecksäcke auf Ernest Nadler angesetzt, auf Phoebes Freund, ihren *besten* Freund. Sie *liebte* ihn, versuchte ihn sogar wiederauferstehen zu lassen – einen toten Jungen, der gehen und reden kann.«

Grace wandte sich ab und zog sich in die Mitte der großen Eingangshalle zurück. »Ich werde mir das nicht mehr anhören …« Diesmal hörte sie jedoch entschlossene Schritte hinter sich, die auf sie zukamen, hinter ihr her waren, und sie spürte die Hitze der jungen Frau an ihrem Rücken, spürte bei jedem Wort, das sie sagte, Mallorys Atem an ihrem Nacken.

»Als Phoebe Humphrey und seine Freunde aufhängte, war es ihr, glaube ich, egal, ob sie überlebten oder starben. Sie setzte ein Zeichen im Ramble, dem Ort, an dem sie Ernie gequält hatten … nur eine weitere Version des Kreidemädchens im Garten. Doch Phoebe konnte es nicht zulassen, dass Sie ihren besten Freund auf dem Gewissen haben und davonkommen … Es machte sie *buchstäblich* verrückt.«

»Hoffman!«

»Hoffman ist nicht mehr da«, sagte Mallory. »Haben Sie das vergessen? Vielleicht hatten Sie ja wieder einen Schlaganfall? Vielleicht haben Sie jetzt einen.«

»Genug!« Grace fuhr herum und baute sich vor der lächelnden Polizistin auf. »Sie haben mir doch schon *alles* genommen.

»Noch nicht alles.«

»Was können Sie denn noch …«

»Ich möchte, dass Sie das lesen.« Mallory hielt ihr das Tagebuch hin. »Nur ein paar Seiten. Der letzte Eintrag wurde am Tag von Phoebes Verhaftung geschrieben.« Und als Grace zu lange zögerte, das Büchlein entgegenzunehmen, drückte Mallory es ihr energisch in die Hände. »*Lesen* Sie das … bevor Phoebe nach Hause kommt.«

Grace schlug das Tagebuch auf. Sie überflog die Zeilen in der säuberlichen Handschrift ihrer Tochter und stellte fest, dass sie selbst in fast jedem Absatz vorkam. Seite um Seite würgte dieses Büchlein Phoebes Vergangenheit wieder hoch, die Hölle eines Kindes auf Erden, in der gleichaltrige Ungeheuer und die eigene Mutter waren wie Pest und Cholera. Seiten der Kränkung und Seiten des Hasses. Und auf der allerletzten Seite folgte ein neuer Plan – brutal und mit Sicherheit fatal, das akribische Vorhaben einer Wahnsinnigen, die ihr ganzes Herzblut für ein neues Projekt geben würde: den Mord an ihrer Mutter.

Mallory streckte die Hand aus und nahm Grace das Tagebuch ab. Mit dem Buch und der Dose in der Hand durchquerte sie die Halle, ging zur Tür und fragte, ohne sich noch einmal umzusehen: »Und, Grace … wie schnell können Sie rennen?«

Eine rhetorische Frage.

Die Tür fiel ins Schloss.

Und der Schrecken tat seine Wirkung.

Graces Beine trugen sie nicht mehr bis zum Stuhl. Ganz langsam sank sie auf den Marmorboden. Mit dem Medaillon um ihren Hals konnte sie innerhalb weniger Minuten Hilfe rufen, Polizisten zum Schutz vor ihrem eigenen Kind. Und wenn sie Phoebe mitnahmen, was dann? Vielleicht vergingen noch Jahre bis zu dem entscheidenden Hirnschlag, der sie zum Pflegefall machte, Jahre wachsender Angst. Oder ihr Erbe erfüllte sich schon morgen, der schwere Schlaganfall, der jeden Driscol erwartete, der sie auf einen langen Weg des körperlichen und geistigen Siechtums schicken würde, wie einen Armen, der der Gnade von Fremden ausgeliefert ist – eine Hölle, die gut dreißig Jahre dauern konnte.

Mallory hatte ihr nur zwei schlimme Möglichkeiten gelassen, wobei die Polizistin vermutlich geahnt hatte, dass sie sich für die weniger alptraumartige entscheiden würde.

Grace drückte nicht auf den Panikknopf, doch ihre Finger schlossen sich fest um das Medaillon, als wäre es ein Kruzifix, eine Anleitung zum Gebet. »Lass es schnell gehen.«

Stunden vergingen, doch für Grace waren sie wie flüchtige Minuten. Es wurde Nacht, und sie saß im Dunkeln, als sie hörte, wie sich eine Hand auf den Türknauf legte. Dann kam das leise metallische Klirren eines Schlüssels im Schloss – Phoebes Schlüssel.

Im Gegenlicht der Straßenlaterne zeichnete sich der Umriss ihrer Tochter in der offenen Tür ab, er wurde größer, kam näher. Doch Graces letzter Gedanke galt nicht ihrem bevorstehenden Tod. Nein, auf einmal sah sie die Blechbüchse in Mallorys Händen vor sich. Seltsam, dass sie ihr gerade jetzt einfiel. Und sie würde nie mehr erfahren, was denn eigentlich …

Mallory ging den spärlich beleuchteten Flur entlang, vorbei an Holzrahmen und Maschendraht, bis sie vor dem käfigartigen Lagerraum der Nadlers stand. Als sie die Tür aufschloss, regte sich drinnen etwas, ein Huschen und Rascheln von Schaben und anderem Ungeziefer. Eine Maus flitzte über die nackte Matratze auf dem Bett des Jungen, so schnell, dass sie über die Kante hinausschoss und wild strampelnd zu Boden fiel.

Die Polizistin knipste eine Stehlampe an.

In der einen Hand hielt sie die Überreste von Ernest Nadler. Es hatte lange gedauert, sie zu finden, eine wahre Odyssee durch gefälschte Dokumente und die Krematorien von drei Bundesstaaten. Dr. Kemper, der Verwaltungschef des Krankenhauses, hatte damals aus eigener Tasche dafür bezahlt, die Leiche des Jungen – Beweismaterial – einzuäschern, doch für eine Urne war kein Geld übrig gewesen, und so hatte die Asche des Jungen nur eine hässliche Blechdose bekommen.

Dafür hatte Mallory Dr. Kemper aus dem Verkehr gezogen.

Als sie zu ihm kam, mit nur dieser Dose in der Hand und der Drohung eines öffentlichen Verfahrens wegen Verschwörung zum Mord an einem kleinen Jungen, hatte die Kanaille beschlossen, lieber wegen eines geringeren Vergehens sang- und klanglos ins Gefängnis zu gehen. Was Kempers Partnerin in Sachen Beweismittelverfälschung anging, die Pathologin Dr. Woods, so war sie bereits an ihrer Säuferleber verstorben.

Große Fische, kleine Fische – sie alle waren zur Rechenschaft gezogen worden, und Mallorys Werk war fast vollbracht.

Jetzt musste sie nur noch ein bisschen aufräumen.

Und so kam jetzt, kurz vor Ende, Phoebes Tagebuch – mit den Fingerabdrücken ihrer Mutter auf dem Einband als Zeichen dafür, dass sie rechtzeitig gewarnt worden war – in die Schublade des Nachtkästchens. Hier leistete ihm das Tagebuch eines ermordeten Jungen und die kurze Notiz, die seine Eltern hinterlassen hatten, Gesellschaft. Ohne die Erwähnung irgendwelcher lebender Erben im Testament der Nadlers und angesichts der Tatsache, dass die Mühlen der Bürokratie in dieser Stadt nur langsam mahlten, würde es viele Jahre dauern, bis wieder jemand hierherkam, und kein Beamter des Nachlassgerichts würde jemals herausfinden, was Mallory getan hatte.

Mallory, laut den Legenden ihres Reviers auch Mallory die Maschine, besaß angeblich nicht den Schimmer eines Gefühls, weder Empathie noch Sympathie, und so zeigte die junge Frau auch keine Regung, als sie inmitten der letzten Überreste des Lebens einer kleinen Familie Platz nahm und ihren Blick über deren Habseligkeiten schweifen ließ, um bei einer verwaisten Socke hängenzubleiben.

Mallory legte die Dose mit der Asche auf die Matratze, und nachdem sie ihn so zu Bett gebracht hatte, knipste sie das Licht aus und sagte: »Gute Nacht, Ernie.«

Ein Kind hatte sich zur Wehr gesetzt, es hatte gelitten und war gestorben. Und obwohl er schon so lange das Zeitliche gesegnet hatte, hatte der kleine Junge seine unsentimentale Beschützerin mit einer einzigen, gekritzelten Zeile in seinem Tagebuch für sich gewonnen, weil sie ihn an etwas erinnerte: *Ich bin verloren.*

Carol O'Connell

Tödliche Geschenke

Thriller

416 Seiten, *btb* 74694

Die Vergangenheit kehrt zurück – Stück für Stück, Knochen um Knochen ...

Vor zwanzig Jahren folgte Oren seinem jüngeren Bruder Josh in die dunklen Wälder, die das kleine Städtchen Coventry im Norden Kaliforniens umgeben. Doch zurück kam nur Oren. Von Josh fehlt seitdem jede Spur. Längst hat der örtliche Sheriff den Fall zu den Akten gelegt. Und Oren, den viele für verdächtig hielten, wurde von seinem Vater auf ein entferntes Internat geschickt. Die verschrobenen Einwohner Coventrys, von denen alle ihre eigenen dunklen Geheimnisse hüten, scheinen zur Ruhe zu kommen. Doch dann kehrt Oren überraschend in seine Heimatstadt zurück. Schon nach seiner ersten Nacht zu Hause macht er eine schreckliche Entdeckung – jemand hat einen Knochen direkt vor die Tür seines Elternhauses gelegt …